WENDY K. HARRIS

Die fremde Schwester

Buch

Jane Newcombe, eine erfolgreiche Romanautorin, ist völlig überrascht, als sie ein kleines Cottage auf der britischen Isle of Wight erbt. Denn Jane, die immer dachte, ihr Vater sei ihr einzig lebender Verwandter, ahnte nichts von Lillian, der fremden Schwester ihrer Mutter. Neugierig geworden fährt Jane selbst auf die Isle of Wight. Die Ankunft auf der Insel ist für Jane wie eine Heimkehr. Schnell lernt sie viele alte Bekannte ihrer Tante Lillian kennen. Und sie entdeckt ihre Verwandten: Emmeline, eine Schwester ihres Vaters, ist eine höchst ungewöhnliche, bezaubernde alte Dame. Und Lillians Tochter Marguerite, eine etwas versponnene und nicht ganz gesunde junge Frau in Janes Alter. Emmeline ist zwar nur zu gern bereit, über die aufregende Zeit damals vor fünfzig Jahren zu sprechen, als Lillian und sie zusammen mit Janes Eltern gemeinsam lebten, liebten und feierten. Aber was dazu führte, dass aus vier lebenslustigen Freunden Feinde für immer wurden, das verrät sie nicht. Auch Marguerites Schicksal – niemand scheint zu wissen, wer ihr Vater ist – bleibt im Dunkeln. Doch der Zauber der Insel und die vielen ungelösten Fragen gehen Jane auch nach ihrer Rückkehr nach London nicht aus dem Sinn. Es kommt der Tag, an dem sie eine schicksalhafte Begegnung zwischen Emmeline und ihrem Vater herbeiführt, in der das schreckliche Geheimnis gelüftet wird. Aber inmitten einer dunklen Vergangenheit aus Gewalt, Verrat und Betrug finden Jane und Marguerite auch den Weg zu neuem Glück …

Autorin

Wendy Harris stammt ursprünglich aus Surrey. Nach einer Karriere bei einer Londoner Bank, lebte sie lange mit ihrem zweiten Ehemann und ihren drei Kindern in Herefordshire, wo sie als ausgebildete Homöopathin praktizierte. Vor kurzem erfüllte sich Wendy Harris zusammen mit ihrem Mann gleich zwei lang gehegte Träume: Erst reiste sie viele Monate mit einem Caravan durch England und Wales, um sich schließlich ihr Traumhaus an der Südspitze der Isle of Wight zu suchen. Fasziniert von der reichen Geschichte der Isle of Wight widmet sie sich seither ganz dem Schreiben ihres nächsten Romans.

Wendy K. Harris

Die fremde Schwester

Roman

Aus dem Englischen
von Antje Althans

blanvalet

Die Originalausgabe erschien unter dem Titel
»The Sorrow of Sisters«

Umwelthinweis:
Alle bedruckten Materialien dieses Taschenbuches
sind chlorfrei und umweltschonend.

1. Auflage
Deutsche Erstveröffentlichung November 2005
bei Blanvalet, einem Unternehmen der
Verlagsgruppe Random House GmbH, München.

Umschlaggestaltung: Design Team München
Umschlagfoto: zefa/masterfile/Noton
Satz: Uhl + Massopust, Aalen
Druck: GGP Media GmbH, Pößneck
Titelnummer: 36318
Redaktion: Tina Schreck
MD · Herstellung: NT
Made in Germany
ISBN-10: 3-442-36318-7
ISBN-13: 978-3-442-36318-6

www.blanvalet-verlag.de

Für Terry
Weil er die Insel mit mir geteilt hat

Anmerkung für den Leser

Sollten Sie die Isle of Wight besuchen, können Sie viele der Orte besuchen, die in dieser Geschichte vorkommen. Doch ein paar davon gehören ins Reich der Fantasie oder wurden womöglich ins Meer gespült.

WH

Isle of Wight, 2004

1

Mein Vater. Fünfundachzig Jahre und immer noch ein Heuchler. Er saß an seinem Rollschreibtisch, um sich wichtig zu machen, und versuchte wie immer, mir das Gefühl zu vermitteln, dass ich ihn bei etwas Bedeutsamem störte. Manchmal fragte ich mich, ob es ihm lieber wäre, wenn ich ihn mit Herr Doktor anredete statt mit Dad. Armer alter Mann. Er wirkte gebrechlich. Die schlaffe Haut unter seinen Augen und dem Kinn war von einer wächsernen Blässe, als seien Teile von ihm bereits gestorben.

»Dad.«

Er wedelte mit seiner knotigen Hand, um mich zu verscheuchen, als sei ich noch ein kleines Mädchen. Aber ich ließ mich nicht mehr wegschicken, nicht in meinem Alter. Ich sprach gelassen, doch ich spürte, dass ich wütend wurde.

»Dad, ich kann nicht glauben, dass du sie einfach vergessen hast.«

Er warf mir einen Blick zu, der irgendwo in meiner Bauchgegend hängen blieb, und blinzelte heftig, um seine Augen vor der Grelle meines knallroten Fleecepullis mit den Eis laufenden Pinguinen zu schützen. Er atmete pfeifend und mir fiel seine angeknackste Rippe wieder ein. Letzte Woche war er über sein Kamingitter gestolpert, als er aufstand, um einen Patienten zu untersuchen. Dass er immer noch praktizierte war auch so eine Heuchelei von ihm. Ein paar alte Freunde von ihm humpelten immer noch in sein trostloses Sprechzimmer, um sich den Abdomen auskultieren und die Prostata untersuchen zu lassen. Ich atmete tief durch, um ruhig zu bleiben.

»Habt ihr mir aus irgendeinem Grund absichtlich nichts von ihr erzählt?«

Er sah mich immer noch nicht direkt an, sondern pochte viel sagend auf das Anwaltsschreiben, das ich ihm auf den Schreibtisch gelegt hatte, damit ich es wieder wegnahm. Ich zügelte meine Ungeduld und blieb schweigend sitzen, wohl wissend, dass ihn das zermürben würde. Verwirrt setzte er seine Brille auf und schaute sich in dem in Creme- und Brauntönen gehaltenen Raum um. Er betrachtete eingehend die einfachen anatomischen Modelle der Lunge und inspizierte die durchhängenden Regale, die mit verstaubten Forschungsarbeiten voll gestopft waren, als läge die Antwort dort, in seinem Lebenswerk. Es schien ihm zu helfen, sich wieder zu sammeln. Er pochte erneut auf den Brief, seine Hand wie eine hässliche Kröte.

»Ehrlich, Jane«, krächzte er. »Ich habe wirklich seit Jahren nicht mehr an sie gedacht – lange bevor deine Mutter starb.«

Er wandte sich mit seinem Drehstuhl von mir ab, als sei der Fall für ihn erledigt. Ich konnte das alte, knarzende Leder riechen. In letzter Zeit schien alles, was mit meinem Vater zu tun hatte, zu riechen und zu knarzen. Er nahm seinen Füller in die Hand. Vielleicht glaubte er, mich loswerden zu können, indem er mir ein Rezept ausschrieb. Doch ich blieb stur sitzen.

»Ehrlich gesagt hielt ich sie – wir beide, deine Mutter und ich hielten sie für tot. Lill… Lillian war krank, als wir die Insel verließen.«

Er stolperte über ihren Namen, und seine Lippen bebten. Dann lief ein Zittern durch seinen ganzen Körper, als hätte ihn eine eisige Hand im Nacken gepackt. Ich griff nach der Armlehne und drehte ihn zu mir zurück. Ich hätte ihn allein lassen sollen, damit sich sein Blutdruck wieder normalisierte. Aber ich konnte es nicht.

»Dad, das ist mir zu hoch. Willst du damit sagen, Mutter hatte eine zehn Jahre jüngere Schwester, die sie einfach verließ und irgendwann für tot hielt? Warum? Mir hat sie erzählt, sie sei ein Einzelkind.«

Er tastete in der Westentasche nach seiner Uhr, als hätte er gleich einen Termin.

»Ich erinnere mich nicht, dass sie dir das erzählt hat.«

»Na gut. Vielleicht hab ich das nur geträumt. Aber selbst wenn, warum hat sie Lillian nie erwähnt?«

»Keine Ahnung. Ich nehme an, sie haben sich wegen irgendeiner Lappalie gestritten und den Kontakt abgebrochen.«

»Einer Lappalie? Wir reden über ihre kleine Schwester, ihre einzige Verwandte! Wie konnte sie nur?« Doch noch während ich sprach, konnte ich es mir sehr gut vorstellen. Der Name Victoria hatte wirklich gut zu meiner Mutter gepasst – sie war steif wie ein Korsett.

Er hustete trocken. »Es passieren eben manchmal Dinge, die man mit der Zeit vergisst.«

Verärgert raufte ich mir die Haare. »Aber Dad, Lillian war meine einzige Tante, und ich hab nichts von ihr gewusst, und jetzt ist es zu spät.« Ich spürte, wie mir vor Wut die Hitze bis in den Kopf stieg. Vielleicht sollte ich mir von ihm eine Hormonersatztherapie verschreiben lassen – aber davon hatte er bestimmt noch nie was gehört.

»Jane, reg dich nicht so auf. Du warst schon immer melodramatisch. Das merkt man an den albernen Büchern, die du schreibst.«

Ich regte mich aber auf. Ich fühlte mich hintergangen und verspürte dieselbe ohnmächtige Wut, die ich aus meiner Kindheit kannte, von der man weiß, dass sie einem rein gar nichts bringt, weil die Mauern, gegen die man kämpft, undurchdringlich sind. Und jetzt beleidigte er mich auch noch. Alberne Bücher! Die Schriftstellerei war mein Talent, mein Beruf. Meines Wissens hatte er noch nie einen Roman von mir gelesen. Und wenn doch, hatte er es nicht für nötig gehalten, einen Kommentar dazu abzugeben. Ein Buch hatte ich ihm sogar gewidmet.

Ich schnappte den Brief von seinem Schreibtisch, was ihn so erschreckte, dass er seine schlimme Rippe stauchte. In dem Moment befriedigte es mich ungemein, dass ich ihm wehtun konnte. Manchmal wollte ich ihm so gern wehtun. Oh Gott, was für eine fiese Ziege ich doch war. Dabei war er bloß ein gebrechlicher alter Mann, ein Opfer seiner Erziehung. Wie immer empfand ich sofort Reue. Ich streckte versöhnlich den Arm nach ihm aus, doch er zuckte zurück.

»Ach, Dad. Tut mir Leid. Ich vergesse dauernd deine schlimme Rippe. Ich wollte nicht wütend werden.« Immer war ich diejenige, die sich entschuldigte. Warum konnte er mich nie in den Arm nehmen und trösten? »Vielleicht solltest du dich lieber hinlegen.«

»Tu ich auch, wenn du mich in Ruhe lässt.« Er nahm die Brille ab und rieb sich die Augen, als wollte er mein Bild von seiner Netzhaut löschen. Er deutete auf seinen Stock und hievte sich unter Schmerzen hoch. Ich hätte ihm so gern geholfen, doch ich wusste, dass er mich wieder zurückweisen würde. »Vielleicht wärst du so liebenswürdig, mir eine Tasse Tee zu bringen«, sagte er. In einem Versuch, die Sache wieder gutzumachen, sprang ich auf, um ihm die Tür zu öffnen.

Als er an mir vorbeischlurfte, blieb er stehen. »Du hättest sie nicht gemocht, die Schwester deiner Mutter, so seltsam und verrückt wie sie war.« Endlich sah er mich direkt an, mit wässrigen Augen, und die Worte brachen aus ihm heraus. »Fahr nicht rüber zur Insel, Jane. Da gibt's nichts zu sehen. Wraith Cottage ist eine Bruchbude. Lass das den Anwalt regeln. Vielleicht springen dabei ein paar Pfund für dich raus. Es wäre reine Zeitverschwendung.«

Einen Moment lang hielt ich seinem Blick stand, doch plötzlich fühlte ich mich klein und dumm und sah weg. Ich konnte den Bergnebel riechen, der unter der Haustür in den Korridor zog. Dads Stock klapperte auf den Dielen, während er ungeduldig darauf wartete, dass ich sein Arbeitszimmer verließ und die Tür zumachte, damit er sie hinter mir abschließen konnte.

2

Emmeline stand am Rande des Kliffs und sah hinaus aufs Meer. Sie war nach draußen gegangen, um den Vollmond zu sehen, doch schwere Wolken verdeckten viel von seinem Glanz. Sie durfte sich nicht zu weit vorwagen. Vor kurzem erst war ein großes Stück Land weggebrochen und hatte das überwucherte Ende des Gemüsegartens zum Teil mit weggerissen.

Sie spähte hinab zum Strand. Ihr wurde schwindelig, sodass sie sich mit dem Stock abstützen musste. Silberne Mondstrahlen huschten über den Strand und vermischten sich mit dem kräftigen Lichtstrahl vom St. Catherine's Leuchtturm. Sie stellte sich vor, sie könnte Lilly sehen, wie sie barfuß an der Brandung entlanglief, mit wehenden blonden Haaren, die braunen Arme und Beine sandverklebt, und lachte. Sie lachte immer.

Emmeline lächelte. Lilly schleppte Sand überallhin – verstreute ihn im Wraith Cove Hotel in den mit Teppich ausgelegten Fluren und auf den mit Samt bezogenen Sesseln. Doch das störte niemanden. Die Gäste streichelten ihr über den Kopf, ihr Vater schwang sie in die Luft und setzte sie auf den marmornen Tresen an der Rezeption. Sogar Henry hob sie auf die Schultern, trug sie hinunter zum Strand und ließ sie auf und ab hüpfen, bis sie vor Vergnügen quietschte. In Emmelines Erinnerung war es das einzige Mal, dass sie ihn hatte lächeln sehen – richtig lächeln, mit einem Gesicht, das vor Freude strahlte. Doch Victoria hatte nicht gelächelt. Sie schaute mit ihren traurigen braunen Augen zu und wartete nur darauf, sich Lilly zu schnappen, um sie mit Bürsten und Kämmen zu quälen und ihre zappelnden Füße in Lacklederschuhe zu zwängen.

Emmeline seufzte tief und schloss die Augen. »Hilf mir, Lilly«, rief sie in die Dunkelheit. Sie spürte Lilly im böigen Wind und hörte sie in den klimpernden Muschelschalen, die an Schnüren von den Treibholzskulpturen herabhingen, von denen der Garten von Wraith Cottage voll war. Sie sah sie auch in den Nebelfetzen, die spiralförmig über dem Meer aufstiegen. Gespenster, hatte Lilly sie genannt, die Seelen der Ertrunkenen, die im Mondlicht spielten. »Du musst mir helfen, mich an alles zu erinnern, Lilly.«

»Aber du weißt doch alles, Emm.« Lillys Stimme klang klar und deutlich in Emmelines Kopf.

»Ich weiß, was passiert ist. Aber ich will alles wissen – all den Schmerz, den du vor mir verborgen hast.«

»Ich habe nichts vor dir verborgen.«

»Du hast mich beschützt, Lilly – um mich davon abzuhalten, ihn umzubringen. Du hast einen Teil von dir weggeschlossen.«

»Ich hab mich auch selbst geschützt, Emm. Ich habe mich davor geschützt, um neben meinem Schmerz nicht auch noch deinen spüren zu müssen.«

»Wir hätten schon früher darüber reden sollen – ich wusste ja nicht, dass du mich verlassen würdest.«

»Ich konnte nicht anders. Mein Herz war zu schwach,

um weiterzuleben. Aber ich werde dich nicht verlassen. Ich werde bleiben, bis du bereit bist, mit mir zu kommen.«

»Zuerst muss die Wahrheit ans Licht, dann komme ich.«

Emmeline schlug die Augen wieder auf. Der Wind hatte eine Lichtung in die Wolken geschlagen, und die hellen Mondstrahlen malten einen silbernen Weg vom Horizont übers Meer, über den Sand und die Kliffs. Es war jetzt hell, wo sie stand.

3

»Armer Henry. Klingt, als hättest du dem alten Knaben ganz schön zugesetzt«, sagte Chas und unterzog seine Zähne im Spiegel der Frisierkommode einer eingehenden Untersuchung.

»Nein, Chas. Ganz schön zugesetzt hätte ich ihm, wenn ich ihm den schlaffen Hals umgedreht hätte.«

Chas schloss den Mund und schlug die Zähne aufeinander, um ihre Stabilität zu testen. Er fummelte immer an irgendwelchen Körperteilen herum, um sie auf ihre Strapazierfähigkeit und Anzeichen von Verschleiß zu überprüfen. Ich dachte oft, dass er einen guten Automechaniker abgegeben hätte. Jetzt richtete er sich auf, drehte sich zur Seite, hielt die Luft an und inspizierte seinen eingezogenen Bauch. Nach ein paar Sekunden atmete er normal weiter und ließ alles wieder bequem herabhängen.

»Das hat dich wirklich getroffen, Janey, stimmt's? Sie war doch nur 'ne alte Tante. Wahrscheinlich haben wir alle irgendwo eine. Warum regst du dich so darüber auf?«

»Ach, ich weiß auch nicht.« Ich warf mein Buch aufs Nachttischchen und ließ mich ins Bett zurückfallen. »Ich fühl mich bloß mal wieder übergangen. Abgesehen von

Dad war sie meine einzige Blutsverwandte. Ich finde das wichtig. Ich weiß, sie hat mir ihr Cottage nur hinterlassen, weil es keine anderen Nachkommen gibt, aber ich hätte sie gern kennen gelernt. Wenn Dad stirbt, ist Schluss. Ich bin die Letzte aus unserer Familie.«

Chas knöpfte seine Schlafanzugjacke zu und stopfte sie in die Hose. Als er ins Bett stieg, gab die Matratze unter seinem Körpergewicht stark nach. »Du hast ja mich«, sagte er und legte mir den Arm um die Schultern.

Ich spürte den Trost, den sein warmer Körper mir spendete. Ich lehnte mich an ihn und roch seine Imperial-Leather-Seife. Ja, Gott sei Dank hatte ich ihn. Doch manchmal hinterließ das Fehlen einer Familie in mir eine große Leere. Ich fragte mich, wie ich mich ohne meinen Vater fühlen würde, auch wenn er mich auf die Palme brachte und sich meiner Liebe entzog. Und Chas, den ich über alles liebte und von dem ich zu sehr abhing – angenommen, er starb plötzlich. Wie würde es sich anfühlen, ganz allein auf der Welt zu sein, ohne jede Bindung, ohne Wurzeln? Würden meine Freunde mir jemals genauso viel bedeuten? Für sie stand die eigene Familie an erster Stelle. An wen konnte ich meine Lebenserfahrung weitergeben? Ich vermute, nur eigene Kinder sind daran wirklich interessiert.

Chas schien sich besser mit unserer Kinderlosigkeit abzufinden als ich. Er hatte ja auch eine Riesenfamilie, die sich jährlich um diverse Neffen und Nichten erweiterte. Seine Verwandtschaft war umfangreich, mit großen Mündern, Ohren und Augen wie Rotkäppchens Großmutter. Chas versuchte immer, ihr zu entkommen, ohne mit Haut und Haaren gefressen zu werden. Seine Familie war so umfangreich wie meine kümmerlich war. Er wusste das reduzierte Leben zu schätzen, das nur aus uns beiden bestand. Ich rang mit Worten, er mit Zahlen. Er drückte mir einen Kuss aufs Haar.

»So was passiert sonst keinem, stimmt's? Ein Schreiben

aus heiterem Himmel, das alte Tantchen Lill stirbt am Neujahrstag und hinterlässt dir ihre weltlichen Güter. Könnte aus einem Roman von dir sein.«

»Ganz bestimmt nicht. Ich würde nie über so was Abgedroschenes schreiben.« Frechheit! Zuerst mein Vater, und jetzt trivialisierte auch noch mein Ehemann meine Schreiberei. Machten sich hinter meinem Rücken etwa alle über meine Bücher lustig? »Falls es dir noch nicht aufgefallen ist, ich nehme meine Arbeit sehr ernst. Außerdem besaß sie keine weltlichen Güter.«

»Ein altes Cottage – das ist ein weltliches Gut.«

»Dad sagt, es ist 'ne Bruchbude und keinen Penny wert.«

»Jeder Besitz hat seinen Wert – und sei es nur der Abbruchwert.«

Ich merkte, dass er sich damit beschäftigt hatte. Chas teilte das Leben in drei Spalten ein: Schulden, Guthaben und ein ausgeglichener Kontostand. Wahrscheinlich kann man nicht anders, wenn man sich den ganzen Tag damit befasst. Genau wie ich keinen Satz niederschreiben kann, bevor ich das *mot juste* gefunden habe. »Schon, aber es steht auf einem Kliff, das ins Meer bröckelt. Nicht mal das Grundstück ist was wert, und natürlich gibt's auch keine Versicherung.«

»Großartiger Seeblick ... Ferienwohnung?«

Ich lachte über seinen Optimismus. Er konnte mich immer gut aufheitern. Wir waren ein bisschen wie Pu der Bär und I-Ah. Außer in Gelddingen, da war es genau umgekehrt. Chas machte sich um unsere Finanzen genauso viel Gedanken wie ich mir um meine Familienprobleme. Er war zwar als Kind von allen verhätschelt worden, aber er war stets knapp bei Kasse gewesen. Ich dagegen hatte finanziell glänzend dagestanden, aber dafür in einem Mausoleum gelebt. Chas gähnte und sah nach, ob der Wecker gestellt war.

»Wir könnten hinfahren und es uns ansehen«, sagte er.

»Dad meinte, wir sollten das dem Anwalt überlassen. Er sagte, es wäre keine Reise wert.«

»Vielleicht ist es ganz nett. Ich war das letzte Mal als kleiner Pimpf auf der Isle of Wight.«

»Und ich bei meiner Geburt. Doch dann wurde ich rasch weggeschafft, bevor ich die Luft einatmen konnte, damit ich nicht an TB erkrankte. Im Nachhinein kommt mir das alles ein bisschen paranoid vor.« Ich stellte mir vor, wie ich in eine versiegelte Sauerstoffkammer gesteckt und mit Blaulicht auf dem schnellsten Wege zur wartenden Fähre gebracht wurde.

»Tja, Henry ist halt besessen davon. Er hatte jeden Tag damit zu tun und sah, was die Krankheit aus den Menschen machte. Und ich erinnere mich, dass deine Mutter schwach auf der Brust war. Wahrscheinlich hat er nur versucht, dich zu schützen. Auf seine seltsame vorsintflutliche Art liebt er dich nämlich.«

»Toller Ausdruck – für einen Buchhalter.«

»Beeindruckt? Den hab ich mir aufgespart. Hab ich aus der Financial Times.«

»Vielleicht könnten wir ein verlängertes Wochenende auf der Isle of Wight verbringen. Ein Winterurlaub würde uns gut tun.«

Chas grunzte, zog seinen Arm weg und schob durch sein Gewicht das Bett ein Stück nach unten. »Mal sehen, ich hab grad viel zu tun. Kann ich das Licht ausmachen?«

Ich kuschelte mich schläfrig an Chas, während sein Schnarchen zwischen erträglichen und unerträglichen Dezibeln schwankte. Ich stellte mir eine kleine Koboldschar vor, die tief in seiner Kehle Ausschachtungen vornahm und winzig kleine donnernde Sprengsätze zur Explosion brachte.

Ich fragte mich, ob Dad in seinem unangenehm feuchten Haus mit der veralteten Heizungsanlage schon schlief. Das graue, düstere Steinhaus hieß Winter Wood und stand im Schatten der Malvern Hills. Oder lag er unter seinen rauen Decken wach, lauschte dem klatschenden Regen und dem bitterkalten, seufzenden Wind und dachte an Mutter oder mich? Wahrscheinlich grübelte er eher über den Anstieg der Tuberkulosefälle in dicht bewohnten Einwanderungsgebieten nach. Obwohl er jahrelang als praktischer Arzt gearbeitet hatte, war sein Herz kranken Lungen treu geblieben. Er schrieb immer noch Abhandlungen darüber und schickte sie Gott weiß wohin.

Aber ich konnte mir meinen Vater nicht ohne seine Unterlagen und den Moder seines heiß geliebten Sprechzimmers vorstellen. Selbst Mrs. Watkins, seine vielseitig einsetzbare Sklavin, durfte nicht hinein, um Staub zu wischen. Sie versuchte immer, mich zu bezirzen, damit ich ihn dazu brachte, sein Zimmer aufzuräumen, als wäre er ein pubertierender Jüngling. Wahrscheinlich würden wir ihn dort irgendwann tot entdecken, auf dem Schreibtisch zusammengesackt, das zerbrochene Stethoskop um den Hals, die Hand auf dem Terminkalender.

Doch Chas hatte Recht – tief in seinem Herzen liebte er mich wahrscheinlich wirklich. Ich fragte mich, ob er heute anders wäre, wenn meine Mutter länger gelebt hätte. Seit ihrem Tod waren fast dreißig Jahre vergangen. Damals war ich neunzehn. Wäre er umgänglicher geworden? Hätten sie seinen Ruhestand gemeinsam genossen und wären Hand in Hand über die Hügel geschlendert? Irgendwie glaubte ich es nicht – sie war eine geistesabwesende Frau, die ihr Leben damit verbrachte, pedantische Bilder von Pflanzen zu zeichnen. Sie katalogisierte ihre Zeichnungen mit einem Füllfederhalter, der so fein war wie eine Nadel, legte sie in Alben mit Seidenpapier und stellte sie weg.

Wenn ich mich still verhielt, zuckte sie bei meinem Anblick zusammen, doch wenn ich laut zu sein versuchte, um sie an meine Existenz zu erinnern, schien sie das ebenso zu beunruhigen. Es war, als lebte sie mit einem bestimmten Maß an Nervenanspannung, das keinerlei Schwankungen vertrug. Sie war von Blättern genauso besessen wie mein Vater von Lungen. Während ich größer, lauter und lebendiger wurde, schien sie zu schrumpfen und zu verblassen, als saugte ich ihr den Lebenssaft aus. Ihr schweres, braunes Haar, das sie in einem dicken Chignon trug, wurde zu einem dünnen, grau melierten Wulst. Auch ihre Zeichnungen wurden blasser; transparent wie Spinnweben. Jedes Mal, wenn ich in den Schulferien nach Hause kam, schien sie kleiner geworden zu sein. Sie atmete schwach und keuchend, und sprach sie jemand an, zuckte sie zusammen, als wäre sie bei etwas ertappt worden. Ich hatte das Gefühl, mich zurücknehmen zu müssen, indem ich gedämpfte Farben trug und leise redete, damit sie nicht zu Staub zerfiel wie eine ihrer spröden Pflanzen und weggeweht wurde, nur einen schwachen Veilchenduft zurücklassend, der mich daran erinnerte, dass ich eine Mutter gehabt hatte.

Gott sei Dank hatten sie mich ins Internat geschickt. Was für die meisten Menschen die Hölle ist, war mein Paradies. Ein Ort, an dem ich meine Einfälle ausleben, der Theatergruppe beitreten, fantasievolle Geschichten schreiben und angeben konnte. Ich lotete meine Grenzen aus, überschritt sie jedoch nie. Ich war beliebt und lustig, eine Anführerin. Den Ferien in Winter Wood versuchte ich zu entgehen, indem ich sofort zusagte, wenn jemand mich zu sich nach Hause oder zu Auslandsaufenthalten einlud. Meine Eltern erhoben nie Einwände gegen meine Abwesenheit.

Als ich noch ganz klein war, stellte ich mir, wie alle Kinder, die sich nicht zugehörig fühlen, vor, dass ich adoptiert war. Ich fand, in mir steckten zu viele Talente, um in dieses Mausoleum von einem Haus zu gehören. Ich betrachtete mich prüfend im Spiegel und weigerte mich zu sehen, dass ich die kastanienbraunen Haare und braunen Augen meiner Mutter und die schmale Nase meines Vaters geerbt hatte. Tief in mir war ich golden und eisblau und konnte zum nördlichen Polarlicht fliegen. Doch die schnöde Realität in Form meiner Geburtsurkunde setzte dieser Vorstellung ein Ende. Es gab keine wundersamen Eltern, die den Planeten nach mir absuchten. Doch auch als ich älter wurde, ließ sich meine blühende Fantasie nicht unterdrücken. Vielleicht war das eine Reaktion auf mein eintöniges Zuhause und die Tatsache, dass ich lieber las als aß. Aber es kam mir so vor, als wäre in jedem Menschen etwas verborgen, dem man nur einen kleinen Stups geben musste, um die sonderbarsten Ereignisse in Gang zu setzen.

Ich befreite mich aus der Steppdecke und rückte von Chas ab, der genügend Wärme abgab, um die ganze Nachbarschaft frostfrei zu halten. In letzter Zeit war mir aufgefallen, dass ich, wenn mir zu warm war, schwitzend und keuchend aufwachte, als würde ich erdrosselt. Als mir wieder kühler war, schlief ich bei dem Gedanken an Wraith Cottage und die Frage, was Tante Lillian verbrochen hatte, um von der Familie geächtet zu werden, ein.

4

Emmeline saß in Wraith Cottage am Küchentisch. Ihre Ellbogen ruhten in den vertrauten Rillen der abgenutzten Holzplatte. Sie starrte mit verklebten Augen auf ein aufgeschlagenes Buch. Auf der Innenseite des Hochglanzeinbandes war ein Foto von Jane, die mit ihrem schweren kastanienbraunen Haar und den tiefbraunen Augen genauso aussah wie Victoria. Wenigstens sah sie nicht aus wie Henry. Ob er schon tot war? Lilly hatte behauptet, er sei noch am Leben – sie könne es spüren. Aber Lilly war schon fast fünf Monate tot. Inzwischen konnte alles Mögliche passiert sein. Emmeline empfand nichts, wenn sie an Henry dachte – außer Hass.

Sie stützte den schmerzenden Kopf in die Hände und spürte die wenigen spärlichen Haarbüschel, die von ihren weichen Locken noch übrig waren. Sie wusste, wenn sie sich kämmte, würden sie ihr ausgehen, und sie wäre völlig kahl. Sie schloss die entzündeten Augen und horchte, wie die Wellen an das Kliff krachten und der Wind sandigen Regen gegen die Fenster warf. Kleine Zweige brachen von den Bäumen und schlugen auf das Blechdach des Seitengebäudes.

»Halt durch«, sagte sie zum Cottage, als sie die Wucht des Sturms spürte. »Halt durch«, sagte sie zu ihrem Körper, als sie den heftigen Schmerz fühlte. Einen Augenblick roch sie süßen Rosenduft. Sanfte Hände legten sich auf ihre, mit denen sie sich den Kopf hielt. »Lilly?«, flüsterte sie. Sie spürte, wie ein Kuss ihre Kopfhaut streifte, und schlug die Augen auf. Marguerite stand neben ihr, das Gesicht bleich vor Sorge.

»Kommt Jane?«, flüsterte Emmeline. »Bleibt mir noch Zeit?«

Marguerite schloss beruhigend die Augen und öffnete sie wieder, groß und wässrig blau. Ihr Mund verzog sich zu einem leisen Lächeln. Emmeline stand auf und schlurfte zum Spülstein. Sie schüttelte Tabletten aus einer Flasche und schluckte sie mit Wasser. Mit zuckendem Gesicht drehte sich sich wieder zu Marguerite. »Ich muss jetzt schlafen«, sagte sie.

5

Ich konnte nicht schreiben. Es war, als hätte Tante Lillians Tod mein Leben auf Eis gelegt. Jeden Morgen, wenn Chas zur Arbeit fuhr, ging ich nach oben in mein Arbeitszimmer und wartete, während der Computer brummend und piepsend hochfuhr. Dann rief ich meinen Pu-der-Bär-Bildschirmschoner auf, damit mir die leere virtuelle Seite nicht anklagend entgegenstarrte.

Statt zu schreiben las ich in meinen alten Tagebüchern. Ich hatte jede Menge davon, beginnend in der Zeit, als ich schreiben lernte. Ich fing mit den ersten an und entzifferte mein verblasstes kindliches Gekrakel. Veranstaltungen und Ausflüge, Schulfreunde und die Höhen und Tiefen der Pubertät erwachten zu neuem Leben wie am Tag der Auferstehung. Doch nirgends fand ich einen Hinweis auf Tante Lillian oder andere Verwandte. Auch die Isle of Wight wurde nicht erwähnt, ebenso wenig wie die Vergangenheit meiner Eltern oder Großeltern. Die Geschichte meines Lebens, die ausgebreitet vor mir lag, erzählte mehr über die Familien meiner Freunde als über meine eigene. Wo waren meine Wurzeln? Ich war erstaunt, dass ich nie darüber nachgedacht hatte.

Ich war so vertieft in diese Selbstbetrachtung, dass ich nicht merkte, wie die Stunden verflogen, bis ich das Rumpeln und Klicken des Garagentors hörte, als Chas nach Hause kam. Ich schaltete den Computer aus und rechnete fast mit einer Verwarnung durch Microsoft, weil ich wertvolle Cyberenergie verschwendete.

»Ich glaub, ich hab 'ne Schreibblockade«, log ich Chas bei Pasta mit Pesto an.

»Und was wollen wir dagegen unternehmen?«, fragte er mit erhobener Gabel.

»Wir? Ich bin kein verstopftes Rohr. Du kannst nicht einfach bei Jumbo-Rohr anrufen, damit sie kommen und die Blockade beseitigen.« Wir waren beide gereizt. Chas machte sich Sorgen wegen seiner Investmentfirma, die schwer zu kämpfen hatte. Ich spürte, wie er mich von hinten musterte, während ich in der Küche herumpolterte und Kaffee kochte. Nahm er etwa Maß und überlegte, welcher Spiralendurchmesser bei mir nötig wäre? Heftig zog ich meine Bluse über den Hintern.

»Was willst du stattdessen unternehmen?«, fragte er, seine Worte mit Sorgfalt wählend.

»Ich glaub, ich brauch Urlaub. Ein Tapetenwechsel würde mir gut tun. Ich möchte auf die Isle of Wight und mir Wraith Cottage ansehen.«

»Allein? Aber ich möchte mit dir zusammen auf die Insel fahren.«

»Das geht nicht – du kannst nicht aus dem Büro weg, und ich muss jetzt fahren. Ich könnte mit dem Anwalt reden und rausfinden, wie die Dinge stehen. Wenn das Cottage verkauft werden kann, wäre das eine hübsche Finanzspritze für uns.«

Chas lehnte sich nachdenklich auf seinem Stuhl zurück. Mit dem offenen Kragen, der schiefen Krawatte und der angesäuselten Miene hätte er sich nur noch einen Frank-Sinatra-Hut aufsetzen und eine Zigarette aus dem Mundwinkel hängen lassen müssen, um auszusehen wie ein Pianist in einem Jazzclub.

»Es gibt bestimmt massenhaft Ferienwohnungen auf der Insel. Und bald ist Juni.« Ich war plötzlich ganz aufgeregt. »Vielleicht könnte ich sogar im Cottage unterkommen, wenn es bewohnbar ist.«

»Wohl eher nicht. Außerdem will ich nicht, dass du vom Kliff fällst.«

Ich lächelte. »Ich frage mich, ob das Cottage einen alten

Kohlenherd hat. Ich hab so viele Bücher geschrieben, in denen sie vorkommen – vielleicht brauch ich das, um loslegen zu können. Andererseits könnte ich ihn gar nicht bedienen.«

Jetzt grinste Chas. »Leih dir doch einen Hund. Hunde wissen alles über Kohlenherde. Sie gehören zusammen. Sie sind untrennbar. Heutzutage kriegt man sogar einen umsonst dazu.«

»Was, einen Hund zum Küchenherd oder einen Küchenherd zum Hund?« Ich legte die Hände auf seine Schultern und küsste ihn auf den Hinterkopf. Dabei fiel mir auf, dass genau an der Stelle sein Haar ziemlich dünn war. Wir konnten uns nie lange böse sein. »Also, was meinst du? Soll ich hinfahren?«

»Warum nicht?« Sein Gesicht hellte sich auf. »Ich kann das als Spesen für dich abrechnen – Recherche für dein Buch.«

6

Emmeline konnte nicht schlafen. Wie der Sturm so ließen auch ihre Schmerzen nach. Sie lag da und ließ sich in einem ruhigen Meer aus Bildern treiben, die ihr durch den Kopf spukten, als sei ihr Leben in einem Sack durchgerüttelt und auf einen Haufen ausgeschüttet worden.

Sie war wieder Kind, mit dürren Armen und Beinen, hockte mit Lilly im nassen Sand und baute Burgen. Lillys feines Haar war windzerzaust. Henry thronte über ihnen, schwang sein Fischernetz und kommandierte herum. Nur wenige Meter entfernt arbeitete Victoria an ihrem Gemälde. Sie saß auf einem Klappstuhl, damit ihr Spitzenkleid nicht schmutzig wurde.

Dann rannte Lilly lachend am Strand entlang. Es war jetzt dunkel, und sie waren erwachsen.

»Weißt du noch, Lilly?«, flüsterte Emmeline im Dunkeln. »Erinnerst du dich an unsere Silvesterparty am Strand mit Woody und Neptun?« Sie griff mit von Schmerzmitteln schwerer Hand über die Tagesdecke nach Lillys Hand, ertastete aber nur das flache, leere Bett. Doch Lilly war da. Sie spürte ihre Gegenwart. Hatte Lilly nicht versprochen, immer bei ihr zu sein, bis Emm losließ?

»Schau nicht zurück, Emm. Es ist vorbei.« Sie hörte Lillys Stimme in ihrem Kopf.

»Nein, Lilly. Wir müssen uns erinnern. Ich gebe keine Ruhe, bis er dafür bezahlt.«

»Und wie soll er dafür bezahlen?«

»Mit seinem Schuldbekenntnis denen gegenüber, die ein Recht darauf haben, es zu wissen. Das will ich noch erleben. So wird er bezahlen.«

»Lass los, Emm. Lass los, und komm mit mir.«

»Ich kann nicht. Noch nicht. Wer soll auf Marguerite aufpassen? Wir müssen uns an alles erinnern. Wir müssen das alles in die Gegenwart bringen, sonst kann es nicht geheilt werden. Dann werde ich nie Ruhe finden. Du musst weiter nach Jane rufen.«

»Sch, schlaf jetzt. Ich wache über dich.«

Emmeline atmete tief, doch während ihr Körper sich entspannte, meldete sich ihr Verstand wieder, rastlos, weil ihr Leben noch nicht abgeschlossen war.

»Denk an Silvester, Lilly«, flüsterte sie. »Wir waren so glücklich …«

»Aber du hast doch ein so gutes Gedächtnis, Emm.«

»Jetzt nicht mehr. Die Schmerzmittel haben meinen Verstand getrübt.«

»Du kannst meine Tagebücher lesen.«

»Nein. Ich muss deine Stimme hören.«

»Aber ich kann es dir nicht erzählen, Emm.«

»Warum nicht?«

»Weil ich dann deine Schmerzen fühle. Ich will es nicht noch einmal durchleben.«

»Aber es wird Zeit, dass ich es weiß.«

»Dann muss ich mich von dir trennen, und du kannst zuhören oder auch nicht. Ich setze mich auf meinen Stein und erzähle es dem Meer.«

»Das klingt so gefühllos, Lilly.«

»Aber es ist die einzige Methode für mich, es frei und ungehindert zu tun.«

Emmeline spürte, wie Lillians Gegenwart weniger greifbar wurde. Sie hörte das leise Seufzen des Meeres, das sich nach dem Sturm wieder beruhigte. Mit dem Wind kamen Stimmen zu ihr, Gelächter und das Prasseln des Feuers.

»Sag die Wahrheit, Lilly«, rief sie.

Ich höre Neptun nach mir rufen, als ich den Strand hinauf zu meinem Stein wanke.

»Lillian! Komm schon, Schlaffi, einen Tanz schaffst du noch.«

Ich bin so außer Atem, dass mir schwindlig ist – aber vielleicht liegt's auch am Gin. Emm kommt angerannt und fasst mich von hinten um die Taille, sodass wir fast hinfallen.

»Lilly, sei kein Spielverderber«, sagt sie. »Wir können nicht ohne dich tanzen. Danach ruhen wir uns aus, das versprech ich. Es ist sowieso bald Mitternacht.«

Ich betrachte ihr erwartungsvolles Gesicht im Feuerschein. Alles an ihr schimmert: ihre Augen, ihre Wangen, die hellen Locken. Sie spitzen unter der blauen Pudelmütze hervor, die ich ihr zu Weihnachten gestrickt habe. Sogar ihre dunstigen Atemzüge funkeln. Ich würde mich auch ins eiskalte Meer stürzen, wenn sie mich darum bäte. Kichernd greife ich nach ihrer behandschuhten Hand, und wir stolpern zurück über den Sand. Neptun sitzt rauchend auf einem Felsen und spielt auf seiner Konzertina, während Woody das Grammophon ankurbelt.

»Danach ist aber Schluss«, keuche ich. »Sonst muss ich kotzen.«

In Stiefeln und dicken Wollsachen tanzen wir unbeholfen zu den Scottish Reels, mit Stöcken aus Treibholz als gekreuzte Schwerter, bis wir alle vier vor Lachen fast zusammenbrechen. Dann schleppen wir uns den Strand hinauf zu den Mänteln und Decken am Feuer. Wir sitzen da und betrachten den Mond, der auf dem Meer glänzt, ich auf meinem großen flachen Stein, zu müde, um zu sprechen. Emm stochert summend in den Essensresten.

»Wieder besser, Lilly?«

Ich nicke und kuschele mich tiefer in den schweren Kamelhaarmantel meines Dads. Ich bin froh, dass ich ihn nach seinem Tod vor einem Jahr aufgehoben habe. Victoria wollte ihn unbedingt zum WRVS geben und war regelrecht beleidigt, als ich fragte, ob Henry ihn nicht gern hätte. Später, als sie zum Arzthaus zurückgegangen war, zog ich den Mantel wieder aus dem WRVS-Bündel. Er ist mir viel zu groß, aber perfekt, um damit um Mitternacht am kalten Strand zu sitzen. Ich schnuppere am Revers. Es riecht nach Dad: eine Mischung aus Havanna-Zigarren, altem Malt Whisky und dem Muff, den Kleidungsstücke annehmen, wenn es keine Frau mehr gibt, die sie in die Reinigung bringt.

Mein lieber, guter Dad – der alte Vater William, wie ihn seine Stammgäste nannten. Ich sah ihn vor mir, wie er durch Bar und Lounge seines geliebten Hotels taumelte, den Männern auf die Schultern klopfte und den Damen Komplimente machte. Seine Stimme war mit den Jahren heiser geworden, seine Nase dunkelrot und narbig. Ich war froh, dass er so plötzlich gestorben war, genau dort, in seinem Reich, rauchend und trinkend, getroffen wie ein harpunierter Wal. Ich hätte nicht gewollt, dass mein Dad zu einer peinlichen Witzfigur wurde, die nicht einmal mehr mitbekam, dass sie verspottet wurde.

Ich stelle den schmierigen Kragen hoch, um meinen Nacken gegen die Eiseskälte des Felsblocks zu schützen. Victoria hätte den Mantel bestimmt reinigen lassen, wenn sie ihre Treuepflicht nicht auf Henrys Kleidung übertragen hätte. Sie erledigt solche Dinge, die Ehefrauen – und wahrscheinlich auch Mütter – tun. Ich erinnere mich nicht an unsere Mutter. Ich hab sie bei meiner Geburt getötet. Sie hat mich mit ihren letzten Atemzügen aus ihrem Körper gepresst und dabei ihre tuberkulöse Lunge zum Platzen gebracht. So lautet jedenfalls Victorias Version, die impliziert, dass ich von Anfang an ein Ärgernis war. Emm hat zu Victoria gesagt, dass sie kein Recht hat, mir Schuldgefühle zu machen, ich hätte schließlich nicht darum gebeten, auf die Welt zu kommen. Männer könnten eben ihre Hosenställe nicht zulassen – das wären die wahren Schuldigen. Victoria errötete und trippelte auf ihren hochhackigen Pumps davon. Emm legte den Arm um mich und sagte, Victoria sei bloß eifersüchtig. Sie wollte das einzige Kind sein, doch dann kam ich und sah genauso aus wie ihre Mutter, die ich unabsichtlich getötet hatte.

Arme Victoria. Zehn Jahre alt, mit einem verwitweten Vater, einer ungewollten kleinen Schwester, allein gelassen mit ihrem Schmerz. Kein Wunder, dass sie mich als Plage empfand. Es überrascht mich eher, dass sie mich nicht im Kinderwagen vom Kliff gestoßen hat. Aber warum sie eifersüchtig auf mich sein soll, ist mir ein Rätsel. Sie ist die Intelligentere von uns und künstlerisch hochbegabt. Sie malt riesige Bilder von der Südküste der Insel. Peitschende Stürme toben über ihre Leinwände, zerklüftete Felsbrocken donnern Klippen hinab, Bäume biegen sich gefährlich. Und dazu hat sie noch einen wunderschönen, kurvenreichen Körper und langes, glänzend braunes Haar. Ich dagegen bin spindeldürr und blass.

Ich kuschele mich tiefer in Dads Mantel und sehe zu, wie das Feuer zischt und zusammensinkt, Funken sprüht und sich wieder beruhigt, wie ein reizbarer Drache, der einzuschlafen versucht. Der feuchte, salzige Geruch vermischt sich mit dem Rauch von Holz. Mein Magen ist überladen mit Hummer, verbrannten Kartoffeln und Gin. Ich hatte für Emm und mich eine Flasche Gordon's mitgebracht und Martell und Johnnie Walker für Woody und Neptun. Ich kam mir vor wie eine Verbrecherin, als ich mir von dem Alkohol nahm, den mein Vater stets unter Verschluss gehalten hatte, doch Emm sagte, er gehöre jetzt mir. Mir und Victoria natürlich; ich darf nicht vergessen, es Victoria zu sagen.

Ich beobachte die anderen, wie sie Treibholz anschleppen, und denke, dass ich noch nie so glücklich war. Das muss an der neuen Freiheit liegen. Es ist das erste Mal, dass ich Neujahr mit meinen Freunden feiere, statt Emm und Dad dabei zu helfen, ein Fest für *Die alten Getreuen* zu organisieren: Die Leute, die ungeachtet der Wirtschaftskrise in der Nachkriegszeit Jahr für Jahr ins Wraith Cove Hotel kommen und sich auch nicht daran stören, dass es immer schäbiger und feuchter wird und die Betten quietschen. Und ich hab nicht mal Schuldgefühle. Der Brand vor Weihnachten in der Hotelküche war der Achtlosigkeit meines Vaters zuzuschreiben der sich nie um die Instandhaltung kümmerte; für die Renovierungsarbeiten, die für eine Wiedereröffnung nötig wären, haben wir nicht genug Geld. Daher kümmerte sich Emm, die Hotelmanagerin, um die Reservierungen über Weihnachten und Neujahr, erstattete Anzahlungen zurück, stornierte Bestellungen, schrieb Entschuldigungsbriefe und entschädigte das Personal.

Wir verbrachten den Großteil des Weihnachtsfests damit, die Küchenausstattung zu bergen und mit Woodys und Neptuns Hilfe aufzuräumen. Die Feuerwehr zwang uns, den Strom abzuschalten. Victoria und Henry nahmen die leicht verderblichen Lebensmittel mit, weil sie eine Gefriertruhe haben. Sie rissen sich auch den Weihnachtsbaum unter den Nagel; Victoria meinte, er würde gut in ihren Salon passen. Ich hatte gerade noch Zeit, den Glasengel, den Liebling meiner Kindheit, von der Spitze zu klauen. Den Baum konnten sie gern haben – Emm und ich schmückten sowieso immer einen im Garten mit Vogelfutterkugeln. Zu essen hatten wir auch noch genug. Victoria hat keinen so guten Überblick über die Vorratskammern wie wir. Es war schön gewesen, dass wir das Hotel ganz für uns hatten. Wir zündeten den Kamin in der Lounge an, lümmelten uns auf den Sofas und gingen bei Einbruch der Dunkelheit zum Weihnachtsessen hinüber ins Wraith Cottage. Ich habe keine Ahnung, was aus dem Hotel werden soll, doch im Moment ist es mir auch egal.

Ich sehe Emms Silhouette im Feuerschein, als sie sich hinsetzt und die Hummer inspiziert. Emm hat ständig Hunger und isst immer alles auf. Und trotzdem bleibt sie so dünn. Ihre langen Arme und Beine mit den knubbeligen Ellbogen und Knien sind ständig in Bewegung. Mit den weichen braunen Haaren und runden blauen Augen erinnert sie mich an eine Mischung aus einem Rehkitz und einer Bergziege. Sie hat auch große Füße, die sich auf den Felsen und Klippen auskennen, als würden sie selbstständig denken. Freude durchströmt meinen ganzen Körper, wenn ich sie nur ansehe. Wie immer spürt sie meinen Blick. Wir können das schon immer – die Gedanken und Gefühle der anderen auffangen. Sie grinst und hält mir eine Hummerschere hin.

»Willst du noch was, Lilly? Ich such dir ein paar schöne Stücke raus.«

»Nein danke, Emm. Ich bin satt.« Ich wünschte, ich könnte ja sagen – nur damit Emm mich füttert, um ihre sanften Finger auf meinem Mund zu spüren.

Woody und Neptun sind unten am Wasser und ziehen ihr Boot höher an den Strand. Ihre dunklen Gestalten bücken sich und schwanken; ihr Ölzeug glänzt im Laternenlicht. Das Meer klatscht gegen ihre Stiefel und zieht daran. Booty, ihr kleiner Terrier, fordert die Wellen heraus, mit seinen Pfoten Fangen zu spielen, kauert sich mit hochgerecktem Schwanz hin und stößt ein aufgeregtes, warnendes Jaulen aus. Die beiden Männer stecken die Köpfe zusammen und reden miteinander; Neptuns Haare sind kurz geschnitten, Woodys wirr und ungekämmt. Ich lächele in mich hinein und frage mich, wie mich je der Gedanke quälen konnte, dass Neptun vernarrt in Emm war.

Ich erinnere mich, wie er etwa vor zehn Jahren stolz wie ein Spanier in seinem neuen Boot von der Puck's Bay nach Wraith Cove gerudert kam. Er hatte lange dafür gespart und es eigenhändig repariert, weiß gestrichen und mit blauen Buchstaben sorgfältig *Neptun* darauf gepinselt. Er tat ganz lässig, aber in seinen tief liegenden Augen stand die flehentliche Bitte, es zu mögen. Er bot an, mit Emm rauszurudern, und ich war überzeugt, dass er hinter ihr her war. Von da an nannten wir ihn Neptun; ein Name, der an ihm hängen blieb und der ihm anscheinend gefiel. Doch dann war Woody auf der Bildfläche erschienen und wir verstanden, wie es zwischen den beiden stand.

Wir alle lieben das Meer und die wilde felsige Küste; wir haben solchen Spaß zusammen. Wir vier fühlten uns unbesiegbar, bis der Krieg kam, uns Woody wegnahm und ihn gebrochen wieder zurückschickte. Aber er erholt sich langsam; dieser wunderschöne Ort und unsere Liebe heilen ihn.

Wir haben Glück, Emm und ich – es ist, als hätten wir zwei Brüder. Und ich freue mich für Emm; es entschädigt sie dafür, dass ihr richtiger Bruder, Henry, sie ziemlich lieblos behandelt. Ich berühre sie am Arm und ernte ein strahlendes Lächeln, ein Funkeln aus blauen Augen.

Woody und Neptun schleifen einen halben Baum den Strand hinauf. Sie bunkern ihn am Fuß des Kliffs in der Nähe unserer Höhle, die die Flut nicht erreicht, höchstens bei einem ungewöhnlich starken Sturm. Wir horten die reichen Gaben des Meeres immer dort – wobei wir auf gefährliche Kriegstrümmer Acht geben –, wo sie darauf warten, nach ihrer Nützlichkeit sortiert zu werden. Ich durchstöbere sie nach interessanten Figuren, um Wraith Cottage damit zu dekorieren, Emm und die anderen nach Gegenständen, die man praktisch nutzen kann. Die Männer haben ihr verfallenes Fischer-Cottage in der Puck's Bay praktisch nur mit Material, das ihnen das Meer geschenkt hat, wieder aufgebaut. Die beiden kennen das Meer genau, da sie aus einem ruhmreichen Schmugglergeschlecht stammen.

Sie setzen sich zu uns in das Hufeisen aus Felsblöcken und wärmen sich die Hände am Feuer. Booty durchstöbert systematisch die Essensreste. Emm reicht Brandy herum.

»Muss bald Mitternacht sein«, sagt Neptun, trinkt einen Schluck und erschaudert.

»Halb zwölf«, sagt Emm, die im Dunkeln angestrengt auf ihre Armbanduhr schaut. »Ich frage mich, was 1953 bringen wird. Irgendwelche guten Vorsätze?«

»Ach, lass uns nicht an die Zukunft denken«, sage ich, weil ich nicht will, dass die Nacht endet. »Ich will das einfach genießen.«

Woody kramt seine Tabakdose hervor und bietet Selbstgedrehte an. Ein Streichholz lodert orange auf, und der sengende Tabakgeruch verbindet sich mit der verräucherten Luft. Ich habe immer Angst, dass er seinen Bart in Brand setzt. Neptun nimmt seine Konzertina und beginnt leise zu spielen. Ich sehe, wie die Geister sich erheben und über das mondhelle Meer treiben. Sie reagieren immer auf Musik. Victoria hat mich ausgelacht, als ich ihr erzählte, dass die Geister der Ertrunkenen nachts spielen. Alberne Lilly nennt sie mich deshalb. Aber Emm lacht nie, sondern starrt nur in die Wellen und versucht zu sehen, was ich sehe.

Alle paar Sekunden gleitet ein breiter Lichtstrahl von St. Catherine's über den Strand. Ich liebe den Leuchtturm; ich halte ihn für ein wunderbares Symbol menschlicher Güte, weil er die Menschen sicher ans Ziel führt. Ich schaue zum indigoblauen Himmel mit den leuchtenden Sternen und frage mich, wie sich verirrte Matrosen an ihnen orientieren konnten. Wie musste es sich anfühlen, auf dem weiten, dunklen Meer zu treiben? Ich höre, wie Neptuns Boot sanft an die Felsen stößt – inzwischen ein größeres Boot mit Außenbordmotor. Und trotzdem noch so winzig.

»Ich glaube, das ist die beste Methode, das neue Jahr zu begrüßen«, sagt Neptun und bläst blaue Rauchkringel in die Luft. »Wir sollten das jedes Jahr machen. Egal, wo wir sind, wir sollten uns verabreden, wieder herzukommen.«

»Klingt wie ein Pakt in Enid-Blyton-Büchern«, lacht Emm. »Fünf Freunde in Wraith Cove.«

Woody lächelt uns träge an. »Solange wir uns nicht heldenhaft verhalten und Leute vor Schurken retten müssen.«

»Aber wir bleiben doch immer hier«, bricht es aus mir heraus. »Warum sollten wir woanders hin?« Schon beim Gedanken daran schießen mir die Tränen in die Augen.

Emm hakt sich bei mir ein. »Natürlich, kleine Wasserlilie.«

Wir hören zu, wie Neptun seine Meereslieder spielt.

Booty lässt sich zu seinen Füßen nieder, den Kopf auf den Pfoten.

»Was machen denn Henry und Victoria heute Abend?«, fragt Neptun.

»Die sind auf einer Party in Ventnor. Bei feinen Pinkeln. Victoria hat sich extra ein neues Taftkleid gekauft. Aber ich bin lieber hier.« Ich ziehe Dads Mantel fester um mich und wünsche, Emm würde sich an mich kuscheln; hier drin ist genug Platz für zwei. Es wird langsam sehr kalt. Ich sehe kleine feuchte Tröpfchen in der Luft, wenn wir sprechen.

»Vermisst du den alten Vater William und das Hotel?«, fragt mich Woody.

»Nein. Tja, Dad vermisse ich schon, aber es ist schön, nicht herumhetzen zu müssen, um den Laden in Gang zu halten, stimmt's, Emm?«

Woody steht auf und schlägt wild auf sich ein, um warm zu bleiben. »Ach ja. Ich hatte deine Arbeit ganz vergessen, Emmeline. Die ist dann ja wohl auch weg, und was ist mit deinem Zimmer?«

Sie sieht mich an und drückt meinen Arm. »Lilly und ich müssen über alles nachdenken. Aber zuerst ziehe ich ins Wraith Cottage und wir leben dort zusammen. Die Leute können denken, was sie wollen.«

»Tja, das verlangt nach einem Trinkspruch«, sagt Woody und sieht die Flaschen durch. »Ich freue mich für euch.«

»Ich auch«, sagt Neptun. »Aber wundert euch nicht, wenn euch die Dorfrowdys Saures geben. Die haben nichts Besseres zu tun. Als Woody zu mir zog, kamen sie eine Weile jeden Abend vorbei und johlten vor der Tür. Stimmt's, Wood?«

»Wir haben es einfach ignoriert – die beste Taktik«, meint Woody und füllt die Gläser. »Sie haben es schnell satt. Aber wenn ihr Probleme habt, sagt Bescheid.«

»Danke«, sage ich und hebe mein Glas. Ich hab kein bisschen Angst, wenn die beiden in der nächsten Bucht sind. Und wer könnte Emm und mir schon etwas tun wollen?

»Musst du das Hotel verkaufen, wenn ihr kein Geld habt, um es wieder herzurichten?«, fragt Woody.

»Henry möchte, dass ich das tue – das heißt, ich und Victoria.«

»Was hat er denn damit zu tun?« Emms Stimme ist scharf.

»Tja, er ist Victorias Ehemann...«

»Den kann sie geschenkt haben, das arrogante...«

»Emm! Er ist dein Bruder, vergiss das nicht.« Dabei vergesse ich es selbst manchmal; sie gehen immer so förmlich und gereizt miteinander um.

»Das ist mir egal, Lilly. Er kommandiert alle herum, als hätte er das Recht dazu.«

»Er versucht nur, auf uns aufzupassen. Er sagt, er versteht was davon, und er kennt die richtigen Leute.«

»Der Mann hat vielleicht Nerven«, murmelt Emm. »Ihr seid schließlich beide erwachsene Frauen.«

»Er glaubt, Frauen...«

»Ich weiß, was er über Frauen denkt! Er findet, Frauen sollten heiraten und sich ausschließlich um ihre Ehemänner kümmern, wie die blöde Victoria. Ich dachte immer, sie hätte Mumm, aber sie hat aufgegeben.«

»Ach, Emm!«

»Hat sie aber, Lilly. Sie hat ihren Job in der Galerie sausen lassen. Sie malt nicht mal mehr.«

»Sie ist eben sehr beschäftigt.«

»Beschäftigt! Womit denn? Seine Hemdkragen zu stärken? Sein Stethoskop zu polieren?«

»Sie ist die Ehefrau eines erfolgreichen Arztes. Das ist es, was sie will.« Ich sehe in die Gesichter um mich herum; alle unterdrücken ein Grinsen. »Oder etwa nicht?«

Emm prustet los und greift nach mir. »Du hast manchmal keine Ahnung, Lilly. Wenn du immer nur das Beste in den Menschen siehst, übersiehst du vielleicht manchmal das Schlimmste.« Sie fährt sanft über meine Haare. »Kleine Unschuld«, flüstert sie.

»Aber Wraith Cottage verkauft ihr doch nicht, oder?« Woody klingt besorgt. Ich erinnere mich, wie er immer zu uns kam, nachdem er aus dem Krieg zurückgekehrt war, verwundet, verstört und um die Menschheit trauernd. Damals schlenderte er gern durch den Garten und über die Kliffs oder saß regungslos in einem Sessel und starrte stundenlang aufs Meer. Ich spüre immer noch seine tiefe Qual, wenn ich seine Seele mit meiner berühre. Ich bemühe mich, seinen Geist mit Liebe zu umfangen, bis ich merke, dass er loslässt.

»Nein, niemals.« Ich beuge mich vor und berühre ihn. »Wir finden schon einen Weg, es zu behalten.«

Ich wünschte, ich hätte mein Notizbuch dabei. Ich möchte meine Gedanken über den Leuchtturm und die Güte der Menschen aufschreiben. Ich will über Woodys geheime Qualen schreiben. Diesen Drang zu schreiben hatte ich früh, schon als kleines Kind; ich erinnere mich sogar daran, als es zum ersten Mal geschah. Victoria kämmte mein langes, feines Haar und zerrte so fest an den Knoten, dass mir die Tränen in die Augen schossen. Doch die Tränen kamen nicht von meinem Schmerz, sondern von Victorias. Ich spürte die Verzweiflung in ihr, ein primitives Verlangen, sich in ihre verlorene Kindheit zu versenken, und ihre Sehnsucht nach jemandem, der sie von der Last, die ich für sie darstellte, befreite. Sie sehnte sich danach, fest im Arm gehalten zu werden, an einer Brust, die nicht aus Seidenpapier war. Sie wollte, dass ich aufhörte, sie auf Schritt und Tritt zu verfolgen, sie zu brauchen und zu lieben. Doch alles, was sie in ihrer Wut und Frustration tun konnte, war, an meinen Haaren zu zerren.

Als sie mit dem Flechten und Ziepen fertig war, rannte ich weg und suchte mir Papier und Bleistift. Die Worte flossen wie von selbst auf das Blatt, Augen und Kopf hörten auf zu schmerzen, und ich fühlte mich besser. Es kam mir ganz natürlich vor, wie etwas, das man in Zeiten großer Freude und tiefen Schmerzes eben tun muss. Jahre später erzählte ich Emm davon und zeigte ihr meine Notizbücher. Sie hörte gar nicht mehr auf zu lesen und sagte zu mir, ich könnte eine große Schriftstellerin werden wie Virginia Woolf, da ich innerste Gefühle ausdrücken kann, in denen sich jeder Mensch wiedererkennt. Aber ich habe nicht den Wunsch, Geschichten zu schreiben oder irgendwas zu erfinden. Ich will nur meine intensiven Gefühle zu Papier bringen, weil sie ein Ventil brauchen.

Manchmal bin ich selbst überrascht über das, was ich geschrieben habe, Worte, von denen ich nie dachte, dass ich sie kenne, als hätte ich in mir ein weiseres, älteres Ich. Vielleicht liegt es auch an den Büchern. Wir lesen uns aus allen möglichen Büchern vor, Emm und ich, im Bett, wenn wir am Strand liegen oder in Wraith Cottage gemütlich am Kamin sitzen. Wir haben fast schon eine eigene Bibliothek.

In den Dörfern, die verstreut an der Küste liegen, beginnen die Glocken zu läuten, und draußen auf dem Ärmelkanal explodierte Funken sprühend ein Feuerwerk auf einer mit bunten Lichtern geschmückten Vergnügungsjacht. Wir rappeln uns auf, um auf das neue Jahr zu trinken. Ich werde in ein Durcheinander aus kalten Kleidern, warmem Atem, kalten Nasen, Tabak und Alkohol gezogen und spüre, wie Bootys feuchte Zunge an meiner Hand leckt. Wir küssen und umarmen uns. Dann sichern wir das Feuer und schieben das Boot hinaus, damit die Männer um die felsige Landspitze zurück in die Puck's Bay segeln können. Wir sehen zu, wie sie mit Booty an Bord steigen und wegtuckern. Ihre Laternen blinken auf dem Wasser.

Emm und ich kämpfen uns die Treppe am Kliff hoch. Betrunken kichernd klammern wir uns an den Seilen des Geländers und aneinander fest, und sehen Wraith Cottage durch die dunklen Winterbäumen einladend leuchten.

Lillians Stimme verhallte langsam in Emmelines Kopf. Von den glücklichen Erinnerungen zufrieden und erschöpft schlief sie endlich ein.

7

Es war der erste Juni, als ich die Flucht ergriff. Ich war froh, endlich zu entkommen – nicht Birdsong, meinem lichtdurchfluteten Zuhause, dem Gegenstück zu Winter Wood, sondern den Verhören durch Chas, meine Freunde und meine Lektorin, was den Fortschritt meines Buches betraf. Ich fand es belastend, sie anzulügen, obwohl das Erfinden von Geschichten mein täglich Brot war. Zum ersten Mal im Leben brauchte ich Abstand von allem. Seit dem Anwaltsschreiben zu Jahresbeginn kam ich mir vor wie ein entgleister Zug. Ich brauchte etwas, das mich wieder auf die richtige Spur setzte. Meine Freunde waren mit allen möglichen Midlife-Crisis-Theorien und Heilmittelchen für die Wechseljahre angekommen, aber ich wollte nur meinen Geburtsort finden.

Als ich durch den sonnengesprenkelten New Forest fuhr, empfand ich Nachsicht für langsam zuckelnde Ponys, Schafe, die sich wie Verkehrsrowdys aufführten, und sogar für ein paar schlammige Schweine, die am weißen Mittelstreifen entlangschnüffelten. Als ich Lymington erreichte, fühlte ich mich leichter, als hätte ich ein paar Pfunde aus Lug und Trug verloren.

Ich kam gerade rechtzeitig zum Terminal, um mit meinem roten Mini von der blauen Öffnung der Wightlink-Fähre verschluckt zu werden. Ich ging hoch an Deck, beobachtete die tuckernden Boote und schlagenden Segel und genoss die Hafenatmosphäre, die Schreie der Möwen und die warme, salzige Brise, während wir aufs offene Meer hinausglitten – wenn man The Solent offenes Meer nennen kann. Ich war kein großer Fan von englischen Seebädern, weil mir verlässlicher Sonnenschein und trockener Sand lieber waren. Doch ich fuhr zu der Insel, auf der ich geboren war, und ich freute mich darauf. Ich mochte Inseln. Ich fand es sehr beruhigend, auf einer kleinen, meerumspülten Landerhebung zu stehen. Chas erinnerte mich zwar immer wieder daran, dass auch Großbritannien eine kleine Insel war, doch ich meinte so winzig, dass man auf dem höchsten Punkt stehen und alles auf einmal überblicken konnte – alle Biegungen und Meeresarme, alle Hügel und Täler.

Ich sah die Isle of Wight auf uns zukommen. The Needles, die hoch aus dem Meer ragten, große Kreidefelsbrocken, ein Durcheinander aus dunklen Bäumen, mysteriösen Monumenten und Sendetürmen, die den Horizont durchstießen.

»Ich bin hier geboren«, platzte ich an die Frau gewandt, die neben mir an der Reling lehnte, heraus.

»Sie Glückliche«, sagte sie. Ich suchte in ihrem Gesicht nach Spuren von Sarkasmus, konnte aber keine entdecken.

Ich hatte meinem Vater nichts von der Reise erzählt, weil ich nicht scharf auf seine Kommentare war. Ich hatte ihm gesagt, ich würde wegen meiner Arbeit ein paar Tage nach London fahren. Er warf mir einen spöttischen Blick zu; Romane zu schreiben war seiner Meinung nach keine Arbeit. Winter Wood lag nur sieben Meilen von Birdsong entfernt. Ich besuchte ihn fast jeden Tag. Während ich weg war, wollte Chas bei ihm vorbeischauen. Manchmal glaubte ich, er käme mit Dad besser aus als ich. Aber er war auch an seine große Verwandtschaft gewöhnt, die ihn nicht weiter tangierte.

Als wir uns Yarmouth näherten, sah ich flatternde Flaggen, unzählige Masten und Horden von Urlaubern. »Ist hier immer so viel los?«, fragte ich dieselbe Frau.

»Das ist das ›Old Gaffers'-Festival‹«, sagte sie.

Am Kai stand eine Marschkapelle aus Soldaten mit purpurrot-weißen historischen Kostümen, die auf ihren Trommeln wirbelten wie ein Begrüßungskommittee. »Sind das die Old Gaffers?«, fragte ich.

Sie lachte. »Nein, die Old Gaffers sind Boote. Schauen Sie, dort.« Sie deutete auf eine Reihe bunter Segel: Rostrottöne, Abendblau und verwitterte Weißtöne. »Die segeln später raus – das ist ein herrlicher Anblick.« Sie sah mich jetzt direkt an. »Ich dachte, Sie wären hier geboren.«

Ich grinste. »Geboren und von hier verbannt.«

Als ich vom Schiff fuhr, musste ich mich durch die sorglose Menge schlängeln: Straßenentertainer und Kinder in Badeanzügen, die barfuß mit tropfenden Eiswaffeln herumliefen. Karussells zischten durch die Luft, Autoscooter hupten laut und gierige Möwen lärmten um die Fressbuden herum. Es roch intensiv nach klebrigem Toffee und brutzelndem Schweinefleisch. Und über allem lag eine Kakophonie aus Musik, sonnig und unbeschwert. Am liebsten hätte ich angehalten und mich unters Volk gemischt, aber ich steckte in dem Verkehr fest, der von der Fähre rollte, und hielt es für ratsam, mich richtig einzuordnen.

Ich fuhr nach Süden, vorbei an Farmen und durch Dörfer mit malerischen Kirchen und reetgedeckten Cottages, nicht unähnlich der Gegend, in der ich lebe, außer dass alles viel kleiner war. Es war wie eine Reise in die Vergangenheit. Die Straßen waren schmal, eingeengt von Hecken und Böschungen; pinkfarbene Feuernelken und leuchtende Gänseblümchen stahlen den weißen Wiesenkerbelblüten die Schau. Ich fuhr langsamer, weil mir plötzlich klar wurde, dass ich keine Eile hatte. Ich hielt in einer Parkbucht, um einen Blick in die Karte zu werfen. Chas hatte mich ausgelacht, weil ich meine Route im Voraus geplant hatte, und mir versichert, dass ich mich auf einer so winzigen Insel nicht verirren konnte; ich würde höchstens in immer kleineren Kreisen mein Ziel umkurven. Doch als Autofahrerin war ich ein hoffnungsloser Fall; alles, was ich sah, konnte mich zu einer Story inspirieren und mich vom Weg abbringen. Heute aber wurde meine Fantasie durch nichts geweckt und ich machte keinen einzigen Abstecher.

Die südliche Küstenstraße war lang und gerade. Rechts von mir lag der Ärmelkanal und links gingen Felder in grasbedecktes Hügelland über. Auf dem Küstenweg über dem funkelnden Meer sah ich Wanderer über blühende Wiesen gehen. Die Gegend war dünn besiedelt, abgesehen von ein paar Apartmentblocks mit Ferienwohnungen, die aussahen wie leer stehende Kasernen, sah ich nur wenige Häuser. Und dann ragten die Meeresklippen empor und streckten ihre Felsschichten zum Meer hin, während sich zu meiner Linken mit Stechginster bewachsene Hügel erhoben. Als die National-Trust-Schilder für das St. Catherine's Oratorium vor mir auftauchten, konnte es nicht mehr weit sein. Die Straße fiel nach Niton hin ab, wo die Menschen Einkaufsbummel machten und unter bunten Sonnenschirmen vor dem Dorfpub saßen. Das Meer leuchtete jetzt vor mir wie ein Leitstern, und als ich um die Kurve fuhr, sah ich Undercliff Drive.

Dort lag *mein* Cottage – irgendwo hier am Undercliff. Mein Herz machte einen Satz. Ich fragte mich, ob ich aufgrund eines primordialen Instinkts meinen Geburtsort wiedererkannte. Aber ich konnte jetzt noch nicht auf Entdeckungsreise gehen. Ich musste morgen erst zum Anwalt und die Schlüssel abholen. Die Straße war überschattet von grünen Zweigen, dem gewaltigen, geschichteten Kliff zu meiner Linken und grauen Steinmauern auf beiden Seiten, die gelegentlich von bröckelnden Torpfosten und Zufahrtswegen zu unsichtbaren Häusern durchbrochen waren. Und um all das rankte sich wie zur Stütze Efeu. Ich fragte mich, wie Dad reagieren würde, wenn er wüsste, dass ich hier war.

Ich kam in St. Lawrence an, dem Dorf vor Ventnor, und fand Undercliff House, wo ich ein Apartment gebucht hatte. Der Baustil war viktorianische Gotik, die warmen Backsteinwände mit freundlichen Wistarien bewachsen. Die Auffahrt wurde von Fuchsienhecken gesäumt, von denen rubinrote Ballerinas tropften. Ich stieß die schwere rötlich braune Tür auf und fand auf der Chiffoniere einen Zettel mit der Mitteilung, dass ich in Apartment 5 wohnte. Der Korridor war breit und mit einem rutschenden, abgelaufenen Teppich und Topffarnen bestückt; es roch nach Bohnerwachs und Curry.

Ich fand Apartment 5, das nicht abgeschlossen war, im obersten Stockwerk. Es bestand aus einer gelben Resopal-Küche aus den fünfziger Jahren, die nach Schimmel roch, und einem großen Zimmer mit einem geblümten Doppelbett und einem rissigen schwarzen Ledersofa. Das Bad entsprach der Norm und hatte eine anständige Dusche. Auf einem Tisch lagen ein Stapel alter Taschenbücher, Touristenprospekte und die Hausordnung. Seltsamerweise gefiel es mir – hauptsächlich wegen des Erkerfensters und der Aussicht. Man blickte direkt auf einen riesigen Garten mit einer Rasenfläche zum Bowlingspielen, der von behaarten Baumfarnen, Torbay-Palmen und Neuseelandflachs gesäumt war. Auf dem grünen Gras standen zwei weiße Plastiktische mit Stühlen und grün gestreiften Schirmen, und dahinter war nichts als das Meer, das in der Nachmittagssonne funkelte. Das Dunkelblau war von leuchtenden Segeln übersät, und ich fragte mich, ob das die Vorführung der Old Gaffers war.

Ich ging nach unten ans Auto, atmete tief den Duft von gemähtem Gras und die würzige Brise ein, holte Koffer, Laptop und die Kühltasche mit den Delikatessen und verstaute das Essen im dröhnenden Kühlschrank. Den Laptop stellte ich auf den Tisch im Erkerfenster, überlegte es mir aber anders und deponierte ihn stattdessen in einem Schrank. Schließlich wollte ich meine Muse nicht vorzeitig aus dem Winterschlaf wecken.

Es war erst vier Uhr. Ich konnte ein paar Tage lang tun und lassen, was ich wollte, ganz ohne Schuldgefühle. Ich zog Hawaiishorts und ein Top an, steckte mir die Haare hoch, setzte meine Sonnenbrille auf und fuhr nach Ventnor. Die Straße wurde breiter, die Häuser und Hotels mit ihren Pastellfarben, Veranden und Palmen immer mediterraner. Blumen, quietschgelb und grell pink, fielen kaskadenartig herab, und ich entdeckte den Botanischen Garten von Ventnor, den ich unbedingt besichtigen wollte. Ich fuhr eine Haarnadelstraße hinab zur Strandpromenade, wo ermattete Eltern ihre müden Sprösslinge hinter sich herzerrten und Plastiktüten mit Strandutensilien schleppten.

Ich parkte am Straßenrand und lief über die Promenade oberhalb des geschwungenen Strands, der einen sauberen und verhältnismäßig leeren Eindruck machte. Der Sand war dunkelgold und mit feinen Kieselsteinen durchsetzt. Kinder plantschten im Wasser, und ein paar ganz Unerschrockene schwammen sogar. Hinter gestreiften Windschutzvorrichtungen widmeten sich Urlauber den obligatorischen Ferienbeschäftigungen wie Sandburgenbauen, Sandwichesfuttern, Dösen und Rumknutschen. Ich setzte mich in ein gemütliches Straßencafé und gönnte mir einen sündhaft leckeren Nachmittagstee. Ich schmierte so dick Konfitüre und Rahm auf die Scones, dass sie unter dem Gewicht ächzten.

Der Gedanke, dass ich hier zur Welt gekommen war und mein Vater hier in der Klinik gearbeitet hatte, war seltsam. Ich könnte herausfinden, in welcher. Und wo war das Arzthaus, in dem ich geboren war? Ich hatte nie darüber nachgedacht, weil ich direkt nach meiner Geburt weggebracht worden war. Warum hatte ich nicht schon früher das Bedürfnis verspürt? Wahrscheinlich hatte es keine Veranlassung gegeben. Ich genoss mein Leben im Hier und Jetzt mit Chas, Birdsong und meiner Schriftstellerei in vollen Zügen. Für die Vergangenheit hatte ich mich nie interessiert, und meine Eltern hatten ein solches Interesse nicht gefördert. Vielleicht hätte ich mir diese Fragen auch nie gestellt, wenn Tante Lillian mir nicht ihr Cottage vererbt hätte.

Ich bin hier geboren – der Satz ging mir nicht mehr aus dem Kopf. Ich war dem Ort freundlich gesinnt: eine altmodische Kleinstadt, ein bunter Mix aus viktorianischer Erhabenheit, in der jedoch einiges renoviert oder gar abgerissen werden musste. Am Strand stand eine Hütte, wo der Krebs- und Hummerfang von heute verkauft wurde, und ein Stück weiter weg wuchtete ein Bagger Felsbrocken für den Bau eines kleinen Hafens. Das Städtchen hatte nichts von dem Schick der Ferienorte am Mittelmeer, wo ich normalerweise Urlaub machte, dafür aber etwas Tröstliches, als zöge man sich nach einem langen Tag im engen Rock und mit hochhackigen Schuhen eine ausgebeulte Trainingshose und bequeme Pantoffeln an. Die Gebäude waren in sich zusammengesunken und hatten es sich gemütlich gemacht, als warteten sie auf den nächsten Zug des Meeres wie beim Schach. Es gefiel mir, so wie es war. Sogar die grell orangegelbe Villa schien hierher zu passen. Wie traurig, dass ich hier noch nie gewesen war. Am Meer aufzuwachsen wäre schön gewesen. Andererseits hätte mein Leben dann einen ganz anderen Verlauf genommen.

Ich lief den Zickzackabhang hinauf, von dem Wasser strömte und sich Geranien rankten. Ich machte einen Schaufensterbummel durch die Stadt – eine Mischung aus Boots und Boutiquen, Somerfields und Souvenirs, Antiquitätenläden und allerhand Trödel. Ich entdeckte ein kleines Museum, in dem alte Fotos einiger Herrenhäuser aus den glanzvollen Zeiten ausgestellt waren, als die königliche Familie noch eine Vorliebe für die Insel hatte und Ventnor ein angesehenes Seebad war, das reiche Viktorianer wegen des Klimas besuchten. Ich begann ein Gespräch mit einem älteren Herrn, der die Bilder genauso neugierig wie ich betrachtete. Ich fragte ihn, ob er Wraith Cove kannte, und er sagte, dass er als Junge oft von Ventnor aus dorthin gewandert war, doch jetzt wären die Kliffs herabgestürzt und der Küstenweg darüber sei gesperrt. Er glaubte nicht, dass dort noch jemand lebte, es sei zu gefährlich.

Ich fuhr zurück in mein Apartment und wärmte mir Gourmethühnchen mit Reis auf. Ich schaute keine Nachrichten, weil ich mir die Ferienstimmung nicht durch das Dilemma im Mittleren Osten oder vom neusten bösartigen Virus verderben lassen wollte. Stattdessen rief ich Chas an. Er war bei Dad gewesen, der ganz vergessen hatte, dass ich wegfahren wollte. Ich öffnete das Fenster und beobachtete, wie die Mauersegler und Mehlschwalben auf der Suche nach Fliegen durch die Luft schwirrten, und war plötzlich gefesselt von der Musik des Meeres – ein komplexer Klang, wie Wind, der durch trockene Gräser rauscht, mit Mönchsgesang im Hintergrund. Der Refrain ließ mich nicht mehr los: Ich bin hier geboren … Dies ist mein Geburtsort.

In der Nacht weckte mich ein entsetzlicher Traum. Mit Herzklopfen schoss ich in dem fremden Bett hoch und tastete nach der Lampe. Ich stand auf und checkte die Tür, die ich nicht abgeschlossen hatte. Ich hörte leise Schritte, das schwache Klirren der Wasserrohre und den kurzen Schrei eines Kindes. Ich schenkte mir ein Glas Wasser ein, setzte mich an den Tisch und sah über den Rasen hinaus aufs Meer. Jemand hatte die Sonnenschirme zusammengeklappt. Ab und zu ließ der Mond zwischen rasch ziehenden Wolken Silber aufblitzen wie ein geheimes Signal.

Was hatte ich geträumt? Es verblasste schnell. Ich war nicht der Typ, der sich seine Träume merkt und sich Gedanken über ihre Bedeutung macht. Doch dieser ging mir nicht aus dem Kopf. Er hatte mit dem vertrauten Erstickungsgefühl begonnen. Genau – als befände ich mich in Taucherausrüstung unter Wasser. Jemand entwand mir den Schlauch, um mich von der Sauerstoffversorgung abzuschneiden. Ich sah die Wasseroberfläche, durch die das Licht rötlich leuchtend funkelte. Eine Hand griff suchend nach mir. Sie packte mich an den Haaren und zerrte mich hinauf. Ich schnappte nach Luft und schmeckte Blut. In dem Moment wachte ich auf.

Seltsam, dass ich so was träume. Ich war im ganzen Leben noch nicht Tiefseetauchen gewesen. Ich war eher der Plantschtyp. Chas versuchte immer, mich zum Schnorcheln zu überreden, nur um die neonleuchtenden Fische zu sehen, die einem so neugierig um die Beine huschen. Aber ich konnte mich nicht zum Tauchen überwinden. Vielleicht kam der Traum von zu viel Meer an einem Tag und vom Überhitztsein. Ich trank noch ein Glas Wasser und legte mich auf die Steppdecke, wo mir kühler wurde und ich wieder einschlief.

8

Emmeline ging es besser. Marguerite hatte den ganzen Morgen bei ihr gesessen und ihr neue Kraft gegeben. Sie hatte das Gefühl, als sei jede Zelle ihres Körpers von der Chemotherapie gereinigt und neu belebt worden.

»Fährst du heute mit Neptun im Boot raus?«, fragte sie Marguerite.

Marguerite nickte und breitete die Arme aus, um auf die offenen Fenster und Türen zu deuten, durch die der Sonnenschein hereinströmte.

»Dann setze ich mich raus in die Sonne und lese.«

Doch nachdem Neptun mit Marguerite weggesegelt war, kletterte Emmeline, überrascht darüber, wie viel Kraft in ihren ausgezehrten Körper zurückgekehrt war, hinab zum Strand. Sie ging zu Lillys Stein, holte eine Hand voll Rosenblütenblätter aus der Hosentasche und streute sie darüber. Dann ließ sie sich im Schneidersitz darauf nieder und musste über sich selbst lächeln. Wenn jemand vorbeisegelte, würde er sie bestimmt für einen Kobold halten.

Sie genoss die Wärme der Sonne durch ihre Hemdbluse. Sie atmete tief ein und inhalierte die Gerüche des salzigen Seetangs und der Rosenblütenblätter. Das Meer war träge und rauschte auf dem Sand. Sie schloss die Augen und sah Lilly singend durchs Wasser waten, den geblümten Rock unter den Schlüpferbeinen festgesteckt. Es war schwer, sie vom Meer fern zu halten, sogar an den stürmischsten Tagen.

»Lilly«, rief Emmeline. Doch sie sah sich nicht um, als wüsste sie, worum Emm sie bitten wollte. »Lilly!«

»Ich will mich nicht mehr dran erinnern«, antwortete Lilly.

»Aber wir müssen. Wir müssen die Sache zu Ende bringen. Ich muss es von dir hören, damit ich mich an die Wahrheit erinnern kann. Ich muss es Jane erzählen, wenn sie kommt. Sie hat ein Recht, es zu erfahren.«

Lillian drehte sich um und kam auf Emmeline zu.

»Bist du sicher, Emm? Muss sie wirklich alle Details wissen oder nur die Fakten?«

»Nein, sicher bin ich mir nicht. Aber ich muss es hören, damit es in mir lebendig ist, damit ich es in seiner ganzen Intensität fühlen kann. Verstehst du? Wie soll ich sonst in der Lage sein, Henry gegenüberzutreten?«

Lilly nickte mit gesenktem Blick.

Emmeline saß da und wagte kaum zu atmen, weil sie Lillys Energie so nah bei sich spürte. Der Rosenduft wurde stärker. Sie streckte die Hand aus und tastete nach Lilly, doch der Stein war flach und warm neben ihr. Sie seufzte. »Erinnere dich für mich an diese Nacht, mein Liebling«, flüsterte sie. »Geh zurück zu dem Silvesterabend.«

»Dazu muss ich wieder ins Meer, sonst kann ich es nicht ertragen.«

»Dann nimm meine Liebe mit.«

»Nein. Das kann ich nicht.«

Emmeline kam es vor, als würde etwas in ihrem Kopf spiralförmig in die Dunkelheit steigen, als sie den Klang von Lillys Stimme hörte, die die Vergangenheit heraufbeschwor.

Ich wache auf, weil ich spüre, dass sich am Cottage etwas verändert hat. Ich liege still da und lausche. Emm schlummert neben mir. Sie atmet langsam und seufzt. Das Feuer glüht im Kamin und spiegelt sich in meinem Glasengel auf dem Bord über der Tür und in dem Lametta wider, das mit den Stechpalmen- und Efeuzweigen verschlungen am Kaminsims hängt. In bitterkalten Nächten wie heute schlafen wir manchmal im Erdgeschoss, klappen das Sofabett auf und häufen Woll- und Daunendecken darauf. Es ist magisch, im nach Kräutern duftenden Feuerschein zu liegen, uns zu lieben und dabei zuzusehen, wie die Schatten meiner Treibholzskulpturen an den Wänden und an der Zimmerdecke spielen. Wir flüstern bis spät in die Nacht, lauschen dem Tosen des Windes und dem Zischen der Brandung.

Was ist anders? Ich hebe den Kopf. Drifter schnurrt auf unseren Füßen; ihr schwarzer Rücken glänzt. Sie hat noch nichts gehört. Vielleicht habe ich nur geträumt. Doch mein Herz schlägt schneller als sonst. Da stimmt was nicht. Da! Ein leises Geräusch. Nicht das vertraute nächtliche Kuscheln des Cottage mit dem stürmischen Wind und den kratzenden Zweigen. Drifters Ohren zucken – jetzt spürt sie es auch. Ich frage mich, ob ich Emm wecken soll. Nein, es ist bestimmt nur ein Dachs oder ein Fuchs auf der Suche nach Nahrung, vielleicht auch das Stück Wellblech auf dem Dach des Seitengebäudes, das sich lockert. Aber mein Herz beunruhigt mich. Geräusche, selbst wenn sie neu sind, sollten mir normal vorkommen. Dieses aber nicht. Und dann höre ich den Türriegel klappern. Ich greife nach Emms Arm, aber ihre Atmung hat sich schon verändert.

Die Tür springt mit solcher Wucht auf, dass sie gegen die Wand knallt und ein Bücherstapel und Muscheln vom Bord fallen. Emm und ich fahren hoch und klammern uns aneinander. Drifter schießt vom Bett und drückt sich mit gesträubtem Fell auf dem Kaminvorleger platt. Das Cottage füllt sich mit dem Heulen des eisigen Windes, und ein dunkler Schatten tastet taumelnd an der Wand nach dem Lichtschalter. Grelles gelbes Licht lodert auf und blendet mich. Ich schirme meine Augen mit der Hand ab und blinzele heftig, um wieder deutlich sehen zu können. Ich kreische und spüre, wie sich Emms Arm gegen meine Brust drückt, als wollte sie mich schützen.

»Henry!«, höre ich sie rufen. »Was zum Teufel machst du hier?«

Ich rieche ihn, noch bevor ich ihn sehe – ein intensiver Gestank nach Tabak, Whisky und getrocknetem Erbrochenem. Als meine Augen sich an das Licht gewöhnt haben, sehe ich ihn schwankend am Fußende unseres Bettes stehen. Er trägt einen schwarzen Abendanzug; sein gestärkter weißer Kragen steht offen, und die Fliege baumelt lose herab. Er kommt mir riesig vor in unserem kleinen Cottage; sein großer Kopf mit dem dunklen, geölten Haar würde an die Dachbalken stoßen, wenn er aufrecht stehen könnte. Sein Gesicht ist von der Kälte und vom Alkohol violett-rot gefärbt. Seine Augen sind blutunterlaufen und quellen hervor, während er lüstern auf uns herabglotzt.

»Was ich hier mache?«, nuschelt er. »Die Frage lautet eher, was zum Teufel machst *du* hier?«

Emm zieht sich und mir die Decke bis ans Kinn. »Raus hier, Henry. Du bist betrunken!«

Er steht da und starrt sie an, während er vor und zurück schwankt. »Warum bist du nicht im Hotel?« Er hebt den Arm und zeigt anklagend auf Emm. »Was machst du in Lilians Bett?«

»Geh nach Hause, Henry. Scher dich hier raus, und mach die Tür zu.«

Emms Stimme ist fest, aber ich spüre, dass ihr Körper unter der Bettdecke ebenso zittert wie meiner. Henry dreht sich zur Tür, und einen hoffnungsvollen Augenblick lang glaube ich, dass er tut, was Emm befiehlt. Stattdessen knallt er die Tür zu, sodass das Feuer im Kamin auflodert. Mit zwei großen Schritten durchquert er den Raum und entreißt Emm die Decke. Mit einem angewiderten Schnauben stürzt er sich auf uns.

»Wo sind eure Kleider, ihr dreckigen Miststücke?« Er liegt jetzt halb auf uns, drückt unsere Beine aufs Bett und hält die Bettdecke fest. Ich höre mich vor Angst wimmern. Emm kämpft, um sich von ihm zu befreien. Er stößt sie grob zurück in die Kissen. Sie umklammert sein Handgelenk und beißt ihn kräftig in die Finger. Er brüllt auf, packt sie an den Haaren und zerrt sie aus dem Bett. Ich schreie. Emm versucht vergeblich, nach ihm zu schlagen; ihr zierlicher, nackter Körper ist trotz aller Drahtigkeit seiner massigen Gestalt nicht gewachsen. Er schlägt sie brutal mit dem Handrücken ins Gesicht, sodass sie hintenüber fällt und mit dem Kopf an den eisernen Türriegel schlägt. Während sie zu Boden rutscht, sucht ihr Blick panisch nach mir, und ihr sprachloser Mund versucht, meinen Namen zu formen, während sie das Bewusstsein verliert.

Ich glaube, dass ich schreie, doch aus meinem offenen Mund kommt kein Laut. Ich halte die Arme mit gespreizten Fingern vor mir ausgestreckt. Henry steht da und starrt auf Emm. Wie kann er es wagen, ihre Genitalien zu beglotzen, wenn sie sich nicht bedecken kann. Ich muss sie vor seinem neugierigen Blick schützen. Ich lasse die Arme sinken und stehe auf. Ich bücke mich nach meinem Morgenrock am Boden, aber mir wird schwindlig und ich stoße an einen Stuhl. Henry dreht langsam den Kopf zu mir und lässt seinen Blick über meinen nackten, zitternden Körper wandern. Ich versuche, mich mit Armen und Händen zu bedecken, aber ich kann kaum stehen. »Bitte, Henry, lass mich zu ihr«, stammele ich.

»Lillian«, murmelt er, »kleine Lillian.« Er steht keuchend da und starrt mich mit glitzernden Augen an. In der Hoffnung, dass er mir Platz macht, gehe ich zögernd einen Schritt auf ihn zu, doch er hebt die Hand. Ich zucke zurück. »Du brauchst sie nicht«, sagt er. »Sie ist nicht normal.« Er rülpst und wischt sich mit der Hand über den Mund. »Unsere Mutter ist daran schuld… hasste Männer… lief immer bei irgendwelchen Protestmärschen mit… daher hat Emmeline das alles. Wusstest du das, Lillian? Wegen meiner Mutter hasst meine eigene Schwester mich.« Seine Augen werden glasig. »Vater war alles egal. War aber ein verdammt guter Arzt… Ich hab versucht, ihm nachzueifern – Gott weiß, wie ich mich bemüht hab.« Er schüttelt den Kopf, als versuche er sich zu erinnern, wo er ist, und deutet auf Emm. »Sie hat dich verführt, das ist es.«

»Nein, das stimmt nicht.« Ich versuche, einen Blick auf Emm zu erhaschen. Ich spüre ihre Lebensenergie; Gott sei Dank lebt sie noch.

»Komm her, Lillian. Du brauchst mir nichts vorzumachen. Du musst doch wissen, was ich für dich empfinde.« Er streckt die Hand aus, um mein Haar zu berühren. Ich zucke zurück, und das ärgert ihn. Er schnappt nach Luft; sein Gesicht sieht aufgedunsen aus. »Willst mich scharf machen, was, du kleines Miststück? Das hast du schon immer getan.«

»Nein! Ich hab nie…«

»Du glaubst also, du kannst von einer Frau Liebe bekommen, ja?«

»Emmeline und ich – wir lieben uns.«

»Nur weil sie dich mit ihren Lügen angesteckt hat. Du weißt es eben nicht besser.«

Mir wird klar, dass er mir nicht glauben wird, egal was ich sage, und dass ich ihn dadurch nur noch wütender mache. Ohne Emms Stärke fühle ich mich verloren und verzweifelt. Ich muss versuchen, ihn so schnell wie möglich loszuwerden, damit ich ihr helfen kann. Er streckt wieder die Hand aus, streichelt meine Haare und streicht sie nach vorn, sodass sie über meine Brüste hängen.

»Dein Haar ist wie Seide.«

Ich zwinge mich mit aller Kraft, nicht zurückzuzucken, um ihn nicht noch mehr zu verärgern. Er stößt mit dem Kopf gegen den Mistelzweigstrauß, der vom Balken hängt.

»Ah, willst wohl geküsst werden, was?«

Er packt mit beiden Händen mein Haar, zieht mich an sich und presst seinen nassen, widerlichen Mund auf meinen. Ich spüre, wie seine Zähne meine Lippen streifen, während seine Zunge versucht, gewaltsam in meinen Mund einzudringen. Mir dreht sich der Magen um; er schwankt und lässt mich los.

»Frohes neues Jahr, Lillian«, murmelt er grinsend.

Ich versuche verzweifelt, ihn abzulenken. »Wo ist Victoria?«, stammele ich. »Wartet sie draußen auf dich?«

»Victoria?« Er erstarrt, und ich denke schon, es hätte funktioniert. »Hab sie mit dem Taxi nach Hause geschickt.« Wieder versucht er, mich an sich zu ziehen. Ich stemme die Hand gegen seine Brust.

»Macht sie sich keine Sorgen um dich?«

Er sieht verwirrt aus. »Sorgen?« Er prustet los und besprüht mich dabei mit übel riechendem Atem. »Die liegt bestimmt schon mit fest zusammengepressten Beinen im Bett. Sie ist frigide, deine Schwester. Hat sie dir das gesagt? Sprecht ihr über mich?« Ich schüttele so heftig den Kopf, dass mir davon schwindlig wird. »Sieh dich nur an, deine kleinen Brüste, du bist noch ein Mädchen, du musst noch runder werden, weiblicher. Du musst die Liebe eines Mannes spüren. Was kann dir eine Frau schon bieten?« Er legt die Hand an meine Wange und hebt mein Gesicht hoch. Ich fange vor Angst an zu weinen. »Sch, sch. Dir geht's bald besser.«

Ich frage mich, ob er mich behandelt wie seine Patientinnen. Vielleicht kann ich mir seine Doktorrolle zunutze machen. Ich wische mir mit den Händen über die Augen, und er zieht sein Taschentuch aus der Brusttasche und reicht es mir. Es riecht widerlich, aber ich putze mir damit die Nase und gebe es ihm zurück. »Danke, Henry«, sage ich. »Ich fühle mich wirklich schon besser. Aber mir ist kalt. Ich muss mich anziehen.« Er steht wie angewurzelt da und sieht mich an. »Und«, wage ich zu äußern, »wir müssen uns um Emmeline kümmern. Sie ist verletzt.«

Er scheint wieder zum Leben zu erwachen. »Ich werd dir nicht wehtun, Lillian.« Er packt mich grob an den Armen. »Sieh mich an! Warum siehst du mich nie so an wie meine verdammte Schwester? Dabei ist sie nicht mal hübsch. Nicht wie du.« Er fährt mit der Hand über meinen Hals. »Du zitterst ja wie ein Vögelchen – das gefällt dir, stimmt's? Du reagierst auf mich – nicht wie Victoria. Du bist weich und lebendig – du willst mich, ich weiß es. Und ich wollte dich schon immer.«

»Nein, Henry. Fass mich nicht an. Bitte fass mich nicht an.«

Er packt mich und stößt mich aufs Bett. Er windet sich aus seiner Jacke und zerrt an seinem Kummerbund, bis die Haken nachgeben. Beim Versuch, Hemd und Hose zu öffnen, reißen die Knöpfe ab und fliegen quer durchs Cottage. Jedes Mal, wenn ich versuche, mich aufzurichten, stößt er mich mit einer Hand zurück. Er ragt schwankend über mir; die Kleidung, die er noch am Leib hat, steht offen. Sein Gesicht ist fahl geworden, und ich bete, dass er ohnmächtig wird. Es kommt mir vor, als gäbe es zwei von ihm: ein riesiges Stück animalischen Fleischs, gerötet und geschwollen, mit groben, dunklen Haaren überzogen, und dahinter der andere, kreidebleiche Henry, der mit kaltem Blick zusieht, unbarmherzig und widerlich. Wie kann er das für Liebe halten?

Ich werde von Schluchzern geschüttelt, und Galle steigt in mir hoch, sodass ich glaube, ich ersticke. In dem Moment würde ich nur allzu gern ersticken, läge da nicht meine arme Emm, bewusstlos und verletzt. Er lässt sich neben mich fallen und fährt mit den Händen über meinen Körper. Ich versuche mit aller Kraft, ihn durch meine Angst und meinen Ekel abzuwehren, doch er bemerkt meine Verzweiflung nicht. Sein Gesicht ragt über mir wie ein steinerner Wasserspeier. Er riecht an meinem Haar, seine Nasenlöcher blähen sich. Seine Stimme senkt sich zu einem rauen Flüstern.

»Du duftest nach Rosen, Lillian. Du bist so zart, wie manche Patientinnen. Sie liegen da und sehen mich mit großen Augen so vertrauensvoll an, wenn ich sie anfasse. Sie seufzen, wenn ich die Hände auf sie lege, als ob ich... als ob...« Seine Hand hält inne und ihm fallen die Augen zu. Noch einmal darf ich auf Verschonung hoffen – vielleicht schläft er ein. Doch dann reißt er die Augen wieder auf, und seine Stimme wird lauter. »Du würdest mich doch nie auslachen, Lillian, oder? Meine Mutter hat mich und Vater immer ausgelacht. Sie hat uns ihre Schlappschwänze genannt.«

Seine feuchten Hände erforschen meinen Körper. In dem Moment weiß ich, dass ich fliehen muss, wenn ich das hier überleben will. Ich stelle mir vor, dass ein Eisenbeil wie eine Guillotine zwischen uns herabfällt und mein Empfinden vollkommen von ihm abschneidet, und suche nach Emm. Doch ihr Bewusstsein, eingehüllt in eine neblige Substanz, reagiert nicht. Ich versuche den Nebel zu durchdringen, finde aber nicht hinein. Ich bleibe bei ihr, versuche sie mit goldenem Licht zu umgeben. Ich höre meinen Körper auf dem Bett leise weinen und Henrys murmelnde Stimme.

»Du bist feucht, mein Liebling, wie es eine Frau sein sollte. Wahrscheinlich hat dieses Miststück an dir rumgefummelt. Aber eine Frau zählt nicht. Für mich bist du noch Jungfrau.« Mein Schluchzen geht weiter; etwas anderes kann mein Körper nicht tun. »Sch, sch, kleine Lillian – das wird dir gefallen – du musst wissen, wie sich ein Mann anfühlt. Dann wirst du es nicht mehr mit Mädchen treiben wollen – dann bist du eine richtige Frau.«

In dem Moment lässt Emm mich hinein – mein Bewusstsein versinkt dankbar in ihrem, und es scheint, als würden wir unsere Seelen gegenseitig trösten, während mein Körper auf dem Bett malträtiert wird und ihrer gegen Blutungen und Prellungen ankämpft. Ich spüre, dass wir in einer Leben spendenden Flüssigkeit treiben, die uns trägt und die nichts beschmutzen kann.

Ich habe keine Ahnung, wie viel Zeit vergeht, doch schließlich spüre ich meinen Körper wieder, der verdreht auf dem Bett liegt, schmerzend, kalt, erschöpft. Henry regt sich und versucht stöhnend, sich von mir zu hieven. Ich fühle, wie er meinen Körper verlässt; er fällt fast zu Boden, wo er seine abgeworfenen Kleider sucht. Er stolpert in die Küche, und ich höre, wie er in die Spüle kotzt und sich in einen Eimer erleichtert. Ich weiß, ich darf mich nicht rühren, bis er weg ist. Ich kann gerade so Emms blutiges Gesicht an der Tür sehen. Ich zwinge sie durch reine Willenskraft, keinen Mucks von sich zu geben.

Endlich hat Henry fertig an sich herumgefummelt, und ich spüre, wie er auf mich hinabschaut. Meine Augen öffnen sich unwillkürlich und sehen ihn direkt an. Er weicht meinem Blick aus. Er wendet sich ab und beugt sich über Emm. Er fühlt ihr den Puls und zieht sie von der Tür weg. Er zögert. Dann versetzt er ihrem schlaffen Körper einen Tritt wie ein bockiges Kind. »Du bist nicht meine Schwester«, krächzt er. »Ich habe keine Schwester.« Er hebt den Türriegel hoch und räuspert sich. Er spricht mit dem Rücken zu mir, laut und hart.

»Du hast es gewollt. Wenn ich höre, dass eine von euch Gerüchte über mich verbreitet, lasse ich euch beide für unzurechnungsfähig erklären, und glaub mir, genau das würde ich tun.«

Seine Worte durchfahren mich eiskalt, als würde ich Eissplitter schlucken. Er öffnet die Tür. Ich rieche frische Luft –

schneidend und kalt vor Salz und Frost. Er geht, ohne zurückzublicken. Die Tür schwingt zu. Ich sehe den Riegel herunterfallen. Es folgt ein seltsames und absolutes Schweigen, und dann kippt mein Glasengel vom Bord über der Tür und scheint einen immer währenden Moment durch die Luft zu schweben, bevor er auf den Steinplatten zersplittert.

Emmeline fand sich auf Lillys Stein ausgestreckt wieder. Sie schluchzte, und an ihren Wangen klebten nasse Rosenblütenblätter. Hartnäckige Hände versuchten, ihr aufzuhelfen.

»Komm, altes Mädchen«, sagte Neptun. »Du solltest nicht hier unten sein, dafür bist du noch nicht kräftig genug.«

Marguerite kniete neben ihr, wischte ihr die Tränen weg und sammelte die Blütenblätter von ihr ab. Emmeline stand unsicher auf.

»Alles in Ordnung. Ist schon gut. Aber ich musste es tun.« Sie stapfte über den Strand zur Treppe am Kliff. Ihre Füße schienen die Steine bewältigen zu können. Ihr Kopf war klar; sie fühlte sich in ihrem Vorhaben bestärkt.

9

Ich wachte spät auf, war ja auch egal. Ich machte mir Rührei und Kaffee und setzte mich ans offene Fenster. Der Traum bereitete mir immer noch Kopfschmerzen. Zwei Händchen haltende kleine Mädchen mit kupferrotem Haar und gelben Kleidern rannten kichernd über den Rasen, bis die Jüngere hinfiel und schrie. Ihre Mum kam aus dem Haus gestürzt, nahm sie tröstend in den Arm und pustete auf ihr Knie. Dann setzte sie sich an einen der Plastiktische und wiegte das kleine Unfallopfer, den Arm um das ältere Mädchen geschlungen, das sich an sie lehnte. Wie immer schmerzte mich der Anblick, weil ich selbst keine Kinder hatte. Nahm das denn nie ein Ende? Würde ich je aufhören, mich zu fragen, wie ein Baby von Chas und mir ausgesehen hätte? Seufzend schenkte ich mir Kaffee nach und begann, Pläne für den Tag zu schmieden.

Eine meiner Bewältigungsstrategien bestand darin, mir Unternehmungen auszudenken, die mit Nachwuchs im Schlepptau nicht möglich wären. Kinderlosigkeit hatte auch Vorteile, doch manchmal wollten mir einfach keine einfallen. Ich wusch das Geschirr ab, sang unter der Dusche *Summer Holiday* und war entzückt, als ich vom Badfenster aus das erste rote Eichhörnchen sah, das, offensichtlich beeindruckt von meinem Gesang, mit den puscheligen Ohren zuckte. Tiere und Vögel in der freien Natur – meine Ersatzkinder – munterten mich immer auf.

Ich kam zu früh ins Anwaltsbüro, und während ich wartete, lauschte ich dem Surren der Bürogeräte und dem Klappern der Tastaturen. Ich war froh, dass da nicht meine Finger tippten. Ich hatte jetzt schon seit Monaten kein einziges Wort mehr geschrieben und immer noch kein Bedürfnis dazu. Niemand wusste, dass es so schlimm war. Ich hatte alle, die mich danach fragten, hinters Licht geführt und sogar mir selbst eingeredet, Fortschritte zu machen, wenn ich nur meine Notizbücher ausmistete. Doch nun konnte ich es mir problemlos eingestehen, weil ich von zu Hause weg war und niemandem mehr etwas vormachen musste.

Bill Allain rief mich in sein Zimmer. Er sah etwa so alt aus wie ich, aber sein Gesicht war von Meer und Wind gegerbt. Ich stellte mir vor, wie er bei Sturmstärke 10 mit schlagenden Großsegeln kämpfte und zähen kleinen Kindern vom Typ Ellen MacArthur Anweisungen zubrüllte. An den Wänden hingen Gemälde von Schiffen auf sturmgepeitschter See. Ich fragte mich, wie er hier arbeiten konnte, ohne seekrank zu werden. Er lehnte sich auf seinem Stuhl zurück.

»Na, wie finden Sie unsere Insel?«, fragte er.

»Schön. Sie scheint von allem was zu haben – außer karge Berge, die ich sowieso nicht mag.« Ich lächelte. »Ich bin hier geboren«, prahlte ich.

Er beugte sich interessiert vor. »Ah! Kein Wunder, dass es Ihnen gefällt. Dann sind Sie eine richtige Insulanerin. Das wird man nie los, wissen Sie, das liegt im Blut.« Sein Blick glitt über das aufgewühlte Meer auf den Gemälden. »Ich bin auch hier geboren. Ich bin nur einmal von hier weg, um auf die Uni zu gehen. Aber ich musste zurückkommen.«

»War das gut oder schlecht?«

Er grinste. »Ich würde nirgendwo sonst leben wollen. Allerdings ist dieser Teil der Insel der schönste. Hier gibt es noch eine wilde Küste und Ruhe und Ungestörtheit – jedenfalls meistens. Wo wir schon über Küsten sprechen – dieses Haus in Wraith Cove, das Sie von Ihrer Tante geerbt haben – die Pläne, diesen Bereich zu stabilisieren, sind jetzt genehmigt, und die Arbeiten sollten bald beginnen. Sie sind jahrelang durch diverse Naturschutzorganisationen verzögert worden. Ein zweischneidiges Schwert, je nach dem, auf welcher Seite man steht – vom Aussterben bedrohte Tierart oder von Enteignung bedrohter Eigentümer. Ich weiß nicht genau, ob Ihr Land und Ihr Cottage davon betroffen sind – ob es schon zu spät ist oder nicht, aber gehen Sie zum Küstenbesucherzentrum, und reden Sie mit den Leuten dort, die zeigen Ihnen die Unterlagen. Möglich, dass Ihr Land etwas wert ist – vielleicht aufgrund des Zugangsrechts.«

Er kritzelte eine Wegbeschreibung auf einen Zettel und erklärte mir, wo ich den Grundstücksmakler fand, bei dem ich den Schlüssel abholen musste. Als ich gehen wollte, fiel mir ein, dass ich ihn fragen konnte, ob er meinen Vater vom Hörensagen kannte, und ob er wusste, in welchem Krankenhaus er gearbeitet hatte.

»Den Namen Doktor Henry Rampling kenne ich; wahrscheinlich hat er im Royal National gearbeitet – der Lungenklinik in Ventnor. Mein Vater kannte ihn bestimmt. Sie haben sicher in denselben Kreisen verkehrt.« Er stand auf und öffnete die Tür. »Kommen Sie, ich zeige Ihnen etwas.« Er führte mich zurück ins Wartezimmer und deutete auf gerahmte Fotos des Royal National Hospitals in verschiedenen Bauphasen, besucht von diversen Würdenträgern. »Wahrscheinlich ist Ihr Vater hier irgendwo drauf.«

Ich starrte auf die verschwommenen, schwarzweißen Gesichter – für mich sahen alle gleich aus. Es kam mir seltsam vor, in eine mir unbekannte Vergangenheit zu blicken. »Wissen Sie zufällig, wo das Arzthaus steht, in dem meine Eltern lebten?«

Er schüttelte den Kopf. »Besuchen Sie doch mal meinen Vater. Er ist zwar uralt, aber noch bei klarem Verstand. Er erzählt für sein Leben gern Geschichten von früher.« Er notierte mir eine weitere Wegbeschreibung. »Kommen Sie wieder vorbei, und berichten Sie mir, was Sie rausgefunden haben.«

Ich überquerte die Straße und ging zum Immobilienmakler. Die Geschäftsführerin sagte mir, sie hätte einen ihrer Männer zwecks Begutachtung zu Lillians Cottage geschickt. Sie gab mir eine Karte, auf der der Weg dorthin mit einer rot gepunkteten Linie eingezeichnet war.

»Sie brauchen Gummi- oder Wanderstiefel«, sagte sie. »Es ist im Grunde unzugänglich. Gareth musste sich buchstäblich durchs Gebüsch schlagen. Er sagte, es gäbe nicht viel zu sehen – eigentlich nur einen Schuppen –, also seien Sie nicht enttäuscht. Den hat er unter einem Krug gefunden.« Sie reichte mir einen riesigen Eisenschlüssel. »Aber die Tür war sowieso offen. Er sagte, drinnen ist auch nicht viel. Es sah nicht so aus, als hätte Ihre Verwandte dort gelebt. Vielleicht wohnte sie irgendwo anders?«

Ich zuckte ratlos mit den Schultern. »Das war die einzige Adresse, die dem Anwalt vorlag – Wraith Cottage.«

»Tja, jedenfalls hat Gareth es nach seinem Besuch abgeschlossen. Ich glaube, er war froh, wieder gehen zu können – er fand es ein wenig gespenstisch. Wäre es Ihnen nicht doch lieber, wenn jemand von uns mitkäme?«

»Nein, wirklich nicht. Trotzdem danke.«

»Und bitte passen Sie auf – es liegt ganz nah am Rand des instabilen Kliffs.« Sie reichte mir zum Abschied die Hand. »Sagen Sie mir bitte Bescheid, ob wir die Sache weiterverfolgen sollen. In dem Fall müssten Sie mit dem Küstenmanagement sprechen und ein Baugutachten einholen – dabei können wir Ihnen behilflich sein.«

Ich fuhr auf der Undercliff Road zurück, und ein paar Meilen vor Ventnor fand ich die Stelle, an der eine neue Asphaltdecke verlegt worden war. Die eingestürzte Straße war abgezäunt; ich hielt an und stellte den Wagen ab. Ich zog meine Wanderstiefel an und machte mich, mit der Karte und dem rostigen Schlüssel bewaffnet, auf den Weg. Die alte Straße war unpassierbar. Ich quetschte mich durch den Zaun, um nachzusehen. Große Betonbrocken waren abgebrochen und die Böschungen hinabgefallen. Der Efeu erhob schon Anspruch darauf. Ich kletterte über ein wackeliges Gatter und überquerte ein brachliegendes Feld. Dahinter begann ein schmaler Pfad – es schien der einzige Weg zu sein. Bald wurde das Gestrüpp dichter, und ich musste auf Nesseln achten und Dornenzweige zurückbiegen. Ich hatte mich wohl verlaufen – dort unten konnte kein Cottage sein. Ich sah die Überreste eines eingestürzten Gebäudes aus dem Gras hervorschauen. Efeu überwucherte alles und verfing sich an meinen Knöcheln, als wollte er auch an mir hochklettern.

Ich blieb kurz stehen, weil ich schwitzte. Ich zog mich bis aufs Unterhemd aus, band mein Sweatshirt um die Taille und setzte mich auf einen Baumstumpf. Stille. Der Wind hatte sich gelegt. Ich blickte auf; die Äste trafen sich über meinem Kopf. Sie neigten sich in gefährlichen Winkeln, und mir wurde schwindlig, als säße ich auf einem Abhang, der jeden Moment ins Rutschen geraten und die Bäume auf mich herunterkrachen lassen konnte. Ich hörte ein Geräusch, als ob sich etwas langsam bewegte wie ein Gletscher. Das Rascheln wurde lauter. Mein Herz schlug heftig. Aus dem Gebüsch kam eine schwarze Katze. Ich lachte erleichtert. Das Tier schlich sich an mich heran und rieb sich schnurrend an meinen Beinen. Anscheinend keine Wildkatze. Froh über die Gesellschaft, bückte ich mich, um sie zu streicheln. Doch die Katze war schnell gelangweilt, wandte sich ab und rannte weg. Ich nahm an, dass sie nach Hause wollte, und beschloss, ihr zu folgen wie Alice im Wunderland.

Ich kam an ein weiteres Tor – eigentlich mehr ein Loch in einem Zaun. Das Gestrüpp dahinter war deutlich sichtbar zurückgeschnitten worden. Ich nahm an, das war Gareth, dem Immobilienmakler, zu verdanken. Der frei geschnittene Bereich lag vor einem großen Schuppen mit einem Wellblechdach. Großer Gott, war es das etwa? Und ich hatte schon überlegt, ob ich dort wohnen konnte! Ich hatte zwar versucht, meine Erwartungen herunterzuschrauben, aber die Enttäuschung war trotzdem groß. Als ich den Schlüssel ins Schloss stecken wollte, tauchte die Katze wieder auf, schlüpfte an mir vorbei und stupste die

Tür auf. Hatte die Immobilienmaklerin nicht gesagt, Gareth hätte abgeschlossen?

Ängstlich folgte ich der Katze ins Dunkel. Es war nicht auszuschließen, dass sich dort ein Psychopath versteckt hielt. Meine Augen gewöhnten sich langsam an das schwache Licht. Auf Regalen waren Holzkisten und Plastikbehälter gestapelt; es gab einen Spülstein mit Eisenpumpe, Eimer und antiquierte Gartengeräte. An der Wand hing eine alte Blechbadewanne mit einem Loch im Boden. Rechts davon, an der anderen Wand war eine hölzerne Werkbank angebracht. Nichts deutete darauf hin, dass hier in letzter Zeit jemand gewohnt hatte, kein halb verzehrtes Essen, kein umgekippter Stuhl. Die Maklerin hatte Recht – es war nur ein alter Schuppen. Hier konnte Tante Lillian auf keinen Fall gewohnt haben. Die Schwester meiner pingeligen Mutter? Vielleicht war sie früher hierher gekommen, um näher am Meer zu sein, hatte den Schuppen wie eine Strandhütte und wohnte eigentlich in einer ordentlichen Mietswohnung in Ventnor. Das hätte mein Vater nicht wissen können. Ich lächelte in mich hinein – er hatte nicht übertrieben, als er es als Bruchbude bezeichnete.

Ich hörte das Meer rauschen; es konnte nicht weit sein. Ich ging hinaus. Es musste das richtige Haus sein – es gab keinen anderen Weg. Die Katze war jetzt verschwunden. Vielleicht war sie doch wild. Das Dickicht hier roch unangenehm feucht, weil die Sonne nicht durchdrang. Ich bahnte mir einen Weg durch die Bäume und den Adlerfarn. Ich war erst wenige Meter gegangen, als ich merkte, dass ich am Rande des Kliffs stand. Ich erstarrte. Ich verhielt mich unverantwortlich. Wenn ich hier stürzte, würde man mich ewig nicht finden.

Ich blickte das steinige Gefälle des Kliffs hinab. Unten war eine gelbe Sandfläche mit ein paar Felsblöcken zu sehen. Der kleine Strand wirkte sonnig und einladend. Ich wusste, dass es riskant war, aber die Abenteuerlust hatte mich gepackt. Ich stieg vorsichtig ab. Steine lösten sich und polterten hinab. Grasnelken wuchsen in blassrosa Büscheln, und auf grasigen Kuppen nickten Butterblumen und Gänseblümchen. Argwöhnische Möwen stießen über mir herab. »Idiotisch«, sagte ich, ging aber weiter. Wenige Meter, bevor ich unten war, verlor ich den Halt und rutschte den Rest auf dem Hintern hinunter. Gott sei Dank trug ich Jeans. Ich versuchte lieber nicht daran zu denken, wie ich wieder zurückkäme.

Ich schaute mich in der winzigen, hufeisenförmigen Bucht um – das musste Wraith Cove sein. Anscheinend war gerade Ebbe. Zwischen den Felsen befanden sich Wasserlachen und vom Meer angespültes Treib- und Strandgut: eine rostige Öltonne, ein Gewirr aus türkisfarbenen Tauen, ein Hummerfangkorb und Plastikflaschen. In der Bucht lag blassgelber Sand, durchsetzt mit feinem Kiesel, Muscheln und Stücken rosafarbenen Seetangs, der aussah wie eingelegter Kohl und durchdringend und salzig roch. Die Felsblöcke waren glatt, wie Seehunde mit grünem Seidenhaar, die sich in der Sonne aalten. Ein Strand zum Herumtrödeln und Erkunden. Mir blieb noch viel Zeit, bis die Flut kam. Ich setzte mich auf einen Felsen, rollte die Hosenbeine hoch, zog Schuhe und Strümpfe aus und streckte meine heißen Füße ins Meer. Ich ließ sie darin baumeln, bis mir kalt war, und schlenderte dann an der spitzenartigen Brandung entlang.

Dies war eine meiner liebsten Freizeitbeschäftigungen – an dem Ort zu sein, wo Wasser und Land aufeinander trafen. Der Horizont lag im Dunst, ein einsamer Kormoran tauchte nach seinem Mittagessen. Rechts von mir, weiter unten an der Küste, konnte ich gerade noch die weiße Spitze eines Leuchtturms erkennen. Trotz des Sonnenscheins blinkte sein Lichtstrahl auf, während er sich drehte. Ich schaute wieder hinauf zum Kliff und konnte förmlich zusehen, wie es abbröckelte; sogar während ich hinaufschaute, schwebten kleine Sandverwehungen herab. Ich erkannte einen Rand aus Stein und etwas, das aussah wie Wellblech – es musste das Dach von Wraith Cottage sein, meinem Cottage. Ich fragte mich lächelnd, ob Lillian sich einen Scherz erlaubt hatte – vielleicht, um es ihrer entfremdeten Familie heimzuzahlen.

Dann sah ich aus den Augenwinkeln, wie sich ein Stück weiter am Strand entlang zwischen den Felsen etwas rührte. Ich blieb stehen. Da! Etwas Rundes, das sich auf und ab bewegte – ein Seehund? Wie großartig das wäre! Ich schlich mich langsam heran und bemühte mich, nicht zu spritzen oder Kieselsteine loszutreten. Da, es bewegte sich wieder – mein Gott, es sah aus wie der Kopf eines Menschen, fast kahl. Mein Herz schlug heftig. Verdammt noch mal! Hoffentlich war es keine Leiche, die in einer Wasserlache zwischen den Felsen trieb. Ich schlich mich näher heran und verlor es aus den Augen. Schließlich spähte ich über einen riesigen Felsblock. Ein Gesicht blickte zurück. Wir schrien überrascht auf. Vor mir stand ein kleiner, uralter Mensch. Verhutzelt, gelblich braun. Kahl, abgesehen von ein paar dünnen Haarbüscheln, die wie feuchtes Stroh auf der gesprenkelten Kopfhaut klebten. Zwei riesige Augen, vorstehend und blau wie der Hochsommer, starrten mich an. Ein abgewetztes Handtuch war um seine oder ihre Taille geschlungen. Gollum, dachte ich. Das ist Gollum. Die Zeit stand still, während wir uns anstarrten wie zwei versteinerte Moorkatzen.

»Entschuldigung«, sagte ich lahm und erwachte aus meiner Erstarrung. Das kleine Menschlein schüttelte sich, und mir fielen zwei kleine Beutel auf, die auf seinem Brustkorb wackelten. Es war eine Frau.

»Victoria?«, sagte sie mit hoher, zitternder Stimme. »Sie

sehen aus wie…« Sie drückte die Fäuste gegen die Augen und rieb sie fest. Dann betrachtete sie mich blinzelnd von oben bis unten. »Sind Sie etwa Virginia? Ich dachte…« Ihre Stimme wurde schwächer.

»Ich bin Jane«, sagte ich deutlich, um sie zu beruhigen. Sie wirkte verwirrt. »Jane«, wiederholte ich, bevor sie noch mehr Namen an mir ausprobieren konnte. Als Nächstes wäre ich noch Veronica oder Violet. Ich lächelte. »Tut mir Leid, wenn ich Sie erschreckt habe.«

Sie richtete sich auf, als wollte sie ihre Würde wiederfinden. »Wie haben Sie es geschafft, hier runterzukommen?«, wollte sie wissen, und ihre Stimme war jetzt lauter und fester.

Ich zeigte auf die Stelle, wo ich heruntergeklettert war.

»Meine Güte, da kommen Sie nie wieder hoch. Sie werden das ganze Kliff zum Einstürzen bringen.«

»O je«, sagte ich. »Gibt es noch einen anderen Weg nach oben?«

»Ja, aber zeigen Sie ihn keinem. Ich will hier unten keine Eindringlinge.« Sie sah mich noch einmal prüfend an. »Tja, Virginia. Ich bin Emmeline. Ich nehme an, Sie haben Durst.«

Ich beschloss, das *Virginia* hinzunehmen. Was machte es schon? Sie drehte sich um und lief zwischen den Felsen hindurch, als würde sie jeden einzelnen kennen. Ich konnte ihr kaum folgen. Ihre dünnen Arme und Beine bogen sich an Ellbogen und Knien nach außen, und ihre großen Füße klatschten wie Leder auf die Steine. Was um alles in der Welt tat dieses arme alte Menschlein hier unten? Ich überlegte, was sie mir zu trinken anbieten würde. Ich hatte furchtbaren Durst. Noch so eine Dummheit von mir, diesen Ausflug ohne Wasser anzutreten.

»Wo wohnen Sie, Emily?«, fragte ich sie außer Atem.

Sie blieb stehen und sah mich wütend an. »Es heißt Emmeline«, sagte sie. »Benannt nach der berühmten Suffragette Emmeline Pankhurst.« Ihre Stimme war jetzt klar und deutlich. Sie deutete vage auf das Kliff. »Und ich wohne hier.«

Sie drehte sich wieder um und kletterte zu einer Öffnung in der Wand des Kliffs. Es war eine Höhle, verhängt mit einem Gitter aus Treibholz und Tauen, das von Efeu und etwas, das aussah wie Geißblatt, verfilzt war. Nein, bei diesem Klima konnte eine alte Frau doch wohl nicht in einer Höhle hausen! Sie rückte das Gitter weg, und dahinter lagen ein großes Stück Schaumgummi, ein Schlafsack, ein Stapel Bücher und eine Laterne. Sie griff hinein nach einer Flasche.

»Holunder?«, fragte sie. »Vom letzten Jahr, aber sehr gut.« Sie reichte mir die Flasche. Ich wischte verstohlen den Rand an meinem Unterhemd ab und hoffte, dass sie mich nicht vergiften wollte. Zögernd trank ich einen Schluck. Es schmeckte kalt und köstlich. Ich musste einfach noch einen Schluck nehmen. Dann gab ich ihr die Flasche zurück.

»Dieses Jahr haben wir noch keine ganze Nacht draußen geschlafen«, sagte sie. »Aber in den meisten Sommern tun wir das. Es ist wunderbar unter dem Mond und den Sternen, wenn das Meer singt und die Gespenster tanzen. Sie müssen es mal ausprobieren, Virginia.« Ihre Stimme wurde wieder schwächer. »Lilly mochte das so gern.« Sie trat auf einen riesigen flachen Stein und starrte darauf hinab. Um ihre Füße flatterten ein paar rosafarbene Blütenblätter. Ich fragte mich, von wo sie hergeweht waren. »Das ist Lillys Stein. Hier saß sie stundenlang, verzaubert vom Meer.«

Ich brauchte ein paar Sekunden, die mir wie Minuten vorkamen, bis ich begriff, was sie gerade gesagt hatte.

»Lilly?«, fragte ich. »Lillian? Sie kannten Lillian?« Sie nickte. »Sie war meine Tante.« Wieder nickte sie, nippte am Holundersaft und sah hinaus aufs Meer. Ich konnte es nicht glauben. »Aber das ist ja wunderbar, Emmeline! Waren Sie befreundet?«

»Allerdings.« Sie sprach so leise, dass ich sie kaum hören konnte.

Ich war plötzlich ganz aufgeregt, und die Worte sprudelten nur so aus mir heraus. »Warten Sie einen Moment. Sie … Sie haben mich gerade Victoria genannt. Kannten Sie sie auch – meine Mutter?«

»Sie sehen ihr so ähnlich. Einen Augenblick lang dachte ich …«

Sie wandte sich von mir ab und schien vornüberzufallen. Ich konnte jeden Wirbel ihres gekrümmten Rückens sehen. In mir stieg eine große Welle Zärtlichkeit auf, die mir die Tränen in die Augen trieb. Was tat diese gebrechliche Frau hier allein? Ich wusste nicht, was ich ihr sagen sollte. Ich sah, dass sie sich zu sammeln versuchte, indem sie ihre Schultern straffte. Ich wartete eine Weile. Sie hustete und sah wieder aufs Meer hinaus.

»Emmeline? Ich will Sie wirklich nicht aufregen. Aber ich frage mich, ob ich irgendwann mit Ihnen über Lillian sprechen kann. Wissen Sie, sie war meine einzige Verwandte, und ich würde gern mehr über sie erfahren – und über meine Mutter, als sie noch klein war.«

»Ich weiß, Virginia. Ich muss Ihnen Dinge sagen und zeigen. Aber nicht heute. Ich habe noch eine Verabredung.«

»Emmeline«, sagte ich vorsichtig. »Mein Name ist Jane. Ich bin Lillians Nichte.«

Sie sah mich an mit Augen wie blaue Murmeln. Mir fiel auf, wie gelblich das Weiße darin war.

»Jane«, wiederholte sie, als wollte sie es sich einprägen. »Natürlich. Kommen Sie morgen wieder, Jane. Holen Sie jetzt Ihre Stiefel, dann zeige ich Ihnen einen weniger beschwerlichen Weg. Aber Sie müssen mir versprechen, ihn niemandem zu verraten.«

»Versprochen. Sie haben mein Wort.« Ich ging so schnell ich konnte, um meine Stiefel zu holen, und wunderte mich, wie Emmeline das barfuß so flink geschafft hatte. Als ich zurückkam, war sie dabei, ihre Höhle abzudichten. Am Kliff war Treibholz gestapelt. Nicht weit entfernt am Strand fiel mir ein Steinkreis auf, in dem sich Asche und ein paar eiserne Kochtöpfe befanden. Vielleicht lebte sie wirklich hier draußen. Immer noch nur mit dem Handtuch bekleidet, führte sie mich am Strand entlang zu einem anderen Weg, die großen Füße nach außen gestellt wie Schwimmflossen. Ich lächelte; sie sah wirklich aus wie Gollum. Dieser Weg das Kliff hinauf war leichter zu bewältigen und besser befestigt. Felsblöcke waren strategisch günstig platziert worden, um den Füßen Halt zu bieten. Oben angekommen, außer Atem und erneut schwitzend, sah ich auf die kleine Bucht hinab. Die Kliffs an beiden Enden waren eingestürzt, sodass sie vom Strand aus nicht zu erreichen war. Ich sah, dass es auch schwierig wäre, dort mit dem Boot anzulegen, denn die zurückgehende Flut brachte immer mehr Steine zum Vorschein. Emmeline sah mich an, als könnte sie meine Gedanken lesen.

»Dieser Ort war mal sehr beliebt, doch jetzt kommt niemand mehr her.« Sie grinste und zeigte ihre Zahnlücken. »Abgesehen von Neptun natürlich, und manchmal ankern junge Paare auf dem Meer und schwimmen herüber, um sich zu lieben. Aber sie machen uns keine Probleme – zu sehr mit sich selbst beschäftigt.«

Aufgrund des Neptun-und-Virginia-Gefasels hatte ich den Verdacht, dass sie leicht senil war, und ich fragte mich, wen sie mit *uns* meinte, aber ich wollte nicht nachhaken. Ich hatte das Gefühl, sie für einen Tag genug traumatisiert zu haben. Aber eines musste ich noch herausfinden. »Emmeline, wo wohnen Sie denn, wenn Sie nicht in Ihrer Höhle sind?«

Sie deutete mit ihrem dürren Arm vage in Richtung Unterholz. »Zeig ich Ihnen morgen«, sagte sie. »Kommen Sie zur selben Zeit, dann treffen wir uns hier. Und jetzt«, sie zeigte auf ein rostiges Gatter, »gehen Sie da durch, über die Wiese – sie gehört schon längst gemäht –, bis Sie auf eine Gartenmauer stoßen. Dahinter steht ein altes, halb abgerissenes Hotel. Durchqueren Sie die Anlagen, dann treffen Sie auf die Straße, die eingestürzt ist. Wenn Sie nach links gehen, kommen Sie wieder an die Stelle, wo Sie den Wagen geparkt haben.« Dann drehte sie sich um und verschwand im Gebüsch. Ich folgte ihren Anweisungen und fragte mich, woher sie wusste, wo mein Auto stand. Wahrscheinlich hatte sie einfach angenommen, dass ich eins habe und dass dort die einzige Parkmöglichkeit war.

Ich fand den Weg durch den alten Garten, der ein Gewirr aus wuchernden Rhododendren und Wildrosen, Geißblatt und Hortensien war. Der Duft war berauschend. Ein Garten am Meer musste wunderbar gewesen sein. Das Hotel war zur Hälfte abgerissen, das verblasste Schild mit den Worten »Zutritt verboten, Lebensgefahr!« kaum noch zu lesen: Wraith Cove Hotel. Schließlich fiel ich erschöpft in meinen aufgeheizten Mini und spürte plötzlich, dass mein ganzer Körper schmerzte und brannte.

Später, nachdem ich alle Kratzer, blauen Flecken, Insektenstiche und den Sonnenbrand verarztet hatte, machte ich mich gebadet und erfrischt zu meinem Besuch bei Bill Allain senior auf – dem Vater des Anwalts. Ich hatte ihn vorher angerufen, und er hatte mich für abends auf einen Drink eingeladen. Er wohnte in einer Wohnung mit einem fast kreisförmigen Eckturm, der Ventnor Bay überblickte. Er hatte im Fenster ein Teleskop aufgestellt und Gemälde von Schiffen an den Wänden wie sein Sohn. Ich nippte höflich an dem Sherry, anscheinend das einzige Getränk, das er anzubieten hatte, während er mir von seiner Vergangenheit als Anwalt und begeisterter Segler erzählte. Es schien so, als hätte er vergessen, dass ich da war, um ihn nach meinem Vater zu fragen. Sein Blick war glasig und trübe von Erinnerungen und dem Sherry. Nach einer Stunde wurde ich langsam schläfrig und beschloss, ihn bei der nächsten Gelegenheit zu unterbrechen. Er stand auf, um unsere Gläser nachzufüllen.

»Ihr Sohn sagt, Sie kannten wahrscheinlich meinen Vater – Doktor Henry Rampling?«

»Allerdings, meine Liebe. Und auch dessen Vater. Beides Ärzte an der hiesigen Lungenklinik. Henry senior war ein berühmter Arzt, und Ihr Vater war auf dem besten Wege, in seine Fußstapfen zu treten.«

Noch eine Enthüllung – es gab eine ältere Generation der Ramplings mit Beziehungen hierher. Ich hatte meine Großeltern nie kennen gelernt. Sie starben alle vor meiner Geburt. Immerhin machte ich Fortschritte. »Was wissen Sie noch von ihnen?«

»Von Ihrem Großvater nicht viel, außer dass er mit Leib und Seele Arzt war und praktisch im Krankenhaus wohnte. Und Ihr Vater, tja, er nahm an Stadtratsitzungen und Benefizveranstaltungen teil, an derartigen offiziellen Anlässen. Auch er war ein viel beschäftigter Mann, der ständig arbeitete.« Er lächelte. »Er hat allerdings nicht gesegelt und sich auch keinem Verein angeschlossen. Ich muss gestehen, in *meinem* Leben kam die Arbeit erst nach dem Segeln.«

Ich fiel ihm rasch ins Wort, bevor er wieder auf sein Lieblingsthema zurückkam. »Erinnern Sie sich an meine Mutter, Victoria?«

»Victoria, aber sicher. Sie war eine sehr schöne junge Dame. Immer picobello – flotte Kostüme, gepflegte Frisur, als ginge sie jeden Tag zum Frisör. Ihrer Familie gehörte eines der vornehmen Hotels hier in der Gegend. Ich weiß noch, dass sie ein Kind erwartete. Sie sehen ihr übrigens sehr ähnlich.« Er ließ den Blick über mich gleiten. »Dieselbe Figur und derselbe Teint.«

Das überraschte mich. Mit meinem lässigen Bubikopf und dem wallenden tiefroten Kleid musste ich so ganz anders aussehen als meine Mutter. Und ein vornehmes Hotel! Das war mir neu.

»Ich weiß noch, dass wir immer frotzelten, Henry Rampling sperre seine hübsche Frau ein, damit sie nicht mit einem Assistenzarzt durchbrannte. Ja, Henry war ein harter Knochen. Die Krankenschwestern hatten schreckliche Angst vor ihm. Ich weiß noch genau, dass er seine Mutter hasste – sie war in der Frauenrechtsbewegung engagiert und wurde sogar ein paarmal festgenommen, glaube ich. Er war beleidigt, wenn wir ihn wegen ihr foppten.« Er verstummte, um an seinem Sherry zu nippen, und sein Blick wanderte wieder zu den Gemälden. Ich lenkte ihn mit einer weiteren Frage ab.

»Wissen Sie, wo sie wohnten?«

»Wahrscheinlich im Arzthaus auf dem Klinikgelände. Wunderschön da, mit Blick aufs Meer.«

»Ah, Sie kannten es! Das Arzthaus.« Ich hatte also wirklich ein Geburtshaus. »Ich kam dort zur Welt.«

»Ach wirklich? Tja, die Oberärzte hatten sehr schöne Häuser. Das Krankenhaus war hauptsächlich für Schwindsüchtige – eigentlich ein Sanatorium. Es war berühmt; die Patienten kamen von überallher. Ventnor selbst war ein Kurort. Es war damals sehr vornehm. Bestes Klima in England. Und Sie kamen also hier zur Welt? Ich dachte, Ihre Eltern wären noch vorher weggegangen.«

»Nein, ich bin eine richtige Insulanerin, wie Ihr Sohn mir heute Morgen sagte«, sagte ich stolz. »Und wofür wird die Lungenklinik heute genutzt?«

Er lachte. »Ach du meine Güte. Sie wurde in den sechziger Jahren abgerissen. Sie war am Einstürzen und Verfaulen. Sie stand dort, wo sich jetzt der Botanische Garten befindet.«

Mich überfiel die gleiche Enttäuschung wie beim Anblick von Tante Lillians Bruchbude. Ich hatte geglaubt, ich könnte durch die alten Gebäude schlendern und mir vorstellen, wie mein Vater und mein Großvater durch die Stationen eilten, im Schlepptau eifrige Krankenschwestern, die mit ihren weißen Hauben und Schürzen aussahen wie kleine Segelboote.

»Wir waren überrascht, als Ihr Vater wegging. Aber die Tuberkulose war zu der Zeit fast ausgerottet. Alle dachten, dass er aufs Festland musste, um seine Ambitionen zu verwirklichen. Schließlich war er noch ein junger Mann – nicht mal vierzig, glaub ich. Hab danach nicht mehr viel von ihm gehört.«

Ich hoffte, er würde mich nicht fragen, was aus Dad geworden war. Ich wollte ihm die Illusion von dem jungen ehrgeizigen Doktor Henry Rampling junior nicht rauben, der mit seiner schönen Frau und der neugeborenen Tochter fortgegangen war, um das Festland zu erobern. Ich wollte ihn nicht mit der Geschichte einer langweiligen allgemeinärztlichen Praxis und sinnloser Forschungsarbeit desillusionieren. Ich machte Anstalten zu gehen.

»Tja, meine Liebe«, sagte er und streichelte sein Teleskop. »Ich weiß nicht, ob ich Ihnen viel helfen konnte.«

»Es war faszinierend«, sagte ich und stand auf.

»Weckt Erinnerungen«, lachte er. »Hatte er nicht eine Schwester? Ich meine mich an eine Schwester zu erinnern. Ich glaube, über sie gab es Gerüchte. Aber ich weiß nicht mehr, was es war.«

»Nein, er hatte keine Schwester. Meinen Sie Lillian – seine Schwägerin, die Schwester von Victoria?«

»Vielleicht. Ich glaube mich zu erinnern, dass sie ein

bisschen wild war. Auch wenn wild im Vergleich zu heute damals harmlos war.« Er stand auf, um mich hinauszubegleiten. »Sie können gern wiederkommen. Ich habe viele Fotoalben.«

10

Emmeline war überrumpelt worden. Sie hatte nicht damit gerechnet, dass Jane ihr praktisch vom Kliff vor die Füße fallen würde. Sie war durcheinander gewesen und unsicher, ob sie wirklich wach war oder von Medikamenten benebelt. Sie hatte sich zum Narren gemacht. Wenn man sich vorstellte, dass sie die arme Frau erst Victoria und dann Virginia genannt hatte! Und erst ihr Aufzug! Nur mit einem Handtuch bekleidet und fast ohne Haare musste Jane sie für einen Meerkobold gehalten haben. Emmeline hatte sie eigentlich mit sauberen Sachen und einem Sonnenhut begrüßen wollen. Aber das war dumm gewesen, wurde ihr jetzt klar. Woher hätte sie wissen sollen, wann Jane aufkreuzte? Der Anwalt hätte sicher keinen Brief zu einem angeblich leer stehenden Cottage geschickt, um ihren Besuch anzukündigen. Und was, wenn Jane ohne Vorwarnung an die Tür von Wraith Cottage geklopft hätte? Es war einfach Glück, dass sie nur den Weg zum Seitengebäude gefunden hatte und an *diesem* Ende des Kliffs heruntergeklettert war. Egal, jetzt hatte sie die Situation im Griff. Morgen würde sie Jane Wraith Cottage zeigen, während Marguerite und Neptun fischen waren. Alles andere würde sie ihr nach und nach beibringen und aufpassen, dass sie nichts ausplauderte, das Henry später gestehen sollte.

Marguerite sah sie mit fragendem Blick an. Normalerweise hatte Emmeline keine Geheimnisse vor ihr und Neptun. Aber sie war noch nicht so weit, ihnen etwas davon zu sagen. Sie musste erst sicherstellen, dass ihr Plan ihnen in keiner Weise schaden würde. Sie befürchtete, dass Jane vielleicht etwas von ihrem Vater hatte. Womöglich glaubte sie nichts von dem, was Emmeline erzählte, und was wurde dann aus ihnen? Das Risiko musste sie wohl eingehen. Doch vorher wollte sie Jane noch ein bisschen besser kennen lernen. Bis jetzt war sie ihr sympathisch – nachdem sie den Schock überwunden hatte, dass sie Victoria so ähnlich sah. Sie war ihr einfühlsam vorgekommen, intelligent und ernsthaft an der Vergangenheit interessiert.

Emmeline bemühte sich, aufrecht zu stehen. In letzter Zeit wurde ihr Rücken immer krummer. Doch sie war fest entschlossen, nicht zu sterben, bevor die Sache abgeschlossen war.

11

Ich schlief schlecht; die Insektenstiche und der Sonnenbrand juckten, und meine Gedanken kamen nicht zur Ruhe. Immer wieder führte ich mir das surreale Treffen mit der seltsamen kleinen Emmeline in Wraith Cove vor Augen und fragte mich, was sie mir wohl zu sagen hatte und ob sie morgen überhaupt käme. Dann wieder sah ich meinen Vater und meinen Großvater vor mir, wie sie Schwestern anbrüllten, die sich ängstlich duckten. Mich hatte Dad nie angeschrien. Seine Stimme hatte zwar einen gereizten Unterton, aber er schien oft um Worte zu ringen. Hatte er seine Transparente tragende Mutter wirklich gehasst? Vielleicht hatte *sie* ihn ja zu einem Frauenfeind gemacht. Das würde sein abweisendes Verhalten weiblichen Personen gegenüber erklären. Aber vielleicht verwechselte der alte Mr. Allain ihn auch mit jemand anderem. Den ganzen vergangenen Tag hatte ich damit verbracht, verwirrten Menschen Bruchteile von Informationen zu entlocken, die unter Umständen nicht einmal der Wahrheit entsprachen. Immerhin hatte Emmeline Lillian gekannt, ebenso wie meine Mutter. Das konnte interessant werden.

Ich stand auf, beobachtete durchs Fenster den Sonnenaufgang und trank einen Tee. Ich hatte wieder den schlimmen Traum aus der Nacht zuvor gehabt. Abermals ertrank ich unter der Wasseroberfläche. Von oben griff eine Hand nach mir und zog mich an den Haaren hoch, während mich eine andere von unten festhielt. Ich wusste, es würde mich in der Mitte zerreißen, und der Schmerz würde unerträglich sein. Ich hatte noch nie so intensiv geträumt. Ich war versucht, Chas anzurufen, doch es war noch zu früh. Aber ich hatte hier sowieso keinen Handyempfang, und ich wollte auch nicht vom Korridor aus anrufen und die anderen Gäste wecken.

Ich gammelte bis mittags herum. Ich erkundete den Garten und plauderte mit den zwei kleinen Schwestern, die Erin und Rhian hießen. Sie hielten sich an den Händen und zappelten vor Aufregung, während sie mir erzählten, dass sie in den Black-Gang-Chine-Freizeitpark fahren und dort im Schwimmbad die große Innen- und Außenrutsche herunterrutschen wollten. Erin sagte, ich könnte mitkommen. Sie lehnte sich an mich und tätschelte mit ihrem weichen Händchen meinen Arm. Ihre Haare dufteten nach frischen Orangen. Ich sah zu, wie ihre abgespannt wirkende Mutter sie im Auto festschnallte. Die Mädchen winkten mir zum Abschied zu, sahen sich mit strahlenden Gesichtern an und schwatzten lebhaft miteinander.

Ich setzte mich an den Gartentisch und begnügte mich damit, ein Kohlmeisenpärchen zu beobachten, das unermüdlich hin und her flatterte und seine schrill piepsenden Jungen fütterte. Das Aufziehen der nächsten Generation brauchte zweifellos Energie. Wäre ich eine geduldige Mutter gewesen, die gewillt war, sich stundenlang in die Welt eines Kindes zu versetzen? Bei meinen Rollenvorbildern hätte ich sie wahrscheinlich eher ins Internat gesteckt und ihnen gesagt, sie sollten mich mit ihrem Blödsinn verschonen.

Über dem Meer zog Nebel auf, der mir die Sicht nahm. Er legte sich auf die Baumkronen, ließ die Wellen verstummen und dämpfte das Geschrei der Vögel. Ich litt wirklich unter Stimmungsschwankungen. Glücklicherweise waren meine Freunde nicht hier, sonst hätten sie Zitate aus dem Menopausehandbuch zum Besten gegeben. Ich ging ins Haus und zog eine apricotfarbene Hemdbluse über meine rosa Weste, um mir moralischen Auftrieb zu geben. War das ein unbewusster Versuch, mich optisch von meiner verblassten Mutter abzusetzen, nachdem ich heute mehrfach an meine Ähnlichkeit mit ihr erinnert worden war? Ich bürstete mein Haar – sie trug ihres immer hochgesteckt – und legte meine Goldkreolen an. In der Hoffnung, dass ich den Weg, den Emmeline mir gezeigt hatte, noch wusste, machte ich mich auf nach Wraith Cove.

Ich parkte an derselben Stelle in der Nähe der eingestürzten Straße und fand schon bald das teilweise abgerissene Hotel in dem verwilderten Garten. In der dichten, feuchten Luft kamen mir die Düfte noch intensiver vor. Das hohe Gras umfing mich, während ich mich hindurchkämpfte. An meinen Stiefeln und Jeans klebten Blütenblätter von Butterblumen. Im Gebüsch hörte ich Kaninchen hoppeln, und ein Eichelhäher kreischte eine Warnung. Ich schwitzte, wollte aber wegen der Brombeersträucher meine Bluse nicht ausziehen. Ich fragte mich, ob ich den falschen Weg eingeschlagen hatte – er kam mir viel länger vor als gestern. Ich verspürte einen seltsamen Widerwillen gegen das Wiedersehen mit Emmeline, weil ich mich fragte, ob ich die ganze Angelegenheit unnötig aufgebauscht hatte und sich herausstellen würde, dass es gar nichts zu entdecken gab. Wraith Cottage war eine Bruchbude und Lillian eine einsiedlerische alte Jungfer, die sie mir hinterlassen hatte, weil es sonst niemanden gab; Emmeline war eine verrückte alte Nachbarin, die sie und meine Mutter vor langer Zeit gekannt hatte.

Ich blieb kurz stehen, um einen Schluck Wasser zu trinken – wenigstens war ich heute besser ausgerüstet. Als ich weitergehen wollte, bemerkte ich, dass das kaputte Gatter genau vor mir war. Emmeline wartete schon auf mich. Wenigstens glaubte ich, dass sie es war. Sie war heute angezogen und hatte einen Schlapphut auf dem Kopf. Sie hob zur Begrüßung die Hand, und ich war nun doch gespannt. Ich blieb vor ihr stehen.

»Kommen Sie mit«, sagte sie.

Diese Frau vergeudete keine Zeit mit Smalltalk. Sie lief los, genau wie gestern, platsch, platsch, platsch. Außer, dass sie diesmal Schuhe anhatte – Riesendinger zum Reinschlüpfen, so was wie Espadrilles. Sie trug Baumwollshorts und ein ausgeleiertes T-Shirt mit einem verblichenen Motiv. Angezogen sah sie menschlicher aus, kräftiger. Ich erkannte die Stelle wieder, an der wir gestern auf der Spitze des Kliffs angekommen waren. Dort blieb sie stehen. Ich holte sie ein, und wir schauten aufs Meer.

»Es sieht heute ein bisschen anders aus«, sagte ich.

Sie nickte. »Das kann sich von einem Moment zum anderen ändern, das ist das Großartige daran.«

Was für eine beeindruckende Bemerkung, dachte ich. Und mit welcher Überzeugung sie es sagte, als wäre sie wirklich stolz auf das Wetter. Mir gefiel ihre Stimme; sie war klangvoll und kultiviert.

»So«, sagte sie. »Folgen Sie mir und geben Sie Acht. Wir sind ganz nah am Rand.«

Ich war beunruhigt. Ich kannte diese Frau doch überhaupt nicht! Vielleicht war sie verrückt und wollte mich vom Kliff stoßen. Dann lächelte ich in mich hinein – meldete sich da meine blühende Fantasie wieder? Ich folgte ihr und passte auf, wo ich hintrat.

»Man weiß nie, wann wieder ein Stück von diesem Vorsprung nachgibt«, sagte sie und zeigte auf den grasbewachsenen Boden, auf dem wir liefen.

Lieber Gott, dachte ich, lass mich das überleben, dann schreibe ich meinen Roman in vierundzwanzig Stunden und bin immer lieb zu Dad. Sie blieb stehen, und ich versuchte, mich leichter zu machen als ich war, während sie an ein paar Zweigen nestelte. Für das dünne alte Frauchen war es ungefährlich. Aber vielleicht war hier seit Jahren niemand mehr gewesen, der so schwer war wie ich. Die Zweige bildeten anscheinend eine Art Schranke oder Pforte. Sie schob sie nach hinten. Ich hielt den Atem an, und dann gab sie mir ein Zeichen hindurchzugehen. Wenigstens konnte ich jetzt ein paar Schritte landeinwärts machen. Ich wischte mir mit der Hand über das verschwitzte Gesicht und sah mich um.

Emmeline ließ mich nicht aus den Augen. Ich stand in einem Garten, der anders war als alle, die ich je gesehen hatte. Die Beete waren ein wildes Durcheinander aus Blumen und Gemüse, durchschnitten von gewundenen Wegen aus Kieselsteinen, die wiederum von größeren Steinen eingefasst waren. Seltsame Skulpturen aus Treibholz ragten aus ihnen hervor. Sie sahen aus wie mythologische Geschöpfe mit Geweihen und Hörnern. Efeu, Rosen und Geißblatt rankten sich an Spalieren aus Seilen hinauf. In Öltonnen und Plastikbehältern wuchsen Geranien, pinkfarbene Petunien und orangefarbene Kapuzinerkresse. Bänder mit Muscheln hingen von Zweigen herab, und Holzbretter auf Hummerfangkörben dienten als Tisch und Bänke. Weißdornbäume stützten eine Bahn aus Fischnetzen, die einen Baldachin aus Klematis bildete. In einem steinernen Pferdetrog mit Wasserlilien blitzten Goldfische auf. Ich sah mich um und versuchte alles in mich aufzunehmen. Erst als mein Blick zum Ausgangspunkt zurückkam, bemerkte ich, dass vor mir, hinter einem Bogen aus Treibholz, ein Gebäude stand. Während ich es anstarrte, schien sich der Nebel über mir zu lichten, und die Sonne drang wieder durch.

Ich lief auf das niedrige Gebäude zu. Das Dach war teilweise reetgedeckt und reichte auf der Landseite fast bis zum Boden. Vorne, zum Meer hin, befanden sich eine Holzveranda und mehrere kleine Gitterfenster. Ich sah Emmeline an; sie nickte mir aufmunternd zu.

»Oh mein Gott«, war alles, was ich sagen konnte. Über der Eichentür war im Holz »Wraith Cottage« eingraviert. Es war ein seltsames Déjà-vu-Erlebnis – ich erkannte zwar nichts wieder, aber mir kam alles sehr vertraut vor. Meine Knie wurden weich. Emmeline berührte mich am Arm. Sie stieß die Tür auf und gab mir einen aufmunternden Stups.

Ich betrat das Cottage. Die Tür war niedrig; auf dem Boden lagen unebene Steinplatten. Es roch nach rußigen Holzfeuern und Lavendel. Treibholz baumelte von schwarzen Balken und schmückte die Kaminecke aus Backsteinen. Muscheln lagen dekorativ gehäuft auf Borden, und im Kamin hingen in getrockneten Sträußchen Kräuter und Pflanzen an Bändern von der Decke. Die Möbel waren schäbig: ein braunes Sofa und durchgesessene Sessel am Kamin, weiter hinten im Raum ein langer, rissiger Holztisch. In einem der Sessel döste eine schwarze Katze – wahrscheinlich meine Freundin von gestern. Auf dem Tisch stand eine große Dose, gefüllt mit scharlachroten Mohnblumen, deren schwarzes Inneres aussah wie mit Mascara geschminkte Augen. Am anderen Ende des Raumes stand ein schwarzer Küchenherd neben einem Porzellanspülbecken. An den Wänden waren durchhängende Regale mit Bücherstapeln gefüllt. Auch auf dem Tisch und neben den Sesseln lagen stapelweise Bücher. Hatte Tante Lillian sie etwa gesammelt?

Ich sah Emmeline erstaunt an. Sie nahm meinen Arm und führte mich in die Kochnische. Sie zog eine graue Armeedecke zurück, und dahinter kam eine Tür zum Vorschein. Sie war mit einem Stück Holz gesichert, das in zwei Verankerungen geklemmt war. Ich half ihr, das Holz hochzuschieben, sie drehte am Griff, und ich betrat einen dunklen Raum. Fast rechnete ich damit, dass Tante Lillian dort in ihrem Sarg lag, oder dass plötzlich ein Kamerateam aus seinem Versteck sprang und »Angeschmiert« rief. Als meine Augen sich an die Dunkelheit gewöhnt hatten, merkte ich, dass ich in dem Schuppen stand, zu dem ich mich gestern durchgeschlagen hatte; es war der hintere Teil des Cottage, den ich für das Cottage selbst gehalten hatte. Ich musste lachen. Emmeline sah mich gespannt an.

»Das ist Wraith Cottage«, sagte sie. »Ihres.«

Ich ging zurück in das große Zimmer. »Hier hat Lillian all die Jahre gelebt?«, fragte ich und schaute mich um.

Emmeline musterte mich mit ihren auffallenden blauen Augen. Dann schob sie eine rote Wolldecke am Kamin beiseite. Dahinter lag eine winzige Steintreppe. Ich konnte gerade noch hochsteigen, ohne den Kopf einziehen zu müssen. Auf dem Treppenabsatz stand ein kleines, mit einem Laken bedecktes Bett, und daneben befand sich eine offene Tür. Dahinter war ein Schlafzimmer mit einem Doppelbett, auf dem ein Regenbogen aus gestrickten Decken lag. Pinkfarbene Rosen in einem weißen Porzellankrug füllten die Luft mit ihrem süßen Duft. Buchstapel auf einer Kommode. Ich fragte mich, ob Lillian in diesem Raum gestorben war.

Ich ging ans offene Fenster. An den Außenwänden kletterten rosafarbene Rosen hinauf, als wollten sie unbedingt ins Zimmer. Von hier aus hatte man einen Blick auf die Bucht. Ich sah den breiten Leuchtturmstrahl blinken. Das Wetter hatte aufgeklart, das Meer war jetzt ein dunkel funkelndes Blau. Ein Boot durchpflügte es und zog Kielwasser hinter sich her, das aussah wie eine Schneeverwehung. In dem Moment wurde mir klar, was es mit dem Mohn und den Rosen, den offenen Fenstern und den ordentlich gemachten Betten auf sich hatte. Emmeline hatte das Haus zuerst noch lüften und für mich herrichten wollen. Deswegen hatte sie mich nicht schon gestern hergebracht. Sie stand im Eingang und beobachtete mich. Sie wirkte einsam und verlassen. Womöglich waren sie und Lillian gute Freundinnen gewesen.

»Gehen wir nach unten«, sagte ich. »Vielleicht können wir uns einen Tee machen, und Sie erzählen mir was von Lillian.«

Emmeline wusste hier anscheinend gut Bescheid. Der Strom war eingeschaltet, und es gab einen elektrischen Wasserkocher. Sie hatte sogar an Milch gedacht. Die schwarze Katze streckte sich, sprang vom Sessel und strich um ihre Beine.

»Lillians Katze?«, fragte ich.

Sie stellte dem Tier eine Untertasse mit Milch auf den Boden. »Ihr Name ist Surfer. Sie hat als Kätzchen so gern die Wellen gejagt.« Sie bereitete in zwei nicht besonders schönen Keramikbechern Tee zu, und wir setzten uns an den Tisch.

»Das ist sehr nett von Ihnen, Emmeline«, sagte ich. »Haben Sie seit Lillians Tod auf das Haus aufgepasst?« Sie nickte. Ihre Augen sahen über dem Becherrand riesig aus.

Sie schien sich in Schweigen geflüchtet zu haben. Ich trank meinen Tee in kleinen Schlucken. »Sie kannten Lillian offenbar gut.« Wieder nickte sie. Sie kam mir nervös vor. Sie griff nach einer rundlichen Brille mit Metallgestell, die von einem Draht zusammengehalten wurde. Sie setzte sie auf und warf einen kurzen Blick auf die Titelseite des *New Scientist Journal*, das auf dem Tisch lag. Hatte sich Tante Lillian für Naturwissenschaften interessiert? Emmeline nahm die Brille wieder ab. »Sie müssen nicht über sie sprechen, wenn Sie nicht wollen«, sagte ich. »Vielleicht ein andermal.«

Wir saßen da und nippten an unserem Tee. Mir fiel auf, dass sie Kamillentee trank. Der staubige Gänseblümchengeruch hing in der Luft und erinnerte mich an sommerliche Feldwege und Sonnenbrand auf den Füßen. Sie stellte ihren Becher ab und leckte sich die Lippen. Ich sah, dass sie auf der Oberlippe eine Narbe hatte. Zusammen mit dem fehlenden Zahn und dem Hut mit der hochgeklappten Krempe, hatte sie jetzt weniger Ähnlichkeit mit Gollum als vielmehr mit einem kleinen Piraten. Sie räusperte sich, als wollte sie ihre Stimme wieder funktionstüchtig machen.

»Virginia – ich meine, Jane. Ich muss Ihnen etwas erzählen.«

»Nur zu«, sagte ich fasziniert.

»Ich wohne hier – im Wraith Cottage. Ich wohne hier schon seit fünfzig Jahren.«

So, so. Das ist es also, dachte ich. Sie ist Lillians Untermieterin, und sie glaubt, dass ich sie auf die Straße setze. Armes altes Frauchen. Sie musste sich von mir ziemlich bedroht fühlen. Ich lächelte sie an. »Tja, Emmeline, das ist in Ordnung. Ich bin sicher, wir können uns irgendwie einigen. Ich habe nicht vor, hier zu leben, ich –«

»Nein, Sie verstehen nicht.« Sie zog ihren Sonnenhut ab,

wodurch ihre wenigen Haarbüschel in die Luft flogen. »Ich will Ihnen die Wahrheit sagen.« Ihre knotigen Hände zitterten. »Lilly und ich, wir haben hier zusammen gewohnt.« Sie sah mich wütend an, als rechnete sie mit Protest. »Wir haben zusammengelebt, als Liebespaar. Wir liebten uns.« Sie schrie jetzt fast, ihr Mund zitterte, und ihre riesigen blauen Augen schwammen in Tränen.

Plötzlich fiel bei mir der Groschen. Das war also das große Familiengeheimnis, der dunkle Punkt in der Vergangenheit. Der Grund, warum meine Mutter nie mit ihrer kleinen Schwester sprach. Ja, ich konnte verstehen, dass die prüde Victoria nicht damit klarkam, eine lesbische Schwester zu haben; insbesondere damit, dass sie auch noch in derselben Kleinstadt eine Beziehung führte. Nicht auszudenken, wenn ihre Freunde und Nachbarn es erfuhren! Und Henrys guter Ruf im Krankenhaus stand auch auf dem Spiel. Kein Wunder, dass sie Hals über Kopf von der Insel flohen und sie ihrem Schicksal überließen und verleugneten. Dies war also die Lillian, die im Segelclub für Klatsch und Tratsch gesorgt hatte.

Am liebsten hätte ich laut gelacht, doch ich spürte Emmelines Verzweiflung. Ich wollte mich nicht über sie lustig machen – die Sache war ihr viel zu wichtig.

»Doch, ich verstehe das, Emmeline«, sagte ich. »Wahrscheinlich war das früher ein bisschen schockierend. Hatten Sie das Gefühl, sich verstecken zu müssen?«

»Wir haben uns unserer Liebe nie geschämt, auch wenn sie andere schockierte.« Sie klang empört. Anscheinend hatte ich das Falsche gesagt. »Wir haben uns aus vielerlei Gründen für dieses Leben entschieden.«

»Emmeline, bitte erzählen Sie mir mehr von Lillian«, sagte ich sanft.

»Sie war schön – ich meine nicht nur körperlich – und sie war ein sanfter, liebevoller Mensch. Sie war, was man einen sensitiven Menschen nennt. Sie konnte die Gedanken und Gefühle anderer Menschen erahnen. Das Leben in dieser rauen Umgebung hier passte zu ihr.«

Wir saßen eine Weile schweigend da. Ich berührte ihre Hand. »Ich bin froh, Emmeline, wirklich. Und ich habe nicht die Absicht, Ihnen Ihr Zuhause wegzunehmen. Sie können für den Rest Ihres Lebens hier wohnen«, grinste ich. »Oder so lange, wie das Haus sich noch auf dem Kliff hält.«

»Nicht mehr lange«, sagte sie lächelnd, aber ihre Lippen zitterten noch immer.

Ich wusste nicht, ob sie damit sich oder das Cottage meinte. Die Fragen sprudelten jetzt nur so aus mir heraus. »Aber warum hat Lillian Wraith Cottage nicht Ihnen hinterlassen? Sie kannte mich doch gar nicht, und ich wusste nicht mal, dass sie existierte, bis ich den Brief vom Anwalt bekam. Warum hat sie nicht schon früher Kontakt zu mir aufgenommen?«

»Vielleicht, wenn Henry zuerst gestorben wäre... Es war schwer für sie... Sie wollte nicht, dass er Sie auch noch gegen sie aufbringt.«

»Ach, Emmeline, ich bin ein erwachsener Mensch – tolerant –, ich hätte vielleicht vermitteln können.«

»Tja, Lilly hatte ihre Gründe. Ich werde nicht mehr lange da sein, und sie wollte nicht, dass das Cottage zurück an Henry fällt. Es hat nämlich ursprünglich zur Hälfte Victoria gehört. Aber sie hat es Lillian überschrieben.«

»Warum?«

»Im Grunde, um es loszuwerden, und um ihr Gewissen zu erleichtern.«

»Kannten Sie und Lillian sich schon als Kinder?«

»Ja, wir standen uns immer nahe.«

»Kannten Sie auch meine Mutter?«

»Victoria? Ja. Sie war als Kind eine Weile krank – eine

leichte Tuberkulose von ihrer Mutter. Sie hat sich gut erholt, aber sie war immer schwach auf der Brust. Sie war ein ernstes Mädchen, aber sie malte sehr gern, riesige, stürmische Landschaften. Sie hatte Talent. Doch dann scheint Henry das alles in ihr abgetötet zu haben.«

Ich würde später über all das nachdenken müssen. Stürmische Landschaften! Das war nicht die Mutter, die ich kannte. Mein Vater schien viel auf dem Gewissen zu haben.

Sie erhob sich unvermittelt und setzte ihren Hut wieder auf. »Ich muss gehen«, sagte sie, als wäre ihr plötzlich etwas Wichtiges eingefallen. »Kommen Sie morgen wieder? Ich habe Ihnen noch viel mehr zu erzählen. Finden Sie allein zurück?« Ich bejahte, und sie floh aus der Tür. Wo um alles in der Welt musste sie so dringend hin? Gerade, als ich das Gefühl hatte, sie öffnete sich. Ich blieb leicht benommen sitzen und versuchte, Wraith Cottage – mein Cottage – in mich aufzunehmen. Ich hätte gern ein bisschen herumgeschnüffelt, in jede Ecke, jeden Schrank geschaut, aber da ich wusste, dass es Emmelines Zuhause war, kam es mir wie eine Verletzung der Privatsphäre vor.

Als ich gehen wollte, fiel mein Blick auf die Bücher. Was für eine Sammlung! Religion und das Paranormale, Naturwissenschaften und Homöopathie, Kräuterheilkunde, die Tierwelt, die Meereswelt, Atlanten, Enzyklopädien, Romane. Es war wie eine Bücherei. Ich konnte mir die beiden – Lillian und Emmeline – vorstellen, wie sie sich im Wraith Cottage aneinander kuschelten und lasen und redeten und was sie sonst noch miteinander anstellten. Ich konnte es kaum erwarten, Chas davon zu erzählen. Das Familiengeheimnis war gelüftet: zwei alte Lesben, die zusammenlebten. Harmlos, eigentlich sogar ziemlich süß.

Und dann entdeckte ich etwas Bekanntes: eine ganze Reihe meiner Romane. Es sah so aus, als hätten sie jedes meiner Bücher da stehen. Ich nahm einen der frühen Romane heraus, noch unter meinem Mädchennamen Rampling veröffentlicht. Die Seiten waren abgegriffen, also offensichtlich gelesen worden. Die durchtriebenen Alten! Sie hatten mich seit Jahren im Auge behalten.

12

Emmeline fühlte sich energiegeladen. Sie wusste sehr wohl, dass sie von Wut, Schmerz und Hoffnung getrieben wurde. Doch sie hatte schon lange nicht mehr so viel Energie gehabt, und je mehr sie es spürte, desto überzeugter war sie, das Richtige zu tun. Ihr war klar, dass Neptun und Marguerite ahnten, dass etwas vor sich ging. Vor ihnen konnte sie nichts geheim halten – inbesondere vor Marguerite, die sowieso alles viel früher zu wissen schien als sie. Aber sie stellten keine Fragen. Sie wussten, dass sie es ihnen sagen würde, wenn die Zeit reif war.

Sie musste nur noch ein Gespräch mit Jane führen. Das Treffen mit ihr am Vormittag war gut verlaufen. Jane schien von Wraith Cottage begeistert und sehr an allem interessiert. Doch Emmeline hatte nur mit Mühe ihren Schmerz unterdrücken können, als Jane von ihrer Tante Lillian sprach. Es war ihr auch nicht leicht gefallen, Jane zu sagen, dass sie in dem Cottage wohnte und mit Lillian zusammengelebt hatte. Sie hatte befürchtet, dass Jane sie verärgert vor die Tür setzen würde. Das alles hatte viel länger gedauert als gedacht, und dann hatte sie Loot bellen hören. Neptun und Marguerite waren wieder da, und sie musste gehen, um sie abzulenken.

Aber morgen kam Jane wieder. Sie wollte ihr nur so viel erzählen, dass sie Henry mit auf die Insel brachte, und dann saß er in der Falle.

Emmeline war unruhig. Marguerite hielt gerade ihren Mittagsschlaf. Neptun war heim in die Puck's Bay gesegelt, um seine Fischnetze zu flicken. Sie musste nach draußen. Die Luft duftete süß nach Geißblatt. Spontan ging sie durchs Gartentor und lief über die Wiese zu der verfallenen Mauer, die die Grenze zum alten Hotelgelände markierte. Seit Ewigkeiten war sie nicht mehr so weit gelaufen. Sie zwang sich, bis zur Terrassentreppe zu gehen, und setzte sich keuchend hin. Ihr Herz schlug heftig. Sie war töricht, sie wollte noch nicht sterben, nicht nachdem sie so weit gekommen war. Ihr drehte sich alles. Sie lehnte sich an die Terrassenmauer und wartete, bis ihr Atem langsamer wurde und sich das Herzrasen legte.

Früher sah es hier ganz anders aus. Die Rosen waren gepflegt, die Beete voller Blumen, die Rasenflächen gemäht. Sie konnte das Aufprallen von Tennisbällen hören. Manchmal hatten sie zu viert gespielt. Sie und Lilly brachten Victoria und Henry immer wieder aus der Fassung, weil sie sich nicht an die Regeln hielten. Sie wären sowieso viel lieber barfuß über den Strand gerannt, hätten Schätze gesammelt und in der Höhle Ordnung geschaffen. Ihre Jugend – damals war sie ihnen endlos erschienen, doch dann hatte sie ein jähes Ende gefunden.

Emmeline spürte, wie die Wut in ihr hochstieg. Aber sie durfte ihr nicht nachgeben. Sie musste diese Erinnerungen klar und lebendig halten.

»Lilly«, rief sie laut. »Du musst mir helfen. Du musst weitermachen.«

»Beruhige dich, Emm. Schau auf's Meer hinaus. Beruhige dich, dann erzähle ich weiter.«

Emmeline sah über das abfallende Gelände zum funkelnden Meer. Es beruhigte sie tatsächlich. Sie schloss die Augen und hörte tief in sich hinein, um den Faden von Lillys Geschichte wieder aufzunehmen.

Meine Beine geben nach, als ich aus dem Bett steige, und ich falle hin. Ich krieche zur Tür; Nadeln aus Glas stechen in meine Hände und Knie. Der Riegel lässt sich nicht bewegen – ich kann mich nicht erinnern, ihn je benutzt zu haben. Ich bringe einen Rest an Kraft auf, und er gibt plötzlich nach, ich schürfe mir an dem rauen Holz die Fingerknöchel auf. Ich zerre die Daunendecke auf den Boden, dahin, wo Emm liegt. Ich stopfe sie so fest um sie wie ich kann, weil ich sie noch nicht bewegen will. Ich rufe immer wieder ihren Namen, doch sie reagiert nicht. Ihr Hinterkopf fühlt sich klebrig an, als ich die Hand darunter schiebe. Mund und Nase haben eine Blutkruste. Ich streichele ihre kalten Wangen, küsse sie auf die Stirn und versuche, sie durch meine Willenskraft zurückzuholen.

»Du bist jetzt in Sicherheit«, murmele ich. Sie stöhnt, ihre Augenlider zucken, und sie zittert. Am liebsten würde ich mich neben sie legen und mit ihr in Bewusstlosigkeit fallen. Ich fühle unter der Daunendecke nach ihren Händen. Der Schrecken darüber, wie eisig sie sind, motiviert mich. Ich stehe unsicher auf. Mir ist auch kalt, aber ich lag wenigstens auf dem Bett. Emm dagegen hat wer weiß wie lange nackt auf den Steinplatten gelegen.

Ich stolpere herum und suche meinen Morgenrock. Ich wickele den kratzigen Wollstoff fest um mich, um meinen klebrigen Körper und Henrys Gestank zu bedecken, der mich und das Cottage zu durchdringen scheint. Jetzt muss ich die Entscheidungen treffen, denn es ist niemand da, auf den ich mich verlassen kann.

Wärme – das ist es, was wir jetzt brauchen. Ich muss Emm aufwärmen und dafür sorgen, dass mir nicht noch kälter wird. Ich mache ein Feuer an und lege Treibholz und Holzscheite auf, bis es prasselt. Drifter kommt mit wildem Blick hinter einem Sessel hervorgekrochen und reibt sich dankbar für die Wärme an mir. Ich bin froh, dass sie mir ein bisschen Gesellschaft leistet. Ich stecke meine bleischweren Füße in Emms Schottenkarohausschuhe und schiebe den Sessel zurück, damit er die Wärme vom Kamin nicht abhält. Ich schlurfe in die Küche. Zum Glück brennt das Feuer im Herd noch, und ich lege ein paar Scheite nach. Ich versuche nicht zu würgen, als ich den Eimer mit Henrys Urin ins Seitengebäude trage, ihn in der Toilette entleere und mit einem zweiten Eimer Wasser wegspüle. Dann halte ich die Luft an und zwinge mich, seine Kotze aus dem Ausguss zu spülen. Immer, wenn der Ekel mich zu überwältigen droht, konzentriere ich mich darauf, dass ich mich um Emm kümmern muss. Ich kann mir noch nicht erlauben, über das Geschehene nachzudenken.

Ich stelle Wasser auf und hänge Handtücher über den Herd. Ich gehe zurück ins Seitengebäude und suche nach dem Schlüssel für die Hintertür, den wir sonst nie benutzen. Schließlich verrammele ich die Tür mit der Werkbank, obwohl ich weiß, dass ihn das nicht abhalten wird, wenn er zurückkommen will. Ich spüre, wie meine Glieder langsam warm werden, und mit der Wärme kommen die Schmerzen.

Sobald der Kessel summt, fülle ich eine Schüssel mit Wasser. Vorsichtig wasche ich Emms Gesicht, achte darauf, dass ich nicht noch mehr Schaden anrichte. Wo ist das viele Blut hergekommen? Als sich an mehreren Stellen Schorf löst, sehe ich, dass ihre Nase geblutet hat und eine tiefe Schnittwunde in ihrer Oberlippe ist. Dann bemerke ich, dass in ihrer Lippe ein Zahn steckt. Ich ziehe ihn vorsichtig heraus, und er fällt klappernd in die Schüssel. Tränen laufen mir übers Gesicht – arme, arme Emm. Wie konnte ihr eigener Bruder ihr das antun? Ihre Augen sind verschwollen und haben Blutergüsse. Sie muss große Schmerzen haben. Ich küsse sie immer wieder auf die Stirn und sage ihren Namen. Ihre Augen öffnen sich mehrmals flatternd, und sie stöhnt leise auf. Ich schiebe die Hand unter die Daunendecke. Sie ist immer noch eiskalt. Ich werde panisch – was, wenn ich sie nicht aufwärmen kann? Ich sollte versuchen, einen Arzt zu holen, aber wie kann ich sie jetzt allein lassen? Angenommen, sie rutscht tiefer und…

»Emmeline!« Die Panik überwältigt mich, und ich höre mich ihren Namen kreischen. Ihre Augen öffnen sich und bleiben offen, sehen mich ausdrucklos an. Sie versucht, sich die Lippen zu lecken, und zuckt vor Schmerzen zusammen.

»So… kalt«, flüstert sie.

»Ich weiß, Emm. Ich weiß. Aber dir wird bald wieder warm, ich versprech's.« Ich ziehe die Daunendecke weg, weil ich glaube, dass die direkte Wärme vom Kamin vielleicht besser ist. Ich reibe ihre Arme, Hände, Beine und Füße und umwickele alles mit warmen Handtüchern. »Beweg dich«, befehle ich ihr. »Beweg Arme und Beine.« Sie tut, was ich sage. Ich lasse sie den Kopf langsam von einer Seite zur anderen drehen. Sie wimmert, aber wenigstens weiß ich jetzt, dass nichts gebrochen ist. Schließlich gelingt es mir, sie aufzusetzen, sodass ich ihren Hinterkopf in Augenschein nehmen kann. Ich wasche ihn, wodurch er wieder zu bluten anfängt, aber jetzt sehe ich, dass sie eine etwa fünf Zentimeter lange, klaffende Wunde hat. Das muss wahrscheinlich genäht werden. Ich lege einen Wattebausch darauf und binde einen Verband um ihren Kopf. Dann bringe ich sie dazu, sich den Mund mit warmem Wasser auszuspülen. Das ist am schlimmsten, am schmerzhaftesten. Ihre Lippe ist erschreckend stark geschwollen. Sie spuckt in die Schüssel, und ein weiterer Zahn fällt hinein. Sie starrt ihn entsetzt an, und ich sehe, wie sie sich mit der Zunge durch den Mund fährt, um die Lücke zu suchen. Sie schaut mich an, und in ihren Augen schwimmen Tränen. »Ach, Emm«, sage ich hilflos.

Sie berührt mich. »Mit dir ...«, flüstert sie, »alles in Ordnung?«

Ich nicke und weiche ihrem Blick aus. »Am besten bist du jetzt im Bett aufgehoben«, sage ich forsch. Ich stehe auf und ziehe blind die Laken und Kopfkissenbezüge ab, knülle sie zu festen Knäueln und werfe sie ins lodernde Feuer. Ich hole frisches Bettzeug aus der Wäschekommode und beziehe das Bett neu. Ich helfe Emm beim Aufstehen und streife ihr ein warmes Nachthemd über den Kopf, als wäre sie ein kleines Mädchen. Sie fühlt sich jetzt weniger ausgekühlt an und kriecht dankbar ins Bett. Sie liegt in die Kissen gelehnt, während ich zwei Wärmflaschen mache und ihr ein Aspirin gebe. Sie kommt mir schläfrig vor. Ich habe Angst, sie schlafen zu lassen, weil ich mir nicht sicher bin, ob sie wieder das Bewusstsein verlieren kann. Wie dumm ich bin, so wenig über erste Hilfe zu wissen. Drifter nimmt ihre gewohnte Position auf dem Bett ein, und ich sehe, wie Emm die Hand ausstreckt, um sie zu streicheln. Ermutigt gehe ich in die Küche.

Ich hole die Blechbadewanne aus dem Seitengebäude, stelle sie vor den Herd und fülle sie mit heißem und kaltem Wasser. Ich will meinen Morgenmantel nicht ausziehen. Ich will mich nicht mit meinem Körper konfrontieren, wodurch das Geschehene real würde. Langsam öffne ich den Mantel und lasse ihn zu Boden fallen. Ich schließe die Augen und halte den Atem an; ich bemühe mich, meinen eigenen Geruch nicht einzuatmen – Henrys Geruch. Ich steige in die paar Zentimeter Wasser und wünschte, es wäre tief genug, um mit dem ganzen Körper darin unterzutauchen. Am liebsten stünde ich jetzt unter einem Wasserfall, der über mich hinweg und durch mich hindurchpeitscht, bis ich sauber bin. Ich stehe zitternd und schaudernd da und zwinge mich, die Augen zu öffnen.

Ich sehe auf meine weißen, dünnen Beine hinab; sie sind übersät mit den Anfängen rötlich-violetter, großer Blutergüsse. Meine Knie, in denen Glassplitter stecken, bluten. An den Oberschenkeln und am Becken habe ich blaue Flecken und Aufschürfungen von seinen restlichen Knöpfen und Haken. Meine Brüste sind schmerzempfindlich und übersät von blauen Fingerabdrücken. Meine Oberarme sind eher lila als weiß, und an Brust und Hals habe ich kleine Schnittwunden, die wahrscheinlich von seinem gestärkten Kragen herrühren. Am allerschlimmsten ist es zwischen meinen Beinen, wo mein helles Haar von Henrys Zeug glänzt und meine zarte Haut blutverschmiert ist und fast schwarz aussieht.

Froh, dass ich so klein bin, setze mich ins Wasser. Es brennt, und tief in meinem Bauch pulsiert etwas. Doch die Wärme lindert den Schmerz. Ich greife nach dem grünen Stück Seife und der Scheuerbürste, mit der Emm und ich unsere Kleider waschen. Ich schrubbe jeden Zentimeter meines Körpers, bis die Schürfwunden bluten und die Prellungen dunkelviolett werden. Aber es tut nicht weh; es kommt mir vor, als würde ich einen fremden Körper waschen. Ich spüle mich so lange von oben bis unten mit einer Kanne ab, bis der Fußboden schwimmt und meine brennende Haut sich wieder sauber anfühlt. Dann rubbele ich mich mit einem groben Handtuch trocken und ziehe ein dickes Flanellnachthemd an.

Ich gieße Tee auf und bereite eine warme Mundspülung für Emm zu. Ich stehe am Bett und betrachte sie. Sie starrt mich an. Ihre Augen sehen verwirrt aus in ihrem seltsam verschwollenen Gesicht. Ich setze mich zu ihr ins Bett und trinke meinen Tee. Sie soll nichts fragen. Ich will nicht, dass ihr der Mund wehtut oder das Herz bricht, wenn sie mir Fragen stellt. Doch ihr Blick ruht immer noch auf mir. Ihre Hand berührt meine; sie fühlt sich kühl an, aber nicht kalt.

Sie fasst mein Gesicht an, sodass ich mich ihr zuwenden muss. Ihr Blick ist hartnäckig.

»Lilly«, flüstert sie. »Sag's mir… Hat er…?«

Ich stelle meinen Becher vorsichtig auf den Boden, sitze eine Weile nur so da und betrachte ihre Hand in meiner. Mein Kopf nickt langsam, als würde er selbständig entscheiden, es ihr zu sagen, und dann gestattet sich mein Körper endlich, den Schock wahrzunehmen. Ich spüre, wie etwas tief in mir zusammenzuckt, und fange an zu zittern, als hätte ich ein Erdbeben ausgelöst. Ich stoße Emm von mir weg und fliehe aus dem Bett in die Küche. Ich zerre mein Nachthemd hoch, schnappe mir die Scheuerbürste und versuche, sie mir zwischen die Beine zu zwängen. Meine Kehle fühlt sich an, als müsste sie vor Schluchzern platzen. Doch dann packt Emm meine Handgelenke und entwindet mir die Bürste. Sie führt mich zurück zum Bett und hält mich so fest sie kann. Es kommt mir vor, als würden wir zusammen zittern und weinen, bis das Tageslicht durch die Fenster schimmert und wir endlich einschlafen.

Ich wache auf, als Emm sich aus dem Bett quält. Ihr Mund hat im Schlaf wieder geblutet, und mit dem Kopfverband und den sich blau färbenden Augen sieht sie aus wie eine Kriegsversehrte.

»Entschuldige«, flüstert sie mühsam. »Muss mich waschen und aufs Klo.«

»Warte Emm. Ich helf dir.« Ich mache Anstalten, mich aufzusetzen.

»Nein, du ruhst dich aus.« Sie tapst in die Küche. Ich weiß, dass sie jetzt den Eimer sucht. Bei diesem Wetter erledigen wir unsere Notdurft hier drinnen. Ich höre, wie sie unter der Spüle herumstöbert und dann die Decke zurückzieht, die vor der Tür zum Seitengebäude hängt. Ich höre das Quietschen des Pumpenschwengels und den Wasserschwall. Mir ist jetzt warm, aber ich kann es nicht ertragen, im Bett zu liegen. Ich weiß, dass sie Schmerzen hat. Vielleicht betrachtet sie ihr Gesicht im Spiegel und begutachtet den Schaden.

Ich stehe auf und stapele Holz im Kamin. Drifter reibt sich an meinen Beinen und will Futter. Steif gehe ich in die Küche, bei jeder Bewegung spüre ich tief in mir einen durchdringenden Schmerz. Ich hole Fisch aus der Speisekammer, fülle Drifters Napf und setze den Kessel auf dem Herd auf. Dabei fällt mir der große Topf mit Truthahn-Eintopf ins Auge, den wir gestern gekocht haben, und der darauf wartet, für heute Abend aufgewärmt zu werden. Ich hebe den Deckel hoch; bei dem kräftigen Fleischgeruch dreht sich mir der Magen um. Es ist schon Mittag, und wir haben Woody und Neptun zum Neujahrsabendessen eingeladen. Sie dürfen uns nicht so sehen. Was um alles in der Welt sollen wir nur tun?

Ich sehe mich verzweifelt um und stelle fest, dass ich nach Emm suche. Sie weiß immer, was zu tun ist, begegnet allen Problemen mit Humor, sodass sie einem unbedeutender vorkommen, und findet Lösungen, auf die ich nie käme. Sie nimmt das Leben, wie es kommt, sagt sie immer. Aber Emm ist verletzt. Eine Windböe rüttelt an den Fenstern und schleudert sandigen Regen gegen die vergitterten Glasscheiben. Vielleicht ist es zu stürmisch für Neptun und Woody, um das Boot rauszuholen. Aber dann gehen sie eben zu Fuß über den Klippenweg und über die Wiesen. Sie sind findig, die zwei – wie Emm.

Sie kommt in die Küche und hält einen riesigen Eisenschlüssel hoch.

»Unterm Blumentopf… jetzt zugeschlossen«, murmelt sie. Sie geht zur Spüle, gießt heißes Wasser aus dem Kessel in eine Schüssel und wäscht sich das Gesicht. Ich zucke bei dem Anblick zusammen. Mit einem Handtuch tupft sie sich trocken und wickelt den Verband von ihrem Kopf. Sie holt ihren Zedernholzkasten mit den Medikamenten und setzt sich an den Tisch. Mit Hilfe zweier Spiegel inspiziert sie Hinterkopf, Gesicht und Mund. Ich beobachte sie genau und spüre ihr Entsetzen, aber sie bricht nicht zusammen.

Vorsichtig setzt sie ihre Drahtbrille auf und wählt verschiedene Säfte aus. Sie hat schon immer im Hotelgarten Kräuter angepflanzt, verschiedene Tränke gebraut und ihre dicken Nachschlagewerke konsultiert. Ihre Gläser sind mit lateinischen Begriffen etikettiert und werden sorgfältig gelagert. Sie versucht, ihr Wissen an mich weiterzugeben, indem sie mir Geschichten über die Heilmittel erzählt – wie Bergziegen die gelben Arnikasterne suchen, wenn sie in den Felsen stürzen, und dass Ringelblumen so viel Sonne speichern, dass sie einfach nicht anders können, als wieder Wärme abzugeben und zu lindern. Ich dagegen kann nicht mehr klar denken, wenn ich mit Leid konfrontiert werde, und falle in einen Zustand, der mir selbst unverständlich ist, in dem ich nach etwas suche, das von einer Nebelschicht verschleiert ist. Ich kann den Schleier nicht immer durchdringen, aber wenn doch, verspüre ich Leichtigkeit und Erleichterung, genau wie der Mensch oder das Tier, das geheilt werden muss. Ich wünschte, ich wäre so schlau wie Emm, doch sie sagt, beide Methoden haben ihren Wert.

Ich helfe ihr dabei, ihre Wunden zu verarzten. Dann schneide ich mit der Nagelschere das Haar um die Kopfverletzung weg, und sie tränkt ein Stück Mull mit einer Lotion, das ich mit Heftpflaster an ihrem Hinterkopf befestige. Sie befeuchtet ihr platt gedrücktes Haar mit Kamille, und ich bürste es zu einem Heiligenschein aus hellbraunen Locken. Sie betrachtet noch einmal im Spiegel ihren Mund. Sie hat zwei Schneidezähne verloren, einen oben und einen unten. Ich bemühe mich sehr, die Tränen zurückzuhalten, als ich sehe, wie tapfer sie ist, aber ich versage kläglich. Ich umarme sie.

»Wir bringen das wieder in Ordnung, Emm. Wir lassen dir falsche machen«, schluchze ich.

Sie umarmt mich ebenfalls, und ich zucke zusammen. Sie hält mich um Armeslänge von sich, als wollte sie mich genau betrachten. In dem großen Nachthemd ist nicht viel von mir zu sehen.

»Du bist dran.« Sie bedeutet mir, es auszuziehen.

»Nein, alles in Ordnung, ehrlich.«

Doch Emm lässt nicht locker. Nachdem ich mein Nachthemd ausgezogen habe und nackt vor ihr stehe, erstarrt sie und verkrampft sich, als würde sie gleich explodieren. Sie legt die Hände auf meine Schultern und dreht mich, um mich von allen Seiten zu betrachten. Ich spüre, dass sie vor Wut zittert. Als ich sie wieder ansehe, ist sie mir völlig fremd. Zum ersten Mal habe ich Angst vor ihr.

»Dafür wird er büßen«, sagt sie, und ihre Stimme scheint tief aus ihrer Kehle zu kommen. Dann betupft sie mich mit ihren Salben und cremt mich ein, nachdem sie mit einer Pinzette winzige Glassplitter aus meinen Beinen und Händen entfernt hat. Schließlich ziehen wir uns an, Hosen, dicke Pullis und Socken, als wollten wir unsere verwundeten Seelen vor weiterem Schaden und der Kälte schützen.

Der Wind heult, und der Regen wird zu Schneeregen und klappert an den Fenstern. An dieser milden, südenglischen Küste schneit es nur selten, und die Temperatur bleibt nicht lange unter null. Emm stimmt mir zu, dass Woody und Neptun sich von ein bisschen Sturm nicht von einem Abendessen mit uns abhalten lassen werden.

»Wir sagen einfach, wir sind gestern Abend auf dem Heimweg auf der Klifftreppe ausgerutscht«, sagte ich.

»Glauben sie nicht – tun sie nie«, antwortet Emm mit ihrer seltsamen neuen Stimme.

»Wir könnten sagen, wir waren betrunkener als gedacht.«

Emm zuckt mit den Schultern. »Wir könnten die Wahrheit sagen«, murmelt sie.

»Nein, Emm! Die drehen durch und machen ihn fertig.«

»Und?«

Ich denke an Henrys Drohung, als er ging. Er ist ein mächtiger Mann. Unser Wort gegen seins – das eines angesehenen Arztes. Natürlich wird uns niemand glauben. »Es wird nichts bringen, Emm. Woody und Neptun werden echten Ärger bekommen. Es wird einen fürchterlichen Skandal geben, und sie werden uns verspotten. Wir werden verlieren – Frauen verlieren immer, das weißt du.«

»Dann geh ich zur Polizei.«

»Das ist genau dasselbe. Verstehst du nicht?«

»Du willst ihn so davonkommen lassen?« Ihre Augen blitzen wütend in ihrem geschwollenen Gesicht.

»Nein.« Ich vergrabe den Kopf in den Händen. »Aber wir müssen uns was anderes überlegen. Eine andere Methode.«

»Wenn wir nicht bald was tun, ist es zu spät.«

»Ein bisschen müssen wir noch warten, Emm. Bis wir uns ein wenig stärker fühlen.« Ich sehe, dass sie genauso erschöpft ist wie ich. Ich kann nur daran denken, wie ich die nächsten Stunden überstehen soll.

Gemeinsam schaffen wir es, das Cottage wieder in Ordnung zu bringen. Wir fegen die Glassplitter und Henrys Dreck zusammen, arrangieren die Bücher und Muscheln neu, klappen das Bett wieder zu einer Couch zusammen und versüßen die Luft mit Lavendel. Wir wärmen den Truthahneintopf, das Brot und den restlichen Plumpudding auf. Wir bereiten Weinbrandpunsch und einen Krug Vanillesoße zu. Wir machen uns gegenseitig hübsch, und Emm kämmt mit Rosenwasser vorsichtig die Knoten aus meinen Haaren. Wir bemühen uns, verlegene Mienen aufzusetzen, als hätten wir eine Riesendummheit begangen.

Woody und Neptun kommen gegen sieben, vom Wind zerzaust, und bringen frische, saubere Luft ins Wraith Cottage. Booty rennt herum und schnüffelt in jeder Ecke, wobei er vor Freude mit dem ganzen Körper wedelt, als sei er noch nie hier gewesen. Drifter, weniger erfreut, ihn zu sehen, verzieht sich hinter den Sessel. Trotz meiner Erschöpfung bin ich froh, dass sie da sind, und spüre, dass es Emm genauso geht. Sie lassen ihre Regenhäute und Stiefel auf der Veranda und laden Bierflaschen und eine Tüte mit kaputten Keksen auf dem Tisch ab. Sie kippen den heißen Punsch herunter und erzählen uns, dass das Kliff wieder an mehreren Stellen abgebröckelt ist und unsere Treppe kontrolliert werden muss, bevor wir uns wieder zum Strand hinabwagen können.

Erst als Emm aus der Küche ins Lampenlicht tritt – das wir absichtlich gedämpft gehalten haben – verstummen die beiden und starren entsetzt auf ihr Gesicht. Sie hat sich ein geblümtes Tuch umgebunden wie eine Zigeunerin, um ihre Kopfwunde zu verstecken. Von hinten sieht sie sogar recht flott aus. Wir tragen beide Rollkragenpullis, sodass von mir nicht viel zu sehen ist, außer meiner Blässe, einer Prellung an der Unterlippe und meinen aufgeschürften Fingerknöcheln.

»Mein Gott, Emmeline. Was ist denn mit dir passiert?« Neptun packt sie an den Schultern und dreht sie zum Licht. Woody fällt vor Entsetzen die Kinnlade herunter; er wird blass und muss sich setzen.

Emm versucht zu lachen. »Sag es ihnen, Lilly.«

Ich lege mit unserem Märchen los, dass wir zu viel Gin

getrunken haben und auf der Treppe am Kliff ausgerutscht sind. Mein Lachen klingt selbst in meinen Ohren gekünstelt.

»Wart ihr beim Arzt?«, fragt Woody.

Emm schüttelt vorsichtig den Kopf.

Neptun wendet sich an mich. »Warum um alles in der Welt habt ihr uns nicht geholt?« Für seine Verhältnisse klingt er ziemlich wütend.

Ich zucke mit den Schultern. »Bei diesem Wetter?« Ich gehe, um den Eintopf umzurühren, und bemühe mich, gleichgültig zu wirken. »Emm geht es gut. Wir haben unsere eigene Medizin, und wenn sie sich wieder besser fühlt, gehen wir zum Zahnarzt.« Ich versuche ein Kichern. »Ehrlich gesagt haben wir uns zu sehr geschämt, jemandem zu sagen, dass wir so beschwipst waren.«

Es entsteht eine Pause, während ich Eintopf auf die Teller schöpfe, Emm Kerzen anzündet und die Bierflaschen öffnet. Ich sehe, dass die Männer Blicke wechseln und stumm miteinander kommunizieren. Wir kennen uns schon zu lange, als dass sie auf unsere Schnodderigkeit hereinfallen würden. Ich bin mir ihrer fragenden Blicke bewusst, die sie über unsere Gesichter und Hände streifen lassen, während wir nur mit Mühe essen können und sie sich fragen, was hier eigentlich gespielt wird. Die arme Emm kann kaum essen, und ich versuche, einen Strohhalm für sie aufzutreiben. Ich öffne Schubladen und Schränke, während ich munter weiterplappere, obwohl ich mich die ganze Zeit fühle, als würde ich innerlich weinen. Nach dem Essen sitzen wir zusammengesunken da, während die Männer sich Zigaretten rollen und anzünden. Plötzlich knallt Woody seine Bierflasche hin und sieht mich an.

»Warum seid ihr nicht zum Hotel gegangen und habt Henry angerufen? Er ist doch Arzt, verdammt noch mal.«

Ich fühle mich, als gäbe er mir die Schuld an Emms Verletzungen. Meine Augen füllen sich mit Tränen. Emm legt beschwichtigend ihre Hand auf meine.

»Weil ich sie nicht gelassen habe. Das Letzte, was ich wollte, war, dass Henry kommt und mir eine Moralpredigt hält.« Sie spricht mit fester Stimme, und man sieht ihr die Anstrengung an. Sie hält sich die Hand vor den Mund.

Neptun drückt seine Zigarette aus und steht auf. »Ich finde, wir sollten jetzt gehen, Wood, damit Emmeline sich ausruhen kann.« Er tätschelt zärtlich ihre Schulter. »Du solltest überhaupt nicht reden.« Sein Gesicht ist voller Sorge. Lieber Neptun! Er ist im selben Alter wie Emm, wirkt aber mit dem hageren, wettergegerbten Gesicht und schütter werdenden Haar älter als seine fünfundzwanzig Jahre. Sie haben sich immer nahe gestanden. Wieder wünschte ich, dass er ihr Bruder wäre statt Henry. Er wendet sich zu mir und drückt meinen Arm. Ich schnappe nach Luft, als sein Daumen auf einen meiner blauen Flecken drückt. Er schaut mich fragend an. »Wir kommen morgen Abend wieder vorbei, um zu kontrollieren, wie es euch geht, und ob ihr etwas braucht. Versucht zu schlafen.« Ich nicke und sehe weg.

Sie pumpen Wasser für uns und füllen unsere Behälter, mummeln sich ein und tragen stapelweise Scheite aus dem Holzschuppen ins Haus. Booty rappelt sich von seinem warmen Platz vor dem Herd auf. Als sie weg sind, stehen wir da und sehen uns an, erleichtert, weil wir allein sind, aber traurig, dass wir sie getäuscht haben. Wir wollten sie zwar nur beschützen, doch jetzt fühlen sie sich von uns hintergangen. Mit dem letzten bisschen Kraft klappen wir unser Bettsofa auf, und zum ersten Mal machen wir vorm Schlafengehen in Wraith Cottage die Runde, um zu überprüfen, ob alle Fenster verriegelt sind, und verschließen die Türen. Wir legen Holz auf und schüren das Feuer im Herd. Dann liegen wir im Feuerschein, und Drifter schnurrt auf unseren Füßen.

»Warum ist Henry gekommen?«, fragt Emm mit belegter Stimme.

»Wahrscheinlich war er zuerst im Hotel und dachte, du wärst hier.«

»Nein, Lilly. Es gibt keinen Grund, warum er nach einer Party in den frühen Morgenstunden hier herausfahren sollte, nur um mich zu sehen.« Sie verlagert sich auf dem Bett und wendet sich mir zu. »Er hat das genau geplant. Er war überhaupt nicht im Hotel. Er hatte von Anfang an vor, heimlich zum Cottage zu fahren und dich zu vergewaltigen. Aber er hat nicht damit gerechnet, dass ich hier bin.«

Jetzt, wo es heraus ist, klingt es so hart und endgültig. Wie eine lebenslängliche Freiheitsstrafe. Vergewaltigung. Ich bin vergewaltigt worden. »Warum?... Aber warum?«, frage ich lahm, obwohl ich weiß, dass sie Recht hat.

»Weil er es schon immer wollte und seine Chance gewittert hat. Victoria zu Hause im Bett, er allein und vom Alkohol enthemmt. Warum nicht einen kleinen Umweg machen und bei Lillian vorbeischauen – ihr ein frohes neues Jahr wünschen? Er könnte sagen, du hättest ihn verführt, wenn du dich beschwerst – behaupten, du hättest ihm schöne Augen gemacht. Was hätte der arme Kerl schon dagegen machen sollen – Männer können halt nicht anders. Und dann war er hier und ertappte dich und mich in flagranti. Er muss das Gefühl gehabt haben, er hätte das große Los gezogen. Er konnte seinen ganzen Hass, seine Frustration und seine Lust auf einmal rauslassen.«

Durch das, was sie sagt, geht es mir noch schlechter. Hatte er wirklich die ganze Zeit so über mich gedacht? Hatte er geglaubt, dass ich *das* von ihm wollte? Ich dachte immer, er hätte mich für ein naives Gör gehalten – die kleine Schwester seiner kultivierten Ehefrau. Er lächelte stets süffisant, wenn sie mich »alberne Lilly« nannte.

»Emm. Ich hab ihn nie scharf gemacht. Ich …«

Sie legt einen Finger auf meinen Mund. »Sch, Lilly. Das weiß ich. Glaub nur nicht, dass dich irgendeine Schuld trifft. Er ist ein Unhold. Und er wird es für den Rest seines Lebens bereuen. Lass uns jetzt schlafen.«

Ich liege wach und spüre die Atmosphäre der Nacht. Da ist nichts Ungewohntes, außer Emms schniefendem Atem, und das Fehlen des Lichtschimmers, wo früher mein Glasengel stand.

Als Emmeline wieder zu sich kam, wusste sie zunächst nicht, wo sie war. Sie hatte die Wange gegen die Steinmauer der Terrasse gelegt. Sie war steif und fragte sich ängstlich, ob sie noch die Kraft hatte, aufzustehen und nach Hause zu laufen. Sie versuchte sich aufzurappeln. Ein Schatten fiel vor ihr auf den Boden. Sie blickte auf, und da stand Marguerite, die liebe Marguerite, in ihrem saphirblauen Kleid. Sie beugte sich zu Emmeline, und ihr langes silbernes Haar glitt über ihre Arme. Sie ergriff Emmelines Hände und half ihr behutsam auf.

13

Ich verbrachte den Nachmittag im Botanischen Garten von Ventnor und bummelte durch duftende, exotische Pflanzen der südlichen Hemisphäre. Ich steckte die Nase in sinnliche Blüten, bis ich ganz berauscht war. Wie mild das Klima auf der Insel sein musste, wenn solche Pflanzen den englischen Winter überlebten! Kein Wunder, dass die Lungenklinik hier errichtet worden war. Ich stellte mir vor, wie kreidebleiche, ausgezehrte, Blut spuckende Kranke über die Wege schlenderten und langsam wieder aufblühten, während ihre Lungen frische, geschmeidige Verästelungen trieben.

Hier und da setzte ich mich ins Gras und versuchte, die Stelle zu orten, an der mein Geburtshaus gestanden hatte, aber es gelang mir nicht. Ich beobachtete grüne Mauereidechsen, die sich züngelnd in der Sonne aalten. Im hellen, freundlichen Besucherzentrum genehmigte ich mir eine Tasse Tee und ein Thunfischsandwich und wünschte mir eine gute Fee herbei, die mit ihrem Zauberstab wedeln und mir retro-kognitive Fähigkeiten gewähren würde. Ich betrachtete noch mehr Fotos vom alten Krankenhaus: reihenweise Cottages, deren Veranden zur Küste gingen und die sich sich über eine halbe Meile erstreckten. Doch über die Arzthäuser wusste niemand etwas – weder ob sie noch existierten noch wo sie gestanden hatten. Die Frau im Souvenirladen riet mir, zur hiesigen Geschichtsgesellschaft zu gehen, dort gäbe es Aufzeichnungen. Ich beschloss, sowohl den Besuch dort als auch den im Küstenbesucherzentrum zu verschieben. Stattdessen kaufte ich mir ein Buch über die Tierwelt der Isle of Wight, eine Fetthenne für meinen Garten und fuhr zurück in mein Apartment.

Ich lag bei geöffneten Fenstern schläfrig auf dem Bett und lauschte den Geräuschen aus den anderen Ferienwohnungen. Ich ließ meinen Besuch im Wraith Cottage Revue passieren und fragte mich, ob ich zu voreilig gewesen war, Emmeline ein unbegrenztes Wohnrecht zuzusichern, doch im Grunde hatte ich keine Wahl. Dabei wollte ich es für mich haben, es auf Vordermann bringen und vielleicht als Rückzugsort zum Schreiben nutzen – wenn ich mit der Angst klarkäme, am Rand des Kliffs zu leben. Emmeline wirkte zwar gebrechlich und war bestimmt hoch in den Siebzigern, doch sie war noch recht agil und konnte gut noch zwanzig Jahre leben. Chas wäre bestimmt sauer über meine unüberlegte Zusage. Er hätte sich zu allererst über die Rentabilität des Besitzes und die Höhe der Miete informiert. Ich musste ihr morgen ein bisschen mehr auf den Zahn fühlen, wenn ich ihr die Nutzung meines Erbes zugestehen wollte. Wer war sie überhaupt? Hatte sie noch Angehörige, oder war sie eine Einzelgängerin wie Lillian? Und wenn ja, was passierte dann im Fall ihres Todes? Musste ich dann auch ihre ganzen Sachen entsorgen?

In Wahrheit war ich zutiefst gerührt von Emmeline und ihrer Beschreibung von Lillian. Schön, sanft, liebevoll, ein sensitiver Mensch, hatte sie gesagt. Dabei hatte mein Vater sie sonderbar genannt, verrückt. Sie musste ihn ziemlich verwirrt und schockiert haben. Doch ich spürte Emmelines Stolz auf ihre Beziehung. War Lesbischsein vor fünfzig Jahren wirklich eine solche Schande gewesen? Ja, natürlich, wenn man nach der Intoleranz ging, die auch heute noch weit verbreitet war.

Jetzt, wo sich meine Überraschung etwas gelegt hatte, freute ich mich darauf, wieder zum Wraith Cottage zu fahren. Ich wollte mir alles genau ansehen: den Ausblick, den Garten und die seltsamen Skulpturen. Ich wollte mehr über meine Mutter und ihre Schwester wissen. Wie waren sie als Kinder? Emmeline sagte, Victoria wäre anders gewesen, bevor sie Henry kennen lernte, also kannten sie sich vielleicht schon von klein auf. Es war, als sei meine Mutter lange Zeit nach ihrem Tod wieder zum Leben erwacht. Emmeline hatte angedeutet, dass sie mir noch mehr erzählen und zeigen wollte. Vielleicht besaß sie alte Fotos. Womöglich konnte sie mir die fehlenden Puzzleteile liefern: wo meine Eltern gelebt hatten und ich geboren wurde.

Ich überlegte, ob es mit dieser Erbschaft noch mehr auf sich hatte. Lillian wusste von mir. Sie besaß meine Bücher. Wenn sie meine Romane gelesen hatte, musste sie gewusst haben, dass ich sehr liberale Ansichten hatte. Sie hätte durch meine Lektorin, die alle Post an mich weitergab, Kontakt zu mir aufnehmen können. Doch diese Familienfehde hatte offensichtlich tiefe Wunden geschlagen. Vielleicht waren beide Seiten zu verbittert, und vielleicht konnte die sanfte Lillian den Kontakt zu ihrer verbohrten Schwester und ihrem Schwager nicht mehr ertragen. Warum konnte ich mich nie mit den nahe liegenden Erklärungen zufrieden geben? Aber vielleicht war das ein gutes Zeichen und meine Fantasie war doch noch nicht völlig tot. Als ich eindöste, nahm ich mir vor, später irgendwo Fish and Chips zu essen und ein Glas Wein zu trinken.

Ein Klopfen an der Tür weckte mich. Verwirrt sprang ich auf, um zu öffnen. Draußen stand die Mutter von Erin und Rhian und wirkte unsicher. Wollte sie mich zur Ordnung rufen, weil ich mit ihren Mädchen gesprochen und sie angefasst hatte?

»Entschuldigen Sie bitte die Störung, aber sind Sie Jane Newcombe?«

Ich nickte. Sie war ganz bestimmt kein Fan, der mich erkannt hatte. Das passierte nur bei Literaturfestivals oder Buchvorstellungen.

»Da ist ein Anruf für Sie, unten im Flur. Hoffentlich ist derjenige noch dran – ich musste an viele Türen klopfen.«

Ich bedankte mich und rannte die Treppe hinunter. Wer rief mich um diese Tageszeit an? Niemand kannte die Nummer hier, und mit Chas hatte ich verabredet, dass ich ihn abends anrief. Aber es war Chas.

»Ich hab versucht, dich auf dem Handy zu erreichen.« Er klang verärgert.

»Aber Chas, ich hab dir doch gesagt, dass es hier keinen Empfang gibt. Ich hab es nicht mal eingeschaltet.«

»Hab ich gemerkt. Hör zu, Janey, kein Grund zur Sorge, aber es geht um Henry …«

»Dad? Was ist passiert?«

»Er liegt im Krankenhaus. Angeblich nichts Ernstes. Er hatte anscheinend einen Schlaganfall.«

»Nichts Ernstes? Einen Schlaganfall?«

»Na ja, vielleicht ist es doch ernst. Sie wollen ein paar Untersuchungen machen. Ich wollte dich nicht beunruhigen, aber ich wusste, dass du informiert werden wolltest.«

»Selbstverständlich, Chas. Wann ist es passiert?«

»Mrs. Watkins hat ihn heute Morgen auf seinem Schreibtisch zusammengesackt gefunden. Ist wahrscheinlich gestern Abend passiert.«

»Dann hat er die ganze Nacht da gesessen?« Armer Dad. Mir drehte sich der Magen um, als ich mir seine Angst und Hilflosigkeit vorstellte.

»Kann sein. Er, äh, kann nicht sprechen. Sein Sprachzentrum ist beeinträchtigt.«

»Hast du gestern Abend nicht bei ihm vorbeigeschaut?«

»Ging nicht. Ich musste Überstunden machen – eine Besprechung.«

»Okay. Ich komme sofort nach Hause.«

»Lass dir Zeit. Er ist in guten Händen. Morgen reicht auch.«

»Nein, Chas. Ich komme sofort. Wir sehen uns in vier oder fünf Stunden.« Ich legte auf, bevor er mir einen Vortrag über vorsichtiges Fahren halten konnte. Ich musste sofort los. Was, wenn er starb, bevor ich hinkam? Ich musste ihm erzählen, dass ich von Lillian und Emmeline wusste. Dass ich alles über diese vertane Zeit wusste, die auf Vorurteile und Ignoranz zurückzuführen war. Ich hatte keine Ahnung, warum. Es schien, als wäre da etwas, das ich mit ihm klären musste, bevor es zu spät war. Meine Mutter war tot, und jetzt auch Lillian. Dad war der Einzige, den ich noch damit konfrontieren konnte.

Ich packte hastig meine Sachen und warf sie ins Auto. Ich verabschiedete mich von Erin und Rhian, die nach ihrem Schwimmbadabenteuer noch aufgedrehter waren als vorher, und schenkte ihrer Mutter die Leckereien aus meinem Kühlschrank. Ich hinterließ dem Vermieter eine Nachricht auf dem Anrufbeantworter und fuhr los.

Als ich durch das Undercliff fuhr, kämpfte ich gegen das starke Bedürfnis, anzuhalten und mich zum Wraith Cottage durchzuschlagen, um Emmeline zu erzählen, was passiert war. Doch das würde zu viel Zeit in Anspruch nehmen, und vielleicht war sie gar nicht da. Aber ich wollte sie informieren, dass ich sie morgen nicht besuchen konnte. Was würde sie sonst denken, wenn ich nicht kam? Doch es half nichts: Dad ging vor. Hierher konnte ich jederzeit zurückkommen, aber meinen Frieden mit Dad würde ich nie mehr machen können, wenn er starb, bevor ich zu ihm kam. Ich würde Emmeline einen Brief schreiben.

Ich war so frustriert, dass mir Tränen in die Augen stiegen. Warum passierte immer alles auf einmal? Ich wischte sie weg und versuchte, mich auf die schmale Straße zu konzentrieren. Es war, als hätte Dad das absichtlich getan, um mir einen Strich durch die Rechnung zu machen. Schließlich hatte er mir befohlen, nicht auf die Insel zu fahren. Doch das war lächerlich – er wusste nicht einmal, dass ich hier war. Fragte er sich, wo ich abblieb, warum ich nicht sofort an sein Krankenbett geeilt war?

Ich wünschte, die Fähre ließe sich durch reine Willenskraft beschleunigen, und als ich durch den New Forest fuhr, sank meine Stimmung auf den Nullpunkt. Um mich von meiner Enttäuschung und Sorge abzulenken, schaltete ich das Radio ein. Es kam mal wieder eine Sendung über die königliche Familie. Gestern hatte die Queen ihr fünzigjähriges Kronjubiläum gefeiert. Das hätte Chas gefallen, wenn er Zeit gehabt hätte, es sich anzuhören; er liebte britische Geschichte. Er war sogar ziemlich patriotisch, auch wenn er es nicht gern zugab – er sah sich eher als liberaler Europäer. Zweiter Juni 1953 – mein Geburtsjahr. Im September würde ich fünfzig.

In dem Moment wurde mir klar, dass sich unser Familiendrama genau zu jener Zeit abgespielt hatte – vor fünfzig Jahren auf der kleinen Isle of Wight. Das Verleugnen der lesbischen Lillian, meine behütete Geburt und die hektische Flucht meiner Eltern aufs Festland. Lebensläufe hatten sich aufgrund von Zerwürfnissen verändert, die ihnen damals unüberwindlich erschienen waren. Im Grunde hatte das sehr wenig mit mir und meinem Leben zu tun, aber es war, als sei ich gerufen worden, um den Abschluss des Dramas mitzuerleben – die Enthüllungen, die Geständnisse und das Ableben der Hauptdarsteller. Wie seltsam, dass mich das so sehr berührt hatte.

14

Marguerite reichte das Gemälde, an dem sie gearbeitet hatte, Emmeline. Sie wusste, dass es eine Studie von Henry war. Im Laufe der Jahre hatte sie genügend andere gesehen. Sie musterte die Farbstreifen, das komplizierte Oval mit den vielen Schattierungen.

»Ist Henry was passiert? Ist er tot?«, fragte Emmeline. Marguerite schüttelte den Kopf. »Dann ist er krank?« Marguerite nickte, gestikulierte ausdrucksvoll und deutete auf eine Ecke mit dunklen Farben. Sie legte eine Hand an ihre Wange und hielt den Kopf schief.

Emmeline legte das Gemälde weg und lehnte sich in ihrem Stuhl zurück. Darum war Jane also nicht gekommen. Es musste dringend gewesen sein, da sie offensichtlich keine Zeit mehr gehabt hatte, ihre Abreise zu erklären. Aber warum sollte sie auch? Emmeline hatte gewartet und gewartet, war hin und her getigert und immer verzweifelter geworden, bis Neptun und Marguerite sie gezwungen hatten, sich hinzusetzen und ihnen zu erzählen, was los war. Neptun hatte angeboten, nach Ventnor zu fahren und Jane zu suchen, doch Emmeline wusste, dass es sinnlos war. Sie konnte überall und nirgends abgestiegen sein.

»Verdammter Henry!«, schrie Emmeline, sodass Marguerite zusammenzuckte. »Er gewinnt immer!« Sie hatte das Gefühl, ihr Leben lang Katz und Maus mit ihm gespielt zu haben. Und obwohl sie sich stets gegen seine Manipulationen zur Wehr gesetzt hatte, hatte er jedes Mal aufgrund seiner Hinterhältigkeit und Macht den Sieg davongetragen.

Emmeline spürte ihre Energie dahinschwinden. Sie stand auf und umarmte Marguerite. »Danke für das Bild, Liebling. Ich glaube, ich gehe jetzt ins Bett.«

Sie schleppte sich die Treppe hoch, zog sich aus und sank dankbar auf ihr Bett. »Verdammt seist du, Henry«, sagte sie laut. Was, wenn er jetzt starb, gerade als sie das Gefühl hatte, etwas zu erreichen? Was, wenn Jane nicht zurückkam – bloß ihren Anwalt schickte oder den Jungen, der beim Seitengebäude herumgeschnüffelt hatte? Sie hätte ihn am liebsten angeschrien, er solle verschwinden, wusste aber, dass sie sich besser ruhig verhielt. Sie versteckte sich im Gebüsch und raschelte, um ihm Angst einzujagen. Er hatte schnell die Beine in die Hand genommen.

Was würde aus ihr und Marguerite werden? Sie konnte nicht mehr klar denken. Sie wollte in einen traumlosen Schlaf fallen und nie wieder auftauchen.

Als sie aufwachte, war es dunkel. Sie spürte Lillys Gegenwart im Raum.

»Gib nicht auf, Emm«, sagte sie. »Jane kommt zurück. Ganz bestimmt, jetzt wo sie Wraith Cottage gesehen hat.

Ich verspreche, dass ich mich weiter erinnere. Wir rufen sie wieder her, du wirst schon sehen.«

Emmeline seufzte tief. »Ja, Lilly. Wir müssen weitermachen.«

15

»Janey, komm jetzt, wir fahren nach Hause.« Chas streichelte meine Haare. Ich hielt Dads schlaffe Hand und war kurz vorm Einschlafen. Die narkotisierende Atmosphäre des Krankenhauses war nicht ohne Wirkung auf mich geblieben. »Henry geht es gut. Der Arzt hat gesagt, er wacht wahrscheinlich nicht vor morgen früh auf.«

»Ihr Mann hat Recht, Mrs. Newcombe.« Auf der anderen Seite von Dads Bett tauchte die blauweiß gekleidete Stationsschwester auf, nestelte an den Schläuchen und zupfte an den Laken. »Fahren Sie nach Hause, und schlafen Sie mal richtig. Wir rufen Sie an, wenn sich sein Zustand entscheidend verändert.«

Ich sah Chas fragend an. Er nickte überzeugt, als sei er der Arzt höchstpersönlich. »Und wenn wir nicht mehr rechtzeitig kommen?«, sagte ich.

»Es besteht keine Gefahr«, fuhr die Krankenschwester fort, als hätte sie mit eigenen Augen gesehen, wie der Sensenmann durchs Zimmer ging und Dad das Daumen-hoch-Zeichen gab. »Glauben Sie mir, wenn es so wäre, würde ich Sie nicht wegschicken.«

Davon war ich nicht überzeugt. Für mich sah Dad so aus, als würde jeden Moment die Totenstarre einsetzen. Sein graues Gesicht unter der Sauerstoffmaske sah eingefallen aus. Der Unterkiefer war kraftlos, die Lippen bliesen beim Atmen. Als ich kam, hatte ich ihn kaum wiedererkannt. Ich dachte schon, die Schwester hätte mich zum falschen Patienten geschickt. Wenigstens lag er in einem Einzelzimmer. Es wäre ihm ein Gräuel gewesen, mit Hinz und Kunz zusammengepfercht zu sein. Mir fiel auf, dass sie seinen Namen mit dem Titel übers Bett geschrieben hatten: Doktor Henry Rampling. Das würde ihm gefallen.

Ich ließ seine Hand los und stand steif auf. »Ich möchte lieber hier bleiben«, sagte ich. »Ich trinke einen Kaffee und komme dann wieder.«

Chas musterte mich über seine Tasse hinweg. »Soll er denn unbedingt weiterleben, Janey? Er ist immerhin fünfundachtzig. Irgendwann muss er doch gehen.«

»Oh, ich will nicht, dass er unnötig leidet, Chas.« Ich grinste. »Klingt, als müsste ich über das Einschläfern eines Haustiers entscheiden. Aber es gibt etwas, das ich noch mit ihm klären will, und ich möchte nicht, dass er geht, bevor ich die Gelegenheit dazu hatte.«

»Etwa die Sache mit der Isle of Wight?« Chas seufzte und schaute auf die Cafeteria-Uhr.

Ich sah, dass er erschöpft war, aber ich musste ihm einfach von Wraith Cottage und der sonderbaren kleinen Emmeline erzählen, die Lillian liebte, und von dem drohenden Skandal, der dazu geführt hatte, dass meine Eltern von der Insel geflohen waren, solange ihr Ruf noch untadelig war. Ich wollte nicht ins Detail gehen – zum Beispiel, dass Emmeline in meinem Cottage lebte. Das hob ich mir für später auf. Er hörte interessiert zu, als ich vom Zustand des Hauses und des Grundstücks berichtete, zeigte aber nicht viel Interesse an dem emotionalen Aspekt.

»Und was genau willst du nun Henry erzählen?«, fragte er.

»Dass ich Emmeline kennen gelernt habe – er wird sich

ja wohl an sie erinnern –, und dass ich von dem dunklen Familiengeheimnis weiß.«

»Findest du das fair? Immerhin ist das alles schon fünfzig Jahre her. Warum lässt du ihn nicht in Ruhe? Wahrscheinlich hat er es sowieso vergessen.«

Das war ein Dämpfer für mich. Noch vor ein paar Stunden war es mir sehr wichtig erschienen, mit Dad darüber zu sprechen.

»Ich meine«, fuhr Chas fort, »schließlich haben deine Eltern nur getan, was sie für richtig hielten, nicht?«

»Was denn? Lillian zu verleugnen, weil sie lesbisch war?«

»Jane. So war es eben damals. Eltern warfen ihre Töchter aus dem Haus, wenn sie unverheiratet schwanger wurden.« Er lachte. »Kannst du dir vorstellen, was für einen Skandal Henry und Victoria auf sich zukommen sahen – in einer winzigen Gemeinde auf einer kleinen Insel?«

Chas hatte Recht. Aber irgendetwas in mir wollte es nicht auf sich beruhen lassen. »Ich möchte ihm nur sagen, dass ich es weiß – und seine Reaktion sehen.«

»Warum? Bist du nicht ein bisschen selbstsüchtig? Er ist krank, der alte Knabe. Versuch nicht, ihm auch noch Schuldgefühle einzureden. Das wird euch nur noch mehr entfremden, und wozu soll das in diesem Stadium gut sein?«

»Es ist viel komplizierter, Chas.« Es fiel mir schwer, ihm das zu erklären. Ja, einerseits war es albern, und ich sollte es auf sich beruhen lassen. Doch etwas tief in mir drin war beunruhigt. Und diese Unruhe legte sich nicht. Seit Neujahr, als Lillian starb, war sie da und hatte mich fest im Griff. Sie hatte sich auf meine Schreiberei und auf mein ganzes Lebensgefühl ausgewirkt. Es kam mir vor, als seien die Wände meiner Welt eingestürzt und hätten etwas in mir drin freigelegt, das ich nicht länger ignorieren konnte. Alles kam mir grau und farblos vor. Nur die Entdeckung von

Wraith Cottage und die Begegnung mit Emmeline hob sich strahlend aus meinen Erinnerungen. Ich konnte die Geschichte nicht auf sich beruhen lassen. Sie ließ mich nicht los. Ich musste meinen Vater nach seinen Erinnerungen fragen.

Ich lächelte Chas an, und mir wurde klar, dass ich die Sache ohne seine Unterstützung durchziehen musste. Chas' Maxime war, sich wenn nur irgend möglich aus Familienangelegenheiten herauszuhalten. Deshalb steckte auch nie ein aufrichtiges Interesse dahinter, wenn er sich bei seinen Angehörigen nach deren Befinden erkundigte. »Fahr nach Hause und geh ins Bett«, sagte ich und sah, wie sich sein Gesicht vor Erleichterung entspannte. »Ich schlafe auf dem Sessel in Dads Zimmer.«

Dad schlief immer noch. Ich saß da und lauschte den nächtlichen Krankenhausgeräuschen. Zu meiner Überraschung stellte ich fest, dass ich das Rauschen und Zischen des Meeres vermisste, das Drücken des Windes gegen die Wellen. Ich fragte mich, was Emmeline gerade machte. Lag sie unter Patchworkdecken im Bett wie ein Püppchen im Puppenhaus? Vielleicht verbrachte sie solche Nächte auch in ihrer Höhle im Kliff und beobachtete Gespenster. Ich betrachtete Dad, der total erledigt in seinem Krankenhausbett lag. Wie gut hatten sich die beiden vor fünfzig Jahren gekannt? Wahrscheinlich waren sie ungefähr gleichaltrig. Dad musste damals fünfunddreißig gewesen sein, meine Mutter dreißig und Lillian noch in den Zwanzigern. Emmeline lag altersmäßig vermutlich irgendwo dazwischen. Vielleicht hatte man sie als die ältere Frau gesehen, die die kleine Lillian vom rechten Weg abgebracht hatte. Aber ich hatte das Gefühl, dass Emmeline nicht so alt war wie Dad. Sie war auf alle Fälle agiler und munterer, auch wenn beide verhutzelt und dürr waren. Auch ihre sommersprossigen, kahl werdenden Köpfe ähnelten sich. Aber es war schwierig, den Altersunterschied zu schätzen. Sie hatten auch sehr unterschiedliche Leben geführt: Dad hatte Tag für Tag am Schreibtisch gesessen, während Emmeline auf den Kliffs herumgeklettert war, leichtfüßig wie eine Bergziege.

In dem Moment sehnte ich mich auf die Insel zurück. Ich rutschte auf dem Vinylsessel ein Stück herunter und versuchte, mich zu entspannen. Ich musste da wieder hin. Sobald es Dad wieder gut genug ging und ich ihn allein lassen konnte, musste ich zurück, nur um sicherzugehen, dass ich alles wusste, was es zu wissen gab. Vorher konnte ich nicht in mein altes Leben zurück.

Ich wachte auf und rang nach Luft. Wieder hatte ich das Gefühl, an den Haaren durch trübes Wasser hochgezogen zu werden. Diesmal durchbrach ich die Oberfläche. Ich konnte nichts sehen; meine Augenlider schienen zusammengeklebt zu sein. Dann knackten meine Ohren, und ich hörte jemanden *Henry! Henry!* rufen. Ich sprang aus dem Sessel und erschreckte die Nachtschwester, die gerade Dads Puls fühlte.

»Was ist los?«, flüsterte sie.

»Geht es ihm gut?«, fragte ich mit pochendem Herzen.

»Er schläft wie ein Baby, Mrs. Newcombe. Sie müssen wirklich nicht hier bleiben.« Sie ging aus dem Zimmer.

Ich zog meinen Sessel näher ans Bett. Ich war so überzeugt gewesen, dass jemand nach ihm gerufen hatte. War ich das gewesen oder hatte ich die Stimme meiner Mutter gehört? Vielleicht rief sie ihn zu sich. Aber ich glaubte nicht an solch spirituellen Unfug. Ich hatte zwar eine lebhafte Fantasie, wenn es ums Erfinden guter Geschichten ging, aber ich hielt mich trotzdem für einen sehr rationalen Menschen, der fest auf dem Boden der Tatsachen stand.

Ich stand auf und öffnete das Fenster. Ich hörte den Wind in den Bäumen seufzen. Ich spürte, wie die kühle Luft mich beruhigte. Und dann wurde mir plötzlich klar, dass meine Kreativität mich nicht im Stich gelassen hatte. Sie hatte bloß die Richtung geändert und sich auf etwas Neues konzentriert. Sie hatte sich auf sich selbst ausgerichtet, auf mich, ihre Quelle. Sie hatte sich nach innen gewandt und suchte tief in mir ihre eigene Geschichte. Was sie entdecken würde, wäre die Wahrheit, nicht die Fantasiewelt meiner Vorstellungskraft. Ich hatte keine Ahnung, wohin das führen würde, aber ich musste dorthin.

Am nächsten Morgen machte ich einen Spaziergang, während Dad gewaschen wurde. Als ich zurückkam, lehnte er in einem Berg schneeweißer Kissen, die ihm ein bleiches Aussehen verliehen. Doch ohne die Sauerstoffmaske, die sein Gesicht verzerrte, sah er besser aus als gestern. Ich brachte ihm einen Strauß Gänseblümchen, staubige, malvenfarbene Weintrauben und die *Times* mit, obwohl ich wusste, dass ihn wahrscheinlich nichts davon besonders freute. Eigentlich hätte ich seinen Schlafanzug und ein paar persönliche Sachen aus Winter Wood holen müssen, aber ich hatte keinen Schlüssel. Ich hatte ihn mehrmals um einen gebeten, aber er hielt das für unnötig, da er sowieso immer da wäre. Aber offenbar hatte Mrs. Watkins einen, sonst hätte sie ihn nie gefunden.

»Dad«, rief ich leise. Seine Augenlider flatterten, doch er atmete, als würde er fest schlafen. Die linke Gesichtshälfte hing schlaff herunter, und aus dem Mundwinkel triefte Speichel. Seine wenigen grauen Haarsträhnen waren über seine gesprenkelte Kopfhaut drapiert, als wäre sie ein Ei, das ausgebrütet werden musste. Ich nahm ein Papiertaschentuch und wischte ihm damit den Mund ab. Plötzlich empfand ich eine große Zärtlichkeit für ihn. Ich hatte so etwas noch nie für ihn getan, und im wachen Zustand hätte er das sicher nicht geduldet. Wie verwundbar er mir vorkam! Nach all den Jahren, in denen er mich, meine Mutter und die Welt in Schach gehalten hatte, war er jetzt vollkommen hilflos. Er war mir wehrlos ausgeliefert. Er konnte nicht weggehen oder mich zum Schweigen bringen. »Dad«, sagte ich wieder, doch er schlief entschlossen weiter. Vielleicht war das seine letzte Verteidigungsstrategie.

Du und ich, wir werden miteinander reden, und wenn es das Letzte ist, was wir tun, dachte ich. Ich zog meinen Sessel näher ran, beugte mich übers Bett, nahm seine schlaffe Hand und streichelte sie.

»Dad«, rief ich. Keine Reaktion, nicht einmal ein Zucken. Ich beugte mich über ihn, mein Gesicht dicht an seinem. Sein Kinn und seine Wangen waren von feinen silbernen Stoppeln überzogen, sein Atem roch muffig, und tief in seiner Brust konnte ich ein leises Rasseln hören. »Dad«, sagte ich schroff. Durch seinen Körper ging ein leichter Ruck; ein Augenlid zuckte. »Dad!« Sein rechtes Auge öffnete sich, sein linkes Lid hob sich leicht. »Ich bin's, Jane. Wie geht es dir?« Das rechte Auge richtete sich auf mich, der Mund war verzerrt. Ich wich zurück, weil ich wusste, dass er es absolut nicht mochte, mein Gesicht so nah vor seinem zu haben. »Du siehst heute besser aus«, sagte ich fröhlich und wackelte mit seiner Hand, damit er noch wacher wurde. »Schau, ich hab dir Blumen und Weintrauben mitgebracht.« Sein Blick ging hin und her, als versuchte er, meinen Worten zu folgen. »Willst du was trinken?« Ich sah, wie er mit der Zunge in seinem trockenen Mund herumfuhr. Ich nahm die Schnabeltasse aus Plastik und führte sie an seine Lippen. Das Wasser lief in seinen Mund und rann wieder heraus. »Schlucken«, befahl ich. Ich klemmte ihm ein Papiertaschentuch unters Kinn und versuchte es noch einmal. Er trank ein paar Schlucke; sein rechtes Auge bewegte sich wieder hin und her, und seine Hand zitterte, als sei er aufgeregt. Gut. Wenigstens war er jetzt wach. Ich nahm ihm das Taschentuch wieder weg. Sein Auge fiel zu. Oh nein, so nicht, du Mistkerl, dachte ich. So leicht kommst du mir nicht davon. »Rat mal, wo ich war, Dad.« Ich fixierte ihn.

Sein Mund öffnete sich, und die Zunge versuchte zu artikulieren.

»L... L... L«, quälte er sich.

»London?«

Er nickte.

»Nein. Ich war auf der Isle of Wight.« Ich lächelte fröhlich und wartete auf seine Reaktion. Und wirklich, seine Hand griff nach meiner, und sein Hals zog sich krampfhaft zusammen. Sein rechter Augapfel zitterte, als wollte er die Flucht ergreifen. »Ist wunderschön dort, nicht?« Sein rechtes Auge sah mich jetzt direkt an. »Die tropische Vegetation und die felsige Küste. Ich war im Botanischen Garten von Ventnor. Wusstest du, dass dort früher das Royal Chest Hospital stand – wo du gearbeitet hast?« Er sah mich jetzt starr an; ich spürte, wie seine Hand zitterte. Ich hoffte, ich übertrieb es nicht. Und wenn ich nun einen weiteren Schlaganfall auslöste? Aber ich konnte jetzt nicht aufhören, nicht, solange ich seine Aufmerksamkeit hatte. »Was für ein wunderbarer Arbeitsplatz«, sinnierte ich. »Zum Meer hin gelegen, herrliches Klima.« Ich gab ihm ein paar Schlucke Wasser. »Und ich hab den alten Bill Allain kennen gelernt. Er erinnerte sich an dich und deinen Vater. Ich hatte ja keine Ahnung, dass Großvater Rampling ebenfalls in dieser Klinik gearbeitet hat. Das hast du mir nie erzählt. Ihr beide wart anscheinend hoch angesehen. Ich war sehr stolz.«

Ich stand auf, damit er sich erholen und das verdauen konnte. Fröhlich summend machte ich mir eine Weile an den Gänseblümchen zu schaffen. Als ich zu ihm sah, bemerkte ich, dass er mich beobachtete. Ich hockte mich neben ihn aufs Bett. »Aber das Aufregendste war, dass ich Wraith Cottage gefunden habe.«

Dads Körper zuckte, und er begann zu husten, krampfartig und schmerzhaft. Seine Augen tränten, Speichel und Tränen liefen ihm übers Gesicht. Ich überlegte kurz, ob ich eine Schwester rufen sollte, wusch ihm dann aber selbst das Gesicht mit einem kalten Waschlappen und gab ihm Wasser. Seine Atmung kam mir jetzt ein bisschen lauter vor. Doch sein Blick war immer noch auf mich geheftet.

»Wieder besser?«

Er nickte.

»Ja, kaum zu glauben, es steht noch. Das Kliff ist fast bis zur Haustür abgebröckelt. Der Anwalt und der Immobilienmakler rieten mir, erst mal abzuwarten, bevor ich eine Entscheidung treffe. An diesem Stück Kliff wollen sie mit der Küsteninstandsetzung beginnen, und vielleicht werden die Anlieger zum Verkauf gezwungen. Aber vielleicht sichern sie es auch so, dass man dort weiter wohnen kann. Es ist so schön da – ich könnte mich dorthin zum Schreiben zurückziehen. Was meinst du?«

Er drehte den Kopf von einer Seite zur anderen.

»Bedenken? Tja, wir werden sehen.« Ich täuschte ein Gähnen vor. »Ich muss wohl gehen und dich schlafen lassen.« Ich lachte. »Du musst nach dem ganzen Gerede erschöpft sein.«

Mein Herz fing an zu rasen. Ich bemühte mich zwar, einen Gang herunterzuschalten, doch ich hatte das Bedürfnis, ohne Rücksicht auf Verluste vorzupreschen und ihm alles zu sagen. Andererseits wusste ich, dass es bei meinem Vater so nicht funktionierte.

»Unter Wraith Cottage liegt ein hübscher kleiner Strand. Ich nehme an, du erinnerst dich daran. Es muss Wraith

Cove sein. Jedenfalls ist er jetzt durch die eingestürzten Kliffs praktisch abgeschnitten, wie ein Privatstrand. Ich bin runtergeklettert und habe mich ein bisschen umgesehen. Sehr geschützt, wunderschön.« Ich nahm die Zeitung und blätterte darin, aber ich spürte, dass seine Aufmerksamkeit noch auf mich gerichtet war. Seine Hand zuckte ungeduldig auf dem Laken.

»Dort unten am Strand, traf ich eine seltsame alte Frau. Sie hielt mich zuerst für jemand anders; ich glaube, sie war ein bisschen – du weißt schon –, aber dann unterhielten wir uns. Und weißt du was, Dad?« Ich sah ihn an. Er blickte mich so gebannt an wie noch nie in seinem Leben. »Sie erinnerte sich an Tante Lillian.« Ich nickte langsam, um meinen Worten mehr Nachdruck zu verleihen. Sein Unterkiefer klappte herunter, und seine Zunge versuchte, Worte zu artikulieren. Er hob die rechte Hand, als wollte er mich unterbrechen. »Möchtest du etwas sagen?«, fragte ich.

»Na ... Na ...«, stammelte er.

»Ihr Name? Ach, Emily, glaube ich. Nein, Emmeline, genau, sie hat mich geschimpft, als ich es falsch sagte, und meinte, sie sei nach Mrs. Pankhurst benannt.«

Dad schien in den Kissen zu schrumpfen.

»Sie sagte, sie würde mir ihre Erinnerungen an Lillian erzählen. Anscheinend waren sie schon als Kinder befreundet. Sie erinnerte sich auch an Mutter. Und an dich. Es sei denn, sie war einfach senil und hat alles erfunden. Ich wollte sie am Tag darauf besuchen, aber du wurdest krank, und ich bin zurückgefahren. Erinnerst du dich an sie, Dad? Emmeline?«

Er starrte mich mit schlaffem Mund an. Sein Atem rasselte jetzt ein wenig. Ich machte mir langsam Sorgen. Hatte ich ihn überanstrengt? Ich überlegte, ob ich eine Schwester holen sollte, doch dann ging die Tür auf, und es kam schon von selbst eine.

»Ich wollte nur mal Dr. Ramplings Werte kontrollieren. Sie können gern so lange hierbleiben. Danach kriegt er sein Mittagessen.« Sie fühlte Dad den Puls, maß Temperatur und Blutdruck und legte die Hand auf seine Stirn. »Wie geht es Ihnen, Doktor?«, fragte sie. Er lag mit geschlossenen Augen da. Mir fiel auf, dass seine Wangen leicht gerötet waren, wodurch er etwas gesünder aussah als sonst. Die Schwester sah mich an. »Ich glaube, Doktor Phipps sollte sich Ihren Vater mal anschauen. Seine Temperatur ist leicht erhöht, und er klingt leicht erkältet. Bestimmt nichts Ernstes, eine reine Vorsichtsmaßnahme. Warum essen Sie nicht in der Cafeteria zu Mittag und kommen später wieder?«

Ich spazierte über das Klinikgelände und atmete den Duft der Zedern ein. Ich vertrieb mir noch ein bisschen die Zeit, indem ich mich an den Teich setzte und zusah, wie die Kanadagänse vier flaumweichen grauen Gänschen ihre rotzfrechen Manieren beibrachten. Ich wollte nicht zu früh kommen und Dad beim Mittagessen stören. Er hatte eindeutig auf meine Enthüllungen reagiert. Vielleicht sollte ich aufhören, so geheimnisvoll zu tun, und einfach sagen, dass ich, wenn es ihm besser ging, mit ihm über die Vergangenheit reden wollte.

Ich wollte mehr erfahren über Mum und ihre frühen, wilden Gemälde, ihre sensitive kleine Schwester Lillian und über den Familienbetrieb, das angeblich so elegante Hotel. Und ich wollte mehr erfahren über Dads Kindheit, meine Großmutter, die Suffragette, und über den berühmten Doktor Henry Rampling senior vom Royal National Chest Hospital. Und ich würde sehr gern seine Version der Sache mit Lillian und Emmeline hören – und verstehen. Und woher kam Emmeline eigentlich? Sie war nach der berühmtesten englischen Suffragette überhaupt benannt – vielleicht war ihre Mutter ja eine enge Freundin von Großmutter Rampling gewesen. Meine Neugier als Geschichtenerzählerin war geweckt.

Als ich zurück auf die Station kam, fing mich die Schwester ab.

»Mrs. Newcombe, bevor Sie zu Ihrem Vater gehen, würde Doktor Phipps Sie gern sprechen.« Sie brachte mich in einen Raum hinter dem Schwesternzimmer. Doktor Phipps hatte einen langen, dunklen, geflochtenen Zopf. Sie hockte mit baumelnden Beinen auf dem Schreibtischrand, sodass unter ihrem weißen Kittel Blue Jeans aufblitzten. Ich fragte mich, ob sie mich zurechtweisen wollte, weil ich den alten und gebrechlichen Mann derart zusetzte.

»Hi«, sagte sie. »Nichts Besorgniserregendes. Aber Ihr Vater hat sich eine leichte Lungeninfektion zugezogen. Das passiert bei alten Leuten manchmal, weil sie zu flach atmen, dann stagniert das Lungensekret und infiziert sich. Hatte er nicht vor einer Weile auch ein paar angebrochene Rippen? Das hat sich bestimmt ebenfalls negativ auf seine Atmung ausgewirkt.«

»Hat er eine Lungenentzündung?«, fragte ich. Oh Gott! Das bedeutete das Ende. Nannte man die Krankheit nicht den *Freund der Alten*?

»Im Prinzip ja. Sie sind seine einzige Angehörige, nicht?«

Ich nickte.

»Tja«, sagte sie und blätterte durch ihre Notizen. »Wir behandeln ihn mit Antibiotika – hoffentlich haut das hin, wir haben es früh erkannt. Aber«, sie blickte zu mir auf, »wir müssen Sie trotzdem fragen, angesichts seines Alters und seines Zustands, wie Sie dazu stehen… wenn er wiederbelebt werden muss. Wissen Sie, unser Grundsatz lautet, die alten Menschen friedlich einschlafen zu lassen, statt zu versuchen, sie endlos am Leben zu erhalten.«

Sie beendete den letzten Satz mit erhobener Stimme wie

eine Frage. Eine Angewohnheit junger Leute, über die Chas sich furchtbar aufregte. Ich setzte mich und sah sie an. Sie war wirklich noch sehr jung. Wie sie wohl empfinden würde, wenn es ihr Vater wäre? Komm schon, dachte ich, sie ist eine ausgebildete Ärztin, die nur ihren Job macht.

»Das muss nicht passieren«, fügte sie hinzu. »Vielleicht übersteht er es gut. Aber wir müssen wissen, was Sie wollen.«

Nein, ich konnte ihn nicht gehen lassen, noch nicht. Das war unfair. Er musste durchhalten. »Er führt noch ein sehr aktives Leben«, log ich. »Er hat noch eigene Patienten behandelt, bevor das passierte. Könnten Sie es versuchen? Ich meine, ich will nicht, dass er leidet, aber nur ein vorsichtiger Versuch?« Ich hatte keine Ahnung, was ich da sagte. Ich sah Filmszenen vor mir, in denen Menschen heftig auf die Brust gedrückt wurde. Ich war mir sicher, dass Dads Rippen unter einem solchen Druck zu Staub zerfallen würden. »Ich meine, nicht zu lange ... wenn er nicht reagiert.« Mein Satz endete auf einer positiven Note wie ihrer, als wollte ich die Frage an sie zurückgeben. Doch sie schien zu verstehen, was ich meinte. Sie nickte und kritzelte etwas in ihre Notizen.

»Gut. Nur damit wir Bescheid wissen. Lassen Sie mich von einer Schwester rufen, wenn Sie mit mir sprechen wollen. Ich bin normalerweise da. Sie können jetzt wieder zu ihm rein.«

Dad sah schrecklich aus. Er hing am Tropf und hatte die Sauerstoffmaske wieder auf. Seine Augen waren geschlossen, und ich hörte, wie sein Atem rasselte. Schuldgefühle legten sich über mich wie eine Bleidecke. Ich hatte das Gefühl, er würde sich nie mehr davon erholen. Und es war meine Schuld – ich hatte es zu weit getrieben.

16

Emmeline lag im Bett. Ihr Atem rasselte. Sie wusste nicht, ob sie noch genug Kraft hatte, um sich von dieser Infektion zu erholen. Warum, warum bloß hatte sie so lange gewartet, um das zu klären?

Vielleicht hätten sie und Lilly schon vor Jahren die Konfrontation mit Henry suchen sollen. Doch irgendwie war nie der richtige Zeitpunkt gewesen. Vielleicht wäre alles sogar noch schlimmer geworden. Aber sollte sie jetzt sterben, ohne ihr Ziel erreicht zu haben? Selbst wenn sie wieder gesund wurde, würde Henry sterben und so der Vergeltung entgehen? Vielleicht sollte sie einfach alles auf sich beruhen lassen und leise entschlafen, zu Lilly gehen. Doch was wurde dann aus Marguerite? Neptun war jetzt ein alter Mann.

Sie merkte, wie sie wegsackte, doch dann spürte sie etwas an den Fingern. Sie schlug die Augen auf. Marguerite stand da und legte ihr etwas in die Hand. Es war ein Foto. Sie setzte sich mühevoll auf, und Marguerite reichte ihr die Brille. Sie betrachtete ein Bild von Lilly. Woody musste es aufgenommen haben. Lilly stand im marineblauen Schulbadeanzug bis zu den Oberschenkeln im Wasser. Ihr langes blondes Haar war an den Spitzen nass, was sie dunkel aussehen ließ. Sie bespritzte gerade jemanden, und die Wassertropfen flogen durch die Luft. Lilly war ein zierliches kleines Mädchen, lachend und unschuldig.

Emmeline schossen Tränen in die Augen. Lilly hatte stets an das Gute im Leben und in den Menschen geglaubt, die sie kannte. Selbst nach Henrys Brutalität und Victorias Grausamkeit hatte sie diesen Glauben wieder gefunden. Doch sie war nie mehr dasselbe lachende Mädchen gewesen. Etwas in ihr hatte sich verschlossen und ihre Lebensfreude geschmälert.

Emmeline küsste das Foto und schloss die Augen. Sie spürte Marguerites heilende Hände auf ihrer Brust, während sie in einen tiefen Schlaf fiel.

17

Mein Vater. Fünfundachtzig Jahre und immer noch Herr der Lage. Er verschanzte sich hinter seiner Barrikade, während ich wachsam wie ein Heckenschütze dasaß und darauf lauerte, dass er herausguckte. Sein Zustand war großen Schwankungen unterworfen – genau wie mein Durchhaltevermögen. Doktor Phipps sagte, er sei zäh. Die Schwestern meinten, er sei eigensinnig. Die Physiotherapeutin hob seine schlaffen Gliedmaßen in die Luft und brachte ihn dazu, das »böse Zeug« für sie auszuhusten. Chas kam, breitete die *Financial Times* über Dads Beinen aus und las brummelnd den Aktienindex, als wollte er Dad ermutigen, es kurz zu machen. Ich war hin und her gerissen zwischen dem verzweifelten Wunsch, dass er wieder gesund werden solle, und unterdrückter Wut, weil ich ihn am liebsten angeschrien hätte, dass er endlich Ruhe geben solle.

Ich saß Ewigkeiten an seinem Bett und las ihm vor: aus Zeitungen, aus meinen Romanen (die selbst mir langweilig vorkamen), die geologische Geschichte der Isle of Wight und aus ausgesuchten Reiseführern. Jedes Mal, wenn ich das Undercliff oder den Botanischen Garten erwähnte, betonte ich die Worte und blickte auf, um zu sehen, ob irgendein Körperteil von ihm zuckte, doch er reagierte nicht. Die Schwestern bekamen mit, wer ich war, und brachten meine Bücher zum Signieren mit. Eine der Putzfrauen wagte sogar ein wenig Literaturkritik und sagte mir, was ihrer Meinung nach funktionierte und was nicht. Ich hörte höflich zu und sagte, dass ich ihr Feedback zu schätzen wüsste, aber ehrlich gesagt wusste ich nicht einmal, über welchen Roman sie sprach. Ich war zu vertieft in meine eigene, ganz persönliche Geschichte.

Ich schrieb Emmeline einen Brief, in dem ich erklärte, warum ich nicht zu unserer Verabredung erschienen war, und dass ich sie so bald wie möglich besuchen würde. Doch dann wusste ich nicht, wo ich ihn hinschicken sollte. Ich überlegte, ihn an Bill Allain, den Anwalt, zu senden, aber ich befürchtete, dass er vielleicht nachforschen würde, wer da in meiner »Bruchbude« hauste. Dasselbe galt für das Immobilienmaklerbüro. Sie sollten nicht wissen, dass Emmeline Wraith Cottage bewohnte. Ich war mir sicher, dass sie Schnüffler nicht willkommen heißen würde. Ich überlegte auch, ihn einfach zum nächst gelegenen Postamt zu schicken, aber wenn Emmeline ihn nicht abholte, machte sich am Ende noch ein abenteuerlustiger Briefträger auf den Weg zu ihr. Außerdem lag das Cottage ungefähr in der Mitte zwischen Niton und St. Lawrence; welches Postamt war für sie zuständig? Schließlich beschloss ich, den Brief nicht abzuschicken, und stattdessen so bald wie möglich wieder hinzufahren.

Nach einer Woche nervlicher Anspannung am Krankenbett holte Chas mich in der Klinik ab und lud mich zum Essen in ein Restaurant ein. Wir saßen auf der Terrasse über einem Spiegelsee auf der westlichen Seite der Malvern Hills. Ich sank auf meinem Stuhl zusammen, beobachtete, wie die Schwäne sich treiben ließen und die Weidenbäume weinten, und fühlte mich wie ein frisch entlassener Häftling. Die Luft war weich und klar.

»Irgendeine Veränderung bei Henry?«, fragte Chas und ließ sich seine Pilze mit Knoblauch schmecken.

»Keine.« Ich pickte an einer Garnele herum. Warum

hatte ich mir die ausgesucht? Sie machten beim Essen zu viel Mühe.

»Ist das gut oder schlecht?« Er wischte sich den Mund mit einer Leinenserviette ab und trank genüsslich seinen kühlen Weißwein.

Ich zuckte mit den Achseln. »Gut, nehme ich an. Immerhin hält er durch. Willst du die Garnelen?« Ich schob sie ihm hin. »Das Pflegepersonal ist von seiner Zähigkeit überrascht.«

»Klingt, als könne er sich nicht entscheiden, ob er gehen oder bleiben soll.« Chas tunkte die Garnelen in den Rest seiner Knoblauchsoße.

»Stimmt.«

Chas blickte zwischen zwei Happen zu mir hoch. »Müde?«, fragte er.

Ich nickte und hoffte, dass er nicht zu mitfühlend wurde. Ich brach leicht in Tränen aus, wenn man mir ein liebes Wort sagte.

»Du siehst blass aus«, bemerkte er.

»Ich fühle mich wie eine Krankenhausblume.« Ich streifte meine Sandalen ab und spürte die kühlen Steinplatten unter den Fußsohlen. Es war schön, draußen zu essen, auch wenn ich gar keinen Hunger hatte. »Aber erzähl mir was von deiner Arbeit.« Seit meiner Kerkerhaft in der Klinik waren seine Bürogeschichten für mich zu einer willkommenen Abwechslung geworden. Es kam mir vor, als existierte da draußen eine ganz andere Welt, in der die Menschen Zahlenkolonnen addierten und sich darüber das Hirn zermarterten. Das erschien mir im Moment hochinteressant.

Chas seufzte und legte mit Details los. Ich lenkte meine Aufmerksamkeit von Katheterbeuteln und Auswurfproben auf den Diskontsatz, Fondsmanagement und den Ölpreis. »Weißt du noch, Jane, wie in den Achtzigern New Business und der Grundstückmarkt boomten?«

Ich lachte. »Du warst damals ein ganz schöner Yuppie, was, Chas?« Damals hatte er sich plötzlich Chas genannt statt Charles. Er fand das ziemlich schick.

Wir aßen eine Weile schweigend. In Stresssituationen futterte Chas mehr und ich weniger. Ich schob unentschlossen meinen Lachs auf dem Teller herum. Ob er wohl den Schwänen schmecken würde?

»Manchmal«, sagte Chas zwischen zwei Bissen Steak and Ale Pie, »frage ich mich, was das Leben für einen Sinn hat. Ich meine, warum ackere ich wie ein Ochse? Irgendwie habe ich nicht mehr denselben Elan wie früher. Ich frage mich ständig, ob ich was anderes machen sollte.«

»Wirklich? Was denn zum Beispiel?«

»Angeln gehen.«

»Angeln? Du meinst im Urlaub.«

»Nein. Mich zur Ruhe setzen und in einem kleinen Boot herumwerkeln.«

Ich legte meine Gabel weg. Wir hatten unsere Finanzen bis zum Äußersten beansprucht, um unser Haus zu bezahlen. Wir konnten ja nicht ahnen, dass Chas' Geschäft durch die Nachbeben terroristischer Anschläge destabilisiert würde, oder dass mein Wortfluss austrocknen würde wie eine Wasserstelle in der Wüste. Chas starrte auf meinen unangetasteten Lachs mit Salat und dachte dabei offenbar an die mageren Jahre, die vor uns lagen.

»Wie sollen wir denn über die Runden kommen? Ich will nicht riskieren, unser Haus zu verlieren«, sagte ich.

Chas seufzte. »Tja, könntest du nicht ein bisschen schreiben, während du im Krankenhaus rumsitzt – deinen Laptop mitnehmen?«

Ich schob ihm meinen Teller hin. »Ich kann unter diesen Umständen unmöglich schreiben! Aber wir können Birdsong nicht verkaufen – wir brauchen den Platz, wenn Dad zu uns ziehen muss.«

Chas verschluckte sich und musste den Kellner um Wasser bitten. Während er sich erholte, wurde mir klar, was ich gerade gesagt hatte. Es war Wahnsinn, etwas so Unbedachtes zu äußern. Wenn mein Vater bei uns lebte, würde ich ihn wahrscheinlich in weniger als einer Woche umbringen.

»Ich kann mir nicht ganz vorstellen, dass das klappt«, sagte Chas und drehte an seinem Weinglas herum. Zum Nachtisch bestellte er sich ein Brandysnap Basket.

Als ich an Dads Bett zurückkehrte, hatte ich mich mental schon auf eine weitere frustrierende Wache eingestellt. Doch plötzlich schlug er die Augen auf. Er sah sich verwirrt um; sein linkes Augenlid hing herunter. Als er mich sah, schnappte er sich meine Hand und hielt sie mit aller Kraft fest. Ich schrie überrascht auf.

»Jane! Jane!«, rief er.

»Alles in Ordnung, Dad, ich bin ja hier.«

Er wand sich im Bett und bohrte seine Fingernägel in meine Hand.

»Schwesser … Schwesser … Schwesser …«, sagte er und seine Augäpfel bewegten sich hin und her, als suchte er nach etwas.

Ich saß auf dem Bett, seine Hand fest in meinen Händen, und hielt mein Gesicht so dicht vor seins, wie ich mich traute. Sein Blick war wild. »Was ist denn, Dad? Wer soll kommen?« Er wiederholte immer wieder dieses Wort. »Meinst du Schwester?« Er nickte. »Welche Schwester?«, fragte ich. Er entzog mir seine Hand und packte mich an den Schultern. Ich war erstaunt über seine Kraft.

»Jane, Jane. Schwesser«, flehte er immer wieder. Ich fühlte mich hilflos und war den Tränen nahe. Er hatte sich noch nie so an mir festgeklammert, mich noch nie so sehr gebraucht, und ich ließ ihn im Stich.

»Meinst du die Krankenschwester, Dad?« Tränen rannen aus unseren Augen. Ich wischte seine mit den Fingern weg. Er schüttelte den Kopf und ließ mich los. Seine Augen schlossen sich, und er verstummte.

Ich spürte meine innere Zerrissenheit: die Enttäuschung, dass die Lungenentzündung ihn nicht hinweggerafft hatte, und die spannende Gewissheit, dass unser Kampf noch nicht zu Ende war. Wir waren noch nicht fertig miteinander.

18

Zum ersten Mal im Leben griff Emmeline zu Antibiotika. Neptun hatte ihre Proteste ignoriert und sie praktisch über die Wiese zur Straße getragen, wo sie den Bus ins Dorf nahmen. Der Arzt nahm sie gehörig ins Gebet, weil sie sich nicht im Krankenhaus hatte untersuchen lassen, und sagte, er würde einen neuen Termin für sie vereinbaren. Sie nickte widerspruchslos. Es erschien ihr sinnlos, in dieser Phase den Aufstand zu proben.

»Danke, Nep«, sagte sie, als sie zurückkamen, und fiel erschöpft in einen Sessel.

»Jetzt nimm die Tabletten aber auch«, murmelte Neptun, bevor er im anderen Sessel einnickte.

»Klar. Ich kann jetzt nicht aufgeben.«

Nach dem aufregenden Arztbesuch fühlte Emmeline sich benommen und zerstreut. Die Sommerhitze machte das Cottage stickig. Sie wünschte, sie hätte genügend Energie, um nach draußen zu gehen. Es kam ihr Ewigkeiten vor, seit sie das letzte Mal zum Strand hinabgeklettert war. Sie stellte sich vor, wie das Meer seine kalte Gischt auf sie sprühte, wenn es auf die Felsen stieß. Sie hörte Lillys Stimme nach ihr rufen.

»Bist du bereit, dich weiter zu erinnern, Emmeline?«

Sie nickte, den Kopf an den Sesselrücken gelehnt. Oder war es die Wand in ihrer Höhle? Lillys Stimme hallte in ihrem Kopf wider.

Wir bleiben fast den ganzen nächsten Tag im Bett und dösen. Wir lauschen dem Raunen und Anschwellen von Wind und Wellen und stehen nur ab und zu auf, um uns etwas zu trinken zu machen oder das Feuer im Herd und im Kamin zu schüren. Wir reden nicht viel und nehmen uns nicht in den Arm. Ich habe das Gefühl, wir sind beide in unsere eigene Welt versunken und wissen nicht genau, wie wir wieder auftauchen sollen. Ich spüre, wie die Wut immer wieder in Emm aufsteigt, obwohl sie sie zu unterdrücken versucht. Ich empfinde überhaupt nichts, außer den körperlichen Schmerzen, die von meinen Verletzungen herrühren. Ich bin sogar froh darüber; ich muss mich auf etwas Äußerliches konzentrieren können. Das Innere ist zu grauenhaft. Nach jedem Peitschen des Regens verkrampfe ich mich und lausche nach anderen Geräuschen, die Henry verursachen würde, wenn er wiederkäme.

Am Abend sitzen wir am Tisch und versuchen, den aufgewärmten Eintopf zu essen. Emms Augen sind nur noch glitzernde Schlitze in ihrem geschwollenen, bunt schillernden Gesicht, aber ich weiß, dass es mit Hilfe ihrer Arzneien rasch heilen wird. Der Südwestwind dröhnt ohne Unterlass, und wir fahren zusammen, als jemand an die Tür hämmert. Mein Herz schlägt heftig gegen die Rippen. Dann höre ich Bootys schrilles Kläffen.

»Neptun«, bestätigt Emm, die aus dem Fenster schaut.

»Nur Neptun?«

Sie nickt und entriegelt die Tür. Wo ist Woody? Sie kommen sonst fast immer zusammen. Doch ich weiß, warum er nicht mitgekommen ist. Schmerzen und Verletzungen lösen bei ihm schreckliche Erinnerungen aus. Armer Woody, normalerweise würde ich ihm helfen, das durchzustehen, aber heute nicht. Neptun steht in seinem tropfnassen Ölzeug da und mustert uns stirnrunzelnd; sein Gesicht ist vom Wind knallrot. Wir versuchen gar nicht erst zu lächeln. Ich rubbele Booty schnell mit einem alten Handtuch ab, bevor er überall im Cottage Schlamm verteilen kann. Neptun macht seinen Mantel auf und zaubert ein Einkaufsnetz mit einem halben Brotlaib, ein paar Makrelen und einer Flasche Milch hervor. Er stellt alles auf den Tisch und geht hinaus, um Holz zu holen. Als er wieder hereinkommt, riecht er nach Sägemehl und nasser Erde. Emm will ihm danken, doch er hebt abwehrend die Hand.

»Versuch nicht zu reden, Emmeline.« Er wendet sich an mich. »Braucht ihr heute noch etwas?«

»Nein, Neptun. Setz dich und trink einen Tee mit uns.« Wir haben einen großen Emailletopf voll; er köchelt auf dem Küchenherd auf kleiner Flamme. Neptun setzt sich und wärmt seine Hände am Becher. »Wie geht's Woody?«, frage ich.

»Durch den Wind. Aber der wird schon wieder – gebt ihm ein, zwei Tage.«

Ich nicke. Es herrscht eine seltsame Atmosphäre. Wir sind noch nie so förmlich miteinander umgegangen. Ich trinke meinen Tee in kleinen Schlucken und spiele mit einem Löffel herum. Neptuns Blicke schweifen durch den Raum. Er schiebt kratzend seinen Stuhl zurück und räuspert sich.

»Hört zu, ich weiß, dass nach unserer Silvesterparty hier etwas vorgefallen ist. Woody und ich – wir haben da so unsere Vermutungen.«

Ich blicke ihn an. Ich muss verängstigt wirken. Er nimmt meine Hand in seine. Sie fühlt sich rau und beruhigend an.

»Ich weiß, ihr wollt es uns nicht sagen, weil ihr Angst vor unserer Reaktion habt. Aber ich verspreche euch, dass wir ohne eure Erlaubnis nichts tun oder sagen werden.« Er reibt meine Hand zwischen seinen schwieligen Handflächen. Meine Abschürfungen und Schnittwunden brennen. Der Schmerz macht mir nichts aus. Er versucht mich dazu zu bringen, ihn anzusehen. »Wir wollen euch nur helfen.«

Ich schaue Emm an. Sie runzelt besorgt die Stirn. Wir schweigen.

»Hört zu«, Neptun schnappt sich jetzt Emms Hand. »Woody und ich wissen, wie es ist, verfolgt zu werden. Wie ihr wisst, sind wir schon mehr als einmal bedroht und zusammengeschlagen worden.«

Ich erinnere mich, wie es war, als Woody aus dem Krieg zurückkam. Anfangs wurde er noch als Held gefeiert; in der Lokalzeitung stand sogar ein kleiner Artikel über die triumphale Rückkehr unseres Zimmermanns. Doch dann zog er in Neptuns Cottage, und von heute auf morgen waren sie als Schwule und Perverse verschrien. Das hatte sich zwar irgendwann gelegt, aber erst nachdem die Dorfrowdys ihrem Missfallen gebührend Ausdruck verliehen hatten.

»Wir wissen, dass ihr nicht gestürzt seid«, fährt er fort. »Demnach haben euch entweder irgendwelche Schlägertypen aufgelauert – aber das halten wir für ziemlich unwahrscheinlich, wenn man bedenkt, dass niemand von eurer Beziehung weiß. Ihr lebt schließlich nicht offen zusammen. Oder es war Henry – er hat es irgendwie rausgefunden und dachte, ihr könntet eine anständige Tracht Prügel vertragen.« Er mustert uns nacheinander. »Und wir sind für die zweite Version.« Sein Blick wandert zwischen uns hin und her, als warte er auf eine Reaktion. »Und ihr wollt uns da raushalten, weil ihr glaubt, dass wir sonst Schwierigkeiten kriegen. Ist es so?«

Es hat keinen Sinn, ihm was vorzumachen. »Hör zu, Neptun. Henry könnte euch verhaften lassen, wenn ihr ihn nur darauf anspricht. Ihr wisst, dass er das tun würde. Es ist sinnlos, euch beide da mit reinzuziehen.« Da, jetzt hab ich es zugegeben, es gibt kein Zurück. Emm drückt meinen Arm. Ich weiß nicht genau, ob sie will, dass ich schweige oder weiterrede.

»Das verstehen wir. Und ihr habt Recht – meine erste Reaktion war, ihn zu Brei zu schlagen. Woody ist da besonnener. Wir haben darüber gesprochen. Wir versprechen, Henry nicht zur Rede zu stellen. Aber wir wollen euch unterstützen. Anderssein braucht Mut. Ihr beide habt uns immer akzeptiert. Wir wollen euch helfen, ganz wie ihr es wollt.«

Ich sehe, dass Emm die Tränen kommen. Sie nickt seufzend.

»Danke, Neptun.« Ich hole tief Luft. »Okay. Es ist passiert, weil Henry Emm im Hotel gesucht hat und dann hierher gekommen ist. Wir waren im Bett. Er ist ausgerastet – hat die arme Emm gegen den Türriegel geschleudert.«

»Und du, Lillian? Was war mit dir?«

»Ich hab ein paar Schläge abgekriegt, als ich sie schützen wollte. Er gibt nämlich ihr die Schuld. Weil Emm älter ist; dazu kamen noch die über die Jahre hinweg angestauten Gefühle.« Eigentlich hatte ich ihm die ganze Wahrheit sagen wollen. Aber ich kann's einfach nicht. Ich kriege die Worte nicht raus. Ich spüre, dass Emm mich beobachtet. Ich weiß nicht, was sie will.

»Aber warum hat Henry dich zu dieser nachtschlafenden Zeit gesucht, Emmeline?«

Emm will etwas sagen. Ich hebe die Hand. »Er sagt, er hätte sich Sorgen wegen des Hotels gemacht, wegen der alten elektrischen Leitungen, falls es noch mal brennt.«

»Und da ist er von Ventnor hier rausgefahren, aus Sorge

um seine Schwester? Klingt nicht nach Henry. Warum hat er nicht im Hotel angerufen?«

Ich sehe Emm fragend an. Sie zuckt mit den Schultern.

»Vielleicht hat er das ja – und es ging niemand ran«, improvisierte ich. »Er hat sich nicht vorher hingesetzt und es uns erklärt.«

»Tut mir Leid. Ich will nicht auf euch rumhacken. Es passt bloß hinten und vorne nicht. Henry wusste doch, dass die Feuerwehr den Strom abgestellt hat, und er vergisst nie was.« Er steht auf. »Ich gehe jetzt, damit ihr euch weiter ausruhen könnt. Haltet die Tür verschlossen. Ich würde ja anbieten, hierzubleiben, aber Woody …«

»Wir kommen schon klar.« Ich umarme ihn. Er lächelt auf mich herab, und sein Blick ist so voll Sorge, dass es mir vorkommt, als seien er und Henry eine vollkommen andere Spezies Mann. Ich stelle mich auf die Zehenspitzen, um ihn auf die stoppelige Wange zu küssen. »Danke, Neptun, für alles.«

Das stürmische Wetter legt sich in der Nacht, und als wir aufwachen, stehlen sich Sonnenstrahlen durch die salzigen Glasscheiben in den Raum. An einem solchen Tag würden Emm und ich sonst Strandgut suchen gehen, uns einen Weg durch den Sand und über glitschige Felsen suchen und die Schätze finden, die das Meer an Land gespült hat. Ich will da draußen sein, tief die salzige Luft einatmen, meine steifen Glieder strecken und spüren, wie der Wind in meinem Haar wühlt. Aber Emm geht es so schlecht, dass ihr Gesicht nicht einmal die leichteste Brise verträgt, und ich habe Angst, allein rauszugehen. Ich glaube, ich hätte auch Angst, wenn Emm, stark und furchtlos, neben mir ginge.

Also sitzen wir am Feuer und starren auf die glühenden Holzscheite. Emm hat Drifter auf dem Schoß und streichelt sie immer wieder. Ich weiß, dass sie reden will, aber jedes

Mal, wenn sie etwas sagen will, rate ich ihr, sich zu schonen. Es sieht so schmerzhaft aus, wenn sie die Lippen bewegt, doch wenn ich ehrlich bin, will ich sowieso nicht reden. Das würde bedeuten, dass ich anfangen müsste zu denken, mich mit mir selbst zu befassen. Stattdessen stelle ich das Radio an, und wir hören knisternde Musik und dösen. Ab und zu muss ich aufstehen und durch die Wohnung schlendern, Muscheln in die Hand nehmen und aus dem Fenster sehen. Emm bereitet sich Mundspülungen aus Ringelblumenblüten zu, nimmt Neptuns Fische aus und lagert sie in der Speisekammer.

Am Nachmittag werden wir von einem Klopfen an der Tür aufgeschreckt. Es klingt nicht wie Neptuns kräftiges Hämmern. Ich stehe auf und schleiche mich ans Fenster.

»Mein Gott, Emm. Es ist Victoria.« Sie ist die Letzte, mit deren Besuch ich rechnete. Sie kommt sonst nie zum Wraith Cottage, weil sie sich die Schuhe nicht schmutzig machen und die Haare nicht vom Meereswind zerzausen lassen will. Sie klopft noch einmal und ruft meinen Namen. Ich sehe Emm ratlos an.

»Du musst sie schon reinlassen«, murmelt Emm.

Ich entriegele die Tür. Victoria fällt mir praktisch entgegen.

»Du meine Güte, Lillian. Es ist bitterkalt da draußen.« Sie wirkt wie immer verärgert. Sie trägt ihren grauen Mantel mit Gürtel und ein Kopftuch aus Seide. Sie starrt stirnrunzelnd auf ihre pelzbesetzten Stiefel, die jetzt schlammverschmiert sind. »Wie lange brauchst du um Gottes willen, um die Tür zu öffnen? Ich dachte, du wärst im Hotel. Ich bin dort gewesen, um zu sehen, wie die Aufräumarbeiten vorangehen. Emmeline war auch nicht da. Ich wüsste schon gern, wo sie abgeblieben ist. Schließlich wird sie immer noch für ihre Arbeit als Hotelmanagerin bezahlt.« Sie streift die grauen Lederhandschuhe ab und bückt sich, um ihre Stiefel auszuziehen, die sie ordentlich neben der Tür abstellt. »Ich bin mit dem Bus gekommen, und von da musste ich den ganzen Weg hier runter laufen. Ich wage nicht daran zu denken, wie sich das auf meine Lunge auswirkt«, beklagt sie sich auf dem Weg zum Kamin. Erst jetzt entdeckt sie Emm im Sessel. »Ach, du meine Güte. Wer ist das denn?« Sie tritt einen Schritt zurück und verfehlt dabei knapp meine Zehen.

»Emmeline«, sagte ich. »Das ist Emm.«

»Emmeline? Was ist denn mit dir passiert?« Sie macht wieder ein paar Schritte vorwärts, bleibt stehen und starrt die arme Emm entsetzt an.

Ich versuche, mich zwischen sie zu drängen, um Victoria von Emm abzulenken. »Bitte versuch nicht, sie zum Reden zu bringen, Victoria. Sie hat starke Schmerzen. Sie hatte einen Unfall. Ein Sturz.«

»Das sehe ich.« Sie wendet sich wieder mir zu, knöpft ihren Mantel auf und nimmt ihr Kopftuch ab, als wolle sie uns gleich eine Standpauke halten. »Warum habt ihr Henry nicht gerufen?«

»Weil Henry kein Verständnis gehabt hätte.«

»Wieso nicht?«

Ich bemühe mich, zerknirscht auszusehen. »Um ehrlich zu sein, Victoria, wir haben ein bisschen zu viel getrunken und Emm ist auf dem Kliffweg ausgerutscht. Das würde Henry sicher nicht gutheißen, oder?«

Sie setzt sich in den anderen Sessel und schlägt die Beine übereinander. »Du solltest lieber mit der Sprache rausrücken, was hier eigentlich los war.«

Victoria spricht immer mit mir, als sei sie meine Mutter, obwohl sie diese Rolle hasst. Sie sitzt da und steckt vereinzelte Haare in ihren schweren, kastanienbraunen Chignon, während ich mich gezwungen sehe, das Märchen von der Strandparty und dem Sturz herzubeten. An Emms finsterem Gesicht erkenne ich, dass sie findet, ich solle sie vor die Tür setzen. Doch bei Victoria schlüpfe ich in die Rolle des gehorsamen Kindes, genau wie sie bei mir die Mutter spielt. Wir kennen es nicht anders.

»Das hätte ich mir denken können«, sagt sie, »dass ihr mit den zwei Typen Unfug treibt.« Sie beugt sich zu Emm. »Du, Emm, bist alt genug, um es besser zu wissen, auch wenn Lillian sich weigert, erwachsen zu werden. Warum konntet ihr euch nicht was Hübsches anziehen und zu einer anständigen Party gehen? Henry hätte euch gefahren. Stattdessen betrinkt ihr euch mit diesen zwei Kerlen am Strand. Wisst ihr, in welchem Ruf sie hier stehen?«

»Victoria, sie sind unsere Freunde. Es war nicht ihre Schuld. Sie waren schon weg, als wir ausrutschten.«

»Jeder anständige Mann hätte euch nach Hause gebracht. Darauf will ich ja hinaus, Lillian. Wenn Henry euch ...«

Plötzlich springt Emm auf; Drifter plumpst mit einem verärgerten Maunzen auf den Kaminvorleger. Victoria zuckt vor Schreck zusammen. Vor Wut zitternd baut Emm sich vor ihr auf.

»Du Klugscheißerin, Victoria Rampling«, schreit sie.

Ich sehe, dass ihre Lippen sich wieder öffnen. Ich hebe besänftigend die Hand, doch sie ist nicht zu stoppen.

»Willst du wirklich wissen, was an Neujahr hier passiert ist?«

Victorias Gesicht wird pink, ihre Hände zittern. Auch wenn Emmeline immer sehr direkt ist, hat sie bisher in ihrem Beisein noch nie die Beherrschung verloren.

»Tja, ich werd's dir sagen, Fräulein Selbstgerecht. Mein lieber Bruder Henry – dein ehrenwerter Gatte und angesehener Arzt – ist mitten in der Nacht hier hereingeplatzt. Er hat mich bewusstlos geschlagen und deine Schwester vergewaltigt.«

Emm spuckt jetzt buchstäblich Blut. Victoria hebt die

Hände, um sich vor Emms Wut zu schützen. Wir erstarren alle drei, als uns klar wird, was das bedeutet. Dann stößt Victoria leise wimmernde Töne aus wie ein verängstigtes Tier. Sie schüttelt ein paarmal den Kopf, als wollte sie ihn freibekommen.

»Nein«, sagt sie. »Wie kannst du es wagen, so etwas zu sagen! Wie kannst du nur so niederträchtig sein, Emmeline.«

Emm bricht in johlendes Gelächter aus. »Ich? Niederträchtig?« Sie setzt sich unvermittelt wieder in den Sessel und greift nach ihrem Taschentuch. Sie betupft ihren Mund damit.

Victoria, deren Gesicht jetzt ein blasses Oval ist, sieht zu mir auf. Ich stehe immer noch da, aber meine Beine zittern.

»Das habt ihr gemeinsam ausgeheckt, nicht wahr, Lillian? Warum tut ihr das? Hasst ihr mich so sehr?« Ihre Stimme zittert. Ihre dunkelbraunen Augen füllen sich mit Tränen, und sie fängt an zu weinen.

»Ach, Victoria. Wir hassen dich doch nicht.« Meine Beine tragen mich nicht mehr. Ich knie mich auf den Kaminvorleger zwischen den beiden Frauen. Ich will meine Hand auf Victorias Arm legen, doch sie entzieht sich mir. »Aber Emm lügt nicht. Es ist wahr.«

Victorias Schluchzen wird verzweifelt. Ihr voller Busen hebt und senkt sich unter dem beigefarbenen Kaschmirpulli. »Ich glaube kein Wort.« Sie sieht Emm wütend an. »Du und Henry – ihr habt euch nie verstanden. Er hat schon immer gesagt, dass du ihn hasst, dass du ihn schon als Kind verspottet hast. Du und deine Mutter. Was willst du denn, ihn zu Grunde richten? Und warum ziehst du Lillian da mit rein?«

»Wie war er denn so am Neujahrstag? Kam er dir normal vor?« Emms Stimme klingt hinter ihrem Taschentuch gedämpft.

Victorias Gesicht ist jetzt rot. »Natürlich war er normal.«

»Dann ist er noch gefühlloser als ich dachte. Um wie viel Uhr ist er denn nach Hause gekommen?«

»Ich hab geschlafen.« Ich merke, dass sie intensiv nachdenkt. Ihre Tränen sind versiegt, und sie lässt ihre Krokodilledertasche aufschnappen, um sich ein Taschentuch zu suchen. Ein starker Veilchenduft durchzieht die spanungsgeladene Luft und bleibt dort hängen, als wüsste er nicht, wohin. Sie betupft sich Augen und Nase. »Er wollte nach der Party noch ein bisschen mit Kollegen feiern.«

»Und dir ist nicht aufgefallen, in welchem Zustand er am nächsten Tag war? Seine schlammigen Kleider, und wie er gestunken hat? Zerbissene Finger? Vielleicht ein paar Kratzer?«, will Emm wissen.

»Ich habe ihn nicht gesehen. Er ist früh zur Arbeit gegangen.« Sie schlägt ihre bestrumpften Beine übereinander. »Ich lasse mich von dir nicht ins Kreuzverhör nehmen. Ich weiß nicht, warum du das tust, aber du wirst damit keinen Erfolg haben.« Sie breitet ihr Taschentuch aus, streicht es auf den Knien glatt und faltet es wieder zusammen, sodass die Ränder mit Spitzenbesatz genau aufeinander liegen.

Ich nehme ihre Hände. Sie will sie mir entziehen, aber ich lasse nicht los. »Victoria, warum sollten wir so etwas erfinden?«

»Ich habe nicht die geringste Ahnung.«

Wir sitzen eine Weile da, während ich ihre Hände weiter umklammert halte. Ich spüre, wie etwas in ihr zu kämpfen aufhört und loslässt, als würde sie aufgeben. Ihre verzweifelten Augen schauen in meine, und der Schmerz in ihnen ist überwältigend. »Bitte sag, dass es nicht wahr ist, Lillian.«

Ich schüttele den Kopf. »Ich kann nicht, ich kann nicht.«

»Aber er hat dich immer als meine kleine Schwester angesehen.« Ihre Stimme ist heiser, erstickt. »Er würde doch nicht – du musst ihn irgendwie ermutigt haben.«

Das war's. Jetzt tut sie mir nicht mehr Leid. Ich stoße ihre Hände von mir. »Victoria! Ich habe Henry nie so gesehen, und ich hatte keinen Grund zu denken, dass er in mir je etwas anderes als seine Schwägerin sieht. Wie kannst du nur glauben, ich hätte mit deinem Mann geflirtet.«

»Aber ...«

»Henry ist kalt und grausam. Er ist der Letzte auf der Welt, mit dem ich ins Bett wollte. Jetzt finde ich ihn sogar richtig widerwärtig.«

Victoria bricht nun restlos zusammen und schluchzt heftig. Ich sehe hinüber zu Emm; sie nickt, offensichtlich erfreut darüber, dass ich endlich meine Meinung gesagt habe.

»Das ist alles meine Schuld«, heult Victoria. »Ich hätte ihn nie heiraten sollen. Ich ... Ich wollte nur einen Mann. Ich bin keine gute Ehefrau. Wir haben nur selten ... ihr wisst schon. Und ich kann keine Kinder kriegen – ich weiß nicht, warum.«

»Du könntest dich untersuchen lassen«, wage ich zu äußern, erstaunt über diese plötzlichen Enthüllungen meiner Schwester.

»Nein! Jetzt will ich kein Kind mehr. Nicht von ihm. Aber ich bin sowieso zu alt – fast dreißig.« Sie schluckt trocken und fängt an zu husten. Ich klopfe ihr auf den Rücken, bis sie wieder zu Atem kommt.

»Was machst du jetzt?«, fragt Emm nicht ohne Mitgefühl. »Du kannst doch nicht bei ihm bleiben.«

»Bitte, bitte erzählt das keinem. Ich mache es irgendwie wieder gut.«

Emm lacht noch einmal höhnisch auf. »Wie willst du das denn anstellen, Victoria? Wie könnte man uns *dafür* entschädigen?«

»Ich … Ich bezahle deine neuen Zähne und –«

»Verschwinde, Victoria«, knurrt Emm.

Sie sieht mich verzweifelt an. »Ach, Lillian, ich weiß nicht, was ich tun soll.«

»Nein, Victoria. Wir auch nicht«, sage ich ausdruckslos. Ich sehe zu, wie sie unsicher aufsteht und mit Mantel, Kopftuch und Stiefeln kämpft. Ihr keuchender Atem pfeift. Ich mache die Tür auf, und sie stolpert hinaus und taumelt den Weg entlang wie eine alte Frau.

Emmeline wachte verwirrt auf. Sie brauchte einen Moment, bis sie Neptun erkannte, der ihr gegenüber im Sessel hockte, wo gerade noch Victoria gesessen hatte. Er beobachtete sie mit seinen hintergründigen, klugen Augen, die sie schon fast ihr ganzes Leben lang kannte.

»Was ist los? Hab ich geschnarcht?«, schnauzte sie.

»Nein. Vor dich hin gemurmelt.« Er starrte sie weiter an. »Was heckst du aus, Emmeline?«

»Ich hecke gar nichts aus. Ich bereite mich nur vor.«

»Dann solltest du dich darauf vorbereiten, dass er vielleicht nicht kommt. Wenn Henry sehr krank ist, stirbt er in seinem Alter wahrscheinlich. Und selbst wenn er wieder gesund wird, warum sollte er auch nur in Erwägung ziehen, hierher zu kommen? Ich glaube, das wäre das Letzte, was er tun würde.«

»Lilly hat ihn gerufen – wir alle haben es auf unsere Weise. Sogar du, Neptun. Du wolltest ihn doch schon immer zur Rechenschaft ziehen, oder?«

»Ja, aber inzwischen sind wir alle so alt. Ich will nicht, dass du dich zu sehr da reinsteigerst. Ich will, dass wir unsere letzten Jahre hier in Frieden mit Marguerite verbringen.«

»Ich habe keine Jahre mehr zu leben, Nep. Und wenn Henry nicht kommt, zähle ich auf Jane. Deshalb gebe ich mir große Mühe, mich an alles zu erinnern. Wenn Jane es weiß, kann sie ihn vielleicht zur Rede stellen.«

»Hast du mal in Betracht gezogen, dass Jane so sein könnte wie er? Was, wenn sie dir nicht glaubt?«

»Ich weiß, dass es riskant ist, aber ich muss es tun. Es ist der einzige Weg, einen Schlussstrich unter alles zu ziehen.«

Neptun stand steif auf und schlurfte in die Küche. Seine gebeugten Schultern verrieten Emmeline, wie schwer die Geschichte auf ihm lastete.

19

Ich spürte, wie sich die knochigen Finger meines Vaters in mein Fleisch drückten. Egal, wie heftig ich zappelte, ich konnte mich nicht aus seinem Griff befreien. Seine Hände schienen meine Kehle zu suchen. Ich schnappte nach Luft und schreckte aus dem Schlaf hoch. Chas rüttelte mich an den Schultern.

»Janey. Entschuldige, wenn ich dich wecke, aber ich muss zur Arbeit. Ich bringe dir Tee und die Post.«

Er drückte mir einen Kuss auf die Stirn und schlich sich aus dem Schlafzimmer, als wollte er mich nicht stören, obwohl er es schon längst getan hatte. Doch ich war froh, dass er mich aus meinem Traum geweckt hatte. Ich setzte mich auf und griff nach dem Becher Tee. Mein Herz raste. Was hatte es mit diesen Träumen auf sich? Im Krankenhaus hatte ich mit ein paar älteren Krankenschwestern darüber geredet, während ich darauf wartete, dass Dad wieder zu sich kam. Sie sagten, dass sie während der Wechseljahre nachts ebenfalls das Gefühl gehabt hatten, keine Luft mehr zu bekommen oder zu ersticken, und waren geteilter Meinung, was die Vorteile und Risiken der Hormonersatztherapie anging. Danach war ich genauso schlau wie vorher.

Ich sah den Stapel Post, der auf dem Bett lag, durch. Die üblichen Wurfsendungen und Rechnungen, und außerdem ein kleiner gefütterter Umschlag. Als ich ihn öffnete, fiel ein Schlüsselbund heraus. Auf einem Zettel teilte mir Dads Haushälterin mit, dass sie annahm, ihre Dienste würden im Moment nicht gebraucht. Ob ich so freundlich wäre, ihr Bescheid zu geben, wenn sie ihre Arbeit wieder aufnehmen sollte? Bis dahin hielt sie es für das Beste, mir Doktor Ramplings Schlüssel zurückzugeben. O je. Mrs. Watkins hatte ich glatt vergessen! Ich hätte sie auf dem Laufenden halten sollen.

Ich saß da und starrte auf die Schlüssel zu Winter Wood. Es kam mir seltsam vor, nie einen Schlüssel zu dem Haus besessen zu haben, das mein Zuhause war. Ich war zwar dort aufgewachsen, hatte es jedoch als das Heim meiner Eltern angesehen, nicht als meins. Mein Zuhause war Birdsong. Manche meiner Freundinnen dagegen sagten, sie führen nach Hause, wenn sie ihre Eltern besuchten, obwohl sie schon lange ausgeflogen waren und sich ihr eigenes Nest gebaut hatten.

Ich hatte jetzt also Zugang zu Winter Wood. Das bedeutete, ich konnte heute Morgen auf dem Weg zum Krankenhaus dort vorbeifahren und nach dem Rechten sehen. Ich konnte ein paar von Dads persönlichen Sachen holen, vielleicht auch etwas zum Vorlesen, um sein Gehirn anzuregen. Vielleicht sollte ich ihn vorher fragen. Es würde ihm bestimmt nicht gefallen, wenn ich in seinem Haus herumschnüffelte. Aber das war töricht. Schließlich wollte ich nur seinen Schlafanzug holen, und wenn ich ihn fragte, würde er sowieso nur »Schwes-ser« sagen. Dr. Phipps hatte mir erklärt, dass er womöglich etwas ganz anderes meinte und deshalb so durcheinander war. Es war das Beste, nur lächelnd zu nicken, bis er wieder ein wenig zu Kräften gekommen war.

Zwei Stunden später schloss ich die Tür zu Winter Wood auf und betrat das Haus. Der Tag war trüb, aber das war es im Schatten dieses finsteren Bergs mit der feuchten Vegetation immer. Wer dieses Haus entworfen hatte, musste ein Sonnenphobiker gewesen sein. Die einzige Seite, die nach Süden ging, hatte nur wenige Fenster. Schon als ich in die Einfahrt fuhr, hatte ich das Gefühl, in etwas einzudringen, das sich lieber versteckt hielt. Ich blieb eine Weile im dunklen Flur stehen und lauschte. Alles, was ich hörte, war das langsame Ticken einer Uhr. Ich fühlte mich vor Freiheit wie gelähmt. Auf der Fußmatte lag ein Stapel Post, den ich beim Hereinkommen zur Seite geschoben hatte. Ich hob ihn auf und legte ihn auf das Flurtischchen.

Der Reihe nach öffnete ich die Eichentüren, die vom Flur abgingen. Dank Mrs. Watkins wirkte alles sauber und ordentlich. Ich musste mich unbedingt mit ihr in Verbindung setzen. Das Wohnzimmer mit seiner gestreiften, cremefarbenen Tapete und den polierten Mahagonimöbeln sah aus wie immer, ebenso das Esszimmer mit dem langen, glänzenden Tisch, auf dem der silberne Leuchter exakt in der Mitte platziert war.

Die Küche hatte einen Fußboden aus Steinplatten und an einer Wand eine Eichenanrichte, deren verzogene Borde mit einem verspielten Tee- und Tafelservice aus feinem Porzellan beladen waren. Was dachte Mrs. Watkins, wenn sie das alles abstaubte, obwohl kein Mensch da war, der es benutzt? Ich betrat den nächsten Raum, eine kleine Bibliothek, aus der ich als kleines Mädchen Bücher geklaut hatte und die als Wartezimmer für die übrig gebliebenen Patienten meines Vaters diente. Daneben befand sich eine Gästetoilette mit einem weißen Porzellanwaschbecken, groß genug, um ein Kind darin zu baden, und dann kam das Allerheiligste: Vaters Arbeitszimmer.

Ich hatte erwartet, dass es abgeschlossen war, doch das war natürlich unlogisch. Hier hatte Mrs. Watkins Dad auf dem Schreibtisch zusammengesackt gefunden, warum hätte sie das Zimmer abschließen sollen? Ich trat ein und roch die vertraute papierne Muffigkeit. Ich sah mich um; keine Anzeichen irgendeines Dramas. Mrs. W hatte hier wohl immer ein bisschen sauber gemacht, obwohl sie das nicht durfte. Es war seltsam, allein in diesem Raum zu stehen. Ich konnte mich nicht erinnern, mich je hier drinnen aufgehalten zu haben, ohne dass mein Vater mich über seine Brille finster angeblickt hätte. Ich schaute mich nach geeignetem Lesestoff um, doch für mich sah alles gleich aus. Ob es ihm recht wäre, wenn ich ihm ganze Stöße Aktenordner und Zeitschriften zu lesen mitbrachte? Ich ging wieder hinaus und schloss leise die Tür hinter mir, als würde das Zimmer Eindringlinge registrieren.

Ich ging nach oben. Im Bad tropfte kein Wasser; die Badewanne mit den Messingfüßen war sauber geschrubbt. Ich packte sein Wasch- und Rasierzeug zusammen und suchte vergeblich nach einem Kulturbeutel. Wahrscheinlich war er nie in seinem Leben verreist. Ich ging hinüber in sein Schlafzimmer. Auf dem Doppelbett lag wie seit eh und je die burgunderfarbene Daunendecke mit passender Tagesdecke und einem Kissen, das genau in der Mitte platziert war.

Leise Erinnerungen stiegen in mir hoch, wie ich mich als Kind nachts verängstigt hier hineinschlich und prompt von Mutter in mein eigenes kaltes Zimmer zurückgebracht wurde. Ich sah in einen der Kleiderschränke aus Nussbaumholz. Die Kleidung meines Vaters auf ihren Holzbügeln nahm wenig Raum ein. Auf der Suche nach einem Schlafanzug öffnete ich diverse Schubladen. Fündig geworden, legte ich ihn mit dem kastanienbraunen Morgenmantel, der an der Innenseite der Tür hing, aufs Bett. Alles war so alt und abgenutzt! Gab er nicht gern Geld aus, fiel es ihm nicht auf oder war es ihm einfach nicht wichtig? Ich war versucht, den ganzen Plunder wegzuschmeißen und einfach alles neu zu kaufen. Doch dann wäre er beleidigt, genau wie ich, wenn jemand das mit meinen Sachen machen würde.

Auf der Suche nach einer Tasche öffnete ich auch den anderen Schrank und war erstaunt, dass er voll mit den Sachen meiner Mutter war. Ihr Veilchenduft hing immer noch darin. Ich setzte mich abrupt aufs Bett, das überrascht quietschte. Dad hatte behauptet, er hätte all ihre Sachen entsorgt. Nach ihrem Tod hatte ich ihm Hilfe angeboten, doch er hatte gesagt, es sei schon erledigt. Ich war damals sehr verletzt gewesen, weil ich etwas von ihr hatte behalten wollen. Warum hatte er das getan? Sie war inzwischen fast dreißig Jahre tot, und ich konnte sie immer noch riechen. Die Veilchen dufteten immer intensiver, als seien sie freigelassen worden und wären entschlossen, sich für die lange Zeit ihrer Gefangenschaft zu entschädigen.

Ich bekam Beklemmungen. Ich stand auf und versuchte, ein Fenster zu öffnen. Mit dem Handballen drückte ich gegen das morsche Holz, bis es plötzlich nachgab. Bohrasseln und kleine Spinnen rannten um ihr Leben. Ich atmete tief durch. Würde ich meinen Vater je verstehen? Hatte er sie etwa so sehr geliebt? Oder hatte er einfach alles so gelassen, wie es war, und es dann total vergessen? Ich zog die Schubladen ihrer Frisierkommode auf. Tatsächlich, darin lagen ihre vergilbenden Spitzentaschentücher und Unterwäsche, eine goldene Puderdose, trockene, rissige Lederhandschuhe und eine Schatulle mit ihrem Schmuck: Perlen, Ringe und Broschen.

Ich zog die klemmende untere Schublade heraus. Abgesehen von einem in Seidenpapier eingewickelten Gegenstand war sie leer. Ich nahm ihn heraus. Als ich ihn auspackte, zerbröselte das Seidenpapier und setzte einen feinen Staub aus getrockneten Rosenblätterblüten frei. Es war ein weißes Spitzentuch, abgenutzt und ausgefranst, doch ich identifizierte es sofort als mein altes Babytuch. Ich vergrub mein Gesicht darin, was in mir eine Lawine unbeschreiblicher Gefühle auslöste – von höchster Intensität und doch undefinierbar. Einen Augenblick lang erschien es mir fast lebendig, als spräche es in seiner eigenen Sprache zu mir. Es hatte stets nach Rosen geduftet, egal wie schmuddelig es war. Dieses Tuch war mein ständiger Begleiter gewesen, sozusagen ein Teil von mir, bis ich in die Schule kam. Warum hatte meine Mutter es aufbewahrt? Warum hatte sie von all meinen Babysachen ausgerechnet dieses von Motten befallene alte Schmuddeltuch behalten? Ich legte es hastig wieder in die Schublade zurück, so überwältigt war ich von Erinnerungen, die sich an die Oberfläche kämpfen wollten. Ich schloss die Schlafzimmertür, bevor die Veilchen und Rosen entkommen und mir durchs Haus folgen konnten.

Ich warf einen Blick in die beiden Gästezimmer. In einem davon hatten Chas und ich ein paarmal übernachtet, bevor wir Birdsong kauften und nahe genug wohnten, um nicht hier schlafen zu müssen. Sie enthielten beide das gleiche schwere, dunkle Mobiliar, unpersönlich und düster.

Als Nächstes kam mein eigenes Zimmerchen, das einzige Schlafzimmer, das auf der Südseite des Hauses lag und in das ein bisschen Sonnenlicht fiel. Meine Eltern hatten mir eins von den großen, unheimlichen Zimmern geben wollen, aber ich hatte mich durchgesetzt. Mein Bett stand noch da. Ich hatte nicht mehr darin geschlafen, seit ich mit achtzehn auf die Universität gegangen war. Auch davor war ich nur selten hier gewesen, weil ich lieber im Internat oder bei Freunden wohnte. Doch ich verband durchaus ein paar schöne Erinnerungen damit: Wie ich stundenlang auf dem Bett gelegen und gelesen, oder an meinem kleinen Schreibtisch gesessen und meine Fantasien niedergeschrieben hatte. Vom Fenster aus hatte man einen Blick auf ein paar knorrige Äpfelbäume, meinen verzauberten Obstgarten, in dem Feen und Elfen lebten. Meine Kinderbücher standen hier immer noch im Regal. Eigentlich hatte ich vorgehabt, sie mitzunehmen – an dem Tag, an dem ich wusste, dass ich ein Kind bekam. Vielleicht würde ich sie behalten, wenn es an der Zeit war, das Haus auszuräumen.

Da waren auch noch ein paar alte Puppen und Teddybären und ein ziemlich schönes Puppenhaus, wahrscheinlich ein Vermögen wert. Meine Lieblingspuppe, Daisy, saß auf einem Bord; ihre Gummibeinchen baumelten über den Rand. Die einst strahlend blauen Augen, die sich öffneten und schlossen, starrten farblos ins Leere. Ich wollte Daisy in die Hand nehmen, doch ihre Beine klebten am Bord fest. Vorsichtig löste ich sie ab. Sie hatte Risse an den Knien und Ellenbogen, und ihr Porzellankopf fiel fast von dem morsch werdenden Hals. Daisy mit dem weichen Körper und den weichen Gliedmaßen war für mich etwas ganz Besonderes gewesen. Jeden Abend, wenn meine Mutter das Licht gelöscht hatte und ihre Schritte im Flur verhallten, kletterte ich aus dem Bett und legte meine Puppen und Bären paarweise in Schubladen und Schuhkartons und wickelte sie fest zusammen, damit sie nicht allein waren, wenn einer von ihnen nachts aufwachte. Ich gab allen einen Gutenachtkuss, drückte Daisy an mich, wickelte uns beide in mein Tuch und flüsterte mit ihr, während ich einschlief. Als ich ins Internat geschickt wurde, war es für mich paradiesisch, in dem Wissen ins Bett zu gehen, dass ich mit anderen Mädchen in einer Reihe schlief – auf jeder

Seite eins, das ich berühren konnte, wenn wir die Arme ausstreckten.

Ich drückte Daisy kurz ans Herz und setzte sie wieder aufs Bord, neben eine steife Porzellanpuppe mit mottenzerfressenem Haar, an deren Namen ich mich nicht erinnerte. Mein Vater hatte mich einmal gebeten, sie alle mitzunehmen, doch aus irgendeinem Grund hatte ich mich geweigert. Vielleicht hatte ich das Gefühl gehabt, das Schicksal herauszufordern, wenn ich Kindersachen nach Birdsong brachte. Ich seufzte. Jetzt gab es keinen Grund mehr, sie mitzunehmen. Vielleicht sollte ich sie wegwerfen.

Ich ging hinaus auf den Treppenabsatz. Bisher hatte ich nicht einmal einen kleinen Koffer gefunden. Ich beschloss, es auf dem Dachboden zu versuchen. Eine schmale Treppe führte hinauf. Als kleines Kind hatte ich mich immer vor diesen Räumen gefürchtet; ich war überzeugt, dass sie von zahnlosen Kobolden und pummeligen Zwergen mit Beilen bewohnt wurden. Die Tür klemmte, und als ich sie aufbekam, ging ein Staubregen auf mich nieder. Offensichtlich drang Mrs. W mit dem Staubsauger nicht bis hierher vor. Sauber gestapelte Pappkartons und ausrangierte Möbelstücke standen an den Wänden.

Ich ging durch eine andere Tür in einen Raum, der zu einem Atelier für meine Mutter umgebaut worden war. Er hatte ein großes Dachfenster, durch welches das Nordlicht fiel, das sie für ihre komplizierte Arbeit brauchte. Ihr schwerer Zeichentisch befand sich direkt darunter. In den Regalen standen noch immer ihre Ordner, deren Etiketten verblasst waren und sich lösten. Mein Vater hatte anscheinend auch all ihre Arbeiten aufbewahrt. Was um alles in der Welt sollte ich mit dem ganzen Zeug anfangen? Vielleicht musste ich einen Experten heranziehen, um ihre Arbeit begutachten zu lassen.

Ich zog ein paar schmale Schreibtischschubladen auf. Sie waren voll mit den staubigen Überresten von Mutters getrockneten Blättern, die zerbröselten, als ich sie anfasste. Mein Blick fiel auf Reißbretter, Staffeleien, Kartons mit Kugelschreibern und Bleistiften und Flaschen mit eingetrockneter Tinte. An einer Wand stand ein Einbauschrank. Ich öffnete die Türen. Zunächst sah ich nur mottenzerfressenes Sackleinen. Ich zog einen Teil davon weg und erschauderte, als ich die großen Spinnen sah, die ich dabei aufscheuchte. Hier lagerte ein ganzer Stapel großer Gemälde. Ich nahm das zuoberst Liegende, das etwas kleiner war, legte es auf den Tisch und wischte vorsichtig den Staub weg. Es war ein Aquarell, das Gemälde eines Kindes, das typische Haus mit Schornstein und quadratischen Fenstern, einem Weg und einem Tor. Ich blies auf das Bild, wodurch sich noch mehr Staub und ein Teil der bröckeligen Farbe lösten. In der Ecke stand ordentlich ihr Name: Victoria Walding, 1933. Das Häuschen thronte auf der Spitze eines Kliffs, unter dem das Meer toste. In dem Moment wurde mir schlagartig klar, dass ich ein Gemälde von Wraith Cottage mit seinem niedrigen Reetdach betrachtete. Mir lief ein Schauder über den Rücken. Die Umgebung war zwar anders, das Cottage noch weit vom Kliffrand entfernt, und es gab eine richtige Treppe mit einem Geländer aus Tauen, die zum Strand hinabführte, aber es war unverwechselbar. War mir deshalb der Anblick von Wraith Cottage so vertraut vorgekommen? Wahrscheinlich hatte ich dieses Bild als Kind schon einmal gesehen.

Ich zog die größeren Gemälde heraus. Es gab noch ein paar weitere von Wraith Cottage in Ölfarben, etwa aus derselben Zeit. Eins davon war von der Kliffspitze aus gemalt. Im Hintergrund war noch ein anderes Gebäude zu sehen. Es musste das alte Hotel sein, das jetzt teilweise abgerissen war. Es hatte eine Veranda, die ums Erdgeschoss herumging, und mit märchenhaften Ecktürmen versehene Dächer, das Ganze verziert mit Wistarien und Efeu.

Mir fiel ein, dass Bill Allain senior erwähnt hatte, der Familie meiner Mutter hätte eins der eleganten Hotels in Ventnor gehört. Konnte es das gewesen sein? Möglich war es, wenn ihnen auch Wraith Cottage gehörte. Doch zu jener Zeit musste es in der Gegend von Ventnor Dutzende von Hotels gegeben haben. Da war noch ein anderes Gemälde vom Hotel, von der inzwischen eingestürzten Straße aus gesehen, mit dem verblassten Schild, das ich in dem verwilderten Garten entdeckt hatte. Die Bilder hatten zwar nicht die korrekte Perspektive, aber in der Art, wie sich die Bäume im Wind bogen, sich das Meer kräuselte und die Wolken flogen, lag eine gewisse Kühnheit. Ich muss sie mitnehmen, dachte ich. Ich muss sie haben. Ich werde Dad zwar um Erlaubnis bitten, aber ich nehme sie auch, wenn er nein sagt.

Ich nahm noch mehr Bilder heraus. Sie waren größer und ausdrucksvoller. Auf manchen wüteten gewaltige Stürme. Sie stammten aus den darauf folgenden Jahren. Kein Wraith Cottage oder Hotel mehr – nur wilde Seestücke mit Wellen, die sich überschlugen und wogten, stürzten und strudelten. Das musste Emmeline damit gemeint haben, dass Victoria früher Talent und Esprit hatte. Meine Mutter. Es kam mir vor, als hätte ich sie nie richtig gekannt. Was war passiert? Wann hatte sie diese Leidenschaft und Brillanz verloren?

Ich hatte jetzt alle großen Gemälde aus dem Schrank geholt. Nur noch ein kleines hatte sich ganz unten im Sackleinen verfangen. Ich schloss die Augen, griff tief hinein und versuchte, nicht an die Spinnen zu denken. Ich legte das fragile Gemälde auf den Zeichentisch und wischte es vorsichtig ab. Es war eine Strandlandschaft mit drei Kindern, signiert und auf 1934 datiert. Das älteste war ein Junge. Er trug ein weißes Hemd mit hochgekrempelten Ärmeln und knielange Hosen, ähnlich wie Knickerbocker. Er war um die fünfzehn Jahre alt und hielt ein Fischernetz in der Hand. Im Sand hockte ein etwa fünfjähriges Mädchen mit hellbraunen Locken, die dünnen Arme angewinkelt, und baute konzentriert eine Sandburg. Daneben saß ein Kleinkind mit dünnem weißblondem Haar, das zu den zwei älteren Kindern aufschaute.

Der Junge war bestimmt mein Vater, Henry Rampling, als Jugendlicher. Da war etwas Vertrautes in seiner Haltung, so wie er da stand und auf die zwei kleinen Kinder blickte, und an seinem schwarzen Haar, das ihm aus der Stirn wehte. Er war es, daran bestand kein Zweifel. Er war damals ungefähr in diesem Alter. Und das Mädchen mit den Locken? Wer konnte das sein? Jedenfalls nicht Victoria. Meine Mutter wäre 1933 elf Jahre alt gewesen, und sie hätte sich nicht selbst gemalt. Und das Baby – konnte das Lillian sein? Sie war damals etwa ein Jahr alt. Wer war das andere kleine Mädchen? Mein Herz klopfte vor Aufregung. War das etwa Emmeline? Sie hatte mir doch erzählt, dass sie Victoria und Lillian schon von klein auf kannte. Ich lachte über mich selbst – ich erfand wieder Geschichten. Das Bild war viel zu ungenau. Die Kinder konnten irgendwer sein; vielleicht waren sie sogar nur der Fantasie meiner Mutter entsprungen.

Ich sah die Bilder noch einmal durch und ordnete sie chronologisch. Ich konnte verfolgen, wie sie sich von kindlichen Skizzen und Gemälden zu den riesigen, stürmischen Landschaften weiterentwickelten, von denen Emmeline gesprochen hatte. Und sie hatte meinen Vater als Junge gezeichnet. Sie mussten sich also schon als Kinder gekannt haben. Wusste sie damals, dass sie ihren zukünftigen Ehemann malte? Ich bekam langsam ein ganz anderes Bild von ihr. Irgendetwas hatte sie in der Zeit, als sie die Kinder gemalt hatte, verändert. Ich nahm ein Aquarell von Wraith Cottage und verglich es mit einem ausdrucksvollen Ölgemälde vom Meer und herabstürzenden Kliffs. Warum hatte ich nicht mehr mit ihr gesprochen, als ich noch die Gelegenheit dazu hatte? Ich betrachtete eine ihrer gerahmten Blattzeichnungen an der Wand, verblassend und spinnwebartig. Meine arme Mutter. Ich spürte, wie mir die Tränen übers Gesicht liefen und auf dem Aquarell landeten, wo sie die Ränder verschmierten und die Farben befreiten, die für so lange Zeit gefangen gehalten worden waren – genau wie die Veilchen und die Rosen. Wie würde sie es finden, wenn sie davon wüsste?

Ich nahm die Gemälde unter den Arm und kämpfte mich damit die Dachbodentreppe hinab. In einer Küchenschublade fand ich ein Stück Schnur und band sie zusammen. Dads Toilettenartikel und Schlafanzug packte ich in eine Plastiktüte. Dann lief ich noch einmal die Treppe hinauf, holte mein Babytuch aus der Schublade meiner Mutter und wickelte Daisy darin ein. Ich richtete die Räume wieder her, wie ich sie vorgefunden hatte, und schloss das Schlafzimmerfenster. Dann ging ich und nahm meine Schätze mit.

20

Emmeline konnte nur zusehen, wenn Marguerite und Neptun Fischen gingen und sich um den Garten kümmerten. Ihre Lunge war zwar jetzt freier, aber ihre Energie reichte nur noch für leichtere Hausarbeiten wie Gemüseernten, Obstpflücken und das Zubereiten des Fischs fürs Abendessen. Sie verbrachte viel Zeit damit, im Schatten der Bergahornbäume zu sitzen und in Lillians alten Tagebüchern, die sie seit ihrer Kindheit geführt hatte, zu schmökern. Die Vergangenheit kam ihr viel anschaulicher und lebendiger vor als diese sonnigen Tage, die sie in ihrem Sessel verbrachte. Manchmal fragte sie sich, ob sie die Hefte einfach wegwerfen und loslassen sollte, doch dann betrachtete sie Lillys sorgfältige Handschrift, ließ sich wieder in ihr altes Leben hineinziehen und wusste, dass sie es nicht übers Herz brachte. Es stand ihr nicht zu, sie zu vernichten.

Lilly musste jetzt nicht mehr dazu überredet werden, sich an die Vergangenheit zu erinnern. Wenn Emmeline sich dagegen sträubte, diese schmerzlichen Tage heraufzubeschwören, ermutigte sie sie zum Weitermachen, als würde sie über Emmelines Schulter mitlesen.

Die kurzen Januartage hüllen uns in einen dunklen Kokon, in dem wir uns einigeln und erholen können. Unsere Prellungen verblassen von violett zu widerlich gelb. Wir verziehen entsetzt das Gesicht, wenn wir uns im Spiegel sehen: Emms Gesicht schwillt an und schrumpft wie eine Herbstfrucht, und meine Rippen ähneln einer Klaviatur. Ihre Kopfverletzung verschorft, und langsam wachsen ihre Haare darüber. Emm liest ihre medizinischen Lehrbücher, und ich liege mit einer Lampe zwischen den Beinen auf dem Tisch, während sie mich untersucht. Seit dem Angriff blute ich, und wir wollen herausfinden, ob ich eine innere Verletzung habe. Sie entdeckt an meinen äußeren Genitalien mehrere Risse, die ich durch meine verzweifelte Aktion mit der Scheuerbürste wahrscheinlich noch schlimmer gemacht habe. Sie tränkt Mullkompressen mit einem Kräutersud, die Blutung hört allmählich auf, und ich fühle mich besser.

Mit jedem Tag wird die Sorge um uns selbst etwas weniger und richtet sich etwas mehr nach außen, und uns fallen Sachen auf, um die wir uns kümmern müssten. Wir nehmen den Weihnachtsschmuck ab und schlafen wieder oben, verschließen aber immer noch die Türen. Wenn der Wind sich legt, wagen wir uns für einen Spaziergang nach draußen. Wir pflücken einen Strauß aus Haselbuschzweigen, von denen gelbe Kätzchen baumeln, und suchen unter dem gekräuselten goldenen Adlerfarn in unserem Garten nach Schneeglöckchen.

Woody kreuzt wieder auf und entschuldigt sich überflüssigerweise für seine Abwesenheit. Ich klammere mich an ihn wie eine Klette und nehme seinen Geruch nach Meer und Fisch, Tabak und Hund in mich auf. Ich weiß, dass er und Neptun über uns wachen. Wir sehen sie oft im Fischerboot draußen in der Wraith Cove, wie sie mit Woodys Armeefernglas das Gelände absuchen.

Ich werde langsam unruhig und beschließe, noch ein bisschen im Hotel aufzuräumen. Es muss eine Entscheidung über seine Zukunft fallen, doch das bedeutet Kontakt mit Victoria und Henry, und damit komme ich nicht klar. Eines Morgens gehen Emm und ich mit Woody und Neptun hin. Die Männer stellen das Wasser ab und begutachten den Schaden an der Stromversorgung. Emm sitzt im Büro und erledigt den liegen gebliebenen Papierkram. Woody und Neptun tragen die Kartons mit der geretteten Küchenausrüstung in den Keller.

Ich mache einen Rundgang und kontrolliere, ob in den Zimmern nichts Wertvolles mehr herumliegt. An Weihnachten hatten wir noch alle Betten abgezogen, und die Wäsche war gewaschen, gebügelt und ordentlich weggeräumt worden. Ohne die Urlauber und ihre fröhlichen Accessoires offenbaren die Zimmer verblichene Tapeten, feuchte Stellen an der Wand, abgetretene Teppiche und fleckige Matratzen. In den Ecken der ungelüfteten Räume sammelt sich bereits der Geruch der Vernachlässigung. Dabei war das Wraith Cove Hotel einst das vornehmste Hotel in der

Gegend, eingebettet in die üppige Vegetation des Undercliff mit seinem südlichen Meeresblick. Es war von der Vereinnahmung durch die Kriegsmaschinerie verschont geblieben, und hatte sogar die Bomben überstanden, die ein anderes großes Hotel weiter unten an der Küste bei Niton zerstört hatten.

Als Kind kam mir dieses Haus wie ein Palast vor. Die Teppiche waren dick und weich wie Moos, die Messing-Kamingitter glänzten, viktorianische Ölgemälde in verschnörkelten vergoldeten Rahmen hingen im Treppenhaus und säumten die Korridore. In jeder Nische gediehen auf geschnitzten Tischchen prächtige Schildblumen in kunstvollen Porzellankrügen, und mein Vater war der Schlossherr. Stolz streifte er durchs Haus, kniff die Zimmermädchen in den Hintern, schnipste Zigarrenasche gegen die polierten Kamingitter und mischte sich in sämtliche Gespräche ein, als gehörte er zu jeder Familie dazu.

Ich werde langsam wehmütig; durch diese Gänge zu schlendern versetzt mich in meine Kindheit zurück. Victoria und ich, vom Schicksal zu ungleichen Schwestern gemacht, wurden hier geboren. In der Lounge höre ich das schallende Gelächter meines Vaters. Für Victoria gibt es hier sicher viele Erinnerungen an unsere Mutter, die ich selbst nie gekannt habe. Ich öffne die Tür zu Victorias altem Zimmer, das nach ihrer Heirat mit Henry und ihrem Umzug ins Arzthaus als Gästezimmer fungierte. Kein Hauch mehr von ihr; vom Duft ihrer Jugend ist nichts mehr zu spüren. Er ist nach mehreren Feriensaisons vom Geruch Vergnügungssüchtiger überlagert. In meinem Zimmer dagegen befinden sich noch Sachen von mir: Schätze vom Strand, Kinderbücher und eine Porzellanpuppe mit einer Kopfverletzung. Es ist, als könnte ich nicht ganz von hier fortgehen, obwohl ich jetzt schon seit ein paar Jahren in Wraith Cottage lebe.

Es ist seltsam, wie das Cottage meins geworden ist. Es gefiel mir so gut, dass ich es nach und nach in Besitz genommen habe. Früher wurde es von der ganzen Familie genutzt, um dem Stress des Hotellebens für kurze Zeit zu entfliehen. Doch Dad ging immer wieder schnell zurück, weil ihm die Gesellschaft der Gäste fehlte. Victoria hielt das Cottage für eine armselige Hütte. Sie wollte, dass Dad Geld hineinsteckte, eine Badewanne, eine Toilette und einen Telefonanschluss installierte. Doch er sah keinen Sinn darin – wir hatten doch alles im Hotel. Immerhin ließ er im Seitengebäude eine elektrische Pumpe für den Brunnen anschließen, aber die war ständig defekt. Im Winter setze ich mich oft in die Blechbadewanne, statt die Waschgelegenheiten im Hotel zu nutzen. Das macht mir nichts aus; es ist gemütlich vor dem Küchenherd. Wraith Cottage ist meine Leidenschaft: das Brausen und Säuseln der rauen Küste und der Wind, der flüstert und heult; die seltsamen Formen, die der Schwarzdorn im Kampf mit den Stürmen annimmt. Immer, wenn ich hinausgehe, hat sich etwas verändert: Das Meer und der Himmel und sogar der Strand verwandeln sich ständig. Ich will hier nie weg. Und ich weiß, dass Emm es ebenfalls liebt. Ich bin froh, dass sie jetzt auch hier zu Hause ist.

Die Ramplings traten noch vor meiner Geburt in unser Leben. Henry Rampling senior war der Arzt meiner Mutter, als sie an Tuberkulose erkrankte – Schwindsucht nannte man es damals. Ich fragte mich oft, ob er in sie verliebt war, in die süße Beatrice, meine blasse, zerbrechliche Mutter. Legte er die Hand auf ihre empfindliche Brust, wenn sie mit zartblauen Augen zu ihm aufsah? Es musste schließlich einen Grund gehabt haben, abgesehen von ihrer Leidenschaft für Fotografie und alten Malt Whisky, warum er und mein Vater zu so ungleichen Freunden wurden; Henry senior kam oft zu uns ins Hotel, wenn er nicht gerade im

Krankenhaus residierte. Er brachte Emm und Henry junior mit, wenn ihre Mutter sich auf einer Suffragettenkampagne in London befand. Manchmal vergaß er sie und ließ sie bei uns, wenn er nach Hause fuhr.

Schließlich verschwand Henry junior auf dem Festland im Internat, aber Emm und ich waren als Kinder ständig zusammen. Manchmal vergaß ihr Vater sie tagelang bei uns. Sie war fünf Jahre älter als ich, schimpfte mich aber nie wie Victoria. Schon damals erinnerte sie mich mit ihrem flaumweichen Haar, den großen Augen und den langen, dünnen Armen und Beinen an ein Rehkitz. Sie war sehr mutig und heckte ständig etwas aus. Sie nahm mich bei der Hand, und wir rannten in die Küche, um uns von den Köchinnen verhätscheln und mit Leckereien füttern zu lassen, und dann stiegen wir zum Strand hinab, um bei Ebbe die Wasserlachen zwischen den Felsen zu erkunden, Muscheln und Holz zu sammeln. Wir nahmen alles mit ins Wraith Cottage, das unser Spielhaus war. Niemand schien sich um uns zwei kleine Mädchen zu sorgen. Jeder ging davon aus, dass sich ein anderer um uns kümmerte. Und wir sahen die Gefahren nicht. Wenn wir mit schmutzigen Kleidern nach Hause kamen, wurden wir ausgeschimpft, aber das war auch alles. Victoria kam nie mit. Sie blieb lieber in ihrem Zimmer, wo sie malte und zeichnete. Sie machte sich nicht gern schmutzig. Ich glaube, sie war froh, dass ich Emm hatte, weil sie mich dann eine Weile los war.

Ich gehe ins Zimmer meines Vaters. Eigentlich auch das meiner Mutter, obwohl ich das nicht mehr erlebt habe. Seit Dads Tod habe ich öfter in seinem Zimmer gestanden und seine Gegenwart gespürt, während ich versuchte, mich mit seiner Abwesenheit abzufinden. Seine Kleider sind alle weg, das Bett abgezogen, sein Besitz verteilt. Doch sein Geruch durchzieht die Leere noch immer, als hätte er sich gerade seine letzte Zigarre angesteckt. Ich erinnere mich, wie ich mich in seinen Kamelhaarmantel geschmiegt habe, in jener Nacht am Strand, als ich so verzückt war. Ich ahnte nichts von dem, was in derselben Nacht noch passieren sollte. Meine Jugend scheint zu Ende zu sein. Um weiterleben zu können, muss ich jetzt handeln wie eine erwachsene Frau.

Ich gehe ans Fenster und beobachte, wie die Wintersonne auf dem Meer tanzt und ein paar Möwen auf einen Fischschwarm unter den Wellen herabstoßen. Am Horizont erkenne ich die nebligen Umrisse eines großen Schiffes, das auf dem Weg nach Southampton ist. Der Hotelgarten, sogar um diese Jahreszeit voller Grün, erstreckt sich unter mir. Das kraftvolle Efeu klettert an der größten Föhre hoch. Rhododendren, Baumfarne, Flachs und Palmen sowie Hortensien, die noch massenhaft rosa-braune Blütenköpfe haben, umrahmen den Rasen, der mit Schneeglöckchen übersät ist. Der Garten fällt terrassenförmig zu dem maulwurfbefallenen Krocketrasen und dem nicht mehr genutzen Tennisplatz ab, der sich aufgrund eines Erdrutsches abgesenkt hat. Ich sehe die wackeligen Ställe und Koppeln, auf denen Victoria und ich einst unsere Ponys traben ließen. Und zwei kleine Obstgärten mit verkümmerten Obstbäumen. Zwei Fasane picken im Wintergras nach dem verfaulenden Fallobst. Eine Steinmauer trennt das Hotelgelände von dem Garten, der zu Wraith Cottage gehört. Die Schornsteine sind gerade noch zu erkennen, die feinen Rauchspiralen, die in der Brise wirbeln.

Ich wende mich vom Fenster ab und überprüfe, ob im Zimmer alles in Ordnung ist, bevor ich die Tür schließe. An den Wänden hängen noch immer ein paar gerahmte Bilder. Ich nehme sie ab. Signierte Fotos von Dad, dem alten Vater William, an der Hotelbar, den Arm um die Schultern von Varieteestars und anderen berühmten Besuchern gelegt. Eins von ihm und meiner Mutter an ihrem

Hochzeitstag, sepiagetönt; schon damals sah sie fast durchsichtig aus, wie ein Schatten – ihr Haar so fein und leicht wie ihr Hochzeitsschleier. Früher habe ich Victoria immer gebeten, mir von ihr zu erzählen, aber sie wollte ihre Erinnerungen nicht mit mir teilen. Es war, als gehörte Mutter nur ihr, und ich hätte kein Recht, nach ihr zu fragen. Sie sagte nur, dass Mutter krank war und viel Ruhe brauchte. Einmal brach es aus ihr heraus, dass ich genau so aussähe wie sie, und sie rannte aus dem Zimmer. Danach habe ich lieber nicht mehr gefragt. Aber es stimmt, ich sehe wirklich so aus. Kein Wunder, dass mein Vater mich, wenn er ein paar Whiskys intus hatte, mit tränenfeuchten Augen betrachtete.

Ich greife nach einem größeren Gruppenfoto weiter oben und hole es herunter. Das muss bei einem Familientreffen sein. Ich reibe mit dem Ärmel über das staubige Glas und stelle fest, dass darauf meine und Emms Familie zu sehen sind – die Waldings und die Ramplings zusammen, wie seltsam! Ein förmliches Schwarzweißfoto. Aber schließlich interessierten mein Vater und Henry senior sich beide fürs Fotografieren. Das war eine ihrer Gemeinsamkeiten, außer meiner Mutter und altem Malt Whisky.

Ich drehe das Foto um. Das Datum ist schwach auf die braune Papprückenverstärkung geschrieben – 1933, vor zwanzig Jahren – das Jahr, in dem ich geboren wurde und meine Mutter starb. Ich drehe es wieder um. Ja, ich kann es sehen, ich bin mir sicher: Meine Mutter sitzt auf einem Stuhl, und unter ihrem unförmigen Crêpe-Kleid ist eine deutliche Wölbung zu erkennen. Ihr Gesicht ist schmal und durchsichtig wie immer. Doch da war ich – meine Mutter und ich zusammen. Ich hatte doch eine Mutter gehabt, auch wenn ich just in dem Moment ihr Leben bedrohte. Ich drücke das Foto ans Herz und betrachte es noch einmal. Meine Mutter hatte die Hand auf ihren

Bauch gelegt – auf mich. Dieses Foto nehme ich mit ins Wraith Cottage. Ich hole mein Taschentuch heraus, spucke darauf und poliere rasch das Glas. Das Bild wird klarer. Mein Vater steht hinter meiner Mutter; er sah damals schlanker aus und ungewöhnlich ernst in seinem dunklen Anzug, eine Hand auf ihrer Schulter, in der anderen die Zigarre. Vor ihnen, auf einem Schemel, sitzt die zehnjährige Victoria in einem dunklen Samtkleid mit weißem Spitzenkragen, die Haare zu glänzenden Korkenzieherlocken frisiert. Ihre Augen scheinen in die Kamera zu funkeln, und sie lächelt. Ich war noch nicht da, um ihre heile Welt zu zerstören.

Die unvermeidliche Schildblume in einem protzigen Krug trennte uns Waldings von den Ramplings. Doktor Henry senior schaut, als müsse er gleich eine Visite machen. Sein schwarzes Haar war glatt zurückgekämmt, und er hatte ein Schnurrbärtchen, das ihm Ähnlichkeit mit David Niven verlieh. Neben ihm stand seine Frau Florence, Kinn und Busen vorgestreckt, das wellige, helle Haar aus dem Gesicht gekämmt. Sie wirkte, als wäre sie lieber auf einer Kundgebung, statt ihre Zeit mit diesem Blödsinn zu vergeuden. Vor ihnen stand der fünfzehnjährige Henry junior, die Haare mit Öl zurückgekämmt wie sein Vater, schon damals gut aussehend und arrogant, eine Hand am Revers seines gestreiften Schulblazers. Und auf einem weiteren Fußschemel saß die fünfjährige Emmeline. Sie trug ein weißes Kleid mit einer dunklen Schärpe, hatte die Hände um die Knie gefaltet und blickte interessiert in die Kamera, als wollte sie das Fotografieren auch einmal ausprobieren.

Ich setze mich auf die Matratze im Bett meines Vaters. Hier ist, in Schwarzweiß, der Beleg für die seltsame Verwicklung der beiden Familien über all die Jahre. Jeder Einzelne von uns ist auf diesem alten Foto abgebildet. Wie hätte meine Mutter sich gefühlt, wenn sie damals in die Zukunft hätte blicken können: ihre Tochter Victoria verheiratet mit Henry junior; ihr Ehemann William tot; Wraith Cove Hotel am Verfallen? Und was hätte sie von mir gehalten? Hätte sie mich verabscheut? Wie hätte sie – und auch Dad – die Nachricht aufgenommen, dass Emm und ich zusammenleben wollten? Florence Rampling, Emms Mutter, die leidenschaftliche Verfechterin der Frauenrechte, wäre wahrscheinlich sogar sehr verständnisvoll gewesen. Schließlich hatte sie Emmeline zu ihrem sechzehnten Geburtstag *Quell der Einsamkeit,* ein verbotenes Buch über Lesbierinnen, geschenkt.

Doch jetzt ist alles anders. Von diesen vier Elternteilen würde sicherlich keiner mit Stolz auf sein Kind blicken. Sie wären alle tief erschüttert darüber, dass Henry, mein Schwager, der eigentlich eine Vertrauensperson für mich sein müsste, das Familienoberhaupt, mich vergewaltigt hat. Dass er seine Schwester schwer verletzt und seine Frau betrogen hat. Ich betrachte das Bild noch einmal; vielleicht sollte ich es besser wegwerfen. Wie irreführend Fotos doch sein können! Man sehe sich das an: zwei glückliche, anständige, wohlhabende Familien, gebildet und privilegiert. Was für eine Heuchelei! Doch dann betrachte ich meine Mutter, die ihre magere Hand schützend über ihr Ungeborenes gelegt hat – mich. Sie hatte ihr Leben für mich gegeben. Das war doch sicher etwas wert. Ich nehme das Foto mit, gehe aus dem Zimmer und schließe die Tür leise hinter mir.

Ich suche die anderen. Woody und Neptun haben ein »Geschlossen«-Schild an den Hoteleingang genagelt. Ich dränge ihnen massenhaft Brandy- und Whiskyflaschen auf, Victorias Erbanteil ist mir jetzt schnuppe, und wir sichern die Türen mit Vorhängeschlössern und gehen nach Hause.

Emm hatte die restlichen Sachen aus ihrem Zimmer im Hotel geholt und ins Cottage gebracht. Ich sage, das bedeutet, dass sie offiziell bei mir eingezogen ist. An dem Abend hatten wir eine kleine Feier – das erste Mal wieder seit Silvester. Emm machte Fish Pie und wir tranken mit einem kleinen Gin Orange auf unser Wohl. Emm musste ihren durch einen Strohhalm schlürfen, damit ihre verheilende Lippe nicht brannte. Später sitzen wir am Kamin, und ich zeige Emm das Foto. Ihr war nie klar gewesen, dass ich auch drauf bin, obwohl sie es über die Jahre ein paarmal abgestaubt hat. Auch sie scheint betrübt über den falschen Eindruck, den es von unseren zwei Familien vermittelt.

»Ich weiß nicht, wie alles so schief laufen konnte«, sagt sie. »Ich verstehe es nicht, Lilly.« Sie sieht mich an; jetzt, wo die Schwellung fast weg ist, kann sie die Augen wieder weiter öffnen.

»Wahrscheinlich muss man Psychiater sein, um das alles zu verstehen«, sage ich.

Sie legt das Bild auf den Boden. Drifter nutzt die Gelegenheit und lässt sich laut schnurrend auf Emms Schoß nieder. »Ich erinnere mich nicht, dass meine Mutter und ich ihn früher ausgelacht und verspottet haben«, sagt sie und starrt ins Leere.

Ich nehme an, sie spricht von Henry. »Ich weiß noch, dass er immer frustriert war, weil du nie das gemacht hast, was er sagte. Du hast nur gelacht und ihm die Zunge rausgestreckt.«

»Aber das machen doch alle Kinder. Das ist keine Erklärung für solche Gewalt, Lilly.«

»Vielleicht lag es daran, dass eure Familie etwas anders war. Einerseits war sie sehr konventionell – jedenfalls dein Vater. Du und deine Mutter dagegen nicht. Wahrscheinlich hat er gesehen, wie die Familien seiner Freunde von den

Männern dominiert wurden. Er wollte sein wie dein Vater, aber egal, wie sehr er sich aufplusterte, du und deine Mutter habt ihn gar nicht beachtet.«

»Aber Lilly, die Zeiten änderten sich, und die Frauen traten für sich selbst ein.«

»Vielleicht, aber nicht in seinen Kreisen. Emm, wir leben auf einer Insel. Deine Mutter hielt sich die meiste Zeit in London auf, in radikalen Kreisen. Dann hat sie versucht, ihre Ideen einer kleinen, verschworenen Gemeinschaft aufzuschwatzen. Für dich war das toll, aber für Henry muss es schwer gewesen sein. Dein Vater war ihm sicher keine große Hilfe – er hat entweder gearbeitet oder mit meinem Dad an der Bar rumgehangen.«

»Du klingst, als wolltest du ihn verteidigen.«

»Nein. Ich versuche nur, es zu verstehen, so wie du.«

Emm klingt gereizt. Ich weiß, dass sie über das Geschehene sprechen will. Wir haben das Thema oft umgangen, und ich habe stets vermieden, es zu vertiefen. Vielleicht ist es an der Zeit. Jetzt, wo unser Leben sich langsam wieder normalisiert, fühle ich mich stärker.

»Emmeline«, wage ich mich vor. Sie blickt jäh auf. Ich spreche sie selten mit ihrem vollen Namen an, außer zum Spaß oder wenn ich sauer bin. »Ich muss dir etwas über diese Nacht erzählen.« Sie schaut mich immer noch an, als wollte sie mich zum Weiterreden ermutigen. »Mir ist klar, dass das, was passiert ist, brutal und ekelhaft war, aber ich fühle mich nicht beschmutzt – nicht mein wahres Ich, nicht im innersten Kern.« Sie will etwas sagen, doch ich hebe die Hand. »Mein Körper fühlte sich geschändet, missbraucht und beschmutzt an, aber als es geschah, war ich nicht in meinem Körper. Ich war bei dir. Ich hatte das Gefühl, mit dir zu schweben, unberührt von dem, was mit meinem Körper auf dem Bett geschah.«

Sie nickt langsam. »Ich weiß, Lilly.«

»Du weißt es?«

»Ja, weil ich dich bei mir gespürt habe.« Sie weicht meinem Blick aus und fängt an, Drifter zu streicheln. Sie stößt einen tiefen Seufzer aus. »Aber ich wollte nicht hören, wie du es sagst.«

»Aber warum? Ich dachte, du wärst erfreut und erleichtert.«

»Ach, Lilly, das bin ich auch. Glaub mir, ich bin froh, dass du so empfindest.« Sie zieht die Augenbrauen zusammen. »Aber es gibt mir auch das Gefühl, dass Henry damit davonkommt. Als hättest du ihm verziehen. Und das kann ich nicht ertragen.«

»Ich hab ihm nicht verziehen, Emm. Ich will nicht mal über ihn sprechen oder nachdenken.« Ich zittere schon, wenn ich nur über diese Nacht rede.

»Lilly.« Emm schubst Drifter von ihrem Schoß, kniet sich vor mich und ergreift meine Hände. »Lass mich ihn zur Rede stellen.«

»Nein!«

»Warum nicht?«

»Aus demselben Grund wie zuvor. Er wird es nur noch schlimmer machen.«

»Lilly, ich hab Angst, dass diese Sache einen Keil zwischen uns treibt. Ich kann es nicht einfach auf sich beruhen lassen. Ich habe Angst, dass mich meine Wut auffrisst.«

Aber ich höre noch Henrys Drohung: *Ich lasse euch beide für unzurechnungsfähig erklären, und glaub mir, genau das würde ich tun.* Mir bricht der kalte Schweiß aus. Ich renne ins Seitengebäude und übergebe mich in die Toilette.

In den nächsten zwei Wochen übergebe ich mich mehrmals. In der ersten Februarwoche sitzen Emm und ich uns am Frühstückstisch gegenüber, nachdem ich kreidebleich aus dem Seitengebäude zurückgekommen bin.

»Ich glaube, du bist schwanger«, sagt sie.

Ich lege den Kopf auf den Tisch und weine. Emm streichelt über meine Haare und lässt mich weinen. Später versuchen wir nachzuvollziehen, wann ich meine letzte Menstruation hatte, aber meine Periode kam schon immer sehr unregelmäßig, was mich nie störte, weil ich wusste, dass ich sowieso nie schwanger werden würde, wenn ich mit Emm zusammenlebe. Ich war der Meinung, ich hätte meine Blutung nach der Vergewaltigung gehabt, doch wir kommen zu dem Schluss, dass das Blut wohl von den Verletzungen herrührte.

»Was soll ich nur tun, Emm?«, flüstere ich.

»Es ist noch zu früh. Vielleicht ist bei dir alles durcheinander und muss sich erst wieder einpendeln.«

Ich schüttele den Kopf. »Nein, ich bin schwanger. Ich weiß es.«

Emm setzt ihre Brille auf und vertieft sich in ihre Bücher. Ab und zu blickt sie auf und stellt mir Fragen. Ich bestätige, dass meine Brüste schmerzempfindlich sind und ich öfter pinkeln muss als sonst. Sie liest weiter und schlägt irgendwas nach.

»Tja, wir könnten es mit einer Kräutermischung versuchen.«

»Gegen die Übelkeit?«

»Nein, Lilly, um es zu beenden.«

Ich schiebe meinen Stuhl quietschend zurück und stehe schockiert auf. Wie kann sie so was nur denken? Ich schnappe meinen Mantel, stürme aus dem Cottage und renne zur Klifftreppe. Vom Wind durchgeschüttelt, durch das Haar in meinen Augen fast blind, klettere ich hinab. Ich laufe mit großen Schritten am Strand entlang, stolpere über Kieselsteine und trete nach Holzstücken. Nachdem ich meine Wut abreagiert habe, setze ich mich auf meinen Stein und versuche, logisch zu denken. Ich lasse mich vom Rhythmus des

Meeres beruhigen und spüre das Strömen und Ziehen des Wassers tief in mir. Natürlich will Emm, dass ich es loswerde. Ich wusste die ganze Zeit, dass sie Angst hatte, ich könnte von ihrem verhassten Bruder schwanger sein. Mir wird plötzlich klar, dass ich endlich der Wahrheit ins Auge sehe. Ich kann das Wort *Vergewaltigung* denken, ohne zusammenzuzucken.

»Ich bin schwanger«, sage ich immer wieder und stelle mir vor, wie die Worte von den Wellen fortgetragen und an einem fremden Ufer angespült werden, wo vielleicht jemand ihr Flüstern hört und sich fragt, was sie bedeuten. »Ich erwarte ein Baby, ein Kind«, rufe ich den tauchenden Tölpeln zu. Ich stelle mir vor, wie ein winziger, voll ausgebildeter Säugling in mir schwimmt, wie eines der Puppenhauskinder, die ich noch habe. Ich schließe die Augen und gestatte meinem Verstand, das Innere meines Körpers zu erforschen. Ja, ich spüre da eindeutig eine Energie. Eine Tochter, glaube ich. Man stelle sich vor, eine Tochter! Ich habe nie in Betracht gezogen, Mutter zu werden. Das ist ein ganz neues Gefühl, vollkommen unerwartet und irgendwie freudig, als hätte es nichts zu tun mit Henry, Gewalt und Ekel. Es ist rein und unschuldig.

Ich stehe auf und gehe langsam zurück. Ich will Emm das alles erklären, obwohl ich weiß, dass sie nicht dasselbe empfinden kann. Vielleicht hat sie Recht; vielleicht wird es einen Keil zwischen uns treiben. Was, wenn sie von mir verlangt, dass ich mich zwischen ihr und dem Kind entscheide? Nein, das wird sie nicht tun! Ich muss sie mit sehr viel Fingerspitzengefühl behandeln.

Ich bin überrascht, Emm reden zu hören, als ich die Tür öffne. Victoria sitzt am Tisch und trinkt Tee aus einer unserer angeschlagenen Tassen, Ausschussware aus dem Hotel. Ihre Gesichter sind angespannt. Oh Gott, Emm hat es ihr doch wohl nicht erzählt? Victoria wendet sich mir zu und mustert mich ohne ein Lächeln von Kopf bis Fuß.

»Wie geht es dir, Lillian?«, fragt sie mit unsicherer Stimme.

»Schon besser. Und dir?«

Sie tupft sich die Lippen mit einem Taschentuch ab. »Ich muss etwas mit dir besprechen.« Sie wirft Emm einen Blick zu. »Emmeline, hast du etwas dagegen, wenn ich mit meiner Schwester allein rede?«

Emm steht achselzuckend auf. »Lasst euch durch mich nicht stören. Ich gehe raus und hacke Holz.«

Ich setze mich auf Emms Platz am Tisch, und Victoria öffnet ihre Handtasche. Sie zieht einen großen braunen Umschlag heraus und legt ihn vor mich. »Lillian, ich weiß, dass ich das Geschehene nicht wieder gutmachen kann. Aber ich möchte, dass du das bekommst.«

»Was ist das?«

»Ich habe das Hotel und Wraith Cottage auf dich überschreiben lassen. Ich dachte, das gibt dir eine gewisse Sicherheit für die Zukunft. Vater hätte nicht gewollt, dass wir verkaufen, und ich brauche weder das Hotel noch das Cottage.«

Ich weiß nicht, was ich sagen soll. Ich streiche mit der Hand über den Umschlag. Wraith Cottage – es gehört mir. An das Hotel verschwende ich keinen Gedanken.

»Und Henry – weiß er Bescheid?«

Sie nickt. »Du kannst mit dem Hotel machen, was du willst. Ich gehe davon aus, dass du das hier behalten willst.« Sie deutet vage auf das Zimmer.

»Wollt ihr mich etwa auszahlen, Victoria? Wessen Idee war das?«

»Meine. Aber Henry ist einverstanden.«

»Hast du mit ihm geredet – über das, was passiert ist?«

Sie nickt. »Er hat es natürlich abgestritten. Er sagt, er

hätte im Hotel nur nach dem Rechten sehen wollen, und weil er niemanden angetroffen habe, sei er zum Cottage gegangen um nach zuschauen, ob alles in Ordnung wäre. Er sagte, er hätte den Verdacht gehabt, dass ihr beide Unfug treibt. Er meinte, er hätte euch betrunken vorgefunden, und Emm sei gestürzt. Er habe euch seine Hilfe angeboten, aber du hättest versucht, mit ihm zu flirten. Er hat sich Sorgen um seinen Ruf gemacht, Emmeline so weit es ging versorgt und euch dann eurem Schicksal überlassen.«

»Und du glaubst ihm?«

Sie senkt den Blick auf ihre Hände. »Ich bin so durcheinander, dass ich nicht weiß, wem ich glauben soll.«

»Es passt nicht zusammen, Victoria. Warum sollte er zu dieser Stunde hier rauskommen?«

»Er wollte dich und Emmeline … in flagranti erwischen. Er war der Meinung, er müsse der Sache ein Ende setzen.«

»Er leugnet also, mich vergewaltigt zu haben?« Sie nickt und beißt sich auf die Lippe. Ich springe auf und stoße dabei meinen Stuhl um. Ich reiße meinen Pullover hoch, knöpfe meine Hose auf und lasse sie fallen. Sie will den Blick abwenden, doch dann betrachtet sie meinen Körper, die verblassenden Aufschürfungen und Prellungen und die verschorften Schnittwunden. Sie vergräbt das Gesicht in den Händen und wiegt sich vor und zurück. Ich ziehe mich wieder richtig an.

»Ich kann nicht glauben, dass er dir das angetan hat, Lillian. Nicht Henry. Er muss geglaubt haben, dass du es so wolltest.«

»Ich glaube, du gehst jetzt besser, Victoria.« Meine Stimme zittert.

»Ach, Lillian. Es tut mir so Leid«, heult sie. »Ich hab es nicht so gemeint. Aber manchmal siehst du ihn mit deinen großen Augen so unschuldig an – als würdest du ihn anhimmeln.«

»Das stimmt nicht, Victoria, und das weißt du auch. Ich liebe Emmeline. Wir sind ein Liebespaar. Männer sind mir egal. Deutlicher kann ich es nicht sagen.«

»Ich versuche doch nur, das alles zu verstehen.«

»Tja, was auch immer du zu verstehen glaubst, versuch nicht, ihn zu entschuldigen. Warum verlässt du ihn nicht?«

Victorias Gesicht drückt Bestürzung aus. »Wie könnte ich? Wovon sollte ich leben?«

»Arbeite wieder in der Galerie. Male, verkaufe deine wunderschönen Bilder. Zieh ins Hotel oder hierher, zu Emm und mir.«

»Was?« Ihr Gesichtsausdruck ist eindeutig. »Was würden die Leute denken? Bei euch wohnen? Aber ihr seid doch...«

»Nicht normal? Nicht normal wie du und Henry?«

»Lillian, ich wollte nicht... Du bist immer noch meine Schwester.«

»Du lässt dich also lieber von diesem grausamen Mann unterdrücken als frei zu sein und dein eigenes Leben zu leben?«

Sie sitzt eine Weile mit gesenktem Kopf da. Sie nimmt ihre Handschuhe, streicht die Lederfinger glatt und legt sie mit den Handflächen aneinander, als würden sie beten. Dann steht sie auf, knöpft ihren Mantel zu und zieht ihre Stiefel an. Ich möchte, dass sie etwas sagt, mir signalisiert, dass sie über meinen Vorschlag nachdenkt. Doch sie geht ohne einen Blick und hinterlässt den traurigen Duft von Veilchen.

Emmeline schlug das Tagebuch zu. Die Seiten wurden langsam fleckig von ihren Tränen.

»Es tut mir Leid, Lilly«, flüsterte sie. »Es tut mir Leid, dass ich gesagt habe, du sollst das Baby wegmachen. Dachtest du wirklich, ich würde dich verlassen?«

21

Mein Vater hatte sich verändert. Wenn ich in seinem Krankenzimmer auftauchte, wurde er ganz aufgeregt und ergriff meine Hand, als müsste er mir unbedingt etwas erzählen. Er starrte mich an und wiederholte ständig meinen Namen. Daran war ich nicht gewöhnt. Es war ziemlich enervierend. Mein Leben lang hatte ich mich bemüht, seine Aufmerksamkeit auf mich zu ziehen, und jetzt wünschte ich, er würde ein Weilchen schlafen. Ich wusste nicht, wie ich mit ihm kommunizieren sollte. Er konnte meine Fragen nicht beantworten und ich seine nicht verstehen.

Ich versuchte ihn zu beruhigen wie ein Baby, indem ich seine Hände streichelte und ihn beschwichtigte, bis ihm der Kopf auf die Brust sank. Sein Kopf. Ich ertappte mich dabei, wie ich ihn anstarrte. Ich wollte das, was darin war, seine Erinnerungen. Waren sie unwiederbringlich verloren, mitsamt den beschädigten Zellen? Oder funktionierte sein Gedächtnis noch einwandfrei und existierte unabhängig von seinem Gehirn, hellwach, distanziert, aber ohne jede Möglichkeit, sich auszudrücken?

Das Krankenhauspersonal hielt ihn für ein Wunder. Wie er sich von der schweren Lungenentzündung erholt hatte, war ihnen ein Rätsel. Er brauchte jetzt keine Medikamente mehr, war den Katheter los und konnte sogar mit einer Gehhilfe allein zur Toilette schlurfen. Seine linke Seite war zwar noch schwach, sein Gesicht jedoch weniger verzerrt. Er konnte immer noch nicht sprechen, wurde aber wütend, wenn wir ihn dazu animierten, etwas aufzuschreiben oder gar auf Buchstaben zu deuten. Er schien immer noch zu glauben, dass das, was er sagte, klar und deutlich war. Die Physiotherapeutin freute sich trotzdem über seine Fortschritte und ermahnte uns, ihn nicht zu hetzen; schließlich sei es erst ein paar Wochen her, seit er dem Tod von der Schippe gesprungen war.

Doktor Phipps fragte mich, während sie die Sonntagsbeilage der Tageszeitung durchblätterte, ob ich glaubte, dass mein Vater noch etwas mit mir klären musste.

»Was meinen Sie damit?« Mein Interesse war geweckt.

»Tja, er hätte ja gehen können, nicht? Aber er hat es nicht getan. Mir scheint, er will Ihnen noch etwas sagen, bevor er geht. Aber ein Teil von ihm wehrt sich dagegen. Es ist, als befände sich sein Inneres im Kriegszustand.«

Ich lachte. »Ich wünschte, er würde es endlich ausspucken und mich nicht länger auf die Folter spannen.«

Sie lachte ebenfalls. »Wissen Sie, was ich an Ihrer Stelle täte, Jane?«

»Was würden Sie tun?«

»Ich würde ihn mit nach Hause nehmen, im Haus rumschieben und mit alten Erinnerungen, Fotos und Trödel konfrontieren. Über meine Kindheit reden, weißt du noch dieses, weißt du noch jenes, so was in der Art. Quetschen Sie es aus ihm raus, bevor sein Kopf wieder explodiert. Danach ist er vielleicht ganz ruhig.«

Ich dachte kurz darüber nach und fragte mich, wie ich mit ihm zurechtkäme. Doktor Phipps' Überlegungen gingen offensichtlich in dieselbe Richtung. Sie hockte wie immer auf ihrer Schreibtischkante; sie schien nicht in der Lage zu sein, auf einem Stuhl zu sitzen, als kostete es sie zu viel Kraft, wieder aufzustehen. Sie zog ihren langen, dunklen, geflochtenen Zopf über die Schulter nach vorn und untersuchte die Haarspitzen auf Spliss.

»Ihr Mann hilft Ihnen doch sicher. Ich meine beim Manövrieren des Rollstuhls.« Ihr Pieper summte, und sie rutschte vom Schreibtisch. »Nehmen Sie ihn einen Tag mit und sehen Sie, wie Sie zurechtkommen. Dann können wir besser beurteilen, was er nach seiner Entlassung braucht.«

Ich ging langsam in Dads Zimmer, wo die Physiotherapeutin gerade seine Stunde beendete und ihn für seine Fortschritte lobte. Als ich eintrat, lächelte er sie an. Bei meinem Anblick erstarb das Lächeln, und sein Gesicht bekam wieder den aufgeregten Ausdruck. Ich fing an zu reden, bevor er aufs Neue mit der *Jane-* und *Schwes-ser-*Leier anfangen konnte. Ich nahm seine Hand.

»Würdest du gern einen Tag zu Hause verbringen, Dad? Chas und ich würden dich begleiten.« Er starrte mich an, als versuchte er sich zu erinnern, was Zuhause war, und nickte dann.

»Aber er wird nicht allein in Winter Wood leben können«, sagte Chas, als wir Dad am Samstag mit dem Wagen abholten. »Ich dachte, er sollte bei uns wohnen.«

»Ich hatte noch nicht den Mut, ihn zu fragen. Warten wir ab, wie er heute in Winter Wood zurechtkommt. Die Türen und Flure sind breit, und im Erdgeschoss gibt es ein Klo und viel Platz, um ihm ein Schlafzimmer einzurichten. Vielleicht wäre es besser, über eine Agentur Pflegekräfte anzuheuern.«

»Kostspielig … Ganztagspflege.«

»Er kann es sich leisten, Chas.«

»Erstaunlich, wie schnell das geht«, murmelte er.

»Tja, hast du eine bessere Idee?« Meine Stimme klang scharf. Ich war nervös. Wenn Dad nun stürzte oder noch einen Schlaganfall bekam? Chas schaltete die Cricketberichterstattung im Radio ein, um das Thema zu wechseln. Ich lehnte mich in dem weichen Ledersitz zurück, sah die ausgedorrten Fahrbahnränder vorbeischwirren und wünschte, ich könnte das Meer hören.

Dad war schon fertig und wartete, als wir ankamen. Er trug eine graue Hose und ein gestreiftes Hemd mit verschlissenem Kragen, das ich in Winter Wood geholt hatte.

Er hatte mich seltsam angeschaut, als ich ihm die Kleider brachte, als überlegte er, woher sie kamen und was ich angestellt hatte. Was die Schwestern wohl von Dads alter, abgetragener Kleidung hielten? Glaubten sie, ich kümmerte mich nicht um ihn? Doch vielleicht hatten sie mehr Verständnis für den Stolz und den Eigenwillen alter Menschen als ich.

Der Rollstuhl passte gut hinten in Chas' Range Rover, zusammen mit der Gehhilfe. Es war auch relativ unkompliziert, Dad auf dem Beifahrersitz anzuschnallen, so dünn und leicht wie er war. Chas war fabelhaft. Er sprach den ganzen Weg nach Malvern mit seiner tiefen, ruhigen Stimme, erklärte ihm, wo wir waren, und erkundigte sich ständig, ob alles in Ordnung sei. Ich saß derweil auf dem Rücksitz und versuchte, mich mental auf den Tag einzustellen, der vor mir lag. Ich hatte vor, ein leichtes Mittagessen zuzubereiten und Chas danach ein paar Stunden wegzuschicken.

In Winter Wood gab es einen peinlichen Moment, als Dad nach seiner Tasche tastete, weil er glaubte, im Besitz der Schlüssel zu sein.

»Da wären wir«, sagte ich brüsk und öffnete die Tür. Chas fuhr ihn im Erdgeschoss herum, damit er sich davon überzeugen konnte, dass alles so war, wie er es hinterlassen hatte. Dann hievten wir ihn aus seinem Stuhl, stellten ihn an sein Gehgerät, und Chas – mein wunderbarer Ehemann – half ihm, zur Toilette zu schlurfen. Ich wärmte Champignonsuppe auf, bereitete appetitliche Minced Chicken Sandwiches zu und wischte beim Essen pflichtschuldig Dads Sabber weg. Die Idee, eine Ganztagspflegekraft einzustellen, gefiel mir immer besser. Während der Mahlzeit unterhielten Chas und ich uns fröhlich über Nichtigkeiten und versuchten Dad ins Gespräch einzubeziehen, ohne ihn mit Antworten zu überfordern. Als wir fertig waren, schlug ich

Chas vor, ein paar Stunden zu verschwinden, während Dad sich ausruhte. Das brauchte ich ihm nicht zweimal zu sagen. Er brachte Dad noch einmal zur Toilette und setzte ihn wieder in seinen Rollstuhl.

Okay, dachte ich. Jetzt sind wir also allein. Ich hatte nicht vor, ihn schlafen zu lassen, jedenfalls noch nicht. Ich fuhr ihn ins Wohnzimmer und stellte ihn mittendrin ab, während ich hin und her schlenderte, Ziergegenstände in die Hand nahm und ihn mit kleinen Erinnerungen an meine Kindheit ergötzte. »Schau, Dad. Siehst du die Vase? Der habe ich mal einen Henkel abgeschlagen, und Mutter hat ihn wieder angeklebt. Wir hatten eine Heidenangst, dass es dir auffallen würde.« Er nickte und lächelte andeutungsweise. »Aber ich wette, du hast es doch gemerkt. Und sieh dir das an.« Ich nahm ein Foto von mir in einem Silberrahmen von dem Klavier, auf dem nie jemand spielte. »Ich sehe so selbstzufrieden aus, nicht?« Ich nahm die Brille aus seiner Jackentasche, setzte sie ihm auf und zeigte ihm mich auf meiner Abschlussfeier, mit Robe und Hut, das Zeugnis fest in der Hand. Mein kastanienbraunes Haar, zu einem langen Pagenkopf geschnitten, war glatt und glänzend, und meine braunen Augen strahlten. »Ich sehe aus wie Mutter, findest du nicht?« Er hob die Hand und klopfte ein paarmal gegen das Glas. Ich ging zum Kaminsims und hob das Hochzeitsfoto meiner Eltern hoch. Es war poliert und staubfrei. Die gute alte Mrs. Watkins. »Wo habt ihr eigentlich geheiratet?«, fragte ich, brachte ihm das Bild und hockte mich neben ihn. Wieder hob er die Hand. Ich wartete.

»Vent… Vent…«, seufzte er.

»Ventnor? Auf der Isle of Wight?« Ich legte den Bilderrahmen auf seine Knie. Er nickte. »Ich war dort«, sagte ich. »Es hat mir gefallen.« Wir betrachteten das Foto eine Weile. »Ihr seht beide so hübsch aus.« Ehrlich gesagt erinnerte mich Dad eher an einen fiesen, geschniegelten Sean Bean, und Mum mit ihren großen Augen und dem ovalen Gesicht unter dem Spitzenschleier sah aus, als wäre sie gerade von Rudolph Valentino gefangen genommen worden. Ich stellte das Bild zurück. »Dad, hast du irgendwelche Fotos aus deiner Kindheit – deiner und Mutters?«

Er schwieg eine Weile und nickte dann. Er deutete auf den Flur. Ich schob ihn aus dem Zimmer. Er zeigte auf sein Arbeitszimmer. Das Manövrieren des Rollstuhls war ein bisschen schwierig. Ich musste mich in seinen Drehstuhl setzen, ein Rollentausch. Er sah sich eine Weile um, als hätte er vergessen, warum wir hier waren.

»Dad?«, soufflierte ich. »Fotos?«

Plötzlich fiel sein Blick auf den Spazierstock, der am Schreibtisch lehnte. Mir wurde klar, wie sehr er ihm gefehlt haben musste. Als ich ihn ihm reichte, streckte er die Hand so ungeduldig danach aus, als wäre er ein alter Freund. Er hob ihn und klopfte damit an eine Schreibtischschublade. Ich zog sie auf. Darin lag ein altes Lederalbum. Ich gab es ihm, und er blätterte mühsam darin. Es juckte mir in den Fingern, ihm zu helfen. Am liebsten hätte ich es ihm entrissen und selbst nachgeschaut.

»Darf ich mal sehen?« Ich kniete mich vor ihn. Die Bilder waren sehr alt, sepiafarben und schwarzweiß. Ich erkannte seine Eltern, meine Großeltern Rampling, in viktorianischer oder edwardianischer Kleidung, die auf der Treppe eines prachtvollen Hauses standen, im Hintergrund das Royal National Hospital. »Ist das das Arzthaus?« Er nickte. »Wo ich geboren wurde?« Er antwortete nicht; darauf musste ich später noch zurückkommen. Er schien vollkommen ins Blättern vertieft, als suchte er nach etwas. Ich wollte, dass er langsamer vorging, damit ich Zeit hatte, ihm Fragen zu stellen. Er hielt auf einer Seite inne, auf der eine Taufe zu sehen war. »Bist du das als Baby?«, fragte ich.

Er nickte. Es folgten noch ein paar Bilder von Erwachsenen mit strengen Mienen und Dad als ernster kleiner Knirps. Dann ein Schuljunge im dunklen Anzug, die Babylöckchen glatt gekämmt. Ich konnte ihn jetzt problemlos erkennen; der arrogante, hochnäsige Blick entwickelte sich prächtig. Und dann noch mehr Babyfotos. »Wer ist das?«, fragte ich. Seine Hand fing an, heftig zu zittern. Ich schnappte mir das Album, bevor es herunterfiel. Er packte blitzschnell meine Hand.

»Jane, Jane!«, schrie er auf.

»Dad, was ist los? Sag es mir!«, sagte ich energisch.

»Schwes-ser, Schwes-ser«, jammerte er.

Oh nein, nicht schon wieder. »Schwester? Sagst du Schwester?«

Er nickte unglücklich.

Ich betrachtete das Foto noch einmal. »Meinst du damit, dieses Baby war deine Schwester?«

Er nickte heftig. »Schwes-ser.«

»Ist es das, was du mir sagen wolltest? Hattest du eine kleine Schwester, die gestorben ist?«

»Nein, nein.«

»Sie ist nicht gestorben? Was ist dann mit ihr passiert?«

Er deutete wieder auf das Fotoalbum. Diesmal hielt ich es fest und blätterte bis zu der Stelle, an der wir eben gewesen waren. Soweit ich erkennen konnte, schien das Kleinkind wirklich ein Mädchen zu sein, denn in jenen Zeiten trugen auch Jungs im Babyalter Kleidchen. Auf einem weiteren Familienfoto hielt der etwa zehnjährige Henry das neugeborene Baby im Arm. Ein großes Foto fiel hinten aus dem Album auf den Boden. Ich hob es auf. Es war eine förmliche Studioaufnahme in Schwarzweiß; darauf waren zwei Gruppen, getrennt durch eine Schildblume in einem grotesken Krug. Auf einer Seite stand ein korpulenter Mann im dunklen Anzug, eine Zigarre in der Hand, die andere auf der Schulter einer blassen, dünnen Frau, deren Hand wiederum auf ihrem schwangeren Bauch ruhte. Vor ihnen, auf einer Fußbank, saß meine Mutter im Alter von etwa zehn Jahren. Sie trug ein dunkles Samtkleid mit einem weißen Spitzenkragen, und ihre Haare waren zu glänzenden Ringellocken frisiert. Sie lächelte mit dunklen, funkelnden Augen direkt in die Kamera. Das waren also die Eltern meiner Mutter, die Waldings, die möglicherweise ein Hotel besaßen. Und das Foto war kurz vor Tante Lillians Geburt aufgenommen worden.

Auf der anderen Seite standen die Eltern meines Vaters: Doktor Henry Rampling senior, mit Oberlippenbärtchen und zurückgekämmtem schwarzem Haar, erinnerte mich an John Cleese; daneben Florence, seine Frau, mit vorgestreckter Brust, die personifizierte Suffragette. Vor ihnen stand mein Vater, Henry junior, mit etwa fünfzehn Jahren, gut aussehend und hochnäsig, und hielt den Aufschlag seines Schulblazers fest. Neben ihm, auf einem Schemel, saß ein kleines Mädchen mit hellem, lockigem Haar in einem weißen Kleid mit einer dunklen Schärpe und blickte neugierig in die Kamera.

Ich drehte das Foto um. Auf der Rückseite stand eine Widmung. *Für meinen Freund Henry Rampling von deinem Kameraden an der Bar und an der Linse – William Walding. September 1933*. Die Eltern meiner Mutter und meines Vaters waren also gute Freunde gewesen, vor langer Zeit, als Henry junior und Victoria noch Kinder waren, noch vor Lillians Geburt.

»Erzähl mir von ihnen, Dad«, befahl ich.

Er pochte auf das Foto. »Freunde«, stotterte er. »Immer.« Er zeigte auf William Walding. »Hotel – Wraith Cove.« Er legte den Finger auf die blonde Frau. »Beatrice. TB.« Er tippte auf seinen Vater. »Ihr Arzt.« Er machte eine Pause und wischte sich den Mund.

»Ich verstehe. Großvater Rampling war Großmutter Waldings Arzt. Haben sie sich so kennen gelernt?«, fragte ich.

Dad nickte. Seine Augen glänzten. Er beugte sich wieder über das Foto. Er deutete auf die blasse Beatrice Walding. »Gestorben … Lillians Geburt.«

»Mein Gott, wer hat sich dann um Victoria und das Neugeborene gekümmert?«

Dad zeigte auf die lächelnde Victoria. Das war es also! Meine arme Mutter. Zehn Jahre alt, und nach dem Tod der Mutter allein für ihre kleine Schwester verantwortlich. Kein Wunder, dass sie so eine gequälte Seele war, die ihre Gefühle in ihre Gemälde fließen ließ.

»Ich«, sagte Dad plötzlich und zeigte auf sich. »Internat.«

»Ja, ich erkenne dich. Und wer ist das?« Ich deutete auf das kleine Mädchen im weißen Kleid.

Dads Aufregung schien jetzt mit voller Wucht zurückzukehren. Er schlug nach dem Foto und warf es zu Boden. Ich hob es wieder auf und hielt es unerbittlich vor ihn.

»Schwes-ser.«

»Deine Schwester? Was ist mit ihr passiert, Dad?« Dann geschah etwas Seltsames. Mein Vater brach in Tränen aus. Er weinte heftig. Seine Schultern zuckten. Ich tätschelte seinen Rücken und holte Papiertaschentücher, um ihm die Tränen abzuwischen. Er sah zu mir auf. In seinen Augen schwammen Tränen.

»Emm«, sagte er. »Emmeline.«

Ich saß schweigend da, während mir alles Mögliche durch den Kopf ging. Ich spürte, dass er mich beobachtete. Sein Schluchzen ließ nach. Wenn das stimmte und nicht nur das verwirrte Gefasel eines alten kranken Mannes war, bedeutete das, dass nicht nur meine Mutter ihre Schwester verleugnet hatte, sondern dass auch mein Vater genau dasselbe mit seiner getan hatte. Dann wäre Emmeline genauso meine Tante wie Lillian. Das konnte nicht stimmen, das hätte sie mir gesagt. Andererseits hatte sie angekündigt, mir am nächsten Tag noch viel mehr erzählen zu wollen, und dann war ich nicht hingegangen.

»Ist das wahr, Dad?«

Er nickte. Ich sah es an seinem Gesichtsausdruck. Zum ersten Mal seit Wochen wirkte er ruhig, als wäre er ganz da und vollkommen konzentriert. »Wusstest du, dass Emmeline noch lebte, bevor ich dir von meinem Treffen mit ihr erzählt habe?«

»Nein.«

»Hast du … habt ihr angenommen, dass sie beide tot sind? Lillian und Emmeline?«

Er nickte. Was für ein Schock es für ihn gewesen sein musste, nach all der Zeit von ihnen zu hören. Vielleicht konnte ich ihn jetzt ein wenig beruhigen. »Dad … Emmeline hat es mir erzählt – von sich und Lillian –, dass sie sich liebten. Sie haben all die Jahre glücklich zusammengelebt – fünfzig Jahre.« Er sah erschöpft aus. Ich nahm seine Hände in meine. »Ich verstehe sehr wohl, wie schwierig es damals war. Es ist lange her, und wahrscheinlich hast du die Vergangenheit schon längst begraben.« Er reagierte nicht. Seine Hände lagen schlaff in meinen. »Ich bin froh, dass du es mir erzählt hast. Wenn es dir besser geht, fahre ich wieder hin und treffe mich mit Emmeline. Vielleicht kannst du ihr einen Brief schreiben. Ich könnte ihn mitnehmen. Ihr könntet euch aussöhnen, bevor es zu spät ist – wie bei Mutter und Lillian.«

Ihm fielen vor Erschöpfung die Augen zu. Ich hörte Chas die Auffahrt hinauffahren. Genug, dachte ich. Es reicht.

22

Ihren nächsten Krankenhaustermin hielt Emmeline ein. Sie wusste, dass ihre Kräfte rasch schwanden, und war entschlossen, nichts unversucht zu lassen, um länger durchzuhalten. Neptun begleitete sie, half ihr über die Wiesen bis zur Straße und in den Bus. Der Arzt empfahl ihr eine Strahlentherapie. Eigentlich hätte sie die schon vor Wochen bekommen müssen, sagte er, als Ergänzung zur Chemo. Doch er war sehr verständnisvoll und riet ihr, nach Hause zu gehen und darüber nachzudenken.

Sie hatte immer noch nichts von Jane gehört. »Was soll ich tun?«, fragte Emmeline Neptun und Marguerite am Tag nach dem Abendessen.

»Wenn du versprichst, dich dieser Behandlung zu unterziehen, rufe ich ein paar Leute an und versuche, jemanden in ihrem Verlag zu erreichen. Vielleicht können die uns ihre Adresse geben«, sagte Neptun.

Emmeline griff über den Tisch nach seiner Hand und drückte sie dankbar. Sie wusste, wie sehr Neptun Fremde und Telefone hasste. Seine Welt bestand aus dem Undercliff, Fischen und gelegentlichen Ausflügen nach Ventnor.

Emmeline, vom langen Tag erschöpft, ging ins Bett und dachte darüber nach, wie sie zu solchen Einsiedlern geworden waren. Anfangs, als Lilly feststellte, dass sie schwanger war, war es ihnen unerlässlich erschienen. Sie hatte panische Angst gehabt, dass Henry es herausfinden und sie umbringen würde. Er hätte versuchen können, sie vom Kliff zu stürzen, oder sie zu entführen, um ihr das Baby wegmachen zu lassen. Damals hatte das ganze Versteckspiel begonnen, und dann hatten sie sich immer tiefer eingeigelt, bis die Welt ihnen vorkam wie ein fremder Planet. Und Wraith Cottage hatte ihnen das ermöglicht. Jedes

Jahr entfernte es sich ein Stückchen weiter von der Welt, weil das Kliff allmählich wegbröckelte, das Hotel seine Pforten schloss und die Hotelanlagen und Wiesen verwilderten.

»Arme Lilly«, murmelte Emmeline. »Welche Ängste du ausgestanden hast... Was für Alpträume du hattest...«

Ich habe Alpträume, in denen Henry mich beobachtet und nur auf die Gelegenheit wartet, mich zu entführen. Ich erzähle Emm nichts davon, aber sie weiß es. Manchmal frage ich mich, ob wir die Gedanken der anderen zu leicht lesen können, und versuche, meine vor ihr zu verschließen. Wenigstens können wir inzwischen über das Geschehene reden. Wir sprechen jetzt immer wieder darüber und versuchen, mit unserem neuen Leben zurechtzukommen. Früher – vor Henrys Überfall – kuschelten wir gerne miteinander und unterhielten uns über unsere gemeinsame Zukunft, wie wir zusammen in Wraith Cottage wohnen und unser Leben, unsere Ideen und Interessen miteinander teilen würden. Wir hatten vor, Woodys und Neptuns Beispiel zu folgen und die Leute einfach reden zu lassen. Wir planten, das Hotel weiterzuführen, es allmählich zu modernisieren und jüngere Leute und Familien anzusprechen. Doch zuerst kam der Brand, dann Henry, und jetzt ist alles anders. Wir haben keine Einkünfte, keine Arbeit. Immerhin hat Emm ein bisschen Geld geerbt, und mir gehören jetzt Wraith Cottage und das Hotel. Ich hatte schon befürchtet, dass Henry Victoria davon überzeugen würde, das ganze Anwesen zu versteigern.

Wir reden auch über meine Schwangerschaft. Ich übergebe mich immer noch, und als es März wird, macht Emm sich langsam Sorgen und schlägt einen Arztbesuch vor.

»Das ist nur Schwangerschaftsübelkeit, Emm. Kein Grund zur Sorge.«

»Aber das wissen wir nicht genau, Lilly! Was für Erfahrungen haben wir schon damit?«

Ich will nur ungern zum Arzt. Es könnte Henry zu Ohren kommen. Beim Gedanken daran wird mir angst und bange. Was könnte er tun? Er könnte unseren Brunnen vergiften lassen oder jemanden beauftragen, mich vom Kliff zu stoßen. Ich habe alle möglichen Horrorvorstellungen, wie er sich des Babys und mir entledigen könnte.

Emm freut sich immer noch nicht über das Kind, aber sie macht keine Bemerkungen mehr, wie sie mich davon befreien könnte. Doch manchmal, wenn es ihr zu viel wird, explodiert sie.

»Und wenn es wie Henry aussieht?«, schreit sie mich eines Tages an. »Wie sollen wir damit leben?«

»Es ist ein Mädchen«, schreie ich zurück. »Und das Kind kann nichts dafür.« Ich packe sie und umarme sie. »Ach Emm. Denk doch nur, wir hätten nie zusammen ein Kind gehabt! Sie wird unsere Tochter sein.«

»Henrys Tochter!«

»Dein Blut fließt auch in ihren Adern, Emm – das deiner Familie genau wie das von meiner.«

»Tja, ich hoffe zu Gott, dass sie aussieht wie du, Lilly. Ich fürchte nur, dass mich jeder Blick auf dieses Kind daran erinnern wird, dass Henry dich vergewaltigt hat.«

»Nicht mich, Emm – meinen Körper, nicht mich.«

Als wir uns beruhigt haben, machen wir einen Spaziergang. Die Luft belebt uns, und wir fühlen uns besser. Emms Augen strahlen wieder, und ihre Wangen sind rosig. Der März ist mild und sonnig. In den Sträuchern und im Gras leuchten gelbe Blumen. Das Meer unterhält uns mit Blau- und Grüntönen, die von einem Moment zum anderen in rauchfarbenem Nebel verschwinden. Während der Winterstürme sind wieder Teile vom Kliff abgebrochen, und die freigelegten Schichten leuchten in der Frühlingssonne weiß und rostgold gestreift. Woody und Neptun haben die Klifftreppe provisorisch ausgebessert, und wir sind froh, dass unsere Höhle nicht beschädigt ist. Der Strand ist von Fossilien und Muscheln übersät. Wir sammeln neue Schätze, setzen uns auf einen Felsblock und spüren, wie die Gischt unsere Gesichter befeuchtet.

»Okay«, sagt Emm und setzt das Gespräch fort, das wir beim Frühstück begonnen haben. »Ich stimme zu, dass wir versuchen sollten, es vor Henry geheim zu halten. Aber sag mir, wie, Lilly! In ein paar Wochen wird man es sehen. Ich finde, wir sollten es Woody und Neptun sagen. Sie werden es sowieso erfahren, und vielleicht können sie uns helfen.«

»Wie denn?«

»Ich weiß nicht. Aber wenn du deine Schwangerschaft verstecken willst, kannst du nirgends hingehen. Vielleicht können sie für uns ein paar Dinge klären, ohne Verdacht zu erregen – zum Beispiel rechtliche Fragen. Man kann bestimmt nicht einfach ein Kind zur Welt bringen, ohne es eintragen zu lassen. Außerdem brauchst du einen Arzt oder eine Hebamme.«

Emmas Ton ist forsch, als müsste sie mir alle Hindernisse aufzeigen, die ihr in den Sinn kommen, damit mir klar wird, was ich da auf mich nehme. Sie klingt ein bisschen wie Victoria. Ich schaue sie von der Seite an. Wenigstens sieht sie in ihrer ausgebeulten Hose, dem marineblauen Fischerpullover und dem rotweiß gestreiften Tuch, das sie um Kopf und Hals geschlungen hat, nicht aus wie Victoria. Ich lächele, als ich mir meine Schwester in dieser Aufmachung vorstelle.

»Ich hab nichts dagegen, es Woody und Neptun zu erzählen. Wie du schon sagst, sie werden es sowieso bald erfahren.«

Die Gelegenheit ergibt sich bereits am Nachmittag. Sie

kommen im Boot, um Emm zu einem Zahnarzttermin nach Ventnor zu bringen. Ich schließe mich ihnen an. Es ist so ein herrlicher Tag! Es macht richtig Spaß, auf dem Meer durchgeschaukelt zu werden, und mir ist überhaupt nicht schlecht. Im Gegenteil, die Anspannung der letzten Wochen ist wie weggeblasen. Wir legen an, Woody breitet seinen Armeemantel auf der Kaimauer aus, und wir setzen uns, teilen uns eine Flasche Limonade und ein Glas Herzmuscheln und lachen über Bootys Späße mit den Wellen. Dann geht Neptun mit Emm in die Stadt.

Ich erzähle Woody von der Vergewaltigung und dem Baby. Er hält meine Hand und lässt mich ohne Unterbrechung zu Ende reden. Seine Reaktion erkenne ich daran, dass er meine Hand fester drückt und anders atmet. Lange sitzt er nur da und sieht aufs Meer, sein Gesicht in der Wildnis seines dunklen, krausen Haars und Barts unergründlich. Das ist seine Art, damit fertig zu werden: ein bedächtiges Auswerten der Fakten. Er ist weniger impulsiv als Neptun, besonders nach seinen Kriegserlebnissen. Davor hätten sie beide blindlings losgeschlagen und dann erst den Kopf eingeschaltet. Er seufzt und nickt.

»Das überrascht mich nicht, Lillian. Um ehrlich zu sein, Nep und ich haben uns das öfter durch den Kopf gehen lassen. Wir konnten nur schwer glauben, dass Henry in jener Nacht nicht über dich hergefallen ist. Aber wir haben verstanden, warum du nicht darüber reden wolltest.« Er streichelt meine Hand. Seine fühlt sich an wie Neptuns, rau und stark. »Was habt ihr jetzt vor?«

»Ich will es geheim halten. Ich will nicht, dass es irgendjemand weiß, vor allem Henry nicht. Ich habe furchtbare Angst davor, was er anstellen könnte, wenn er es herausfindet. Und ich denke, ich werde mir eine Geschichte ausdenken müssen, einen imaginären Vater, vielleicht einen Fehltritt auf einer Weihnachtsparty. Ich muss mich eben durchmogeln und das Stigma der ledigen Mutter auf mich nehmen.«

»Und Emmeline?«

»Sie ist nicht sehr erfreut. Du weißt ja, was sie von Henry hält. Aber was soll sie machen? Ich weiß, dass sie mich unterstützen wird.«

Woody zaubert hinter seinem Ohr eine Selbstgedrehte hervor. Er zündet sie an, und ich lehne mich zurück und schließe die Augen. Der Geruch erinnert mich an Dad. Angenommen, ich hätte ihm diese Sache beichten müssen – hätte er mich vor die Tür gesetzt? Woody holt einen Flachmann aus der Tasche und bietet ihn mir an. Ich trinke vorsichtig einen Schluck, da ich nicht genau weiß, was für ein Gebräu mir gleich durch die Kehle laufen wird. Es ist Brandy. Ich spüre, wie er warm in meinen Magen fließt. Woody nimmt einen großen Schluck und wischt sich mit dem Handrücken über den Mund.

»Tja, Lillian. Wenn es dir irgendwie hilft, kannst du mich gern als Kindsvater angeben.«

Mich durchfährt ein Schreck, der stärker ist als der Brandy. Ist die Güte dieses Mannes unerschöpflich? »Aber das kannst du nicht machen, Woody.«

»Warum nicht? Ich habe mir mit den Jahren ein dickes Fell gegen Klatsch und Tratsch zugelegt.« Er lächelt. »Du und Emmeline werdet das auch tun müssen.«

»Und was ist mit Neptun?«

»Nep wird nichts dagegen haben. Wir wissen, dass wir zusammengehören, so wie du und Emmeline. Ich finde, wenn wir einander helfen können, sollten wir das auch tun.«

»Aber alle wissen doch, dass du und Neptun …«

Woody lacht. »Man kann auch beiden Geschlechtern zugetan sein. Wer kann schon mit Sicherheit sagen, dass du und ich es an Silvester nicht am Strand getrieben haben?

Wenn wir beide es behaupten, dann war es auch so.« Er trinkt noch einen Schluck Brandy. »Wir könnten sogar heiraten, wenn du möchtest. Dann hätte es einen rechtmäßigen Vater. Das Kind kann schließlich nichts dafür, stimmt's?«

»Es ist ein Mädchen. Ach, Woody! Ich muss erst mal nachdenken.« Ich lehne mich an seine Schulter. »Du bist wirklich ein toller Mann. Es gibt niemanden, mit dem ich lieber verheiratet wäre – wenn man berücksichtigt, dass ich Emm nicht heiraten kann. Ich hab dich wirklich sehr gern.«

Er wendet sich mir zu. Seine dunklen Augen erforschen mein Gesicht, bis sich unsere Blicke treffen. Er beugt sich vor und berührt meine Lippen mit seinen. Wieder durchzuckt mich ein warmes Gefühl, als hätte ich noch einen Schluck Brandy getrunken. In dem Moment kann ich mir vorstellen, von ihm geliebt zu werden wie von Emm.

»Ich dich auch«, sagt er.

Emm ist von Woodys überraschendem Angebot ebenso erstaunt wie ich, doch das mit der Heirat geht ihr zu weit.

»Ihn als Vater anzugeben würde sicher eine Menge Probleme lösen. Aber eine Heirat erscheint mir unnötig. Das würde einen Haufen rechtliche Probleme nach sich ziehen. Die Anerkennung der Vaterschaft wird ausreichen, denke ich.«

Sie geht hinaus und spaltet grimmig Holzklötze. Ich frage mich, ob sie sich bedroht fühlt. Doch als sie wieder reinkommt, lächelt sie fröhlich, als wäre sie mit sich im Reinen. Danach wird alles beträchtlich leichter, weil wir einen Weg gefunden haben, Henry aus der Sache rauszuhalten. Wir planen sogar ein Überraschungsessen für Woody und Neptun und blicken wieder nach vorn, sprechen sogar zögernd von *unserem* Baby.

»Warum bist du so sicher, dass es ein Mädchen ist?«, fragt Emm, als sie Blätter vom Gartenweg fegt.

»Ich weiß es einfach. Ich bin eine Hexe«, lache ich.

Emm steht auf den Besen gelehnt da und sieht mit ihren Zahnlücken selbst wie eine Hexe aus. Sie wartet auf ihre neue Gaumenplatte mit einem künstlichen oberen Schneidezahn. Auf den unteren verzichtet sie. »Warum probieren wir es nicht mit der Wünschelrute? Du weißt schon, was ich meine. Wir halten ein Pendel über deinen Bauch und stellen fest, in welche Richtung es sich dreht.«

»Aber ich weiß nicht mehr, welche Richtung für welches Geschlecht steht. Du etwa?«

»Komm mit. Wir schauen nach.« Sie lässt den Besen fallen und rennt ins Haus. Sie kramt ihre Bücher hervor, und ich liege mit hochgezogenem Pulli auf der Couch, während sie einen Goldring meiner Mutter in einen Baumwollfaden hängt. Sie hält ihn über meinen Bauch und versucht, den Faden ruhig zu halten. Doch der schwingende Ring macht Drifter ganz verrückt. Sie schlägt mit der Pfote danach, und wir müssen sie nach draußen verbannen. Wir warten und wagen kaum zu atmen, als der Ring in Schwung kommt und langsam zu kreisen beginnt.

»Da«, rufe ich. »Ich hab's dir doch gesagt. Es ist ein Mädchen.« Wir lachen beide erfreut.

»Was macht ihr da?«

Wir fahren zusammen. In der Tür steht Victoria. Ich ziehe meinen Pullover runter und setze mich auf. »Victoria! Ich hab dich gar nicht kommen hören.«

Sie marschiert rüber zur Couch. »Was macht ihr da?«, will sie mit zittriger Stimme wissen.

Emm baut sich vor ihr auf, die Hände in die Hüften gestemmt, das Kinn vorgeschoben. »Was geht dich das an?«

Victoria hält eine Hand hoch. »Ich weiß, was ihr da treibt. Ich habe davon gelesen. Ein paar Freundinnen von mir haben das mal versucht.« Sie drängelt sich an Emm vorbei und mustert mich, während ich mich aufrappele. »Bist du schwanger, Lillian?« Ihre Stimme klingt scharf und beharrlich. »Sag's mir sofort!«

»Nein«, sage ich wenig überzeugend. »Bin ich nicht.«

»Du lügst.« Sie sieht Emm an. Emm schüttelt den Kopf. Victoria läuft rot an, und ihr Mund zuckt. »Lügnerinnen! Ihr seid beide Lügnerinnen!«, schreit sie, dreht sich um und rennt aus dem Haus.

Wir starren ihr entgeistert nach. »Sie hat nicht mal gesagt, was sie hier wollte«, sagt Emm.

Henry kommt zwei Stunden später. Er überrumpelt uns. Emm und ich waren überzeugt, dass Victoria ihm nichts sagen würde. Wir sind im Garten und jäten Unkraut, ein bisschen bedrückt nach ihrem Besuch. Plötzlich taucht Henry hinter dem Cottage auf. Emm sieht ihn als Erste. Sie schubst mich in den Eingang und stellt sich Rechen schwingend vor mich. Er sieht schick und gepflegt aus in seinem schwarzen Anzug, als käme er geradewegs aus dem Sprechzimmer. Doch sein Gesicht wirkt abgespannt. Er tritt einen Schritt zurück und hält beschwichtigend die Hände hoch. Ein schwerer, goldener Siegelring blitzt an seinem Finger. Mir wird klar, dass dieser Ring die schlimmen Verletzungen im Emms Gesicht verursacht hat. Ich erschaudere. War er nach Hause gegangen, hatte das Blut abgewaschen und ihn wieder angesteckt?

»Ich will mit dir reden, Lillian«, sagt er, als wäre Emm gar nicht da. »Ich komme nicht mit rein.«

»Ganz sicher nicht«, knurrt Emm.

Ich stehe hinter ihr in der Tür. Ich zittere am ganzen Körper. Dies ist das erste Mal, dass ich ihn nach der Vergewaltigung zu Gesicht bekomme, und mein Körper zeigt alle möglichen Reaktionen. »Was willst du?«, presse ich hervor.

»Victoria sagt, du bist schwanger. Stimmt das?«

Welchen Sinn hat es, es zu leugnen? Er wird es sowieso bald erfahren. Doch jetzt, wo ich einen Plan habe, kann ich seinen Schikanen standhalten. »Ja«, sage ich und bemühe mich um einen unerschrockenen Ton. »Aber das hat nichts mit dir zu tun, Henry. Ich war schon schwanger, als du mich vergewaltigt hast, deshalb kannst du jetzt gehen.«

»Und wer ist der Vater?«

»Woody«, sage ich und hebe den Kopf, um ihm in die Augen zu sehen.

Henry prustet verächtlich los. »Das glaub ich dir nicht. Alle wissen, dass er schwul ist.«

»Dann frag ihn.«

»Dem würde ich nicht mal guten Tag sagen. Das Ganze ist eine Verschwörung, die ihr ausgeheckt habt.«

»Das geht dich nichts an, Henry. Du hast kein Recht…«, setzt Emm an. Er mustert kurz ihr Gesicht. Ist ihm die dunkelviolette Narbe auf ihrer Lippe aufgefallen, die fehlenden Zähne? Doch dann ignoriert er sie wieder.

»Du kannst mit diesem Unsinn aufhören. Ich will dein Wort, dass du mich nicht als Vater angibst oder mich sonst irgendwie in die Sache reinziehst.«

»Das Letzte, was ich will, ist dich da reinzuziehen«, fauche ich ihn trotz klappernder Zähne an. Ein überraschter Ausdruck huscht über sein Gesicht, als hätte er damit gerechnet, dass ich ihn um Hilfe bitte. Ich versuche mich zu beherrschen, indem ich mich an Emm klammere. »Ich tue, was du willst, wenn du mir dein Wort gibst, dass du mir und dem Baby nichts tust oder mir je wieder zu nahe kommst.«

»Ich kann mir nicht vorstellen, wie du überhaupt auf diese Idee kommst. Ich will nichts mit dir oder ihm zu tun haben. Wenn du dich weigerst, wird das katastrophale

Konsequenzen haben. Ich habe auf deinem Krankenblatt – und auf ihrem – gewisse Dinge vermerkt.« Er nickt in Emms Richtung.

»Du Scheißkerl«, zischt sie.

»Nun gut.« Seine Hand spielt mit der Kette seiner Taschenuhr, als hätte er genug von seiner kostbaren Zeit mit uns verplempert. »Ich bin hier, um euch etwas Wichtiges mitzuteilen. Victoria ist schwanger.«

»Wie hast du das denn geschafft?«, zischt Emm. »Bist du nach Hause gefahren und hast sie vergewaltigt, als du hier fertig warst?«

»Victoria ist meine Frau«, sagt Henry, ohne sie anzusehen.

»Das macht eine Vergewaltigung nicht akzeptabler.«

Henry ignoriert sie, doch sein Gesicht läuft rot an. Ich versuche, Emm durch reine Willenskraft dazu zu bringen, den Mund zu halten und ihn nicht zu verärgern. Ich will nur, dass er verschwindet. Ich bemühe mich um einen ruhigen Ton.

»Uns hat sie nichts davon gesagt.«

»Sie hat es gerade erst bestätigt bekommen.«

Ich kann es nicht glauben. Victoria schwanger! Nach so vielen Jahren! Noch dazu nach ihrer Beichte, dass sie kein Kind von ihm will. Vielleicht war sie zu dem Zeitpunkt schon schwanger, ohne es zu wissen. Wahrscheinlich war das auch der Grund, warum sie vorhin hier war – um es uns zu sagen. Arme Victoria, das haben wir ihr gründlich vermasselt. »Ich will mit ihr sprechen«, sage ich.

»Sie ist weg.«

»Weg? Aber vor ein paar Stunden war sie doch noch hier!«

»Sie wollte sich verabschieden. Ich habe sie zu Freunden nach Schottland geschickt. Ich will nicht, dass sie im Krankenhaus mit Krankheiten in Berührung kommt.«

»Schottland! Aber das ist sehr weit weg.«

Er kommt einen Schritt näher. Ich rieche einen schwachen Hauch seines Eau de Cologne, und mir dreht sich der Magen um. Emm schwingt den Rechen.

»Leg das lächerliche Ding weg«, schnauzt er und wendet sich an mich. »Sie wird dir wahrscheinlich schreiben.« Er fasst sich an die Stirn und reibt sie, als versuche er, sich an etwas zu erinnern. »Hör zu, Lillian. Ich – äh – entschuldige mich für das, was passiert ist – dieses, äh, Missverständnis zwischen uns. Ich weiß, dass Victoria dir ihren Anteil überschrieben hat. Außerdem habe ich veranlasst, dass jede Woche eine gewisse Summe auf ein Konto überwiesen wird. Aber ich muss darauf bestehen, dass du deiner Schwester zuliebe darüber Schweigen bewahrst. Ihr guter Ruf hängt davon ab.«

»Das ist doch eine bodenlose Frechheit«, schreit Emm. »Man könnte meinen, ihr wärt die Geschädigten. Ihr und euer kostbarer Ruf!«

»Ihr zwei werdet überhaupt keinen mehr haben, wenn den Leuten erst mal klar wird, was ihr seid.«

»Ich will dein Geld nicht, Henry. Wenn es sein muss, verkaufe ich das Hotel. Ich will nichts von dir, und ich will dich nie wieder sehen.«

Henry steht da und starrt mich entgeistert an. Ich rechne damit, dass er gleich vor mir ausspuckt. Doch er wendet sich abrupt ab und geht. Ich halte Emm an ihrem Pulli fest, damit sie sich nicht auf ihn stürzt. Wir schauen ihm nach, bis er nicht mehr zu sehen ist. Emm schleudert den Rechen gegen das Gartentor und umarmt mich. Wir klammern uns zitternd aneinander, und ich weiß nicht, ob ich lachen oder weinen soll.

Wir sitzen noch lange beisammen und trinken heiße Milch. Emm steht auf, um die Türen zu verschließen.

»Ich halte das nicht für nötig, Emm. Der kommt nicht wieder.«

Sie ist unruhig und tigert im Cottage auf und ab. »Wir können ihn nicht so davonkommen lassen, Lilly. Er hat sogar unsere ärztlichen Unterlagen gefälscht. Das ist doch verboten.«

»Vielleicht hat er das nur erfunden, um uns Angst einzujagen.« Aber ich habe keine Angst mehr. Ich halte Emm fest, als sie vorbeigeht. »Verstehst du denn nicht? Wir sind ihn los! Wir beide. Wir können dieses unschuldige Kind gemeinsam aufziehen, und die Leute sollen ruhig tratschen und Vermutungen anstellen. Woody hat nichts dagegen, wenn sie sich das Maul über ihn zerreißen, und nach einer Weile wird sich der Klatsch legen.«

»Was ist mit dem Baby? Mit der medizinischen Versorgung? Wenn Henry wirklich etwas Nachteiliges über uns vermerkt hat, werden die Behörden das überprüfen. Dann nehmen sie es uns weg, weil wir angeblich unfähig sind, für ein Kind zu sorgen.«

»Aber nicht, wenn sie nichts davon wissen. Woody wird unterschreiben. Wir können uns Bücher besorgen und uns Wissen über Schwangerschaft und Geburt anlesen. Ich kann mich hier verstecken. Wenn alles glatt geht, muss es niemand erfahren.«

»Und was, wenn etwas schief läuft?«

»Im schlimmsten Fall holen wir eben die Hebamme oder den Arzt oder gehen ins Krankenhaus. Woody und Neptun werden uns helfen, das weiß ich.«

Emm streckt die Arme nach mir aus. »Ich könnte es nicht ertragen, wenn dir etwas passiert.«

»Ich bin stark und gesund. Ich weiß, dass ich nicht so wirke. Ich habe zwar das zarte Äußere meiner Mutter geerbt, aber ich bin wie Dad – bärenstark. Ich weiß, dass es gut geht.«

Wir liegen Händchen haltend im Bett. Das Meer und der Wind sind so ruhig, dass wir das Rascheln unserer Hausmaus im Reetdach hören können. Ich weiß, dass Emm, genau wie ich, sich die Ereignisse des Tages durch den Kopf gehen lässt.

»Ich habe das Gefühl, dass ich Victoria nie mehr wiedersehe und ihr Baby auch nicht«, sage ich. »Ich wüsste wirklich gern, wie es ihr geht. Sie hat doch gesagt, dass sie kein Kind wollte. Arme Victoria.« Der Gedanke, dass sie so viele Meilen von hier entfernt allein im kalten Schottland sitzt, belastet mich. Wahrscheinlich ist sie jetzt noch unterwegs, mutterseelenallein in einem trostlosen Dampfzug, der durch schneebedeckte Berge tuckert. Sie trifft keine Schuld. Das Problem ist, dass sie schwach ist. Vielleicht widersetzt sie sich Henry, kommt zurück und lebt doch noch mit uns zusammen. Wir könnten unsere Kinder gemeinsam aufziehen. Doch das würde Henry nie dulden. Ich seufze. »Arme Victoria«, sage ich wieder.

»Hmm«, grunzt Emm.

»Aber ist es nicht komisch, Emm? Meine Schwester und ich erwarten Babys vom selben Vater – deinem Bruder.«

»Toller Vater«, sagt sie. »Und er ist nicht mein Bruder, Lilly. Ich habe keinen Bruder.«

Emmeline dachte über ihren Bruder nach. Er war es noch, ob es ihr passte oder nicht. Sie stellte sich vor, wie er irgendwo in einem Krankenhausbett lag und zwischen Leben und Tod schwebte. »Ich muss dich sehen, Henry«, murmelte sie in ihr Kissen. »Du musst kommen.«

23

»Nun ja«, sagte Chas, als ich ihm von Emmeline erzählte, die alten Familienfotos und die Gemälde meiner Mutter zeigte. »Das kommt mir alles wie viel Lärm um nichts vor. Aber ein paar von diesen Seestücken gefallen mir wirklich, Janey. Wir könnten sie rahmen lassen. Immerhin hast du jetzt doch noch eine lebende Tante. Zwar nicht die, mit der du gerechnet hast – Emmeline statt Lillian – aber trotzdem eine echte Blutsverwandte.«

Der Sommer verging. Inzwischen war August, und es kam mir vor, als wäre ich die ganze Zeit mit meinem Vater beschäftigt gewesen. Ich hatte ihn gefragt, ob er zu uns nach Birdsong ziehen wollte. Das hatte er nicht nur abgelehnt, er hatte sogar den Stock gegen mich erhoben. Inzwischen lebte er wieder in Winter Wood, wo ein Pflegeteam rund um die Uhr für ihn da war. Er atmete nur noch leicht keuchend, und seine Rippe war verheilt. Mrs. Watkins hatte wieder ihre Arbeit aufgenommen, und sein alter Gärtner wurstelte draußen herum.

Chas und ich hatten die Möbel umgestellt und im Erdgeschoss ein bequemes Wohnschlafzimmer für ihn eingerichtet. Von dort aus konnte er in sein Arbeitszimmer tapsen, wo er jeden Tag gern ein paar Stunden damit verbrachte, seine Archive durchzusehen. Wir hatten das Erdgeschoss behindertengerecht umbauen lassen, und ich kam jeden Tag vorbei, um nach ihm zu sehen. Er wirkte zufrieden, aber bedrückt. Immerhin hatte sich seine frühere Angespanntheit gelegt, nachdem er mir gebeichtet hatte, dass Emmeline seine Schwester war. Doch es kam mir vor, als würde ich nicht mehr aus ihm herauskriegen. Wenn ich versuchte, mit ihm über die Vergangenheit zu reden, schloss er die Augen oder sagte, er könnte nicht klar denken oder hätte in seinem Arbeitszimmer etwas Wichtiges zu erledigen. Als ich ihm erzählte, dass ich Mums Gemälde mitgenommen und mir sein Fotoalbum ausgeliehen hatte, um es Chas zu zeigen, winkte er ab, als ginge ihn das nichts mehr an.

Ich bekam langsam das Gefühl, dass ich nicht mehr gebraucht wurde. Dad war versorgt. Chas war vollauf damit beschäftigt, Geld zu verdienen. Ich machte mir Sorgen um ihn. Sein Haar kam mir grauer und schütterer vor, und er setzte Pfunde an. Er war so gestresst, dass er sogar vergessen zu haben schien, mein Leben für mich zu regeln. Er hatte nicht mal gefragt, ob meine Schreibblockade sich wieder gelöst hätte.

Ich ging hinauf in mein Arbeitszimmer, blies den Staub von den Karteikästen und fragte mich, ob ich wie mein Vater in einem Zimmer voll staubigem Papier enden würde. Ich stand auf der Dachterrasse und sah hinab ins Tal auf das verdorrte Gras des trockenen Sommers. Der Sonnenschein war zwar gut für das Obst und die Weintrauben gewesen, aber nicht für die Rasenflächen und Gärten. Der Herbst kam früh, die Blätter verblassten, und graue Eichhörnchen horteten Haselnüsse. Beim Gedanken an die zierlichen roten Eichhörnchen auf der Isle of Wight überkam mich plötzlich die Sehnsucht.

Leicht unzufrieden setzte ich mich in meinen weißen Sessel. War das alles gewesen? War das schon das Ende des kleinen Dramas zwischen meinen Eltern und ihren subversiven Schwestern, das ich zu Tage befördert hatte? Und wenn ja, was hatte es mir gebracht? Ich sah mich im Zimmer um. Die Zeit bis zum Abgabetermin meines Romans wurde immer knapper, und ich hatte immer noch keine Lust, den Computer einzuschalten und mich an die Arbeit zu machen. Ich wusste, dass ich es schaffen konnte, wenn ich mich anstrengte. Die »Schreibblockade« war nur ein Vorwand, hinter dem ich mich verschanzte. Ich hatte die Story schon fertig im Kopf: ein Paar zwischen dreißig und vierzig, das nach Frankreich zog, um seine kriselnde Ehe wieder in Schwung zu bringen. Sie fängt eine Affäre mit dem Dorfcasanova an und glaubt, dass er es ernst meint, bis sie ihn mit einer anderen erwischt. Chaos, Versöhnung mit Ehemann etc.

Ich wollte mit etwas mehr Tiefgang schreiben, das war mein Dilemma. Ich wünschte mir etwas, das sich mir entzog. Ich verstand, dass meine Kreativität sich nach innen gewandt hatte und nicht mehr an fiktiven Geschichten interessiert war. Doch ich hatte das Gefühl, als hätte ich noch nicht ganz zu meiner Mitte gefunden.

Aber ich wusste auch nicht, wie ich das anstellen sollte. Anders als ein paar meiner Kollegen fühlte ich mich nicht zur Psychotherapie hingezogen, und zur Religion – sei sie nun althergebracht oder New Age – fand ich auch keine Beziehung. Ich hatte sogar begonnen, die geselligen Abende mit meinen Freunden zu meiden, an denen wir essen gingen und über Beziehungen, Kinder, die Arbeit oder gesunde Ernährung diskutierten. Dabei hatte ich es immer sehr genossen, Informationen zu sammeln, intime Details zu erfahren oder mich auszuschütten vor Lachen. Doch jetzt kam mir das alles oberflächlich vor, als ob wir blind über etwas Gewaltiges, Tiefes und Unberührtes marschierten, das wir ignorierten.

Ich stand auf und lief unruhig im Zimmer auf und ab. Was wollte ich denn? Ich hatte stets auf meine angeborene Kreativität vertraut, und jetzt, wo sie anscheinend andere Wege einschlug, konnte ich ihr doch einfach folgen. Aber wohin wollte sie mich führen?

Ich setzte mich wieder in den Sessel und lehnte mich zurück. Ich atmete tief durch und entspannte mich. Ich spürte, wie ich die Fragen in meinem Kopf losließ und mich ganz auf das Hier und Jetzt konzentrierte. Vor meinen Augen leuchtete es golden. Und dann sah ich eine dünne Frau mit langem bleichem Haar vor mir schweben. Sie schaute mich an und verblasste wieder. Wie ein Gespenst, dachte ich, und öffnete die Augen. In dem Moment wusste ich genau, was ich zu tun hatte. Ich musste zurück auf die Insel und mit Emmeline sprechen, meiner Tante Emmeline.

Ich ging nach unten, um mir einen Kaffee zu machen. Meine Gedanken schweiften zum Strand in Wraith Cove und zu Emmelines gollumhaftem Gesicht mit dem zahnlückigen Grinsen. Lächelnd sah ich die Morgenpost durch. Ein Brief war von Bill Allain mit neuen Informationen über Wraith Cottage. Er hatte ein paar alte Pläne und Urkunden ausgegraben, die für das Küstenmanagementprogramm nötig gewesen waren, und dabei hatte sich herausgestellt, dass mein Grund und Boden auch die Anlagen des alten Hotels umfasste – Wraith Cove Hotel. Nur das Gebäude war an ein Abbruchunternehmen verkauft worden, und die Firma hatte sich schon vor Jahren alles geholt, was sie brauchen konnte. Inzwischen existierte sie nicht mehr. Also gehörten mir jetzt ungefähr sechs Morgen Land, Wraith Cottage und ein halb abgerissenes Hotel. Weiter schrieb er, dass das Land nach Abschluss der Kusteninstandsetzungsarbeiten eventuell noch an Wert gewinnen würde. Es war sogar möglich, dort ein neues Gebäude zu errichten.

Tja, dachte ich, jetzt bin ich also Grundbesitzerin, das wird Chas gefallen. Doch dann fiel mir siedend heiß ein, dass ich dadurch sicher auch allen möglichen Steuerpflichten unterlag. Ich schob den Brief in den Umschlag und nahm mir vor, bei Bill Allain vorbeizuschauen, wenn ich auf der Insel war.

Ein dicker Briefumschlag war von meiner Lektorin, die

sich nach der Gesundheit meines Vaters erkundigte und wissen wollte, wie die Arbeit voranging. Er enthielt mehrere Briefe von Lesern, die ihre Meinung zu meinen Büchern loswerden wollten. Einer davon war in einer ziemlich kindlichen Handschrift verfasst. Er fing sehr persönlich an mit *Liebe Jane*, ich merkte, dass er gar nicht von einem Leser stammte. *Ich bin ein Freund von Emmeline. Tut mir Leid, wenn ich an Ihre Lektorin schreibe, aber ich wusste nicht, wo ich sonst hinschreiben sollte. Ich möchte, dass Sie wissen, dass Emmeline jetzt sehr krank ist. Bitte kommen Sie, und besuchen Sie sie. Es gibt da einiges, was sie Ihnen erzählen will, und sie fragt sich, ob Sie jemals zurückkommen. Ihr Neptun.*

Neptun! Wollte mich da jemand auf den Arm nehmen? Moment mal, ich hatte Emmeline davon sprechen hören, dass Neptun Wraith Cove besuchte. Ich hatte angenommen, das sei nur so eine Redensart, ein Bild dafür, dass das Meer dort alle möglichen Gegenstände anspülte. Ich hätte nicht im Traum gedacht, dass sie damit einen Menschen aus Fleisch und Blut meinte. Aber Scherz oder nicht, Emmeline war krank und machte sich Gedanken über mich. Ich musste zu ihr. Ich wollte nicht noch eine Tante verlieren, bevor ich die Gelegenheit hatte, sie besser kennen zu lernen.

Ich packte ein paar Klamotten zusammen, rief Chas an und ließ mir die Reise nicht von ihm ausreden. Dann fuhr ich zu Dad. Er döste auf einer Sonnenliege unter dem Kastanienbaum auf der Südseite des Hauses. Die Pflegerin, die über ihre Strickarbeit gebeugt bei ihm saß, wirkte, als sei sie halb eingeschlafen. Die beiden sahen sehr friedlich aus im gesprenkelten Licht an dem Klapptischchen mit Getränken, Obst und Büchern. Die Frau stand auf, als ich näher kam.

»Ich gehe ins Haus und bereite Doktor Ramplings

Lunch zu, während Sie bei ihm sind. Kann ich Ihnen etwas bringen?«

»Nein danke. Ich bleibe heute nicht lange.« Ich folgte ihr zum Haus, bis Dad außer Hörweite war, und erklärte ihr, dass ich ein paar Tage wegfahren wollte und sie sich sofort an Chas wenden sollte, wenn irgendetwas schief ging.

»Dad!« Ich schüttelte ihn sanft an der Schulter. Er schlug die Augen auf und lächelte.

»Jane?«

Ich beugte mich zu ihm hinab und gab ihm einen Kuss. In dem Moment beschloss ich, ehrlich zu ihm zu sein. Keine Heucheleien mehr. »Ich fahre auf die Isle of Wight. Emmeline ist krank und möchte mich sehen.«

Seine Blicke schossen hin und her, und er packte seinen Stock so fest, dass er wackelte. Doch dann seufzte er und drückte meine Hand. »Grüß sie… grüß Emmeline… von mir.«

Ich kam am Ende von Cowes Week, einer der größten Yacht-Regatten der Welt, auf der Insel an. Die Abenddämmerung brach herein, als ich The Solent überquerte, Partymusik und Feuerwerk waren bis weit hinaus aufs Meer zu hören. Wieder war Yarmouth zum Bersten voll mit Booten und Feiernden. Ich wusste, dass ich es an dem Abend nicht mehr bis zum Wraith Cottage schaffen würde, doch es gelang mir, in einem Pub noch eine Übernachtungsmöglichkeit mit Frühstück zu bekommen. Der Krach hielt bis spät in die Nacht an, oder bis früh am Morgen, aber ich konnte sowieso nicht schlafen. Ich war viel zu aufgeregt, wieder hier zu sein und mein Abenteuer fortzusetzen, durchdrungen von der Sorge um Emmeline. Hoffentlich kam ich nicht zu spät, um mit ihr zu reden. Als der Menschenlärm erstarb, hörte ich den Wind auf dem Meer und das Klatschen der Wellen gegen die Pierpfosten. Das Geräusch lullte mich ein, und ich döste, schlief aber nicht tief genug, um von Träumen unter Wasser gezogen zu werden.

Das umfangreiche englische Frühstück war mir zu viel, ich nahm stattdessen Croissants mit Kaffee. Dann machte ich mich auf den Weg nach Süden. Diesmal wusste, wie ich fahren musste. Die Military Road war nach Westen hin immer noch gesperrt, und die Küstenstraße relativ ruhig, wenn man bedachte, dass es August war. Die Sonne funkelte auf den Yachten und strich übers Meer. Die Wiesen waren verdorrt wie überall im Sommer. Die Ferienanlagen sahen fröhlich aus mit ihren Zelten und Wohnwagen, die auf den Wiesen in der Nähe der Ferienhütten standen. Bunte habichtartige Vögel schrien und stiegen auf, und Drachenflieger ließen sich von der Thermik tragen wie riesige Raubvögel. Gore Cliff türmte sich vor mir auf, und bald war ich im schattig grünen Undercliff. Adlerfarn wand sich die Böschungen hinab, Efeu schlängelte sich über die Mauern, und Nesseln wuchsen bis auf die Straße und machten sie noch schmaler.

Ich parkte auf meinem Stammplatz und begab mich zum Gelände des Wraith Cove Hotels. Es schien mir jetzt noch weit mehr überwuchert von Efeu, Geißblatt und Rosen. Pflaumen und Renekloden plumpsten von den Bäumen und lagen angepickt im Gras. Mir fielen Dinge auf, die ich vorher nicht gesehen hatte: die Skelette von Gewächshäusern, Überreste von Stallungen, und ab und zu ein Zaunpfahl aus Metall, wo sich vielleicht einmal ein Tennisplatz befunden hatte. Ich stand vor dem verblassten Schild und betrachtete es jetzt mit viel größerem Interesse. Es war Teil der Geschichte geworden – meiner Geschichte. Das war das Haus, in dem meine Mutter ihre Kindheit verbracht hatte, und Lillian natürlich auch. Ihre Eltern, meine Großeltern, die Waldings, hatten hier gelebt und waren wahrscheinlich auch hier gestorben. Sogar meine Großeltern väterlicherseits, die Ramplings, waren als Freunde der Familie oft hier gewesen. Ich fragte mich, ob die Suffragette Florence Rampling und die tuberkulosekranke Beatrice Walding ebenfalls befreundet gewesen waren, oder ob es nur ihre Ehemänner waren, die die Familien mit Hochzeitsplänen für ihre Kinder zusammengeschweißt hatten. Und jetzt gehörte das Grundstück mir, war das nicht seltsam?

Ich kämpfte mich durch den Garten und stapfte über die Wiese. Diesmal kam ich leichter voran, da die Pflanzen und hohen Gräser in der Trockenheit schlaff und welk geworden waren. Schon bald stand ich am Tor von Wraith Cottage. Der Garten war ein Farbenparadies, gepflegt und gewässert. Alles war ruhig. Ich spähte über den Rand des Kliffs. Es war fast Ebbe. Zwischen den Felsen bildeten sich Wasserlachen; das Meer glitzerte blau auf dem dunkelgoldenen Sand. Ein paar strahlend weiße Möwen hüpften am Wasser entlang, und ein grauer Reiher stand bewegungslos zwischen den Steinen. Ein kleines, blauweißes Boot wurde an den Strand gezogen. Ich fragte mich, ob es Neptuns war. Ich fühlte mich plötzlich wie ein Eindringling. Vielleicht war gar niemand hier? Sollte ich einfach aufschließen und hineingehen? Es war zwar mein Cottage, aber ich konnte nicht einfach das Zuhause einer Fremden betreten.

Langsam ging ich zur Veranda, im Kopf Bilder von Gemälden meiner Mutter. Die Tür war nur angelehnt, und einen Moment lang bildete ich mir ein, Stimmen zu hören, doch es war nur das Klimpern von Muscheln im Wind. Ich klopfte mit den Fingerknöcheln an das Holz. Ich hörte Schritte, und die Tür öffnete sich knarrend. Ein alter Mann in khakifarbenen Shorts und einer grauen Weste stand vor mir. Er war groß, dünn und leicht gebeugt; sein weißes Haar war an beiden Seiten des sonst kahlen Kopfes raspelkurz geschnitten. Ich nahm an, dass er in den Siebzigern war. Er machte einen sehr gesunden Eindruck, vielleicht aufgrund seiner tiefen Bräune. Sein Gesicht wirkte irgendwie erleichtert.

Ich streckte ihm die Hand hin. »Sie müssen Neptun sein«, sagte ich. »Ich bin Jane. Ich habe gestern Ihren Brief erhalten und bin so schnell gekommen, wie ich konnte.«

Er nahm meine Hand und lächelte, wobei sein wettergegerbtes Gesicht sich in unzählige Falten legte. Er war mir sofort sympathisch.

»Bitte, kommen Sie rein«, sagte er. »Ich bin froh, dass sie da sind. Ich mache uns einen Tee. Setzen Sie sich doch.«

Ich setzte mich an den Küchentisch, wo ich vor ein paar Monaten kurz mit Emmeline gesprochen hatte, bevor sie davoneilte. Alles sah noch fast genauso aus: Bücher stapelten sich, die schwarze Katze schlief auf dem durchgesessenen Sessel, der Wasserkessel sang. Ich war glücklich, hier zu sein und den Duft von Lavendel, Kräutern und frischen Holzscheiten einzuatmen. Wo war Emmeline, oben im Bett? Ich hätte Neptun am liebsten gleich mit Fragen überschüttet, doch ich beschloss zu warten, bis er den Tee fertig hatte. Endlich setzte er sich mir gegenüber. Ich trank die starke Kräutermischung aus dem schweren Becher.

»Wie geht es Emmeline?«, fragte ich schließlich, da Neptun anscheinend nicht erpicht darauf war, es von sich aus zu erzählen.

»Nicht gut, gar nicht gut.« Er sah stirnrunzelnd in seinen Becher.

»Wo ist sie?«

»Im Krankenhaus. Aber sie will nach Hause.«

»Sagen Sie es mir, Neptun. Was ist mit ihr? Ich dachte, sie wollte mich sehen. Ich dachte, sie würde vielleicht …«

»Sterben?« Er blickte mich an. Ich bildete mir ein, Tränen in seinen tief liegenden Augen zu sehen. »Ja, sie stirbt. Sie hat Krebs.«

Jetzt war mir auch klar, warum sie so gelb und kahl gewesen war. »Wird Sie behandelt?«

Er nickte. »Aber sie will nicht mehr. Sie hat es den Ärzten gesagt. Sie will nach Hause, um zu sterben.«

»Wirklich? Aber wer soll sich um sie kümmern?«

»Ich.« Seine Stimme wurde lauter, und er hob den Kopf. »Sie ist meine Freundin. Ich kenne sie seit meiner Kindheit.«

»Ich verstehe.« Er hatte offensichtlich schon alles geplant. »Und wo wohnen Sie, Neptun?«

»In der benachbarten Bucht, Puck's Bay. Ich habe dort mein Leben lang gefischt.«

»Kommen Sie denn damit klar?«, fragte ich.

Er nickte. »Ich kann sie doch nicht allein lassen, oder?«, fragte er schlicht.

»Vielleicht kann ich irgendwie helfen«, sagte ich. Ich tue es schon wieder, dachte ich. Reden, ohne vorher nachzudenken. Wie könnte ich eine Hilfe sein, wo ich so weit weg wohnte? Doch ich wollte helfen. Schließlich war sie Dads Schwester. »Wussten Sie, dass Emmeline meine Tante ist?« Er nickte. »Warum hat sie es mir nicht gesagt, Neptun? Wissen Sie, weshalb?«

»Sie wollte es ja. Das ist auch einer der Gründe, warum sie Sie sehen wollte.«

»Einer der Gründe?«

Neptun rutschte unbehaglich auf seinem Stuhl hin und her. »Sie hat Ihnen viel zu erzählen, Jane.«

»Tja, ich will es hören. Was kann ich tun, um ihr zu helfen?«

»Sind Sie mit dem Auto da?« Ich nickte. »Dann könnten Sie ins Krankenhaus fahren und sie abholen.«

Damit hatte ich nicht gerechnet. »Kann sie denn einfach gehen? Da müssen Sie doch sicher mitkommen, oder?«

»Ich, äh … Ich muss hier noch etwas erledigen.«

»Aber ich kann nicht allein fahren, Neptun. Bitte kommen Sie mit.«

»Ich kann nicht. Ich sagte doch schon, ich muss etwas erledigen.«

»Vielleicht kann ich Ihnen dabei helfen, und dann fahren wir zusammen?« Was konnte hier schon so wichtig sein – wichtiger, als Emmeline abzuholen? Vielleicht litt er an Agoraphobie.

Neptun vergrub kurz das Gesicht in den Händen, als würde er nachdenken. Dann stand er abrupt auf. »Kommen Sie mit«, sagte er. Er führte mich durch den Garten, und wir kletterten den Abhang zum Strand hinab. Er war agil wie Emmeline, und ich hatte Probleme, mit ihm mitzuhalten. Schwitzend und keuchend stand ich neben ihm im Sand, während er sich umsah. Einen Augenblick lang dachte ich, es hätte etwas mit seinem Boot zu tun. Doch dann steckte er zwei Finger in den Mund und stieß einen Pfiff aus. Was um alles in der Welt ging hier vor? War ihm sein Hund weggelaufen? Und tatsächlich, am Ende der Bucht erschien ein braunweißer Terrier und kläffte schrill.

»Loot!«, rief Neptun. »Hol Marguerite! Los.«

Der Hund wedelte mit dem Schwanz, machte kehrt und verschwand wieder. Ich sah Neptun fragend an, doch er gab keine Erklärung ab. Kurz darauf kam Loot zurück, und zu meinem großen Erstaunen sah ich eine Gestalt, die sich einen Weg durch die Felsen suchte. Es war ein Mädchen in einem blauen Kleid. Sie war klein und dünn, ihr Haar war blassblond und reichte bis über die Taille. Sie winkte Neptun zu und hielt inne, als sie mich sah.

»Neptun«, sagte ich. »Wer ist das?«

»Das ist Marguerite«, sagte er. »Sie ist Emmelines Adoptivtochter. Ich kann sie nicht lange allein lassen, verstehen Sie, nicht unbeaufsichtigt. Hier unten mit Loot ist alles okay, aber ich kann nicht zu weit weggehen.«

Ich setzte mich auf einen Felsblock, während Marguerite näher kam. Ich hatte eine Art Blackout. Deshalb war Emmeline also ständig weggelaufen und hatte gesagt, dass sie noch wohin musste. Als Marguerite vor mir stand, sah ich, dass sie viel älter war, als sie aus der Ferne wirkte. Ihr Haar war silbern, ihr schmales Gesicht reif.

»Sie ist taubstumm«, sagte Neptun, »aber sie versteht alles, was man sagt – und mehr«, fügte er hinzu und lächelte mich stolz an. »Marguerite, Liebes, Jane ist zu Besuch hier.«

Ich stand auf. Marguerite blieb vor mir stehen und sah mich an. Sie war sehr schön, zart wie eine himmlische Kreatur. Ihre Augen waren groß und im blassesten Blau, mit feinen Falten in den Winkeln, Gesicht und Glieder hellgolden gebräunt. Es war schwer einzuschätzen, wie alt sie war.

»Hallo, Marguerite«, sagte ich.

Marguerite sah mich immer noch konzentriert an, als würde sie auf irgendetwas lauschen. Und dann lächelte sie. Zu sagen, ihr Lächeln war strahlend, klingt kitschig, aber ich hatte das Gefühl, als würde etwas in mir zerfließen, was mich fast zum Weinen brachte. Sie streckte die Hand aus und streichelte mein Gesicht, und ich sah, dass auch ihre Augen voller Tränen waren.

»Jane holt Emmeline aus dem Krankenhaus«, sagte Neptun zu ihr und nahm sie bei der Hand. »Komm jetzt mit zum Cottage. Wir müssen alles vorbereiten. Du kannst Blumen für den Küchentisch pflücken.« Wir gingen den Kliffweg hinauf, und Neptun sprach die ganze Zeit mit ihr; Loot sprang vor ihnen her, ich folgte ihnen. Von hinten konnte ich sehen, dass Marguerite die linke Hand fest am Körper angewinkelt hielt und das linke Bein ein wenig nachzog. Wie hatte Emmeline es fertig gebracht, ein behindertes Kind zu adoptieren? Mir schien, dass mich bei jedem

Besuch in Wraith Cottage eine neue Überraschung erwartete.

Ich schlug vor, Marguerite mitzunehmen, wenn wir Emmeline abholten, doch Neptun schien von der Idee entsetzt zu sein.

»Sie ist noch nie irgendwohin gefahren«, sagte er. »Sie fährt nur mit dem Boot.« Er erklärte mir den Weg zum Krankenhaus in Newport. Ich fand alles immer noch sehr problematisch. Wie konnte ich einfach losfahren und eine schwer kranke Frau, die ich kaum kannte, abholen und hierher bringen? Doch anscheinend blieb mir nichts anderes übrig.

24

Emmeline lief den Krankenhausflur entlang und fühlte sich verloren. Sie sah den Rasen und die Bäume, aber sie fand keine Tür, um hinauszugelangen. Aus beiden Richtungen kamen Menschen an ihr vorbei, die genau zu wissen schienen, was sie taten und wohin sie gingen. Sie fühlte sich unsichtbar. Vielleicht war sie gar nicht richtig da, womöglich träumte sie nur oder war schon tot. Sie wusste nicht, wie sie zu ihrer Station zurückkam, geschweige denn, welche Bezeichnung sie hatte. Plötzlich fand sie sich im Eingangsbereich wieder, und entdeckte ein paar Sitzgelegenheiten. Hier konnte sie sich wenigstens kurz ausruhen. Als sie sich setzen wollte, stieß sie mit einer jungen Frau zusammen, die auf denselben Platz zusteuerte. Sie wollte sich schon abwenden, aber die Frau sprach sie an.

»Setzen Sie sich ruhig«, sagte sie lächelnd. »Da drüben ist noch einer.« Emmeline, die fürchtete, gleich ohnmächtig zu werden, fiel halb auf den Sitz. Die Frau stand vor ihr und betrachtete sie besorgt. Sie war schwanger; der Bauch ragte unter ihrer knappen weißen Weste hervor. Sie schien blutjung. »Geht's?«, fragte sie und strich sich ihr blondes Haar hinter die Ohren. Als Emmeline nickte, ging sie weg.

Emmeline beobachtete sie und musste an Lilly denken. Sie erinnerte sich, wie deren dünner Körper durch die Schwangerschaft fülliger geworden war. Es hatte ihr nicht gepasst, dass sie schwanger war. Doch Lilly war wunderschön gewesen. Emm hatte sich sehnlichst gewünscht, sie in den Armen zu halten und zu lieben wie früher. Doch sie spürte Lillys heimliche Freude an der Zwiesprache mit dem Baby, die sie nicht mit Emmeline teilen konnte oder wollte. Das hielt sie auf Distanz. Sie zermarterte sich das Hirn, wie sie die Schranke zwischen ihnen niederreißen und Lilly beweisen könnte, dass sie sie unvermindert liebte. Sie hatte auf dem Markt in Ventnor Stoffe gekauft, um Umstandskleider zu nähen. Eigentlich war es albern, denn man sah es bisher kaum. Sie stellte sich vor, wie Lilly stillzustehen versuchte, hörte sie kichern wie ein ungeduldiges Kind…

Ich versuche nicht zu lachen, aber in mir steigt dieses unbezähmbare Gefühl auf.

»Bitte steh still, Lilly«, murmelt Emm. Sie kniet mit Nadeln im Mund auf dem Boden und steckt die Rocklänge ab. Sie spuckt die Nadeln aus, lehnt sich zurück und seufzt. Stirnrunzelnd sieht sie zu mir hoch, die runde Drahtbrille wackelt auf ihrer Nasenspitze. »Ich nehme an, es sollte vorne länger sein als hinten, damit dein Bauch Platz hat.«

Ich bin unruhig, als würde etwas an meinen Nervenbahnen entlanglaufen und sie kitzeln, sodass ich mich unbedingt bewegen muss. Am liebsten würde ich ihr sagen, dass ich noch lange kein Umstandskleid brauche. Jetzt, wo niemand mehr von uns erwartet, dass wir schwarze Röcke und weiße Blusen tragen, laufen wir sowieso den ganzen Tag in Fischerkitteln und Hosen herum. Aber ich weiß, dass sie etwas für mich tun will, um ihre Unterstützung zu demonstrieren. Ich spüre, dass sie mit sich kämpft – ihr Hass und ihre Wut auf Henry sind immer noch gefährlich nah an der Oberfläche, jederzeit bereit zu explodieren, wenn nur sein Name fällt. Ich fürchte manchmal, dass sie ihrer Wut nachgibt und ihm ein Messer ins kalte Herz sticht. Das Einzige, was sie davon abhält, ist der Gedanke ans Gefängnis und was ohne sie aus mir wird.

»Warum lässt du es nicht erst mal liegen, Emm?«, frage ich. »Es ist noch viel Zeit, und nähen können wir auch abends.« Ich zerzause ihre Locken. »Es ist so ein schöner Tag! Ich frage mich, was alles am Strand liegt.«

»Mm, du hast Recht, Lilly.« Sie steckt die Nadeln ins Nadelkissen und nimmt erleichtert die Brille ab. »Ich glaube, ich bin besser in Gartenarbeit und im Reparieren von Dachrinnen.«

Ich bücke mich und küsse sie auf den warmen Scheitel. Ihr Haar duftet nach Kamilleblüten. »Du bist in allem gut, Emm.« Ich kichere. »Außer vielleicht im Schneidern.«

»Freches Biest«, lacht sie und knufft meinen Arm. Wir gehen wieder ungezwungener miteinander um, tasten uns langsam wieder an unsere alte scherzhafte Art heran. Aber es ist nicht mehr dasselbe; nichts wird je so sein wie vorher. Zwischen uns hat sich eine gewisse Zurückhaltung eingeschlichen, als wäre da plötzlich etwas, das mich von ihr fern hält. Und so ist es auch, es lässt sich nicht leugnen. Egal, wie viel wir darüber reden, und was die Zukunft bringen mag: Es ist eine Tatsache, dass ich Henrys Kind erwarte.

Ich war in den letzten Monaten gezwungen, reifer zu werden, wie ein zartes Pflänzchen im Treibhaus. Mir war vorher nicht klar, welches Ausmaß an Hass und Verfolgung diejenigen erwartet, die zufällig jemanden vom selben Geschlecht lieben. Und ich glaube nicht, dass ich mir vorher wirklich überlegt hatte, was es heißt, kinderlos durchs Leben zu gehen. Wie perfekt wäre es, wenn durch irgendein biologisches Wunder Emm der andere Elternteil dieses Kindes wäre. Aber jetzt ist unsere Beziehung aus dem Gleichgewicht geraten, und egal, wie sehr wir uns bemühen, wir können sie nicht wieder ausbalancieren. Ich glaube zwar nicht, dass sie mich weniger liebt als vorher – oder ich sie. Wenn überhaupt, dann hat die Erschütterung uns nur noch stärker miteinander verbunden, unsere Leben ineinander geschlungen wie die Wistarien am Reetdach. Doch da ist jetzt eine neue Ranke, die nur an mir Halt findet.

Aber ich fühle mich wieder gut. Es ist Ende März, der Frühling zieht in Undercliff ein, und gegen Ende des dritten Schwangerschaftsmonats ist mir morgens nicht mehr schlecht. Mit dem Appetit kehrt auch meine Energie zurück. Emm hat alles über Mineralien und Vitamine gelesen, und füttert mich mit Spinat und Leber.

Wir kaufen ein paar graue Hennen und einen stolzen Hahn mit prächtigen orangefarbenen Federn, damit wir immer frische Eier haben. Woody und Neptun sammeln Treibholz, und wir zimmern ein Gehege und ein Hühnerhaus zusammen, das gegen Füchse gesichert ist. Woody steht da, die Hand auf meiner Schulter, und lacht über Bootys Verwirrung, während das für ihn unerreichbare Federvieh glücklich in seinem neuen Heim scharrt. Ihm sei auf dem Hotelspeicher eine Holzwiege aufgefallen, sagt er und fragt, ws ich davon hielte, wenn er sie für das Baby herrichtet. Er sagt es schüchtern, als könnte ich ihn für aufdringlich halten. Wenn er nur wüsste, wie glücklich ich mich schätze, dass er mir seine Hilfe anbietet. Ich gebe ihm die Schlüssel, und er geht die Wiege holen. Unter dem Staub und Dreck kommt das dunkle Holz der Goldeiche zum Vorschein, in das Kletterrosen geschnitzt sind. Victoria und ich haben schon darin gelegen, vielleicht hat sogar die Generation vor uns bereits darin geschlafen.

Ich frage mich, ob Victoria etwas dagegen hätte. Würde sie die Wiege für ihr eigenes Kind haben wollen? Aber wie ich meine Schwester kenne, wird sie sich bei Harrods eine neue, mit Satin ausgekleidete bestellen. Sie legt keinen Wert auf eine gebrauchte. Ich habe noch nichts von ihr gehört. Ich wüsste gern, wie es ihr geht. Ich kann mir nicht vorstellen, dass sie schwanger ist und ihre gute Figur verliert. Ist ihr morgens auch übel? Ich würde gern mit ihr reden, aber wie könnten wir unbeschwert über unsere Schwangerschaft plaudern, da die Babys denselben Vater haben? Das ist alles sehr seltsam. Aber ich vermisse sie. Auch wenn wir noch so unterschiedlich sind, sie ist meine Schwester, meine einzige Blutsverwandte. Und unsere Kinder – sie werden wohl Halbgeschwister sein.

Emm fährt manchmal mit dem Fahrrad nach Niton oder St. Lawrence, um die Post zu holen und einzukaufen. Manchmal, an ruhigen Tagen, segeln wir mit Neptun nach Ventnor. Ich entferne mich inzwischen nur ungern von Wraith Cottage. Obwohl man mir die Schwangerschaft noch nicht ansieht, bin ich besorgt um meine ungeborene Tochter. Die Vorstellung, Henry zu begegnen, ist mir ein Graus. Allein in Sichtweite an der Lungenklinik vorbeizusegeln und zu wissen, dass er dort über die Stationen geht, versetzt mich in Angst und Schrecken.

Emm und ich gehen zum Strand, atmen tief durch und vergessen alles, was mit Nadeln und Schwangerschaftskleidern zu tun hat. Der Frühling kommt immer früh zum Undercliff. Grünspechte schimpfen im Wald; Dohlen, Raben und Krähen steigen in lärmenden Scharen von den Wipfeln der Ulmen und Pappeln auf. Möwen kämpfen um die besten Nistplätze auf den Kliffs, und im Schwarzdorn flattern so viele kleine Vögel, dass die Sträucher lebendig erscheinen. Die pulsierende Luft gibt uns neue Energie. Schon bald legen wir unsere Mäntel ab und stapeln Treibholz. Wir inspizieren unsere Höhle. Anscheinend ist sie von den Winterstürmen weitgehend verschont geblieben. Wir räumen Unrat heraus und stutzen die Geißblattranken, die bereits zarte grüne Blätter treiben. Hier unten wachsen auf kleinen grasbedeckten Felsvorsprüngen Schneeglöckchen, Schlüssel- und Sumpfdotterblumen, die Wind und Meer trotzen.

In diesem Jahr ist nicht viel von den Kliffs abgebröckelt. Der Niederschlag war gering, was das gefährliche Abrutschen der Erde von dem glatten, blauen Lehm verhindert hat. Mein geliebtes Wraith Cottage thront immer noch unversehrt viele Meter vom Rand entfernt. Die Treppe hat ein paar Ausbesserungen nötig, doch Emm verbietet mir, Felsbrocken zu schleppen.

Ich mache einen kleinen Rundgang, picke wie ein Seevogel im Treibgut und suche nach Muscheln und anderen Schätzen. Im ersten Stock von Wraith Cottage hinter dem großen Schlafzimmer befindet sich noch ein Kämmerchen. Die Decke neigt sich in einer Ecke bis zum Boden, und es hat ein Fenster zum Meer hin. Es ist voller Bücher, getrockneter Kräuter und Gläser mit Eingemachtem. Emm und ich planen, es auszuräumen und für das Baby weiß zu streichen. Ich will Muscheln und Treibholzstücke an die Balken hängen, damit mein Kind etwas zum Anschauen hat. Ich stelle mir vor, wie mein Liebling in Woodys polierter Wiege liegt und mit winzigen Händchen danach greift. Ich hoffe, meine Tochter wird dieses Haus genauso lieben wie ich.

Auf meinem Stein ruhe ich mich ein bisschen aus. Der Himmel ist strahlend blau. Ein Rabe fliegt krächzend hinüber zum Gore Cliff. Weit hinten am Horizont sehe ich ein graues Kriegsschiff nach Southampton fahren. Ich frage mich, woher es kommt. Dort draußen liegt die große, weite Welt. Doch sie lockt mich nicht. Dies ist der schönste Ort auf Erden, den ich mir vorstellen kann.

Emm wuchtet immer noch riesige Steine und klemmt sie unter die hölzernen Stufen, die stellenweise durchhängen. Ich betrachte ihren starken, gelenkigen Körper, ihre knochigen Arme und Beine. Wie sehr ich sie liebe! Ich hoffe, in den nächsten Monaten wird ihre emotionale Stärke ebenso groß sein wie ihre körperliche. Ich sehe, dass sie ihre Arbeit unterbricht und hinaus aufs Meer schaut. Ein Boot tuckert ziemlich nah am Ufer vorbei. Neptun ist es nicht. Ich sehe zwei Menschen darin; sie scheinen zu uns herüberzublicken. Emm rast die Treppe hinab und eilt durch den Sand zu mir.

»Hoffentlich wollen die nicht hier anlegen«, sagt sie und schirmt die Augen mit der Hand ab.

»Das werden sie zu dieser Jahreszeit doch wohl nicht versuchen, oder?«, frage ich. Im Sommer ziehen gelegentlich Paare ihr Boot in die Bucht oder gehen draußen vor Anker und schwimmen ans Ufer. Normalerweise lieben sie sich im Schutz der Felsen oder schlendern an den Wasserlachen zwischen den Felsen entlang, was sie schnell langweilt. Aber es ist gefährlich, es sei denn, man kennt die Küste so gut wie Neptun und Woody. Das Boot tuckert langsam vorbei. Ich sehe einen glitzernden Sonnenstrahl auf etwas, das aussieht wie ein Fernglas. Plötzlich verspüre ich tief in mir eine Angst, eine Art Bedrohung. Wie albern, das sind doch nur zwei Menschen, die an einem hellen Frühlingstag das Leben genießen! Doch normalerweise kommen sie nicht so nahe ans Ufer. Ich rücke näher zu Emm, während ich zusehe, wie sie um die Bucht verschwinden.

»Alles in Ordnung?«, fragt sie.

Ich nicke. »Ich mag es nur nicht, wenn wir gestört werden. Nicht seit…«

»Ich weiß, Lilly, ich weiß. Aber das ist schließlich kein Privatstrand. Jeder kann hier anlegen. Aber schau«, sie deutet auf die Bucht, »es wird jedes Jahr schwieriger. Hier herumzuklettern ist wirklich nicht einfach – sogar Neptun und Woody gehen lieber über die Spitze. Und jetzt, wo das Hotel geschlossen ist, kommt auch niemand mehr aus dieser Richtung. Nur ein paar Leichtsinnige oder erfahrene Seeleute würden es riskieren, hier festzumachen. Und wenn es Liebespaare sind – die sind doch harmlos, oder?«

Ich lächele. »Ich hatte nur das Gefühl, dass es zwei Männer waren.«

»Na und?«

Wir lachen, und sie legt die Arme um mich und schmiegt ihr Gesicht an meinen Hals. »Wie wär's, wenn wir in unserer Höhle den Frühling feiern?«, flüstert sie.

Ich bin plötzlich durcheinander. Wir haben uns nicht mehr geliebt, seitdem ich verletzt war und wir von dem Baby wussten. Ich spüre, dass sie meine Anspannung fühlt.

»Wir müssen nicht, wenn du Bedenken hast«, sagt sie. »Wir können auch bloß schmusen.«

»Ach Emm. Ich will es ja, ehrlich. Es ist nur – alles ist jetzt anders, stimmt's?«, erkläre ich lahm. Vor diesem Moment habe ich mich gefürchtet. Weil ich es will und gleichzeitig Angst davor habe. Woran wird sie denken, wenn sie mich liebt? Wird sie daran denken, was Henry mir angetan hat? Werde ich auch daran denken?

Sie hebt mein Kinn hoch, damit ich sie ansehen muss.

»Wir müssen einfach zärtlich und verständnisvoll sein«, sagt sie. »Es wird alles gut, du wirst sehen.« Sie streichelt mein Gesicht. »Aber unser Baby muss doch lieben lernen, nicht?«

Ich nicke, und mir wird klar, dass ich mir Sorgen gemacht hatte, Emm könnte mich nicht mehr begehren. Ich könnte abstoßend auf sie wirken, egal wie sehr sie sich bemüht, sich nicht von der Sache beeinflussen zu lassen. Ich sehe ihre Augen, die vor Liebe weich sind, ihren breiten Mund mit der vernarbten Oberlippe. Sanft küsse ich die Narbe, und ihre Augen füllen sich mit Tränen. Ich bin unfähig, die ganze Wucht ihres Schmerzes zu ertragen. Ich muss mich abwenden, nur einen Augenblick.

Ich sehe hinaus aufs Meer. Es ist jetzt menschenleer, nur eine glitzernde Wasserfläche. Im Westen ziehen ein paar silbergraue Wolken auf. Emm steht regungslos da und wartet. Alles scheint gedämpft, die Vögel, die Brise, die Wellen. Mit klatschenden Flügeln fliegt eine einsame Taube hinter uns hoch und hinaus aufs Meer. Sie stößt herab und steigt auf, als freue sie sich, die ganze riesige Weite nur für sich zu haben. Ich sehe, wie die Sonne auf ihren schillernden Halsfedern funkelt. Etwas in mir scheint sich an ihren Geist zu hängen, und ich verspüre eine herrliche, begeisternde Freiheit. Doch dann pflügt von hoch oben eine dunkle Gestalt herab, und die Sonne verdunkelt sich sekundenlang. Ich spüre den Zusammenstoß, als wäre ich es, die aus der Luft gerissen wird. Emm packt meine Hand, und wir sehen entsetzt zu, wie der Wanderfalke zu seinem Felsvorsprung zurückfliegt, um sich die Beute mit seinem Weibchen zu teilen. Ich stelle mir vor, wie sie mit blutverschmierten Krallen die Taube niederhalten, wie tödliche Schnäbel an der warmen Brust zerren. Ein Schauder durchfährt meinen Körper, als würden meine eigenen Organe zerfetzt. Ein paar blasse Federn schweben herab und bleiben auf dem Wasser liegen.

Ich sehe Emm an. Ich will ihre Lebendigkeit spüren,

ihren pulsierenden, weichen Körper an meinem. Ich muss ihre Energie fühlen, mich mit ihrem Herzen und ihrer Seele verbinden.

»Komm, gehen wir nach Hause«, murmele ich. »Wir feiern den Frühling zu Hause.«

»Miss Rampling.« Emmeline spürte eine Hand auf ihrer Schulter. Die Stationsschwester beugte sich über sie. »Wir haben uns schon gefragt, wo Sie waren.«

Emmeline blinzelte schnell. »Ich war bei Lilly am Strand«, stammelte sie.

25

Auf dem Weg zum Krankenhaus versuchte ich mich aufs Fahren zu konzentrieren, obwohl ich viel lieber über Marguerite nachdenken wollte. Ich konnte nicht glauben, dass sie nie irgendwohin ging. Das war überhaupt nicht mehr zeitgemäß. Ein Mensch mit Behinderungen brauchte spezielle Hilfe und Unterstützung.

Auf der Station beschloss ich, zunächst mit dem ärztlichen Personal zu sprechen. Ich klopfte an die Tür des Schwesternzimmers und stellte mich vor.

»Ah, ja. Emmeline Rampling«, sagte die Schwester. Den Namen zu hören versetzte mir einen Schock. Ich hatte mir nicht klar gemacht, dass Emmeline denselben Nachnamen trug wie mein Vater – meinen Mädchennamen. Die Krankenschwester erklärte, die Ärzte wüssten über die Situation Bescheid und wären damit einverstanden, dass Emmeline die Behandlung abgebrochen hatte und nach Hause wollte, um zu sterben.

»Das kommt vor«, sagte sie. »Und wer könnte ihr das

verübeln? Sie hat schon so viel durchgemacht. Ich glaube, ich würde dasselbe tun.« Sie gab mir einen Stapel Medikamente für Emmeline, unzählige Broschüren und Telefonnummern des Pflegeteams, das bei Bedarf jederzeit helfen würde. Ich ertappte mich dabei, wie ich Fragen stellte, als sei in erster Linie ich für die Pflege zuständig. Was tat ich da? Ich hatte doch keine Ahnung, wie lange sich das hinziehen würde, und was war mit Dad? Immer eins nach dem anderen, sagte ich mir. Neptun war schließlich auch noch da.

Die Schwester brachte mich zu Emmeline. Sie sah nicht so schlecht aus, wie ich befürchtet hatte. Sie trug ihr ausgeleiertes T-Shirt, eine Hose und einen Segeltuchhut. Sie saß mit dem Rücken zum Fernseher, und ihr Kopf zuckte von einer Seite zur anderen wie bei einem Tier, das in die Enge getrieben wurde und verzweifelt zu fliehen versucht. Sie schoss aus ihrem Stuhl hoch, als sie mich sah.

»Jane! Ich wusste, dass du kommen würdest. Bring mich bitte nach Hause«, bat sie.

Ich fuhr vorsichtig und bemühte mich, Schlaglöchern auszuweichen, da ich nicht wusste, ob sie Schmerzen hatte. Wir sprachen nicht viel; sie schien vor sich hin zu dösen. Ich fragte mich, wie ich sie über die Wiesen zum Haus bringen sollte. Ich parkte und packte meine und ihre Sachen in meinen Rucksack. Gemächlich gingen wir über das Hotelgelände und blieben oft stehen, um uns auszuruhen. Ich erzählte ihr von der Krankheit meines Vaters und dass er zugegeben hatte, dass sie seine Schwester war. Sie hörte konzentriert zu, die Stirn in Falten gelegt, den Mund verzogen.

»Das heißt, du bist meine Tante«, sagte ich nach sehr langem Schweigen.

»Das stimmt, meine Liebe, und ich freue mich, dass er es dir gesagt hat.« Sie tätschelte meinen Arm.

»Ich freue mich auch«, sagte ich. »Als ich von Lillian erfuhr und dass sie gestorben war, bevor ich sie kennen lernte, war ich sehr bestürzt, weil ich dachte, sie sei meine einzige Verwandte.«

»Ich weiß«, sagte sie. »Ich weiß.«

»Dad hat mich gebeten, dich zu grüßen. Ich glaube, das, was passiert ist, tut ihm sehr Leid.«

Sie murmelte etwas vor sich hin und rappelte sich wieder auf. Vielleicht hatte sie mich nicht richtig verstanden. Ich würde es ihr irgendwann noch einmal sagen.

Wir liefen weiter. Als wir die Wiese zur Hälfte überquert hatten, kam Neptun uns entgegen. Loot rannte vorneweg und begrüßte Emmeline begeistert. Neptun ging einen Schritt schneller, fasste Emmeline an den Schultern und küsste sie zärtlich auf die Stirn.

»Marguerite schläft«, sagte er mit heiserer Stimme. Er wischte sich mit der Hand über die Augen, drehte sich um und bückte sich. »Steig auf«, befahl er, und Emmeline kletterte auf seinen Rücken. Ich sah zu, wie die beiden über die Wiese wankten. Ein alter Mann, der eine sterbende Frau trug. Ich musste eine Weile warten, um den Kloß in meinem Hals loszuwerden, bevor ich ihnen folgte.

Im Cottage angekommen mussten wir uns alle ein Weilchen ausruhen. Neptun versorgte uns mit einem Krug kalten Brunnenwassers, und die beiden dösten in den Sesseln. Surfer sprang auf Emmelines Schoß, knetete sie mit ihren Pfoten und schnurrte laut. Marguerite war nirgends zu sehen. Ich fragte mich, wo ich heute Abend schlafen sollte. Ich hatte alles Nötige dabei. Im Grunde hätte ich jederzeit nach Ventnor fahren können, aber ich hatte keine Lust, bei dieser Hitze zum Auto zurückzugehen. Ich würde hier bleiben müssen, bis es sich später am Abend abkühlte.

Emmeline wachte auf und setzte sich zu mir an den Tisch. Sie sah besser aus, entspannt, weil sie zu Hause war. Ich erzählte ausführlich, was mit Dad passiert war und warum ich so plötzlich abreisen musste. Sie nickte.

»Ich dachte mir schon, dass Henry dich zurückruft«, sagte sie. »Vermutlich wollte er nicht, dass du gewisse Dinge über ihn erfährst.«

»Er wusste gar nicht, dass ich hier war«, entgegnete ich.

»Vielleicht hat er es nicht gewusst«, sagte sie, »aber er hat es geahnt. Man kann nicht derart im Leben anderer Leute herumpfuschen, ohne mit ihnen verbunden zu bleiben.«

Ich hatte keine Ahnung, wovon sie sprach, wollte sie aber nicht fragen. Stattdessen erzählte ich ihr, dass ich die Gemälde meiner Mutter und ein altes Foto der beiden Familien gefunden hatte.

»Ja, das Foto hatte Lilly auch. Es gefiel ihr, weil sie das Gefühl hatte, dass es sie mit ihrer toten Mutter verband, die sie nie kennen gelernt hatte. Sie liebte auch ihren Vater – den alten Vater William, wie er hier genannt wurde. Er war ein guter Mann, aber nicht besonders pflichtbewusst. Dabei wollte er nicht so sein. Er hatte bloß keine Ahnung, wie viel Fürsorge Kinder brauchen. Er dachte, Victoria könnte Lilly aufziehen, nur weil sie ein Mädchen war.«

Sie verstummte, legte den Kopf schief und musterte mich. »Victoria sah aus wie er; du auch – das schwere braune Haar, die robuste Statur. Aber in Wahrheit war Lilly die stärkere der beiden Schwestern. Ich hab dir doch erzählt, dass Victoria als Baby TB hatte. Doch William liebte Lilly abgöttisch; sie sah der armen Beatrice so ähnlich, seiner toten Frau, zart und blond. Nach ihrem Tod lebte er nur noch für das Hotel. Er und Henry senior haben sich auf Anhieb gut verstanden. Sie liebten alte Malt Whiskys und Kameras. Aber mein Vater war ein guter Arzt, nie vernachlässigte er seine Patienten. Er brachte Henry junior und mich jedes Mal ins Hotel, wenn unsere Mutter zu ihren Kundgebungen ging. Sie wollte mich immer mitnehmen, doch ich blieb lieber hier am Meer, bei Lilly.«

Sie seufzte. »Unsere Eltern waren hoffnungslose Fälle.« Sie lachte. »Jeder glaubte, dass der andere sich um uns kümmerte. Lilly und mir war das egal, aber Henry und Victoria machte das wütend.«

Ich lächelte. »Wurde ihre Heirat schon geplant, als sie noch in der Wiege lagen?«

Emmeline zuckte die Achseln. »Kann gut sein. Sie verdienten sich gegenseitig.«

Ich fand, dass sie ein bisschen streng über sie urteilte. Ich wechselte das Thema. »Und Marguerite? Wie kam sie zu euch?«

»Sie ist meine Adoptivtochter.« Emmeline wich meinem Blick aus. Ich wusste, dass mehr dahinter steckte. Vielleicht sollte ich mich um meinen eigenen Kram kümmern. Aber endlich sprach einmal jemand bereitwillig mit mir.

»Wie hast du es geschafft, eine Tochter zu adoptieren? Als allein erziehende Mutter ist so was schwierig. Glaub mir, Emmeline, ich kenne mich mit Adoptionsverfahren aus. Und wir sprechen von einer Zeit, die wie lange zurückliegt? Vierzig Jahre und ein paar gequetschte?«

»Das ist schwierig«, sagte sie. »Ich wollte es dir schon letztes Mal erzählen.«

»Das musst du nicht, Emmeline. Das geht mich eigentlich nichts an.«

»In gewisser Weise schon.«

»Ja?« Oh Gott! Sie würde doch nicht noch eine Leiche aus dem Keller holen?

»Marguerite ist Lillys leibliche Tochter, meine inoffizielle Adoptivtochter. Wir haben sie gemeinsam aufgezogen.«

»Lillians leibliche Tochter? Sie hat sie zur Welt gebracht?«

»Oh ja. Sie sieht genauso aus wie sie.«

»Aber ich dachte …« Das war eine erstaunliche Neuigkeit für mich.

»Ich weiß. Dass wir … lesbisch sind … waren.« Sie holte tief Luft. »Die Wahrheit ist, dass Lilly vergewaltigt und schwanger wurde.«

»Vergewaltigt! Oh nein. Arme Lillian.« Ich konnte es nicht glauben – nicht die sanfte, sensible Lillian.

»Doch. Tja, wir haben das alles hinter uns gelassen und uns um Marguerite gekümmert. Sie wäre fast gestorben. Sie war sehr zart und schwach und brauchte viel Zuwendung.«

»Aber wer war es? Wurde er bestraft?« In mir stieg kalte Wut hoch.

»Ein Besoffener, der sie hier überfallen hat. Nein, er wurde nie gefasst. Bitte, Jane, ich kann jetzt nicht mehr darüber reden.« Ihre Hände zitterten, und sie sah blass und verhutzelt aus.

»Ach, Emmeline, es tut mir so Leid.« Ich sprang auf und legte sanft die Arme um ihre Schultern. Sie lehnte sich an mich, und ich spürte, wie sie zitterte. »Du bist so tapfer.« In dem Moment merkte ich, dass Neptun uns von seinem Sessel aus beobachtete. Er stand auf.

»Es ist Zeit für deine Medizin«, sagte er. Er sah mich an; er sah abgespannt aus. »Vielleicht könnten Sie nach oben gehen und nachsehen, ob Marguerite wach ist.«

Ich nickte und erinnerte mich an die schmale Treppe hinterm Kamin. Ich stieg die Stufen hoch und versuchte, mir nicht den Kopf anzuschlagen. Neptun schlief offensichtlich im Bett auf dem Treppenabsatz. Ich ging ins Schlafzimmer. Das Bett dort war leer und ordentlich gemacht. Auf dem Nachttisch stand ein Krug mit Gartenwicken, die den Raum mit ihrem Duft erfüllten.

Da ich nichts anderes zu tun hatte, öffnete ich die Schranktür und fand mich in einem weiteren winzigen

Raum wieder. Er befand sich genau unter dem Dachvorsprung; die Schräge reichte bis zum Boden. Unter dem offenen Fenster stand ein Bett, und darin lag Marguerite und schlief wie eine Märchengestalt. Wie gebannt stand ich da und fragte mich, wie jemand, der scheinbar so rein war, das Ergebnis einer Vergewaltigung sein konnte. Als ich sie so anstarrte, kam sie mir irgendwie bekannt vor. Wahrscheinlich ähnelte sie ihrer Großmutter Beatrice, die auf Dads Foto schwanger mit Lillian war. Wenn Marguerite Lillians Tochter war, dann musste sie auch mit mir verwandt sein. Sie wäre meine Cousine, wenn Lillian meine Tante war. Es schien so, als ob zurzeit überall irgendwelche Verwandte auftauchten. Doch noch schneller als sie erschienen verschwanden sie auch schon wieder.

Marguerite schlug die Augen auf und sah mich an. Sie hatte etwas so Unschuldiges an sich, war so völlig ohne Arg, dass ich Angst um sie hatte. Sie war so verletzlich. Diejenigen, die sie liebten und verstanden, würden sie bald verlassen. Sie würde weggebracht und in irgendeinem Heim versorgt werden. Wie würde sie damit klarkommen? Marguerite setzte sich mit fragendem Blick in ihrem Bett auf, als könnte sie meine Gedanken lesen. Dann stand sie auf, nahm meine Hände und legte sie auf ihre Brust. Ich spürte ihren Herzschlag. Ihre Hände fühlten sich kühl an. Ich beruhigte mich. Sie lächelte mich an, und plötzlich hatte ich wieder dieses beruhigende Gefühl, dass alles wieder in Ordnung käme. Sie reichte mir ihre Haarbürste und drehte sich um. Ich bürstete ihr langes silbernes Haar und empfand Zärtlichkeit für sie wie eine Mutter.

Am Abend schlug Emmeline vor, draußen zu essen, um ihre Heimkehr und meine Rückkehr zu feiern. Sie wollte zum Strand, aber davon wollte Neptun nichts wissen. Marguerite ging mit ihm hinaus, um Salat zu pflücken, und Emmeline und ich bereiteten Fisch und Kartoffeln zu und stellten alles in den Ofen. Wir trugen einen bequemen Sessel für Emmeline ins Freie und aßen und tranken Holunderwein, bis es dunkel wurde. Neptun spielte leise auf einer kleinen Konzertina und starrte zwischen den Liedern aufs Meer hinaus. Marguerite stellte sich gefährlich nah an den Kliffrand, das Gesicht zum Himmel gewandt, und sah im Feuerschein aus wie ein Gespenst. Loot tapste herum und suchte nach etwas Fressbarem.

Ich war zufrieden, während ich dort saß, die salzige Luft einatmete, Rosen und Kräuter roch und den süßen Holundergeschmack auf der Zunge schmeckte. Am südlichen Himmel funkelte der Mars und stellte die glitzernden Sterne in den Schatten. Vergnügungsjachten mit bunten Lichtern fuhren langsam vorbei und wühlten das träge Meer auf. Ich stellte fest, dass ich mir weder Sorgen um Dad oder meine Arbeit machte noch Heimweh nach Chas und Birdsong hatte.

Emmelines Kopf kippte nach vorn auf die Brust, doch sie hob ihn ruckartig wieder. Marguerite nahm ihre Hände, um ihr beim Aufstehen zu helfen. Neptun und ich räumten auf. Anschließend nahm er seine Taschenlampe und verkündete, sein Boot hinausschieben und nach Hause segeln zu wollen, doch Emmeline bat ihn zu bleiben.

»Du brauchst das Bett doch für Jane«, wandte er ein.

»Jane kann auf der Couch schlafen«, entgegnete Emmeline und deutete auf das uralte Sofa vor dem Kamin. »Ich will nicht, dass du so spät nachts noch auf dem Meer bist, Nep.«

»Ich kenne das Meer …«

»Wie deinen eigenen Arsch, ich weiß«, gab Emmeline zurück.

Ich lächelte über ihr Gezänk und versuchte, die Couch aufzuklappen. Letzten Endes mussten wir alle vier mit anpacken, um sie aufzubekommen, und so wie sie aussah, hätte ich am liebsten auf dem Boden geschlafen. Doch Marguerite gab mir Laken, die nach Lavendel dufteten, und brachte mir eine von den Patchworkdecken. Wir saßen da und tranken Tee, bis Marguerite ins Bett ging.

Wir drei blieben noch sitzen. Emmeline und Neptun stellten Fragen über mein Leben. Mir fiel auf, dass sie verstummten, sobald ich Dad erwähnte, und wusste nicht genau, was ich davon halten sollte; deshalb ergötzte ich sie mit lustigen Geschichten über meine Eskapaden im Internat und meine Reisen mit Freunden und Chas.

Emmeline erzählte, dass sie und Lillian versucht hätten, Henry und Victoria ausfindig zu machen, nachdem sie die Insel verlassen hatten. Sie hätten sogar an ein paar schottische Krankenhäuser geschrieben. Ich hatte keine Ahnung, warum. Soviel ich weiß, haben meine Eltern immer in der Gegend um Malvern gelebt und gearbeitet. Jahre später stieß Emmeline in der Bücherei zufällig auf ein Buch von mir. Die ersten beiden Romane, die ich veröffentlicht hatte, waren unter meinem Mädchennamen Rampling erschienen. Von da an hatten sie und Lillian meine Schriftstellerkarriere aufmerksam verfolgt, aber nie herausgefunden, wo ich lebte.

»Ich wäre gern früher gekommen und hätte euch alle kennen gelernt«, sagte ich.

»Aber jetzt bist du ja da, und das ist das Wichtigste«, sagte Emmeline. »Es ist noch nicht zu spät.«

»Aber …« Die zwei sahen mich über den Tisch hinweg an. Plötzlich zog sich mein Magen zusammen. Warum war es so wichtig, dass ich hier war? Emmeline blinzelte, und Neptun sah weg. In dem Moment wurde mir klar, dass sie mich auf etwas vorbereiten wollten. Sie müssen mir angesehen haben, dass mir die Wahrheit dämmerte. Emmeline fuhr aus ihrem Sessel hoch und krümmte sich vor Schmerzen. Neptun stützte sie.

»Wir wollten nur, dass du Marguerite kennen lernst, sonst nichts«, sagte er. »Wir erwarten nichts von dir.«

»Ihr hofft, dass ich mich um sie kümmere, stimmt's?«, fragte ich langsam. Jetzt war mir alles klar. Lillian war gestorben und hatte mir in dem Wissen, dass Emmeline auch bald gehen würde, ihr Cottage vererbt. Ich, die nichts ahnende verlorene Cousine, wahrscheinlich ziemlich begütert, wurde in die Falle gelockt. Volltreffer!

»Wir wollen gar nichts von dir, Jane«, keuchte sie. »Wir wollten dir nur die Möglichkeit dazu geben. Ihr beide habt die Chance verdient, euch kennen zu lernen.« Emmeline stützte sich jetzt schwer auf Neptun. Er wirkte besorgt und ließ sie wieder in den Sessel gleiten.

»Ich hole deine Arznei, und dann musst du ins Bett«, sagte er.

Emmeline und ich saßen uns gegenüber. Ich sah sie finster an. Ihre vortretenden Augen schwammen in Tränen.

»Ich kann es nicht ertragen, Jane. Sie ist ein so sensibles Wesen, genau wie ihre Mutter. Sie überlebt es nicht, wenn sie von hier fortgebracht wird.«

Ich sagte nichts. Ich war fassungslos, weil ich derart blind in die Falle getappt war. Wie konnte ich mich jetzt noch von ihnen abwenden, ohne mich für den Rest meines Lebens schuldig zu fühlen? Ich hatte ein Cottage geerbt, das kurz davor war, ins Meer zu stürzen, mehrere Morgen fragwürdigen Landes, ein verfallenes halbes Hotel und eine behinderte Frau mittleren Alters, die noch nie weiter gekommen war als bis Wraith Cove.

Neptun half Emmeline nach oben ins Bett, und ich suchte das spartanische Bad auf. Schwitzend lag ich in Unterhose und T-Shirt auf der klumpigen Schlafcouch, während Surfer an meinen Füßen schnurrte. Ich wünschte, ich wäre in Birdsong, neben Chas in meinem Bett, und wäre niemals hier gewesen. Stundenlang lag ich so da, wie mir schien.

Die Katze hörte auf zu schnurren, und ich vernahm die leisen knarrenden Laute des Cottages und das Geräusch des Windes, der übers Meer fegte. Es war so friedvoll hier. Etwas tief in mir war trotz des ganzen Aufruhrs friedlich.

Ganz in der Nähe hörte ich ein leises Rascheln. Ich schlug die Augen auf. Marguerite stand vor mir und betrachtete mich. Ihr silbernes Haar schimmerte im Mondlicht. Mir wurde klar, dass sie es war, die ich damals in Birdsong vor mir gesehen hatte, als ich mich meiner eigenen Weisheit anvertraute, mir den rechten Weg zu zeigen. Sie erschreckte mich nicht. Es war fast, als hätte ich auf sie gewartet. Sie legte sich neben mich aufs Bett; sie war so leicht, dass es kaum quietschte. Ich spürte, wie sich ihre kleine Hand verstohlen in meine schob. Ich rutschte näher zu ihr. Ihre Haare rochen nach frischer Luft. Cousinen, dachte ich, Töchter von entfremdeten Schwestern. Ich spürte ihren Atem auf meinem Gesicht, als ich einschlief.

26

Emmeline lag wach und zitterte am ganzen Körper. Was habe ich getan?, dachte sie. Sie hatte ihre Zunge nicht im Zaum halten können. Sie war so erleichtert gewesen, wieder zu Hause zu sein, und hatte Jane so entspannt zugehört und sich an ihren Geschichten und ihrem Humor erfreut. Soweit sie es beurteilen konnte, schien sie keine von Henrys oder Victorias typischen Eigenschaften geerbt zu haben und schien voller Begeisterung für die Insel und Wraith Cottage zu sein. Aber Emmeline hatte ihren Plan aus den Augen verloren, und Jane hatte gespürt, dass mehr von ihr erwartet wurde als eine simple Versöhnung mit Tante und Cousine.

»Dumme alte Närrin«, schalt sie sich selbst. Wenn sie es sich nun mit Jane verscherzt hatte, wäre die Chance vertan, Henry herzulotsen. Sie presste die Hände auf ihren schmerzenden Leib, fast froh über den Schmerz. »Lilly«, stöhnte sie. »Ich habe dich im Stich gelassen.«

27

»Nein!« Ich wachte um Atem ringend auf und saß kerzengerade im Bett. Wer hatte da so geschrien? Ich schluckte heftig und fasste mich an die Kehle. Sie fühlte sich rau an, als wäre eine Erkältung im Anzug. Hatte *ich* etwa geschrien? Ich hatte wieder den beängstigenden Traum gehabt, wie jemand versuchte, mich durch blutiges Wasser nach oben zu ziehen, und ich rang nach Luft, als würde ich stranguliert. Ich fuhr mir mit der Zunge durch den trockenen Mund und sah mich im dunklen Raum um. Der Tag brach an. Ich war allein auf der Schlafcouch. Marguerite musste in der Nacht wieder in ihr Zimmer gegangen sein. Oder hatte ich das auch geträumt? Ich lauschte. Niemand rührte sich; sogar die Katze schlief noch an meinen Füßen. Dann hatte wohl nicht ich geschrien – ich hätte sonst alle geweckt.

Ich rutschte vom Bett und zog Jeans und Turnschuhe an. Ich hob den schweren Eisenriegel hoch, öffnete die Tür und schloss sie so leise wie möglich hinter mir. Der Morgen war herrlich mit der leichten Kälte der scheidenden Nacht. Es roch nach Salz, taufeuchtem Gras und von Wespen angefressenen Äpfeln. Ich lief über Emmelines Kieselsteinwege und vermied dabei Zusammenstöße mit herabhängenden Muscheln, Treibholzskulpturen und gesprenkelten Spinnen, die in glitzernden Netzen lauerten. Langsam wurde mir die Kletterei durch Sand und Felsblöcke hinab zum Strand zur Gewohnheit. Das Meer hatte Streifen: Dunkelblautöne mit Grün und blassem Türkis und am Horizont eine Schicht aus Cremefarben, wie die Geburtstagstorte einer Meerjungfrau.

Ich schlenderte am Ufer entlang und ließ die Gedanken schweifen. Ich musste immer wieder an Marguerite denken, an das tröstliche Gefühl ihrer Hand in meiner. War das real gewesen? Alles an ihr schien einen ätherischen Touch zu haben, den ich nicht ganz begreifen konnte. Mein Verstand schaltete sich ein und verlangte nach Erklärungen. War es nicht gefährlich, einen Menschen ein derart isoliertes Leben führen zu lassen? Angenommen, sie wurde krank und musste ins Krankenhaus, würde sie sich nicht alle möglichen Infektionen einfangen? War sie geimpft worden? Hätte man ihr Sprechen beibringen können? Was hatten Lillian und Emmeline sich dabei gedacht, sie derart abzukapseln?

Ich entdeckte einen einladenden Stein, setzte mich darauf und zog die Turnschuhe aus. Hatten meine Eltern von Lillians Vergewaltigung gewusst? Doch wohl eher nicht, sonst hätten sie bestimmt ihre dummen Vorurteile beiseite geschoben und wären ihr zu Hilfe geeilt. Es musste geschehen sein, nachdem sie die Insel verlassen und den Kontakt zu ihren Schwestern verloren hatten. Das hieß, dass sie nie etwas von Marguerite erfahren hatten! Was wahrscheinlich auch besser war, denn wenn mein Vater davon Wind bekommen hätte, hätte er sie wahrscheinlich in irgendeine Anstalt einweisen lassen und auch noch geglaubt, das Richtige zu tun.

Diese beiden jungen Frauen, Lesbierinnen, hatten also in die Hände gespuckt und das behinderte Kind eines Vergewaltigers großgezogen. Das musste ich ihnen lassen: Sie waren zwei außergewöhnliche Frauen. Ich wünschte, ich hätte Lillian gekannt. Ich wünschte, ich hätte sie schon vor Jahren getroffen. Damals hätte ich ihnen vielleicht helfen können. Unsinn! Sie waren sehr gut allein klargekommen. Wer war ich denn, zu glauben, dass sie von meiner Gegenwart profitiert hätten? Ich seufzte. Die Wahrheit lautete, dass sie *jetzt* meine Hilfe brauchten. Und statt mich geehrt zu fühlen, kam ich mir benutzt und ausgetrickst vor. Dabei hatten sie mich im Grunde um nichts gebeten. Sie wollten nur, dass ich die Wahrheit erfuhr. Und die Wahrheit war, dass Lillian bereits tot war und Emmeline bald sterben würde. Marguerite verlor ihre Bezugspersonen. Es gab nur noch Neptun, der genauso alt war, und außerdem konnte er schlecht die Pflege einer Frau übernehmen, mit der er nicht verwandt war und die weibliche Bedürfnisse hatte. Ich hatte durchaus Verständnis für ihr Dilemma.

Ich stand auf und begann, auf und ab zu laufen; für die Schönheit des Morgens hatte ich jetzt keinen Blick mehr. Sie mussten doch darüber gesprochen haben, was mit Marguerite geschehen sollte! Ich spürte die Wut in mir aufsteigen. Hatten sie wirklich geglaubt, sie könnten mich in letzter Minute herholen, und ich würde die Pflege einer dubiosen Verwandten übernehmen, die ich nie zuvor gesehen hatte? Sie hatten hier gelebt wie in einer anderen Zeit, in einer Fantasie, in der ich als Retterin in der Not auftauchen würde. Vielleicht hatten sie zu viele kitschige Geschichten gelesen, in albernen Büchern wie meinen.

Ich blieb stehen und sah hoch zu den Kliffs, die zum Meer herabbröckelten, als verlangten sie nach Befreiung. Das funkelnde Wasser blinzelte, stupste die Steine an und flüsterte Klatsch von unbekannten Ufern. Hatte ich mein Leben falsch gelebt und mich von erfundenen Geschichten ablenken lassen, während eine tiefe Wahrheit sich mir entzog? Aber vielleicht entging sie mir überhaupt nicht, sondern ich ignorierte sie nur, weggelockt vom Sirenenruf der erzählenden Literatur? Ich hatte mein Leben nicht nur damit verbracht, vollkommen in mein eigenes Drama vertieft zu sein, sondern auch noch bücherweise Geschichten für andere erfunden, in die sie sich flüchten konnten. Es musste doch noch mehr geben im Leben. Was war es, das mir fehlte?

Ich konnte den anderen noch nicht gegenübertreten. Ich war nicht bereit, mit ihnen zu reden oder irgendwelche Entscheidungen zu treffen. Ich wischte den Sand von meinen Füßen und zog wieder die Turnschuhe an. Dann stieg ich den Kliffweg hinauf und lief um Wraith Cottage herum; ich marschierte über die Wiese und schlenderte eine Weile über die Anlagen des Wraith Cove Hotels, fuhr mit den Händen über die von Flechten überzogenen Steinmauern, setzte mich auf efeubewachsene Stufen und stellte mir vor, wie die Gäste früher an Tischen auf dem Rasen ihren Tee einnahmen und aufs Meer hinausblickten. Vielleicht war die kleine, mutterlose Lillian von ihnen verhätschelt worden, bevor sie von Victoria weggezerrt und getadelt wurde, weil sie die Gäste belästigt hatte. Dieses Hotel musste ein Ferienparadies gewesen sein, bevor Krieg und Rationierung ihm alles Leben ausgesaugt hatte. Ich kam wieder in die Gegenwart zurück. Wenn mein Vater mir noch etwas Geld hinterließe – nachdem er seinen Pflegerinnen Unsummen dafür gezahlt hatte, dass sie ihm Gesellschaft leisteten und Pullis für ihre Enkel strickten – dann würde ich hier vielleicht wieder etwas aufbauen.

Ich lief hinauf zur Hauptstraße. Es waren noch nicht viele Autos unterwegs. Ich bog nach links in Richtung Niton ab. Ich musste laufen und in Bewegung bleiben, bis ich eine Lösung fand. Chas würde sagen: »Es ist ganz leicht, Janey. Sag ihnen einfach, es ist nicht dein Problem, und lass sie das allein regeln. Marguerite muss vielleicht in irgendein Heim für Behinderte. Du kannst sie ja besuchen und den

Kontakt zu ihr halten. Es ist zwar hart, aber so ist das Leben.«

An der St. Catherine's Road bog ich gerade noch rechtzeitig links ab, um ein rotes Eichhörnchen über die Straße und auf einen Haselnussbaum huschen zu sehen. Ich spürte, wie meine Stimmung sich hob. Die Häuser hier waren interessante Individuen mit Namen, in denen »wynd« und »clyffe« vorkam. Bürgersteige und Straßen waren rissig und führten unausweichlich zum Meer. Ich lief über sonnengesprenkelte Wege, bis sich plötzlich die Landschaft öffnete und ich auf einem Grundstück stand, das dem National Trust gehörte und einen Blick auf sonnenversengte Wiesen freigab. Mitten in der Landschaft stand der Leuchtturm, ein erstaunliches Weiß in der südlichen Sonne. Der breite Strahl drehte sich blinkend und blendete sogar an diesem heiteren Tag. Der Turm hatte an der Spitze kleine Minarette, die ihm ein ziemlich maurisches Aussehen verliehen. Fast rechnete ich damit, dass ein Muezzin lautstark zum Gebet rief.

Kuhfladen ausweichend, schlenderte ich zu dem Leuchtturm hinab und setzte mich. An eine weiße Mauer gelehnt schaute ich über den Englischen Kanal – nächste Station Cherbourg. Ich stellte mir vor, hier mit Chas herumzubummeln, und dachte, es würde ihm gefallen. Normalerweise schlug ich Ferienziele im Ausland vor, weil ich mich nach heißer Sonne sehnte. Vielleicht kam er nur mir zuliebe mit. Im Grunde würde Chas sich in einem englischen Liegestuhl wohler fühlen, die Hosenbeine hochgekrempelt, Socken und Sandalen an den Füßen, ein geknotetes Taschentuch auf dem Kopf. Ich konnte ihn mir beim Angeln vorstellen, wie er mit Neptun durch die Bucht tuckerte. Lieber Chas! Plötzlich bekam ich Heimweh.

Ich stand auf und lief weiter am Kliff entlang, bis es in eine Schlucht mündete. Nachdem ich einen steilen Abhang hinaufgestiegen war, fand ich mich am Fuße eines fantastischen binnenländischen Kliffs wieder, einer Art Mini-Grand Canyon. Vögel stiegen auf und ließen sich von der Thermik tragen. Ich wünschte, ich hätte mein Fernglas dabei. Ich konnte den steifflügligen Flug des Eissturmvogels erkennen und den schrillen Schrei jagender Wanderfalken hören. Angler liefen am Ufer entlang, die Angelruten über der Schulter. Langsam verlor ich das Gefühl dafür, wie weit ich schon gegangen war und wo ich mich befand, dachte aber achselzuckend, dass dies nur eine kleine Insel war und ich problemlos zurückfinden würde. Kaninchen rannten über die Hügel, und aufgeregte Hunde warteten hechelnd auf ihre Besitzer.

Es war fast Mittagszeit, als ich mich auf vertrautem Territorium wiederfand. Ich genehmigte mir eine Pause im »Buddle Inn«, bestellte Orangensaft und ein Tütchen Kartoffelchips und war froh darüber, eine Fünfpfundnote in der Tasche zu haben. Kleine Kinder klapperten mit Eimerchen und Schaufeln, ganz heiß auf Sand und Meer, während ihre Eltern sich bei einem leichten Lunch und einem Bierchen Zeit ließen und keine Anstalten machten, sich von der Stelle zu rühren. Ich überlegte, wie es wäre, hier zu leben, mit diesem alten Schmugglergasthaus als Stammkneipe, sich an eine neue Lebensart zu gewöhnen, an andere Leute.

Das lenkte meine Aufmerksamkeit wieder auf das Dilemma mit Marguerite. Wie wäre es für sie, aus ihrer abgeschiedenen Umgebung herausgerissen und zu Leuten gebracht zu werden, die sie sich nicht selbst ausgesucht hatte? Leute, die andere Vorstellungen davon hatten, wie sie ihr Leben leben sollte? Meine Wanderung hatte mich der Lösung des Problems keinen Schritt näher gebracht. Ich konnte nicht einfach hierher ziehen und mich um sie kümmern. Aber wie könnte ich sie von hier wegholen? Ich konnte mir nicht vorstellen, dass ich einfach ihre Sachen zusammenpackte, sie in mein Auto setzte und mit ihr nach Birdsong fuhr. Wie sollte ich sie richtig versorgen können! Ich wusste ja nicht einmal, welche Behinderungen sie hatte.

Plötzlich sah ich klarer. Natürlich, ich hatte nicht genug Informationen, um eine Entscheidung zu treffen. Ich hatte mich in ein neues Drama verwickeln lassen. *Arme Jane, der dies alles aufgezwungen wurde, wie wird sie bloß damit klarkommen?*

Ich musste mit Emmeline sprechen. Sie war schließlich diejenige, die die letzten vierzig Jahre mit Marguerite zusammengelebt hatte. Vielleicht hatten sie und Lillian sich alles Mögliche überlegt, und ich kam nur in einem von verschiedenen Plänen vor.

Ich schlenderte hinab nach Castlehaven und suchte mir einen Weg durch die Wasserlachen zwischen den Felsen. Ein schlanker Seidenreiher fischte in den Untiefen, Kinder alberten auf Bodyboards herum und zwei Männern schoben ihre Boote hinaus, um die Hummerfangkörbe zu inspizieren. Ich lag im warmen Sand, beobachtete freundliche Wolken und drehte mich um, um die Umgebung zu betrachten. An den Felsen klammerten sich ganze Miniaturwelten fest, die mit ihren eigenen existenziellen Fragen kämpften und sich der meinigen gar nicht bewusst waren.

Ich schlief ein und wachte frierend und hungrig auf. Die Flut kam rasch, und ich musste durch die Untiefen zurückwaten. Beim Aufstieg zur Straße wurde mir schnell wieder warm, und ich stellte fest, dass ich näher an meinem Ausgangspunkt war als angenommen. Mein Auto stand noch da, wo ich es am Tag zuvor abgestellt hatte.

Bevor ich das Tor zu Wraith Cottage öffnete, blickte ich über das Kliff. Ich sah Loot an der Brandung herumtollen. Marguerite, in ihrem blauen Kleid, stand auf einem Felsen im Meer. Sie rührte sich nicht und schaute hinaus. Dann ließ sie in einer flüssigen Bewegung ihr Kleid hinabgleiten, hob die Arme und sprang ins Meer. Ich spürte den Kälteschock des Wassers wie eine Taufe, als würde ich untergetaucht. Die Wellen rollten und stürzten mit ihr, als seien sie eins miteinander. Ich sah ihr dunkel gewordenes Haar aufblitzen, ihre Glieder und ihr Po blass im blaugrünen Wasser, als es sie zum Ufer trug.

Sie stand auf, breitete die Arme aus, streichelte das Meer und hob die Arme zur Sonne wie bei einer Opfergabe. Sie warf den Kopf zurück, und die Spitzen ihres silbernen Haares berührten die Wellen. Sterne von ihren Fingern fielen auf ihr Gesicht. Ich spürte das Prickeln, als würden die Tröpfchen auf mich niederprasseln. Mein Geist öffnete sich weit und ich verspürte ein tiefes Gefühl, das ich nicht benennen konnte. Es war nicht vergleichbar mit Freude oder Traurigkeit. Es war etwas anderes, als existierte in mir ein Ort, von dem ich bisher nichts gewusst hatte. Tränen liefen mir übers Gesicht, für die es keinen Grund gab – sie flossen nur aus dem namenlosen Gefühl heraus, als wären sie ein Teil davon und drückten es perfekt aus. Marguerite watete zu den Untiefen. Loot sprang auf sie zu. Sie legte die Hand auf seinen klatschnassen Kopf, und er sah hechelnd zu ihr auf. Dann lief sie vorsichtig durch die Felsen, um ihr Kleid zu holen.

28

Emmeline schlief fast den ganzen Tag. Als sie aufwachte, war sie ruhig, bis ihr der vergangene Abend einfiel.

»Die kommt schon wieder«, sagte Neptun. »Ihr ganzer Kram ist doch hier, und ihr Auto steht noch oben an der

Straße – ich hab nachgeschaut.« Emmeline sah Marguerite fragend an, aber die war mit Brotbacken beschäftigt. Emmeline ging hinaus und sah über das Kliff hinunter in die Bucht und vom Rand des Gartens aus hinüber zum Hotel, doch Jane war nirgends zu sehen. Natürlich kommt sie wieder, sagte sie sich. Sie braucht nur Zeit zum Nachdenken. Sie stand da und betrachtete den Gemüsegarten. So winzig im Vergleich zu dem, den sie früher auf dem Hotelgelände angelegt hatten. Und ihr Kräutergarten dort oben – er musste inzwischen von Unkraut überwuchert sein. Sie war schon ewig nicht mehr dort gewesen, der Weg war zu beschwerlich.

Seufzend setzte sie sich auf einen Baumstumpf. Was für große Zukunftspläne sie gehabt hatten, vor all den Jahren. Aber sie hätte Lilly nicht jeden Tag in Wraith Cottage allein lassen dürfen, in dem Glauben, sie sei zufrieden und in Sicherheit.

»Ich glaubte, das Richtige zu tun, Lilly. Ich wollte eine gewisse Sicherheit für uns schaffen. Aber das Projekt hat mich zu sehr in Anspruch genommen. Habe ich dich vernachlässigt?«

»Nein, Emm. Mach dir nicht ständig Vorwürfe. Ich wollte allein sein. Ich konnte mich ohne Gewissensbisse auf die Schwangerschaft konzentrieren, wenn ich alleine war. Das konnte ich dir nicht erklären.«

»Ich hätte es verstehen müssen.«

»Wie hättest du das tun können? Ich war froh, dass du eine Beschäftigung hattest. Du warst glücklicher, fast so zufrieden wie früher. Ich erinnere mich an jenen Sommer, als sei es gestern gewesen.«

Ich erinnere mich an schmerzende Rücken und schmutzige Hände. Eines Abends, nachdem wir in Puck's Cottage Krebse gegessen hatten, sitzen wir vier draußen auf der

Holzveranda und unterhalten uns. Neptun wirft einen Stock für Booty, der ihn unermüdlich aus den flachen Wellen apportiert. Die Abende sind jetzt länger, haben jedoch immer noch die leichte Frische des Frühsommers. Ich bin froh über die Kühle. Im Cottage der Männer wird mir von dem starken Geruch nach Tabak, Fisch und Hund ein bisschen übel. Das Meer schimmert zartlila, der Horizont liegt unsichtbar hinter einem rosafarbenen Nebel. Emm und die Männer rauchen, was einen zusätzlichen Dunstschleier über den Abend legt. Ich persönlich scheine meine Vorliebe für Zigaretten eingebüßt zu haben.

Neptuns alte blauweiße Jolle sieht neben dem großen gelben Fischerboot der Männer winzig aus. Sie verdienen in letzter Zeit wenig mit ihrem Fischer- und Tischlerhandwerk. Sie führen es auf eine Mischung aus Nachkriegselend und Ressentiments zurück. Wir haben Glück, mir gehört das Dach über unseren Köpfen, und wir leben günstig. Aber die Stromrechnung und Steuern müssen wir trotzdem bezahlen. Emm hat ein bisschen was geerbt und sich über verschiedene Investitionsmöglichkeiten informiert. Außerdem überlegen wir, ob wir unsere überschüssigen Haushaltserzeugnisse verkaufen können.

»Wirst du das Hotel verkaufen, Lillian?«, fragt Neptun.

»Im Moment nicht. Wir wollen niemanden, der hier rumspioniert, oder so nahe bei uns wohnt.«

»Wir warten erst mal ab, wie es läuft, wenn das Baby da ist. Dann such ich mir vielleicht einen Job, oder Lilly verkauft das Hotel«, sagt Emm.

»Es ist nur so eine Idee«, sagt Woody und gießt Brandy ein. »Vielleicht sollten wir es mal mit Gemüseanbau versuchen. Wir könnten die alten Beete auf dem Hotelgelände bepflanzen, ein paar Hühner kaufen und Kaninchen züchten. Mit unseren Fischvorräten und dem Gratisholz können wir uns dann selbst versorgen.«

Emm und ich sehen uns an. Ihre Augen funkeln vor Aufregung. Das wäre genau ihr Fall, eine Arbeit im Freien, mit den Händen im Dreck wühlen, die besten Anbaumethoden herausfinden, alles genau kalkulieren. Und die Männer, die uns unterstützen und bei den schweren Arbeiten helfen. Es dauert nicht lange, und alle vier sind wir begeistert. Immer neue Ideen sprudeln aus uns heraus. Sogar Booty wird von der Aufregung angesteckt und läuft schwanzwedelnd von einem zum anderen.

»Wir könnten die Gewächshäuser renovieren und einen Marktstand aufbauen – vorne an der Straße«, sagt Neptun. Er lächelt Woody an. »Den kannst du bauen, Woody – aber bevor du dich dort als Händler hinstellst, muss ich dir erst Haare und Bart stutzen, sonst verschreckst du alle Kunden.«

Woody gibt ihm eins hinter die Ohren. »Ich glaube, darauf müssen wir noch einen trinken«, sagt er.

Fast den ganzen April verbringen wir mit Graben, Planen und Kalkulieren. Ich bekomme den Auftrag, das Saatgut und die Pflanzen zu bestellen und die Preislisten von Anbauern und Gärtnereien zu vergleichen. Die Auswahl ist groß. Dank des Klimas ist die Insel ein Paradies für leidenschaftliche Gärtner. Mir macht das alles solchen Spaß, dass ich kaum noch an Henry denke; meine Angst ist fast verschwunden. Ich kann jetzt aus dem Haus gehen, ohne mich vorher umzusehen. Mit meinen Katalogen und Preislisten hocke ich im Garten am Tisch, träume davon, wie das Projekt Gestalt annimmt, und lausche dem Meer. Abends sitzen wir am Kamin. Ich stricke weißrosa Babyschühchen und Fäustlinge, winzige Mäntel und Mützen, während Emm mir vorliest, bis ihre Aussprache nach dem harten Arbeitstag vor Müdigkeit undeutlich wird. Dann nehme ich ihr das Buch aus den Händen, scheuche Drifter von ihrem Schoß, und wir gehen ins Bett. Die Türen verschließen wir nachts noch immer. Es ist uns inzwischen zur Gewohnheit geworden.

Eines Morgens stelle ich fest, dass die Haken und Ösen an meinem Hosenbund sich nicht mehr schließen lassen. Ich betrachte mich im Spiegel von der Seite. Meine Taille verschwindet langsam, und mein Bauch wölbt sich deutlich.

»Schau«, schreie ich und renne mit hochgezogenem Oberteil und offen stehender Hose in die Küche. Emm bewundert meinen dicken Bauch und legt ihre kühlen Hände darauf.

»Ich sollte mich vielleicht doch noch mal um deine Garderobe kümmern«, grinst sie.

»Du hast schon genug um die Ohren. Ein Stück Gummiband tut's auch.«

Von da an werde ich schnell dicker. Emm besorgt mir ein paar Hosen mit Gummibund und weite Hemden auf dem Markt in Ventnor. Woody und Neptun ziehen mich auf, was mir sehr gefällt, aber ab und zu spüre ich Emms Blicke ernst und nachdenklich auf mir ruhen. Ich frage mich, was sie denkt, aber tief drinnen weiß ich es. Ich sehe sie weniger oft. Sie arbeitet jetzt fast den ganzen Tag mit Woody und Neptun im Hotelgarten.

Ich koche für alle, streiche das Kinderzimmer weiß und stricke ein zartes Tuch aus feiner weißer Wolle, die Emm vom Markt mitgebracht hat. Ich lese das Buch über Schwangerschaft und Geburt, das sie im Second-Hand-Laden gekauft hat. Es erschreckt mich zu Tode. Es ist ein medizinisches Fachbuch und erläutert alle möglichen Komplikationen, die bei Mutter und Säugling auftreten können, illustriert mit Fotos von siamesischen Zwillingen und missgebildeten Kindern. Ich versuche, diese Stellen zu überspringen, werde aber von fasziniertem Grauen gepackt. Als Emm nach Hause kommt, bin ich den Tränen nahe.

»Das solltest du vielleicht jetzt nicht lesen«, sagt sie und umarmt mich. »Das ist etwas für Ärzte und Hebammen.«

»Aber ich muss es wissen. Ich sollte es wissen, Emm«, schluchze ich.

Sie packt mich fest an den Schultern. »Hör zu, Lilly. Es wird nichts schief gehen. Hast du mich verstanden?« Sie hält mir ein Taschentuch vor die Nase, als sei ich ein kleines Mädchen. »Schnäuzen!«, befiehlt sie. Ich gehorche. Sie setzt mich hin und kocht Tee, obwohl sie diejenige ist, die den ganzen Tag hart gearbeitet hat. »Besser?«, fragt sie nach einer Weile. Ich nicke. »Kleine Wasserlilly«, zieht sie mich auf. »Ich kenne niemanden, der so viel weint wie du.«

Aber ich bin froh, dass ich es gelesen habe. Ich denke manchmal, wie naiv ich doch bin. Ich lese zwar viel, aber ich weiß wenig von der Welt. Wir hören fast nie Radio, und ich gehe nirgendwo hin, will es auch gar nicht.

Morgens mache ich meist einen Spaziergang am Strand, nachmittags sitze ich im Garten, schäle Kartoffeln und schneide Gemüse klein. Gelegentlich habe ich das Gefühl, beobachtet zu werden, und mir jagen kalte Schauder über den Rücken. Ich weiß, dass es nicht sein kann. Jeder, der zu uns kommt, muss zuerst am Hotel vorbei, und dort arbeiten die anderen. Vielleicht sind es die Überbleibsel meiner Furcht, die manchmal an die Oberfläche kommen, wenn ich müde bin und nicht aufpasse.

Doch dann, eines Tages, durchfährt es mich wie ein elektrischer Schock, und ich weiß, *er* ist gekommen. Ich springe entsetzt auf und verschütte meine Schüssel mit Bohnen.

»Lillian, es ist alles in Ordnung.« Er steht mehrere Meter von mir entfernt. Sein dunkler Anzug und das schwarze Haar heben sich bedrohlich gegen den hellen Himmel ab. »Ich werde nicht näher kommen.«

Ich zittere von Kopf bis Fuß. Ich packe mein Schälmesser. »N… nicht, Henry«, stottere ich. »Nicht.«

»Ich versprech's.« Er geht einen Schritt zurück. »Ich wollte nur wissen, wie es dir geht. Ich habe mir Sorgen um dich gemacht.«

»Geh weg!«, murmele ich mit klappernden Zähnen.

»Ich gehe gleich«, sagt er. »Ich möchte nur wissen, ob du etwas brauchst.«

»Nein. Nichts. Bitte geh jetzt.«

»In Ordnung. Es tut mir Leid, ich wollte dir keine Angst einjagen.« Er steht da und blickt zu Boden. Er spricht leise. »Ich habe mich nur gefragt, ob du Victoria schreiben möchtest. Wenn ja, ich besuche sie bald und könnte den Brief mitnehmen.«

»Gib mir ihre Adresse.«

»Sie … sie will das nicht. Aber ich dachte, wenn ich ihr einen Brief mitbringe, liest sie ihn vielleicht.« Er zuckt mit den Achseln. »Das ist alles, was ich sagen wollte. Ich will nicht, dass ihr beide deshalb den Kontakt verliert.« Er tritt noch einen Schritt zurück. »Aber wenn du lieber nicht …«

»Wohin … soll ich ihn dir schicken?«

»Schick ihn ans Krankenhaus, wenn du magst.«

»Das kann ich nicht. Emm bringt unsere Briefe zur Post.«

»Dann wirf ihn in den Hotelbriefkasten, ich hol ihn dann. Ich fahre in zwei Tagen.« Er wendet sich ab und verlässt den Garten. Ich beobachte, wie er am Rand der Wiese entlanggeht. Er hat sich offensichtlich durchs Gebüsch geschlichen und so die Gemüsebeete auf der anderen Seite des Gartens umgangen, wo Emm und die Männer arbeiten. Immer noch zitternd, setze ich mich. War mein Gefühl doch richtig gewesen, hat er mich in letzter Zeit beobachtet? Ich sollte sofort hinüberrennen und es ihnen erzählen. Doch damit verliere ich die Chance, Kontakt zu Victoria aufzunehmen.

Ich gehe hinein und hole mir ein Glas Wasser. Ich warte, bis meine Furcht sich legt, und streichele meinen Bauch, als wollte ich meiner Tochter versichern, dass alles in Ordnung ist. Henry wird mir nichts Böses mehr tun. Was hätte das für einen Sinn? Wir waren uns beide einig, dass wir die Sache auf sich beruhen lassen. Und er muss an seine Frau und sein Kind denken. Er ist nicht an meinem Baby oder mir interessiert. Aber warum macht er sich Gedanken, ob ich den Kontakt zu Victoria verliere? Vielleicht denkt er, es ist eine kleine Wiedergutmachung. Er sah irgendwie geschrumpft aus. Vielleicht nagt die Schuld an ihm, und das ist alles, was ihm einfällt.

Tja, ich bin ihm allein gegenübergestanden und habe es überlebt. Meine schlimmste Befürchtung ist eingetroffen, und mir geht es gut. Ich werde Victoria schreiben und sehen, was dabei herauskommt. Ich kann mir diese letzte Chance zur Versöhnung mit ihr nicht entgehen lassen. Doch ich darf nichts davon Emm erzählen. Sie wäre wütend, wenn sie es wüsste.

Am nächsten Tag schreibe ich den Brief. Er ist ziemlich kurz. Ich erzähle ihr, wie es mir geht und von den Plänen, die wir für unsere Zukunft haben. Ich schreibe, dass ich sie vermisse und gern wüsste, wie ihre Schwangerschaft verläuft. Ich frage, was sie vorhat. Ob sie plant, auf die Insel zurückzukommen und hier zu leben. Es wäre schön, schreibe ich, wenn unsere Kinder sich kennen lernen würden. Sie müssten nichts von dem wissen, was passiert ist. Ich schreibe ihr, dass Woody angeboten hat, die Vaterschaft anzuerkennen. Ich grüße sie herzlich.

An jenem Nachmittag spaziere ich rüber zum Hotel, um zu sehen, welche Fortschritte die Gärten und die Treibhäuser machen. Anschließend schlendere ich über das Gelände hinüber zur Straße. Der Holzbriefkasten ist voller Spinnweben. Ich lege meinen Brief hinein und lehne mich eine Weile an das mit einem Vorhängeschloss gesicherte Tor. Die schattige Straße ist wenig befahren. Auf der Insel gibt es noch nicht sehr viele Autobesitzer. Das Klappern von Hufen ist immer noch häufiger als Motorgeheul. Ich drehe mich um und betrachte das Hotel. Die Farbe blättert ab, einzelne Dachziegel fehlen. Vielleicht sollte ich es an ein Abrissunternehmen verkaufen. Bei dem Gedanken zieht sich mein Magen zusammen. Armer Dad, was würde er dazu sagen? Ich schlendere über das Gelände zurück und geselle mich zu den anderen, um mit ihnen Tee aus der Thermoskanne zu trinken.

»Ich habe nachgedacht«, sage ich. »Ich könnte das Hotel ausräumen und den Inhalt versteigern lassen. Das würde Geld für den Garten bringen, und wir hätten trotzdem weiter unsere Privatsphäre.«

»Macht dir das nichts aus? Verkaufst du damit nicht deine ganze Vergangenheit?«, fragt Woody besorgt.

»Genau das ist es – die Vergangenheit. Zeit, sie loszulassen.«

Emm kommt mir glücklicher vor, seit sie sich in die Gartenarbeit kniet. Das ist ihre Lieblingsbeschäftigung. Ich sehe sie jetzt zwar weniger, aber ich kann mich nicht beschweren. Ich weiß, dass sie das alles für uns tut, und ich muss auch einen Beitrag leisten. Ich schreibe an ein Auktionshaus, damit sie jemanden schicken, der die Einrichtung des Wraith Cove Hotels schätzt.

Seit Henrys Besuch ist eine Woche vergangen, und ich frage mich, ob er schon zurück ist und einen Brief von Victoria an mich im Briefkasten hinterlegt hat. Ich gehe hin, aber der Briefkasten ist leer. Vielleicht ist Henry noch nicht zurück. Eine Woche später schaue ich erneut nach, aber da ist immer noch nichts. Vielleicht ist er noch weg; es ist eine weite Reise nach Schottland und zurück. Ich frage mich, wo Victoria wohnt. Ich erinnere mich nicht, dass sie dort Freunde haben. Andererseits hat Victoria mir auch nie etwas über ihr Privatleben anvertraut. Sie hat über Henrys Kollegen viele Leute kennen gelernt.

Ein paar Tage später schreibe ich am Gartentisch, und ich spüre wieder das bekannte Gefühl im Rücken und im Nacken. Ich drehe mich um und schaue zum Tor. Dort steht Henry und beobachtet mich. Er raucht eine Zigarette. Ich spüre, wie das Zittern wieder anfängt, aber ich stehe langsam auf. Diesmal liegt kein Messer auf dem Tisch. »Bleib da«, sage ich.

»Ich bin nur gekommen, um dir etwas mitzuteilen«, sagt er und tritt seine Zigarette aus. »Ich habe Victoria deinen Brief gegeben, aber sie, äh.« Er blickt mich direkt an. »Es tut mir Leid, Lillian. Sie sagte, sie will keinen Kontakt zu dir. Ich habe versucht sie zu überreden, aber sie hat sich hartnäckig geweigert.«

Ich setze mich langsam hin. »Das kann nicht ihr Ernst sein«, sage ich. »Hat sie meinen Brief gelesen?«

Henry nickt. »Es tut mir Leid, Lillian«, wiederholt er leise. »Sie sagte, sie hielte es für das Beste – für euch beide und die …« Er nickt vage zu meinem Bauch hin.

Meine Augen füllen sich mit Tränen. »Wie geht es ihr?«

»Es geht ihr gut. Alles ist so, wie es sein sollte.«

»Wo wohnt sie?«

»Bei alten Studienfreunden von mir.«

»Wird sie zurückkommen – auf die Insel – wenn das Baby da ist?«

Henry öffnet das Tor und kommt auf mich zu. »Das war die andere Sache, die ich dir mitteilen wollte, Lillian. Wir halten es für das Beste, wegzuziehen. Nach allem, was passiert ist – ein Neuanfang.«

Tränen laufen mir über die Wangen. »Dann sehe ich sie vielleicht nie wieder – oder ihr Baby.«

Ich höre Henry seufzen. Ich blicke zu ihm auf. Er wischt sich mit der Hand über die Augen. »Ich werde mein Bestes tun, um sie zu überreden, Lillian. Vielleicht empfindet sie anders, wenn das Baby da ist.«

Ich nicke. »Schreibst du mir ... um mich zu informieren, wann sie das Baby bekommen hat und wo sie sich aufhält?«

»Natürlich tu ich das, Lillian.« Er schnäuzt sich in sein Taschentuch. »Mir tut alles so schrecklich Leid. Ich hätte nie ... ich war ein echtes Schwein.« Er wendet sich abrupt ab und verlässt den Garten. Das Tor schwingt hinter ihm hin und her.

Ich sitze bei Emm und möchte ihr von Henrys Besuchen erzählen. Aber ich kann nicht. Wenn ich ihr von heute erzähle, muss ich ihr auch sagen, dass er schon einmal da war. Sie wird böse und gekränkt sein, und ich kann es ihr nicht verübeln. Wozu soll das gut sein? Ich weiß jetzt Bescheid über Victorias Schweigen – sie will es so. Ich muss mich nicht mehr darüber wundern. Henry geht auch weg. Bald ist alles vorbei. Emm muss nie etwas davon erfahren. Ich werde heimlich um Victoria und ihr Kind trauern. Vielleicht nimmt sie eines Tages doch wieder Kontakt zu mir auf. Wenigstens weiß sie, wo ich bin.

Plötzlich bemerke ich ein leichtes flatterndes Gefühl in mir. Ich sitze regungslos wie eine Statue. Da, da ist es wieder. »Emm«, flüstere ich. Sie blickt schläfrig auf. »Emm, sie bewegt sich.«

Emm presste ihre Hände auf die Tischplatte. Hier hatte Lilly immer gesessen und geschrieben oder Gemüse geputzt, während sie die Gärtnerei aufgebaut hatten. Über die Jahre hinweg hatte Neptun die Hummerfangkörbe oft repariert.

Eine Bewegung erregte ihre Aufmerksamkeit. Jane stand am Rand des Gartens und blickte hinab zum Strand. Emmeline wusste, dass Marguerite dort unten war und badete. Sie wollte nach ihr rufen, aber etwas an Janes Haltung ließ sie schweigen.

29

Am nächsten Morgen schlenderte ich nach draußen, um mich zu Emmeline in den Garten zu setzen. Marguerite kümmerte sich um sie, legte ihr eine zartlila Häkeldecke um die hochgezogenen Schultern und hob ihre Füße auf einen Hummerfangkorb. Surfer, die stets eifersüchtig über ihren Platz auf Emmelines Schoß wachte, sprang hoch, was die alte Frau zusammenzucken ließ. Marguerite versuchte, die Katze wieder herunterzuheben.

»Ist ja gut«, blaffte Emmeline und hielt Surfer fest. Doch sie lächelte dabei. Marguerite gab ihr einen Kuss und fuhr mit Neptun zum Fischen in die Bucht. Das rote Leuchtfeuer von Marguerites Schwimmweste stach weithin sichtbar aus einem weißen Schwarm Nahrung suchender Möwen. Neptuns Fischerboot war ein stabiler Kutter mit Motor, viel größer als das blauweiße Schlauchboot, mit dem er sonst durch die Bucht ruderte.

Ich saß auf einem stacheligen Grasstück und roch den Duft zerdrückter Kamille. Emmeline streichelte Surfer. Wir hatten kaum ein Wort gewechselt, seit ich gestern Abend erschöpft zurückgekommen war. Alle drei schienen zu verstehen, dass ich Zeit für mich gebraucht hatte. Ich sagte ihnen, ich wäre am Küstenweg entlanggewandert. Sie nickten nachdenklich und fragten mich nicht weiter aus. Neptun ruderte nach dem Abendessen nach Hause, und ich half Marguerite beim Aufräumen. Sie ließ mir ein Begrüßungsbad ein, und ich lag lange darin, bevor ich schließlich ins Bett ging. Und dann hatte ich tief geschlafen, oben, ungestört durch Ertrinken und Ersticken.

Die Luft war warm, die Sonne vom Meeresdunst gedämpft. Emmeline wirkte entspannt; sie hatte aufgehört die Katze zu streicheln. Ich fragte mich schon, ob sie schlief, als sie ihre gelb gefärbten Augen direkt auf mich richtete.

»Wirst du weiter Bücher schreiben?«, fragte sie.

Das überraschte mich. »Ich weiß nicht. Es ist schwierig, seit Dad krank ist.« Ich hob einen Kieselstein auf und drehte ihn hin und her.

»Die Dinge ändern sich, nicht?«, fragte sie.

Ich war mir nicht sicher, ob das eine Frage war. Ich nickte. Wir saßen schweigend da. Sogar das leise Rauschen der Wellen unter uns schien zu schwinden. Ich spürte, wie das Schweigen greifbar wurde, mich in sich hineinsog, etwas aus mir herauszog. Worte schienen sich in meinem Gehirn zu bilden und aus mir herauszusprudeln: Ich erzählte ihr von der Veränderung in mir seit Jahresbeginn, dass ich alles in Frage gestellt hatte und nicht in der Lage war zu schreiben, wie ich es mein Leben lang getan hatte. Ich fühlte mich so erleichtert, als säße ich im Beichtstuhl. Immer, wenn ich sie ansah, schien sie intensiv zuzuhören; sie holte alles aus mir heraus, so als hielte sie das Ende eines Garnknäuels in der Hand und spulte den Faden ab. Als ich zum Ende meines Ergusses kam, lachte ich verlegen.

»Dad nennt meine Bücher alberne Geschichten. Früher hat mich das gekränkt, doch jetzt denke ich, er hat vielleicht Recht.«

»Nein, Jane. Er hat kein Recht, dein Talent herabzusetzen. Bei Victoria hat er das auch getan. Ich bin überzeugt, dass deine Bücher vielen Menschen Freude bereitet haben. Du hast eine Gabe fürs Geschichtenerzählen. Lilly und ich haben sie alle mit viel Freude gelesen.«

»Aber ich hab das Gefühl, mich nie mit der Realität auseinander gesetzt zu haben. Mein ganzes Leben scheint eine einzige Fiktion zu sein. Ich wollte Kinder, Emmeline. Mein Leben wäre ganz anders verlaufen, wenn ich ein Kind gehabt hätte.«

»Du glaubst, als Mutter hättest du Erfüllung gefunden?«

»Ja, ein Teil von mir empfindet eine Leere… eine Art Sehnsucht.« Tränen stiegen mir in die Augen, dabei dachte ich, ich hätte das inzwischen abgehakt.

»Aber Jane«, sagte sie sanft, »vielleicht ist das auch ein Teil deiner Fantasie.« Sie beugte sich ein wenig vor. »Schau, wir alle haben diese Sehnsucht. Wärst du eine stressgeplagte Mutter, würdest du dich vielleicht nach mehr Zeit sehnen, um deinen schriftstellerischen Ambitionen nachzugehen.«

»Ich hätte aber gern die Gelegenheit gehabt, das herauszufinden«, schniefte ich.

»Ach, ich will das gar nicht kleinreden. Ich will damit nur sagen, dass das Gefühl, von dem du sprichst, eine Leere, eine Sehnsucht, vielleicht auch dann nicht verschwunden wäre, wenn du Kinder hättest.«

Ich nickte. Ich war mir nicht ganz sicher, was sie meinte, aber ihre Worte trösteten mich.

»Du bist nicht anders als die anderen, meine Liebe. Wir alle erfinden eine Geschichte, eine Welt, für uns. Das müssen wir tun, um zu überleben. Doch sie kann jeden Moment zusammenstürzen, und dann müssen wir uns, tja, ein anderes Drama ausdenken oder die Trümmer genauer betrachten.«

Entgeistert sah ich sie an. Wie hatte ich glauben können, diese Frau sei ein bisschen senil, eine alte, weltfremde Exzentrikerin?

Emmeline lachte. »Ich weiß, was du denkst«, sagte sie. »Was weiß dieses verrückte alte Weib schon? Was hat sie denn überhaupt erlebt?«

Ich lachte kopfschüttelnd mit ihr. »Ist es das, was ich tun muss, Emmeline? Die Trümmer genau betrachten?«

»Genau das tust du gerade, Jane. Du hast damit angefangen, als Lilly starb.«

»Ja?«

»Natürlich. Hast du nicht gesagt, du hättest seit Neujahr eine Veränderung in dir wahrgenommen?«

»Ja. Aber ist das nicht nur Zufall? Ich meine, mein Alter und dass mir die Ideen ausgehen.«

Emmeline schüttelte den Kopf. »Was glaubst du, warum du hier bist? Warum hatte Henry einen Schlaganfall? Warum sterbe ich?«

Ich konnte ihr nicht mehr folgen. Ich zuckte ratlos mit den Achseln.

»Als Lilly starb, wirkte sich das auf ein Energienetz aus, könnte man sagen. Schau, wir sind alle miteinander verbunden. Tritt eine größere Veränderung ein – zum Beispiel ein Todesfall – spüren alle, die dieser Person nahe stehen, die Auswirkungen. Es hängt von unserer Sensibilität ab, wie stark wir es spüren. Es kann bloß ein vages Gefühl der Beunruhigung sein. Jemand, der so sensibel ist wie Lilly – oder Marguerite – würde es dagegen wie einen Schlag mit dem Vorschlaghammer fühlen.«

»Aber das kann nicht sein. Ich wusste doch gar nichts von euch …«

»Oh doch. Nicht bewusst. Aber deine und meine Familie sind tief miteinander verbunden. Wenn intensive Gefühle und Ereignisse von Menschen gemeinsam erlebt werden, entstehen starke Bindungen – nicht immer positive –, auch wenn sie keinen Kontakt mehr haben. Stößt einem von ihnen etwas zu, ist es, als würde an dem Verbindungsnetz gezogen, und jeder ist mehr oder weniger davon betroffen. Deshalb bist du seit Lillys Tod auch so beunruhigt. Das sind wir alle.« Sie grinste. »Du hast selbst gesagt, dass sogar Chas sein Leben in Frage gestellt hat.«

»Ja, aber…«

»Du hast dich verändert – und er auch.«

»Woher weißt du das alles? Ist das nicht nur Theorie? Ein übersinnliches Phänomen, eine dieser New-Age-Mythen? Ich halte nicht viel von so was.«

»Tja, ich hab viel gelesen. Aber die Lektüre war nicht so wichtig. Es liegt an meinen Erfahrungen, die ich im Zusammenleben mit Lilly und Marguerite gemacht habe.«

»Was für Erfahrungen, Emmeline?« Trotz meiner Skepsis wurde ich langsam neugierig. Die Augen funkelten in ihrem eingefallenen Gesicht. »Bist du sicher, dass das nicht zu anstrengend für dich ist?«

»Anstrengend? Ich habe darauf gewartet, dir das alles zu erzählen.« Sie schüttelte die Decke von ihren Schultern, als würde ihr jetzt warm. »Lilly war immer hochsensibel. Sie konnte die Schmerzen anderer fühlen und litt mit ihnen. Sie musste es aufschreiben, um es wieder loszuwerden. Das versetzte sie in die Lage zu vergeben. Auch wenn sie es nicht so sah.«

Sie seufzte und schwieg, als würde sie über Tante Lillians Güte nachdenken. Ich fragte mich, ob das schon alles war, doch dann fuhr sie sich mit der Hand übers Gesicht und sprach weiter.

»Und dann, als Marguerite größer wurde, stellten wir fest, dass sie in einer anderen Welt lebte. Sie musste malen, sie liebte Farben. Wir verstanden das zuerst nicht. Sie malte Gegenstände und Menschen, aber alles verschwommen – ein bisschen wie Gespenster.« Sie lächelte. »Dann wurden ihre Bilder bunter und detaillierter. Manchmal war sie sehr aufgeregt, und dann malte sie ganze Szenen. Damals hörten wir viel Radio, und wir begriffen, dass sie Bilder von Erdbeben und anderen Katastrophen malte. Manchmal malte sie Ereignisse, noch bevor sie eintrafen. Es war, als besäße sie Antennen, die Störungen aus einem viel größeren Energienetz auffingen.«

»Du sagst, das war früher so. Macht sie das jetzt nicht mehr?«

»Sie wurde ganz verzweifelt. Wir versuchten, ihr irgendwie zu helfen. Sie war entspannter, wenn sie hier bei Lilly und mir war und Ruhe hatte. Deswegen haben wir kein Radio mehr gehört, und Neptun hat sie nicht mehr mit in die Stadt genommen.«

»In die Stadt?« Also war sie doch schon weiter als bis Wraith Cove gekommen.

»Zum Fischmarkt, jede Woche. Er hat den Leuten erzählt, sie wäre seine taubstumme Nichte. Wir konnten sie doch nicht total von der Welt abschotten. Wir mussten sehen, wie sie zurechtkam. Aber sie starrte die Leute nur an und entdeckte Dinge, die wir nicht sehen konnten. Manchmal ging es ihr gut dabei, aber zuweilen hatte sie fürchterliche Angst.«

»Und seitdem blieb sie hier?«

»Lilly versuchte, ihr Methoden beizubringen, sich zu schützen.« Sie lächelte, und ein Strahlen breitete sich über ihr Gesicht aus, als wäre in ihr ein Licht angegangen. »Du hättest die beiden sehen sollen, Jane. Sie saßen sich gegenüber, hielten sich an den Händen, und Lilly sprach leise auf sie ein, und dann schwiegen sie eine Weile und sahen sich in die Augen. Ich hatte keine Ahnung, was sie taten. Ich war eben nicht auf ihrer Wellenlänge. Ich schlage dafür in Büchern nach. Ihre Methoden funktionierten bis zu einem gewissen Grad. Doch hin und wieder beunruhigte sie immer noch etwas zutiefst. Da haben wir die Ausflüge nach und nach aufgegeben.«

»Geht sie jetzt nirgends mehr hin?«

Emmeline schüttelte seufzend den Kopf. »Wir hatten

Unrecht, Jane. Wir hätten durchhalten müssen. Dann stünden wir jetzt nicht vor diesem Problem.«

»Und sie war nie beim Arzt oder beim Zahnarzt?«

»Wir haben sie immer mit Kräutern oder homöopathischen Mitteln behandelt. Sie hat eine robuste Gesundheit.«

»Was ist mit der Schule? Ihr habt doch bestimmt ihre Geburt eintragen lassen. Kam nie jemand heraus, um es zu überprüfen?«

Sie ließ den Kopf hängen und biss sich auf die Lippe wie ein schuldbewusstes Kind.

»Aber Emmeline! Sie hätte speziell gefördert werden können. Was ist mit ihrer Sprachfähigkeit?«

Ihre Augen glühten, und ich bekam eine Ahnung von ihrem jungen, furchtlosen Ich. »Wenn du sie näher kennen lernst, wirst du verstehen, dass sie eine friedliche, zufriedene Frau ist. Sie steht in Verbindung mit alldem, wonach wir uns alle sehnen. Wer sind wir schon, uns einzubilden, wir könnten ihr etwas Besseres bieten?«

»Aber sie muss in dieser Welt leben. Wie soll sie zurechtkommen, wenn ...«

Emmelines Hände flatterten durch die Luft wie Vögel, die keinen Platz zum Landen finden. Ein Geräusch wie ein Stöhnen drang aus ihrer Kehle. »Wir hatten gehofft ... Lilly und ich ... dass du, wenn du sie kennen gelernt hast, vielleicht herziehen und für sie sorgen wollen würdest.«

»Hier leben? Aber Emmeline, das ist absolut unmöglich. Ich habe ein Haus und einen Mann und, tja, ich habe ein Leben.«

Sie streckte die Hand zur Landschaft vor uns aus. In weiter Ferne konnte ich immer noch Neptun und Marguerite erkennen, ein kleiner heller Punkt auf dem dunstig blauen Meer. »Das ist auch das Leben«, sagte sie. »Und Marguerite ist das Kostbarste, das man jemandem anvertrauen kann.«

Ich vergrub das Gesicht in den Händen.

»Wie lang kannst du bleiben?«, fragte Emmeline mich nach einem tiefen Schweigen.

»Noch ein paar Tage. Ich will Dad nicht zu lange allein lassen.«

»Wie geht es Henry denn?«

»Besser als vorher. Aber er ist deprimiert, denke ich. Es ist, als hätte er aufgegeben. Er versucht, seine Zeitschriften zu lesen, aber ich merke, dass er das Interesse verloren hat.«

»Was glaubst du, warum er noch am Leben ist?«

»Ich weiß nicht. Ich dachte, wenn erst mal herausgekommen ist, dass du seine Schwester bist, würde er vielleicht loslassen. Seine Aufregung hat sich auch etwas gelegt.«

»Er betrachtet ebenfalls seine Trümmer. Versucht, Frieden zu finden, eine Art Erlösung.«

»Er kommt mir recht friedlich vor.«

»Ist er denn glücklich?«

»Glücklich?« Ich lachte. »Ich hab meinen Vater noch nie glücklich gesehen.«

»Dann ist er nicht mit sich im Reinen.« Sie legte mir die Hand auf die Schulter. »Bring ihn her.«

»Was?«

»Bring ihn hierher.« Sie sagte es langsam, wie einen Befehl.

»Das ist unmöglich. Er wird nicht kommen wollen. Es würde ihn umbringen.«

»Ich will das klären, bevor ich sterbe, und ich weiß, dass er es auch will. Ich habe nicht den Wunsch, diesen Hass in mein nächstes Leben mitzunehmen – was das auch immer heißt.«

»Hass, Emmeline? Hasst du ihn so sehr?«

»Du kennst die Wahrheit noch nicht, Jane. Er muss dir

alles erzählen, bevor er stirbt. Bring ihn her. Er wird kommen.« Sie seufzte schwer und schubste Surfer von ihrem Schoß. Ihre Hände fuhren rastlos über ihren dünnen Bauch. Sie sah weiß und wächsern aus. Ich rappelte mich auf.

»Ich hole dir Wasser und deine Arznei. Du musst dich jetzt ausruhen.«

30

Nach dem Gespräch mit Jane fühlte Emmeline sich besser. Wenigstens bestand noch eine Chance für ihren Plan. Jane schien zwar überrascht über ihren Vorschlag, Henry auf die Insel zu bringen, war aber für die Idee offen. Fast, als spürte auch sie die Dringlichkeit, diese lebenslange Fehde beizulegen.

Emmeline wollte jetzt gern allein sein. Sie war froh, sich etwas ausruhen zu können, sodass sie sich ganz auf Lilly konzentrieren konnte. Je mehr Lilly ihr erzählte, desto mehr fiel ihr selbst wieder ein. Emmeline spürte, wie schmerzlich dieser Prozess war, wusste jedoch, dass es der einzige Weg war, um Henry gegenübertreten zu können.

»Erzähl mir mehr, Lilly. Ich will wissen, was zwischen dir und Henry passiert ist. Ich will alles wissen.«

Von dem Moment an, als mein Baby sich zum ersten Mal bewegt, scheint es mit mir zu kommunizieren. Ich spüre, wie es strampelt und gegen meinen Bauch tritt. Es ist fantastisch. Ich spreche mit ihm und singe ihm etwas vor und bilde mir ein, es hört zu und antwortet mit seinen Bewegungen. Ich verliere das Interesse an der Gärtnerei. Ich bin nicht in der Lage, mich auf das zu konzentrieren, worüber die anderen reden, wenn sie am Tisch sitzen und ihre

Pläne diskutieren. Sie lachen und meinen, ich sei noch verträumter als früher. Aber ich träume nicht, ich halte nur Zwiesprache mit meinem Kind. Seine Energie fasziniert mich. Es ist stark und neugierig, sehnt sich danach, auf die Welt zu kommen, sie zu entdecken. Und manchmal wird es ganz ruhig, als beschäftigte es sich mit etwas, das meinen Horizont übersteigt.

Anfang Juni überraschen Neptun und Woody uns mit einem Ausflug. Sie leihen ein Pferd und einen Wagen und wir kutschieren durch den Süden der Insel. Wir fahren bis zu The Needles und zurück nach Shanklin. Woody, mit zotteligem Haar und Bart, treibt die ältliche Stute mit wilden, ermutigenden Schreien an, die sie total ignoriert. Emm und ich sitzen mit einer Plane über dem Kopf hinter den Männern, um uns vor dem Nieselregen zu schützen. Booty liegt hinten und knurrt, sobald er etwas auf der Straße bemerkt. Ich frage mich, ob die Leute, an denen wir vorbeikommen, uns für Lumpensammler halten.

Die Dörfer sind festlich mit rot-weiß-blauen Fähnchen und Luftballons geschmückt, um die Krönung von Queen Elizabeth zu feiern. Überall sind Holztische aufgebaut, und Kinder, die sich durch die Schauer nicht entmutigen lassen, essen Sandwiches und Kuchen. Geschützt unter Markisen stehen einige wenige Fernsehapparate, um die sich die Leute scharen, Orange Squash und Bier trinken und auf die Bildschirme starren. In den größeren Städten gibt es Bühnen, auf denen getanzt wird; Musik dröhnt aus den Lautsprechern, und Jungs und Mädchen rennen mit Pappkronen herum.

Ich bin sehr gerührt, dass Woody und Neptun sich das für uns ausgedacht haben. Emm erzählt mir später, dass sie sich Sorgen machen, weil ich so verschlossen wirke, und mich mit dem Ausflug auf andere Gedanken bringen wollten. Wie kann ich ihnen erklären, dass ich mit etwas beschäftigt bin, das spannender ist als alles, was ich je erlebt habe? Ich liebe sie, weil sie so gut zu mir sind, und umarme sie dankbar, sehne mich aber in die Ruhe von Wraith Cottage zurück.

Im Laufe des Sommers schwindet meine Angst vor Henry mehr und mehr. Ich bin mir sicher, dass er nichts Böses plant, und gehe hinunter an den Strand wie früher. Während die anderen im Garten arbeiten oder fischen, sammele ich die frisch gelegten Eier ein, füttere die Kaninchen und koche für uns alle. Dann gehe ich runter ans Meer, wate in der Brandung und lausche auf den stillen Taktschlag zwischen den Wellen. Ich spüre diese Stille in meinem ganzen Körper, und ich weiß, dass meine Tochter sie auch spürt, denn sie wird ganz ruhig.

Ich setze mich auf den warmen Stein, um mich auszuruhen und zu lesen. Emm und ich haben Virginia Woolfs Bücher gelesen. Ich liebe ihre Geschichten. Ich dachte immer, meine Denkweise sei sonderbar, wie die Gedanken sich verflechten und wieder lösen, wie sie sich immer wieder ändern und trotzdem eine vollkommene und klare Form annehmen können. Mithilfe ihrer Romane und Erzählungen gelange ich zu der Erkenntnis, dass die Mischung aus Durcheinander und Geschlossenheit vielleicht doch normal ist. Virginia, vielleicht nenne ich meine Tochter Virginia.

Meine Schläfrigkeit schwindet schlagartig, als hätte mich eine kalte Welle überspült. Ein Mann watet durchs seichte Wasser zum Strand. Ein kleines Boot liegt draußen in der Bucht vor Anker, und ein anderer Mann sitzt noch darin. Ich war so in meine Gedanken versunken, dass ich ihre Ankunft nicht bemerkt habe. Ich lasse mein Buch fallen und ziehe mir den Rock über die Knie. Ich wünschte, ich hätte Booty dabei. Sein Gebell hätte mich gewarnt. Der Mann trägt einen marineblauen Pullover und eine schwarze Hose, die er bis zu den Knien hochgekrempelt hat. Dunkles Haar fällt ihm in die Stirn. Er streicht es mit der Hand zurück und blickt zu mir herüber. Ich versuche mir einzureden, es sei nicht Henry.

Ich spüre, wie mein Herz rast und greife nach dem nächsten faustgroßen Stein. Henry bleibt mehrere Meter von mir entfernt stehen. Er wird mir doch sicher nicht wehtun, wenn jemand dort draußen im Boot sitzt und zusieht. Henry steht da und schaut mich an; sein Blick gleitet über meinen Körper, als wollte er sich einprägen, wie dick ich bin. Er lächelt.

»Hallo, Lillian. Wie geht es dir?«

»Komm nicht näher, Henry.« Ich deute auf das Kliff hinter mir. »Ich muss nur schreien. Die anderen sind gleich da oben.«

»Ich wollte nur wissen, wie du zurechtkommst.«

»Mir geht's gut.«

Er hockt sich hin, als wollte er weniger bedrohlich wirken.

»Hör zu, Lillian. Ich will nicht stören, aber warst du schon beim Arzt oder bei einer Hebamme?«

»Das geht dich nichts an.« Wie kann er es wagen, hierher zu kommen und mir solche Fragen zu stellen?

»Ich bin Arzt, Lillian. Ich kenne mich mit so was aus. Du musst von Zeit zu Zeit bestimmte Kontrolluntersuchungen machen lassen.«

»Ich bin nicht blöd, Henry.«

»Das weiß ich. Ich mache mir nur Sorgen.« Er steht auf und starrt auf seine sandigen Füße; die nassen Haare glitzern an seinen Waden. Ich will seine nackte Haut nicht so nah bei mir. Ich umklammere den Stein in meiner Hand fester. »Ich habe Victoria besucht«, sagt er ungezwungen.

In meiner Brust zieht sich etwas zusammen, und mir stockt der Atem. »Wie geht es ihr?«

»Sehr gut. Sie war regelmäßig beim Arzt und bei einer Hebamme. Es ist alles in Ordnung.«

»Hat sie mal von mir gesprochen?« Meine Stimme klingt erstickt.

Henry schüttelt den Kopf. »Tut mir Leid, Lillian. Ich hab getan, was ich kann, aber sie ist stur.« Er geht ein paar Schritte auf mich zu. Ich verschränke die Arme vor meinem Bauch. »Ich habe was für dich«, sagt er. Er zieht seinen Pulli vorne hoch. Ich zucke zusammen. Aus einer wasserdichten Tasche am Körper nimmt er ein Päckchen und kommt auf mich zu, um es mir zu reichen. Ich entreiße es ihm, und er setzt sich nahe bei mir auf einen Felsblock.

»Was ist das?«, frage ich.

»Ein Ratgeber für werdende Mütter. Ich dachte, er könnte hilfreich sein.«

Ich würde das Päckchen am liebsten ins Wasser schleudern, aber ich traue mich nicht. Wir sitzen eine Weile da und starren aufs Meer. Ich spüre, wie meine Energie ihn von mir wegschiebt, ihn zum Gehen drängt. Derweil wartet sein Freund rauchend dort draußen.

»Wer ist das?«, frage ich.

»Ein Freund von mir. Ein Arzt aus dem Krankenhaus. Segelt gerne, hat mich mitgenommen. Ich selbst find es nicht so toll.«

»Wann verlässt du die Insel?« Warum stelle ich ihm Fragen und halte ihn auf?

»Ich bleib nicht mehr lange. Ich hab schon eine neue Stelle.«

»In Schottland?«

»Da oben in der Gegend, ja.«

Er bleibt immer noch sitzen, nach vorne gebeugt, die Hände zwischen den Knien hängend. Ich sehe nervös den Kliffweg hoch. Wenn nun einer von den anderen aus irgendeinem Grund zurückkommt! Es kommt mir so falsch vor; ich verrate damit ihr Vertrauen.

Henry muss meinen Blick gemerkt haben. »Ich sollte lieber gehen«, sagt er. Er streckt sich und sieht sich um. »Es ist schön hier. Weißt du noch, wie du als Kind hier warst?«

Ich nicke.

»Du warst ein Baby mit flaumweichem weißem Haar. Ich hab dich immer hier runtergetragen. Du bist rumgekrabbelt und hast unsere Sandburgen zerstört, wir haben in den Wasserlachen zwischen den Felsen gefischt und Victoria hat Bilder von uns gemalt.« Er lächelt seufzend. Mir fällt auf, dass er Emmelines Namen nicht nennt. »Du warst so ein kleiner Sonnenschein«, fährt er fort. »Alle liebten dich.«

»Außer Victoria«, bemerke ich.

»Sie hat dich auf ihre Art geliebt.« Er steht auf. »Sie hat versucht, dir eine Mutter zu sein und ein bisschen was beizubringen. Sie hat ihr Bestes getan.«

»Ach, das weiß ich doch, Henry. Ich weiß, wie schwer es für sie war.« Tränen steigen mir in die Augen. »Ich vermisse sie. Sag ihr, ich vermisse sie.«

»Natürlich.« Er hockt sich wieder hin. »Als du klein warst, habe ich ihr immer gesagt, sie soll liebevoller zu dir sein.«

»Wirklich?«

»Oh ja. Weißt du, ich habe selbst eine strenge Mutter gehabt, und ich wünschte dir eine liebevolle Mutter.« Er nimmt eine Hand voll Sand und lässt ihn durch die Finger rieseln. »Erinnerst du dich an meine Mutter?«

»Ein bisschen. Sie war oft weg, nicht? Ich weiß noch, dass ich ein bisschen Angst vor ihr hatte.«

»Florence war eine entsetzliche Frau«, sagt Henry und wischt sich den Sand von den Händen. »Mit meinem heutigen Wissenstand glaube ich sogar, dass sie irgendwie geistig gestört war.«

»Emm hat nie gesagt…«

»*Ich* habe unter ihr gelitten, nicht sie.« Er klingt wütend. Er vergräbt sein Gesicht in den Händen. Meine Sorge wächst. Doch als er weiterspricht, ist seine Stimme so leise, dass ich ihn nur mit Mühe verstehen kann. »Ach, Lillian, wenn du wüsstest, was diese Frau mir angetan hat, was ich ihretwegen durchgemacht habe.« Er steht abrupt auf. »Was tue ich hier eigentlich? Du willst das ohnehin nicht hören.« Er klopft Sand von seiner Hose. »Ich benachrichtige dich, wenn ich die Insel verlasse, und dann gebe ich dir unsere neue Adresse, damit du wenigstens weißt, wo Victoria ist.«

Am Abend sitzen Emm und ich noch lange draußen. Die Luft ist warm und still. Bald ist der längste Tag des Jahres. Die Wellen spülen über den Strand. Vor uns auf dem Tisch brennen Kerzen. Motten und Maikäfer schwirren um uns herum. Ich sehe, dass Emm fast die Augen zufallen.

»Emm, wie war deine Mutter eigentlich?«

Emm richtet sich auf. »Florence die Fürchterliche?«, lacht sie. »Sie war ganz in Ordnung. Hunde, die bellen, beißen nicht. Sie hatte einen trockenen Humor. Wenn man sie nicht kannte, konnte man es allerdings in den falschen Hals bekommen.« Sie schiebt ihren Stuhl zurück, damit Drifter hochspringen kann. »Erinnerst du dich nicht an sie, Lilly?«

»Kaum. Ich weiß nur, dass ich ein bisschen Angst vor ihr hatte.«

»Tja, lass mich nachdenken. Du musst etwa sechzehn gewesen sein, als sie starb. Wahrscheinlich hast du sie nicht oft gesehen. Sie war immer in London, engagierte sich in der Frauenbewegung.« Wieder lacht sie. »Weißt du, Lilly, ich frage mich oft, ob sie dort eine Geliebte hatte. Wie viele

Mütter geben ihren Töchtern schon verbotene lesbische Literatur zu lesen?«

Ich lächele. »Aber was war mit ihrem Mann und ihrem Sohn?«

»Vater war zufrieden mit seiner Arbeit und seinen Hobbys. Wer weiß? Vielleicht hatte er auch eine Geliebte, obwohl ich nicht wüsste, woher er die Zeit dafür hätte hernehmen sollen. Henry war im Internat und hat versucht, Gleichaltrige rumzukommandieren.«

»War eure Mutter je grausam zu ihm?«

»Gütiger Himmel, nein! Sie hat ihn ein wenig in seine Schranken gewiesen, aber Gott weiß, dass er das nötig hatte.« Sie sah mich an. »Warum fragst du?«

»Ich frage mich nur, wie jemand aus einer guten Familie so …«

»Gewalttätig werden kann? So arrogant?« Sie seufzt. »Lilly, bitte versuch gar nicht erst, Henry zu verstehen.« Ihre Stimme wird scharf. »Als Nächstes erzählst du mir noch, dass du ihm verziehen hast.«

»Nein, Emm, ich kann ihm nicht verzeihen. Das ist es nicht, was ich versuche.«

»Tja«, sagt sie gereizt, »was dann? Versuchst du ihn zu analysieren.«

»Ich sehe das anders als du. Ich denke nicht in Begriffen wie Verständnis oder Vergebung. Ich fühle einfach Dinge, die mir logisch erscheinen.«

»Was zum Beispiel?« Ihre Stimme klingt sehr angespannt. Ich sollte lieber das Thema wechseln, aber irgendwas treibt mich an.

»Schmerz. Ich spüre den Schmerz der anderen. Das weißt du doch, Emm. Wir haben schon oft darüber geredet. Du hast gelesen, was ich schreibe. Es ist, als würde etwas durch mich fließen. Ich kann nichts dagegen tun.«

»Du spürst Henrys Schmerz? Willst du das damit sagen?«

»Nein. Ich erlaube es mir nicht. Aber ich weiß, dass er da ist. Er ist bei jedem da. Er ist der Beweggrund für unser Handeln.« Mir steigen Tränen in die Augen, wie so oft in letzter Zeit. »Menschsein ist so schwer«, füge ich hinzu, als würde das alles erklären.

Emm hält meine Hand fest. »Denk nicht an ihn, Lilly. Ich könnte es nicht ertragen, wenn du seinen Schmerz spürtest. Ich will, dass … Ich will, dass du ihn so hasst wie ich.«

»Hass ist zerstörerisch, Emm«, sage ich mit leiser, tränenerstickter Stimme. »Ich bin mir nicht sicher, dass ich solchen Hass empfinden kann. Nicht so wie du.«

»Dann hasse ich ihn eben für uns beide«, knurrt sie.

Ich schaue ihr ins Gesicht. Ich sehe, dass der Schmerz winzige Fältchen in ihre Haut eingegraben hat, als hätten ihre Tränen Spuren hinterlassen. Ich sehe ihn in den heruntergezogenen Mundwinkeln und ihrem harten Blick. Er hat auch ihre Bewegungen verändert. Ich sehe es daran, wie sie Drifter von ihrem Schoß wirft oder sie mit dem Fuß wegstößt, wenn sie aufgeregt um ihre Beine streicht. Es ist, als würde ihr Körper verzeichnen, was in ihr vorgeht. Wenn ich in den Spiegel sehe, stelle ich an mir ähnliche Veränderungen fest. Trotz meines blühenden Aussehens, der rosigen Wangen und des glänzenden Haars, kommen mir meine Augen weniger groß vor, und meine Lippen sind nicht mehr so leicht zum Lachen bereit.

»Aber was ist mit dem Kind, Emm? Es wird den Hass auf seinen Vater spüren.«

Plötzlich legt Emm den Kopf auf den Tisch und fängt an zu weinen. »Ich bin nicht sicher, ob ich dieses Kind lieben kann, Lilly. Ich bin mir nicht sicher, ob ich damit leben kann. Aber der Gedanke, dich zu verlieren, ist mir unerträglich. Ohne dich würde ich sterben.« Sie blickt mit schmerzverzerrtem Gesicht zu mir auf. »Manchmal wünschte ich, das Baby würde sterben oder tot zur Welt kommen.«

»Ich weiß. Aber das Baby hat nichts zu tun mit Hass und Gewalt.«

»Woher willst du das wissen? Es hat sich dich und Henry als Eltern ausgesucht. Warum? Und wenn du dich nun irrst, und es doch ein Junge ist? Dann sieht er vielleicht aus wie Henry und wird uns immer daran erinnern.«

»Wir haben das alles doch schon besprochen. Wenn es sich für mich entschieden hat, muss es sich auch für dich entschieden haben. Vielleicht hat es Gründe, die wir nicht verstehen.«

Emm schlägt mit der Faust auf den Tisch. Drifter springt von ihrem Schoß und flüchtet. »Ich will nur, dass du ihn hasst, Lilly.«

»Aber dann wären wir wie Henry. Siehst du das denn nicht, Emm?«

»Vielleicht bin ich schon wie er. Willst du das damit sagen? Vielleicht liegt das in der Familie.« Mit Tränen in den Augen und zuckendem Mund sieht sie mich böse an. »Warum empfindest du nicht so wie ich? Das verstehe ich nicht. Bitte hasse ihn, Lilly. Hasse ihn für mich und für dich und für dieses Kind.«

»Ich kann dir nichts vormachen, Emm. Du würdest es sowieso merken, weil wir uns lieben.« Ich ergreife eine ihrer herumfuchtelnden Hände. »Es ist nur so, dass ich spüre, wo Wut und Gewalt herkommen, auch wenn ich es gar nicht will. Ich kann es nicht ändern.« Sie zieht ihre Hand weg, aber ich muss weiterreden. »Es ist ein Ort blinder, wortloser Furcht, die einfach nur losschlagen will.« Ich versuche ihren Blick festzuhalten, aber sie weicht mir aus. Ich will ihr von der Qual eines ungeliebten Menschen erzählen, dessen Wert nicht anerkannt wird und der kein schöpferisches Ventil für einen Geist hat, der unter der Agonie des Lebens vergraben liegt.

Emm wendet sich von mir ab. »Ganz die Philosophin,

was?«, schnauzt sie. »Vielleicht solltest du zur Abwechslung mal deinen und meinen Schmerz ein bisschen mehr unter die Lupe nehmen, und aufhören, Mitleid mit dem Teufel zu haben, der ihn verursacht hat.«

Getroffen lehne ich mich zurück. Ich hatte mich so sehr bemüht, meine Gefühle auszudrücken; damit hatte ich nicht gerechnet. Eine Weile sitzen wir schweigend da. Emm steht auf.

»Ich gehe ins Bett«, sagt sie und verschwindet im Haus.

Ich bleibe sitzen, streichele meinen Bauch und warte auf die Reaktion des Babys, um mich zu beruhigen. Mir wird langsam kalt. Ich puste die Kerzen aus und gehe hinein. Ich nehme mein Buch aus dem Korb und sehe das Päckchen darunter, das Henry mir gegeben hat. Ich öffne es. Unter dem Ratgeber für Schwangerschaft, Geburt und die Ernährung von Neugeborenen liegt ein dickes Bündel Zwanzigpfundnoten. Ich erinnere mich, ihn angeschrien zu haben, dass ich sein Geld nicht will. Dass ich überhaupt nichts von ihm will. Aber was, wenn Emm mich verlässt? Ich werde Sachen für mein Baby brauchen; darauf muss ich Rücksicht nehmen. Ich verstecke die Scheine im Strickkorb.

Ich verriegele alle Türen und Fenster und gehe ins Bett. Emm atmet tief, aber ich weiß, dass sie sich nur schlafend stellt. Ich kuschele mich an sie und lege den Arm um sie. Sie reagiert nicht. Furcht lässt mich nicht zur Ruhe kommen. Was, wenn ich eines Morgens aufwache, und sie ist weg? Vielleicht sollte *ich* gehen und es Emm dadurch ermöglichen, sich zu entscheiden, was sie mit ihrem Leben anfangen will. Aber sie hat gesagt, ohne mich würde sie sterben. Vielleicht sterbe ich ja bei der Geburt und nehme meine Tochter mit. Aber ich bin noch nicht bereit zum Sterben. Ich bin noch nicht bereit, Emms sanfte Berührung aufzugeben, ihr schelmisches Lächeln. Und nie mehr zu spüren, wie der Wind an meinen Haaren zerrt, oder die faszinierenden Veränderungen des Meeres zu beobachten, das von Sonne und Mond geneckt wird. Ich will das mit meinem Kind teilen, es seiner Seele anbieten, damit es all diese Eindrücke mit sich nehmen kann, wohin auch immer seine Reise gehen wird.

Emm atmet inzwischen normaler. Ich streiche ihr leicht über den Rücken und wische mir die Tränen weg. Morgen werden wir alles klären. Ich werde alles zwischen uns bereinigen. Ich spüre, wie das Baby sich bewegt und zur Ruhe kommt.

Emmeline drehte sich im Bett auf die andere Seite. Sie hätte alles gegeben, um Lillys Berührung wieder auf ihrem Rücken zu spüren.

31

Emmeline verbrachte den nächsten Tag im Bett. Marguerite saß stundenlang bei ihr. Keine von beiden rührte sich. Emmelines Augen waren geschlossen, Marguerites geöffnet, doch ihr Blick ging ins Leere. Ich hielt mich unten auf und fragte mich besorgt, ob ich etwas unternehmen und einen Arzt holen oder bei einer der Hilfsorganisationen für Krebskranke anrufen sollte. Aber ich wollte sie in ihrem Trancezustand nicht stören.

Emmeline hatte ihre Medizin – vermutlich Morphium – nicht genommen, schien jedoch keine Schmerzen zu haben. Ich schlich ein paarmal mit einem frischen Krug Wasser und einem sauberen Handtuch ins Schlafzimmer. Marguerites Blick folgte mir durch den Raum, doch sie blieb bewegungslos sitzen. Vielleicht lag Emmeline im Sterben, und ich unternahm nichts. Vielleicht war Marguerite zu übernatürlichen Wahrnehmungen fähig, aber konnte sie eine solche Situation bewältigen? Vielleicht saß sie nur dort, weil ihr niemand sagte, was sie sonst tun sollte. Aber den Eindruck hatte ich eigentlich nicht von ihr. Ich hatte eher das Gefühl, es wäre anmaßend, mich einzumischen. Also ging ich die Treppe wieder hinunter.

Ich vertrieb mir die Zeit damit, in der beeindruckenden Bücherei meiner Tanten zu schmökern. Emmelines Hauptinteresse galt offensichtlich den Naturwissenschaften. Wenn sie all diese Wälzer gelesen und verstanden hatte, konnte sie vermutlich Stephen Hawking noch was beibringen. Jedes Buch, das ich in die Hand nahm, hatte abgegriffene Seiten und an den Rändern Unterstreichungen und Notizen. Es schien, als sei meine erstaunliche kleine Tante eine richtige Intellektuelle.

»An der Schnittstelle«, hatte sie gestern Abend beim Essen zu mir gesagt, »zwischen Naturwissenschaft und Mystizismus liegen die Antworten, Jane.« Sie war ganz aufgeregt gewesen. »Den ganzen religiösen Humbug kann man sich schenken, völlig überflüssig das Ganze.« Und ihrer mit Eselsohren versehenen Sammlung nach zu urteilen, hatte sie den ganzen religiösen Humbug ebenfalls gelesen.

Ich setzte den Eisenkessel mit frischem Teewasser auf den Herd. Der elektische Kocher funktionierte zwar, aber ich hatte diesen großen schwarzen Herd lieb gewonnen. Selbst im August hatte er etwas sehr Beruhigendes. Loot und Surfer verbrannten sich den Hintern daran, um ihn herum lag stets ein Haufen Stiefel und Schuhe, und darüber hingen Kleider zum Trocknen. Nicht ganz der glänzende gusseiserne Ofen aus meiner Fantasie, aber genauso gemütlich.

Ich stand in der Tür und wartete auf das Pfeifen des Wasserkessels. Heute Morgen war Seenebel hereingeströmt, und ich hatte das Gefühl, mit den Wolken nach oben zu schweben. Plötzlich hörte ich knirschende Schritte, und Neptun erschien wie ein alter Seebär, der von einer Fahrt zurückkehrte, den schnüffelnden Loot im Schlepptau. Ich war erleichtert, ihn zu sehen; er wusste sicher, was zu tun war. Ich zerrte ihn fast ins Haus.

»Emmeline liegt im Bett. Sie hat ihre Medikamente nicht genommen. Marguerite sitzt bei ihr. Soll ich einen Arzt rufen?«, sprudelte es aus mir heraus.

Neptun lächelte. »Die wissen schon, was sie tun. Lassen Sie sie einfach in Ruhe. Sie bleiben so, bis sie fertig sind.« Er stellte seine Tasche auf den Tisch und nahm in Zeitungspapier eingewickelten Fisch heraus.

»Bis sie womit fertig sind?«

»Mit dem Heilen. So viel, wie Emmeline aufnehmen kann. Das tun sie. Es ist das Allerbeste. Danach geht's ihr viel besser.«

Dazu fiel mir nichts ein. Ich geriet mal wieder ins Schwimmen. Nachdem ich den Tee aufgebrüht hatte, setzte ich mich in der Hoffnung an den Tisch, dass er mehr dazu sagen würde. Ich hatte gelernt, dass Abwarten bei ihm das Beste war. Er griff nach seinem Becher. Auf seinen Händen glänzten Fischschuppen. Er füllte die Küche mit dem Geruch des Meeres. Ich atmete tief ein.

»Wie sieht Ihr Cottage aus?«, fragte ich ihn, weil ich nicht mehr länger warten konnte.

»Nichts Besonderes. Tiefer gelegen als dieses, fast unten am Strand, erhöht auf einer Art Riff. Aus Holz und Stein.« Er lachte. »Hält sich gerade noch so.«

»Das ist doch was Besonderes. Haben Sie keine Angst – bei Stürmen, meine ich?«

»Schon ab und zu. Aber das Meer hat mich noch nicht untergekriegt. Ich und Woody – wir haben einen festen Wall aus Beton und Felsblöcken gebaut.«

»Woody?«

»Er hat mit mir dort gelebt – ist schon lange tot.« Er trank seinen Tee, den Blick in die Vergangenheit gerichtet. Er stand auf und stöberte in einem der Regale. Schließlich reichte er mir ein altes Foto, rissig und verblasst. Schwach war darauf das Gesicht eines jungen Mannes mit dunklen Augen und einem Schwerenöterlächeln zu erkennen.

»Er sieht nett aus«, sagte ich.

Neptun nickte. »Wissen Sie, wir waren zusammen, wie Emmeline und Lillian.«

»Oh, ich verstehe.« Noch ein kleines Stück Vergangenheit, das in die Gegenwart geholt wurde. »Dann kannten Sie sich alle? Sie waren befreundet?«

»Ja – und wir waren uns gegenseitig eine große Stütze. Es war damals nicht einfach. Manche Leute waren sehr feindselig.«

Ich seufzte. »Wissen Sie, Neptun, manchmal denke ich, es hat sich nicht viel geändert.«

Ich betrachtete das Foto noch einmal. »Was ist mit Woody passiert?«

»Er wurde einberufen. Zog in den Krieg. Sah schreckliche Dinge. War nie mehr derselbe. Trank viel. Eines Nachts fiel er vom Kliff und ertrank. Das ist die offizielle Version.«

»Sie sind anderer Meinung?«

»Ja. Woody kannte jeden Zentimeter dieser Küste. Wir haben uns unten am Strand kennen gelernt. Er war Zimmermann verbrachte seine Freizeit mit dem Sammeln von Strandgut. Wir haben uns auf Anhieb verstanden. Ich brachte ihm das Fischen bei.«

»Und was ist Ihrer Meinung nach wirklich passiert?«

»Jemand hat ihn gestoßen.« Neptun fixierte mich mit einem langen, harten Blick, als glaubte er, ich wüsste etwas darüber. Mir wurde plötzlich ganz kalt.

»Warum sollte das jemand getan haben?«

»Weil ihm nicht gefiel, was er tat.«

»Ach, Neptun. Das glaube ich nicht.«

Er schüttelte bedächtig den Kopf. »Ich habe keinen Zweifel.«

An der Art, wie er grimmig das Kinn vorrreckte, sah ich, dass er es ernst meinte. Wir saßen da und tranken Tee. Das Schweigen war angespannt.

»Kannten Sie Henry, meinen Vater, gut?«, fragte ich.

Neptun hob ruckartig den Kopf. Er knallte seinen Becher hin, kratzte mit dem Stuhl über die Steinplatten und zog seinen wasserdichten Mantel an. »Dieser Mann hat viel Dreck am Stecken«, knurrte er und knallte die Tür hinter sich zu.

Ich war entsetzt. Hatte ich was Falsches gesagt? Mein armer alter Dad schien in dieser Gegend Zielscheibe vieler Feindseligkeiten zu sein. Okay, er hatte nichts von Schwulen und Lesben gehalten. Aber es kam mir vor, als würde man ihm die Schuld an allem in die Schuhe schieben, was hier schief gelaufen war. Sein Name rief jedes Mal abwehrende, wenn nicht heftige Reaktionen hervor. Erst gestern noch hatte Emmeline angedeutet, dass ich nicht alles wusste. Entging mir irgendwas? Glaubte Neptun etwa, dass Dad seinen Liebsten vom Kliff gestoßen hatte, weil er keine Schwulen mochte?

Plötzlich sehnte ich mich wieder nach Birdsong und Chas' nüchterner, unkomplizierter Art. Ich fragte mich, wie es Dad in Winter Wood mit seinem Strickzirkel erging. Heute Abend musste ich aus dem Undercliff herausfahren und versuchen, mit meinem Handy Empfang zu bekommen, um zu Hause anzurufen.

Ich nahm Neptun beim Wort und beschloss, Marguerite und Emmeline allein zu lassen, damit sie das, was auch immer sie taten, in Ruhe tun konnten. Der Nebel über der See schien sich aufgelöst zu haben, und ich schlenderte hinaus in den Garten und erntete ein paar Salatköpfe, Tomaten und breite Bohnen. Ich pflückte einen großen Strauß Gartenwicken und setzte mich auf einen Baumstamm, atmete den Blumenduft ein und beobachtete Dutzende bunter Schmetterlinge, die sich an den Buddleias zu schaffen machten. Der abziehende Nebel hatte den Dunstschleier der letzten Tage mitgenommen, und alles schien mir glasklar. Das Meer kam mir größer vor und näher, als müsste ich nur die Hand ausstrecken, um es zu berühren. Der Horizont war jetzt eine Linie aus dunklerem Blau. Ich beobachtete einen Reiher, der gemächlich über den Himmel glitt, und wurde vor Freude ganz kribbelig. Diese Insel ging mir in vielerlei Beziehung unter die Haut.

Ich spürte eine leichte Berührung an der Schulter und schaute mich um. Marguerite lächelte mich an, ihre blassblauen Augen schienen von innen zu leuchten. Ich streichelte ihre Hand, und sie legte ihre Wange kurz auf mein Haar. Dann nahm sie das Gemüse und ging ins Haus. Ich folgte ihr. Während sie einen Salat machte und Brot und Käse auf den Tisch stellte, arrangierte ich die Gartenwicken in zwei Marmeladengläsern und brachte eins davon nach oben zu Emmeline. Sie schien fest zu schlafen; sie atmete langsam und tief. Als ich wieder nach unten kam, lächelte Marguerite mir zu, um mir zu versichern, dass mit Emmeline alles in Ordnung war.

Es war entspannend, mit der stillen Marguerite zu essen. Mir wurde bewusst, wie schwierig es ist, gleichzeitig zu reden und zu essen, und beides gut zu machen. Ich dachte an die vielen Mahlzeiten, die ich mit Freunden eingenommen hatte, sogar mit Chas, bei denen ich kaum registriert hatte, was ich aß, obwohl ich am Schluss vor einem leeren Teller saß. Es war sehr erholsam. Eigentlich war alles an Marguerite friedlich. Als wir fertig waren, stellte sie unsere Teller auf das Abtropfbrett und reichte mir einen Apfel.

»Marguerite.« Ich lächelte. »Dein Name gefällt mir.« Sie stand auf, ging zu einem der Regale und reichte mir ein Taschenbuch. Es war *Quell der Einsamkeit* von Radclyffe Hall. Ich fragte mich, was das mit meiner Bemerkung zu tun hatte. Sie nahm mir das Buch wieder weg und schlug die Informationen über die Autorin auf. Konnte sie etwa lesen? Sie deutete auf ein Wort. Marguerite, las ich. Radclyffe Halls Vorname war Marguerite gewesen. »Ich verstehe, du wurdest nach ihr benannt.« Sie nickte. »Deiner Mutter müssen dieses Buch und die Autorin wirklich gut gefallen haben.« Sie nickte wieder und ging zurück zum Regal. Diesmal brachte sie *Mrs. Dalloway* von Virginia Woolf mit und deutete auf mich. Ich wusste nicht, was sie meinte, und schüttelte den Kopf. Marguerite zeigte auf das Wort *Virginia* und dann erneut auf mich.

»Virginia?«, fragte ich.

Sie nickte und deutete auf mich. Ich schüttelte den Kopf. »Jane«, sagte ich, und mir fiel ein, dass Emmeline mich – unter anderem – Virginia genannt hatte, als ich sie zum ersten Mal unten am Strand traf. Jetzt stand ich auf und holte einen meiner Romane. Ich zeigte auf meinen Namen auf dem Einband. »Das bin ich«, sagte ich. Sie schüttelte lächelnd den Kopf und legte den Finger auf *Virginia*. Ich lachte. »Du findest, Virginia passt besser zu mir?« Sie nickte. »Tja, ich wünschte, ich könnte schreiben wie sie.«

Marguerite räumte den Tisch ab und fütterte Surfer, die sich an ihren Beinen rieb. Sie schien sehr geschickt, eigentlich fiel mir ihr Handicap gar nicht mehr auf. Marguerite nahm eine große Schüssel vom Bord und bereitete einen Brotteig zu. Sie ließ den Teig auf dem Herd gehen und machte eine Kanne Tee, die sie an den Tisch brachte.

»Marguerite«, sagte ich. Sie sah mich erwartungsvoll an.

»Weißt du, dass wir Cousinen sind?« Sie schaute mich verwirrt an. »Unsere Mütter waren Schwestern – Lillian und Victoria.« Sie runzelte die Stirn; ihr Blick glitt über mein Gesicht, als wollte sie mich lesen wie ein Buch. Dann schüttelte die den Kopf. Das Thema sollte ich wohl besser nicht weiterverfolgen. Vielleicht ging das über ihren Horizont. Schließlich hatte sie Victoria nie kennen gelernt, und vielleicht hatte Lillian meine Mutter ebenfalls aus ihrem Leben gestrichen.

Doch irgendetwas in mir rebellierte gegen diese Heuchelei. Warum sollte Marguerite nicht wissen, wer ich war, und dass unsere Mütter Schwestern waren? »Hat dir niemand etwas über deine Tante Victoria erzählt?«, fragte ich sanft.

Sie saß eine Weile da und starrte mich an. Dann stand sie auf und ging zu einer geschnitzten Holztruhe unter dem Fenster. Sie öffnete sie, nahm ein Blatt heraus, schloss die Truhe wieder und reichte mir eine Zeichnung. Ich betrachtete sie, wurde aber nicht schlau daraus. Mir fiel ein, was Emmeline heute Morgen über Marguerites geisterhafte Bilder gesagt hatte.

Die Gestalt hatte keine Ähnlichkeit mit einem Menschen, außer dass sie in etwa oval war. Sie bestand aus vielen Grau-, Violett- und Blaugrautönen. Irgendwo in der Mitte schien etwas Rotes, aber sehr Verstecktes zu sein. Aus dem Kopf der Gestalt wand sich eine blasse Spirale in Grau, die in ein blass rötliches Gold überging. Die Zeichnung war sehr kompliziert, als hätte sie stundenlang daran gearbeitet. Und obwohl sie ganz verschwommen war, wurde sie mit der Zeit immer dreidimensionaler, als würde man ins Innerste von etwas sehr Subtilem und Verstecktem blicken – wie bei diesen »Magic Eye«-Bildern, die vor einiger Zeit der letzte Schrei waren. Ich sah Marguerite über das Bild hinweg an. Sie nahm es mir aus den Händen und drehte es um. In der unteren Ecke stand etwas geschrieben. *Victoria*, las ich, *29. Mai 1973*.

In dem Moment kam ich mir seltsam desorientiert vor, als wüsste ich nicht genau, wo ich mich befand. Es war das Todesdatum meiner Mutter. Also wusste Marguerite doch von Victoria. Ich drehte das Bild wieder um und betrachtete noch einmal den Geist. Hatte Marguerite den Tod meiner Mutter gespürt und gezeichnet?

»Wessen Schrift ist das?«, fragte ich mit zittriger Stimme. »Emmelines?« Sie schüttelte den Kopf. »Lillians?« Sie nickte. »Du hast das gezeichnet, und Lillian – deine Mutter – hat das Datum draufgeschrieben?« Sie nickte. Kein Wunder, dass Emmeline nach dem Zusammenleben mit diesen beiden an das Verbindungsnetz, wie sie es nannte, glaubte. Mir war das ein bisschen unheimlich. Ich hatte so etwas bisher noch nie erlebt.

»Woher wusstest du, dass Victoria gestorben ist? Hat es dir jemand gesagt?« Sie schüttelte den Kopf, schloss die Augen und legte tief atmend die Hände auf ihre Brust.

»Du hast es gespürt?« Sie nickte. Ich lehnte mich auf dem Stuhl zurück, erstaunt und seltsam erfreut. Wozu waren diese rätselhafte Frau und ihre offensichtlich mystisch veranlagte Mutter sonst noch fähig gewesen? Ich brannte vor Neugier. Ich wollte wissen, was Marguerite sonst noch wusste. Doch wie sollte ich das anstellen? Ich wollte alles über Tante Lillian erfahren und darüber, wie sie in all den Jahren der Abgeschiedenheit gelebt hatten.

Ich sah Marguerite an. Sie lächelte. Ihr silbernes Haar, auf das ein Sonnenstrahl fiel, leuchtete. Ihr breiter Mund erinnerte mich ein bisschen an Emmelines. Ich schüttelte langsam den Kopf und musste lächeln. Sie stand auf, legte die Arme um mich und wiegte mich wie ein Baby. Ich wusste, dass ich lernen musste, mit dieser rätselhaften Frau zu kommunizieren.

32

»Mach bitte weiter, Lilly«, drängte Emmeline. Sie fühlte sich nach Marguerites Heilbehandlung angenehm entspannt. Sie wusste, dass sie den Schmerz über das, was Lilly erzählte, jetzt leichter ertragen konnte.

Im Juli kommt Henry wieder. Es ist ein knallheißer Tag, und ich fühle mich dick und schwer. Auf der Suche nach einer kühlenden Brise quäle ich mich die Treppe zum Strand hinab, aber die Luft steht. Ich sitze auf meinem heißen Stein und schütze mich mit einem Schirm gegen die Sonne. Selbst die Wellen kriechen über den Sand, als sei ihnen alles zu viel. Der Horizont ist verschwommen, ich kann nicht sagen, wo das Meer endet und der Himmel anfängt. Ein Stück vom Ufer entfernt verharrt ein Kormoran auf einem Felsen, die Flügel halb angehoben, als seien sie *sein* Sonnenschirm. Seine schwarze Silhouette erscheint mir ungewöhnlich massiv in dieser dunstigen Welt aus gedeckten Blautönen und Flugsand.

Schweiß läuft mir über den Rücken. Emm hat mir heute Morgen die Haare geflochten, und ich habe die langen Zöpfe um den Kopf gewunden, um weniger zu schwitzen. Sie sagte, ich sähe aus wie eine norwegische Prinzessin. Ich wandte lachend ein, ich ähnelte wohl eher Humpty Dumpty. Ich hieve mich hoch und quäle mich ans Wasser. Ich raffe meinen Rock hoch und wate in die Wellen. Die Kälte lässt mich nach Luft schnappen, doch schon bald spüre ich, wie warm das Wasser eigentlich ist. Ich schaue auf meinen dicken Bauch hinab. Er kommt mir riesig vor, wie er sich vor meinem sonst so dünnen Körper wölbt. Ich kann nicht glauben, dass ich immer noch ein paar Monate vor mir habe. Ich werde Woody bitten müssen, mir eine Plattform auf Rädern zu bauen, damit ich meinen Bauch abstützen kann.

Die Männer legen oft die Hand auf meinen Bauch und grinsen, wenn sie einen Tritt spüren. Woody hat die Wiege inzwischen fertig, und sie steht in ihrer ganzen Pracht unter dem Fenster des winzigen weißen Kinderzimmers bereit. Emm und ich haben aus dem piekfeinen bestickten Hotelleinen kleine Bettlaken und Deckchen genäht. Ich habe auch eine antike Truhe mit einem passenden Schrank behalten, die Woody poliert hat; in ihr liegen jetzt ganze Stapel gestrickter Babysachen. Neptun kam eines Tages mit einem Paket Frotteewindeln an. Er wollte uns seine Quelle nicht verraten, aber sie waren ganz sicher nicht vom Meer angespült worden.

»Alles ganz legal«, sagte er. »Nur das Beste für den Hintern unserer Kleinen, wie?«

Wir hatten erwogen, die schäbigen Möbel im Cottage durch schickere aus dem Hotel zu ersetzen, doch sie waren zu groß, und inzwischen sind sie versteigert worden. Stattdessen haben wir nun mehr Geld, das wir anlegen und in unser Projekt stecken können. Ich bin erleichtert darüber. Ich liebe unsere Sammlung aus ramponierten Stühlen. Ich hatte mir Sorgen gemacht, dass Wraith Cottage seine Atmosphäre verlieren würde, wenn wir es zu sehr veränderten.

Mir war jetzt kühler. Die Wellen plätschern um meine Oberschenkel. Ich bin versucht, mich ganz ins Wasser sinken zu lassen. In der Sonne würde ich schnell wieder trocknen. Vielleicht sollte ich erst meine Kleider ausziehen. Ich drehe mich um, um zurück zum Ufer zu waten, und da steht Henry. Ich zucke vor Schreck zusammen und lasse meinen Rock fallen. Ich wate aus dem Meer; nasse Baumwolle klebt an meinen Beinen.

»Entschuldige, Lillian. Ich hätte mich bemerkbar machen

sollen, aber ich wollte dich nicht erschrecken. Kann ich dir ein Handtuch holen?«

Ich schüttele den Kopf und wende mich verlegen von ihm ab. Wie lange hatte er mich schon beobachtet?

»Ich bin gerade erst gekommen und hab dich entdeckt«, sagt er rasch.

Ich mustere ihn kühl und denke daran, welche Konflikte sein letzter Besuch zwischen Emm und mir ausgelöst hatte. »Ich dachte, du hättest die Insel inzwischen verlassen?«

»Sie hatten Probleme, einen Ersatz für mich aufzutreiben«, sagt er. »Ich kann nicht einfach gehen. Das kann man als Arzt nicht.«

Ich laufe ein paar Schritte. Mich packt plötzlich die irrationale Angst, dass er mich vielleicht ertränken will. Ich muss etwas Abstand zwischen uns bringen.

»Victoria vermisst dich bestimmt«, sage ich.

»Das bezweifele ich.« Er klingt bitter. Ich bleibe stehen und sehe ihn an. »Ohne mich ist sie besser dran.«

»Sie braucht dich jetzt sicher, Henry – wo das Baby bald kommt.«

Er bleibt stehen, lockert seine Krawatte und öffnet einen Knopf. Ich wende den Blick ab; gewisse Bewegungen von ihm kann ich nicht ertragen. Ich laufe auf meinen Stein zu, wo ich meinen Korb und die Sandalen gelassen habe. Ich blicke zurück; er starrt auf den Sand. Er scheint etwas von seiner Arroganz und seinem Stolz eingebüßt zu haben. Normalerweise hält er den Kopf hoch und wirkt dadurch sehr herablassend. Am liebsten würde ich stehen bleiben, aber ich bin erschöpft und setze mich.

»Warum bist du hier?«, frage ich.

»Ich wollte dir Bescheid sagen, dass ich noch nicht weg bin. Du sollst nicht denken, dass ich verschwinde, ohne dir eine Adresse zu hinterlassen. Aber wir haben uns noch für kein Haus entschieden.«

»Mir ist egal, ob du verschwindest, Henry. Ich will mit *Victoria* in Kontakt bleiben. Eure neue Adresse kannst du mir auch mit der Post schicken. Das würde Emm verstehen.«

Er setzt sich ein paar Meter entfernt auf einen Felsblock. »Um ehrlich zu sein, Lillian, ich wollte dich sehen. Ich wollte wissen, wie es dir geht, und ob du etwas brauchst.«

»Ich hab's dir doch schon gesagt. Ich brauche nichts. Ich bin mit Leuten zusammen, die ich liebe, und sie mich.«

Er sieht mich so leidenschaftlich an, dass ich seinem Blick ausweichen muss. »Du hast großes Glück, Lillian«, sagt er.

»Glück! Wie kannst du das behaupten, nach dem, was du mir angetan hast – und Emmeline.«

Er legt die Hände über die Ohren. »Bitte, Lillian. Das werde ich bis zu meinem Tod bereuen. Ich meine, du hast Glück, so geliebt zu werden.«

»Du hast eine Frau, die dich liebt, und bald wirst du Vater.«

Er schüttelt heftig den Kopf. »Nein. Victoria liebt mich nicht, das hat sie nie. Und ich liebe sie auch nicht.«

Warum erzählt er mir das? Erwartet er etwa, dass ich Mitleid mit ihm habe? »Warum habt ihr dann überhaupt geheiratet?« Mehr fällt mir dazu nicht ein.

»Es wurde von uns erwartet, deshalb. Meine Eltern, deine Eltern – sie haben schon Witze darüber gemacht, seit wir klein waren. Wir hatten nie eine Chance. Es war eine arrangierte Ehe.«

Ich sehe ihn entgeistert an. »Aber sie hätten euch doch nicht gezwungen. Ihr hättet euch weigern können.«

»So funktioniert das nicht. Nach jahrelanger Beeinflußung stellt man kaum noch etwas in Frage.«

»Und Victoria? Empfindet sie genauso?« Er nickt unglücklich. »Tja, eure Eltern sind jetzt tot. Warum lasst ihr euch nicht scheiden?«

»Das Stigma. Mein Ruf. Meine Karriere. Es wird nicht gerade gern gesehen.«

Ich weiß nicht, was ich dazu noch sagen soll. Er sieht zu mir hoch, fängt meinen Blick auf und hält ihn fest. In dem Moment spüre ich seinen aufrichtigen Kummer und Schmerz. Ich versuche, ihn auszuschalten, aber es ist zu spät. Bilder von einem traurigen, verängstigten kleinen Jungen schießen mir durch den Kopf. Ich sehe, wie er sich bemüht, seiner Mutter zu gefallen, die ihn nur auslacht. Ich sehe, wie er rennt, um seinen Vater einzuholen, der keine Zeit für ihn hat. Ich sehe, wie er in der Schule wegen seiner Hochnäsigkeit schikaniert wird. Und ich sehe ihn nackt in der Badewanne stehen, während Emmeline am anderen Ende sitzt und lacht, während ihre Mutter seinen Penis hochhebt und eine vernichtende Bemerkung macht.

Unwillkürlich greift meine Hand nach ihm. Es gelingt mir, sie im letzten Moment wieder zurückzuziehen und so zu tun, als würde ich meinen Sonnenschirm aufheben. Ich blinzele, um die Bilder zu vertreiben und nicht in Tränen auszubrechen. Er sieht mich immer noch an, doch ich erwidere seinen Blick nicht, nicht noch einmal.

»Lillian«, sagt er leise. »Wenn ich mich scheiden ließe, würdest du dann mit mir weggehen? Würdest du mich heiraten?«

Ich kann nicht glauben, was ich da höre. Ich sehe ihn entgeistert an.

»Ich habe dich immer geliebt, Lillian. Schon als kleines Kind. Du bist so schön und sanft. Vielleicht habe ich Victoria geheiratet, um in deiner Nähe sein zu können. Was ich getan habe, tut mir Leid. Aber ich liebe dich, und ich würde gerne alles wieder gutmachen.«

Ich bin schweißgebadet, und einen Moment lang denke

ich, dass ich ohnmächtig werde oder mich übergeben muss, als mich eine Welle der Übelkeit überkommt.

»Wir könnten wegziehen und neu anfangen. Nur wir beide und unser Kind.«

Ich stehe mühsam auf und schüttelte den Kopf.

»Lillian, denk darüber nach. Es wäre besser für alle.«

»Bitte geh jetzt«, stammele ich.

Er hebt die Hände hoch. »Schon gut. Ich gehe. Aber ich möchte, dass du darüber nachdenkst. Victoria und ich haben schon über die Scheidung gesprochen, und sie ist einverstanden.«

»Aber euer Kind…«, flüstere ich.

»Ich werde sie natürlich finanziell unterstützen.«

»Das kannst du ihr nicht antun, Henry –«

»Ich bitte dich, darüber nachzudenken, Lillian.«

»Das brauche ich nicht.«

Er wendet sich ab, geht in Richtung Klifftreppe und bleibt noch einmal stehen. »Versprichst du mir eins?«

»Was denn?«

»Dass du meinen Namen auf der Geburtsurkunde unseres Kindes eintragen lässt. Ich möchte, dass es weiß, wer sein Vater ist.«

»Du hast alle Rechte auf das Kind verwirkt, als du mich vergewaltigt hast.«

»Du hast also immer noch vor, diesen Woody als Vater anzugeben?«

Ich nicke.

»Ich komme noch einmal zurück, Lillian, um zu erfahren, ob du deine Meinung geändert hast. Im Moment bist du vermutlich etwas geschockt. Wenn du mich dann immer noch abweist, werde ich gehen, und du wirst nie wieder etwas von mir sehen oder hören.«

Ich stehe da und beobachte, wie er die Klifftreppe hinaufsteigt. Als er verschwunden ist, setze ich mich und suche im Korb nach meiner Wasserflasche. Ich ziehe ein braunes Päckchen heraus. Henry muss es hineingelegt haben, bevor er ans Meer gelaufen ist. Ich öffne es. Darin befinden sich ein weiteres Bündel Geldscheine, ein paar Ernährungsratgeber und einige Fläschchen mit Vitaminen und Mineralien, auf denen Etiketten aus der Krankenhausapotheke kleben.

Ich wringe meinen Rock aus, trinke ein bisschen Wasser und setze mich dann in den Schatten meines Sonnenschirms. Mir wird jetzt alles klar. Das passiert immer, nachdem ich die volle Wucht des Schmerzes eines Menschen abbekommen habe. Natürlich billige ich seine Tat nicht. Das könnte ich niemals. Doch immerhin weiß ich jetzt, welchen Ursprung sie hatte, wie es in ihm geschwelt, sich im Kopf eines kleinen Jungen festgesetzt hatte, der nur Liebe wollte. Ist es nicht das, was wir alle wollen?

In dem Moment sehne ich mich nach Emm. Ich will ihre Zärtlichkeit spüren und ihr den Schmerz und die Verwirrung der letzten Monate wegküssen. Ich schleppe mich die Klifftreppe hinauf und gehe mit schweren Schritten durch den Garten.

Emm und die Männer sitzen unter dem ausgedehnten Schatten der Zeder und ruhen sich aus. Ich stehe da und schaue sie über den Rasen hinweg an. Sie lachen, und Woody versetzt Neptun scherzhaft einen Stoß. Ich schicke ihnen einen Blitzstrahl aus Liebe, Emm blickt auf und ich breche in Tränen aus. Sie kommt zu mir gerannt.

»Lilly, mein Schatz, was ist los?« Sie nimmt mich in die Arme.

»Ich weiß nicht«, schluchze ich. »Ich wollte einfach nur bei dir sein.«

Neptun und Woody gesellen sich besorgt zu uns. Ich frage mich, ob sie glauben, dass das Baby gleich kommt.

»Lillian?«, fragt Woody.

»Es ist nur …«, schluchze ich. »Das Leben ist manchmal schwer, nicht?«

»Du bist ja patschnass«, sagt Neptun und befühlt meinen Rock.

»Ich … bin ins Wasser gefallen«, jammere ich.

»Ach, Lilly. Du solltest nicht mehr allein da runtergehen. Du bist zu unsicher«, sagt Emm.

Ich fange an, hysterisch zu lachen. Wir setzen uns in den Schatten der Zedern, wo ich lache und weine, bis ich einschlafe. Stimmt genau, denke ich, ich bin unsicher.

Emmeline setzte sich im Bett auf und betrachtete den Mond durch das offene Fenster. Doch ihre Augen waren blind. »Hättest du es mir nur erzählt, Lilly«, sagte sie.

33

Neptun hatte Recht; am nächsten Tag ging es Emmeline viel besser. Als ich nach unten kam, hörte ich sie im Bad mit Marguerite schwatzen. Ich ging nach draußen, um den strahlenden Tag zu begrüßen. Eine steife Brise brachte die Muscheln zum Klingen, die vom Schwarzdorn baumelten. Das Meer war aufgewühlt, und Yachten mit bunten Spinnakersegeln nutzten den Wind, um nach Hause zu kommen. Tief durchatmend streckte ich mich ausgiebig und dachte mitfühlend an die Pendler in überfüllten U-Bahnen.

Ich ging hinein und deckte den Frühstückstisch für alle, stellte die Eier und den Wasserkessel auf den Herd.

Ich hörte Loot bellen, und dann erschien Neptun und sah aus wie der gesündeste Großvater der Welt, hager und braun in khakifarbenen Shorts und weißer Weste. Ich lächelte ihn an.

»Sie kommen genau richtig zum Frühstück.«

Er grinste zurück. »Als hätt ich's gerochen, wie?« Er kam zu mir und tätschelte meine Schulter. »Tut mir Leid, dass ich gestern beleidigt abgezogen bin. Die Vergangenheit macht mich immer noch wütend – kann's eben nicht ertragen, sie leiden zu sehen. Ich bin froh, dass Sie hier sind.«

Ich nickte und drückte verständnisvoll seinen Arm. Dann nahm ich die Eier von der heißen Herdplatte und bereitete den Tee.

Emmeline und Marguerite kamen kichernd wie zwei Pubertierende aus dem Bad. Mir fiel auf, dass ich Marguerite schon früher hatte lachen hören, und fragte mich, warum sie nicht sprechen konnte, wenn ihre Stimmbänder allem Anschein nach intakt waren. Aber was wusste ich schon? Wahrscheinlich hatte ihr Problem mehr mit Neuronen zu tun als mit ihrem Kehlkopf.

Weil das Wetter so schön war, beschlossen wir, draußen zu frühstücken. Wir trugen unsere Teller mit Eiern und Toast und die Becher mit Tee nach draußen. Wir frühstückten lange. Es bestand kein Grund zur Eile. Neptun erging sich in Erinnerungen an Woody, als hätte er in den letzten vierundzwanzig Stunden viel an ihn gedacht. Dabei wechselten er und Emmeline immer wieder freudige oder traurige Blicke.

Marguerites Haar schimmerte auf dem Rücken ihres laubgrünen Kleides. Ich konnte mir sie gut als Waldelfe vorstellen, die über den Film-Set von *Herr der Ringe* huschte. Mir fiel auf, dass all ihre Kleider die gleiche Machart hatten: zwei zusammengenähte Stoffstücke mit Löchern für Kopf und Arme. Wahrscheinlich schneiderte Emmeline sie selbst. Sie betonten Marguerites schlanke Figur und ihr zartes Gesicht. Aufmerksam lauschte sie unserem Gespräch und kommunizierte mit flatternden Händen und lebhafter Mimik. Aber es war nicht die übliche Gebärdensprache. Vermutlich war sie selbst ausgedacht. Wieder fiel mir auf, dass sie reagierte, obwohl sie denjenigen, der gerade sprach, nicht angesehen hatte. Vielleicht war sie doch nicht völlig taub. Aber wie konnte ich danach fragen, ohne herablassend zu wirken, ohne ihre geschickte Kommunikation mit anmaßenden Fragen abzuwerten?

Ich konnte den Blick nicht von ihr wenden. Sie war so ausdrucksvoll; ich glaubte zu wissen, was sie fühlte, wenn ich nur neben ihr saß und sie beobachtete. Mir fiel ein, was Emmeline gestern über das Verbindungsnetz gesagt hatte. Wenn ich länger hier bliebe, würde ich vielleicht auch sensitiver werden.

»Warum fahren Sie nicht mit uns im Boot raus?«, fragte Neptun mich. »Es ist so ein herrlicher Tag.« Marguerites Finger trippelten über meinen Arm wie eine Maus. Ich sah Emmeline an. Sie nickte aufmunternd.

»Geh nur, Jane. Ich bin zufrieden, hier in der Sonne zu sitzen. Ich werde ein bisschen lesen.«

Wir ließen sie inmitten von Tüchern, Getränken und Büchern zurück, Surfer auf dem Schoß und Loot zu ihren Füßen. Sie sah aus wie eine kleine Stadtstreicherin.

Neptun ruderte durch die Wraith Cove in die Puck's Bay. Die Bucht war winzig, nur ein Halbmond aus Sand, feinen Kieselsteinen, Felsbrocken und Puck's Cottage, genau wie Neptun es beschrieben hatte, auf einer Betonplattform auf dem Felsen über dem abfallenden Strand. Es war ein typisches Fischercottage, geschmückt mit Netzen, Schwimmern und Fangkörben.

»Meine Familie hat hier über mehrere Generationen gefischt«, sagte er. »Ich bin der Letzte von ihnen.«

»Kann das nicht jemand anders übernehmen, Neptun?«

Er schüttelte den Kopf. »Diesen Teil der Küste wird es nicht mehr lange geben, und heutzutage werden die Gewässer von vielen befischt.«

»Es ist traurig, wenn etwas so Altes zu Ende geht.«

»Zeit loszulassen«, meinte er. »Alles muss mal ein Ende haben.«

»Tja, das ist sehr philosophisch«, sagte ich unsicher.

Er lachte. »Das kommt davon, wenn man mit diesen weisen alten Frauen befreundet ist.« Er drückte Marguerites Schulter. »Man lernt, dass manches nur von relativer Wichtigkeit ist.«

»Sie klingen wirklich wie Emmeline«, lachte ich.

Er führte uns durchs Cottage, das schlicht und typisch männlich eingerichtet war, mit einem alten Ofen und Möbelstücken, die Woody geschreinert hatte. Es roch nach Fisch und Hund, sah aber sauber aus. Von den Balken hingen Schiffslaternen und anderes Segelzubehör. Was wohl nach Neptuns Tod damit passieren würde? Ich seufzte. Im Moment schienen so viele Lebenswege um mich herum zu Ende zu gehen. Warum hatten sie mich nicht schon vor Jahren gerufen?

»Wenn ich gehe, kann alles verkauft werden, und den Erlös bekommt Marguerite«, sagte er, als hätte er meine Gedanken gelesen.

Neptun ruderte uns zurück an die Stelle, wo sein gelbes Fischerboot vor Anker lag, und wir schipperten in die viel breitere Ventnor Bay hinaus. Ich war in Hochstimmung, als wir durch das glitzernde Wasser pflügten. Die Menschen, die sich am Strand von Ventnor sonnten, waren winzig klein in weiter Ferne. Mir fiel auf, dass Marguerite sie beobachtete und dabei sehr still saß, und ich fragte mich, was sie sah. Nahm sie Sonnenanbeter als kleine Ovale aus farbigen Lichtern wahr? Sah sie die Welt immer so? Wie anders alles für sie sein musste!

Wir fuhren an der Küste entlang, und zwischen den abbröckelnden Kliffs erkannte ich Puck's Bay und Wraith Cove. Wir warfen die Angeln aus und fischten Makrelen, während Neptun im Zickzack fuhr und seine Fangkörbe überprüfte. Marguerite schien sich auf dem Wasser sehr wohl zu fühlen. Neptun sagte, er hätte sie schon als Kleinkind mitgenommen und am Boot festgebunden.

»Konntest du denn schwimmen?«, fragte ich, noch im Nachhinein besorgt um sie. Sie nickte und hakte geschickt eine zappelnde Makrele von der Angel. Ich gab auf, da sich die Fische offensichtlich lieber von Marguerite fangen ließen. Entspannt lehnte ich mich zurück und lauschte dem Klatschen und Schlagen des Wassers gegen das Boot.

Morgen würde ich nach Hause fahren. Gestern Abend war ich zur Hauptstraße hochgelaufen und hatte kurz mit Chas telefoniert. Alles war unverändert, doch ich schloss aus seinen Worten, dass Dad immer noch niedergeschlagen wirkte und nach mir fragte. Er hatte sich sogar daran erinnert, dass ich wieder auf die Isle of Wight gefahren war, um Emmeline zu besuchen. Das musste eine Premiere sein: Mein Vater wusste, was ich tat! Demnächst würde er sich vielleicht an meinen Namen erinnern. Sein Strickkränzchen kümmerte sich gut um ihn, doch er schien gelangweilt und hatte nicht mal mehr Lust, in seinem Arbeitszimmer herumzuschlurfen.

Inzwischen war Neptun mit der Inspektion seiner Fangkörbe fertig, und wir tuckerten zurück zur Küste.

»Können genausogut wieder zu Emmeline fahren«, sagte er. Er blinzelte Marguerite zu. »Mal sehen, wie's dem alten Mädchen ergeht.«

Wir aßen im Garten zu Mittag. Emmeline und Neptun nickten unter ihren Sonnenhüten ein und schnarchten und grunzten wie zwei gewöhnliche alte Leute, die ihr Nachmittagsschläfchen hielten. Außer dass sie alles andere als gewöhnlich sind, dachte ich. Ich schaute Marguerite fragend an, ob sie auch schlafen wollte, doch sie erwiderte meinen Blick mit strahlenden Augen. Später am Nachmittag musste ich zu Bill Allain, um ein paar Steuerfragen zu klären, doch bis dahin hatte ich noch Zeit auszuspannen.

»Zeigst du mir, wie du malst, Marguerite?«, fragte ich.

Ohne zu zögern stand sie auf und ging ins Haus. Sie kam mit einem Stapel Papier zurück, Holzschachteln und Dosen, die Dutzende farbiger Buntstifte, Wachsmalkreide, Filzstifte, Aquarellfarben und Kreiden enthielten. Keine Ölfarben, fiel mir auf, sie war keine zweite Victoria. Sie sah mich erwartungsvoll an.

»Was möchtest du gerne zeichnen?«, fragte ich. Sie deutete auf mich, und ihre Hände bewegten sich blitzschnell, griffen nach den Farben, und im Handumdrehen hatte sie mich gemalt, ein unregelmäßiges Oval voller Gelb-, Orange- und Pinktöne. Ich lachte. »Ich sehe sehr glücklich aus«, sagte ich. Sie nickte, deutete aufs Meer und hob ihr Gesicht zur Sonne. »Dann verändern sich die Farben der Menschen also mit ihrer Stimmung?« Sie nickte und breitete die Hände über ihrem Aufgebot von Farben und Stiften aus. »Deshalb brauchst du so viele?« Wieder nickte sie.

Ich bat sie, Emmeline zu zeichnen. Marguerite zögerte und betrachtete sie kurz, bevor sie einen weiteren Bogen malte, schmal und zart, voller Blau- und Grautöne mit Blassgold in der Mitte, das auch an den Rändern durchschimmerte. Sie wirkte bedrückt, als sie damit fertig war. Ihre Augen waren traurig, und sie schob das Bild unter das von mir. Doch plötzlich änderte sich ihre Miene, und sie sah verschmitzt aus. Sie drehte mit der Hand mein Gesicht weg, und ich hörte, wie ihre Stifte über das Papier glitten. Dann tippte sie mich auf den Arm und zeigte mir ein kleines Oval voller Rot-, Orange- und Brauntöne.

»Neptun?«, fragte ich. Sie schüttelte lächelnd den Kopf. Ich wusste, dass es nicht Lillian sein konnte. Sie wäre eher zart, silbern und vielleicht weiß. Marguerite deutete auf Loot, der zu Neptuns Füßen schlief. Ich lachte.

»Mal Neptun«, sagte ich.

Mir fiel auf, dass sie Neptuns Gestalt auf dasselbe Blatt Papier malte wie Loot. Der fertige Neptun bestand aus Dunkelgrün- und Blautönen mit ein bisschen Gelb, doch es gingen farbige Stränge von ihm aus, die ihn mit Loot verbanden.

»Was ist das?«, fragte ich. Sie musterte mich, und dann hob sie die Hände und befühlte vorsichtig die Luft, als würde sie nach etwas tasten. Sie hielt meinen Blick fest und führte ihre Bewegungen fort, als spielte sie ein unsichtbares Musikinstrument.

Und dann hatte ich plötzlich ein sehr merkwürdiges Gefühl. Mein Verstand rang um Worte, fand keine, und sekundenlang kam es mir vor, als wäre ich sie. Die Luft um uns schien in Wallung zu geraten. Wo ihre Hände in der Luft schwebten, sah ich wabernde Glühfäden aus einer schimmernden Substanz. Ich war überwältigt von Glück und dem Wissen, dass alles perfekt war. Das Gefühl schwand fast so schnell wie es gekommen war und ließ mich fassungslos zurück. Ich spürte, wie sie ihre Hände auf meine Brust legte. Ein friedliches Gefühl durchströmte mich, als würde jede Zelle meines Körpers etwas Kühles trinken. Ich hörte, wie sie aufstand und ins Cottage ging. Nach einer Weile kam sie mit einem Tablett mit Tee zurück. Ich öffnete die Augen, und sie lächelte.

Ich trank Tee, während Marguerite zeichnete und ein Ratespiel mit mir veranstaltete. Ich war erstaunt, dass sie sogar das Energiemuster der Teekanne malen konnte.

»Dann hat also alles ein Muster, auch leblose Gegenstände?« Sie nickte. »Und die Farben bedeuten etwas?« Sie neigte stirnrunzelnd den Kopf zur Seite und verschränkte die Finger. »Die Kombination der Farben hat eine Bedeutung?« Sie nickte. Ich war fasziniert. »Was ist mit Geräuschen?« Sie sah sich um. Der Nachmittag war sehr still. Sie schien intensiv zu lauschen. Bedeutete das, dass sie hören konnte? Sie griff nach ihren Farben, zeichnete blitzschnell eine Reihe aus Schnörkeln und sah mich dann fragend an. Ich hörte nichts. Sie deutete auf Neptun. Er gab bei jedem Ausatmen einen kleinen Schnaufer von sich. Es war mir nicht einmal aufgefallen. Ich lachte und summte das Kinderlied *Baa Baa Black Sheep*. Und schon kam es, eine Reihe aus farbigen Tupfern und Schnörkeln, die genau die Worte wiederzugeben schienen.

»Marguerite«, sagte ich. »Du bist unschlagbar.«

Emmeline wachte auf, und Marguerite machte ihr Kamillentee. Mir fiel mein Anwaltstermin wieder ein.

»Ich muss los«, sagte ich und stand auf. Marguerite schaute mich an. In ihren Augen stand Enttäuschung. Spontan sagte ich: »Warum kommst du nicht mit?« Ich sah, wie ihre Augen größer wurden.

»Nein«, sagte Emmeline barsch und schreckte damit Neptun aus dem Schlaf.

»Was ist los?« Er sah sich verwirrt um.

»Jane will Marguerite mit nach Ventnor zum Anwalt nehmen.«

Neptun schob seinen Sonnenhut in den Nacken. »Und warum nicht?«, fragte er mürrisch.

»Das weißt du genau. Es ist schwierig für sie, Jane. Sie ist noch nie Auto gefahren, und die Eindrücke sind zu viel für sie. Ich hab's dir doch gesagt.«

»Okay, vielleicht ist ein Termin beim Anwalt zu viel, aber …«

Marguerite stand auf und griff nach meiner Hand. Sie klopfte auf ihre Brust und deutete auf mich. Es war offensichtlich, dass sie mitwollte. Ich hätte mir das vorher überlegen müssen, nicht so impulsiv sein dürfen. Doch wenn ich an der Betreuung dieser Frau beteiligt werden sollte, konnte ich ebenso gut jetzt schon damit beginnen. Ich konnte nicht mein ganzes Leben nach Wraith Cottage verlegen. Ich ging zu Emmeline und hockte mich neben sie. Ich sah, dass sie den Tränen nahe war.

»Emmeline«, sagte ich. »Es muss sein. Ich verspreche, auf sie aufzupassen.« Emmeline zitterte, und Neptun griff nach ihrer Hand. Ich sah ihn bittend an, und er nickte. »Es gibt keine andere Lösung. Du weißt, dass ich nicht mein ganzes Leben ändern kann und hierher ziehen.«

»Sie ist kein Spielzeug.« Sie packte mich ziemlich grob am Arm. »Sie ist keine Zirkusnummer.«

»Das weiß ich, Emmeline«, sagte ich, erschreckt über ihre Heftigkeit. »Ich bin auch nervös. Ich habe keinerlei Erfahrung mit so was. Aber wenn ich dir helfen soll, muss einiges nach meinen Bedingungen laufen. Du kannst nicht von mir verlangen, mein ganzes Leben aufzugeben. Wir müssen Kompromisse schließen.«

Emmeline keuchte. »Tut mir Leid, aber ich habe Angst.« Marguerite ging zu ihr und legte ihr die Hände auf die Schultern.

»Ich habe auch Angst, Emmeline«, flüsterte ich. Ich blickte hoch in Marguerites besorgtes Gesicht. »Ich glaube, wir haben alle Angst.«

»Jane hat Recht«, sagte Neptun. »Wir müssen das gemeinsam lösen, so wie wir es immer getan haben.« Auch Marguerite nickte. Im Grunde nickten wir alle vor uns hin. Na ja, das ist immerhin ein Anfang, dachte ich.

»Willst du wirklich mitfahren?«, fragte Emmeline Marguerite. Marguerite ging lächelnd auf mich zu.

»Na dann los«, sagte ich fröhlich und versuchte, meine Nervosität zu überspielen. »Wir gehen ins Bad, machen uns ein bisschen hübsch, und dann fahren wir.«

Wir liefen über die Wiese und das Hotelgelände. Als wir die abgesperrte Straße erreichten, griff sie nach meinem Arm. Mein knallroter Mini stand unversehrt unter einem großen Bergahorn, von Pollen ganz staubig und verklebt. Ich fragte mich, ob sie je in einem Auto gesessen hatte oder ob ihr einziges Transportmittel Neptuns Boote gewesen waren.

Ich schloss die Türen auf, half ihr beim Einsteigen und schnallte sie an, was sie anscheinend ein wenig verwirrte. Doch sie schien sich zu amüsieren, denn auf ihrem Gesicht lag ein kleines Lächeln, und ihre Blicke schossen blitzschnell übers Armaturenbrett. Langsam fuhr ich durch das Undercliff nach Ventnor und warf ihr ab und zu einen prüfenden Blick zu, um zu sehen, wie sie klarkam. Sie sah interessiert aus den Fenstern und beugte sich vor, als die Bäume von Häusern abgelöst wurden. Sie lachte über die Ampeln und deutete auf die Schaufenster. Ich parkte unten an der Strandpromenade, und wir blieben noch ein bisschen sitzen und beobachteten eine Weile die Urlauber. Sie erschien mir aufgeweckt und neugierig.

Als es Zeit war zu Bill Allain zu gehen, fragte ich Marguerite, ob sie mitkommen oder lieber hier bleiben und aufs Meer sehen wollte. Sie schaute mich groß an. Ich überlegte, ob sie mit der Entscheidung überfordert war. Wie konnte sie eine Wahl treffen, wenn sie nicht wusste, worum es ging? »Okay«, sagte ich, »vielleicht ist es besser, wenn du bei mir bleibst, da wir zum ersten Mal zusammen unterwegs sind.« Wie stiegen aus und machten uns auf den Weg.

Im Wartezimmer schien Marguerite fasziniert von den alten Bildern von Ventnor und den Schiffen, die die Wände zierten. Bill Allain bat uns in sein Büro, und ich stellte Marguerite als meine Cousine vor. Sie nickte ihm zu und betrachtete wieder die Bilder. Ich gab Bill zu verstehen, dass sie taub war, und fühlte mich unbehaglich dabei, als hätte ich mich unnötigerweise für sie entschuldigt. Nun, auch ich musste dazulernen. Ich berührte Marguerite am Arm. »Möchtest du hier bleiben und dir die Bilder ansehen?« Ich deutete auf den Raum, in dem ich mich gleich aufhalten würde. »Es dauert nicht lange.« Sie nickte.

Bill informierte mich, dass er sich um die Steuerzahlungen für das Hotel gekümmert und dabei entdeckt hatte, dass schon vor Jahren ein Konto eingerichtet worden war, um alle Kosten zu decken. Das Konto lief unter dem Namen Doktor Henry Rampling. Ich war höchst erstaunt. Dann hatte mein Vater doch nicht alle Verbindungen zur Insel abgebrochen.

»Es fallen sowieso nur geringe Steuern- und Kommunalabgaben an«, sagte Bill, »da vom Hotel kaum noch etwas übrig ist. Außerdem bin ich auf ein weiteres Konto gestoßen, das ebenfalls auf den Namen Ihres Vaters läuft. Es wurde für Lillian Walding eingerichtet, die Ihnen Wraith Cottage hinterlassen hat. Anscheinend hat sie nichts von der Existenz dieses Kontos gewusst. Ich nehme an, Ihr Vater weiß von ihrem Tod?«

Ich nickte verwirrt.

»Nun, ich habe ihn schriftlich informiert. Da sie die einzige Begünstigte sind, nehme ich an, dass das Geld jetzt an Sie geht.« Er lehnte sich zurück. »Es ist höchst merkwürdig, wie das alles so kleckerweise ans Licht kommt. Fast so, als hätte der eine nicht gewusst, was der andere tat. Oder es wurde etwas veranlasst und dann vergessen. Das passiert oft bei alten Menschen. Sie vergessen, was sie wo angelegt haben.« Er lachte. »Ich wünschte, ich hätte auch einen senilen alten Verwandten. Aber wie ich schon sagte, habe ich an Ihren Vater geschrieben. Ich darf im Moment nicht verraten, wie viel Geld auf dem Konto ist, aber es ist eine beträchtliche Summe. Er hat fünfzig Jahre lang jede Woche einbezahlt.«

»Fünfzig Jahre!« Ich fiel fast vom Stuhl.

Danach fragte mich Bill, ob ich immer noch vorhätte, den Wraith-Besitz zu behalten, und riet mir, erst mal abzuwarten. Ich hörte nur mit halbem Ohr zu, weil ich mit den Gedanken bei Marguerite war. Als Bill sagte: »Ich schreibe Ihnen, sobald ich etwas höre«, stand ich auf, und wir verabschiedeten uns.

Ich stürzte in das Wartezimmer. Irgendetwas stimmte nicht, das spürte ich. Marguerite war nicht mehr da. Dafür saß jetzt eine Empfangssekretärin am Schreibtisch, sehr einschüchternd in ihrem schwarzen Kostüm.

»Hier drin war eben noch eine Frau«, sagte ich, und meine Stimme wurde vor Panik laut. »Grünes Kleid, langes silbernes Haar.«

»Ach, war sie mit Ihnen hier? Sie hat die Bilder angetatscht. Ich habe sie deswegen angesprochen, aber sie hat mich ignoriert. Da hab ich sie weggeschickt.«

»Sie ist taub«, schrie ich sie an. »Sie taktlose…«

»Sie hätten sie eben nicht allein lassen sollen«, hörte ich sie noch sagen, als ich aus der Tür stürmte.

»Blöd, blöd, blöd«, beschimpfte ich mich selbst, während ich kopflos durch die Gegend rannte, weil ich nicht wusste, wo ich suchen sollte. Ganz ruhig, ganz ruhig, sie kann nicht weit gekommen sein, redete ich mir zu. Ich atmete tief durch. Wahrscheinlich war sie ans Meer gelaufen. Ich rannte den Hügel zur Strandpromenade hinab und schlängelte mich durch die Menschenmassen, die vom Strand hinaufliefen. Ich fragte ein paar Leute nach ihr, doch sie schüttelten den Kopf. Ich beugte mich über das Geländer und suchte den Strand nach einem grünen Kleid und silbernem Haar ab. Am Wagen wartete sie auch nicht. Ich fragte die Leute im Café und in der Eisdiele. Oh Gott! Wenn sie nun in die andere Richtung gegangen und überfahren worden war! Wie würde ich damit weiterleben können? Ich hatte mich für so verdammt clever gehalten! Bildete mir ein, es besser zu wissen als Emmeline. Wie konnte ich nur so verantwortungslos sein? Ich raste die Treppe zum Musikpavillon hoch, um mir einen größeren Überblick zu verschaffen.

»Marguerite!«, schrie ich so laut ich konnte. »Marguerite!« Es war, als hätte ich die Welt angehalten. Strand und Verkehr schienen zu verstummen. Und dann entdeckte ich sie; ich sah etwas silbergrünes Zusammengekauertes. Sie saß auf dem Boden und lehnte an der Wand des Musikpavillons. Ich raste die Treppe hinab und rannte unten herum.

»Marguerite, Marguerite«, schluchzte ich und strich ihr das Haar aus dem Gesicht. »Es tut mir Leid. Es tut mir Leid. Ich hätte dich nicht allein lassen dürfen.« Sie schien eine Weile zu brauchen, bis sie sich auf mich konzentrieren konnte. Sie streckte die Hand aus und berührte mein Gesicht. Dann atmete sie auf, und ihr Mund verzog sich zu einem entzückten Lächeln. Ich fragte sie, ob sie nach Hause fahren wollte, doch sie schüttelte den Kopf. Arm in Arm schlenderten wir über die Strandpromenade, und an einer Eisdiele kaufte ich für jede von uns ein Erdbeereis. Wir setzten uns auf eine Bank und schleckten es zufrieden.

»Wollen wir durchs Wasser waten?«, fragte ich und fühlte mich plötzlich wieder wie ein Kind. Sie nickte, und wir tollten durch den Sand. Ich krempelte meine Jeans hoch, und sie raffte ihr Kleid. Das Meer war nach dem heißen sonnigen Tag warm. Danach saßen wir am Strand und ließen unsere Füße trocknen, bevor wir die Sandalen wieder anzogen. »Komm, wir essen Pommes«, sagte ich. Sie wirkte verwirrt. Eis hatte sie schon einmal gegessen, aber Pommes kannte sie offensichtlich nicht. Ich würde ab jetzt ihren gesunden Körper vergiften. Was für eine tolle Mutter ich abgegeben hätte! Sie kriegte nach dem Eis nicht viel runter, genauso wenig wie ich, was auch ganz gut war – ich wollte nicht, dass sie mir ins Auto kotzte. Ich erzählte ihr von Birdsong und Chas und den Büchern, die ich geschrieben hatte. Sie nickte und gestikulierte, und ihre Miene war so ausdrucksvoll, dass ich ganz vergaß, dass sie nicht sprechen konnte. Es kam mir vor, als würde sie mit mir reden. Ich sah auf die Uhr.

»Ich denke wir sollten jetzt nach Hause fahren. Emmeline sorgt sich sonst vielleicht. Was meinst du?« Diesmal nickte sie ernst.

Wir waren rechtzeitig zum Abendessen zurück. Emmeline, deren Adrenalinspiegel vor Aufregung sehr hoch war, hatte genügend Schwung, um uns gebackene Kartoffeln mit Salat zu servieren. Ich merkte ihr die Erleichterung darüber an, dass wir unversehrt zurückgekehrt waren. Sie musterte Marguerite immer wieder prüfend. Doch Marguerite schien keinen Schaden genommen zu haben, abgesehen von einer zarten Röte auf den Wangen und leichten Verdauungsbeschwerden.

34

Neptun streichelte Emmelines Hand. Seine raue Handfläche zu spüren hatte sie schon immer getröstet. Ihre eigenen Hände waren einst genauso rau und schwielig gewesen. Doch da sie kein Holz mehr hacken und im Garten graben konnte, war ihre Haut in letzter Zeit wieder weicher geworden, wenn auch nicht mehr so geschmeidig wie früher, als sie noch jung war.

»Sie hat's geschafft, was?«, sagte Neptun.

Emmeline nickte. »Ich mache mir trotzdem Sorgen.«

»Tja, das ist verständlich. Du hattest schließlich nicht gerade ein sorgenfreies Leben.«

»Ebenso wenig wie du, Nep. Wir zwei haben uns immer um irgendwen gesorgt.« Sie schaute ihn an und wusste, dass sie beide an Woody dachten. Wie sähe Woody heute aus? Ergraut? Kahl? Es war schwer vorstellbar – für sie würde er immer dunkelhaarig und wild bleiben. Sie seufzte. »Vielleicht hätten wir es Lilly früher sagen sollen. Sie schien die Einzige zu sein, die ihm helfen konnte.«

Lilly hatte Woody geliebt. Manchmal hatte es Emmeline einen eifersüchtigen Stich versetzt, wenn sie sah, wie die beiden miteinander redeten und lachten. Dann fragte sie sich, wie Lillys Leben verlaufen wäre, wenn sie sich nie begegnet wären. Hätte sie geheiratet und ein Leben als Ehefrau und Mutter geführt? Wäre Emmeline viel gereist und Naturwissenschaftlerin geworden, wie sie es sich erträumt hatte? Hatte Emmeline als die Ältere Lilly vom rechten Weg abgebracht? Doch ihre Liebe hatte sich so selbstverständlich entwickelt. Schließlich war Lilly diejenige gewesen, die immer kuscheln wollte. Es war, als hätte es nie Zweifel gegeben, keine andere Wahl.

Neptun streichelte wieder ihre Hand. »Das ist lange her«, sagte er schroff. »Ruh dich aus.«

Irgendwas bedrückt Emm, etwas, das sie mir nicht sagt. Es hat nichts mit dem Baby zu tun, denn sie sieht mich nicht mit dem Anflug von Schmerz im Blick an, der uns voneinander trennt, wenn wir über die bevorstehende Geburt sprechen. Ich weiß, dass sie es mir sagen will, aber ich werde warten müssen, bis sie dazu bereit ist. Unruhig schiebt sie Toastkrümel auf dem Teller umher, sammelt sie zu einem Häufchen und verteilt sie dann wieder. In ihren Händen, die für ihre dünnen Arme immer zu groß erscheinen, hat sich der Schmutz in den Poren festgesetzt. Ich sitze schweigend da und webe im Geiste goldene Fäden um sie, welche sich mit den Sonnenstrahlen vermischen, die über den Tisch tanzen. Sie schiebt den Teller weg, lehnt sich zurück und blinzelt, als wäre sie gerade erst aufgewacht.

»Neptun und ich machen uns Sorgen um Woody«, sagt sie.

Und dann bricht es aus ihr heraus, als sei ein Felsbrocken aus einem Staudamm geschlagen worden. Woody ging immer öfter auf Sauftour und arbeitete immer weniger mit ihnen im Garten. Den Verkaufsstand an der Straße hatten sie sich inzwischen aus dem Kopf geschlagen, weil Woody schon mit der Renovierung des Gewächshauses nicht zurande kam. Emm und Neptun schafften es mit vereinten Kräften gerade so, sich um den Garten und die Tiere zu kümmern – zu denen jetzt auch Schweine und Ziegen gehörten – und zum Markt zu gehen. Dazu fischte Neptun auch noch täglich, weil er seine alten Kunden weiterhin versorgen wollte.

»Warum habt ihr mir das nicht früher gesagt?« Ich bin verärgert, weil sie es mir verheimlicht haben. Schließlich bin ich kein Kind mehr.

»Wir mussten es ihm aus Rücksicht auf deinen Zustand versprechen. Er wollte dir keine Sorgen bereiten.«

Ich verstehe ihr Dilemma durchaus, aber aus Sorge um Woody bin ich immer noch verärgert. »Ach du meine Güte – diese Schwangerschaft verläuft sowieso nicht gerade unbeschwert. Vielleicht kann ich ihm ja helfen. Schließlich hab ich das früher auch schon getan.« Armer Woody, er braucht mich, und trotzdem versucht er, mich zu schützen.

»Eben. Deshalb haben Neptun und ich auch beschlossen, es dir zu sagen. Wahrscheinlich bist du die Einzige die ihm helfen kann. Er muss aufhören zu trinken.«

Ich hatte schon oft gesehen, wie er einen Schluck aus seinem Flachmann nahm, mir aber nichts dabei gedacht. Dafür war ich zu sehr mit mir selbst und meiner Schwangerschaft beschäftigt.

»Ich wünschte, ich hätte ihm nicht die vielen Flaschen aus dem Hotel gegeben. Damals hab ich nicht dran gedacht.«

»Neptun sagt, die sind schon seit Monaten weg.«

»Was?« Ich bin entsetzt. Ich hatte geglaubt, sie würden jahrelang reichen. »Und woher bekommt er den Alkohol jetzt?«

»Er geht in den Pub. Er versäuft sein ganzes Geld.«

»Aber ich dachte, er hasst den Pub – die blöden Sprüche, die er sich dort anhören muss.«

»Wahrscheinlich ist die Sucht stärker. Anscheinend achtet inzwischen keiner mehr groß auf ihn. Irgendwann haben sie wohl aufgehört, blöde Sprüche zu machen. Er reagiert ohnehin nicht mehr darauf«, sagt Neptun.

»Armer Woody.« Ich finde die Vorstellung, dass er allein in der Bar sitzt und sich betrinkt, um seine Schreckensvisionen zu betäuben, unerträglich. »Ich werde mit ihm reden, Emm. Ich kann ihm helfen. Ich weiß es.«

»Aber du musst aufpassen, Lilly. Neptun sagt, er kann sehr aggressiv werden.«

»Aber wir müssen doch etwas unternehmen. Wir können doch nicht untätig zusehen, wie er sich zu Tode säuft.«

»Wir laden ihn mit Neptun zum Abendessen ein und versuchen ihn abzulenken. Außerdem kommt das Baby jetzt bald, und dadurch wird sich auch vieles ändern.«

Ich beschließe, Woody allein aufzusuchen. Nachts wache ich immer wieder auf und sehe sein abgezehrtes, bärtiges Gesicht vor mir, seine dunklen, gequälten Augen. Ich erinnere mich an dieses Gesicht, offen und lachend, wenn er mit Neptun ins Meer rannte, und sie hinausschwammen, bis sie kaum noch zu sehen waren.

Am nächsten Morgen, nachdem Emm zur Arbeit gegangen ist und ich weiß, dass Neptun seinen Fisch ausliefert, breche ich auf. Wenn es zu viel für mich wird, muss ich eben einfach umkehren.

Ich bin schon am zweiten Gatter jenseits des Hotelgartens, als ich Henry auf mich zukommen sehe. Diesen Weg nimmt er also immer. Wahrscheinlich stellt er seinen Wagen oben an der Straße ab, damit ihn niemand sieht. Es ist sinnlos umzukehren. Egal, welchen Weg ich einschlage, er wird mich mit ein paar Schritten einholen. Also bleibe ich stehen und warte. Ich lege die Hände aufs Gatter und halte es zwischen ihm und mir geschlossen. Es ist schwül; am Himmel hängen schwere malvenfarbene Wolken. Ich habe meinen Regenschirm dabei; ich umklammere ihn fest.

»Lillian, was tust du hier oben?«, fragt er.

»Spazieren gehen.«

»Ich wollte gerade zu dir.« Er zieht sein Taschentuch heraus und fährt sich damit über die Stirn. Regungslos stehe ich da und halte das Gatter fest, damit er es nicht öffnen kann.

»Was willst du?« Ich spüre das vertraute Zittern in meinen Beinen und wünschte, ich könnte mich setzen.

»Können wir nicht …« Er sieht sich um. »Können wir uns nicht irgendwo hinsetzen und reden?«

»Nein. Du kannst hier mit mir reden.« Schweißtropfen perlen auf meiner Oberlippe.

»Lillian. Ich bin gekommen, um dich zu fragen, ob du über meinen Vorschlag nachgedacht hast.«

»Ich hab dir doch gesagt, da gibt es nichts zu überlegen.«

Er seufzt. »Bitte, Lillian. Ich hab dir doch gesagt, wie Leid es mir tut. Was soll ich denn sonst noch tun?«

»Ich will nur Victorias Adresse – und die kannst du mir schicken.«

»Dann lass mich dich wenigstens finanziell unterstützen. Du brauchst ein Telefon und ein Bad. Um Himmels willen, Lillian, denk an das Kind.«

Ich stehe schweigend da, sehe an ihm vorbei. Ich will ihn nicht verärgern, denn er scheint schon von dem, was ich bereits gesagt habe, frustriert zu sein. Er fährt sich mehrmals mit der Hand durchs Haar und lockert fahrig seinen Hemdkragen. Ich bemühe mich, nicht zu erschaudern. Er soll nicht sehen, dass ich Angst habe.

»Bitte, Lillian, komm mit mir. Wir können das klären. Ich werde mich ändern, wenn du mir eine Chance gibst.«

Ich senke den Blick und schüttele den Kopf. Wir stehen schweigend da. Ich spüre, dass er mich von oben bis unten mustert.

»Warst du schon bei einer Hebamme?«, will er wissen. Ich antworte nicht. »Du hast vielleicht zu hohen Blutdruck. Du bist ganz rot im Gesicht.«

Ich bin entsetzt. Zu hoher Blutdruck, das klingt gefährlich. Davon hat Emm nichts gesagt.

»Hat sich das Kind schon in die Geburtsposition gedreht? Spürst du, wie der Kopf nach unten drückt?« Er wendet den Blick nicht von mir. »Siehst du, Lillian. Nicht mal das weißt du. Es könnte eine Steißlage sein. Was willst du dann machen?«

»Ich habe alles geplant. Wir wohnen ja nicht weit vom Krankenhaus.« Aber ich bin plötzlich nervös wegen der Geburt. Mehr als je zuvor.

»Hast du die Tabletten genommen, die ich dir mitgebracht habe? Du darfst nicht anämisch werden.«

»Ich bin nicht anämisch.«

»Woher willst du das wissen?«

»Bitte hör auf damit, Henry.«

»Lillian, bitte geh zum Arzt. Wenn du willst, kann ich auch einen Kollegen zu dir schicken.«

Ich schüttele den Kopf und bin den Tränen nahe. Warum geht er nicht einfach weg und lässt mich in Ruhe?

»Wie du willst, Lillian. Du bist verdammt kindisch, aber es ist deine Entscheidung. Versprich mir nur, dass du das Kind unter meinem Namen registrieren lässt – wenn es überlebt.«

»Warum? Das verstehe ich nicht.«

»Weil wir … ich … ihm das schulde. Ein Kind muss die Wahrheit darüber wissen, wer sein Vater ist. Es reicht, wenn du ihm erst später die Wahrheit erzählst. Wenn es alt genug ist, alles zu verstehen.«

»Verstehen?«

»Ach, ich weiß nicht, Lillian. Ich kann nicht klar denken. Es scheint mir das Beste zu sein. Hast du einen besseren Vorschlag?«

»Woody …«

»Nein! Alle wissen, dass er schwul ist. Das wird niemand glauben. Du wirst als ledige Mutter gebrandmarkt sein. Warum sagst du nicht, du bist mit einem Matrosen verheiratet und lebst hier, während er in Übersee ist? Später kannst du dann so tun, als seist du Witwe.«

»Aber Emm …«

»Sprich nicht mit mir über sie!«

»Was hat sie dir je getan?«

»Ich hasse sie und alles, wofür sie steht.«

»Ich bin nicht anders.«

»Doch! Du könntest es sein. Lillian, überleg es dir bitte noch mal – komm mit mir.«

»Nein, Henry. Frag mich nie wieder.«

Er vergräbt kurz das Gesicht in den Händen, als wüsste er nicht, was er als Nächstes tun soll. Ich bin erschöpft und möchte mich am liebsten ins Gras legen. Das Baby zieht mich nach unten wie ein tonnenschweres Gewicht. Ich lege die Hand auf den Bauch. Er beobachtet mich. Er tastet in seiner Tasche nach etwas und zieht schließlich ein kleines Päckchen heraus.

»Ich will, dass du die nimmst«, sagt er. »Sie kräftigen deine Gebärmutter und sorgen für eine leichte Entbindung. Alle Schwangeren nehmen sie heutzutage.« Er wendet sich ab. »Wir sehen uns vielleicht nicht mehr, Lillian. Bitte pass auf dich auf.«

»Du benachrichtigst mich doch noch wegen Victoria, oder?«

Er nickt und geht weg.

Ich stolpere über die Wiesen zurück nach Hause. Ich schaffe es nicht zu Woody.

Am nächsten Tag ist Woody verschwunden. Er ist am Abend zuvor nicht nach Hause gekommen. Neptun nahm die höhnischen Bemerkungen in Kauf und fragte die Stammkunden, ob jemand wusste, wann und in welchem Zustand Woody gegangen war. Emm und ich suchen den Strand ab, falls er seinen Rausch in der Höhle ausgeschlafen hat. Die Gartenarbeit bleibt liegen. Wir versorgen nur die Tiere.

Am nächsten Tag fragt Neptun in den benachbarten Dörfern und Pubs herum.

»Er ist noch nie zwei Nächte hintereinander weggeblieben«, sagt Neptun und sieht von einer zur anderen. Er steht vom Tisch auf. »Ich fahre noch mal mit dem Boot raus.«

Ich nehme seine Hand. »Bitte sei vorsichtig, Neptun. Es ist stürmisch heute.«

Er hat mit einem Angestellten der Küstenwache gesprochen, den er und Woody gut kennen. Der hatte bereits ein Suchboot rausgeschickt, aber ohne Erfolg.

»Der taucht schon wieder auf, der alte Woody«, hatte der Mann ihn zu beruhigen versucht. »Der schläft sicher nur irgendwo seinen Rausch aus.«

Aber wir sind nicht beruhigt. Keiner von uns kann essen oder schlafen. Auch Booty ist unruhig und winselt ständig an der Tür.

»Ich hätte versuchen müssen, ihm zu helfen«, sage ich immer wieder. Verdammt sei Henry! Hätte er mich nicht aufgehalten, wäre ich zu Woody gegangen und das alles wäre vielleicht nicht passiert. Emm sitzt da und streichelt Drifter. Das Warten scheint endlos. Gelegentlich geht eine von uns raus und schaut aufs Meer. Neptun ist mit dem Boot draußen und sucht das Wasser und die Kliffwände ab. Er war auch schon bei der Polizei in Ventnor und hat im Krankenhaus nachgefragt, doch niemand hat Woody gesehen.

Am dritten Tag, um Mitternacht, sitzt Neptun weinend bei uns am Tisch.

»Vielleicht hat er beschlossen wegzugehen«, schluchzt er. »Er hat oft gesagt, dass er uns enttäuscht. Aber ich hätte nie gedacht, dass er mich verlässt.« Er fährt sich mit den Händen übers Gesicht und durch sein helles Haar. »Womöglich war ich zu streng mit ihm. Ich dachte, wenn ich wütend werde, reißt er sich vielleicht zusammen. Wir haben uns nämlich an diesem letzten Abend gestritten. Ich sagte ihm, er müsse ernsthaft über sein Handeln nachdenken, weil es uns allen schade. Das hätte ich nicht sagen dürfen. Er starrte mich zornig an und ging.«

»Du hast das Richtige getan«, sagt Emm und streichelt seinen Rücken. »Vielleicht ist er weggegangen, um mit sich ins Reine zu kommen. Vielleicht kommt er geheilt zurück.« Sie sieht mich über Neptuns zuckende Schultern hinweg an, doch ihr Blick ist ohne Hoffnung.

Fünf Tage später wird Woodys Leiche am Strand von Ventnor angespült. Hafenarbeiter finden ihn morgens und alamieren die Polizei, die Neptun informiert. Gleich nachdem er Woodys Leiche identifiziert hat, kommt er zu uns. Er lehnt sich im Sessel zurück und erzählt es uns, fast sachlich, als hätte er die ganze Zeit schon damit gerechnet. Emm setzt sich weinend neben ihn und hält seine Hand.

Ich gehe hinaus und kämpfe mich die Treppe zum Strand hinab, setze mich auf meinen Stein und heule. Ich kann es nicht glauben. Nicht mein Woody, mein wunderbarer, sanfter Woody, der den Neptun liebte und wie ein großer Bruder für mich war.

»Warum, Woody, warum?«, schreie ich in den tosenden Wind. Und dann weiß ich es plötzlich. Er hatte es nicht gewollt. Er hatte uns nicht verlassen wollen. Schließlich hatte er versprochen, meinem Kind seinen Namen zu geben, und ich wusste, dass er sein Wort halten würde. Wortbrüchig zu werden war nicht Woodys Art, auch nicht unter dem zerstörenden Einfluss des Alkohols, das wusste ich. Was war passiert? Ein Unfall? War er im Dunkeln vom Kliff gestürzt? Er kannte die Kliffs genauso gut wie das Meer. War er verfolgt und angegriffen worden? Die Polizei würde es herausfinden, wenn die Umstände seines Todes verdächtig waren.

Ich schaue mich um, sehe das Blinken des Leuchtturms, den Sturzflug der Möwen, spüre, wie der salzige Wind an meinen nassen Wangen scheuert. Weit draußen in den Wellen dümpelt ein Fischerboot. Plötzlich habe ich eine Vision: Henry watet düster aus dem Meer. Henry! Oh Gott, nein. Nicht Henry. Er hatte Woody schon immer verabscheut. Konnte er ihn noch mehr hassen, weil er angeboten hatte, die Vaterschaft für sein Kind zu übernehmen, das Ergebnis seiner Vergewaltigung? Das war doch lächerlich, Woody tat ihm damit schließlich einen Gefallen, oder etwa nicht?

Wie kann ich nur so etwas denken? Ich beschuldige Henry des Mordes. Doch noch während ich versuche, ihn zu entlasten, weiß ich tief in meinem Herzen, dass er etwas mit Woodys Tod zu tun hat. Irgendwie hat Henry damit zu tun.

Emmeline spürte, wie Neptuns Hand in ihrer zitterte. Sie wusste, dass auch er sich erinnerte. Sie sah in sein vertrautes Gesicht, Tränen liefen über seine Wangen. Sie legte die Arme um ihn, und sie klammerten sich lange aneinander fest.

35

Chas saß am Küchentisch, auf dem sich die Papiere stapelten. Sein blondes Haar, das ihm in die Stirn hing, kam mir schütterer und grauer vor. Er sah aus, als hätte er gerade den Börsenkrach an der Wall Street miterlebt und könnte jeden Moment die Treppe hochstürmen und sich aus dem Schlafzimmerfenster stürzen.

Ich schaltete den Wasserkessel ein, weil ich nach Tee gierte. Ich war gerade nach Hause gekommen und litt unter einer Art Kulturschock. Noch vor ein paar Stunden war ich in der surrealen Welt zweier Frauen gefangen gewesen, die eine Verbindung zum Übernatürlichen hatten. Ich unterdrückte den Wunsch, zu gähnen und abzuschalten. Chas brauchte mich jetzt, genau wie Dad. Ich brühte den Tee auf und suchte nach etwas Essbarem.

»Rechenblockade?«, fragte ich.

Er lächelte traurig. »Könnte wohl sein.«

Wir saßen da und knabberten trockene Kekse wie zwei Hamster. Chas starrte mit rot geränderten Augen ins Leere.

Seine Haut wirkte blass und schlaff. Plötzlich sah ich Neptuns braun gebranntes Gesicht mit den klaren Augen vor mir. Ich beugte mich vor und nahm eine von Chas' großen weichen Händen in meine.

»Ich will nicht, dass du hier verkümmerst und zum Schluss mit einem Herzinfarkt zusammenbrichst.«

Es folgte ein zweiminütiges Schweigen. Dann stieß er einen gewaltigen Seufzer aus, sodass die Papiere im Luftzug flatterten. »Es war in Ordnung, solange ich noch jünger war. Aber jetzt wache ich nachts mit Herzrasen und Magengrummeln auf.«

»Ach, Chas. Das ist doch kein Leben!« Ich dachte an Wraith Cove und das Säuseln des Windes auf dem Meer, an Neptun, wie er mit seinem Boot umhertuckerte, und an Marguerite, die durch die Untiefen watete. »Könntest du nicht einfach wieder Steuerberater werden? Das hat dir doch Spaß gemacht. Lass den Job als Börsenmakler sausen. Arbeite nur so viel, wie du willst.«

»Aber wie sollen wir dann klarkommen? Es würde eine ganze Zeit dauern, bis ich mich wieder etabliert habe.«

»Ich wette, du hast jede Menge treuer Kunden. Und wir könnten uns einschränken. Wir sind schließlich nur zu zweit – wir haben alles, was wir brauchen. Du könntest zu Hause arbeiten und so die Kosten niedrig halten.« Ich stand auf und legte die Arme um ihn. »Und in deiner Freizeit könntest du Fischen.«

»Weißt du, Janey, das ist keine schlechte Idee.«

Ich hielt es für keinen guten Zeitpunkt, mit der Isle-of-Wight-Saga anzufangen. Aber ich erwähnte, dass mir bei meinem letzten Besuch überraschend auch noch eine Cousine beschert worden war. Ich erzählt ihm auch von meinem Besuch bei Bill Allain und brachte ihn auf den neusten Stand.

»Chas, was glaubst du, warum Dad Geld auf ein Treuhandkonto für Lillian eingezahlt hat?«

»Wahrscheinlich ein Steuertrick.«

»Aber warum für Lillian und nicht für Emmeline, seine Schwester?«

Chas zuckte mit den Achseln. »Tja, du hast ja selbst gesagt, dass sie sich hassen. Vielleicht hat ihn sein Gewissen geplagt, weil er ihnen das Hotel aufgehalst hat, und er hat ein Konto auf Lillians Namen eingerichtet, quasi als Entschädigung.«

»Aber welchen Sinn hatte das, wenn sie gar nichts von der Existenz des Kontos wusste?«

»Ich weiß es wirklich nicht. Vielleicht hat er es tatsächlich vergessen. Du weißt ja, wie Henry ist. Er hatte immer nur kranke Lungen im Kopf. Wahrscheinlich hat er einfach alles seinem Steuerberater überlassen.«

»Dieses Geld geht möglicherweise an mich.«

»Ja?« Chas wurde hellhörig.

»Hat jedenfalls Bill gesagt. Weil ich die Begünstigte von Lillians Testament bin.«

»Aber Henry ist doch noch am Leben. Warum fragst du ihn nicht?«

»Ach, Chas. Du weißt doch, dass ich mit Dad nicht über Geld reden kann.«

»Aber das betrifft dich doch. Sag ihm, dein Anwalt hätte danach gefragt.«

»Vielleicht. Mal sehen, wie's ihm nach der Untersuchung geht. Apropos, ich fahre jetzt lieber los und hole ihn ab.« Ich drückte Chas einen Kuss auf den Scheitel. Sein Kopf war heiß, als sei er überstrapaziert worden. »Wir sprechen später weiter übers Fischen. Du hast mir gefehlt.«

36

Es fiel Emmeline schwer zu glauben, dass inzwischen fast fünfzig Jahre vergangen waren. Lillys lebendige Erinnerungen an dieses katastrophale Jahr gaben ihr das Gefühl, als sei es erst gestern gewesen. Sie hatte nie richtig verstanden, wie sehr Lilly unter Henry gelitten hatte. Nach Lillys Tod war Emmeline untröstlich gewesen. Dann war sie mit Medikamenten voll gepumpt worden, bis sie das Gefühl hatte, den Verstand zu verlieren, und sie hatte nicht mehr gewusst, was vor einer Stunde passiert war, geschweige denn vor fünfzig Jahren. Doch jetzt sah sie alles wieder klarer und schärfer. Ihr Körper wurde mit Marguerites Hilfe entgiftet, und wenn sie Lilly zuhörte, kehrte ihre Erinnerung zurück. Doch mit den Erinnerungen meldete sich auch der Schmerz wieder – und ihr Hass auf Henry. Sie wollte die Sache zu Ende bringen. »Mach weiter, Lilly«, drängte sie.

Heute, am zehnten September, wird Woody beerdigt. Im Obduktionsbericht stand, die Autopsie hätte keine Anzeichen auf einen gewaltsamen Tod ergeben – keine Stichwunden, Schusswunden oder Würgemale. Seine Leiche war von der Flut gegen die Felsen geschmettert worden. Der Wirt hatte gesehen, wie Woody kurz vor der Sperrstunde betrunken hinausgetaumelt war. Niemand hatte ihn den Küstenweg entlangstolpern sehen, und das Kliff hatte sich in letzter Zeit auch nicht abgesenkt. Es gab keinerlei Hinweise auf einen Kampf, und seine persönlichen Gegenstände, einschließlich Geld und Uhr, hatte er noch bei sich. Das Ergebnis der Untersuchung lautete Unfalltod.

Ich kann nicht zur Beerdigung gehen. Ich will nicht angegafft werden und im Dorf für neuen Klatsch sorgen. Neptun und Emmeline arrangieren alles und sind überrascht, wie viele Fischer und Händler aus der Gegend ihnen ihr Beileid aussprechen. Anscheinend war Woody in einer gewissen Gesellschaftsschicht durchaus angesehen. Manche Leute hatten großen Respekt vor seinem Können als Tischler und Fischer. Andere hatten sich mit seiner Traumatisierung durch den Krieg identifizieren können. Anscheinend war er nicht der Einzige, der unter quälenden Erinnerungen und Alpträumen litt und sie mit Alkohol zu betäuben versuchte. Ich frage mich, warum er nie bei seinen Leidensgenossen Trost gesucht hat, doch vielleicht wäre es dadurch für alle nur noch schlimmer geworden.

Ich glaube, Neptun gibt diese Unterstützung und Freundlichkeit Kraft. Woody wird auf einem kleinen Friedhof mit Meeresblick, wo Hafenarbeiter und Seefahrer begraben liegen, zur letzten Ruhe gebettet. Ich nehme mir fest vor, später einmal mit meiner Tochter hinzugehen. Ich will ihr von der Liebe und Güte dieses Mannes erzählen.

Während der Beerdigung sitze ich zu Hause vor einem Foto von Woody, das ich an eine mit Rosen gefüllte Blumenvase gelehnt habe. Ich zünde eine Kerze an, und das Cottage füllt sich mit süßem Blumenduft und würzigem Wachsgeruch. Es ist feuchtschwül und drückend, und von fern höre ich Donnergrollen über dem Ärmelkanal.

Ich sitze da und betrachte Woodys Bild. Der Schnappschuss war noch mit Emms alter Brownie gemacht worden, bevor sie auf einer unserer Angeltouren ins Meer gefallen war. Das war kurz nachdem er aus der Armee entlassen worden war; er muss damals etwa vierundzwanzig gewesen sein. Woody war ein Mensch, der im Stillen wirkte. Er überraschte uns immer wieder mit kleinen Aufmerksamkeiten: ein poliertes Möbelstück, ein endloser Vorrat an Anzündholz, ein Stapel Holzscheite, eine Reparatur an der wegbröckelnden Klifftreppe, damit wir sie gefahrlos benutzen konnten.

Ich frage mich, wie wir ohne ihn zurechtkommen sollen. Wir können uns keine Aushilfe leisten. Das Gemüse muss geernet werden. Die Erde ist trocken, weil es zu wenig regnet. Emm rennt durch die Gegend und bemüht sich, alles am Laufen zu halten. Neptun ist immer noch wie betäubt, und wir wissen, dass er erst nach der Beerdigung wieder einsatzfähig sein wird. Und ich kann mich kaum bewegen – ich bin ungeheuer dick.

Immer wenn ich aufstehe, habe ich das Gefühl, das Baby würde gleich aus mir herauspurzeln. Ich weiß, dass es bereits in der Geburtsposition liegt. Ich spüre, wie sein Kopf nach unten drückt. Es bewegt sich jetzt weniger, als hätte es keinen Platz mehr für akrobatische Übungen. Meine Gebärmutter zieht sich oft zusammen, manchmal schmerzhaft, und ich weiß, dass auch das ist, wie es sein muss. »Braxton-Hicks-Kontraktionen« nennt Emm diesen Vorgang und sieht mich über ihre Brille hinweg an wie ein Professor. Seit gestern spüre ich die Kontraktionen alle paar Minuten. Ich habe Emm nichts davon gesagt; sie hat genug um die Ohren, und das Baby soll sowieso erst am Monatsende kommen.

Wieder betrachte ich Woodys Gesicht. Meine Tränen sind inzwischen getrocknet, und in mir bleibt eine tiefe Sehnsucht nach ihm. Ich denke an unsere Silvesterparty am Strand, als wir noch so sorglos und glücklich waren.

»Ach, Woody«, sage ich zu seinem Foto. »Wie konnte das alles nur geschehen?« Seine Augen brennen in meinen und geben mir die Antwort. »Henry«, sage ich. »Henry ist an allem schuld.« Henry hatte seine Schmerzen und Qualen uns aufgebürdet. Ich spüre die Wut durch meine Adern fließen wie das Gift eines Schlangenbisses.

Ich hieve mich hoch und stürze zu meinem Strickkorb.

Ich ziehe Henrys Broschüren und Arzneiflaschen unter den Wollknäueln hervor und stapele alles im Sessel. Als ich die Geldbündel in der Hand habe, frage ich mich, warum ich dieses schmutzige Geld aufgehoben habe? Es wird alles vergiften, wofür ich es ausgebe, selbst wenn es für sein Kind ist. Ich werfe das Geld in den Kamin und zünde ein Streichholz an. Das Papier lodert auf. Ich werfe die Broschüren ins Feuer und kippe alle Pillen darauf. Sie entzünden sich mit grellen chemischen Farben. Gott sei Dank habe ich keine einzige genommen. Gift, alles von ihm ist giftig. Ich werfe die Glasflaschen in den Mülleimer und stehe vor Anstrengung keuchend da.

Warum habe ich zugelassen, dass sich Henry mir je wieder nähert? Meine Gefühle für Victoria hatten mich dazu verleitet, und er hatte sich mit seinem Selbstmitleid und seinen falschen Versprechungen wieder bei mir eingeschleimt. Ich war so naiv gewesen! Ich hätte es den anderen sofort erzählen müssen. Neptun und Woody hätten ihn vielleicht abschrecken können. Waren nicht alle Tyrannen im Grunde ihres Herzens Feiglinge?

Ich halte meinen Bauch und spüre, wie er sich zusammenzieht. »Alles in Ordnung, Kleine«, flüstere ich, »du bist nicht beschmutzt. Deine reine Seele ist nicht von ihm vergiftet worden.« Ich warte auf eine Bewegung, eine Antwort, aber es kommt keine. Mein Herz hämmert; Schweiß läuft mir übers Gesicht. Oh Gott! Angenommen, das ist alles zu viel für sie. Was, wenn sie es sich anders überlegt hat und lieber nicht in diese Welt des Schmerzes hineingeboren werden will? Ich beuge mich schwer atmend über den Tisch. Und dann spüre ich in mir einen mächtigen Ruck, und ein großer Wasserschwall stürzt an meinen Beinen herunter. Es ist so weit! Das Baby kommt, und ich bin allein.

Emm kommt erst in ein paar Stunden wieder. Sie hält mit

Neptun bei Woody Totenwache. Aber das ist egal. Das ist jetzt ohnehin eine Sache zwischen meiner Tochter und mir. Es ist richtig, dass ich allein bin. Ich bin plötzlich in Hochstimmung und fühle mich stark. Kraft scheint mich zu durchströmen. Mühelos klappe ich die Schlafcouch auf, was Emm und ich normalerweise nur gemeinsam schaffen. Ich lege Gummilaken und alte Handtücher darauf, stelle Wasser auf und wische den Boden. Ich muss alle paar Minuten aufhören, weil mich der Schmerz packt wie zwei riesige Hände. Aber ich will mich nicht hinlegen; ich laufe hin und her und fühle mich stark und energiegeladen. Ich spreche mit Woodys Foto und mit Drifter, die mich vom Sessel aus beobachtet, die Ohren aufmerksam gespitzt. Ich ziehe mich aus, wasche mich mit kaltem Wasser, bürste mir die Haare und ziehe ein weißes Baumwollunterhemd an. Ich lege Watte, eine sterilisierte Schere und eine Schnur auf das Tischchen neben dem Bett. Von oben hole ich das Tuch, das ich gestrickt habe. Ich wickele es aus dem Seidenpapier und schüttele die Rosenblütenblätter heraus. Ich halte es an meine Wange; es fühlt sich so leicht und weich an wie Nebel an einem Sommermorgen, in jeder Masche steckt ein Knötchen Liebe. Mit einer winzigen Kleidergarnitur lege ich es in einen Korb am Herd. Mein Körper kribbelt vor Glück.

Doch dann scheint ein Schatten über Wraith Cottage zu fallen. Ich beuge mich gerade keuchend über den Tisch, als es dunkel wird. Ich hebe den Blick. Henry steht in der Tür, nimmt das Licht weg, raubt mir meine Freude. Was für ein Dummkopf ich war! Hatte ich wirklich geglaubt, ich könnte ihm entkommen? Ich sehe ihn durch meinen gewaltigen Schmerz an und schmecke die bittere Niederlage, als hätte ich immer gewusst, dass ich nicht gewinnen konnte. Er steht da und starrt mich an, während die Wehe abklingt und ich mich wieder aufrichten kann.

»Lillian, du hast Wehen.« Seine Augen scheinen im Dunkeln zu funkeln.

Ich schüttele den Kopf. »Nein. Ich habe noch drei Wochen Zeit.«

Ein seltsamer Ausdruck huscht über sein Gesicht, etwas Verschlagenes, wie ein unterdrücktes Lächeln. »Wie lange hast du die Schmerzen schon?«

Ich starre ihn an. Wut durchströmt erneut meinen Körper. »Hast du Woody umgebracht?« Meine Stimme klingt wie das Knurren eines Tieres.

»Was? Bist du verrückt? Warum sollte ich Woody umbringen?«

»Um zu verhindern, dass er die Vaterschaft übernimmt.«

»Glaubst du wirklich, das ist mir so wichtig? Blödsinn. Woody war besoffen und ist vom Kliff gefallen. So einfach ist das.«

Woodys Tod – einfach! Ich greife nach der Blumenvase und schleudere sie in seine Richtung. Damit hat er nicht gerechnet. Er duckt sich, doch sie trifft ihn an der Schulter. Glassplitter und Rosen fliegen durch die Luft, als sie auf die Steinplatten trifft. Ich merke zu spät, wie dumm das von mir war. Sein Gesicht läuft knallrot an, und er knurrt vor Wut. Mein Gehirn wird von Bildern überschwemmt, wie er in der Neujahrsnacht ins Cottage platzt. Ich zittere und werde von einer neuen Welle erfasst. Sie dauert mehrere Minuten. Ich stöhne vor Schmerzen. Ich werde mich hinlegen müssen; mir wird ganz weich in den Knien. Aber ich will nicht auf dem Bett liegen, nicht solange Henry hier ist.

»Geh … Geh und hol Emm«, keuche ich.

Henry ignoriert mich. Er hat seine schwarze Tasche dabei. Er stellt sie auf den Tisch und öffnet sie. »Ich möchte, dass du ein paar Dokumente unterzeichnest«, sagt er. »Der Anwalt braucht sie zur Ausfertigung der Übertragungsurkunden für Wraith Cottage und das Hotel.« Er schiebt mir einige Papiere zu. Mir wird schwindelig und ganz schwach.

»Unterschreib«, befiehlt er. »Unterschreib. Dann hole ich Emm und überlasse euch eurem Schicksal, wenn es das ist, was du willst. Ich habe dich gewarnt. Mehr kann ich nicht tun.« Er drückt mir einen Füller in die Hand. Ich kann ihn kaum fassen, so stark zittere ich. Ich kritzele meinen Namen an die Stellen, auf die er deutet. Er steht dabei und sieht, wie der Schmerz mich wieder packt. Ich kann nicht mehr stehen. Ich stolpere zum Bett und falle halb darauf. Ich schreie laut auf. Undeutlich spüre ich, dass Henrys Hand meinen Rücken berührt. Ich will ihm sagen, dass er das lassen soll, will ihn abschütteln, aber der Schmerz überwältigt mich. Ein unglaubliches Bedürfnis zu pressen überkommt mich. Ich höre einen Laut aus meiner Kehle dringen.

»Warte!«, sagt er. »Noch nicht. Tief atmen, Lilly.«

Ich will nicht, dass er mich Lilly nennt. Ich schlage um mich, und meine Hand landet in seinem Gesicht. »Geh«, kreische ich. »Hol Emm. Du hast es versprochen.«

»Ich kann dich so nicht allein lassen«, sagt er.

Mein Mund ist jetzt total trocken. Ich sehne mich nach Wasser. Ich höre schwere Regentropfen fallen, die mich quälen. Schweiß strömt über mein Gesicht. Ich würde am liebsten mein Hemd hochziehen, um mich damit abzuwischen. Aber Henry ist da. Wie kann er es wagen, hier zu sein! Das Bedürfnis zu pressen kommt zurück. Ich schnappe keuchend nach Luft und versuche dem Drang zu widerstehen, weil ich weiß, dass ich sonst den Kopf des Babys schädigen kann. Wenn Emm doch hier wäre! Sie würde mir sagen, was ich zu tun habe. Sie würde mir kaltes Wasser geben und leise auf mich einreden. Als der Schmerz nachlässt, merke ich, dass Henry mein Hemd hochgezogen hat und zwischen meine Beine schaut. Ich will ihn ins Gesicht treten, doch dann dämmert mir, dass vielleicht mein Leben und das meines Kindes von diesem Mann abhängen. Ich versuche, mich emotional von ihm zu lösen, ihn als eine bloße Notwendigkeit zu betrachten. Ich bemühe mich, ihn gesichtslos zu machen, ihn nur als Mann mit medizinischem Wissen zu sehen.

»Ich kann schon den Kopf erkennen, wenn du presst«, sagt er. »Es dauert nicht mehr lange. Ich gehe und wasche meine Hände.«

Er kommt zurück, ein dunkler Schatten, der bedrohlich über mir auftaucht. Er hat seine Jacke ausgezogen, die Hemdsärmel hochgekrempelt. Er sieht eine Weile auf mich herab und kniet sich neben das Bett. Er nimmt meine schlaffen Hände und hält sein Gesicht dicht vor meins. »Lillian«, sagt er. »Hör mir zu. Wir bringen unser Kind zur Welt, und dann trage ich dich zum Auto. Komm mit mir, ich werde für dich sorgen.«

Ich schüttele den Kopf. »Das ist nicht dein Kind«, flüstere ich, bevor der Schmerz mich wieder übermannt. Ich höre mich schreien. Henry legt die Hand auf meinen Mund. Ich rieche etwas Süßliches und Erstickendes. Mir wird auf einmal ganz schummrig. Der Schmerz lässt nach und nimmt sofort wieder zu. Ich höre Henrys Stimme wie aus weiter Ferne.

»Jetzt pressen, Lillian. Fest pressen.«

Ich presse mit aller Kraft. Ich höre mich mit jedem Pressen schreien. Es scheint ewig zu dauern.

»Hör auf! Hör auf!«, befiehlt er. »Es hat die Nabelschnur um den Hals.«

Ich spüre, wie Henrys Finger mich untersuchen, mich aufzwängen. Ich spüre, wie seine Hände in mir herumtasten, drehen und ziehen. Ich glaube, es zerreißt mich gleich. Ich höre das Klirren von Metall, spüre es kalt an meinem Fleisch.

»Jetzt noch mal pressen«, sagt er. »Vorsichtig, vorsichtig.«

Ich spüre, wie etwas aus meinem Körper gleitet, höre ein leises Ächzen, ein Quieksen, einen Schrei. Sie ist da! Ich greife mit schweren Armen nach ihr. Ich kann nicht sprechen, meine Zunge ist wie trockenes Leder. Henry legt mir wieder die Hand auf den Mund. Ich wehre mich gegen den süßlichen Geruch, kämpfe darum, bei Bewusstsein zu bleiben. Sein Gesicht taucht bedrohlich nahe vor meinem auf, verzerrt, grotesk.

»Du hast dir doch nicht etwa eingebildet, ich würde dir meine Tochter überlassen?«, zischt er. Seine Spucke landet in meinem Gesicht. »Wenn du irgendwem was sagst, erzähle ich allen von deiner Geisteskrankheit. Ich sage, du hast ein Kind bekommen und es getötet – es ins Meer geworfen.« Ich will schreien, aber mein Mund und meine Kehle sind wie gelähmt. Lichtblitze blenden meine Augen, und ein donnerndes Geräusch hallt in meinem Kopf wider. Dann scheine ich zu fallen, als würde ich mit rasender Geschwindigkeit durch einen dunklen Tunnel reisen. Ich höre eine Stimme aus immer weiterer Ferne schreien.

»Nein … nein … nein!«

Emmeline öffnete die Augen. Ihr Herz pochte so heftig, dass sie befürchtete, es könnte zerspringen. »Wäre ich doch nur da gewesen, Lilly«, sagte sie.

37

Nach Dads Untersuchung bat ich Doktor Phipps um ein Gespräch. Sie wurde mir immer sympathischer. Trotz ihrer lässigen Art interessierte sie sich wirklich für ihre Patienten und sah sie als Menschen, nicht nur als medizinische Fälle.

»Es geht ihm wirklich gut«, sagte sie. »Jedenfalls physisch.«

»Aber psychisch nicht«, sagte ich.

»Nun, er ist sehr bedrückt, nicht wahr? Es ist, als sei er in seiner eigenen inneren Welt versunken.« Sie hockte auf ihrem Schreibtisch und schwang ihr Stethoskop wie ein Pendel. »Hat er sich Ihnen gegenüber ein bisschen geöffnet?«

»Ja. Ich hab ihn durchs Haus gefahren und die Vergangenheit wachgerufen. Er hat mir gebeichtet, dass er eine Schwester hat, die er, ebenso wie seine Schwägerin, verleugnet hat. Sie lebten in einer lesbischen Beziehung.«

Sie zog eine Augenbraue hoch. »Interessant. Sind sie noch am Leben?«

»Seine Schwester schon. Ich habe sie kennen gelernt. Sie wird auch nicht mehr lange leben – Krebs.«

»Ach, wie traurig. Besteht eine Chance, die beiden zusammenzubringen und die alte Familienfehde beizulegen?«

»Das hat sie sich auch gefragt – seine Schwester.«

»Dann braucht er vielleicht genau das. Vielleicht bereut er sein früheres Verhalten.«

»Aber sie sind beide alt und krank. Ich weiß nicht, wer von beiden die Reise besser verkraften würde.«

»Nun, Ihr Vater ist ja nicht richtig krank, Jane – bloß gebrechlich. Fragen Sie ihn, ob er mitkommen will. An Ihrer Stelle würde ich mit ihm zusammen zu seiner Schwester fahren.«

»Darf ich Sie noch was anderes fragen, Doktor Phipps?«

»Schießen Sie los.«

»Ich habe entdeckt, dass ich auf der Isle of Wight eine Cousine habe. Eine meiner lesbischen Tanten wurde bei einer Vergewaltigung schwanger. Sie bekam eine Tochter, und meine Tanten zogen sie gemeinsam groß.«

»Meine Güte. Und das alles passierte in Ihrer Familie?«

»Scheint so. Ich habe sie kennen gelernt – meine Cousine. Sie ist außergewöhnlich. Sie scheint mit einer Art Behinderung geboren zu sein. Ihre linke Seite ist ein bisschen schwach, und sie spricht nicht.«

»Eine leichte zerebrale Lähmung aufgrund eines Geburtstraumas, vielleicht Sauerstoffmangel, denke ich. Haben Sie mit ihrem Arzt gesprochen?«

»Sie war nie bei einem Arzt. Sie lebt ziemlich isoliert in einem kleinen Cottage am Meer.«

»Erstaunlich. Ein echtes wildes Kind. Erzählen Sie weiter.«

»Sie malt, was sie sieht. Menschen sind für sie wie farbige Schwaden – Tiere und Gegenstände ebenfalls.«

»Tja, manche Kinder sehen die Welt so, bevor es ihnen abgewöhnt wird. Wie alt ist sie denn?«

»Weiß nicht genau. Ich schätze, zwischen vierzig und fünfzig. Sie ist sehr schön und wirkt zerbrechlich, scheint aber stark und gesund zu sein.«

»Sie sagten, sie spricht nicht. Ist sie taub?«

»Nein. Sie sieht sich um, wenn man mit ihr spricht, und hört kleinste Geräusche – sie malt sogar Laute.«

»Ah, dann ist sie vielleicht doch taub, reagiert aber sehr empfindlich auf Schwingungen. Wahrscheinlich nimmt sie die Welt total anders wahr als die meisten von uns. Die Fähigkeit, Laute zu sehen – Synästhesie nennt sich das – hat mich schon immer fasziniert.« Sie lachte. »Haben Sie je Marihuana geraucht, Jane?«

»Ja, aber ich kichere dann nur albern. Ich hatte nie psychedelische Visionen. Aber meine Cousine hat anscheinend noch andere Fähigkeiten. Sie spürt Ereignisse aus der Ferne. Manchmal noch bevor sie passieren.«

»Präkognition. Klingt faszinierend. Es ist, als sei es ihr gelungen, durch das Netz zu fallen und sich ohne Einmischung von außen auf ihre eigene Art zu entwickeln.«

»Ich habe mich gefragt – wenn ich sie je dazu bringen kann, so weit mit mir zu reisen –, ob ich einen Termin bei Ihnen vereinbaren soll. Sie könnten in einer Untersuchung vielleicht herausfinden, ob sie taub ist oder etwas mit ihren Stimmbändern nicht stimmt.«

»Ich würde sie sehr gern untersuchen. Aber was Sie erzählen klingt ziemlich einzigartig und speziell. Vielleicht sollte man sie einfach in Ruhe lassen. Würden Sie sagen, sie ist glücklich?«

»Glücklich? Ich glaube, sie ist der fröhlichste und friedlichste Mensch, den ich je getroffen habe. Allein ihre Gegenwart hat eine beruhigende Wirkung.«

»Wozu dann eingreifen?«

»Ich frage mich nur, ob man ihr nicht die Chance hätte geben sollen zu sprechen. Ich weiß nicht so recht.«

»Für mich klingt das, als würde sie mit ihrer Seele sprechen.«

»Ihrer Seele?«

Sie lachte. »Das ist die große Unbekannte, nicht? Was und wo ist die Seele?« Sie blickte eine Weile nachdenklich vor sich hin und hörte auf, mit den Beinen zu baumeln. »Warum etwas ändern, wenn sie mit ihrer Welt in Frieden lebt? Wie viele von uns können das schon von sich behaupten? Wenn Sie nicht glauben, dass sie an Deprivation leidet oder wirklich ärztliche Behandlung braucht, würde ich sie in Ruhe lassen.«

Ich nickte. »Da haben Sie wohl Recht. Aber ich fühle mich verpflichtet, irgendwas zu unternehmen.«

»Bringen Sie Ihren Vater zu ihr – sie ist ja wohl seine Quasi-Nichte, oder? Vielleicht kann sie ihre innere Ruhe an ihn weitergeben.«

Sie lachte, als wir uns verabschiedeten. »Massenhaft Material für eine Romanautorin, denke ich. Heißt es nicht, das Leben schreibt die seltsamsten Geschichten?«

Ich lachte mit ihr. »Ich habe keine Zeit mehr zu schreiben. Ich muss mich um zu viele Problemfälle kümmern.«

Dad döste den ganzen Weg nach Winter Wood. Sein Kopf fiel auf seine Brust, was mich an Emmeline in ihrem Sessel erinnerte. Ich fragte mich, wie es ihr ging. Ich hatte Neptun meine Telefonnummern gegeben, und er hatte mir gesagt, dass Emmeline ihre Briefe immer an seine Adresse schicken ließ und er sie dann im Postamt von St. Lawrence abholte.

Ich war auch ziemlich müde, nachdem ich frühzeitig von der Insel aufgebrochen war, mir Chas' Kummer angehört und Dad zur Untersuchung ins Krankenhaus gefahren hatte.

Dad hatte nicht viel gesagt. Er schien sich zu freuen, mich zu sehen, was bei ihm wirklich etwas hieß. Doch dann war er wieder in seine alte Lethargie verfallen. Ich hatte gehofft, ihn nach dem Krankenhaustermin der Obhut seiner Pflegerin anzuvertrauen und mich aus dem Staub machen zu können, doch er schien Wert darauf zu legen, dass ich blieb.

Wir machten es ihm im Wohnzimmer mit einer Wolldecke über den Knien bequem. Die Pflegerin ging hinaus, um Tee zu kochen. Er sah sehr blass aus. Sein linkes Auge und der Mundwinkel hingen immer noch leicht herunter. Er konnte zwar den linken Arm bewegen, aber er kam mir sehr zitterig vor. Er sprach wieder viel besser, wenn auch sehr einsilbig. Ich war mir nicht sicher, ob das von dem Schlaganfall herrührte oder ob er nur keine Lust hatte, sich anzustrengen. Seine kurzen Lächelversuche hatte er jedenfalls eingestellt.

Ich überlegte, wie ich meinen Aufenthalt auf der Insel ansprechen konnte, ohne ihn zu sehr aufzuregen. Über Immobilien zu reden statt über Menschen schien mir ein guter Einstieg zu sein.

»Dad, ich war wegen Wraith Cottage und des Hotelgrundstücks beim Anwalt. Er glaubt anscheinend, dass wir es vorerst behalten sollten. Wusstest du, dass Lillian noch das ganze Hotelgelände gehörte?«

Er schüttelte den Kopf.

»Ach, und noch etwas. Der Anwalt sagte, da sei eine gewisse Geldsumme für Steuern und Kommunalabgaben für das Hotel zurückgelegt worden – unter deinem Namen.«

Er nickte. »Ich glaube, ja. Mein Steuerberater regelt das alles.«

»Und er erwähnte noch ein anderes Konto – eine Art Treuhandkonto für Lillian.«

»Kann sein. Weiß nicht mehr.«

»Warum hat sie das Geld nie bekommen, Dad?«

»Weiß ich nicht.«

»Warum hast du ein Konto für Lillian eingerichtet und nicht für Emmeline?«

Langsam wurde er aufgeregt. Seine Hand zitterte erschreckend. Ich rettete seine Tasse samt Untertasse. »Es war für das Hotel. Um ihr zu helfen.«

Ich gönnte ihm eine Verschnaufpause und erkundigte mich nach seinen Pflegerinnen.

»Nase voll von denen. Alberne Weiber. Reden ständig über ihre Familien.«

»Tja, ich hab inzwischen auch ein paar Verwandte entdeckt, von denen ich nichts wusste.« Er sah mich an; sein linkes Auge war immer noch leicht verschleiert. »Zuerst Lillian und dann Emmeline.«

»Emmeline?«, fragte er.

»Ihr geht's nicht gut, Dad. Sie hat Krebs.« Ich hörte, wie er den Atem einzog, fast wie ein Schluchzen. »Sie hat gesagt, sie würde dich gern sehen.«

»Wirklich?« Er beugte sich in seinem Sessel vor.

Ich nickte. »Würdest du gern mitkommen?«

Gedankenverloren wischte er sich mit der Hand übers Kinn.

»Dad.« Erschreckt blickte er auf. »Tante Lillian ist etwas Schreckliches passiert, nachdem ihr die Insel verlassen habt.« Seine Hände packten die Armlehnen seines Sessels. »Jemand hat sie im Cottage vergewaltigt.«

»Nein, nein«, hörte ich ihn flüstern.

»Sie bekam ein Kind – eine Tochter.«

»Lillian, Lillian«, flüsterte er, wie das Rascheln trockener Blätter.

»Lillian und Emmeline haben sie gemeinsam großgezogen. Ich habe sie kennen gelernt, sie heißt Marguerite.«

Er sah mich durchdringend an, wie ein alter Habicht. »Nein«, sagte er kopfschüttelnd. »Nein.«

»Schon gut, Dad.« Ich legte beruhigend meine Hand auf seine. »Es war schrecklich, aber es wurde alles gut, weil sie Marguerite über alles liebten. Sie ist jetzt eine erwachsene Frau, Mitte bis Ende vierzig, schätze ich. Aber sie lebt immer noch dort, mit Emmeline.«

Dad schüttelte den Kopf und sah total verwirrt aus.

»Du wusstest offensichtlich nichts von alledem? Von Marguerite?« Er starrte mich weiterhin an. »Sie haben einen alten Freund, Neptun, der ihnen hilft.«

Dad sackte in seinen Sessel zurück. »Geh«, rief er heiser. »Geh weg von mir!«

Also ging ich, wieder eingeholt von meiner Vergangenheit, gescholten, ein kleines verwirrtes Mädchen, das sich fragte, was es nun wieder falsch gemacht hatte.

Am nächsten Morgen rief mich Dads Pflegerin an und sagte, mein Vater sei nach meinem Besuch sehr aufgeregt gewesen. Sie hatte mich anrufen wollen, damit ich zurückkam, doch er hatte es nicht zugelassen. Aber heute Morgen verlangte er nach mir.

Ich hatte den letzten Abend mit Chas über den Sinn des Lebens gegrübelt. Er war ziemlich betrunken und aufgrund seiner finanziellen Katastrophen sehr sentimental gewesen. Ich sehnte mich plötzlich nach Marguerites ruhiger Ausstrahlung; es kam mir vor, als sei sie der einzige geistig gesunde, in sich ruhende Mensch, den ich im Moment kannte. Viel lieber wäre ich mit ihr in Wraith Cove durch den Sand gelaufen, anstatt nach Winter Wood zu fahren.

Die Pflegerin empfing mich und begleitete mich ins Wohnzimmer, als wäre ich eine Hauptverdächtige. Dad wirkte ein bisschen lebhafter als gestern, offensichtlich aus seiner Lethargie erwacht.

»Jane«, sagte er und hielt mir die zitterige Hand hin. »Tut mir Leid, meine Liebe. Es tut mir Leid.«

Das war eine Überraschung. »Ach, Dad, ist schon in Ordnung«, antwortete ich dankbar. »Ich hab dich wohl überrumpelt, was? Wenn's um meine Entdeckungen geht, kann ich mich nicht mehr bremsen und vergesse, dass sie ein ganz schöner Schock sein können.«

Er nickte. »Setz dich, setz dich.« Ich setzte mich gehorsam. »Geld«, sagte er. »Dieses Geld für Lillian. Das musst natürlich du bekommen.« Er hielt die Hand hoch, bevor ich ihn unterbrechen konnte. »Mein Steuerberater – er hätte dafür sorgen müssen.« Er sah sich im Zimmer um. »Charles ...«

»Chas ist nicht hier, Dad. Willst du ihn sehen?«

»Charles, ja. Er soll meine Finanzen regeln. Traue dem anderen Kerl nicht über den Weg. Hab ihn heut Morgen gefeuert.«

»Chas macht das bestimmt gern, Dad.«

»Zeit, alles zu regeln. Alles einfacher zu machen. Gehört sowieso alles dir.«

»Dad, ich ...«

Er hob gebieterisch die Hand. »Müde, Jane«, sagte er. »Hab genug.«

»Soll ich gehen?«

»Nein, nein. Ich will gehen – sterben.«

»Nicht, Dad.«

Er tätschelte meine Hand. »Ist das Beste.« Er sah mich flehend an. »Bring mich auf die Insel, Jane. Muss Emmeline sehen, muss es klären – die Wahrheit – bevor ich gehe.«

Ich wusste nicht, welche Wahrheit er meinte. Wollte er selbst herausfinden, was nach seinem Wegzug mit Emmeline und Lillian passiert war? Glaubte er, ich übertrieb die Sache mit Lillians Vergewaltigung und ihrer Tochter – wieder eine von meinen albernen Geschichten?

»Dad, wenn du willst, fahre ich natürlich mit dir auf die Insel. Ich werde Chas bitten, später mit dir über deine Finanzen zu sprechen, und dann regeln wir alles. Vielleicht möchte Chas aber auch gern mitkommen. Wir könnten daraus einen Urlaub machen, eine Reise in die Vergangenheit. Du könntest mir alle Lieblingsorte aus deiner Kindheit zeigen.« Warum war mir das nicht schon früher eingefallen? Das wäre ein schönes Erlebnis, bevor Dad starb. Er würde mit seiner Schwester Frieden schließen und Marguerite kennen lernen – »seine Quasi-Nichte«, wie Doktor Phipps sie genannt hatte. Bei dem Gedanken daran wurde ich ganz aufgeregt.

38

An jenem Tag hatte Emmeline gespürt, dass etwas nicht stimmte. Woodys Beerdigung kam ihr endlos vor, und ihre Nervosität stieg stündlich. Sie hatte nicht vorgehabt, Lilly so lange allein zu lassen. Aber es kamen so viele Trauergäste, und Neptun brauchte ihre Unterstützung. Als der Letzte gegangen war, hätte Neptun sich gern noch mit ihr zusammengesetzt und über Woody gesprochen, doch Emmeline hatte ihn barsch zur Eile angetrieben. Er hatte ihr einen überraschten und verletzten Blick zugeworfen, doch dann war ihm klar geworden, dass sie so schnell wie möglich zurück zu Lilly wollte.

»Lilly! Lilly! Mach die Augen auf!«

Ich spüre etwas Kühles auf der Stirn. Ich versuche, die Lippen zu öffnen. Meine Zunge klebt am Gaumen; es schmerzt, als ich sie davon löse. Ich brauche Wasser. Ich versuche zu sprechen, doch ich bringe kein Wort heraus, und dann spüre ich etwas Kaltes auf meine ausgetrocknete Zunge tröpfeln. Diese Wassertropfen sind alles, was ich jetzt brauche.

»Lillian! Mach die Augen auf.«

Ist das eine Männerstimme? Ich spüre einen feuchten Waschlappen im Gesicht. Ich öffne die Augen zu einem Schlitz, weil das Licht so blendet. Ein Schmerz zuckt durch meinen Kopf. Ich sehne mich danach, wieder in den dunklen Tunnel hinabzuschweben, doch die Stimme ruft beharrlich nach mir. Ich spüre, wie meine Schultern und mein Kopf angehoben werden und ich auf eine kühle Fläche gelegt werde. Meine Brust und meine Arme werden abgetupft. Wieder versuche ich, die Augen zu öffnen. Ich sehe Emms Gesicht über mir. Sie hört mit dem Tupfen auf.

»Lilly, Gott sei Dank. Keine Sorge, mein Schatz. Ich bin jetzt hier. Alles wird wieder gut.«

Was passiert mit mir? Bin ich krank? Ich schließe die Augen wieder. Ich spüre, wie Emm meine Beine wäscht, das nasse Laken unter mir wegzieht. Vielleicht träume ich, und gleich werde ich richtig wach. Ich mochte noch ein bisschen schlafen, doch dann höre ich eine Männerstimme. Plötzlich bekomme ich Angst.

»Henry!«, schreie ich und habe das Gefühl, meine Kehle platzt gleich vor Schmerz. Ich schlage die Augen auf. Jetzt schauen zwei Gesichter auf mich herab. Emm und Neptun. Gott sei Dank, es ist Neptun.

»Schsch, Lilly, ist schon gut. Henry ist nicht hier. Nur ich und Neptun.« Ich spüre, wie sie mich wieder hochhebt und mir eine Tasse Wasser an den Mund hält. Ich trinke hastig, wobei mir eiskaltes Wasser über das Kinn läuft. Emm wischt es ab, und ich sinke zurück ins Kissen. Sie legt mir einen kühlen Waschlappen auf die Stirn. Ich höre, wie sie mit Neptun flüstert.

»Vielleicht solltest du den Arzt holen Nep. Was denkst du?«

»Ich weiß nicht. Was glaubst du, in welcher Phase sie ist?«

»Ich glaube nicht, dass so früh schon so viel Blut da sein sollte. Ich habe Angst, dass sich ein Teil der Plazenta gelöst hat und das Baby nicht genug Sauerstoff bekommt.«

»Dann hole ich wohl besser Hilfe, oder?«

Und auf einmal verstehe ich, als würde ich wieder am Leben teilnehmen. Mein Baby! Bilder drängen sich mir auf, als wollte meine Erinnerung sich mit einem Paukenschlag zurückmelden. Ich lege die Hände auf meinen Bauch. Und dann blitzt Henrys Gesicht vor mir auf; seine Hände lagen auf meinem Körper.

»Henry!«, schreie ich. Emm beugt sich über mich.

»Ist schon gut, Lilly. Henry ist nicht hier, ich schwör's. Nur Neptun und ich.«

»Aber er war hier«, schreie ich und packe sie. »Er war hier. Er hat mir mein Baby weggenommen!« Ich versuche, mich aufzusetzen. »Ich muss es zurückholen!«

»Nep, hilf mir«, höre ich Emm sagen. »Ich glaube, sie ist

im Delirium. Lass sie nicht aufstehen. Ich bin gleich wieder da.«

Ich spüre, wie mir kaltes Wasser ins Gesicht gespritzt wird. Eine große Welle aus Übelkeit und Schwäche breitet sich in mir aus. Und dann krampfen sich meine Bauchmuskeln genauso fest zusammen wie vorhin. Es fällt mir wieder ein. Ich stöhne und verspüre ein großes Bedürfnis zu pressen.

»Gott sei Dank«, sagt Emm, »es tut sich was.« Ich spüre, wie sie meine Knie anwinkelt, meine Beine öffnet. »Lass mich mal sehen, Lilly. Ich muss wissen, in welchem Stadium du bist. Soll Neptun lieber gehen?«

Ich schüttele den Kopf, während der Schmerz nachlässt. Ich verstehe das nicht. Henry hat mir mein Baby gestohlen, und niemand scheint ihn zu verfolgen. Ich spüre, wie der Schmerz wieder stärker wird.

»Pressen, Lilly«, sagt Emm. Das muss wohl die Nachgeburt sein. Ich muss sie rauskriegen, und dann zwinge ich sie, mir zuzuhören.

»Ich sehe was«, sagt Emm. »Noch mal pressen, Lilly«, drängt sie, als der Schmerz mich erneut packt. Warum dauert das so lange? »Es kommt, es kommt.« Emms Stimme klingt jetzt hysterisch. »Halt das andere Bein fest, Nep. Jetzt ganz vorsichtig pressen, Lilly, vorsichtig, vorsichtig, es ist fast da.« Wovon spricht sie? Warum muss ich das tun? Ich spüre, wie etwas Warmes und Nasses aus meinem Körper gleitet. Da, das war es. Vorbei. Jetzt lasst mich hoch. Ich muss hinter ihm her.

Einen Moment lang ist es völlig still. Selbst mein erschöpftes Keuchen scheint zu verstummen. Und dann nehme ich Emm und Neptun wahr, die aufs Bett herunter sehen. Emm ist blass und zittert. Neptun steht mit offenem Mund da.

»Was sollen wir tun?«, höre ich Emm flüstern. Neptun

bückt sich und hebt etwas hoch, etwas Kleines und Bläulichrotes. Warum nimmt er die Nachgeburt weg? Warum nicht Emm? Er hebt sie langsam hoch, als sei sie etwas Kostbares. Sie sieht so seltsam aus, wie sie von seinen großen Händen baumelt, als hätte sie Ärmchen und Beinchen. Ich stoße ein ersticktes Lachen aus. Jetzt macht Neptun aber Mätzchen. Er reibt mit der Hand darüber, hält sie mit dem Kopf nach unten und gibt ihr einen leichten Klaps.

Emm streckt den Arm aus und nimmt sie. Ich sehe eine nasse blaue Schnur, die aus mir herauszukommen scheint; sie zieht an meinen Eingeweiden, wenn Emm sich bewegt. Sie legt das Ding aufs Bett und beugt sich darüber. Sie richtet sich immer wieder auf, kreidebleich, um es anzusehen. Neptun starrt es an, als hätte er vergessen, wie man atmet. Warum sind sie so besorgt über die Nachgeburt, wo mir doch mein Baby weggenommen worden ist?

Mein Verstand funktioniert nicht mehr. Ich beobachte von fern, ohne zu verstehen, was passiert. Dann höre ich ein leises Quieksen, wie das Miauen eines Kätzchens. Ich sehe, dass Emm mich anschaut, und plötzlich verwandelt sich ihr besorgtes Gesicht in ein freudiges. Tränen laufen ihr übers Gesicht, und Neptun weint auch.

»Sie ist da, Lilly«, flüstert Emm. »Deine Tochter ist da.« Sie nimmt das Bündel und legt es auf meine Brust. Ich spüre immer noch etwas an meinen Eingeweiden ziehen. Ich sehe in ein Gesichtchen, das so winzig ist, dass ich es nicht glauben kann. Die Augen sind fest geschlossen, die Stirn mit einer weißlichen Substanz überzogen. Kleine Büschel aus feinem Haar sind mit Blut an der Kopfhaut angeklatscht. Die winzigen Händchen sind geballt, die Beine fest angezogen. Die Lippen sind blau, bewegen sich leicht, wenn sie das leise Miauen ausstoßen. Ich verstehe gar nichts mehr. Das muss immer noch der Traum sein, in dem ich gefangen bin. Ich blicke zu Emm auf; sie lächelt und schluchzt.

»Das kann nicht wahr sein, es kann nicht sein«, flüstere ich. Ich sehe Neptun an; er grinst und wischt sich die Augen. Emm weiß als Erste wieder, was zu tun ist.

»Nep, wir müssen die Schere und die Schnur sterilisieren. Ich weiß nicht, wo die vorbereiteten Sachen hingekommen sind. Hol Ersatz aus meiner Arbeitskiste. Schnell.« Ich kann den Blick nicht von dem winzigen Kind wenden. Emm geht an den Herd und kommt mit einem großen warmen Handtuch zurück, mit dem sie das Baby und mich zudeckt.

»Sie ist so klein, Emm«, flüstere ich.

»Tja, sie ist ein bisschen zu früh dran. Aber sie ist sehr schön, Lilly. Sie sieht genauso aus wie du.«

Ich schaue Emm an. Sie kommt mir so glücklich vor; sie scheint nicht zu merken, dass etwas nicht stimmt. »Aber was ist mit dem anderen?«, frage ich.

»Anderen was, Lilly?«

»Dem anderen Baby.«

»Welches andere Baby?«

»Ich hab's dir doch gesagt. Henry war hier. Er hat mein anderes Baby mitgenommen.« Ich höre, wie meine Stimme vor Hysterie laut wird.

»Es gibt kein anderes Baby, Lilly.« Sie legt die Hand auf meine Stirn. »Dein Gehirn hat dir einen Streich gespielt. Ich nehme an, das liegt am Schmerz und an der Panik, weil wir dich allein gelassen haben. Du musst verzweifelt gewesen sein. Auf dem Boden liegt überall Glas.«

Stimmt das? Habe ich mir das alles nur eingebildet? Bevor ich weiter darüber nachdenken kann, spüre ich, wie der Schmerz sich erneut aufbaut.

Ich verliere erneut den Überblick, als sie die Nabelschnur nur durchschneiden und sich um die Nachgeburt kümmern, geschäftig hin und her eilen, um heißes Wasser und sauberes Bettzeug zu besorgen. Ich drücke immer noch mein winziges Töchterchen an meine Brust, höre ihre kleinen Quiekser, sehe zu, wie sie ihre bezaubernden Fingerchen streckt. Schließlich nimmt Emm sie mir behutsam weg und legt sie in eine Schublade, die mit einer Decke und einer Windel ausgepolstert ist. Ich schaue mich nach dem Korb um, den ich vorbereitet hatte, aber ich sehe ihn nicht. Emm wäscht mich, während Neptun in der Küche klappert und Tee macht; ich höre, wie er Glasscherben zusammenfegt.

Endlich bin ich sauber, sitze in einem frischen Nachthemd im Bett und trinke Tee. Ich bin benommen und verwirrt. Ich kann nicht sprechen; ich weiß nicht, wo ich anfangen soll. Emm sieht mich immer wieder lächelnd an.

»Gott sei Dank sind wir rechtzeitig nach Hause gekommen«, sagt sie.

»Aber das seid ihr nicht«, flüstere ich. »Das seid ihr nicht.«

Emm sieht mich fragend an, den Kopf schief gelegt. »Du bist total erschöpft. Du musst schlafen. Aber zuerst legen wir sie dir an die Brust, damit sie trinken kann.« Sie nimmt das Baby hoch und reicht es mir. Es ist federleicht. Ich knöpfe mein Nachthemd auf und lege die winzigen Lippen an meine Brustwarze, aber es schläft fest.

»Macht nichts, wir versuchen es später noch mal«, sagt Emm. »Wir machen es ihr auch bequem, und dann könnt ihr beide schlafen.« Sie wäscht das winzige Köpfchen zärtlich mit warmem Wasser, um es vom Blut zu reinigen, und kontrolliert die Stelle, wo sie die Nabelschnur abgebunden hatte. Dann zieht sie ihr das kleinste Unterhemdchen und Nachthemd an, das wir haben, wickelt sie in eine weiche Decke und legt sie wieder in die Schublade. Neptun macht ein Feuer im Kamin, obwohl es erst Anfang September ist.

»Wir müssen euch beide warm halten«, sagt Emm und beugt sich herunter, um mich zu küssen. »Schlaf jetzt.«

Ja, genau das will ich. Ich sehne mich danach, in diese schwarze Bewusstlosigkeit zurückzusinken, und wünsche mir, dass die Welt, wenn ich aufwache, wieder real ist und alles einen Sinn ergibt.

Emmeline erinnerte sich, wie sie lange dort gestanden und Lilly betrachtet hatte. Sie erinnerte sich an Lillys weißes Gesicht; unter ihren Augen hatten malvenfarbene Schatten gelegen. Ihr Atem war so flach gegangen, dass ihre Brust sich kaum hob. Gott sei Dank war alles vorbei, und sie und das Baby waren gesund. »Ich verlasse dich nie mehr, Lilly«, hatte sie geflüstert.

39

Dad schien die Reise zur Isle of Wight ziemlich gut zu verkraften. Er kam mir fast eifrig vor und nahm großen Anteil an seiner Umgebung und dem Verlauf der Autofahrt. Wir legten öfter Pausen ein und aßen in einem Nobelhotel im New Forest zu Mittag. Chas war sehr gut zu ihm, brachte ihn zur Toilette und informierte ihn permanent über unser Vorankommen.

Ich war aufgeregt. Ich freute mich darauf, mit Dad und Chas die Insel zu erkunden. Und wenn er und Emmeline sich versöhnen und ihr Kriegsbeil begraben würden, wäre das für mich die allergrößte Freude. Aber Chas hatte mich vor allzu viel Optimismus gewarnt, denn er hatte schon erlebt, dass Verwandte sich selbst im Angesicht des Todes nicht verzeihen, auch dann nicht, wenn niemand mehr wusste, worum es eigentlich gegangen war.

Ich beobachtete Dad, als wir The Solent überquerten. Er wollte unbedingt an Deck sitzen, bis es zu windig wurde. Er zeigte mir die Meeresfestung und The Needles, als wäre ich nie zuvor hier gewesen. Ich war so froh, dass er Notiz von seiner Umgebung nahm, dass ich so tat, als sähe ich das alles tatsächlich zum ersten Mal. Chas grinste, spielte aber mit.

Vor unserer Abreise hatte er seinen Kollegen eröffnet, dass er aus der Firma aussteigen und sein eigenes Geschäft aufmachen wollte. Er war derjenige gewesen, der in den letzten Jahren versucht hatte, den Laden zusammenzuhalten, und hatte jetzt kein Problem damit, es den anderen zu überlassen, die Sache abzuwickeln.

Ich hatte meiner Lektorin geschrieben, dass ich von meinem Vertrag entbunden werden wollte und meinen Vorschuss wenn nötig zurückzahlen würde. Sie war erstaunlich nett gewesen und hatte gesagt, ihrer Meinung nach sei für mich der Zeitpunkt gekommen, andere Bücher zu schreiben als bisher. Wir hatten uns darauf geeinigt, nach meinem Urlaub über eine weitere Zusammenarbeit zu sprechen.

So waren Chas und ich leichten Herzens losgefahren. Ich spürte, dass er ein wenig unbeschwerter war, nachdem er ein paar Tage bei Dad verbracht, dessen Angelegenheiten geordnet und festgestellt hatte, welchen Umfang mein Erbe hatte. Allein Winter Wood war schon einen Batzen Geld wert. Aber noch wichtiger als meine finanziellen Verhältnisse war mir diese Reise mit Dad. Für mich war es etwas ganz Besonderes, gemeinsam mit ihm in seine Vergangenheit zurückzukehren, bevor er starb.

Wir hatten in Ventnor Zimmer in einem Hotel gebucht, das neben dem Botanischen Garten lag. Wir bekamen eine Suite im Erdgeschoss mit zwei Schlafzimmern und einem behindertengerechten Eingang. Ich hatte geglaubt, Dad würde sich nach der anstrengenden Reise etwas ausruhen wollen, und ich könnte mit Chas einen Spaziergang durch den Botanischen Garten machen, doch er bestand darauf, mitzukommen. Wir setzten ihn in seinen Rollstuhl und los ging's. Näher würden Chas und ich dem Gefühl, wie es war, einen Kinderwagen zu schieben, wahrscheinlich nie kommen. Es war immer noch warm und sonnig, und viele Urlauber genossen das schöne Wetter. Dad wurde ziemlich lebhaft, als wir das Besucherzentrum erreichten.

»Es ist alles weg«, sagte er immer wieder. »So viele Gebäude weg.« Er deutete auf den großen Parkplatz. Ich zeigte ihm die alten Fotos im Eingang des Zentrums. Er erhob sich aus seinem Rollstuhl, um sie genau zu betrachten, und zeigte zittrig auf verschiedene Fotos. Er sah uns immer wieder an, als wollte er uns versichern, dass das alles damals wirklich da gewesen war. Im Fahrstuhl fuhren wir hinunter in den Garten, spazierten eine Weile umher und genossen den Sonnenschein, die exotischen Bäume und Pflanzen. Wir setzten uns auf eine Bank und schleckten Eis, während Chas plauderte und scherzte wie seit Monaten nicht mehr.

»Wo stand das Haus, Dad, in dem ihr gewohnt habt, du und Mutter?«

Er wirkte zunächst orientierungslos. Doch dann deutete er auf das hintere Ende des Gartens, wo das Gewächshaus stand. »Muss wohl dort gewesen sein«, sagte er.

»Dann lass uns da hingehen und sehen, woran du dich noch erinnerst.« Wir durchquerten die Anlage und als wir an einem Kinderspielplatz vorbeikamen, befahl Dad Chas stehen zu bleiben. Wir schauten auf einen Grashang, der zum Rande des Kliffs führte.

»Hier stand es«, sagte Dad. »Mein Haus … hier.«

»Meine Güte«, sagte Chas. »Was für ein großartiges Grundstück, Henry. Dieser Blick!«

Der Blick war in der Tat fantastisch. Chas hatte Dad bis an den Rand geschoben, der jetzt Teil des Küstenweges war. Zu unserer Linken konnten wir Ventnor und die Bucht und den Strand sehen. Zur Rechten erstreckte sich eine wunderschöne wilde Küste, die sich vermutlich bis zu Puck's Bay und Wraith Cove hinzog.

»Was hältst du davon, Chas?«, fragte ich und nahm seinen Arm.

Er nickte. »Sehr schön, Janey. Ich verstehe, warum es dir hier gefällt. Vermutlich liegt es dir im Blut.«

Ich hockte mich neben Dad. »Hier also habt ihr nach eurer Heirat gewohnt?« Er nickte. »Und lebten vor euch auch schon deine Mutter und dein Vater hier – meine Großeltern Rampling?« Wieder nickte er. »Dann ist dieser Ort sehr geschichtsträchtig, was unsere Familie betrifft?« Ich fand, er sah ziemlich erschöpft aus und tätschelte seine Hand. »Und ich wurde hier ebenfalls geboren, die dritte Generation.« Er schüttelte den Kopf. Ich glaubte erst, er sei in Erinnerungen versunken, doch er griff nach meiner Hand.

»Nein«, sagte er. »Du bist nicht hier geboren.«

Ich lächelte, weil ich ihm nur ungern widersprach. »Aber es steht auf meiner Geburtsurkunde«, beharrte ich sanft.

»Fehler«, sagte er.

Mich verließ der Mut. Er wollte mir doch wohl nicht weismachen, dass ich nicht auf der Insel geboren war. »Wie kann da ein Fehler unterlaufen sein? Wo wurde ich denn geboren?« Ich sprach langsam, weil ich mich vor seiner Antwort fürchtete. Er wirkte jetzt, als würde er gleich einnicken. Ich musste ihm noch rasch eine Antwort entlocken. Doch er reagierte nicht. »Wo, Dad, im Krankenhaus?« Ihm fielen die Augen zu. Ich spürte, wie Chas meine Schulter drückte, doch ich schüttelte ihn ab. »Dad! Ich will wissen, wo ich zur Welt kam. Bitte sag es mir.« Er schlug die Augen kurz auf.

»Wraith Cottage«, flüsterte er.

Ich stand erstaunt auf. »Hast du das gehört, Chas?« Jetzt war er mit Nicken dran. »Dad sagt, ich sei in Wraith Cottage geboren.«

Chas schob den Rollstuhl wieder in Richtung Hotel. »Komm, wir bringen Henry zurück, damit er ein Nickerchen machen kann«, sagte er. »Tja, haben sie das Cottage nicht als Sommerhaus genutzt? Hast du nicht gesagt, Victoria und Lillian hätten in ihrer Jugend praktisch dort gelebt? Vielleicht wollte Victoria dort niederkommen.«

»Lillian liebte das Cottage. Victoria wohnte im Hotel und später mit Henry hier im Arzthaus.«

»Schon, aber Henry hat doch immer gesagt, er wollte dich nicht in der Nähe der Lungenklinik, stimmt's? Deshalb seid ihr doch gleich nach deiner Geburt weggezogen.«

Ich lief schweigend neben Chas her. Kein Wunder, dass ich beim Anblick von Wraith Cottage eine solche Vertrautheit verspürt hatte. Und ich hatte mir eingebildet, es läge an den Gemälden meiner Mutter! Aber ich freute mich darüber. Jetzt kannte ich sogar meinen genauen Geburtsort, und es war ein Ort, den ich – wie mir in dem Moment klar wurde – bereits lieben gelernt hatte.

Im Hotel brachten wir Dad zu Bett, und Chas beschloss, vor dem Abendessen ebenfalls ein Nickerchen zu machen. Ich war unruhig und beschloss, Emmeline zu besuchen. Neptun hatte mich vor ein paar Tagen angerufen, um mich auf den neusten Stand zu bringen; ihr Zustand war unverändert. Ich hatte ihnen geschrieben, um sie über unsere Ankunftszeit zu informieren, hatte aber keine Ahnung, ob Neptun den Brief schon vom Postamt abgeholt hatte.

Als ich über die Wiese stapfte und überlegte, wie wir Dad hierher schaffen sollten, spürte ich Marguerites Gegenwart, und als ich aufblickte, sah ich, dass sie mir vom Gartentor zuwinkte. Mein Herz stand vor Glück still, und ich rannte ihr entgegen. Wir umarmten und küssten uns, als hätten wir uns jahrelang nicht gesehen. Emmeline saß in der frühen Abendsonne im Garten. Ich gab auch ihr einen Kuss. Ihr Gesicht fühlte sich trocken und pergamenten an.

»Er ist hier«, sagte ich. »Henry ist hier.«

Emmeline fuhr zusammen und ließ vor Schreck ihr Buch fallen. Marguerite packte mich besorgt am Arm. Mir wurde klar, dass Emmeline geglaubt hatte, er wäre hinter dem Cottage und wartete nur darauf, aus seinem Versteck zu springen. Ich lachte. »Tut mir Leid, Emmeline. Ich meine nicht *hier*. Er ist im Hotel in Ventnor.«

In dem Moment wurde mir klar, welche Bedeutung dieses Treffen mit ihrem Bruder für sie hatte. Seit fünfzig Jahren hatten die beiden sich nicht mehr gesehen.

Wir saßen da und sprachen über ihre Gesundheit und das trockene Wetter. Marguerite beteiligte sich mit ihrer Körpersprache. Doch ich spürte Emmelines Nervosität. Gewöhnlich waren wir nicht um Worte verlegen. Normalerweise geriet unsere Konversation nicht ins Stocken. Ich sah Marguerite an. Sie wich meinem Blick nicht aus, doch sie schien bedrückt, als machte sie sich Sorgen, nicht um sich, sondern um uns.

»Hast du dich jetzt doch gegen ein Treffen mit Henry entschieden?«, fragte ich nach ein paar Minuten betretenen Schweigens.

Emmeline seufzte und schüttelte den Kopf. »Nein, Jane. Es ist nur sehr schwer, sich der Tatsache zu stellen, dass er jetzt hier ist und es kein Zurück mehr gibt.«

»Du musst es nicht tun, Emmeline. Ich könnte ihm erklären, dass du zu krank bist und es einfach zu viel für dich wäre.«

»Nein.« In dem Moment schien etwas von ihrem Kampfgeist zurückzukehren. »Es muss sein. Wenn ich ihn jetzt nicht zur Rede stelle, dann tut er es nie.«

»Tut er was nie?«

»Die Wahrheit sagen.«

»Die Wahrheit worüber?«

»Hol mich morgen ab, Jane und fahr mich zu ihm ins Hotel. Ich will ihn nicht hier haben. Noch nicht.«

»Okay, Emmeline. Wenn es das einfacher macht.« Ich war langsam wirklich gespannt auf dieses Treffen. Was um alles in der Welt hatte Dad Emmeline angetan? Hatte sie die Geschichte maßlos übertrieben, weil der Schmerz über seine Zurückweisung jahrzehntelang in ihr gebrannt hatte, oder hatte Dad noch etwas anderes Niederträchtiges getan? Ich sah Marguerite an. »Möchtest du mitkommen und meinen Vater kennen lernen, Marguerite?«

»Nein!«, mischte sich Emmeline ein. »Noch nicht. Sie kann hier bei Neptun bleiben. Ich muss Henry zuerst sehen und mit ihm reden.«

Ich zuckte mit den Achseln. »Dann hole ich dich morgen ab, so gegen elf?«

Sie nickte. Marguerite brachte mich noch ans Tor. »Dad ist gar nicht so schlimm«, sagte ich zu ihr. »Und Chas, meinen Mann, wirst du sicher gern haben. Er freut sich darauf, dich kennen zu lernen.«

Sie sah mich an, als wollte sie mir etwas sehr Schwieriges klar machen. Doch dann entspannte sie sich und lächelte ihr ruhiges, schönes Lächeln, und wir gaben uns einen Abschiedskuss.

40

Emmeline konnte es nicht glauben. Henry war hier, auf der Insel. Sie hatte fünfzig Jahre darauf gewartet, und jetzt, wo er hier war, wünschte sie fast, er wäre nicht gekommen. Sie hatte schreckliche Angst. Was sollte sie ihm sagen? Sie musste zu ihm ins Hotel fahren. Sie konnte ihn nicht hier zur Rede stellen, in Wraith Cottage. Noch nicht.

Sie lag im Bett und wälzte sich hin und her. »Beeil dich, Lilly«, sagte sie. »Wir haben es fast geschafft.«

Als ich in der Nacht aufwache, ist da ein seltsames Leuchten. Ich hebe den Kopf und stelle fest, dass ich auf der Couch liege, und das Feuer brennt. Ich frage mich, was ich hier unten mache, doch dann sehe ich Emmeline, die im Sessel schläft, die Füße auf einem Schemel. Sie hat einen Arm ausgestreckt, und ihre Hand ruht auf einem kleinen weißen Bündel in einer Schublade, die neben meinen Füßen steht. Ich lasse den Kopf wieder sinken. Mir ist heiß, und mein ganzer Körper schmerzt. Ich bewege die Beine leicht, und ein Schmerz zuckt von meiner Scheide bis hoch in den Bauch. Es ist also wahr. Alles ist noch genau wie vorher. Ich bin niedergekommen und habe zwei verschiedene Versionen der Geburt im Kopf.

Erneut hebe ich den Kopf und sehe zu der Schublade und der weißen Decke. Es ist wahr. Ich habe ein Baby, eine Tochter. Seltsam, jetzt fange ich an, mich zu freuen. Warum habe ich nicht schon so empfunden, als sie zur Welt kam? Aber da hatte ich noch nicht gewusst, wie mir geschah. Jetzt wünsche ich mir, sie hochzunehmen und genau anzuschauen, sie von Kopf bis Fuß zu betrachten, sie zu küssen und willkommen zu heißen.

Ich bewege mich versuchsweise. Ich möchte aufstehen,

ohne Emm zu stören, zur Toilette gehen, mir Hände und Gesicht waschen und dann versuchen, mein Baby zu stillen. Ich hebe ein Bein an und stöhne vor Schmerz. Emm reißt sofort die Augen auf.

»Lilly?«, fragt sie. »Ist alles in Ordnung?«

»Ich muss zur Toilette, Emm.«

»Du darfst nicht aufstehen. Warte einen Moment.« Sie knipst eine Lampe an, geht in die Küche und kommt mit einer Bettschüssel zurück. Allein der Versuch, sich darauf zu setzen, ist qualvoll, sogar mit Emms Hilfe. Bestürzt sehe ich, wie viel Blut ich verliere. Doch Emm versichert mir, dass das normal ist. Sie wäscht mich mit warmem Wasser und Ringelblumenblüten, versorgt mich mit einer warmen Binde und geht, um Tee zu machen.

»Ich will noch mal versuchen, sie zu stillen«, sage ich, nachdem ich drei Tassen getrunken habe.

»Sollen wir sie denn stören?«, fragt Emm unsicher.

»Ja«, sage ich. »Ich denke ja, denn ich will sie im Arm halten.«

Emm hebt sie aus ihrem Nest und reicht sie mir. Ich küsse ihren flaumigen Kopf. Ihre Augen sind fest geschlossen, doch ihr Gesichtchen sieht jetzt rosiger aus als vorher. Ich hebe die Decke, um sie genau zu betrachten. Ich lüpfe das Nachthemdchen und berühre ihre winzigen Beine und Füße. Sie ist immer noch zusammengerollt und hat die kleinen Knie an den Bauch gezogen. Ich schaue Emm an, sehe ihre Augen im Lampenlicht leuchten. Ich lächele. »Sie gehört uns«, flüstere ich. Emm nickt.

Ich knöpfe mein Nachthemd auf und lege sie an meine Brust. Sie rührt sich zwar, scheint sich aber nicht fürs Trinken zu interessieren. »Sie ist noch müde«, sage ich.

»Sie ist ja auch erst ein paar Stunden alt«, sagt Emm. »Warte nur, in ein paar Tagen trinkt sie.« Sie steht auf. »Soll ich sie wieder hinlegen?«

»Ich will sie noch ein Weilchen im Arm halten.«

Emm legt sich neben mich aufs Bett. Sie erzählt mir von Woodys Beerdigung. Er wurde unter einem kleinen windzerzausten Weißdorn mit Blick aufs Meer begraben; ein Ort, an dem er gern gesessen und in die Ferne gesehen hätte. Sie und Neptun waren überrascht, wie viele Leute zur Beerdigung gekommen waren.

»Warum hast du mir heute Morgen nicht erzählt, dass du regelmäßige Wehen hattest?«, fragt Emm.

»Ich dachte, es wären diese Braxton-Hicks-Dinger, von denen du gesprochen hast.«

»Die kommen aber nicht regelmäßig alle zehn Minuten.«

»Tja, das wusste ich nicht. Außerdem hattest du genug um die Ohren.« Ich betrachte meine winzige Tochter, und mein Herz öffnet sich vor Liebe. Die ganze Sache hat immer noch etwas Unwirkliches, weshalb ich mich ständig frage, ob ich das alles träume. Emm steht auf und holt mir Arnika.

»Warum lagen eigentlich überall Glassplitter rum, als wir zurückkamen. Hast du die Vase während einer Wehe fallen lassen?«

»Nein.« Ich sperre den Mund auf, um die Arnikatropfen zu schlucken. »Emm, setz dich bitte, ich muss dir was sagen. Es ist alles so seltsam, aber ich weiß nicht mehr, was wahr ist, oder ob ich nur geträumt habe.«

»Was denn, Lilly?«

»Ich glaube, Henry war hier.«

»Hier?«

»Hör mir zu, Emm. Ich hatte Wehen, und die Fruchtblase ist geplatzt, deshalb hab ich alles vorbereitet. Ich habe die Schlafcouch aufgeklappt und das Babykörbchen mit dem Tuch, das ich gestrickt habe, bereitgestellt.« Emm blickt sich suchend um. »Ich hab sogar die Päckchen geholt, die wir vorbereitet hatten – du weißt schon, Schere und Schnur.« Sie nickt und wirkt verwirrt. »Und dann kam Henry.« Emm schüttelt ungläubig den Kopf. »Er hat mich gezwungen, etwas zu unterschreiben – ich weiß nicht mehr, was. Ich wollte, dass er geht und dich holt, weil das Baby schon kam. Er bat mich ständig, mit ihm fortzugehen, und dann hielt er mir etwas vors Gesicht, wovon mir schwindelig wurde. Emm, ich bin mir sicher, dann kam das Baby, und er sagte, er würde es mitnehmen. Er hielt mir noch einmal das Tuch unter die Nase. Es roch stark. Ich dachte, er versucht, mich umzubringen. Das ist alles, woran ich mich erinnere.«

Emm schüttelt den Kopf. »Aber das kann nicht sein, Lilly. Das Kind ist doch hier, gesund und munter.«

»Ich weiß, aber es kam mir alles so real vor. Ich kann nicht glauben, dass ich das alles nur geträumt habe.«

»Du hast starke Schmerzen gehabt, mein Liebling. Vielleicht sind da alle deine Ängste hochgekommen.«

Ich nicke. »Aber an einiges erinnere ich mich ganz deutlich – bevor er mich betäubt hat. Ich weiß, dass ich mit der Vase nach ihm geworfen und ihn an der Schulter getroffen habe.« Ich beuge mich leicht vor und zucke vor Schmerz zusammen. »Ich weiß, dass er seine schwarze Tasche dabeihatte, da waren die Papiere drin.« Ich sehe mich im Zimmer um. »Und wo sind das Babykörbchen und die Schere geblieben?«

»Ich suche morgen danach. Mach dir jetzt keine Gedanken. Du brauchst noch Ruhe.« Sie nimmt mir das Baby aus den Armen und legt es zurück in die Schublade. Sie schüttelt meine Kissen auf, und kuschelt sich wieder in ihren Sessel. »Schlaf jetzt«, sagt sie.

Aber ich kann nicht schlafen. Ich liege da und höre, wie der Morgen anbricht, wie die erste Amsel singt, wie das Holz im Kamin knackt. Ich höre es oben knarren und stelle fest, dass Neptun hier übernachtet hat. Ich erinnere mich, wie er das Baby hochgehalten hat. Er und Emm haben ihm wahrscheinlich das Leben gerettet, seine winzige Lunge dazu gebracht, den ersten Atemzug zu machen. Gott sei Dank sind sie noch rechtzeitig nach Hause gekommen. Ich betrachte das kleine weiße Bündel in der Schublade. Ich muss ihr einen Namen geben. Emm und ich haben zwei Namen ausgesucht – Virginia und Marguerite, nach unseren zwei Lieblingsautorinnen. Wir hatten beschlossen, bis nach der Geburt zu warten, um zu sehen, welcher am besten zu ihr passt.

Ich höre Neptun aufstehen und oben herumlaufen. Er ist Frühaufsteher, stets rastlos, bis er endlich draußen auf dem Meer ist. Er versucht, sich die Treppe hinabzuschleichen, aber in diesem alten Cottage ist es unmöglich, etwas leise zu tun. Er zieht die rote Decke zurück und kommt ins Zimmer; er lächelt, als er sieht, dass ich wach bin. Er steht da, blickt eine Weile auf das schlafende Baby und geht dann in die Küche, um Tee zu kochen. Er bringt mir eine Tasse und setzt sich neben mich.

»Wie fühlst du dich?«, flüstert er.

»Es tut weh.«

»Weh?«, grinst er. »Ich wage zu bezweifeln, dass ich je wieder sitzen könnte, wenn ich das durchgemacht hätte. Ich weiß nicht, wie ihr Frauen das aushaltet.« Er steht auf. »Tja, ich mach jetzt ein großes Frühstück. Willst du was?«

Ich nicke, weil ich plötzlich merke, dass ich seit etwa vierundzwanzig Stunden nichts mehr gegessen habe. Emm rührt sich und schlägt die Augen auf. »Hab ich das Wort Frühstück gehört?«, fragt sie.

Später, als Neptun zum Fischen rausgefahren ist und ich im Bett gewaschen worden bin, nimmt Emm das schlafende Baby wieder hoch und versucht, es zum Trinken zu bewegen. Aber es verzieht das Gesicht und weigert sich beharrlich. Emm wechselt seine Windel, die einen winzigen, schwarzen Fleck enthält.

»Das ist gut, Lilly«, sagt Emm nach einem Blick in ihre Bücher. »Das ist Kindspech, genau wie es aussehen sollte.«

»Findest du nicht, dass sie mehr schreien müsste?«, frage ich, weil mich das beharrliche Schlafen meiner Tochter nervös macht.

»Na ja, hier steht, dass sie in den ersten Tagen manchmal sehr schläfrig sind, und vergiss nicht, dass sie zu früh geboren ist.«

»Darf ich mal?«, frage ich und greife nach dem Buch. Sie reicht es mir und geht hinaus, um Hausarbeiten zu erledigen.

Mir ist eine Idee gekommen. Ich sage mir ständig, dass es lächerlich ist, aber ich muss es nachprüfen. Ich suche im Inhaltsverzeichnis nach dem Abschnitt über Zwillinge. Ich lese, dass Zwillinge monozygotisch sein können, das heißt sich identisch aus einer befruchteten Eizelle entwickeln, die sich teilt, und eine einzelne oder gemeinsame Plazenta haben. Oder sie können dizygotisch sein – sich aus zwei Eizellen entwickeln und zwei getrennte Mutterkuchen haben. Wenn meine seltsame Fantasie doch kein Traum war, hätten da vielleicht zwei Nachgeburten sein können.

»Emm?« Sie blickt von ihrer Arzneikiste auf. »Was hast du mit der Plazenta gemacht?«

»Verbrannt, Lilly. Warum?«

»Ich hätte es bloß interessant gefunden, sie zu sehen.«

»Oh, tut mir Leid. Ich hätte dran denken müssen ...«

»Macht nichts.« Ich setze mich auf und überlege laut. »Aber wenn ich nun vorher schon ein anderes Kind zur Welt gebracht habe? Dann hätte Henry doch die Nabelschnur durchschneiden und die Plazenta entsorgen müssen, stimmt's? Es sei denn, es gab sowieso nur eine Plazenta.«

»Emm?« Sie blickt wieder auf. »In welchem Zustand hast du mich vorgefunden?«

»Tja, da war eine Menge Blut. Ich war deshalb ziemlich besorgt.«

»Was denn für Blut? War es irgendwie wässrig?«

Emm sieht mich scharf an. »Nein. Es war rot – und sehr viel. Ich machte mir Sorgen, ob sich eventuell ein Teil der Plazenta gelöst haben könnte. Aber es war schwer zu sagen, weil überall diese der Zeitung herumlag.«

»Welche Zeitung?«

»Das Papier, das du aufs Bett gelegt hattest.«

Ich denke nach. Ich erinnere mich nicht, eine Zeitung aufs Bett gelegt zu haben; ich hatte nur Handtücher auf dem Gummituch ausgebreitet. »Emm?« Sie sieht mich immer noch stirnrunzelnd an. »Was hast du damit gemacht – mit der Zeitung?«

»Ich hab sie zusammengeknüllt und ins Seitengebäude gebracht, damit wir sie später ins Feuer tun können.«

»Ich will sie sehen.«

Emm steht auf. »Ach, Lilly. Wozu um alles in der Welt?«

»Bitte, Emm, nur zur Beruhigung. Ich muss wissen, dass da nicht noch ein zweites Baby war.«

»Lilly!« Emm klingt schockiert.

»Bitte, Emm, ich flehe dich an. Wenn du sie mir nicht bringst, stehe ich auf und sehe selber nach.«

»Okay. Ich hole sie, wenn dich das beruhigt. Aber angenehm wird das nicht.«

Sie geht ins Seitengebäude, und ich höre sie dort draußen herumwühlen. Arme Emm. Was für eine Aufgabe! Was ich alles von ihr verlange! Ich kann es nicht mehr aushalten. Ich stehe auf und humpele hinüber in die Küche, wobei ich mich fühle, als wollten meine Eingeweide aus mir herausquellen. Ich fühle mich schwach und unsicher. Ich ziehe den Vorhang zum Seitengebäude zurück. Die Tür steht offen, und Emm hockt auf dem Boden. Sie sieht zu mir auf.

»Hier ist nichts, Lilly, außer Papier und Blut.« Sie hat die blutbeschmierte Zeitung vor sich ausgebreitet. »Und du solltest dich wieder hinlegen.«

Sie führt mich zurück zum Bett, setzt sich zu mir und streichelt meine zitternde Hand. »Hör zu, Liebling, das musst du dir eingebildet haben – wahrscheinlich hattest du vor Schmerzen und Verzweiflung Halluzinationen.«

»Aber wo sind dann all die Sachen? Sag's mir, Emm – wo ist das Körbchen? Wo sind das Tuch und die Schere?«

»Im Kamin war heiße Asche, Lilly. Du hast etwas verbrannt. Vielleicht wolltest du ein Feuer machen und warst durcheinander. Du könntest das Körbchen und alles andere aus Versehen verbrannt haben.«

Erschöpft lasse ich mich in die Kissen fallen. Was Emm auch sagt, ich kann das Bild von Henrys Gesicht nicht loswerden. Es kommt mir so real vor. Ich schließe die Augen und merke, wie ich eindämmere, Emms kühle Hand auf meiner heißen Stirn.

Als ich aufwache, höre ich Neptun und Emm in der Küche murmeln. Ich rieche gebratenen Speck und Brot, das im Ofen backt. Mein Magen gluckert vor Hunger, und einen Moment lang bin ich getröstet, doch dann fällt mir Henry wieder ein. Ich setze mich mühsam auf, damit ich die Schublade am Fußende des Bettes sehe, in der meine Tochter liegt. Die Stimmen verstummen, und Neptun kommt zu mir herüber.

»Wie geht es dir?« Er sieht besorgt aus. Vermutlich hat Emm ihm von meinem seltsamen Verhalten erzählt. Ich weiß nicht, was ich sagen soll. Ich nicke, bin aber den Tränen nahe. Draußen höre ich Booty kläffen. Neptun drückt meine Hand und geht ans Fenster. Er ruft den Hund zur Ordnung, doch der bellt weiter. »Wahrscheinlich ein Kaninchen«, murmelt Neptun und geht raus.

Emm bringt mir frisches Wasser und bleibt stehen, um das Baby zu betrachten. Neptun steckt den Kopf durch die Tür und gibt ihr ein Zeichen. Sie folgt ihm nach draußen. Ich frage mich, ob Besuch gekommen ist. Ich weiß, dass sie niemanden reinlassen. Doch dann kommt Emm wieder, mit weit aufgerissenen Augen.

»Lilly … Booty hat gerade etwas aus dem Komposthaufen gezogen.«

»Was?«, flüstere ich. »Bitte lass es nicht die …«

Sie ergreift meine Hand. »Lilly … es ist eine Schere und etwas, das aussieht wie eine zweite Plazenta – mit Nabelschnur und allem. Oh, Lilly.«

Es ist also wahr. Henry hat meine Erstgeborene gestohlen. Mein Gott, was hat er gemacht?

»Er war wirklich hier«, murmelt Emm. »Er war hier und hat dein Kind gestohlen, ohne zu wissen, dass du Zwillinge bekommst.« Sie sieht mich an, ihr Gesicht vor Anspannung leichenblass. »Ist es das, was passiert ist, Lilly? Ist das möglich?«

Jetzt, wo die Zweifel schwinden, kann ich wieder klarer denken. »Ich habe ein Baby ziemlich laut schreien hören«, sage ich. »Er hat gebrüllt, dass er mir seine Tochter nicht überlassen wird.« Ich sehe zur Schublade. »Diese Kleine hat nicht so geschrien.« Ich setze mich auf und hebe sie heraus. Sie regt sich und öffnet zum ersten Mal die Augen. Sie sind von sehr dunklem Blau. »Das ist Marguerite«, sage ich. »Henry hat Virginia mitgenommen.«

Emm legt ihre zitternden Arme um mich. »Es tut mir so Leid. Es tut mir so Leid, dass ich dir nicht geglaubt habe«, schluchzt sie. Sie streckt die Hand aus und streichelt sanft die winzige Wange. »Süße Marguerite, wir holen dir deine Schwester wieder«, sagt sie mit heiserer Stimme. »Wir holen Virginia zurück, und wenn es das Letzte ist, was wir je tun.«

Morgen, dachte Emmeline, morgen sehe ich ihn. Ich muss stark sein. Sie versuchte sich vorzustellen, wie er jetzt ausschaute, aber alles, was sie vor sich sah, war sein junges Gesicht, das sie beobachtete, bespitzelte.

Sie und Lilly hatten oft die Schule geschwänzt. Hand in Hand waren sie die Old Blackgang Road zu Windy Corner heruntergerannt, um die Wanderfalken zu beobachten. Und dann kletterten sie hinab zum Chale Beach und spielten den ganzen Tag, zogen die Kleider aus, rannten nackt herum. Sie wusste, dass Henry ihnen manchmal folgte, sich im Gebüsch auf den Kliffs versteckte und sie beobachtete.

41

Emmeline kam mir nervös vor, als ich sie zu ihrem Treffen mit Dad ins Hotel fuhr. Angeschnallt auf dem Beifahrersitz des riesigen Wagens sah sie winzig aus. Ihr geschrumpfter Körper ließ ihre Füße noch größer erscheinen als sie sowieso schon waren; sie zappelten im Fußraum herum, als suchten sie Halt. Während der kurzen Fahrt holte sie zweimal ihre Brille aus der Tasche und putzte sie. Ich versuchte, sie mit belanglosem Geplapper abzulenken, bekam jedoch nur ein Grunzen zur Antwort. Als ich ihr aus dem Auto half, nahm sie meine Hand.

»Jane, es tut mir Leid, dass du das alles wegen mir durchmachst«, sagte sie.

»Kein Problem, Emmeline, ehrlich. Ich bin froh darüber, dass ihr euch trefft.«

»Das hoffe ich, meine Liebe, das hoffe ich.«

Auf dem Weg hinein nahm sie meinen Arm, und ich merkte, wie gebrechlich sie seit unserem ersten Treffen geworden war. Sie war zwar auch damals schon dünn und verhutzelt gewesen, hatte aber eine Gewandtheit besessen, die jetzt verschwunden war. Ich brachte sie ins Wohnzimmer unserer Suite und machte mich auf die Suche nach Dad und Chas. Sie saßen auf der Terrasse; Chas las Dad gerade aus der Zeitung vor.

»Emmeline ist hier«, sagte ich.

Dad sah rasch auf; sein Gesicht nahm einen beunruhigten Ausdruck an. Ich lächelte. »Alles in Ordnung, Dad. Sie ist genauso nervös wie du.«

Chas fuhr ihn ins Wohnzimmer. Ich fürchtete schon, Emmeline sei wieder gegangen, doch sie stand am Fenster, halb verdeckt durch den langen Vorhang. Sie drehte sich langsam um, als wollte sie den Moment des Wiedersehens hinauszögern. Eine Zeit lang betrachteten sie sich, als hätte es ihnen die Sprache verschlagen. Schließlich bot ich Emmeline einen Stuhl an. Sie setzte sich, und ich nahm neben Chas auf dem Sofa Platz und versuchte, mich im Hintergrund zu halten. Dad und Emmeline beäugten sich immer noch argwöhnisch. Mir fiel auf, dass sie beide zitterten und relativ feuchte Augen hatten. Sie sahen sich sogar ziemlich ähnlich, als hätte das Alter sie irgendwie gleich gemacht. Ich musste an das Jugendfoto von ihnen denken: Dad mit dem schwarzen Haar und dem arroganten Blick, Emmeline mit den hellbraunen Locken und den intelligenten, neugierigen Augen. Jetzt waren sie beide verhutzelt, fast kahlköpfig, fleckig, zittrig, am Sterben. Zwei kleine alte Gollums.

»Warum bist du so angezogen?«, fragte Henry brüsk.

»Wie denn?«, schnauzte sie zurück.

Los geht's, dachte ich. Warum konnten sie sich nicht mit einem »Hallo, wie geht es dir nach all den Jahren?« begrüßen? Okay, Emmeline trug ausgebeulte Khakishorts und ein verblasstes T-Shirt, aber war das wirklich wichtig? Ich hätte ihre Köpfe zusammenschlagen mögen. Warum gaben sie nicht einfach auf, nahmen sich in die Arme und entschuldigten sich? Ich machte Anstalten aufzustehen.

»Ich organisiere uns einen Tee«, sagte ich.

»Nein, bitte bleib, Jane.« Emmeline klang panisch. Chas drückte meine Hand, und ich setzte mich wieder.

»*Ich* gehe«, sagte er und verließ den Raum. Ich wünschte, ich hätte nichts gesagt, denn ich wollte, dass Chas blieb. Das Schweigen wurde gespannt. Ich schwatzte drauflos, wie wir Dad durch den Botanischen Garten geschoben hatten, wo einst das alte Krankenhaus stand.

»Es hat sich alles sehr verändert, nicht wahr, Dad?«

Henry nickte und hustete. »Ja«, brachte er hervor.

»Du bist also nie zur Insel zurückgekehrt?«, wollte Emmeline wissen.

»Nein«, murmelte er. »Nie.«

»Nicht, seit du dich mit Jane aus dem Staub gemacht hast?«

»Nein.« Seine Hände bewegten sich rastlos im Schoß.

Ich lachte. »Dad hat sich doch nicht mit mir aus dem Staub gemacht, Emmeline. Er wollte nur verhindern, dass ich mit Tuberkulosepatienten in Kontakt komme. Deshalb wurde ich doch auch in Wraith Cottage geboren, nicht?« Ich sah fragend von einem zum anderen. »Du hast mich doch noch gesehen, bevor wir weggingen?«

Emmeline schüttelte den Kopf.

»Wirklich? Und Tante Lillian?«

»Sie hat dich nicht gesehen, sie hat dich nur gehört. Mehr nicht.«

»Mich gehört? War sie denn bei meiner Geburt dabei?«

»Ja.« Emmeline sah Henry vielsagend an.

»Dad? Lillian war da, und du hast ihr nicht erlaubt, mich zu sehen? War das nicht ein bisschen hart?« Erneut folgte ein langes Schweigen. Hatte mein Vater seiner Schwester und seiner Schwägerin wirklich nicht erlaubt, mich vor unserer Abreise noch zu sehen? Eine Gemeinheit.

Emmeline erhob sich und stand mit geballten Fäusten mitten im Raum. »Wann willst du es ihr erzählen, Henry? Wenn du es nicht tust, mach ich es.«

Dad sah zu mir herüber und schloss die Augen. Dann brach es aus ihm heraus, als hätte er keine Kraft mehr, es zurückzuhalten. »Lillian war dabei. Sie hat dich zur Welt gebracht. Lillian ist deine Mutter.« Er begann zu wimmern.

Ich sah mich benommen um. Ich brauchte Chas. Wo war er? Ich verstand nicht, was diese zwei Verrückten sagten. Ich wollte, dass Chas kam und die Sache in die Hand nahm. Ich stand auf und öffnete die Tür. Er wollte gerade mit dem Tee hereinkommen.

»Tolles Timing«, grinste er, wurde aber ernst, als er unsere Gesichter sah.

Chas war hier. Alles war in Ordnung. Ich konnte jetzt wieder sprechen. »Dad«, sagte ich. »Du bist durcheinander.« Ich sah Emmeline fragend an. »Er verwechselt da was, nicht?«, fragte ich. Sie schüttelte langsam den Kopf. Ich griff nach Chas' Hand. »Die beiden sagen, dass Lillian meine Mutter ist, Chas, sie mich aber nie gesehen hat.« Meine Stimme klang seltsam hoch, wie die eines kleinen Mädchens. »Ist das eine Art Rätsel?« Dad saß mit geschlossenen Augen da; Emmeline schüttelte immer noch den Kopf. Ich lachte. »Lillian war meine Mutter, und sie hat mich nie gesehen. Jemand hat mich ihr nach der Geburt weggenommen, wollt ihr das damit sagen?« Emmeline nickte. »Du, Dad? Du und meine Mutter – Victoria? – Ihr habt mich Lillian nach der Geburt weggenommen?« Chas legte den Arm um mich, doch ich schüttelte ihn ab. »War das eine Art Abmachung, Dad? Wollte Lillian es so?« Ich raufte mir die Haare. »Um Himmels willen, sag doch was!«

Dad zitterte jetzt heftig. »Nein, nein, nein. Sie wollte es nicht. Ich nahm dich gegen ihren Willen mit.«

Mit zitternden Beinen ging ich auf ihn zu; ich spürte, dass Chas mich am Arm festhielt. »Bedeutet das, dass du gar nicht mein Vater bist?« Meine Stimme klang jetzt ganz tief und bedrohlich.

»Nein, nein, Jane. Ich bin dein richtiger Vater, ich schwör's.«

»Du hattest eine Beziehung mit Lillian – Mums Schwester? Das verstehe ich nicht. Warum hast du mich ihr weggenommen?«

»Weil ich dich haben wollte, du warst meine Tochter. Ich konnte dich nicht bei diesen zwei widernatürlichen Frauen lassen.«

Emmeline gab ein Geräusch von sich, das wie ein erstickter Schrei klang. »Wie kannst du es wagen, Henry? Nach all den Jahren! Du bist es, der widernatürlich ist. Erzähl Jane von deiner so genannten Beziehung mit Lillian.«

Dad vergrub das Gesicht in den Händen. »Ich hab ihr Gewalt angetan. Es war ein Fehler, ich war betrunken. Ich dachte, sie wollte es auch.«

»Lügner«, schrie Emmeline. »Sag's ihr, Henry. Sag's ihr!«

»Ich hab sie vergewaltigt, Jane. Es tut mir Leid, es tut mir Leid.«

»Nein!«, sagte ich energisch, als würde ich ein alkoholisches Getränk ablehnen. »Nein!« Ich ging rückwärts zur Tür, öffnete sie und floh.

Ich warf mich aufs Bett und fiel sofort in einen tiefen, dunklen Schlaf. Es war, als könnte ich die Wahrheit nur in mich aufnehmen, indem ich meinen Verstand ausschaltete, der einfach die Tür schließen und so tun wollte, als sei nichts passiert. Weit hinunter fiel ich in die mysteriösen Tiefen, die mich gleichzeitig zu nähren und zu ersticken schienen. Die Flüssigkeit war warm und tröstlich, wurde jedoch allmählich blutig und stickig. Doch es war alles, was ich kannte, und ich war noch nicht zum Loslassen bereit. Glitschige Tentakel schienen sich um meinen Hals zu legen wie eine Krake. Ich zappelte, um mich davon zu befreien, was den Griff aber nur noch verstärkte. Etwas tastete nach mir, brach durch die Oberfläche, wo das Licht schwach leuchtete. Ich spürte einen Druck auf meinem Kopf. Ich wollte nicht gehen, doch jetzt konnte ich nicht mehr bleiben. Ich wurde gezogen und gewürgt, ich hatte keine andere Wahl als nachzugeben. Ich hatte das Gefühl, entzweigerissen zu werden, aber mein Bedürfnis, nach Luft zu schnappen, war stärker als mein Wunsch zu bleiben. Ich schloss die Augen vor dem Licht, und ich atmete, tiefe, traurige Atemzüge.

Als ich aufwachte, wurde es schon dunkel. Ich musste stundenlang geschlafen haben. Ich war ruhig, als wäre ich endlich an die Oberfläche gekommen und müsste nie wieder untertauchen. Allmählich nahm ich wahr, dass Chas am Fenster saß. Er stand auf und setzte sich neben mich.

»Janey?«, sagte er. Seine Stimme klang zärtlich und leicht heiser.

Ich griff nach seiner Hand. »Wo sind sie?«

»Ich hab Emmeline nach Hause gefahren, und Henry hat sich hingelegt.«

»Geht es ihnen gut?«

Chas lächelte traurig. »Nein. Aber sie leben noch.«

»Ich bin mir nicht sicher, ob ich mich darüber freue. Was ist passiert, nachdem ich weg war?«

»Nicht viel. Emmeline saß da und starrte ihn zornig an, und der arme alte Henry wand sich vor Unbehagen, bis ich dachte, er kriegt gleich Krämpfe. Schließlich hab ich ihn ins Bett gebracht und Emmeline nach Hause gefahren. Als ich zurückkam, schlief Henry.«

»Danke, Chas.«

»Wofür?«

»Dass du das geregelt hast. Keine Ahnung, wie ich das ohne dich hingekriegt hätte.«

»Ach, wahrscheinlich würden sie jetzt immer noch dasitzen und sich gegenseitig anstarren.«

Ich lächelte und spürte, wie mein Mund zuckte. »Sie waren einander wohl das ganze Leben lang eine Qual, meinst du nicht?«

Chas nickte. »Sieht so aus. Und jetzt haben sie dich mit reingezogen, Jane. Das macht mir Sorgen.«

Ich seufzte. Meine Kehle war plötzlich wie zugeschnürt. »Ich weiß nicht, was ich davon halten soll, Chas.« Meine Stimme klang wie ein erstickter Quiekser. »Man erfährt schließlich nicht alle Tage, dass sein Vater ein Vergewaltiger und Kindesentführer ist. Und … und dass deine Mutter gar nicht deine Mutter ist – nur die Tante und Mitwisserin eines Komplotts.«

Chas legte sich neben mich aufs Bett und nahm mich in die Arme. Da fing ich an zu weinen, und dachte, ich könnte nie mehr aufhören. Jedes Mal, wenn ich mich aufsetzte, mir die Nase putzte und ein paarmal tief durchatmete, dachte ich an meine verlorene Mutter, die mir all die Jahre vorenthalten worden war. Und dass es jetzt zu spät war. sie hatte ganz in der Nähe gewohnt – nur ein paar Stunden entfernt –, und ich hatte es nicht gewusst. Und dann wurde ich wütend auf Lillian. Warum hatte sie meine Spur nicht verfolgt? Warum hatte sie mich nicht zurückgeholt?

Chas tröstete mich, während ich weinte, schimpfte und

ihn mit Fragen bombardierte, auf die es keine Antwort gab. Er kochte Tee und trank das meiste davon selbst. Schließlich schleppte ich mich ins Bad und hielt den Kopf unter den Kaltwasserhahn.

»Ich muss mit ihm reden, Chas.«

»Was, jetzt?« Er sah auf seine Armbanduhr. »Er schläft wahrscheinlich noch und hatte noch kein Abendessen.«

»Chas, mir ist egal, ob ich ihn aus dem Bett zerren muss oder ob er verhungert. Ich will, dass er mir die Wahrheit sagt. Ich will die Geschichte von ihm hören, vom Anfang bis zum Ende.«

Dad weigerte sich aufzustehen und behauptete, er hätte keinen Hunger. Chas ging raus und holte sich Fish and Chips; ich blieb bei Dad, zog mir einen Stuhl heran und setzte mich neben ihn. Er sah starr geradeaus, als wäre er von Emmeline versteinert worden.

»Dad, ich gehe hier nicht weg, bis du mir erzählt hast, was passiert ist. Wenn es sein muss, bleibe ich die ganze Nacht hier sitzen. Ich will die Wahrheit wissen.« Mir war egal, ob ich wie ein Inquisitor klang oder seinen Tod beschleunigte. Er saß noch eine Weile regungslos da. Dann stieß er einen Seufzer aus und nickte.

»Es ist, wie ich gesagt habe, Jane. Lillian war deine Mutter. Und ich bin dein Vater. Ich fand, dass ich das Recht hatte, dich anständig zu erziehen.«

»Moment mal, schön langsam. Lass uns ganz von vorn beginnen. Wo und wie hat das alles angefangen – deine Beziehung zu Lillian?«

»Ich kannte sie, seit sie auf der Welt war – liebes kleines Ding – blond und süß. Ihre Mutter starb bei der Geburt.« Er tastete nach seinem Taschentuch, das unter dem Kissen steckte, und schnäuzte sich. »Zu jung für mich. Victoria und ich – unsere Familien gingen davon aus, dass wir heirateten. Aber ich hatte immer eine Schwäche für Lillian.

Ich dachte, sie würde mich auch mögen. Sie spielte immer mit Emmeline. Emmeline war böse, wie unsere Mutter, sie quälte mich, hasste Jungs. Eigentlich ihre Schuld«, er richtete seinen wässrigen Blick auf mich, »das Ganze.«

Ich bemühte mich nach Kräften, meinen Ärger zu unterdrücken. Ich musste ihn seine Version der Geschichte erzählen lassen. Wenn ich ihn unterbrach, würde ich keinen Ton mehr aus ihm rauskriegen. Ich nickte ermutigend.

»Meine Ehe war nicht glücklich. Keine Liebe, keine Kinder.« Er griff zitternd nach einem Glas Wasser. Ich half ihm nicht. »In jener Nacht – Neujahr – fuhr Victoria nach einer Party heim. Ich wollte Lillian besuchen. Wollte ihr nichts Böses. Aber Emmeline war da – ich hab sie geschubst, und sie wurde ohnmächtig, bewusstlos, sie hatte getrunken. Ich wollte Lillian – sie wirkte verängstigt, aber ich dachte, sie wollte mich auch. Ich hab sie gezwungen. Hätt ich nicht tun sollen, ist mir jetzt klar.« Er schwieg eine Weile, und ich versuchte, mich aufs Atmen zu konzentrieren. Marguerites ruhiges Gesicht erschien immer wieder vor meinen Augen. Ich hörte Chas im Wohnzimmer nebenan.

»Victoria erfuhr, dass Lillian schwanger war – zufällig. Sie ging zu ihnen, um ihnen zu sagen, dass sie wegginge, um über alles hinwegzukommen. Da kam mir die Idee, so zu tun, als sei auch Victoria schwanger. Ich dachte, ich könnte Lillian dazu überreden, ihr Kind wegzugeben, und es dann als unseres ausgeben.«

»Und Victoria?« Ich musste das jetzt fragen. »Victoria war damit einverstanden?«

Er schüttelte den Kopf. »Sie wusste nichts davon.«

»Du hast mich ihr einfach so präsentiert, und sie hat widerspruchslos mitgemacht?«

»Ich hatte einen Brief von Lillian, in dem sie alle Rechte auf ihr Kind abtrat und schrieb, sie wollte keinen Kontakt mehr.«

»Lillian wollte es so?«

»Nein. Ich hab die Briefe geschrieben und Lillian zur Unterschrift genötigt – ich sagte, es seien Dokumente, mit denen ihr das Hotel überschrieben würde.«

»Und Lillian? Hat sie nie versucht, mit Victoria in Kontakt zu treten?«

»Ich erzählte Lillian, dass Victoria nichts mehr mit ihr zu tun haben wolle.« Wieder schnäuzte er sich.

Am liebsten hätte ich ihn erwürgt. Stattdessen stand ich auf, ging zur Tür und bat Chas, hereinzukommen und sich eine Weile zu uns zu setzen. Chas kam leise herein, brachte mir ein Gläschen Brandy mit und setzte sich ans Fenster. Ich kehrte zu meinem Stuhl am Bett zurück, nippte an dem Brandy und spürte, wie er meinen leeren Magen wärmte. Dad hatte bestimmt auch Hunger. Gut so. Warum ging ich nicht einfach aus dem Zimmer, verschloss die Tür und kam erst in ein paar Tagen wieder?

»Lillian hatte also keine Ahnung von dem Plan, den du ausgeheckt hast?«

Er schüttelte den Kopf. »Sie wollte nichts mit mir zu tun haben. Sie sagte, Woody würde sich als Vater ausgeben.«

»Woody?«

»Ja. Aber ich wollte nicht, dass sie Woody als Vater eintragen lässt – nicht diesen schwulen Kerl. Fand, dass du ein Recht auf einen guten Namen hast.«

»Also hast du sie während ihrer Schwangerschaft getroffen?«

»Ich hab versucht, sie zu einem Arztbesuch zu überreden. Ich gab ihr Medikamente und Bücher.«

»Ich kann mir nicht vorstellen, dass sie dich in ihrer Nähe haben wollte.«

»Wollte sie auch nicht. Ich tauchte einfach auf – sagte, ich würde versuchen, bei Victoria ein gutes Wort für sie einzulegen. Versöhnung – das wollte sie.«

»Arme Lillian. Sie muss ihre Schwester geliebt haben.«

»Ja. Aber ich liebte Lillian. Ich wollte sie. Ich versuchte sie zu überreden, mich zu heiraten.«

»Wirklich? Du hättest dich von Victoria scheiden lassen?«

Er nickte. »Aber Lillian wollte mich nicht.«

»Also hast du beschlossen, dir wenigstens ihr Kind zu nehmen. Großartig.«

Ich stand auf und begann, auf und ab zu laufen. Es fiel mir schwer stillzusitzen. Chas beobachtete mich besorgt.

»Aber du kannst nicht einfach so planen, ein Kind zu entführen. Woher wusstest du, wann die Wehen einsetzen würden? Woher wusstest du, dass sie alleine wäre?«

»Das war Zufall. An diesem Tag wollte ich mir nur ihre schriftliche Einwilligung holen. Ich besuchte sie am Tag von Woodys Beerdigung, weil ich wusste, dass sie allein war, und da hatten die Wehen bereits eingesetzt. Ich half ihr bei der Geburt und ging mit dir weg.«

»Und sie hat nicht protestiert?«

»Ich ... hab ihr Chloroform gegeben.«

»Und du hast mich einfach so mit aufs Festland genommen?«

»Nein, ich hatte Hilfe – ein jüngerer Arzt. Ich sollte ihm zu einer Stelle im Krankenhaus verhelfen. Er willigte ein, Lillian in den letzten Wochen der Schwangerschaft zu beobachten. Und nach der Geburt nahm er dich ein paar Tage, bis ich alles geregelt hatte.«

»Du hast mich einem Wildfremden überlassen – der mich füttern musste und so weiter?«

»Es war schwierig – du hast viel geschrien.«

»Darauf wette ich! Ich hätte bei meiner Mutter sein sollen und bei denen, die mich wollten und liebten.«

»Aber ich wollte und liebte dich doch auch, Jane. Du warst auch meine Tochter.«

»Du wolltest nicht mich, Dad, du wolltest der Welt etwas beweisen. Du wolltest mich nicht, genauso wenig wie Mutter. Ihr habt mich so bald wie möglich ins Internat abgeschoben. Wenn ich zu Hause war, wart ihr nie da – nur eine Haushälterin. Ihr habt mich nicht geliebt.«

»Das stimmt nicht. Victoria kam nicht damit zurecht. Sie war immer am Rande eines Nervenzusammenbruchs. Sie hatte schon Lillian eine Mutter sein müssen. Und dass Lillian ihr jetzt dieses Kind aufzwang, war ihr einfach zuviel. Das war mir nicht klar.«

»Das war dir nicht klar? Das Kind ihres Ehemanns, der ihre eigene Schwester vergewaltigt hatte? Auf welchem Planeten lebst du, Vater? Es wundert mich, dass sie mich nicht ertränkt hat.«

»Aber sie wollte doch ein Kind.«

»Sicher nicht unter diesen Umständen!«

»Sie wollte, dass ich dich zu Lillian zurückbringe.«

»Das wäre das Richtige gewesen. Warum hast du es nicht getan?«

»Ich hab Victoria gesagt, ich hätte es versucht, aber Lillian hätte dich nicht gewollt. Sie und Emmeline wollten allein leben.«

Ich vergrub das Gesicht in den Händen und dachte an all die Male, als ich wegen des Desinteresses meiner Eltern durcheinander und traurig gewesen war. Ich dachte an die mangelnde Wärme und Zärtlichkeit. An all die Schuldgefühle, ihnen keine gute Tochter gewesen zu sein. Ich hatte geglaubt, es sei meine Schuld. Ich dachte an Victoria – ich hatte mein Taschengeld gespart, um ihr kleine Ziergegenstände aus Glas zu kaufen, damit sie mich einmal anlächelte. Ich spürte, wie mir die Tränen übers Gesicht liefen, und fing an zu lachen.

»Und es ist mir sogar gelungen, auszusehen wie Victoria! Was hättest du gemacht, wenn ich blond und blauäugig gewesen wäre wie Lillian – eine ständige Erinnerung an deine Schuld? Was für ein Glück für dich.« In dem Moment wurde mir klar, dass ich aus dem Schuldgefühl heraus weinte, meine Mutter nicht genug geliebt zu haben. Ich hatte oft gedacht, dass sie mir mehr eine Tante als eine Mutter war – eine prüde, spießige Tante. Und nun stellte sich heraus, dass sie genau das war: eine Tante, die mich nicht liebte. Eine Frau, die vor Groll und Bitterkeit verkümmert war und zu Staub zerfiel wie ihre getrockneten Blätter. Tante Victoria. Ich spürte, wie Chas die Arme um meine Schultern legte und mich vorsichtig zum Aufstehen ermunterte. Ich fühlte mich steif und erschöpft. Er führte mich zurück ins Schlafzimmer, streifte meine Kleider ab und stellte mich unter die Dusche.

Ich lag in Chas' Armbeuge und konnte nicht schlafen. Mit meinen ständigen Fragen ließ ich auch Chas nicht zur Ruhe kommen. Es war schwierig, das Puzzle zusammenzusetzen.

»Welche Rolle spielt Marguerite eigentlich bei alledem?«, fragte ich plötzlich.

Chas zuckte mit den Achseln. »Marguerite, ja. Ich hab sie kurz gesehen, als ich Emmeline zurückbrachte.« Er gähnte. »Sie scheint nett zu sein, und Wraith Cottage hat mir gefallen. Aber ich war nicht mit drin – ich hab Emmeline nur bis zur Tür gebracht.«

»Aber Emmeline hat mir erzählt, dass Marguerite bei einer Vergewaltigung gezeugt wurde. Das kann doch wohl nicht zweimal passiert sein.«

»Nach allem, was ich bis jetzt weiß, würde ich das nicht mehr ausschließen.«

»Einer lügt immer noch. Vielleicht hatte Lillian eine Affäre ... vielleicht war sie bisexuell ... vielleicht war Marguerite Woodys Tochter. Ach, ich weiß nicht, Chas. Vielleicht hat jeder mit jedem geschlafen, und keiner weiß, wer von wem ist. Vielleicht stellt sich raus, dass ich als Kind ausgesetzt und von der Flut in einem Hummerfangkorb angespült wurde.«

Ich döste in dem Wissen ein, dass mich meine Träume vom Ertrinken nie wieder beunruhigen würden. Ich hatte den Menschen gesehen, der mich gepackt und mein Leben von seiner Quelle weggerissen hatte. Es war mein Vater.

Aber ich wachte doch auf. Schwer lastete der Schmerz auf meiner Brust, als säße ein fetter grauer Kobold darauf, und fragte, ob ich schon als Kleinkind gewusst hätte, dass ich diese Trennung hatte durchleiden müssen. Ich stand auf und betrachtete das Mondlicht auf dem Meer und das rote Pulsieren des Mars am Himmel. Ich erhaschte einen Blick auf mein schwaches, silbernes Spiegelbild im Fensterglas und hielt mich einen Moment lang für Marguerite.

42

Henrys Anblick hatte Emmeline erschüttert. Sein Altmännergesicht blieb ihr fremd, aber seine Gegenwart löste Erinnerungen bei ihr aus. Erinnerungen an die Auseinandersetzungen, die im Arzthaus bei Tisch stattfanden. Auslöser war oft ihre Mutter, die Vorträge darüber hielt, wie die Frauen während des Krieges die Wirtschaft aufrechterhalten hatten. Oder darüber, dass Emmeline Medizin studieren sollte wie ihr Vater und Großvater.

»Ich bin derjenige, der Arzt wird«, schrie Henry dann. »Du bist bloß ein blödes Mädchen.«

»Ich will ja gar keine Ärztin werden«, schrie Emmeline zurück. »Ich kann weder Blut noch Erbrochenes sehen. Ich will Wissenschaftlerin werden. Ich will die Welt bereisen.«

»Jeder weiß, dass Mädchen nicht Wissenschaftler werden können«, entgegnete Henry verächtlich.

Schließlich schaltete sich Vater hinter seiner Zeitung ein. »Ich gehe davon aus, dass du heiratest und Kinder kriegst, wie die meisten Frauen.«

»Werd ich nicht!«

»Dich heiratet sowieso keiner. Du bist hässlich«, murmelte Henry und kniff sie in den Arm.

»Henry! Sei nicht so grausam«, sagte Mutter. »Emmeline kann alles werden, was sie will.«

Henry betrachtete sie finster und voller Zorn.

Aber jetzt war er ein alter Mann. Wo war er geblieben – der arrogante, schwarzhaarige Junge? Sie hatte schon lange keine Angst mehr vor ihm. Doch sie spürte noch immer ihren Hass und ihre Wut. Wie konnte sie das jemals loswerden? Rastlos lief sie im Garten auf und ab, sie spürte, wie Neptuns und Marguerites Blicke ihr folgten. Sie ging ins Haus, nach oben, und zwang sich, sich aufs Bett zu legen.

»Es ist Zeit, die Geschichte zu Ende zu erzählen, Lilly, bevor Henry herkommt. Bald ist alles vorbei.«

»Was ist, wenn er zurückkommt, Emm?« Ich merke, dass ich mich in eine ständige Panik hineinsteigere. Ich kann nicht schlafen, fühle mich unwohl und mir ist heiß. Und ich mache mir Sorgen um Marguerite. Sie schläft immer noch die ganze Zeit und will nicht trinken. Emm hat mir geholfen, die Vormilch aus meinen Brüsten zu drücken, die sich inzwischen anfühlen, als würden sie gleich platzen. Wir füttern Marguerite tröpfchenweise mit einer sterilisierten Pipette. Aber die Flüssigkeit sickert aus ihrem Mund und ich fürchte, dass sie erstickt.

»Sie muss trinken, Lilly«, sagt Emm. »Sie braucht das

für ihre Abwehrkräfte.« Ich lasse die Milch in Marguerites Mund tropfen, und Emm streichelt ihren Hals, um sie zum Schlucken zu bewegen. Außerdem geben wir ihr tröpfchenweise gekochtes Wasser. Aber auch daran hat sie kein Interesse. »Es liegt daran, dass sie ein bisschen zu früh gekommen ist, und wahrscheinlich ist sie so klein, weil sie ein Zwilling ist. Vielleicht war Virginia die Größere von beiden und hat im Mutterleib mehr Nahrung abbekommen.«

Ich höre nur mit halbem Ohr zu. Panik steigt in mir auf. Ich habe bei jeder Bewegung Schmerzen. Meine Brüste pochen, und ich breche in Tränen aus. Emm seufzt, küsst Marguerite und legt sie wieder in die Schublade. Sie nimmt mich in die Arme, als sei auch ich ein Baby.

»Wenn er nun zurückkommt, Emm«, sage ich wieder mit zitternder Stimme.

»Er hat doch, was er wollte, Lilly. Ich bezweifele, dass er sich hier noch mal blicken lässt.«

»Aber wenn er wusste, dass ich Zwillinge erwarte? Dann kommt er vielleicht zurück und versucht, mir auch Marguerite wegzunehmen.«

Sie denkt eine Weile schweigend nach. »Er kann es nicht gewusst haben.«

»Er ist Arzt, Emm. Er hat gesehen, wie dick ich geworden bin!« In dem Moment wird mir klar, was ich da gesagt habe. Ich spüre, wie Emmeline steif wird. Sie hält mich von sich weg.

»Was meinst du damit? Wie kann er es gesehen haben?«

Ich mache mich von ihr los und rolle mich weinend auf dem Bett zusammen. Emm packt mich an der Schulter und dreht mich grob herum. »Sag bloß nicht, er war schon mal hier.«

Ich nicke unglücklich. Sie starrt mich ungläubig an.

»Er war hier, und du hast es mir nicht gesagt?«

Wieder nicke ich. Ich muss es ihr jetzt erzählen. Was auch passiert, ich will ehrlich zu ihr sein.

»Wie konntest du das tun, Lilly? Wieso hast du mir nicht vertraut?«

Jetzt breche ich vollkommen zusammen und erzähle ihr von Henrys Besuchen. Ich erzähle ihr sogar, dass er mir Geld und Medikamente gegeben hat.

Sie springt zitternd auf. »Medikamente! Mein Gott, Lilly. Du bist so ein Dummkopf. Wo sind sie? Zeig sie mir.«

»Ich hab nichts davon genommmen, Emm, ehrlich nicht. Ich hab alles weggeworfen und die Broschüren und das Geld verbrannt.« Ich stehe auf und humpele in die Küche, wo ich im Eimer unter der Spüle nach den leeren Flaschen wühle. Ich kann kaum stehen. Emm versucht nicht, mir zu helfen. Sie sitzt auf der Bettkante und sieht zu. Ich gebe ihr die Flaschen, und sie liest die Etiketten.

»Und du schwörst, dass du nichts davon genommen hast? Nicht mal eine Tablette?«

Ich schüttele den Kopf.

»Hast du je erlaubt, dass er dich anfasst, dich untersucht?«

»Nein! Alles, was ich von ihm wollte, war Victorias Adresse. Ich dachte, er würde sie mir geben, und dann würde ich ihn nie wiedersehen. Ich wusste, dass Woody oder Neptun ihn sich vorknöpfen würden, wenn ich es dir erzähle. Als er dann wiederkam, wurde mir klar, dass ich es dir schon beim ersten Mal hätte sagen müssen, aber da war es schon zu spät. Es tut mir Leid, Emm, es tut mir so Leid.«

»Er hat dich also im Auge behalten, um zu sehen, wie die Schwangerschaft verläuft, um einen Hinweis darauf zu kriegen, wann die Geburt bevorsteht.«

»Aber er war doch nicht an dem Baby interessiert…«

»Natürlich war er das. Er wollte dich hinters Licht führen. Deshalb hat er den Kontakt zu dir gesucht – Sorge und Unterstützung vorgetäuscht, sogar Liebe – nur um das Kind in die Finger zu bekommen, das er gezeugt hatte. Damit er noch ein bisschen mehr Macht hat.«

»Aber warum? Victoria war doch auch schwanger.«

»Vielleicht reichte ihm das nicht. Vielleicht sah er darin eine Möglichkeit, *zwei* eigene Kinder zu bekommen. Oder vielleicht hat Victoria ihr Baby verloren. Woher sollen wir das wissen?«

»Dann muss Victoria das zusammen mit ihm geplant haben.«

»Das würde ich ihr glatt zutrauen. Sie hält dich als Mutter bestimmt für ungeeignet. Wahrscheinlich glaubt sie sogar, dass sie dir einen Gefallen tut.«

»Aber wie konnte er wissen, wann das Baby kommt? Wie hat er es hingekriegt, hier zu sein, als die Wehen einsetzten?«

»Vielleicht wusste er, dass es bald so weit sein würde, und hatte vor, dich ein paar Tage genau zu beobachten.«

»Aber normalerweise bist du doch hier. Woher wusste er es?«

»Ich weiß nicht. Vielleicht war es einfach Glück. Oder vielleicht war irgendwas in den Medikamenten, um die Wehen früher einzuleiten.«

»Aber ich hab sie nicht genommen.«

Emm wirft entnervt die Hände in die Luft. »Ich weiß es nicht, Lilly. Ich hab nicht auf alles eine Antwort.« Sie steht auf und läuft auf und ab. »Aber vielleicht hast du Recht. Vielleicht hatte er wirklich den Verdacht, dass du Zwillinge kriegen würdest, wollte aber nicht mehr länger warten. Wir müssen vorbereitet sein, falls er zurückkommt.«

Im Laufe des Vormittags kommt Neptun. Ich sitze da und tropfe Wasser in Marguerites widerwilligen Mund, während Emm ihm von Henrys Besuchen erzählt. Ich bin todunglücklich und fühle mich elend. Sie waren so gut zu mir, und ich habe sie hintergangen.

»Gut«, sagt Neptun. »Zu allererst müssen wir Lillian und Marguerite nach oben ins Schlafzimmer schaffen. Ich bringe an der Innenseite der Tür einen Riegel an. Wir müssen die Haustür verschlossen halten, und das Nebengebäude werde ich auch sichern.« Er wirft mir einen Blick zu. »Später hole ich Woodys Pistole. Wenn er noch mal hier auftaucht, schieße ich ihm den Kopf weg, bevor er auch nur in Marguerites Nähe kommt.«

Emm steht auf. »Ich krieg ihn, Nep. Ich hole Virginia zurück.«

Ich spüre, wie die Panik in mir so stark wird, dass ich glaube, mich übergeben zu müssen. Ich lege Marguerite in ihr Bettchen und wanke zum Tisch. »Bitte Emm, verlass mich nicht«, wimmere ich. »Ich habe Angst, dass Marguerite stirbt. Ich brauche deine Hilfe.«

Emm mustert mein Gesicht, als versuchte sie darin die Lillian zu finden, die sie einmal kannte und liebte. Ich spüre, wie tief ich sie verletzt habe.

»Lillian hat Recht«, sagt Neptun. »Du musst hier bleiben. Marguerite braucht euch jetzt beide. Wenn jemand nach Henry sucht, dann ich.«

»Er wird dich verhaften lassen«, sagt Emm.

»Nicht, wenn ich aufpasse. Hört zu, das Krankenhauspersonal kennt mich. Ich beliefere die Klinik mindestens einmal pro Woche mit Fisch. Ich könnte fragen, wo Doktor Rampling sich aufhält. Ich sage einfach, ich hätte eine Hummerlieferung für ihn. Wenigstens wissen wir dann, ob er noch da ist. Danach überlegen wir, was wir als Nächstes unternehmen. Auf diese Art bringen wir keinen von uns in unmittelbare Gefahr.«

Emm sieht mich an und nickt. »Aber du musst aufpassen, Nep. Verlier nicht die Beherrschung und geh auf ihn los.«

»Davon hätten wir nichts. So gern ich ihn erschießen würde.« Er steht auf und wirft einen Blick auf Marguerite. »Kommt, lasst uns die Kleine oben in Sicherheit bringen.«

Neptun verlässt uns erst, nachdem er unsere Türen verbarrikadiert hat, und zieht dann los, um weitere Riegel und Woodys Pistole zu holen. Booty lässt er bei uns, obwohl der arme Hund herzzerreißend hinter ihm her jault. Oben im Schlafzimmer fühle ich mich sicherer, und ich lege Marguerite in ihre Holzwiege. Wie sehr hätte es Woody gefreut, sie darin zu sehen.

Ich öffne das Fenster und schaue aufs Meer hinaus. Ich frage mich, wie es Virginia geht. Bisher habe ich kaum gewagt, länger über sie nachzudenken. Wer kümmert sich um sie, hält sie im Arm, füttert sie? Meine Schwester? War es möglich, dass meine eigene Schwester geplant hatte, mir mein Kind wegzunehmen? »Virginia«, flüstere ich, »du gehörst hierher. Es tut mir so Leid, dass er dich entführt hat.« Marguerite gibt einen leisen Quiekser von sich, und ich spüre meine milchschweren Brüste. Ich muss versuchen, Marguerite zu stillen. Sie braucht meine Nahrung. Müde richte ich mich auf und lege sie an die Brust.

Es ist Abend, bis Neptun das Cottage wirklich einbruchsicher gemacht hat. Er hat uns gezeigt, wie man mit Woodys Pistole umgeht, die jetzt auf einem Bord in der Küche liegt.

»Ich bleibe hier«, sagt er. »Ich bleibe hier, bis wir wissen, wo Henry sich aufhält.«

Emm serviert uns zum Abendessen Fisch mit Salat. Wir sind so müde, dass wir kaum sprechen können. Ich habe keinen Appetit. Mein ganzer Körper scheint zu pochen. Emm beobachtet mich aufmerksam.

»Du gehörst ins Bett«, sagt sie, und als ich die Güte in ihrer Stimme höre, würde ich am liebsten schon wieder weinen. »Es ist zu früh, schon so viel herumzulaufen. Geh nach oben und kümmere dich um Marguerite. Ich bringe dir einen Tee.«

Ich blicke in ihre besorgten Gesichter. »Es tut mir so Leid«, sage ich. »Es tut mir so Leid.«

Emm und ich wechseln uns ab, Marguerite ein paar Tropfen Milch einzuflößen und ihren Hals zu streicheln, damit sie schluckt. Wir tun das alle halbe Stunde. Meine Sorge wächst ständig. In den frühen Morgenstunden will ich ihre Windel wechseln. Sie ist trocken. Ich halte es vor Sorge nicht mehr aus.

»Emm«, flüstere ich und rüttele an ihrer Schulter. »Emm.«

Sie öffnet benommen die Augen und richtet sich etwas auf.

»Was ist los?«

»Es ist Marguerite«, schluchze ich. »Ich glaube, sie stirbt.«

Emm schießt aus dem Bett und betrachtet Marguerite, die nackt in ihrer Wiege liegt. »Um Himmels willen, Lilly. Sie wird sich erkälten.«

»Nein, Emm. Es ist sehr warm hier drin. Schau sie dir an.« Ihre Haut sieht pergamenten aus, ihre Augen sind fest geschlossen, sie atmet sehr flach. Emm geht an die Kommode, in der Marguerites Sachen und ein paar ihrer Arzneien liegen. Sie kommt mit einer Flasche Öl zurück, gießt etwas auf ihre Hände und massiert damit Marguerites winzige Brust und Glieder. Marguerite liegt teilnahmslos da. Emm tritt zurück und betrachtet sie. Ich hebe nacheinander ihre kleinen Gliedmaßen. Sie fallen schlapp auf die Matratze zurück. Uns ist schon aufgefallen, dass ihre linke Seite schwächer ist als die rechte, doch jetzt ist ihr ganzer

Körper schlaff. Emm ist wieder zur Kommode gegangen. Ich wickele Marguerite in ihre Decke und trage sie ans Fenster, wo der Mond hineinscheint.

»Marguerite«, flüstere ich nahe an ihrem Gesicht. »Marguerite, wir lieben dich, bleib bei uns.« Ihre Augen bewegen sich unter den geschlossenen Lidern. Ich streichele mit dem Finger sanft über ihre Lider und küsse ihre weichen Wangen. Da öffnen sich ihre Augen, und sie lässt sie geöffnet und schaut mich an. Wir sehen uns lange an. Und dann spüre ich ihren Schmerz. Ich fühle ihren schrecklichen Verlust und ihre Trauer um die Seele, mit der sie in den letzten Monaten tief verbunden gewesen war. Ich sehe vor mir, wie sie zusammen schweben und fallen, Arme und Beine ineinander verschlungen, während sie spielen und schlafen. Ich sehe, dass ihre Schwester viel größer ist und sie oft umfängt. Virginia hat eine andere Energie, will die Welt erforschen und erleben. Marguerite dagegen will fühlen und beobachten. Ich spüre Virginias Qual, als sie halb erstickt aus meinem Körper gezogen wird, nicht bereit, von ihrer Schwester getrennt zu werden.

Ich weine heftig, als ich in Marguerites dunkle Tiefen sehe. Sie schaut mich immer noch an, und dann hebt und senkt sich ihre Brust und sie öffnet den Mund. Sie stößt einen schwachen Schrei aus und ein paar krampfartige Schluchzer. Ich wickle sie aus der Decke, öffne mein Nachthemd und drücke ihren nackten Körper an meine Brüste. Es scheint, als würde sie sich entspannen, und ich biete ihr zögernd meine Brust an. Sie sucht eine Weile herum, und ich spüre die Bewegung ihrer Lippen und Zunge, als würde sie es ausprobieren. Doch dann packt sie mit einer kleinen zitternden Saugbewegung zu und trinkt ihre ersten Schlucke Milch von mir, ihrer Mutter. Freude steigt in mir hoch. Emm beobachtet mich und hält die Hand vor den

Mund, als wage sie kaum zu atmen. In dem Moment weiß ich, dass Marguerite überlebt. Sie lässt meine Brustwarze los, und ich blicke auf sie herab. Ihre Augen sind geschlossen, und ich sehe meine weiße Milch um ihre Lippen. Ich drücke sie an mich und wiege sie ein Weilchen. Dann knöpfe ich mein Nachthemd wieder zu, lege mich mit ihr ins Bett, und wir schlafen zwei Stunden, bis Marguerite sich wieder rührt und nach meiner Brust sucht. Ich stoße eine Art lachenden Schluchzer aus.

»Emm? Schläfst du? Sie hat in meinem Nachthemd Pipi gemacht.«

Die ganze Nacht und den ganzen nächsten Tag behalte ich Marguerite bei mir. Ich lege ihr Windelstreifen zwischen die Beine, damit wir beide trocken bleiben. Ich spüre, wie sich ihre winzigen Gliedmaßen an meinem Körper bewegen, genau wie ich sie vor der Geburt im Bauch gespürt habe. Sie bewegt den Kopf und stößt kleine Schreie aus, wenn sie Hunger hat. Ich fühle mich jetzt viel besser. Es ist ein wunderbares Gefühl, wenn sie sich auf mir bewegt; es beruhigt mich. Ständig muss ich das flaumige Köpfchen küssen. Sie trinkt jetzt ziemlich oft, aber immer nur ein paar Schlucke, als könnte sie nicht mehr bewältigen. Emm ist ebenfalls erleichtert. Immer wieder seufzt sie tief, als müsste sie nach und nach ihre Anspannung ablassen. Gegen Abend höre ich, wie sie unten die Wanne füllt und ein langes Bad nimmt. Dann lässt sie mir eins ein.

»In den Büchern steht, dass man nach den ersten Tagen baden darf, Lilly. Es wird euch beiden gut tun.«

Mich in das warme Wasser zu setzen ist qualvoll und lindernd zugleich. Emm reicht mir Marguerite, und ich lehne mich zurück, während Emm uns einseift und abspült. Dann nimmt sie Marguerite, tupft sie trocken und pudert den Stummel an ihrem Nabel. Danach legt sie sie in ein warmes Handtuch auf ihrem Schoß und massiert sie mit Aromaöl. Marguerites Haare leuchten wie ein feiner Flaum aus blassestem Gold.

»Sie hat deine Haare, Lilly«, sagt Emm stolz. Sie ist bestimmt heilfroh, dass Marguerite aussieht wie ich und nicht wie Henry. »Sie schaut schon sehr viel besser aus«, fährt sie fort. »Ihre Haut fühlt sich elastischer an. Ich finde, wir sollten jeden Tag mit ihrem linken Arm und Bein Kräftigungsübungen machen.« Sie wickelt Marguerite in das Handtuch und legt sie auf den Sessel, während ich aus der Wanne steige und mich abtrockne. Ich betrachte meinen schlaffen Bauch.

»Oh, Emm, sieh dir das an«, sage ich bestürzt.

»Du meine Güte, da drin sind schließlich zwei Babys gewachsen, was erwartest du?« Sie schlägt sich entsetzt die Hand vor den Mund. »Ach, Lilly. Es tut mir Leid. Was für eine gedankenlose Bemerkung von mir.« Sie legt die Arme um mich, und wir umarmen uns. Sie küsst mich sanft auf den Mund. »Wir schaffen das schon. Das tun wir doch immer, nicht?«

Ich nehme Maguerite hoch. Ich wickele sie und drücke sie wieder an die Brust. Sie gibt leise Grunzlaute von sich und kuschelt sich an mich. »Ich behalte sie so bei mir, bis sie gesund ist«, sage ich.

Bei Einbruch der Dunkelheit nähert sich jemand dem Cottage. Booty springt auf, läuft zur Tür und fängt an zu jaulen.

»Geh nach oben und schließ hinter dir ab«, sagt Emm streng, und ich gehorche widerspruchslos. Mein Herz rast. Marguerite regt sich an meiner Brust. Unten wird es leise, während Emm Booty zum Schweigen bringt. Ich frage mich, ob sie die Pistole geholt hat. Dann höre ich im Garten Neptuns Stimme, und Booty fängt an, freudig zu kläffen. Ich stoße einen erleichterten Seufzer aus, schließe die Tür auf und gehe wieder hinunter.

Neptun drückt mir einen Kuss auf die Stirn und Marguerite einen auf den Kopf. Ich liebe es, wenn er hereinkommt und den Geruch des Meeres mitbringt. Ich sehne mich danach, draußen zu sein, am Strand herumzustreunen. Er stellt seine Tasche auf den Tisch und packt Brot, Käse, Milch und Eier aus.

»Legen die Hühner noch?«, fragt Emm.

Neptun nickt. »Ich habe heute auf dem Markt ein paar Dutzend Eier verkauft.«

Emm stellt Teebecher auf den Tisch. Ich setze mich vorsichtig. Sie ist dabei, einen ihrer großen Eintöpfe zu kochen, und ich habe Hunger.

»Nun«, sagt Neptun nach ein paar Schlucken Tee. »Ich bringe leider keine guten Nachrichten.« Das hatte ich mir schon gedacht. Ich hatte es ihm angesehen, als er hereinkam. Emm auch, da war ich mir sicher. »Der Pförtner wirkte ziemlich überrascht als ich nach Doktor Rampling fragte, er sagte, er sei schon vor längerer Zeit weggezogen, um eine neue Stelle in einem großen Krankenhaus in Schottland anzutreten.«

»Wie lange?«, fragt Emm.

»Mindestens einen Monat.«

»Ein Monat? Aber er war doch erst vor ein paar Tagen hier«, werfe ich ein.

»Tja, dann ist er offensichtlich noch einmal zurückgekommen«, antwortet Neptun.

»Oder nie weggegangen«, sagt Emm. »Haben sie gesagt, welches Krankenhaus?«

Neptun schüttelt den Kopf. »Ich bin sogar zum Arzthaus gegangen, aber dort wohnt schon eine neue Familie. Die Frau sagte mir, die Sachen von Doktor und Mrs. Rampling seien vor ein paar Wochen in einen LKW verladen und fortgebracht worden.« Er blickt auf seine roten, schwieligen Hände. »Ich ging zurück zum Pförtner und fragte, ob sie wüssten, in welches Krankenhaus in Schottland er gegangen sei, aber Fehlanzeige.« Er hebt mutlos die Hände und lässt sie wieder fallen. »Ich wusste nicht, was ich sonst noch tun sollte. Ich fuhr raus, um die Fangkörbe zu inspizieren, und habe nachgedacht. Ich könnte versuchen, eine Liste aller Krankenhäuser in Schottland zu organisieren, und dann könnten wir sie der Reihe nach anrufen und fragen, ob Dr. Rampling dort arbeitet.«

»Das sind bestimmt Hunderte«, sagt Emm und stützt das Kinn in die Hände. »Und im Telefonbuch steht er bestimmt auch nicht.«

»Wahrscheinlich hat er sowieso alle an der Nase rumgeführt«, sagt Neptun. »Wenn Henry verkündet, dass er eine Stelle in Schottland annimmt, ist es sehr wahrscheinlich, dass er überall, nur nicht dort ist.«

»Du hast Recht«, sagt Emm. »Er könnte sogar ins Ausland gegangen sein.«

»Oh nein«, sage ich. »Mit Virginia?« Meine Hoffnung schwindet. Wie sollen wir sie je zurückbekommen? Ich sehe die beiden verweifelt an. »Aber selbst wenn wir ihn finden, was können wir denn tun? Er wird nicht zugeben, dass er mir Virginia weggenommen hat. Er hat sie wahrscheinlich schon unter seinem und Victorias Namen registrieren lassen, vielleicht gemeinsam mit seinem eigenen Kind. Vielleicht hat er behauptet, Victoria hätte Zwillinge bekommen.« Ich gehe jetzt alle Möglichkeiten durch. »Könnte er das tun, Emm?« Sie sieht mich eine Weile stirnrunzelnd an.

»Lilly, ich weiß, dass es schwierig ist, aber kannst du dich irgendwie an die Papiere erinnern, die du ihm unterschreiben musstest?«

Ich schüttele den Kopf. »Sie sahen aus wie juristische

Dokumente. Wie die Papiere, die Victoria mir zuvor schon gegeben hatte. Ich dachte nur … ach, ich bin so ein Dummkopf. Victoria hatte doch gesagt, dass sie schon alles geregelt hat. Ich hätte das nie unterschreiben dürfen.«

Neptun tätschelt meine Hand. »Du warst nicht in der Lage, dich erst hinzusetzen und sie zu lesen. Vielleicht hat er eine Art Urkunde aufsetzen lassen, in dem du ihm das Sorgerecht überträgst.«

»Wie kann er das ohne meine Erlaubnis tun?«

»Henry ist ein mächtiger Mann, Lillian, das weißt du. Wenn er die Leute nicht so unter Druck setzen kann, dass sie tun, was er will, gibt es immer noch welche, die sich bestechen lassen.«

»Aber Victoria … meine Schwester …« Ich verstumme unglücklich. Von welcher Seite ich es auch betrachte, es scheint hoffnungslos. Marguerite stößt ein paar leise Quiekser aus. Ich stehe auf, um nach oben zu gehen und ihre Windel zu wechseln. Auf halbem Weg bleibe ich stehen. Ich höre Emm und Neptun reden.

»Was denkst du, Emmeline?«

»Ich will ehrlich zu dir sein, Nep. Ich traue ihm zu, dass er das Baby getötet hat. Es passt nicht zusammen. Warum sollte er neben Victorias Kind auch noch unbedingt Lillys haben wollen?«

»Darüber habe ich mir auch schon den Kopf zerbrochen. Ich kann mir nur vorstellen, dass er einen Schlussstrich unter alles ziehen wollte. Wenn es das Kind nicht mehr gäbe, gäbe es auch keinen Beweis mehr gegen ihn. Sollte Lillian ihn anzeigen, könnte er einfach behaupten, sie wäre unzurechnungsfähig und hätte ihr uneheliches Kind wahrscheinlich ertränkt.«

»Und die Dokumente, die sie unterzeichnet hat?«

»Weiß nicht. Vielleicht hatten sie wirklich was mit dem Hotel und dem Cottage zu tun.«

»Nep, ich will nicht, dass Lilly Verdacht schöpft, aber hältst du eine Weile die Augen offen und achtest darauf, was das Meer anspült? Ich werde Lilly erst mal nicht an den Strand lassen.«

»Das hab ich sowieso schon getan.«

Ich spüre, wie mich und Marguerite eine kalte Angst überfluten. Ich stehe regungslos auf der Treppe und warte darauf, dass meine Beine zu zittern aufhören und mein Herz sich beruhigt. Ich hebe Marguerite hoch, so dass ich im Dunkel des Treppenhauses ihr Gesicht sehe. Ich schaue ihr in die Augen und schüttele den Kopf. Es ist nicht wahr. Ich weiß, dass Virgina noch lebt. Ich spüre ihre Energie, die mit unserer verbunden ist. Sie trauert sehr, aber sie lebt noch.

Am folgenden Nachmittag gehe ich zum ersten Mal nach draußen. Ich setze mich mit Marguerite in den Garten, ein Wolltuch um die Schultern, das uns beide wärmt. Ich bin ganz sicher, dass Henry die Insel verlassen hat. Die Angst vor ihm ist weg. Stattdessen spüre ich einen tiefen, quälenden Schmerz, von dem ich weiß, dass ihn nur Marguerite mit mir teilen kann.

Ich weiß, dass unsere Verbindung zu Virginia nie abreißen wird, und dass wir sie tagtäglich pflegen werden, bis meine Zwillingstöchter wieder vereint sein werden. Ich weiß, dass das vielleicht erst nach Henrys Tod – oder meinem eigenen – möglich sein wird, aber daran will ich jetzt nicht denken. Ich muss mich darauf konzentrieren, Marguerite mit Hilfe meiner geliebten Emm und des lieben Neptun aufzuziehen.

Ich sehe mich in der wunderschönen Wraith Cove um und weiß, dass dies der Ort ist, an dem Marguerite und unsere Seelen genesen werden. Aber ich weiß auch, dass es die alte Lillian nicht mehr gibt. Die Tochter, die ihre

Mutter unabsichtlich getötet hat. Daddys Liebling. Die Schwester, die ihrer älteren Schwester zur Last wurde. Das Mädchen, das sich in Emmeline verliebte und mit großherzigen Freunden am Strand den Highland Fling tanzte. Die junge Frau, die ihre Freiheit nur so kurz auskosten durfte.

Ich seufze und küsse meine Tochter auf den Scheitel. Ich schlage das Notizbuch vor mir auf und beginne zu schreiben:

Meine liebe Virginia, ich habe dich nach einer Frau benannt, die die Kraft und Schönheit der Worte tief empfunden hat. Doch selbst sie könnte nicht adäquat beschreiben, wie ich mich in diesem Moment fühle … Meine Seele weint genau wie die deiner schönen Zwillingsschwester Marguerite …

Emmeline spürte, wie Tränen aus ihren geschlossenen Augen liefen. »Danke, mein Liebling, danke, dass du so tapfer warst«, flüsterte sie und schlief ein, die Arme über Lillys Notizbüchern ausgebreitet.

43

Chas erzählte mir, Emmeline hätte kaum ein Wort gesagt, als er sie nach Hause fuhr. Am Tor war sie schon von Marguerite erwartet worden. Emmeline hatte Chas versichert, mit ihr sei alles in Ordnung, sie bräuchte jetzt nur Ruhe. Sie hatte sich auf Marguerite gestützt und ihm über die Schulter noch etwas zugerufen.

»Bring Henry morgen her, Chas. Wir sind noch nicht fertig.«

Ich erzählte meinem Vater erst nach dem Frühstück, dass wir Emmeline und Marguerite besuchen würden. Chas hatte ihm beim Waschen, Rasieren und Ankleiden geholfen. Als ich an meine ursprüngliche Idee dachte, Dad zu uns zu nehmen, wurde mir klar, dass ich noch einmal davongekommen war. Der Gedanke, mich unter anderem um seine Körperpflege kümmern zu müssen, war mir inzwischen zuwider. Es war schwer zu sagen, wie ich im Moment zu ihm stand. Für ihn lag das alles fünfzig Jahre zurück, doch für mich war es ganz neu. Er hatte eine Wahl gehabt. Ich nicht. Ich hatte das Gefühl, als Trophäe benutzt worden zu sein, um das Ego meines Vaters zu stärken. Es hatte nicht funktioniert, und ich hatte mein Leben lang teuer dafür bezahlt. Ich wusste, dass ich lange brauchen würde, um damit zurechtzukommen.

Ich sah meinen Vater an, während er lustlos an seinem Toast knabberte und die weiße Tischdecke voll krümelte. Ich wollte ihm klar machen, was er da eigentlich angerichtet hatte. Ich wollte, dass ihm die Tragweite seines Handelns bewusst wurde. Ich wollte ihm wehtun. Aber wie konnte ich einem alten, sterbenden Mann wegen etwas wehtun, das er vor langer Zeit verbrochen hatte? Das machte alles noch ungerechter: Ich hatte keine Möglichkeit, mich zu revanchieren. Ich konnte ihn nicht schlagen oder auch nur anschreien, weil ich mir seiner Gebrechlichkeit bewusst war.

»Heute Morgen fahren wir rüber zum Wraith Cottage«, sagte ich schroff und hoffte, ihm damit Angst einzujagen. Er nickte, ohne mich anzusehen. Ich hatte keine Ahnung, wie wir ihn im Rollstuhl zum Cottage kriegen sollten, doch Chas schien sich deswegen keine Sorgen zu machen, so überließ ich ihm das Problem.

Eigentlich war es ziemlich einfach. Nachdem wir ein paar quietschende, schwer gängige Gatter so weit zurückgeschoben hatten, dass der Rollstuhl hindurchpasste, bewältigte er die Stufen im Hotelgarten problemlos und pflügte einen Weg durchs hohe Gras. Unter anderen Umständen hätte es mir sogar Spaß gemacht, Chas die Überbleibsel vom Wraith Cove Hotel zu zeigen. Ich hätte Dad auch gern Fragen über seine Kindheit gestellt, aber ich brachte es nicht über mich, so viel Interesse an seiner Vergangenheit zu zeigen.

Neptun war auch da. Ich machte ihn mit Chas bekannt, und sie schüttelten sich herzlich die Hände. Henry nickte Neptun nur zu. Was für ein himmelweiter Unterschied zwischen diesen zwei alten Männern, dachte ich. Neptun war wettergegerbt und drahtig, was Dad noch wächserner und gebrechlicher wirken ließ. Aber Dad hatte auch mindestens zehn Jahre mehr auf dem Buckel und war sehr krank gewesen. Ich hatte gehofft, wir könnten draußen sitzen und uns die frische Luft um die Nase wehen lassen, was die Situation vielleicht etwas entschärft hätte. Aber es war sehr frisch, und wir mussten Rücksicht auf die Gesundheit der Alten nehmen.

Chas half Dad aus dem Rollstuhl und brachte ihn zu einem Sessel. Armer Chas, er schien der Einzige zu sein, der ihn anfassen konnte. Ich beobachtete meinen Vater. Er hielt den Kopf gesenkt, schaute sich aber gelegentlich blitzschnell um, als könne er nicht widerstehen, sich Wraith Cottage nach all den Jahren anzusehen. Marguerite kochte Tee. Sie hatte mich zur Begrüßung umarmt, und ich fragte mich, ob sie wusste, dass sie und ich inzwischen von Cousinen zu Halbschwestern geworden waren – wenn es stimmte, dass wir dieselbe Mutter hatten. Mir gefiel die Vorstellung, eine Halbschwester zu haben – noch dazu eine so besondere wie Marguerite. Ich hoffte, dass sie es auch so empfand. Ich musste unbedingt mit Emmeline reden, um mehr über Marguerite und ihr Abstammung herauszufinden.

Emmeline war bedrückt, tapste herum und servierte Tee. Chas war der Einzige, der sich normal verhielt. Er plauderte mit Neptun über das Cottage, das Fischen und über Boote. Chas' Gesicht spiegelte seine Offenheit und uneingeschränkte Unterstützung für mich in dieser seltsamen Situation wider. Es war genau das, was ich jetzt brauchte. Mein Herz quoll über vor Liebe. Wenn das alles vorbei war, würde ich ihn nach Strich und Faden verwöhnen!

Schließlich waren wir alle mit Tee und Keksen versorgt. Ich war mir sicher, dass sie sowieso keiner wollte, aber es schien ein Weg zu sein, das Eis zu brechen. Dad saß in seinem Sessel, wir anderen am Tisch. Neptun war der Einzige, der anscheinend kein Sitzfleisch hatte – er stand an die Wand gelehnt da und starrte Henry an.

»Nun?«, sagte Emmeline. Sie sah von Henry zu mir und wieder zurück. »Ich hoffe, du hast Jane inzwischen die ganze Geschichte erzählt.« Henry nickte. »Dann bin ich jetzt dran. Ich will ein paar Antworten auf meine Fragen, Henry.« Sie sah sich um. »Und Neptun auch.«

Ich fragte mich, welche Rolle Neptun in der Geschichte gespielt hatte, außer dass er Lillian, Emmeline und Marguerite über all die Jahre ein Freund und eine große Stütze gewesen war. Aber ich wollte Emmeline nicht unterbrechen. Jetzt war sie dran. Sie ging die Sache wie ein professionelles Verhör an. Ich konnte sie mir in einem dunklen Raum vorstellen, ein Tonbandgerät auf dem Tisch, Anwalt und Beschuldigter ihr gegenüber, die Köpfe von Zigarettenqualm umnebelt.

»Ich will alles wissen«, sagte sie. »Es ist sinnlos, noch irgendwas zu verschweigen. Wir haben beide nicht mehr lange, und ich will nicht mit offenen Fragen abtreten.«

Henry nickte demütig, als hätte er längst aufgegeben.

Emmeline fing mit der Nacht an, in der er Lillian vergewaltigt hatte, und fragte, ob ihm eigentlich klar wäre, wie brutal er gewesen war und welchen Schaden er angerichtet hatte.

»Ich hoffe, du hast Jane die Wahrheit gesagt. Ich hoffe, du hast nicht behauptet, es sei bloß ein kleiner Fehltritt gewesen.« Sie wandte sich an mich. »Hat er dir erzählt, dass ich meine Zähne durch seine Schuld verloren habe?« Sie deutete auf die Narbe auf ihrer Oberlippe. »Hat er dir erzählt, dass ich stundenlang bewusstlos auf dem eiskalten Boden gelegen habe? Er hätte uns beide umbringen können. Hat er dir erzählt, dass er uns auch bedroht hat? Wir waren völlig verängstigt und hilflos. Wir wussten, wenn wir zur Polizei gingen, würden die Beamten uns nur auslachen – zwei dumme Weiber, die zu viel getrunken hatten. Natürlich würden sie Doktor Henry Rampling glauben. Und wenn er den beiden tatsächlich eine Tracht Prügel verpasst hatte, hatten sie es wahrscheinlich verdient – damit sie zur Vernunft kamen, und um ihnen klar zu machen, wer das Sagen hat.« Sie saß eine Weile da und versuchte, ihre Wut zu beherrschen, während sie jene Nacht noch einmal durchlebte.

Ich spürte, wie mir vor Bestürzung und Entsetzen das Blut aus dem Gesicht wich. Ich glaube, diese Geschichte war für mich noch niederschmetternder als die Tatsache, dass Lillian meine Mutter war. Ich war also nicht nur aus einem Missverständnis darüber entstanden, wer Sex wollte und wer nicht, sondern aus einer Vergewaltigung durch einen Mann, der gerade seine Schwester brutal niedergeschlagen hatte. Mir wurde schlecht. Marguerite, die mich aufmerksam beobachtete, holte mir ein Glas Wasser. Ich glaube, wir waren alle schockiert, selbst Neptun, der das alles gewusst haben musste. Henry saß mit gesenktem Kopf da.

»Wusste… wusste Victoria davon?« Es war Chas, der

als Erster die Sprache wiederfand. Seine Stimme klang ungläubig.

Emmeline nickte. »Ich habe es ihr erzählt. Jemand musste sie mal von ihrem moralischen Ross runterholen. Sie hat Lillian das Cottage und das Hotel überschrieben und ist abgehauen.« Wieder funkelte sie Henry zornig an. »Und was ist mit ihr passiert, Henry? Hat sie ihr Kind verloren und deshalb mit dir die Entführung von Lillians Baby geplant?«

Da stieß Henry einen tiefen Seufzer aus und hielt eine Hand hoch. »Bitte, Emmeline. Victoria trifft keine Schuld.« Plötzlich konnte er wieder klar und deutlich sprechen, als müsse er sie wirklich von dem Vorwurf reinwaschen. Victoria war nie schwanger gewesen, gestand er. Sie war nach Schottland gefahren, um sich der ganzen Situation zu entziehen. Derweil hatte er in Malvern Winter Wood gekauft, seine Niederlassung als praktischer Arzt beantragt, und allgemein verkündet, dass er Frau und Kind nachholen würde.

»Willst du damit sagen, Victoria wusste von nichts? Du hast ihr einfach so das Kind ihrer Schwester übergeben?« Emmelines Stimme klang schwach.

»Sie war auch mein Kind. Und Victoria wollte ein Baby. Aber mir wurde bald klar, dass ich einen Fehler gemacht hatte.«

»Warum habt ihr das Kind dann nicht zurückgebracht? Wir haben versucht, euch zu finden.« Sie sah Neptun an. »Stimmt's?« Ihre Augen schwammen in Tränen. »Warum hat Victoria das Baby nicht zu seiner Mutter zurückgebracht?«

Henry rieb sich die Augen und berichtete, wie es ihm gelungen war, beide Schwestern davon zu überzeugen, dass keine von ihnen noch weiteren Kontakt wollte. Zum Beweis hatte er von Lilly unterschriebene Papiere vorgelegt. Victoria war sehr verärgert gewesen, hatte sich aber schließlich damit abgefunden.

»Diese armen, armen Schwestern! Wie konntest du ihnen das antun, Henry? Lillian hat jeden Tag gehofft, dass Victoria mit ihrer Tochter in der Tür stehen würde. Sie hat mir erzählt, dass sie dir Briefe für sie mitgegeben hat. Was du damit angestellt hast, brauche ich jetzt nicht mehr zu fragen. Du hast ihre Sorge um Victoria ausgenutzt, um dich wieder bei ihr einzuschleimen. Du hast ihr sogar Medizin und Geld gegeben.« Er nickte. »Tja, es freut mich, dir sagen zu können, dass sie dein Geld verbrannt hat, und sie war auch so vernünftig, keine von deinen Giftpillen zu schlucken.«

»Das war kein Gift. Das waren Vitamine und Mittel zur Erleichterung der Geburt. Ich war besorgt, beauftragte einen Kollegen, auf sie aufzupassen.«

»Ja, klar. Sie sagte, sie hätte das Gefühl, beobachtet zu werden. Wusstest du daher, wann die Wehen einsetzten?«

»Das war reines Glück.« Er erzählte, dass er am Tage von Woodys Beerdigung vorbeigeschaut hatte, weil er wusste, dass er Lillian allein antreffen würde.

Als Woodys Name fiel, ging Neptun zu Henry und baute sich vor ihm auf. Seine Arme hingen zwar locker herunter, aber er hatte die Fäuste geballt. Ich spürte, dass Chas neben mir nervös wurde. Neptuns Kiefer zitterte, als er sprach.

»Hast du Woody umgebracht?«, fragte er. Es klang, als hätte er jahrelang darauf gewartet, diese Frage zu stellen. »Du kannst jetzt genauso gut die Wahrheit sagen, Henry.«

Henry sah zu ihm auf. »Nein«, sagte er.

»Du hattest nichts mit seinem Tod zu tun?«, zischte Neptun.

»Nein.«

»Ich glaub dir kein Wort.« Neptun ließ die Augen über

unsere Gesichter wandern. »Schwör's!«, verlangte er. »Schwör es bei Janes Leben.«

Ha!, dachte ich. Das bedeutet ihm nicht viel. Doch Henry senkte den Blick und fasste sich mit zitternder Hand an die Stirn, als würde er nachdenken. »Mein Kollege – derjenige, der Lillian für mich im Auge behalten hatte – er ist Woody an jenem Abend nach Hause gefolgt.«

Neptun trat einen Schritt näher auf Henry zu; er zitterte am ganzen Körper. »Sag mir die Wahrheit, oder ich prügele sie aus dir raus.«

Henry machte sich in seinem Sessel ganz klein. Chas hatte sich halb erhoben.

»Ich… hab ihn gebeten, Woody einzuschüchtern – mehr nicht. Ich wollte ihn davon abbringen, sich als Vater von Lillians Kind auszugeben. Ich wollte ihm nichts Böses.«

»Nichts Böses!«, schrie Neptun. »Und was ist passiert? Ich kenne Woody. Er wäre genauso wenig von einem Kliff gestürzt wie ich aus einem Boot fallen würde! Was ist passiert?«

»Es war ein Unfall. Ich schwöre es. Woody war betrunken, mein Kollege hat ihn bedroht, Woody wich zurück und fiel. Er hat ihn nicht angefasst.«

»Du lügst, Henry. Ich weiß es.«

»Ich schwöre es. Ich schwöre es bei Janes Leben.«

Schwer atmend sah Neptun auf ihn herab. »Du bist Schuld. Du hast seinen Tod verursacht. Genauso gut hättest du ihn eigenhändig runterstoßen können.« Er lief mit großen Schritten in die Küche. Ich dachte schon, er wollte gehen, doch er griff hoch auf ein Bord und holte etwas Schweres herunter.

Als er zurückkam, fuchtelte er mit einer Pistole vor Henry herum. Chas sprang auf.

»Neptun«, sagte er bestimmt. »Leg das weg.«

Doch Neptun wedelte weiter mit der Pistole vor Henrys

aschfahlem Gesicht herum. »Siehst du das? Das ist Woodys Pistole. Wir hätten dich schon damals erschießen sollen, als du Lillian vergewaltigt und Emmeline niedergeschlagen hattest. Aber sie haben uns angefleht, dich laufen zu lassen. Und was war das Ergebnis? Du hast Lillian verfolgt und Woody ermordet – der mehr Mitgefühl in seinem kleinen Finger hatte als du je in deinem ganzen erbärmlichen Leben. Du hast zwei Schwestern einander entfremdet. Du hast Lillians Kind gestohlen und sie allein gelassen, obwohl sie noch in den Geburtswehen lag. Und du nennst dich Arzt! Sie hätte sterben können. Hörst du mich? Sie hätte sterben können.« Er drückte die Pistole an Henrys Stirn. Henry gab ein Mitleid erregendes Stöhnen von sich. Chas bewegte sich zentimeterweise auf sie zu. Neptun nahm die Pistole von Dads Stirn und wedelte wieder damit vor seinem Gesicht herum. »Und dann habe ich ihnen die Pistole gebracht. Ich musste Emmeline und Lillian helfen, sich zu schützen. Sie haben sich hier verbarrikadiert, weil sie dachten, du würdest zurückkommen, um Marguerite zu holen.«

»Marguerite?«, flüsterte Henry. »Wer ist Marguerite?«

Marguerite stand auf und ging zu Neptun hinüber. Sie legte die Hand auf die Pistole und drückte seinen Arm sanft nach unten. Dann löst sie seine Finger vom Abzug und nahm sie ihm weg. Henry schaute sie verwundert an, als sähe er sie jetzt erst richtig.

»Lillian?«, fragte er. »Lillian?« Dann fing er an zu weinen, seltsam krächzende Schluchzer, als würde sich uralter Kummer und Schmerz von tief drinnen einen Weg nach draußen bahnen. Marguerite reichte Chas die Waffe, ohne den Blick von Henry zu wenden. Neptun fiel in sich zusammen und stolperte zur offenen Tür, wo er nach Luft rang. Emmeline saß auf ihrem Stuhl und beobachtete aufmerksam das ganze Geschehen.

»Emmeline«, sagte ich nach minutenlangem Schweigen.

»Du hast mir doch erzählt, dass Marguerite das Kind war, das bei Lillians Vergewaltigung empfangen wurde.« Sie nickte. »Hast du mich angelogen?«, fragte ich.

»Ich hab dich nie angelogen, Jane.«

»Wurde Lillian ein zweites Mal vergewaltigt?«

»Nein. Lillian wurde einmal von deinem und von Marguerites Vater vergewaltigt. Marguerite ist deine Zwillingsschwester.«

Ich stand langsam auf. Meine Knie gaben nach, und ich setzte mich wieder. Chas sah mich an; sein Mund stand vor Überraschung offen. Ich erhob mich wieder und stützte mich dabei auf den Tisch. Ich sah meinen Vater an.

»Du hast mich mitgenommen und Marguerite nicht?« Meine Stimme krächzte, als müsste sie sich anstrengen, um zu funktionieren. »Aber warum?« Derweil starrte Dad immer noch stumm Marguerite an, als sähe er einen Geist.

»Ja«, fuhr Emmeline ihn an. »Warum hast du Lillian in dem Zustand zurückgelassen? Wie Neptun schon sagte, sie hätte sterben können.«

»Ich wusste es nicht«, flüsterte er benommen. »Ich wusste nicht, dass es Zwillinge waren.«

»Hmmm«, sagte Emmeline. »Du bist mir ja ein schöner Arzt.«

»Kein Geburtshelfer«, murmelte Henry. »Ich wusste es nicht.«

»Umso besser. Wir wollten nicht, dass du es weißt. Wir wollten nicht, dass du sie auch noch holst.«

»Habt ihr ... es ihr erzählt?« Er deutete auf Marguerite, die sich zu Neptun in die Tür gestellt hatte.

»Marguerite hat immer alles gewusst. Du hast Glück, Henry. Lillian hat dich verstanden, und Marguerite tut es auch. Ich nicht, und ich werde es auch nie. Ich kann dir nie verzeihen, was du mir und den Menschen, die ich am meisten liebe, angetan hast.« Sie deutete auf mich. »Jane hätte bei uns leben müssen – bei ihrer Mutter und ihrer Schwester. Woody könnte noch am Leben sein. Du hast Victoria und Lillian betrogen und ihr Leben zur Last gemacht. Du hast sogar unser Geschäft ruiniert – ganz zu schweigen von meinem Gesicht.« Sie zeigte auf ihre vernarbte Lippe. »Hast du überhaupt eine Ahnung, was du angerichtet hast?«

Henry vergrub das Gesicht in den Händen.

Emmeline beugte sich vor. »Warum, Henry, warum?«

»Ich wollte, was alle anderen auch hatten – Liebe, Erfolg, eine Familie.«

Bevor ich es verhindern konnte, fiel ich mit tränenüberströmtem Gesicht vor meinem Vater auf die Knie. »Habt ihr mich denn nie geliebt, Dad? Du und Mutter?«

Er sah mich durch seine eigenen Tränen an, und zum ersten Mal verspürte ich eine Verbindung zu ihm. Er hob die Hand, als wollte er mich berühren, ließ sie aber wieder fallen. »Jane ... Natürlich haben wir das. Aber keiner von uns konnte dich je ansehen, ohne Reue zu empfinden.«

»Warum habt ihr mich nicht zurückgebracht?«, schluchzte ich. »Ihr hättet mich doch einfach vor die Tür legen können.«

Er nickte. »Das hätten wir tun sollen. Das sehe ich jetzt ein. Aber es war zu spät.«

Ich spürte, wie ich in die Arme genommen wurde, und fühlte Marguerites kühle Wange an meiner. Auch Emmeline war an meiner Seite, strich mir das Haar aus dem Gesicht und wischte mir die Tränen mit der Hand fort. »Jetzt bist du ja hier«, sagte sie.

44

Emmeline beobachtete, wie die Schwestern Hand in Hand zur Tür hinausgingen. Endlich wussten sie Bescheid. Keine Lügen mehr, keine Geheimnisse. Henry hatte gestanden, und ihre Aufgabe war fast erledigt. Doch sie verspürte noch nicht die große Erleichterung, die sie sich erhofft hatte. Sie fragte sich, ob das an Henrys Anwesenheit in Wraith Cottage lag, oder daran, dass Marguerites Zukunft immer noch ungeklärt war.

Sie warf Henry einen Blick zu und ärgerte sich, weil er in dem Sessel saß, in dem Lilly immer gesessen hatte. Das letzte Mal, als er im Haus gewesen war, hatte er Virginia – Jane – gestohlen und Lilly ihrem Schicksal überlassen. Die Wut vieler Jahre stieg in ihr auf. Sie wusste, dass sie Henry ohne zu zögern erschießen könnte. Wie schade, dass die Pistole nicht geladen war. Aber war das wirklich die Genugtuung, die sie sich wünschte? Tief aus ihrem Inneren stieg Übelkeit auf, und sie wankte ins Bad und übergab sich.

45

Marguerite wusste genau, was zu tun war. Wir kletterten den Kliffweg hinab, zogen die Schuhe aus und stellten uns ans Meer. Die Wellen plätscherten flach um unsere Füße; das Wasser war ein blasses Türkis in der hellen Septembersonne. Draußen in der Bucht dümpelte Neptuns gelbes Boot, festgebunden an seinem Anlegeplatz. Auf dem Bug hockte eine Möwe und wartete auf den Fischer. Marguerite legte den Arm um meine Taille, und mein Arm reagierte, als wüsste er genau, wo er hingehört. Wir lachten und weinten. Unsere Körper berührten sich. Sie war viel dünner als ich und ein bisschen kleiner. Sie bewegte ihren Fuß im Sand, sodass er meinen berührte. Wir lachten wieder, als wir unsere Füße betrachteten: ihre lang und schmal, meine kleiner mit rotem Nagellack, aber beide vom langen, heißen Sommer gebräunt.

»Diese Füße waren zu lange getrennt«, sagte ich. Ich drehte mich zu ihr und hielt sie um Armeslänge von mir weg, sah sie genau an, nahm jeden Zentimeter begierig in mich auf, als hätte ich sie noch nie zuvor richtig angesehen. Ihre Augen waren von blassestem Blau und riesengroß. Sie zwinkerte nicht oft, auch nicht im hellen Sonnenlicht.

»Als ich klein war«, sagte ich, »hatte ich eine Puppe namens Daisy. Sie hatte blaue Augen und blondes Haar. Ich hab sie immer in mein Babytuch gewickelt und jede Nacht mit ihr gekuschelt. Ohne sie konnte ich nicht einschlafen.«

Marguerite biss sich auf die Lippen; in ihren Augen glänzten Tränen. Sie nahm meine Hand und führte mich zur Höhle im Kliff. Sie schob das Gitter zurück und zog ein weiches Bündel heraus, das sie mir reichte. Ich hielt es hoch und schüttelte es aus. Rosafarbene Rosenblütenblätter regneten auf uns herab und wirbelten in der Brise. Es war ein Tuch, die Farben verblasst, aber das gleiche wie meins. Ich sah Marguerite erstaunt an.

»Hat Lillian – unsere Mutter – die für uns gestrickt?« Sie nickte. Ich hielt das Tuch an mein Gesicht und rief mir den Trost in Erinnerung, den meins mir als kleines einsames Mädchen geschenkt hatte. »Ich muss darin eingewickelt gewesen sein, als mein – unser – Vater mich mitgenommen hat.«.

Wir schlenderten ans Meer zurück, und jede von uns hielt einen Zipfel des Tuches. Wir umschlangen uns wieder und standen still in der Brandung. Um unsere Füße wirbelten rosafarbene Blütenblätter. Ich spürte eine tiefe Verbindung zwischen uns. Kein Wunder, dass ich nicht aus dem Bauch meiner Mutter hatte gezogen werden wollen. Und Dad hatte gesagt, ich hätte viel geweint. Ich wünschte, ich hätte das ganze Haus zusammengebrüllt – vielleicht hätte er mich dann zurückgebracht.

Ich strich über Marguerites langes Silberhaar. »Wir sind Schwestern«, flüsterte ich, »Zwillingsschwestern.« Sie nickte. »Ich nehme an, du hast das auch schon immer gewusst.« Wieder nickte sie und lächelte schüchtern. »Ja, meine Schwester. Wir werden von nun an zusammenhalten, nicht?« Sie nahm meine Hände und legte sie auf ihr Herz. »Wir gehen jetzt wohl besser zurück und passen auf, dass Neptun oder Tante Emmeline unseren Vater nicht an den Balken aufknüpfen.«

Wir hätten uns keine Sorgen machen müssen. Dad schlief erschöpft im Sessel. Emmeline saß in eine Decke gewickelt draußen und döste. Chas und Neptun schlenderten plaudernd durch den Garten. Sie sahen auf, als wir durch das Tor kamen. Chas forschte besorgt in meinem Gesicht und entspannte sich, als er feststellte, dass es mir gut ging.

»Ich mache uns einen Tee«, sagte Neptun. Er kam zu mir herüber. »Ich hätte ihn nicht erschossen, Jane. Die Pistole ist sowieso nicht geladen. Ich wollte nur, dass er eine Ahnung von der panischen Angst bekommt, die andere durch seine Schuld ausgestanden haben.«

»Neptun«, sagte ich. »Ich hätte dir auch keinen Vorwurf gemacht, wenn du ihm eine Kugel durch den Kopf gejagt hättest.«

Er sah erleichtert aus. »Was mich am meisten frustriert, ist die Gewissheit, dass jemand – sein Komplize – ganz in der Nähe wohnte und genau wusste, was passiert war. Vielleicht hat er jahrelang im Krankenhaus gearbeitet, Jane, und wir wussten es nicht. Wie kann ein Arzt – zwei Ärzte – eine derartige Grausamkeit planen?«

Chas legte seine Hand auf Neptuns Schulter. »Wenn ich eins über die menschliche Natur gelernt habe, Neptun, dann dass die Menschen ihre Seele für Macht und Reichtum verkaufen.«

Wir gingen ins Haus und betrachteten Henry, der im Sessel schlief.

»Findest du, wir sollten ihn aufwecken und uns auf den Weg machen, bevor es zu Blutvergießen kommt?«, fragte Chas.

»Lass ihn schlafen, während wir noch einen Tee trinken, Chas. Ich möchte kurz mit Emmeline allein sprechen.« Ich ging wieder hinaus und setzte mich neben sie. Als ich die Hand auf ihren Arm legte, schlug sie die Augen auf. »Warum hast du mir nicht erzählt, dass Marguerite meine Zwillingsschwester ist?«

»Weil ich herausfinden wollte, was Henry wusste. Er sollte derjenige sein, der dir die Wahrheit sagte. Das war seine Aufgabe. Außerdem war mir wichtig, dass du Marguerite zuerst kennen lernst, bevor du die Wahrheit erfährst, damit du dir unvoreingenommen ein Bild von ihr machen konntest. Ohne dich zu irgendwas verpflichtet zu fühlen.«

»Tja, das kann ich nachvollziehen.« Ich seufzte. »Ich hab das alles noch nicht wirklich begriffen, Emmeline. Ich werde lange brauchen, bis ich die ganze Tragweite ermessen kann. Aber ich weiß, dass ich sofort, als ich Marguerite zum ersten Mal sah, eine Affinität zu ihr empfunden habe. Es war, als ob – ich weiß nicht –, als ob sie auf eine sehr körperliche, aber unsichtbare Weise mit mir verbunden war.«

»Ihr seid die andere Hälfte der anderen.«

»Meinst du, wir haben eine gemeinsame Seele?«

»Nein, nein. So etwas gibt es nicht. Aber da ihr euch so nahe wart, bringt ihr verschiedene Aspekte zum Ausdruck. Wenn ihr zusammen aufgewachsen wärt, hättet ihr voneinander lernen können. Marguerite braucht dich, um zu lernen, wie sie ihr äußeres Ich ausdrücken kann, und du kannst von ihr etwas über dein inneres Ich lernen.«

»Ich bin die Extrovertierte und sie die Introvertierte? Meinst du das?«

»Einfach gesagt, ja. Aber es geht tiefer, meine Liebe; ich spreche nicht nur über eure Charakterzüge. Du hast gelernt, dir Schutzmechanismen zuzulegen, um in deiner Welt zu bestehen. Marguerite hat keine derartigen Schutzmechanismen, keinen Panzer, keine dicke Haut. Sie brauchte das nie. Sie ist so ursprünglich wie alles hier.« Sie deutete aufs Meer, den Sand und die Kliffs, die endlose Weite des blauen Himmels. »Sie ist ein Geschenk, das dir anvertraut wurde. Dieses Geschenk darfst du nicht zu irgendwas nötigen. Du darfst nicht versuchen, sie zu ändern oder sie nach deinen Vorstellungen zu erziehen. Aber sie muss deine Stärke fühlen und erfahren, dass sie die auch hat. Im Gegenzug kann sie dir helfen, diesen Ort in dir zu finden, der sich nach Erfüllung sehnt. Der Ort, von dem du mir erzählt hast, zu dem du von Zeit zu Zeit Zugang hattest.«

»Woher kommt das alles, Emmeline? Kommt es von meiner Mutter? War Lillian ein sehr spiritueller Mensch?«

»Ja, das war sie. Aber sie war nicht religiös oder akademisch gebildet. Es war für sie genauso natürlich wie für Marguerite. Deine Mutter hat nie gebetet, sie hat Zwiesprache gehalten. Sie hätte nicht sagen können, womit. Sie tat es einfach, ohne es zu hinterfragen.« Ihre Augen füllten sich mit Tränen. »Deine Mutter wurde mit einer außergewöhnlichen Fähigkeit geboren, über das Offensichtliche hinauszusehen. Sie versuchte immer das Gesamtbild eines

Puzzles zu erkennen, während ich noch mit den Einzelteilen herumspielte.« Sie seufzte. »Das Problem mit diesen wirklich spirituellen Menschen ist, dass sie sehr verletzlich sind, Jane. Lilly wäre es sehr schwer gefallen, in einer anderen Welt zu leben als dieser hier. Deshalb mache ich mir auch Sorgen um Marguerite.« Sie stieß einen leisen Schluchzer aus. »Wie kann sie an einem anderen Ort leben, ohne ihre Reinheit und Unschuld zu verlieren?« Sie packte meine Hände. »Du musst es ihr beibringen, Jane. Du bist ihr Schutzschild. Ich sehe, dass deine Gegenwart ihr Kraft gibt.«

»Ach, Emmeline. Das ist eine Riesenverantwortung.« Doch ich erinnerte mich, wie ich Marguerite in Ventnor verloren und sie am Fuße des Musikpavillons wiedergefunden hatte. Sobald ich meine Arme um sie gelegt hatte, hatte sie sich erholt und war mit all den neuen Erfahrungen fertig geworden.

»Du bist die Einzige, die das kann, Jane. Verstehst du? Weil ihr füreinander das perfekte Gegengewicht seid.«

»Emmeline, warum hab ich das alles nicht schon vorher gespürt? Warum ist das alles erst passiert, seit Lillian – meine Mutter – gestorben ist?«

»Lilly hat dich beschützt. Sie konnte dich zwar nicht finden, aber sie spürte von Anfang an deinen Schmerz, genau wie Marguerites. Sie verbrachte jeden Tag Zeit damit, Lichter um dich herumzuweben – so hat sie es ausgedrückt. Damit du den Schmerz nicht so fühltest und dein Leben leben konntest.« Sie sah auf ihre Hände. »Ich habe immer bezweifelt, dass du überlebt hattest. Ich dachte, Henry hätte dich mitgenommen, um dich loszuwerden. Aber Lilly hat nie daran gezweifelt, dass du am Leben warst. Sie sagte, sie würde deine Energie spüren, und sie wusste, dass Victoria dich immer in das Tuch wickelte, das sie mit solcher Liebe für dich gestrickt hatte – das half ihr, die Verbindung zu dir zu verstärken. Und als Marguerite dann größer wurde, fing sie an, Bilder von dir zu malen – sie wird sie dir zeigen, wenn sie dazu bereit ist. Selbst damals fragte ich mich noch, ob Marguerite nicht nur dem Wunsch ihrer Mutter nachkam zu glauben, dass du noch am Leben warst. Erst als deine Bücher erschienen, verschwanden meine Zweifel.« Sie lächelte. »Wir waren so stolz, dass du Schriftstellerin warst. Lilly sagte, Virginia sei genau der richtige Name für dich gewesen. Deshalb haben wir dich immer so genannt.«

»Willst du damit sagen, dass ich Lillians Schutz verlor, als sie starb. Dass ich deshalb den Schmerz fühlte und alles an die Oberfläche kam?«

»Ja, es wurde ziemlich kräftig am Verbindungsnetz gezogen, glaube ich.« Sie lächelte. »Tu das nicht als Hokuspokus ab, Jane. Nicht bevor du Zeit hattest zu erfahren, wie das alles funktioniert. Glaub mir, ich selbst war die allergrößte Skeptikerin. Ich habe nicht ein Fünkchen Intuition oder Sensibilität in mir. Ich schlage alles in Büchern nach.« Sie lachte. »Aber das Zusammenleben mit Lilly und mit Marguerite hat meine Weltsicht verändert. Und Naturwissenschaft hat wenig damit zu tun.« Sie tätschelte meine Hand. »Deine Mutter wusste, dass aus dir mal eine große Schriftstellerin würde.«

Ich lachte. »Damit hatte sie wohl Unrecht.«

Emmeline lächelte. »Du hast ja noch nicht mal angefangen«, sagte sie.

Neptun rief, dass der Tee fertig sei, und ich half Emmeline aus ihrem Stuhl. Sie stützte sich schwer auf mich, und ich merkte, dass sie mit jedem Tag schwächer wurde. Doch sie schien keine allzu großen Schmerzen zu haben. Vermutlich hatte sie das Marguerites heilenden Händen zu verdanken. Wir setzten uns an den Tisch. Neptun, Chas und Marguerite hatten Sandwiches gemacht. Henry regte sich, und Chas fragte ihn, ob er etwas essen wolle. Er lehnte ab und verlangte nur nach Tee. Er blieb, wo er war, um ihn zu trinken.

Wir anderen saßen am Tisch und plauderten. Nach all den Enthüllungen fühlte ich mich ziemlich komisch. Ich hatte das Gefühl, dass ich erst mal alles von mir wegschieben musste, weil der Brocken zu groß war, um ihn auf einmal zu verdauen. Neptun erzählte, dass er erfahren habe, Wraith Cottage und auch Puck's Cottage würden sich wahrscheinlich noch ein paar Jahre halten, vorausgesetzt, es gab keine schlimmen Unwetter, bevor die Küstenbefestigungen angebracht waren. Das Küstenmanagement sagte, das Risiko, dort zu wohnen, läge bei den Eigentümern. Chas stellte Fragen über das Hotel in seinen Glanzzeiten.

Plötzlich stellte Henry mit einem Klappern seine Tasse auf dem Tischchen neben sich ab und machte Anstalten, aufzustehen. Chas sprang auf, um ihm zu helfen, doch er winkte ab.

»Danke, Charles. Ich komme schon klar«, sagte er und zeigte eine Spur seines alten Stolzes. Unsicher schlurfte er zum Tisch. Wir saßen da und sahen ihn erwartungsvoll an. Er räusperte sich und stützte sich auf eine Stuhllehne, wobei seine knubbligen Fingerknöchel weiß hervortraten. »Ich gehe jetzt«, sagte er, »aber vorher will ich noch etwas sagen.« Er forschte in unseren Gesichtern, bis sein Blick bei Emmeline hängen blieb. »Ich weiß, es bedeutet nicht sehr viel, Emmeline, aber ich möchte dir sagen, dass es mir Leid tut, und ich hoffe, dass du mir verzeihen kannst. Ich kann nichts mehr ungeschehen machen.« Dann wandte er sich zum Gehen, als sei das alles, als wollte er nicht einmal eine Antwort abwarten.

»Warte«, befahl Emmeline, worauf er stehen blieb. »Ich

kann dir nicht verzeihen, Henry. Ich bin nicht wie Lilly. Lilly sagte, sie hätte den Schmerz gefühlt, den du als Junge durchlitten hast. Ich weiß, du fühltest dich vernachlässigt, und vielleicht hat unsere Mutter mich in ihre Spielchen hineingezogen. Aber ich kann mich nicht daran erinnern. Wenn ich dir wehgetan habe, tut es mir Leid. Aber diese Art Strafe hatte ich bestimmt nicht verdient, Henry.«

»Es war Lillian, der ich unrecht getan habe, nicht dir.« Seine Stimme klang hart, die alte Feindseligkeit war unüberhörbar.

»Wie kannst du es wagen, das zu sagen! Du hast mich brutal angegriffen. Die Vergewaltigung hat auch mein ganzes Leben beeinflusst. Lilly war nie mehr dieselbe. Du hast sie um ihre Unbeschwertheit gebracht und unsere Beziehung verändert. Du hast uns Virginia – Jane – und Woody weggenommen. Wenn du etwas wieder gutmachen willst, dann überleg dir, was du für deine zwei Töchter tun kannst. Sie müssen dir verzeihen.« Ihre Augen funkelten; seine Feindseligkeit hatte auch ihre wieder entfacht.

Henry sah jetzt Neptun an.

»Tut mir Leid, Henry. Ich stimme Emmeline zu. Ich lebe seit fünfzig Jahren hier. Du dagegen hast der Insel den Rücken gekehrt. Wenn du das Leid gesehen hättest, das du uns allen zugefügt hast, würdest du niemals um Vergebung bitten.« Er wandte sich ab und ging hinaus.

Als Nächstes sah mein Vater mich an. »Jane?«, krächzte er.

»Du hast mir meine Mutter vorenthalten, Dad. Du hast mir nicht einmal die Chance gegeben, sie kennen zu lernen.« Ich suchte Blickkontakt zu Marguerite. »Ich habe zwar jetzt meine Schwester, aber ich hätte sie schon seit fast fünfzig Jahren haben können.«

»Ich wusste nichts von deiner Schwester.«

»Hätte das denn etwas geändert?«

Er ließ den Kopf hängen. »Ich habe versucht, dir alles zu geben. Ich …«

»Nein, Dad. Du hast mir keine Liebe gegeben. Du hast mir Liebe vorenthalten. Liebe habe ich von anderen bekommen – aber von dir und Mutter nie. Dass ich überlebt habe, habe ich mir selbst zu verdanken und denen, mit denen ich immer in Verbindung stand. Und Chas.« Ich schnäuzte mich geräuschvoll. »Es ist zu früh, um über Vergebung zu sprechen.«

Dann sah Dad Marguerite an. Ich fragte mich, ob er wirklich begriffen hatte, dass sie meine Zwillingsschwester war, seine zweite Tochter. War ihm klar, dass sie nicht sprechen konnte? Er blickte in ihre unschuldigen Augen, die voller Mitgefühl waren. Plötzlich liefen Tränen über seine Wangen, und er wandte den Blick ab. Seine Knie gaben nach, und Chas fing ihn auf.

»Ich glaube, wir bringen Henry lieber ins Hotel zurück, Janey. Emmeline braucht bestimmt auch Ruhe.« Er sah sich um. »Ihr seht alle ziemlich erledigt aus.« Er schenkte uns sein gutmütiges, ruhiges Lächeln. »Ich bin's auf alle Fälle.« Er half Dad in den Rollstuhl, in dem er wie ein Häufchen Elend saß. Ich umarmte meine Schwester, meine Tante und Neptun und folgte ihnen.

Chas kümmerte sich um Dads Abendtoilette, und dann nahmen wir beide ein heißes Duftbad und gingen früh zu Bett, wo wir versuchten, uns zu entspannen und den Kopf freizubekommen.

Chas gähnte lautstark, was mich gewöhnlich nervte, aber heute Abend normal und beruhigend wirkte.

»Das ist ein ganz schöner Hammer, was?«, sagte er. »Schwer zu glauben.«

»Hmhm. Mein Vater ein Vergewaltiger, ein Brutalo, ein Kindsentführer. Wie konnte er dermaßen mit dem Leben anderer spielen? Und die Umstände von Woodys Tod sind auch irgendwie verdächtig, findest du nicht?«

»Fürchte ja.«

»Aber wenigstens weiß ich's jetzt. Und es hat auch was Gutes.« Ich drehte mich zu ihm und legte den Arm über seinen Bauch. »Wenn Dad mich nicht entführt hätte, wären wir uns vielleicht nie begegnet.«

»Dann wäre ich eben auf die Isle of Wight gefahren, um dich höchstpersönlich zu entführen.«

Ich drückte ihn. »Außerdem habe ich jetzt eine Tante, Emmeline – wenigstens noch für kurze Zeit. Ich habe viel von ihr und ihrer verrückten Weisheit gelernt. Und Neptun – was für eine treue Seele er über all die Jahre war. Und vor allem Marguerite – sie ist was Besonderes, stimmt's?«

»Stimmt. Außergewöhnlich.«

»Ich weiß nicht, wie das alles funktionieren soll, Chas. Ich kann doch jetzt nicht einfach davonlaufen, nicht?«

»Nein«, räumte er vorsichtig ein. »Das verstehe ich.«

»Ich möchte für Marguerite sorgen.«

»Das verstehe ich auch.«

»Aber wie? Das ist die Frage.«

»Wir kriegen das schon irgendwie hin, Janey. Das tun wir doch immer.« Er gähnte. »Henry könnte ausnahmsweise mal tief in die Tasche greifen. Emmeline hatte Recht. Er sollte darüber nachdenken, was er für seine Töchter tun kann. Wenigstens das schuldet er dir.«

Chas knipste das Licht aus. Mr. Micawber, dachte ich, und lächelte im Dunklen. Vielleicht fand Chas eines Tages heraus, dass sein richtiger Vater Wilkins Micawber war.

46

Emmeline stützte sich auf die Fensterbank und blickte hinaus aufs Meer. »Hast du sie gesehen, Lilly? Hast du deine zwei Töchter gesehen, Hand in Hand, in Kenntnis der Wahrheit?«

»Ja, Emm. Das weißt du doch. Und ich bin sehr glücklich.«

Emmeline streckte den Arm aus und pflückte eine Rose. Sie drehte sie zwischen den Fingern und atmete ihren Duft ein.

»Und du, Emm, bist du jetzt glücklich?«

Emmeline setzte sich aufs Bett und betrachtete nachdenklich die Rosen. War sie glücklich? Hatte sie sich Genugtuung verschafft? Tief in ihrem Herzen wusste sie, dass sie Henry nicht vergeben konnte. Und trotzdem verspürte sie einen gewissen inneren Frieden. Es war, als hätte sie ein Hindernis aus dem Weg geräumt und könnte jetzt in Ruhe auf ihr Leben mit Lilly zurückblicken. Sie hatten ein stilles Glück gehabt. Vielleicht nicht das Leben, das sie erwartet hatten. Aber sie hatten Liebe erfahren – die zueinander und die von Marguerite. Und natürlich die von Woody und Neptun.

»Ich hab getan, was ich konnte«, sagte sie. »Ja, Lilly. Ich bin jetzt glücklich.«

47

Ich schlief gut, ungestört von irgendwelchen Träumen. Trotzdem wachte ich mit einem beklommenen Gefühl auf. Ich lag da, lauschte Chas' kehligem Atem und beobachtete die kleinen Blitze aus Sonnenlicht, die sich hereinschlichen, wenn die Vorhänge sich in der Brise bewegten.

Ich stand auf, knipste den Wasserkocher an und durchstöberte die diversen Isle-of-Wight-Souvenirkannen nach Instantkaffeetütchen. Ich überlegte, ob ich Dad einen Kaffee ans Bett bringen sollte, aber ich war noch nicht bereit, ihm allein gegenüberzutreten. Ich konnte ihn gerade so ertragen, wenn Chas dabei war und die Atmosphäre entschärfte.

Ich beschloss, Chas noch nicht zu wecken; er sah so friedlich aus, wie er mit offenem Mund dalag. Stattdessen zog ich die Vorhänge zurück, öffnete das Fenster, setzte mich und sah hinaus aufs Meer, während ich an meinem Kaffee nippte. Ich dachte an Emmeline, Lillian, Marguerite und Neptun, wie sie all die Jahre zusammengelebt und um mich und Woody getrauert hatten. Aber sie hatten auch Liebe und Freude geteilt. Alles in allem hatten sie ein schöneres Leben gehabt als mein Vater und die arme Victoria.

Ich stand auf, um mir noch einen Kaffee zu holen, und mir wurde schwindelig. Einen Moment lang hatte ich keine Ahnung, ob ich stand oder fiel. Ich wollte mich an einem Stuhl festhalten, und mir fiel krachend meine Kaffeetasse herunter. Mir wurde schwarz vor Augen, und dann lag ich auf dem Boden und Chas kniete neben mir.

»Jane, was um alles in der Welt ist los?«

Er half mir auf, und ich legte mich aufs Bett, während er die Scherben wegräumte. Ich stand vorsichtig auf. »Vielleicht ist das eine verspätete Reaktion auf das ganze Durcheinander.«

»Wir haben gestern auch nicht viel gegessen«, sagte Chas. »Vielleicht brauchen wir nur ein schönes kräftiges Frühstück.« Er betrachtete sein Profil im Spiegel. »Ich muss ein paar Kilo abgenommen haben. Sieh dir das an«, sagte er und tätschelte seinen Bauch. Er zog sich sein Hemd über. »Ich werde mal nachsehen, ob der alte Knochen Hilfe bei seiner Morgentoilette braucht, und danach gehen wir frühstücken.« Er kam zu mir und betrachtete prüfend mein Gesicht. »Fühlst du dich wieder besser?«

Ich beruhigte ihn, stand auf und ging ins Bad. Ich hatte mich gerade abgetrocknet, als Chas zurückkam.

»Jane, wo bist du?« Er öffnete die Badezimmertür und schaute herein. »Henry ist weg.«

»Was meinst du damit, weg?«

»Die Empfangsdame sagte, er hätte sehr früh an der Rezeption angerufen und gefragt, ob ihm jemand in den Rollstuhl helfen und ihn nach draußen bringen könnte. Er wollte an die frische Luft.«

»Du lieber Himmel. Meldet sich da wieder ein Fünkchen Selbstständigkeit? War er denn angezogen?«

»Anzunehmen. Bis zu einem gewissen Punkt kommt er allein zurecht. Aber es kann gut sein, dass seine Knöpfe offen stehen.«

»Tja, solange er nicht wegen Erregung öffentlichen Ärgernisses verhaftet wird … Wir sollten ihn wohl lieber zum Frühstück reinholen.«

Ich zog mich an und wir gingen raus, um ihn zu suchen. Die Luft war ziemlich frisch, als wäre dem Wettergott endlich eingefallen, dass September war.

»Wo mag er hingefahren sein?«, fragte Chas. »Ich bin überrascht, dass er mit dem Rollstuhl so weit gekommen ist. Ihn zu manövrieren kostet ziemlich viel Kraft.« Wir liefen zum Vordereingang des Hotels, und dort stand sein leerer Rollstuhl. »Er muss jemanden gebeten haben, ihn wieder ins Haus zu bringen. Bleib hier, ich seh mal im Speiseraum nach. Wahrscheinlich lässt er sich schon ein Stück Toast schmecken.«

Ein paar Minuten später tauchte Chas wieder auf. »Er

ist weder im Speiseraum noch in seinem Schlafzimmer. Keiner hat ihn gesehen.«

Ein komisches Gefühl machte sich in meinem Magen breit. »Na, er kann ja nicht weit gekommen sein, Chas. Ohne Rollstuhl schafft er es nicht weit. Er sitzt bestimmt irgendwo auf einer Bank. Ich gehe hier lang und du dort; dann treffen wir uns da hinten.«

Ich lief um das Hotelgelände herum, lugte in die Gartenlaube, schaute bei allen Sitzgelegenheiten und Bänken nach ihm. Als ich mich wieder mit Chas traf, war ich mir sicher, dass er ihn gefunden hatte. Doch Chas zuckte ratlos mit den Schultern.

»Keine Spur. Er ist bestimmt wieder reingegangen und irrt im Haus herum.« Mit einem Hotelangestellten durchsuchten wir das ganze Hotel, doch er blieb spurlos verschwunden. Niemand hatte ihn gesehen, außer einer Raumpflegerin, die sagte, er hätte auf dem Rasen gesessen und aufs Meer geschaut. Dann hätte er sie gebeten, ihn auf die Auffahrt zu schieben, weil seine Räder im Gras stecken blieben. »Vielleicht ist er entführt worden«, witzelte Chas, doch er lächelte nicht dabei.

»Hoffentlich!«, war mein sarkastischer Kommentar, aber langsam machte ich mir Sorgen. »Wenn er nicht im Hotel und nicht im Garten ist, dann ist er wohl durchs Haupttor entwischt. Einen anderen Ausgang gibt es nicht. Mein Gott, Chas, wenn er nun raus auf die Straße gestolpert ist. Da wird er überfahren.«

»Davon hätten wir schon gehört«, sagte Chas. »Komm mit.«

Wir liefen los, aber als wir vor dem Hoteltor auf dem Bürgersteig standen, wussten wir nicht, in welcher Richtung wir weitergehen sollten. »Vielleicht ist er in den Botanischen Garten«, sagte ich. »In die andere Richtung, nach Ventnor, hat er sich bestimmt nicht gewagt.« Aber vielleicht wusste er nicht mehr, wo er war, oder er wollte einfach nur weg, weil er nicht wusste, wie er uns gegenübertreten sollte. »Beeil dich, Chas«, sagte ich und rannte fast.

Im Botanischen Garten standen wir vor demselben Dilemma wie vorhin: In welche Richtung sollten wir gehen? »Er kann nicht weit gekommen sein«, keuchte ich. »Er hat nicht genug Kraft. Außerdem muss er auf ebenem Gelände bleiben.«

Chas schaute im Besucherzentrum nach, aber so früh hatte es noch nicht geöffnet. Dort war niemand zu sehen. Doch am Ende des Parkplatzes, wo die Pflanzen verkauft wurden, hörte ich Geräusche, und wir liefen dorthin. In dem Moment wusste ich, dass wir richtig lagen. Hier war er verwurzelt. Die Sehnsucht nach diesem Ort hatte ihm die Kraft gegeben, die Reise zu überstehen. Hier war er zur Welt gekommen, hier war er aufgewachsen, und hier hatte er gearbeitet. Hier hatte er mit meiner Mutter – nun, Victoria – gelebt, bis er die Insel für immer verließ. Doch jetzt war er heimgekehrt. An diesen Ort würde er sich begeben.

Im Schuppen war eine junge Frau zugange. Sie sagte, sie habe vorhin einen alten Herrn auf einer Bank in der Nähe des Gewächshauses gesehen. Er hatte sie angelächelt und ihr einen guten Morgen gewünscht. Sie sagte, das wäre nichts Ungewöhnliches. Es wäre schwer zu sagen, ob es echte Menschen oder Geister wären, da hier viele Menschen gestorben wären. »Die fitteren Patienten haben früher hier im Garten gearbeitet«, berichtete sie sachlich. Sie deutete auf die inzwischen verlassene Bank. »Verstehen Sie, was ich meine?«

Chas wirkte ratlos, verkniff sich aber jede Bemerkung. Ich glaube, er akzeptierte langsam, dass es zwischen Himmel und Erde Dinge gibt, die man nicht rational erklären kann.

»Bestimmt ist er dorthin gegangen, wo früher sein Haus stand«, sagte ich.

»Das würde mich überraschen, Janey. So weit kann er doch nicht laufen.«

»Du weißt doch, wie stur Dad ist, wenn er sich was in den Kopf gesetzt hat.« Wir liefen am Kinderspielplatz vorbei hinüber zu dem Rasen, wo Dad zufolge das Arzthaus gestanden hatte. Die Sonne strahlte von einem wolkenlosen Himmel, die Luft war klar und frisch. Ein perfekter Tag.

Langsam ging ich auf den Kliffrand zu. Und dann überlief es mich kalt, meine Kopfhaut prickelte und ich bekam eine Gänsehaut. Ich wollte es nicht wahrhaben. Ich hielt den Atem an, bis mir schwindelig wurde und ich wieder das Gefühl hatte zu fallen. Ich wollte mich irgendwo festhalten, aber ich griff ins Leere. Es kam mir vor, als würde ich eine Ewigkeit am Abgrund stehen; eine kalte, tiefe Leere schien meinen Kopf und meine Brust auszufüllen. Doch dann spürte ich, wie ich von hinten gepackt und zurückgezerrt wurde.

»Jane!« Chas drückte mich an sich. Ich hörte sein Herz hämmern. »Ich dachte, du würdest fallen!«

»O Chas.« Meine Stimme war ein trauriges, leises Jammern. Er starrte mich mit großen Augen an. »Ich weiß, wo er ist.«

»Wo denn, Jane, wo?«

Ich deutete nach unten. Chas hielt mich fest, als wir über den Rand spähten. An dieser Stelle war das Kliff sehr steil. Es dauerte eine Weile, bis ich ihn entdeckte. Die Sonne schien auch auf seinen kahlen Kopf, der glänzte wie ein kleiner runder Felsen zwischen einer Million anderer. Ich unterdrückte ein Geräusch, das eine Mischung aus einem Schluchzer und einem Lachen war. Chas brauchte ewig, bis er ihn sah. Ich glaube, er hielt es für Einbildung. Doch dann entdeckte auch er ihn.

»Ich hole Hilfe«, schrie er und rannte schon los.

Ich stand nur da und sah ihm nach, weil ich wusste, dass mein Vater tot war. Ich wusste, dass es sinnlos war, den Notdienst zu alarmieren. Ein Helikopter oder eine Rettungsmannschaft hätten völlig ausgereicht.

Sie zogen ihn in einem Bergesack die Kliffwand hinauf. Chas stand neben mir, die Arme um meine Schultern gelegt. Schaulustige wurden zurückgedrängt. Jemand reichte mir Dads Stock. Ich spürte, wie er in meiner Handfläche warm wurde. Fast konnte ich seine Energie fühlen, die in das Holz gesickert war, an dem er sich so viele Jahre festgehalten hatte. Die Hände meines Vaters – sie hatten so viel Schaden angerichtet, und doch wahrscheinlich auch Menschen getröstet, geheilt, beruhigt. Ich sah seine verschrumpelten Hände auf seinem Schreibtisch in Winter Wood liegen. Nun war er doch nicht dort gestorben – er war nach Hause zurückgekehrt.

Emmeline fand, dass Henry in seinem Leben ausnahmsweise einmal das Richtige getan hatte. In gewisser Weise gab ich ihr Recht; ich glaube, das taten wir alle. Jetzt, wo die Wahrheit ans Licht gekommen war, wäre es sehr schwierig für ihn gewesen weiterzuleben, in völliger Abhängigkeit von uns. Das hätte er nicht ertragen. Doch ich fühlte mich auch schuldig, weil ich ihn durch mein Handeln zu dieser Verzweiflungstat getrieben hatte. Ich hätte ihn auch in Ruhe lassen können, ihn nicht so unerbittlich ins Verhör zu nehmen brauchen, wie es mir inzwischen vorkam. Aber vor allem machte mich traurig, dass er allein gestorben war. Wie hatte er sich an jenem Morgen gefühlt, als er sich über sein altes Grundstück schleppte und zitternd am Kliffrand stand. Wie war es für ihn gewesen, jener Moment zwischen Leben und Tod? Sah er Geister? War irgendjemand da gewesen, der ihm auf seiner Reise Beistand geleistet hatte? Schwebte eine reuige Mutter über ihm, ein verständnisvoller Vater? Hatte Lillian versöhnlich ihre Flügel ausgebreitet, um seinen Sturz zu dämpfen?

Dads Tod wurde für einen Unfall gehalten. Es gab keine verdächtigen Umstände; bei der Obduktion wurden keine Verletzungen entdeckt, die nicht mit seinem Sturz zu erklären waren. Wir wurden kurz von der Polizei befragt und beschlossen, ihm das Stigma des Selbstmords zu ersparen. Chas überlegte, ob er nicht aus Versehen abgestürzt war; vielleicht hatte er versucht, zu Fuß hinunterzukommen, um noch einmal mit Emmeline zu sprechen. Ich fragte mich, ob es die Stelle war, an der auch Woody abgestürzt oder heruntergestoßen worden war – eine Art Strafe für Dad. Aber genau wie bei Woodys Tod würden wir es nie mit Sicherheit wissen.

Wir ließen seine Leiche einäschern. Nur Chas, Marguerite und ich nahmen an der Trauerfeier teil. Wir hatten überlegt, wo wir seine Asche verstreuen sollten. Als Alternativen kamen Victorias Grab in Malvern und das Grab seiner Eltern in Ventnor in Frage. Doch Marguerite schüttelte den Kopf und deutete auf das Kliff. Natürlich, dachte ich. Den Ort hat er sich selbst ausgesucht. Vielleicht hatte er dort als kleiner Junge auch glückliche Zeiten verbracht.

An einem schönen Abend gingen wir drei dorthin und beobachteten den Sonnenuntergang. Wir zündeten Kerzen an, stellten sie an die Absturzstelle, und jeder von uns warf eine Blume hinab. Dann hoben Marguerite und ich die Urne gemeinsam hoch und entleerten die Asche unseres Vaters über dem Kliff. Wir blieben, bis der Himmel vor Sternen glühte und unsere Kerzen heruntergebrannt waren. Wir lauschten dem Grillengesang, der schöner klang als jedes Kirchenlied, das ich je gehört hatte.

48

Das ist also das Ende, dachte Emmeline. Sie empfand keine Freude über Henrys Tod, aber auch keinen Schmerz. Vielleicht war es die einzige Möglichkeit gewesen, die Sache ehrlich zu beenden.

Sie wartete darauf, dass Jane etwas sagte. Sie hatte sie und Marguerite zusammen beobachtet und wusste, dass sie sich keine Sorgen mehr machen musste.

Sie spürte Lilly, die auf den Zeitpunkt wartete, an dem sie wieder zusammen sein würden. Bis dahin war sie zufrieden damit, draußen in ihrem Stuhl zu liegen und sich an den Septemberdüften des Gartens und den Rhythmen des Meeres zu erfreuen.

49

Chas fuhr für ein paar Tage nach Birdsong, um an den letzten Besprechungen teilzunehmen, die zur Abwicklung der Firma nötig waren. Er schien es nicht zu bereuen. Nach seiner Entscheidung, sich selbstständig zu machen, war er wieder mehr wie früher; er addierte das Leben zwar immer noch in ordentlichen Zahlenkolonnen, aber ohne die Anspannung und Sorge, die ihn in den letzten zwei Jahren gequält hatten. Er kam mir auch weniger oberflächlich vor, als wäre er tief berührt von allem, was seit Januar passiert war, seit der scheinbar harmlose Brief mit der Nachricht, dass eine Tante Lillian mir Wraith Cottage auf der Isle of Wight vererbt hatte, bei uns eingetroffen war.

Ich zog vom Hotel ins Wraith Cottage um. Das Septemberwetter war freundlich, und wir saßen häufig draußen und erzählten uns gegenseitig viel aus unseren Leben. Wie Emmelin döste und träumte ich immer wieder, als hätte meine Psyche nach der stürmischen Berg- und Talfahrt eine Ruhepause nötig. Jeden Tag fuhr Neptun aufs Meer hinaus, um seine Fangkörbe zu inspizieren, und dann segelte er von der Puck's Bay zu uns herüber, um uns Gesellschaft zu leisten und mit Loot auf den Fersen im Cottage und im Garten herumzuwerkeln.

Eines Tages fuhr ich mit ihm hinaus. Wir legten in einer verlassenen Bucht an und liefen über den Strand zu einem winzigen Friedhof, wo er mir Woodys Grab zeigte und ganz in der Nähe auch Lillians – das meiner Mutter. Ich fiel auf die Knie und las die Inschrift auf dem schlichten Grabstein. *Lillian Walding 1933–2003. Geliebt und unvergessen.*

»Ich wünschte, ich hätte Blumen mitgebracht, Neptun«, flüsterte ich. Er legte mir die Hand auf die Schulter.

»Wir kommen bald mit Emmeline her«, sagte er rau. »Dann kannst du welche mitbringen.«

An jenem Abend brach Emmelines Brille wieder einmal auseinander, und ich ließ mich aufs Sofa fallen, um den Draht aufzuwickeln, der sie zusammenhielt. Mit einem mordsmäßigen Krach brach das Sofa auseinander. Surfer schoss durchs Zimmer, als hätte der Blitz eingeschlagen. Ich war so überrascht, dass ich nur mit offenem Mund dasaß, während die anderen lauthals lachten.

»Das war's«, keuchte Emmeline und hielt sich den Bauch. »Jetzt fliegt es raus, Nep.«

Marguerite half mir hoch, und ich setzte mich vorsichtig in einen Sessel. »Ich dachte nicht, dass ich so schwer bin«, sagte ich entschuldigend.

»Wir haben neulich erst darüber gesprochen«, sagte Emmeline. »Wenn diese Schlafcouch reden könnte, müssten wir sie knebeln.« Wir starrten auf das Sofa, als würde es jeden Moment anfangen zu plappern. In dem Moment verstand ich, was sie meinte. Vermutlich hatten sie und meine Mutter sich darauf geliebt, vielleicht war Lillian darauf vergewaltigt worden, hatte uns darauf geboren und war darauf gestorben. Ich wollte nicht danach fragen. Emmeline würde es mir erzählen, wenn sie es für richtig hielt.

»Vielleicht sollten wir es verbrennen«, sagte ich.

Marguerite sprang auf und gestikulierte aufgeregt; Emmeline verstand sie sofort.

»Ein Feuer am Strand? Gute Idee. Das machen wir. Wir könnten es zum Kliffrand schleifen und einfach hinunterschubsen.«

Marguerite nahm den Kalender von der Wand und kam damit zu mir. Sie deutete auf das Datum.

»Du lieber Himmel. In drei Tagen ist mein fünfzigster Geburtstag.« Das hatte ich in dem ganzen Drama völlig vergessen. Doch dann ging mir ein Licht auf; ich blickte in Marguerites aufgeregtes Gesicht. »Es ist unser fünfzigster Geburtstag!«, sagte ich. »Wir könnten unten am Strand eine Party feiern.«

»Hummer!«, sagte Neptun.

Am nächsten Tag schoben Neptun, Marguerite und ich die alte Schlafcouch über das Kliff. Ich blieb bei Emmeline, während die beiden zum Strand gingen, um Treibholz für das Feuer zu sammeln.

»Ich bin froh, dass wir mal kurz allein sind, Jane«, sagte Emmeline. »Ich will mit dir reden.« Ich nickte; ich hatte schon damit gerechnet. »Ich werde nicht mehr viele Tage hier sein …«

»Bitte nicht, Emmeline. Noch nicht.«

»Jane. Ich halte nicht mehr lange durch.« Sie nahm meine Hände.

»Ich kann es nicht ertragen, dich so reden zu hören.« Ich fing an zu weinen. In letzter Zeit hatte ich nah am Wasser gebaut.

»Schscht«, sagte sie sanft. »Hör zu, Jane. Ich will gehen. Ich möchte bei Lilly sein – um zu sehen, ob es ihr gut geht. Ich habe keine Angst, und du darfst auch keine haben. Eigentlich gibt es den Tod gar nicht, bloß eine Veränderung des Blickwinkels, das ist alles.«

»In der Theorie ist das alles gut und schön. Aber es ändert nichts daran, wie sehr ich dich vermissen werde«, schluchzte ich. Dann beweinte ich all meine Verluste auf einmal. Emmeline wartete geduldig, bis ich mich beruhigte und mich schnäuzte. »Tut mir Leid«, schniefte ich.

»Es braucht dir nicht Leid zu tun«, sagte sie freundlich. »Jane, bevor ich gehe, muss ich wissen, ob du schon eine Entscheidung wegen deiner Schwester getroffen hast.«

Ich nickte. »Chas und ich wollten gemeinsam mit dir darüber sprechen …«

»Wenn du lieber auf ihn warten willst, verstehe ich das.«

»Nein, Emmeline, ihm ist es sicher recht, wenn ich mit dir darüber rede. Das Wichtigste ist, dass wir uns beide um Marguerite kümmern wollen.« Sie stieß einen tiefen Seufzer aus. »Ich habe sie sehr gern, und ich brauche sie genauso wie sie mich. Das ist keine einseitige Beziehung, weißt du.«

»Das weiß ich sehr gut«, sagte sie.

»Die Schwierigkeit besteht darin, dass wir nicht ständig hier leben wollen, weil wir unser Zuhause lieben – Birdsong. Es ist ruhig dort, inmitten einer wunderschönen Landschaft gelegen. Kein Meer, aber ein Fluss unten im Tal. Marguerite würde es dort gefallen. Sie würde ein eigenes Zimmer haben. Sie könnte es selbst nach ihrem Geschmack einrichten. Chas muss sich dort um sein Geschäft kümmern.« Emmeline sagte nichts, aber sie hörte konzentriert zu. »Wir werden hier und dort wohnen, und Marguerite fährt mit uns hin und her. Das wird ihr helfen, sich an die Welt außerhalb von Wraith Cottage zu gewöhnen.« Ich hielt die Hände gefaltet wie zum Gebet. »Ich verspreche dir, Emmeline, wir versuchen nicht, sie zu verändern. Wir lernen ihre Sprache, und hoffentlich auch ihre Weisheit, während wir ihr helfen, stark zu werden, indem wir sie allmählich immer neuen Erfahrungen aussetzen, die ihr Spaß machen. Daran können wir alle gemeinsam arbeiten, wie du schon gesagt hast. Ich habe schon mit ihr darüber gesprochen. Es ist schwierig, ihr das in Worten verständlich zu machen, aber das lernen wir auch noch. Ich glaube, wenn wir einfach damit anfangen, ist es einfacher, als es umständlich zu erklären.«

Emmeline legte die Hände auf meine. Ich sah die Erleichterung und Dankbarkeit in ihren Augen. »Wir haben eine ansehnliche Geldsumme für sie zurückgelegt«, sagte sie. »Lilly wollte, dass du das Cottage und das Land bekommst, und wir haben immer genügsam gelebt. Aber unser Kapital haben wir treuhänderisch für Marguerite verwalten lassen, für den Fall, dass es nicht funktionierte und wir sie ins Heim hätten geben müssen. Wir wollten das bestmögliche Heim für sie haben.«

»Ach, Emmeline, diese Alternative muss ja eine schreckliche Vorstellung für euch gewesen sein. Ich verstehe jetzt, warum du und Lillian wolltet, dass ich hierher zurückkomme.«

»Aber es war auch für dich«, sagte sie. »Wir mussten dir doch die Chance geben, sie kennen zu lernen.«

»Auch das ist mir jetzt klar. Gar nicht auszudenken, dass ich gestorben wäre, ohne ihr je begegnet zu sein. Und ich muss dir noch etwas anderes sagen. Ich weiß, dass Lillian Henrys Geld verbrannt hat, aber er hat ein Treuhandvermögen für sie hinterlassen, das jetzt an mich geht, und wenn ich sein Haus verkaufe, haben wir noch mehr Geld. Chas und ich haben darüber gesprochen, das Hotel wieder aufzubauen. Es könnte wunderschön werden. Er hat jede Menge Nichten und Neffen, die gern hierher kommen würden, um zu helfen; sie könnten in den Semesterferien hier arbeiten, um Geld zu verdienen. Das würde Marguerite sicher Spaß machen. Sie könnte sich gut um den Garten kümmern. Und natürlich Neptun. Wir werden ihn nicht im Stich lassen. Ich kann mir zwar nicht vorstellen, dass er je von hier wegziehen oder sein Fischernetz an den Nagel hängen würde. Aber er kann jederzeit zu uns nach Birdsong kommen, wenn er will.«

»Den kriegt ihr hier nicht weg. Wenn ihr nicht hier seid, werden ihm die Tiere Gesellschaft leisten. Nep sagt immer, dass er in der Puck's Bay sterben will, und das wird er auch.« Sie lächelte traurig. »Er überlebt mich, das ist sicher – der alte Mistkerl!«

Chas kam am Tag vor unserem Geburtstag zurück und wirkte in Jeans und Poloshirt sehr lässig und entspannt. Er wollte uns wieder im Hotel einmieten, aber Emmeline war so schwach, dass ich sie nicht allein lassen wollte. Neptun schleppte eine Campingliege an, die wir neben mein kleines Bett auf dem Treppenabsatz quetschten. Mit Chas darin wirkte das Cottage sehr voll, aber ohne das alte Sofa auch seltsam leer.

Wir blieben abends länger auf als Marguerite und Emmeline, damit wir uns unten unterhalten konnten, ohne sie zu stören.

»Es ist vollbracht«, sagte Chas und rieb sich die Hände. »Die Firma existiert nicht mehr.«

»Bist du traurig?«

»Nein. Erleichtert.« Wir hielten Händchen, während er mir alles im Detail schilderte, und ich erzählte ihm, dass

Emmeline und Marguerite mit unseren Plänen für die Zukunft zufrieden waren. »Alles kommt nach und nach wieder ins Lot, nicht?«

Ich nickte. »Dabei schien noch vor ein paar Wochen nichts mehr zu gehen. Vermutlich hilft es, dass Dad nicht mehr da ist und ich mich nicht mehr so zerrissen fühle.«

»Wenigstens hat er eine Sache richtig gemacht, der arme alte Henry.«

»Was? Zu sterben?« Ich lachte. »Ja, das hat er wirklich sehr spektakulär getan.«

Chas küsste mich, und ich spürte, wie meine alte Leidenschaft für ihn erwachte. Er hielt mich um Armeslänge von sich und betrachtete mein Gesicht.

»Du siehst besser aus, Janey, richtig gut. Hast du dich doch noch für die Hormonersatztherapie entschieden?«

»Nein, Chas. Ich habe etwas viel Wirkungsvolleres entdeckt.«

»Hat Emmeline etwa irgendwas für dich zusammengebraut?«

Ich kicherte. »Das kann man so sagen.«

Das Wetter hielt auch an unserem Geburtstag, und wir fuhren zusammen mit Marguerite am Vormittag nach Newport. Ich merkte, wie gelassen sie blieb, wenn sie nahe genug war, um mich anfassen zu können, und dass ihre Erregung mit jedem Schritt, den ich von ihr wegging, wich. Wir suchten uns Kleider für unsere Party aus. Ein blaues für sie und ein rotes für mich. Ich verstand jetzt, warum Emmeline ihr Kleider geschneidert hatte, die man nur über den Kopf zu ziehen brauchte. Mit kleinen Verschlüssen kam sie nicht klar, weil die Finger ihrer linken Hand leicht gekrümmt waren und sie den Arm nur unter Schwierigkeiten nach hinten biegen konnte. Außerdem kauften wir zwei Paar Glitzersandalen – silberne für sie und goldene für mich.

Anscheinend hatten wir denselben Stil, bevorzugten aber unterschiedliche Farben.

Ich hatte nicht den Wunsch, sie in ihren Entscheidungen zu beeinflussen oder sie wie einen Weihnachtsbaum mit Schmuck zu behängen. Es war zwar verlockend, sie mit Aufmerksamkeiten zu überhäufen, als wäre sie ihr Leben lang benachteiligt gewesen. Aber ich wusste, dass das nicht stimmte. Ich fragte, ob sie Emmeline und Neptun ein Geschenk mitbringen wollte, und sie entschied sich für ein Tuch und einen Hut mit regenbogenfarbenen Streifen für Emmeline und eine Schachtel ausgewählter Lakritzsorten für Neptun.

»Mag er die, Marguerite?«, fragte Chas. Sie nickte und rieb sich den Bauch. »Tja, ein Mann ganz nach meinem Geschmack«, sagte er und legte noch eine Schachtel in den Einkaufswagen. Wir kauften zum Hummer noch Champagner, geräucherten Lachs, Salate und Eiskreme.

»Geht es Emmeline gut?«, fragte ich Marguerite immer wieder, und dann stand sie still, starrte ins Leere und nickte. Es war toll, sie dabeizuhaben. Sie war wie ein wandelndes Handy.

Am späten Nachmittag ging Chas mit Neptun zum Strand, um das Feuer anzuzünden, während Marguerite und ich das Essen vorbereiteten. Später halfen die Männer Emmeline an den Strand hinunter, wo sie auf einem Kissen auf Lillians flachem Stein saß wie eine Elfe. Sie trug ihren neuen Regenbogenhut mit dem passenden Tuch. Neptun hatte sogar das alte Grammophon heruntergeschleppt und spielte ein paar schottische Reels, während wir aßen und tranken. Ich glaube, wir empfanden alle eine Mischung aus Freude und Traurigkeit, weil wir sahen, dass Emmeline immer schwächer wurde, und weil Erinnerungen vor unseren Augen schwebten wie die Geister, die Marguerite malte und die nachts übers Meer tanzten. Das alte Schlafsofa versank ächzend im Feuer und nahm all seine Schmerzen und Freuden mit.

Neptun saß auf einem Felsen und spielte leise auf seiner Konzertina. Es war Vollmond, und die Nacht war mystisch. Der Silberstrahl über dem Meer sah aus wie ein Zauberteppich, über den Emmeline jeden Moment schreiten könnte. Lichter funkelten über uns und draußen auf dem Meer. Wir alle waren wie gebannt. Sogar Loot hörte auf, nach Fressbarem zu suchen, und ließ sich in den Sand plumpsen. Neptuns Musik wurde leiser, als bräuchten wir alle Ruhe.

Schließlich schenkte Chas uns den letzten Champagner ein und trank auf Marguerites und meinen fünfzigsten Geburtstag. Emmelines Kopf sank auf ihre Brust. Wir mussten sie ins Bett bringen. Chas hob sie hoch und trug sie langsam den Kliffpfad hinauf, dicht gefolgt von Neptun. Sie wollte nicht in die erste Etage gebracht werden, deshalb zündeten wir unten das Feuer an, holten die Campingliege herunter und machten es ihr bequem.

Emmeline gab Marguerite ein Zeichen, die mich an der Hand nahm und mich zur Holztruhe unter dem Fenster führte. Sie bedeutete mir, sie zu öffnen. Sie war voller Schulhefte, zu Bündeln zusammengebunden. Ich zog eines der Hefte heraus; es war in einer ordentlichen, kindlichen Handschrift datiert. Marguerite nahm eins der Bündel und zeigte auf das Datum: 15. September 1953, fünf Tage nach unserer Geburt.

»Sind die für mich?«, erkundigte ich mich. Marguerite nickte. Ich sah Emmeline fragend an.

»Deine Mutter hat sie für dich geschrieben«, flüsterte sie. »Und Marguerite hat ihre Gefühle für dich gezeichnet.«

Ich blätterte eins der Hefte durch; sie waren eng beschrieben. Zwischen den Seiten lagen Marguerites Zeichnungen. Ich drehte ein paar herum; meine Mutter hatte die Ereignisse und Daten auf die Rückseite geschrieben: mein erster Schultag, mein neuer Zahn, mein Sturz von einem Pferd. Meine Hände zitterten. Das war die Dokumentation meines Lebens und des Lebens meiner Mutter, das meine Schwester in Bildern für mich festgehalten, und meine Mutter für mich aufgezeichnet hatte. Jetzt würde ich sie doch noch kennen lernen. Ich schlug die erste Seite des ersten Heftes auf.

Meine liebe Virginia, ich habe dich nach einer Frau benannt, die die Kraft und Schönheit der Worte tief empfunden hat. Doch selbst sie könnte nicht adäquat beschreiben, wie ich mich in diesem Moment fühle … Meine Seele weint genau wie die deiner schönen Zwillingsschwester Marguerite …

Ich klappte das Heft zu und drückte es fest an meine Brust. »Was für ein wunderbares Geschenk«, flüsterte ich. Ich gab Marguerite einen Kuss und beugte mich zu Emmeline, um auch ihr einen zu geben. Sie seufzte und schloss die Augen.

50

Wir beerdigten Emmeline neben Lillian und Woody auf dem kleinen Friedhof, wo das Meer sang und der Wind die Dornenbäume nach Osten bog. Wir bestreuten die Gräber mit Rosen und Kamille, Lavendel und Kräutern. Ich schlich mich von den anderen weg, sah hinaus aufs Meer und vergoss Tränen für sie alle.

Ich dachte an die arme Victoria, meine Ersatzmutter wider Willen, und wünschte, sie läge ebenfalls hier begraben. Wenn ich nach Birdsong zurückkehrte, würde ich Blumen auf ihr Grab in Malvern legen – Veilchen, sie liebte Veilchen. Und ich würde ein paar ihrer frühen Gemälde in Wraith Cottage an die Wände hängen. Ich dachte an das kleine zärtliche Signal meines Vaters, als er versucht hatte, mich von seiner Liebe zu überzeugen, und mein Herz öffnete sich.

Ich richtete mich auf und atmete tief durch. Ich blickte zurück zu meinen Lieben, die an den Gräbern standen und sich unterhielten. Marguerite bückte sich, um die Blumen zu arrangieren, Chas legte eine Hand auf Neptuns Schulter. Wir waren zurückgeblieben, um einander zu helfen, das Geschehene zu verarbeiten.

Plötzlich bemerkte ich, dass meine Finger kribbelten. Das Gefühl kannte ich noch. Ich musste schreiben. Energie durchströmte mich. Ich konnte die Lebensgeschichte meiner Mutter lesen. Ich konnte über sie und ihre Schwester und ihre Entbehrungen schreiben. Ich konnte über meinen Vater und seine Schwester und ihre Entfremdung schreiben, und ich konnte über mich selbst und meine Schwester schreiben – über unsere Trennung und unser freudiges Wiedersehen.

Was für Schwestern, welche Trauer, welche Freude.